Polina Daschkowa

# Der falsche Engel

Polina Daschkowa

# Der falsche Engel

*Roman*

*Aus dem Russischen*
*von Ganna-Maria Braungardt*

aufbau
AUFBAU VERLAGSGRUPPE

Die Originalausgabe unter dem Titel
»Херувим«
erschien 2001 im Astrel-Verlag, Moskau.

ISBN 978-3-351-03214-2

Aufbau ist eine Marke der Aufbau Verlagsgruppe GmbH

1. Auflage 2007

Einbandgestaltung gold, Anke Fesel und Kai Dieterich
Druck und Binden GGP Media GmbH, Pößneck
Printed in Germany

www.aufbau-verlag.de

# Erstes Kapitel

Eine weiße Flamme zuckte auf, aber vollkommen lautlos. Der Scharfschütze hatte einen Schalldämpfer aufgesetzt und feuerte ununterbrochen. Immer auf ein und denselben Punkt. Die weißen Blitze dehnten sich zu zitternden langen Strichen und flossen langsam dahin, zu langsam für eine Schießerei – wie es nur im Traum geschieht.

Sergej versuchte das Dickicht des Traums zu durchbrechen, er begann die Feuerstriche zu zählen, und bei sieben merkte er, dass seine Augen längst offen waren; es gab keine Schüsse, nur eine Reihe gleichförmiger eisiger Lichter.

Er spürte weder Arme noch Beine, er schien überhaupt keinen Körper mehr zu haben. Wahrscheinlich lag er noch am Fuß des kahlen Berges am Dorfrand, und sein Skelett wurde von verwilderten Hunden abgenagt, die sich zu Beginn des Krieges von ihren Ketten vor den verlassenen und verbrannten Häusern losgerissen hatten und nun in Rudeln über Tote und Lebende herfielen.

Major Loginow war tot, anders konnte es nicht sein. Er war gefallen, und seine unsterbliche Seele passierte nun einen langen schmalen Tunnel, flog hindurch wie eine Kugel durch einen Gewehrlauf, aber tausendmal langsamer. So war das also – wie schön, so still und überhaupt nicht beängstigend.

Indessen zersplitterte die Stille, und Sergej vernahm ein gleichmäßiges Gummigeraschel, dann entferntes, undeutliches Gemurmel. Die Geräusche traten allmählich hervor, wie die Konturen auf einem Abziehbild.

»Gib ihm einstweilen weiter Glucose und beobachte Blutdruck und Herz«, sagte ein munterer Bariton mit leichtem kaukasischem Akzent. »In ein paar Stunden, wenn die Narkose nachlässt, verabreichst du ihm was gegen die Schmerzen. Das wars, Katja, ich geh jetzt essen. Heute Abend schaue ich wieder bei ihm vorbei.«

»Alles klar, Hamlet Rubenowitsch«, antwortete ein heller Sopran eifrig.

»Alles klar, alles klar«, knurrte der Bariton, während er sich entfernte, »pass auf, dass seine Nähte anständig versorgt werden. Ich vollbringe nicht jeden Tag solche Wunder. Eine intrakortikale Transplantation, das ist was anderes, als eine Verstauchung richten.«

»Keine Sorge, Hamlet, geht alles in Ordnung!«

Die langen Lichter schwebten noch immer langsam über seinem Kopf dahin. Dann erschien ein junges rundes Gesicht mit blauen Augen, gelbblondem Schopf und kleinen Sommersprossen.

»Hallo«, sagte das Mädchen und lächelte, »wie fühlen wir uns?«

»Meine Beine«, hauchte er.

»Gib nicht an, dir tut noch nichts weh!« Das Mädchen schüttelte den Kopf und machte ein strenges Gesicht.

»Nein«, stimmte er zu, »es tut nichts weh.«

»Was hast du dann?«

»Sind Sie noch da?«

»Na klar!« Wieder ein Lächeln, übers ganze Gesicht – kleine, blendendweiße Zähne. »Intrakortikale Transplantation nach der Methode von Doktor Awanessow.«

Das klang rätselhaft, aber überzeugend.

Er atmete gierig durch die Nase ein. Es roch nach Kaliumpermanganat und Seife. Alles war seltsam und neu, selbst das eigene Atmen. Der Körper gewann an Gewicht, an Schwere, und irgendwo tief drinnen, im Knochenmark, erwachte der Schmerz. Er saß in den Beinen, kroch bis zur Leibesmitte und wurde schwächer. Dann begann schmerzfreies Gebiet. Der Rest war heil.

Das Rollbett blieb stehen. Der weiße Flur endete in einer grell erleuchteten Sackgasse.

Die Augen waren erschöpft vom Licht, die Lider schwer, die Decke schwankte und entschwebte. Sergej hörte neue Stimmen, nun wie aus der Ferne, obwohl er begriff, dass sie ganz nah waren, und spürte, wie er umgebettet wurde. Er versuchte sich zu bewegen, den Arm zu heben, aber sein Körper gehorchte ihm nicht.

»Zappel nicht so rum, ich muss den Tropf anbringen«, sagte die vertraute Frauenstimme direkt neben seinem Ohr. »Du bist im Hospital, auf der Intensivstation.«

»Was ist mit mir passiert?«

»Es ist jedenfalls vorbei. Jetzt ist alles in Ordnung.«

»Erzähls mir«, bat er, nur mit Mühe die Zunge bewegend, »wie bin ich hierhergekommen? Was ist das für ein Hospital?«

»Na schön.« Sie setzte sich auf einen Stuhl neben seinem Bett. »Reden darfst du noch nicht, aber zuhören schon. Ich werde reden, und du versuchst einzuschlafen. Gut?«

Er schloss zustimmend die Augen.

»Du lagst im Koma, du hast eine schwere Operation hinter dir. Das Schlimmste ist überstanden. Du solltest dich freuen wie ein Kind. Sie haben dich quasi Stück für Stück wieder zusammengeflickt. Anfangs war gar nicht daran zu denken, deine Beine zu retten. Manche haben bezweifelt, dass du überhaupt aus dem Koma erwachst. In diesem Zustand konntest du natürlich nicht operiert werden. Es wurde ein Konsilium einberufen. Und da erschien seine Majestät Doktor Awanessow. Er kam aus dem Urlaub, untersuchte dich und sagte: Warum amputieren? Neue Beine wachsen ihm schließlich nicht. Und weißt du, wie du deine

Zustimmung geäußert hast? Du bist aus dem Koma erwacht.«

Zum ersten Mal seit Monaten schlief Major Loginow ruhig ein.

In einer regnerischen Märznacht trat ein nackter junger Mann auf den Balkon im dritten Stock eines hohen Ziegelbaus am Stadtrand von Moskau, zündete sich eine Zigarette an und schaute auf den menschenleeren, großzügig beleuchteten Hof. Unter den vielen Autos funkelte sein neuer silbergrauer VW Beetle. Er hatte sich den Wagen vor einer Woche gekauft, und die kindliche Freude am neuen Spielzeug hielt noch an.

Stanislaw Gerassimow war sechsunddreißig, sah aber zehn Jahre jünger aus und fühlte sich wie ein kleiner Junge. Er war um halb drei von einem bösen Traum erwacht. Er hatte geträumt, dass ihm die Zähne ausfielen. Er sah deutlich vor sich, wie er sie in die Hand spuckte und in seinem Mund die nackten, geschwollenen Kiefer mit den empfindlichen Wundmalen zurückblieben. Er erwachte schweißnass, blieb noch fünf Minuten liegen, schaute an die Decke und tastete mit der Zunge seine gleichmäßigen, kräftigen Zähne ab. Um sich endgültig zu beruhigen, ging er auf den Balkon, nackt wie er war, weil er sich in der fremden Wohnung schlecht auskannte und nicht sofort einen Bademantel fand, nicht einmal seinen eigenen Slip. Die eisigkalte Luft war angenehm erfrischend, auf dem Fensterbrett entdeckte er Zigaretten, zündete sich eine an, beugte sich über die Brüstung und bewunderte sein nagelneues Auto.

»Ein toller Wagen«, murmelte er fröstelnd. »Welcher Idiot hat behauptet, der sei nur was für Frauen?« Er gähnte, drückte die Zigarette aus und wollte schon hineingehen, als er eilige, leichte Schritte hörte und gedämpfte Stimmen. Im nächsten Augenblick traten zwei Männer in den Lichtkegel.

Stanislaw sah dunkle, bis zu den Augen heruntergezogene Stoffmützen, Jogginghosen mit Streifen an der Seite und Joggingjacken. Einer der beiden trug eine kleine Tasche über der Schulter. Sie blieben vor dem Volkswagen stehen, hockten sich hin und schauten unter das Auto.

Den Wagen zu stehlen war faktisch unmöglich. Außerdem war er viel zu auffällig. Beetles, noch dazu in Silbergrau, gab es in Moskau nur ganz wenige.

Na los, ihr Schwachköpfe, probierts nur, dachte Stanislaw schadenfroh. Gleich geht die Alarmanlage los, und ihr seid wie der Blitz weg …

Kurz darauf wurde ihm heiß. Er begriff, dass die beiden den Wagen gar nicht stehlen wollten. Der eine legte sich auf den nassen Asphalt und kroch unter das Auto. Der andere blieb daneben hocken.

Die Hitze wich einem Anfall von Schüttelfrost. Stanislaw beugte sich über die Balkonbrüstung und wollte rufen: »Hallo! He, Männer, was soll das?« Doch nun erhob sich der Hockende und legte den Kopf in den Nacken, und Stas sprang ohne einen Laut zurück. Als er wieder hinuntersah, war niemand mehr auf dem Hof.

Er ging zurück ins Zimmer und rief die Miliz an. Die Einsatzgruppe kam nach zehn Minuten, und nach weiteren zwanzig Minuten traf ein Spezialistenteam des FSB ein, das am Boden des Wagens eine ziemlich starke Sprengladung entdeckte.

»Tja, Stanislaw Wladimirowitsch, herzlichen Glückwunsch«, sagte der junge lächelnde FSB-Ermittler, »das Zeug hat eine Sprengkraft von rund dreihundert Gramm TNT.«

»Vielen Dank«, erwiderte Stanislaw ironisch.

»Schade, dass Sie die Täter so schlecht gesehen haben. Schade!« Der FSB-Mann schüttelte den Kopf und schnalzte mit der Zunge. »Sonst könnten wir gleich ein Phantombild anfertigen. Konnten Sie die Gesichter wirklich gar nicht erkennen?«

»Nein«, erwiderte Stas, »nur undeutliche Flecke. Und Stoffmützen.«

»Vielleicht irgendwas Auffälliges? Bart, Schnauzbart?«

»Nein. Der, der nicht unters Auto gekrochen ist, hatte ganz bestimmt keinen Bart. Über den Zweiten kann ich nichts sagen. Ich hab nur Hosen mit Streifen gesehen und helle Turnschuhe. Vielleicht warens auch keine Turnschuhe.«

»Haben Sie irgendeine Vermutung?«

Stas schüttelte wortlos den Kopf.

»Und wenn Sie mal genau überlegen?« Der Ermittler trank einen Schluck von dem starken Kaffee, den die Wohnungsinhaberin freundlicherweise gemacht hatte, stand auf und lief in der geräumigen Küche hin und her. »Fangen wir mit dem Wichtigsten an. Wer wusste, dass Sie heute hier übernachten wollten?« Er schaute von Stanislaw zu der Hausherrin, einer kleinen hellblonden Frau um die dreißig mit einem Puppengesicht und enormem Busen. Sie stand rauchend am Fenster und blinzelte häufig – vom Rauch oder aus Nervosität.

Der Ermittler wusste bereits, dass Galina Katscherjan, geboren 1970, verheiratet, hier mit ihrem Mann und ihrem achtjährigen Kind wohnte. Der Mann war auf einer Dienstreise, das Kind bei der Oma.

»Das konnte niemand wissen!« Ihre Stimme klang sehr hoch und schrill. Sie redete wie ein Maschinenengewehr – da sie einmal angefangen hatte, konnte sie nicht aufhören. »Ich meine, keiner, keine Menschenseele, wir wussten ja selber nicht, dass er hierbleiben würde, das hat sich einfach so ergeben, er kam am Abend vorbei, um mich zu besuchen, ich bin nämlich krank, erkältet, ich hab Halsschmerzen, darum hab ich meinen Sohn zu meiner Mutter geschickt, sonst steckt er sich noch an, nicht? Stas hat mir Medikamente gebracht, als guter Freund, verstehen Sie?« Sie ging rasch zum Büfett, stellte sich auf Zehenspitzen und holte eine grüne Tüte mit der Aufschrift »Apothekenverbund 36,6« hervor. Sie war noch unausgepackt, die Patientin hatte wohl doch nicht gegurgelt.

»Moment mal.« Der Ermittler runzelte die Stirn und schob die Tüte beiseite. »Kennen Sie sich schon lange?«

»Schon sehr lange, seit unserer Kindheit. Meine Oma war seine Kinderfrau, und seine Eltern sind sehr nette Leute. Wladimir war General, bei der Sicherheit, jetzt ist er in Rente. Natalja ist eine herzensgute Frau. Eine wunderbare Familie. Stas und ich haben seit unserer Kindheit ein herzliches, verwandtschaftliches Verhältnis zueinander. Bitte, erzählen Sie meinem Mann nichts! Das heißt, ich meine, wenn er erfährt, dass Stas einfach vorbeigekommen ist, daran ist natürlich überhaupt nichts Schlimmes. Stas hat meinen Mann in seiner Firma eingestellt, Ruben ist Grafiker, und Stanislaws Firma befasst sich mit Werbedesign ... Bitte, ich flehe Sie an, ich habe ein Kind; können Sie das nicht irgendwie vertuschen?«

»Was?« Der Ermittler, wie hypnotisiert von ihrem schrillen Redestrom, kam wieder zu sich. »Einen Mordanschlag vertuschen?«

»Nein!«, rief Galina erschrocken. »Nein, natürlich nicht den Anschlag, aber wenigstens die Uhrzeit. Sie könnten meinem Mann sagen, dass Ganze sei nicht um drei Uhr nachts passiert, sondern zum Beispiel um zehn Uhr abends, ja?«

»Galina, sei so gut und beruhige dich«, stöhnte Gerassimow.

Aber sie konnte sich nicht beruhigen, sie hatte endlich begriffen, was geschehen war und was ihr persönlich dadurch drohte.

»Ruben bringt mich um, wenn er das erfährt! Als ob ichs geahnt hätte, ich hab noch zu dir gesagt: Geh ... Aber du ... Genosse ... Ich meine, Herr Kommissar, Sie haben keine Ahnung, wie eifersüchtig mein Mann ist! Schon wenn mich jemand bloß ankuckt, nur so, dann explodiert mein Ruben, ich meine ...«

»Warum gehen Sie dann so ein Risiko ein, wenn Ihr Mann eifersüchtig ist?« Der Ermittler lächelte strahlend und wandte sich an Gerassimow: »Wann sind Sie eigentlich gekommen?«

»Gegen zwölf«, knurrte der und zog eine Zigarette aus der Schachtel.

»Haben Sie vorher angerufen?« Der Ermittler klickte mit dem Feuerzeug und hielt es ihm höflich hin.

»Ja, aber das kann niemand gehört haben. Ich hab gegen sieben vom Handy aus dem Auto angerufen.«

»Das heißt, Sie wurden beobachtet.« Der Ermittler nickte zufrieden. »Haben Sie überhaupt keine Vermutung? Wem sind Sie im Wege?« Erneut bedachte er Gerassimow mit seinem strahlenden Lächeln.

»Was reden Sie denn da!« Galina schlug erschrocken die Hände zusammen. »Warum jagen Sie ihm Angst ein? Stas kann keine Feinde haben, alle mögen ihn, ich meine, vielleicht war das Ganze ein Irrtum, eine Verwechslung?«

Weder der Ermittler noch Gerassimow reagierten auf ihre Mutmaßung. Sie verstummte, sah erschrocken von einem zum anderen, Gerassimow erhob sich abrupt und sagte mit hölzerner Stimme: »Entschuldigen Sie, ich muss nach Hause. Wenn es noch Fragen gibt, Sie haben meine Telefonnummern, zu Hause, mobil und in der Firma. Alles Gute.« Auf dem Weg in den Flur stopfte er sich das Hemd in die Hose.

»Warten Sie, Stanislaw, wir sind noch nicht fertig«, sagte der Ermittler erstaunt. »Vielleicht hatten Sie mit jemandem Streit? Verstehen Sie doch, das ist wichtig!«

»Mir geht es nicht gut«, entgegnete Gerassimow und hob, ohne sich umzudrehen, die Arme, als wolle er sich ergeben. »Ich habe Kopfschmerzen, verstehen Sie, ich muss eine Weile allein sein.«

»Du hast dich angesteckt!«, rief Galina. »Wir müssen Fieber messen, bei mir hat es auch mit Kopfschmerzen angefangen, und dann kam der Hals. Warte, mein Lieber, warte!«

Aber er schlüpfte schon in seine Schuhe, und im nächsten Augenblick schnappte das Türschloss ein. Der Ermittler vertiefte sich in sein Protokoll und notierte eilig und nervös etwas. In der Küche herrschte drei Minuten lang tiefe Stille, man hörte die Tropfen in die Spüle platschen. Galina drehte am Hahn, vor Anstrengung errötend. Doch das Wasser tropfte weiter.

»Ich muss einen Klempner rufen.« Sie sank auf einen Hocker, dem Ermittler gegenüber, zog eine Zigarette hervor, und als er sich von seinem Protokoll losriss und für sie sein Feuerzug klicken ließ, fing sie seinen Blick auf und flüsterte seltsam leise: »Tun Sie irgendwas, lassen Sie ihn bewachen, finden Sie den Auftraggeber. Ich sterbe, wenn er getötet wird.«

## Zweites Kapitel

Der Wecker meldete sich mit Vogelgezwitscher. Julia Tichorezkaja tastete mit geschlossenen Augen auf dem Nachttisch herum, um den unseligen Piepser abzuwürgen, und beförderte ihn dabei unversehens auf den Fußboden. Nach einem kläglichen Klirren verstummte er.

Julia drehte sich auf die andere Seite, zog sich die Decke über den Kopf und entschied, noch zehn Minuten liegen zu bleiben, schlief aber wieder ein und sprang erst um acht auf, als draußen auf dem Hof das Müllauto lärmte.

Im Nebenzimmer schlief ihre vierzehnjährige Tochter

Schura. Julia lief sie wecken, und beide rannten in wilder Hast durch die Wohnung, sich gegenseitig anknurrend. Schura hatte in der ersten Stunde Algebra, das Fach, das sie am wenigsten mochte, und das Verhältnis zwischen ihr und der Mathelehrerin mit dem Spitznamen Viper ließ auch zu wünschen übrig.

»Du wirst sehen, sie schleift mich zum Direktor, wenn ich zu spät komme«, greinte Schura, die, auf einem Bein hüpfend, versuchte, in ihre Hose zu schlüpfen.

»Du wirst nicht zu spät kommen.« Julia half ihr in die Jeans. »Es ist erst zehn nach acht.«

»Und wenn wir im Stau stecken bleiben? Bitte, kann ich nicht heute schwänzen? Ich schreibe morgen einen Test in Physik, ich werde den ganzen Tag büffeln, bitte, Mama, ich räume endlich mal die Küchenschränke auf und bringe die Wohnung auf Vordermann, wir ersticken schon im Dreck.«

Julia warf eine Banane und einen Apfel in Schuras Rucksack, zog ihren Mantel an und nahm Schuras Jacke vom Haken.

»Schluss jetzt. Hör auf mit dem Gejammer. Wir fahren.«

Schura schniefte und fing so ausdrucksvoll an zu weinen, dass sich Julias Herz zusammenkrampfte, aber sie zog ihre Tochter entschlossen zum Auto, setzte das verheulte und beleidigte Mädchen drei Minuten vorm Klingelzeichen ohne Abschiedskuss vor der Schule ab und raste mit überhöhter Geschwindigkeit weiter zur Arbeit.

Julia war kosmetische Chirurgin in einer großen Privatklinik für plastische Chirurgie.

Bis zur Klinik waren es noch höchstens sieben Minuten, aber auf dem Prospekt Mira geriet sie in einen Stau, wurde nervös und machte sich Vorwürfe, dass sie Schura nicht erlaubt hatte, zu Hause zu bleiben.

Der Stau löste sich realtiv rasch auf. Julia kam nicht zu spät, musste aber die Hoffnung auf eine Tasse Kaffee, ein

Sandwich und eine Zigarette vor der Sprechstunde aufgeben.

Natürlich wird die Viper sie aufrufen, dachte Julia gereizt, während sie ihren weinroten Škoda vor der Klinik einparkte, heute wird alles schieflaufen, das ist einfach ein Gesetz. Nach einem so nervösen, furchtbaren Morgen ist nichts Gutes zu erwarten. Na bitte, es geht schon los!

Auf der breiten Kliniktreppe vertrat ihr eine hochgewachsene, kerzengerade Dame um die vierzig in offenem beigefarbenem Mantel, tadellos frisiert und manikürt, den Weg.

»Entschuldigung, sind Sie Doktor Tichorezkaja?«

»Ja, bitte?«

»Guten Tag, Julia.« Das Gesicht der Dame zerfloss zu einem Hollywoodlächeln. »Sehr angenehm. Ich heiße Nina. Das ist meine Tochter Swetlana. Wir kommen von Valeria.«

Die Tochter war höchstens achtzehn. Sie hielt sich sehr krumm. Das aschblonde glatte Haar fiel ihr ins Gesicht. Die abgetragene hellblaue Jeans umschlackerte sie wie ein Sack, darüber hing eine weite schwarze Männerjacke aus Segeltuch.

»Entschuldigen Sie.« Julia schob die Dame sanft beiseite, die Glastür schwang auf.

Julia nickte den Wachleuten zu und lief durch das Foyer zur Treppe, doch die Dame in Beige verstellte ihr erneut den Weg.

»Valeria hat Sie sehr treffend beschrieben. Groß, gut aussehend, braunes, kurzgeschnittenes Haar. Ich habe Sie sofort erkannt, gleich, als Sie aus dem Auto stiegen.«

Julia hätte schwören können, dass sie keine Valeria kannte. Aber die Dame in Beige, als hätte sie ihre Gedanken gelesen, erklärte: »Valeria Jewgenjewna hat sich vor einem Jahr bei Ihnen ein Facelifting machen lassen. Ich habe vorher nicht geglaubt, dass so etwas in unserem Land, bei unserer schrecklichen Medizin, überhaupt möglich ist, bis ich mich mit eigenen Augen davon überzeugt habe. Valeria Jewgenjewna sieht zwanzig Jahre jünger aus, und ohne jede Narbe oder Schwellung.«

»Das freut mich sehr.« Julia legte einen Schritt zu und stürmte die Treppe hinauf, drei Stufen auf einmal nehmend. Sie musste vor der Sprechstunde doch unbedingt noch einen Schluck Kaffee trinken und einen Happen essen, sonst würde ihr in einer halben Stunde der Magen so knurren, dass es die Patienten hören konnten.

»Entschuldigen Sie um Himmels willen, Julia.« Die Dame überholte sie und flüsterte leicht kurzatmig: »Hätten Sie nicht ein paar Minuten für uns?«

»Gern, aber ich habe gleich Sprechstunde und bin sehr in Eile. Haben Sie etwas Dringendes?«

»Aber wir wollen doch zu Ihrer Sprechstunde!«, verkündete die Dame freudig.

»Nun, dann sollten Sie im Wartezimmer Platz nehmen. Dort ist es bequemer als auf der Straße.«

»Sehen Sie, ich wollte mit Ihnen gern erst einmal in ungezwungener Umgebung reden, wir sind ein besonderer Fall, und Valeria hat Sie sehr empfohlen, sie hat gesagt, Sie seien nicht nur eine großartige Ärztin, sondern auch ein sensibler, taktvoller Mensch, was ja heutzutage recht selten ist.«

Inzwischen hatten sie die dritte Etage erreicht und standen vor dem Sprechzimmer.

»Warten Sie bitte hier.« Julia wies mit einem Kopfnicken auf eine Reihe weicher Ledersessel. Dort saßen bereits vier Frauen verschiedenen Alters und ein dicker junger Mann im schwarzen Anzug.

Julia verschwand hinter der Tür und hörte die Dame in Beige mit scharfer Stimme sagen: »Für die Siebenundzwanzig sind wir die ersten, wir haben einen Termin um neun.«

Im Sprechzimmer roch es nach Kaffee. Auf dem Tisch stand eine dampfende Tasse, daneben ein Teller mit einem Käsebrot. Die blutjunge Schwester Vika tuschte sich vor einem Spiegel die Wimpern. Noch fünf Minuten. Der Chefarzt Pjotr Mamonow war ein Pünktlichkeitsfanatiker. Punkt neun flammten über allen Sprechzimmertüren automatisch die Schilder »Bitte eintreten« auf. Julia konnte gerade noch in ihren Kittel schlüpfen, sich das Brot in den Mund schieben und den Kaffee hinterherschütten.

Mutter und Tochter kamen, ohne anzuklopfen, herein. Vor Julia lag eine Karteikarte, auf der stand: »Wassilkowa Swetlana, geboren 1983.«

»Nun, Swetlana, was ist dein Problem?« Julia lächelte das Mädchen freundlich an. Swetlana saß auf der Stuhlkante, den Kopf tief gesenkt, das Gesicht hinter ihrem Haar verborgen.

»Sie meint, sie hat eine zu große Nase«, erklärte die ältere Wassilkowa energisch und schob ihrer Tochter das Haar aus dem Gesicht. »Außerdem findet sie ihre Wangenknochen zu breit, ihre Augen zu klein und ihren Mund nicht richtig geformt.«

Die jüngere Wassilkowa schüttelte den Kopf und verbarg erneut ihr Gesicht.

»Und außerdem glaubt sie, sie wäre zu dick.«

»Wieviel wiegen Sie?« fragte Julia das Mädchen.

»Dreiundfünfzig Kilo, bei einer Größe von eins fünfundsiebzig«, antwortete die Mutter an ihrer Stelle.

»Aber meine Liebe, Sie sind untergewichtig«, meldete sich Schwester Vika.

»Für Models ist die Norm maximal fünfzig, bei einer Größe von eins achtzig«, brummte das Mädchen, ohne jemanden anzusehen.

»Unsinn« – Julia schüttelte den Kopf –, »das ist ungesunder, gefährlicher Unsinn. Wenn man so mager ist, kommt es zu Stoffwechselstörungen, die Monatsblutungen bleiben weg, Haare und Zähne fallen aus, man kann ein Magengeschwür und Furunkel bekommen.«

»Da, hörst du das? Wenn du mir nicht glaubst, hör wenigstens auf die Mediziner, die sind Profis!«, rief die Mutter.

»Na schön, schauen wir uns mal die Nase an.« Julia stand auf und trat zu dem Mädchen. »Drehen Sie sich bitte zum Licht, und den Kopf bitte etwas höher.«

Endlich sah Julia das Gesicht der Unglücklichen.

Wie sie schon vermutet hatte, war es harmonisch und hübsch. Ohne die krankhafte Magerkeit, die krumme Haltung und den gehetzten Ausdruck der Augen wäre das Mädchen eine echte Schönheit gewesen.

»Nun, und was möchten Sie gern verändern?«

»Alles«, flüsterte Swetlana kaum hörbar und schluckte krampfhaft.

»Können Sie mir erklären, warum?«

»Weil ich hässlich bin.«

»Hat Ihnen das jemand gesagt oder ist das Ihre eigene Meinung?«

»Das braucht mir niemand zu sagen. Das sieht man doch«, murmelte das Mädchen und krümmte sich noch stärker zusammen.

»Stehen Sie bitte auf.« Julia führte sie zum Spiegel, schob ihr das Haar aus dem Gesicht und klopfte ihr mit der flachen Hand leicht auf den Rücken. »Gerade halten, halten Sie sich gerade. Den Kopf hoch. Wissen Sie, dass Sie ideale Gesichtszüge haben? Leute, die zu mir kommen, weil sie eine andere Nase wollen, wünschen sich in neun von zehn Fällen eine Nase wie Ihre. Sie sind ein sehr schönes Mädchen, Sie haben überhaupt keinen Grund …« Julia stockte, weil sie im Spiegel Swetlanas Gesicht sah. Es wirkte tatsächlich kläglich und hässlich, trotz der regelmäßigen Züge.

»Na schön« – Julia seufzte –, »warten Sie bitte draußen. Ich muss mit Ihrer Mutter reden.«

Als die Tür sich hinter dem Mädchen geschlossen hatte, stürmte die Mutter zu Julia, packte sie am Arm und flüsterte ihr ins Gesicht, wobei sie sie in teuren Parfümduft hüllte: »Das ist vollkommen zwecklos, Doktor. Man kann sagen, was man will. Sie hört nicht zu. Man muss irgendwas tun, aber ich weiß nicht, was. Ich bin furchtbar erschöpft. Swetotschka ist mein einziges Kind.«

»Sie müssen zum Psychiater«, bemerkte die Schwester phlegmatisch.

»Da waren wir schon«, schluchzte die Dame, »bei Psychiatern, bei Psychologen, bei zwei Wunderheilern, bei einem Hypnotiseur und sogar bei einer Hexe. Nichts hat geholfen. Ich flehe Sie an, operieren Sie sie, machen Sie irgendwas an Ihrem Äußeren, egal was, Nase, Augen, Lippen, schneiden Sie an der Taille was weg oder an den Hüften, Hauptsache, sie beruhigt sich und isst wieder normal. Ich zahle jeden Preis.«

»Kennen Sie ihre Freundinnen?«, erkundigte sich Julia düster.

»Was haben ihre Freundinnen damit zu tun?« Die Dame schneuzte sich laut.

»Bei Mädchen entstehen solche Probleme häufig durch die Freundinnen, die gern alle möglichen Gehässigkeiten sagen, von wegen: zu große Nase, zu kleine Augen, zu dick.«

»Ach, ich weiß nicht, ich weiß nicht.« Die Wassilkowa schüttelte den Kopf. »Es muss etwas geschehen, das ist doch der reinste Alptraum!«

»Vielleicht ist sie unglücklich verliebt?«, mutmaßte die Schwester.

»Sie meidet junge Männer wie die Pest. Wenn jemand sich für sie interessiert, glaubt sie, er will sie nur verhöhnen. Julia Nikolajewna, ich flehe Sie an, operieren Sie sie.«

»Ihre Tochter braucht keine Operation.« Julia spürte, dass sie die Geduld verlor. »Ich weiß nicht, welche Spezialisten Sie konsultiert und was die Ihnen geraten haben, aber ihre Tochter braucht psychologische, möglicherweise psychiatrische Hilfe.«

»Meine Tochter ist nicht verrückt!«, rief die Wassilkowa. »Wollen Sie etwa, dass man sie fürs ganze Leben mit einer schrecklichen Diagnose abstempelt? Dass man sie mit allen möglichen Psychopharmaka vollstopft, die schlimmer sind als Drogen?« Sie stürmte erneut zum Schreibtisch, stützte sich mit beiden Händen darauf und beugte sich zu Julia. »Brauchen Sie etwa kein Geld? Ich bezahle die Operation, und Sie sind verpflichtet, sie zu übernehmen!«

Die Tür wurde aufgerissen, auf der Schwelle stand Swetlana.

»Hör auf, Mama!«, rief sie mit hoher, überkippender Stimme. Sie lief zum Tisch, packte ihre Mutter am Arm und zog sie weg. Die schrie weiter, verließ jedoch türenknallend das Sprechzimmer.

»Ein Irrenhaus«, kommentierte die Krankenschwester kopfschüttelnd.

Julia nickte stumm. Sie hätte gern eine Zigarette geraucht und fünf Minuten still dagesessen, aber die Tür ging erneut auf. Der große junge Mann im schwarzen Anzug trat ein und verharrte auf der Schwelle.

»Bitte setzen Sie sich. Ich höre.« Julias Blick glitt über sein rundliches, glattes Gesicht, und sie entschied, dass er vermutlich eine Nasenkorrektur wünschte. Die Nase war lang, spitz, raubtierhaft und beeinträchtigte das ansonsten angenehme Gesicht.

Der junge Mann blickte sich ängstlich um, setzte sich auf die Stuhlkante, senkte den Kopf und nestelte an einem Knopf seines Jacketts.

»Ich höre«, wiederholte Julia.

»Schauen Sie es sich erst einmal an, Doktor«, flüsterte er heiser, ohne den Kopf zu heben.

»Gut.« Julia nickte. »Aber was eigentlich?«

Der junge Mann trat an den Tisch, zog sein Jackett aus, hob das Hemd und drehte Julia den Rücken zu.

»Nun?«, fragte der junge Mann. »Sehen Sie dieses Grauen?«

»Noch sehe ich nichts Grauenhaftes. Seien Sie so gut und erklären Sie mir, was Sie beunruhigt.«

»Die Haare!«, rief er mit dünner Stimme klagend aus. »Sehen Sie genau hin! Haben Sie eine Lupe?«

Sein Rücken war in der Tat ziemlich dicht mit rotem Haar bewachsen.

»Dazu brauche ich keine Lupe. Ziehen Sie sich bitte wieder an«, sagte Julia streng. »Körperbehaarung ist bei einem Mann normal, das ist nichts Schlimmes. Aber wenn die Haare auf dem Rücken Sie stören, müssen Sie in den ersten Stock gehen, dort sitzt die kosmetische Abteilung. Ich bin Chirurgin, ich befasse mich mit anderen Dingen.«

»Ich kenne alle diese Methoden. Aber ich bin ein besonderer Fall. Ich brauche einen Chirurgen.«

»Wieso einen Chirurgen?«

»Nehmen Sie eine Lupe, Doktor«, wiederholte er, ohne sich zu rühren. »Schauen Sie genau hin, dann werden Sie verstehen.«

Julia untersuchte gewissenhaft die roten Haare auf dem Rücken des Patienten. Wer weiß, vielleicht hatte er dort einen juckenden Ausschlag, der ihn rasend machte?

»Nun, wissen Sie jetzt Bescheid?«, fragte der junge Mann.

»Ehrlich gesagt, nicht ganz.« Julia legte die Lupe beiseite. Er hatte keinen Ausschlag.

»Sehen Sie denn nicht, wie sie sich bewegen?«, flüsterte er, ließ das Hemd fallen und wandte sich zu Julia um. »Oh, ich schließe nicht aus, dass sie sich verstellen. Das können sie nämlich, wissen Sie. Sie stellen sich still und harmlos, aber sobald ich nicht aufpasse, legen sie los. Es sind Tausende, Hunderttausende, und jedes einzelne ist eine hochempfindliche Antenne. Sie empfangen Signale von einer geheimen CIA-Basis. Mein Körper wird beeinflusst. Verstehen Sie jetzt, dass man sie restlos entfernen muss, mitsamt den Wurzeln?«

»Ja, ich verstehe.« Julia nickte brav. »Aber in der Kosmetikabteilung wird man damit problemlos fertig. Durch Elekroepillation kann man die Haarwurzeln vernichten, auch mit neuartigen Laserverfahren.«

»Ich brauche eine Hauttransplantation«, kiekste der junge Mann.

»Gut.« Julia nickte. »Aber vorher müssen Sie alle nötigen Labortests machen lassen und verschiedene Fachärzte aufsuchen.«

»Was denn für Fachärzte?« Sein Lächeln wich einer besorgten Miene.

»Innere, Kardiologie, Allergologie, Psychiatrie«, zählte Julia streng auf.

»Aber das hier ist doch eine Privatklinik!«, schnaubte der junge Mann. »Wozu das alles?«

»Das ist üblich. Sonst kann ich Sie nicht operieren. Vika, schreiben Sie bitte die Überweisungen aus«, wandte sie sich an die Schwester, die sich die Hand auf den Mund presste. »Seien Sie so gut und warten Sie draußen. Ich muss den nächsten Patienten hereinrufen.«

Entgegen ihren Befürchtungen verließ der junge Mann das Sprechzimmer ganz ruhig. Als die Tür hinter ihm zugefallen war, lachte Vika laut heraus. Ihre Wangen färbten sich schwarz von der Wimperntusche, sie fiel fast vom Stuhl – ihr Lachen war bestimmt auch im Flur zu hören.

»Ich kann nicht mehr, Julia Nikolajewna, ich kann nicht

mehr … Wissen Sie, wer die Nächste ist? Die Protopopowa! Das halte ich nicht aus, Ehrenwort.«

Alla Protopopowa war vor kurzem siebenundsiebzig geworden. Sie hatte schon ein Dutzend plastische Operationen hinter sich und wollte noch mehr. In einer neuen Fernsehserie gefielen ihr Kinn und Nase einer feurigen Mexikanerin, und sie hielt den Ärzten Fotos unter die Nase und verlangte, sie wolle genau das plus ein kleines Lifting, denn »hier ist eine kleine Falte«. Ihr Gesicht war längst eine starre Maske. Wenn man sie abwies, wurde sie wütend, schrieb Beschwerden ans Gesundheitsministerium, ans Innenministerium und an die Steuerbehörde.

»Ist Ihnen auch schon aufgefallen, dass die Verrückten immer gleich scharenweise kommen?« Vika hickste, schneuzte sich laut und wischte sich die Tuschespuren vom Gesicht.

In diesem Augenblick schwebte die alte Protopopowa herein. In der Hand hielt sie ein dickes Hochglanzmagazin, daraus ragten weiße Lesezeichen, und Julia musste ihr lange und geduldig erklären, dass sie sich keinerlei plastischen Operationen mehr unterziehen dürfe. Die Alte überschüttete sie mit den üblichen Beschimpfungen und Drohungen. Als sich die Tür hinter ihr schloss, fühlte sich Julia so erschöpft, als habe sie bei vierzig Grad Hitze ganz allein einen kompletten Güterzug entladen.

Dann kamen noch zwei Damen, zum Glück beide vollkommen normal. Die eine wollte sich die Falten auf der Stirn entfernen lassen, die andere ihre Augenlider korrigiert haben.

Die Sprechstunde war beendet. Julia aß im Café gegenüber der Klinik, rief zu Hause an und erfuhr, dass die Viper Schura nicht aufgerufen hatte und der Tag ganz erträglich verlaufen war.

»Meiner auch«, sagte sie und versprach, heute früher nach

Hause zu kommen. Sie musste nur noch zwei stationäre Patienten aufsuchen, dann konnte sie getrost nach Hause gehen.

Doch fünf Minuten nach dem Telefonat mit ihrer Tochter rief der Chefarzt sie zu sich.

Wer hat sich wohl beschwert, dachte Julia auf dem Weg zu seinem Büro.

Mamonow trank Tee und aß Kekse.

«Ich muss mich mit Ihnen beraten. Ich habe hier eine Patientin …« Er verschluckte sich, hustete, Julia ging um den Tisch herum, klopfte ihm auf den Rücken und setzte seinen Satz fort: »die sich beschwert, dass Doktor Tichorezkaja ihr die Operation verweigert?«

Mamonow hatte aufgehört zu husten, wischte sich die schweißnasse Stirn mit einem Papiertaschentuch ab, lehnte sich im Sessel zurück und richtete seine traurigen kleinen Augen auf Julia.

»Wen haben Sie denn heute abgewiesen, Doktor Tichorezkaja?«

»Madam Protopopowa«, erklärte Julia breit lächelnd, »und noch zwei Patienten. Der eine hat verlangt, dass man ihm die Haut vom Rücken schneidet, um die Haare zu entfernen, denn jedes Haar sei eine hochempfindliche Antenne, die Signale von einer geheimen CIA-Basis empfängt.«

»Großartig.« Mamonow nickte ohne das geringste Lächeln. »Und der dritte?«

»Eine Mutter mit einer siebzehnjährigen Tochter. Das Mädchen leidet an Anorexie, Dystrophie und Depressionen, sie fühlt sich hässlich, obwohl sie schön ist. Sie wollen eine Operation. Irgendeine.«

»Aha, soso.« Mamonow nickte gleichgültig, stand auf und fasste nach Julias Arm. »Kommen Sie, ich zeige Ihnen meine Patientin. Eine ziemlich bekannte Popsängerin, Angela. Sozusagen ein Star. Kennen Sie sie? Nein? Na, unwichtig. Angela Boldjanko. Sie ist zweiundzwanzig. Vor einem Monat wurde sie furchtbar zusammengeschlagen, ihr Gesicht ist total entstellt, es ist alles gebrochen, was man nur brechen kann. Sie wurde am Institut für Kiefer- und Gesichtschirurgie behandelt. Die haben ehrliche Arbeit geleistet, aber ziemlich grob. Alle lebenswichtigen Funktionen sind wiederhergestellt, aber sie hat noch kein Gesicht. Vier kosmetische Chirurgen haben sie bereits abgewiesen.«

Sie betraten das Sprechzimmer nebenan. Auf einem Hocker saß ein geschlechtsloses kleines Wesen. Der kahlgeschorene Kopf war tief gebeugt und pendelte auf dem dünnen Hals hin und her wie bei einer kaputten Puppe.

»Angela, darf ich vorstellen, das ist unsere beste Chirurgin, Julia Tichorezkaja.«

Das Wesen hob langsam den Kopf. Es hatte tatsächlich kein Gesicht. Julia sah eine schiefe Maske voller wulstiger Narben. Die Gesichtsmuskeln waren in einer übertriebenen Leidensmiene erstarrt. Nur die Augen waren noch lebendig. Sie schauten Julia, ohne zu blinzeln, an. Aus ihnen sprachen Verzweiflung und Hoffnung zugleich.

Auf einem hellen Bildschirm hingen zahllose Röntgenaufnahmen, auf dem Tisch lag eine dicke Mappe mit medizinischen Unterlagen.

»Na dann, sehen wir uns das mal an«, sagte Julia mit munterer Stimme, zog sich einen Stuhl heran, berührte die Maske vorsichtig und drehte sie ins Licht.

Major Sergej Loginow erwachte vom Schmerz. Rasch und gebieterisch breitete er sich im unteren Teil seines Körpers aus, von den Füßen bis zur Hüfte, schwoll an und pulsierte in jeder Zelle. Schwester Katja kam, wechselte den Tropf und spritzte ihm ein Schmerzmittel.

Sie erzählte, das Hospital befinde sich in der Nähe von

Moskau, der nächste Ort sei die Stadt Taldom. Man habe ihn bewusstlos und im Zustand schwerer Unterernährung hergebracht, seine Beine seien total zermatscht gewesen.

Ihm schien, als rede sie absichtlich so viel, damit er keine überflüssigen Fragen stellte.

»Außerdem hattest du Pediculose. Läuse. Und Ausschlag natürlich. Wie ein typischer Obdachloser. Und so mager warst du, mein Gott! Man hätte dich glatt als anatomisches Anschauungsexemplar benutzen können.«

Er diktierte Katja die Telefonnummer seiner Mutter und bat sie, in Moskau anzurufen. Sie antwortete mit einem stummen Kopfnicken. Als er sie am nächsten Tag fragte, ob sie angerufen habe, erklärte sie, ohne ihn anzusehen, sie habe es versucht, aber es sei niemand rangegangen.

»Dann schick ein Telegramm. Ich diktiere dir die Adresse.«

»Wie denn, Herrgott! Wir sind hier mitten im Wald.« Sie errötete und verzog das Gesicht zu einem qualvollen falschen Lächeln. »Die nächste Post ist in Taldom, fünfzig Kilometer von hier.«

»Du bist eine schlechte Lügnerin«, flüsterte er.

»Was?« Katja wurde flammend rot.

»Nichts ... Fünfzig Kilometer, sagst du? Aber das hier ist schließlich keine Wüste.«

»Nein, das nicht. Aber ein geheimes Objekt.« Katja wandte sich beleidigt ab.

»Schon gut, sei nicht sauer. Ich habe verstanden. Aber du lebst schließlich nicht das ganze Jahr hier, du fährst doch ab und zu mal nach Taldom und nach Moskau.«

»Nur im Urlaub. Den hab ich im August, und jetzt ist Februar.«

»Katjuscha, hilf mir bitte, du hast doch auch eine Mutter.« Er griff nach ihrer Hand, aber sie stand abrupt auf und ging hinaus.

Zehn Minuten später kam Awanessow, untersuchte wortlos Loginows Beine, hob seine Pyjamajacke an, fuhr ihm lange mit dem kalten Stethoskop über die Brust, runzelte die Stirn und murmelte vor sich hin: »Gut, gut.« Dann zog er die Decke glatt und sagte ärgerlich: »Warum belästigst du das Mädchen mit dummen Fragen? Sie kann deine Mutter nicht anrufen. Sie darf nicht, verstehst du?«

»Nein.«

»Dieses Hospital gehört zu einem Rehabilitations- und Ausbildungszentrum des Föderalen Sicherheitsdienstes. Ein hochgeheimes Objekt. Wir dürfen niemandem Auskünfte erteilen über unsere Verwundeten.«

»Wieso FSB?«, zischte er, ohne auf eine Antwort zu hoffen.

»Das hat sich so ergeben. Unsere Sondertruppen haben dich aufgelesen. Sie haben dich in ein Militärflugzeug gepackt, in Folie gewickelt wie einen Leichnam. Na, und bei der Landung hast du plötzlich gestöhnt, vielleicht hast du einen Stoss abgekriegt, oder du bist durch den Druckabfall zu dir gekommen, jedenfalls, der Tote war plötzlich lebendig.« Awanessow lachte.

»Weiß meine Mutter, dass ich lebe?«

»Noch nicht.« Awanessow schüttelte den Kopf. »Sie wurde offiziell benachrichtigt, dass du verschollen bist. Aber vergiss nicht, eine Mutter spürt solche Dinge. Sie hat so lange gewartet, wartet sie eben noch eine Weile. Es muss sein. Warum, weshalb – keine Ahnung. Ich kann nur eines sagen: Dass du lebst, weiß überhaupt niemand. Lieg still und mach keine Wellen, du dummer Kerl, freu dich, dass du atmest, dass du wieder gehen wirst und sogar laufen, und stell keine Fragen mehr, verstanden?«

»Nein.«

»Dann vertrau mir einfach. Betrachte es als Befehl. Was bist du? Major, ja? Und ich bin Oberst des medizinischen

Dienstes. Also, ich befehle dir, dich am Leben zu freuen und keine Fragen zu stellen, nicht einmal nach deiner Mutter. Entschuldige, mein Lieber. Hab ein wenig Geduld.«

## Drittes Kapitel

Die außerplanmäßige Sitzung des Vorstands der Privatbank »Triumph« fand nicht wie üblich im Konferenzsaal statt, sondern im gemütlichen, geräumigen Büro des Vorsitzenden. Die gesamte Vorstandsspitze war versammelt, insgesamt dreizehn Personen. Es ging um die Strategie der Bank angesichts der überraschenden letzten Ereignisse. Gleich fünf hohe Staatsbeamte, Ehrenkunden und Förderer der Bank, die ihr eine Vielzahl legaler und illegaler Dienste erwiesen hatten, waren von ihrem Posten geflogen. Drei waren in den Ruhestand gegangen, gegen zwei liefen Strafverfahren wegen Korruption und Amtsmissbrauchs.

Der Vorsitzende Wladimir Gerassimow, ein hochgewachsener dicker Glatzkopf mit ungesund aufgedunsenem Gesicht, sprach besorgt, abgehackt, heiser keuchend.

»Wir sind alle erwachsen und wissen, dass das Problem Korruption in diesem Fall nicht einmal an zweiter, sondern erst an zehnter Stelle steht. Das Wichtigste ist jetzt, zumindest für uns, die bevorstehende grundlegende Erneuerung der mittleren Leitungsebene und die Zusammenlegung des Ressorts für die Zulassung von Bankgeschäften und Wirtschaftsprüfung mit dem Ressort zur Kontrolle der Tätigkeit von Kreditinstituten auf dem Wertpapiermarkt. Im Hinblick darauf müssen wir hier und jetzt nicht nur eine Taktik, sondern auch eine Strategie erarbeiten ...«

Die Sekretärin rollte lautlos einen Servierwagen mit Tee- und Kaffeetassen herein. Es entstand eine angespannte Pause, die Versammelten löffelten Zucker in die Tasse, rührten um und tranken, ohne sich anzusehen. Gerassimow ließ seinen Kaffee stehen. Er saß vorgebeugt da, drehte seinen antiken Parker hin und her und konnte den Blick nicht von dem schönen, teuren Gegenstand lösen, von dem er sich niemals trennte. Vor zwei Tagen hatte er ihn eigenhändig auseinandergenommen und das silberne Gehäuse mit einer Speziallösung gereinigt. Doch das Silber war schon wieder schwarz angelaufen.

»Ich wiederhole«, sagte er und hustete, »nicht nur eine Taktik, sondern auch eine Strategie, ein langfristiges, fehlerfreies Vorgehen ...« Seine Atemnot wurde heftiger, er lief dunkelrot an. Er schluckte mehrmals krampfhaft und verspürte einen ungewohnten, scheußlichen Geschmack im Mund. »Die Zusammenlegung der beiden Ressorts wird bedeutende personelle Veränderungen mit sich bringen, nach meinen Informationen kommt eine vollkommen neue Mannschaft. Nadeshda«, wandte er sich an eine jugendlich wirkende grauhaarige Dame im rosa Kostüm, »lesen Sie uns bitte die Liste vor.«

Die Dame trank rasch ihren Tee aus, strich sich das ordentlich frisierte Haar zurecht, nahm mehrere Blätter Papier aus einer Plastikmappe und verlas die Namen der Kandidaten für die wichtigen Beamtenposten im neuen Ressort, wobei sie jeden mit einem kurzen Kommentar versah. Die Versammelten wechselten Blicke, seufzten, schüttelten den Kopf, rollten vielsagend mit den Augen und pressten die Lippen aufeinander. Die Liste umfasste zehn Namen, je zwei Kandidaten für jeden Posten, dummerweise sämtlich undurchsichtige Figuren aus der Provinz.

Als Nadeshda fertig war, wurde es still. Jeder dachte: So viele Anstrengungen umsonst! Ein Beamter war von entscheidender Bedeutung für die kommerziellen Strukturen. Bei den rückständigen Gesetzen und dem tückischen, hinterhältigen Steuersystem bestand die einzige Überlebenschance einer Privatbank darin, sich mit dem richtigen Beamten anzufreunden, seine Schwächen und Leidenschaften zu kennen, ihm kleine Freuden zu machen. Das war nicht an einem Tag und mit ein paar Kopeken zu leisten. Aber kaum lief alles, kaum wiegte man sich in Sicherheit, da drehte sich das Personalkarussell erneut, und der einflussreiche Freund war heute im Ruhestand, morgen in U-Haft, und an seine Stelle trat ein Neuer, Fremder, und man musste ganz von vorn anfangen.

Der Vorstand schwieg und sah fragend zum Vorsitzenden Wladimir Gerassimow, dem FSB-General im Ruhestand. Mit ihm hatte man nichts zu befürchten. Dank seiner alten Beziehungen hatte er Zugang zu geheimen Archiven und konnte rasch jede beliebige Information über die neuen Kandidaten besorgen. Alle erwarteten von ihm wenn nicht Trost, so wenigstens einen klaren Kommentar, doch er drehte noch immer seinen Parker in der Hand und schien die besorgte Ungeduld der Anwesenden gar nicht zu bemerken.

Gerassimow gewöhnte sich an manche kleinen Dinge so sehr, dass er, wenn sie verloren oder entzweigingen, beinahe physischen Schmerz empfand, als seien die Krawattennadel, die Manschettenknöpfe, das Feuerzeug, das Schreibgerät, die Tasse oder andere Kleinigkeiten Teile seines Körpers. Natürlich war es dumm von einem so seriösen Mann, sich zu grämen, weil das silberne Gehäuse seines geliebten Parkers schwarz angelaufen war. Aber ihm fiel plötzlich ein, wie schwarz sein geliebter silberner Teeglashalter geworden war. Zum ersten Mal wurde ihm bewusst, dass alles Silber bei der Berührung mit seiner Haut schwarz wurde und den Glanz einbüßte. Aber damit nicht genug: Das goldene Kreuz, das er um den Hals trug, und sein Ehering hatten einen matten rötlichen Schimmer bekommen. Unter dem Ring hatte sich ein nicht mehr abzuwaschender schwarzer

Streifen gebildet. Seine Hände, sonst stets trocken und warm, waren in letzter Zeit feucht und eiskalt; er hatte sogar die unschöne Angewohnheit angenommen, sie verstohlen an seiner Hose abzuwischen. Er hatte den Eindruck, seine Haut habe sich verändert, sein Körpergeruch, der Geschmack in seinem Mund.

Er war zweifellos gesund. Das bestätigten auch die Ergebnisse der Tests und die speziellen Computeruntersuchungen, denen er sich unterzogen hatte. Er musste mal wieder in die Sauna gehen, ein bisschen auf dem Tennisplatz herumhüpfen, sein morgendliches halbstündiges Jogging bei jedem Wetter erneut aufnehmen, dann würde alles wieder gut.

»Wladimir, haben Sie etwas gesagt?« Die Stimme kam von weither, er zuckte zusammen und blickte sich zerstreut um. Er hatte das Gefühl, der eisige feuchte Märznebel sei durch das Fensterglas eingedrungen und habe sich im Büro ausgebreitet. Er sah verschwommene Silhouetten, sie öffneten den Mund, bewegten den Kopf, vollführten bizarre Verrenkungen und zerfielen in Einzelteile, die sich selbständig weiterbewegten, wie von einem Spaten zerhackte Regenwürmer.

Von einem schrillen Telefonklingeln kam er wieder zu sich. Er griff nach dem Hörer wie nach einem Rettungsring. Seine Hand war so feucht, dass ihm der Hörer beinahe entglitten wäre.

»Ja«, sagte er heiser und bemerkte erleichtert, dass der Nebel sich aufgelöst hatte.

»Wladimir!«

Er begriff nicht gleich, dass seine Frau dran war. Sie konnte ihn jetzt nicht anrufen, sie wusste genau, dass er eine außerordentliche Vorstandssitzung hatte und dabei keinesfalls gestört werden durfte.

»Was gibt es, Natalja?«

»Jemand wollte Stas töten. Hier bei mir sitzt ein Ermittler, ich gebe ihm den Hörer.«

»Moment, ich verstehe nicht …«

»Guten Tag«, sagte ein fremder Mann, »Genosse General. Leitender Untersuchungsführer Tschishow.«

»Sehr angenehm«, reagierte Gerassimow mechanisch, »was ist passiert?«

»Um es vorwegzunehmen, damit Sie sich keine Sorgen machen, Genosse General, mit Ihrem Sohn ist alles in Ordnung«, erklärte die hohe, muntere Stimme im Hörer. »Heute Nacht brachten zwei Unbekannte am Boden seines Wagens einen Sprengsatz an, zum Glück gab es keine Explosion, aber wir haben ernsthafte Gründe für die Annahme, dass sich der Anschlag wiederholen wird.«

»Wo ist das passiert?«

Gerassimow wusste, dass es in Stanislaws Haus eine rund um die Uhr bewachte Tiefgarage mit Alarmanlage gab. Der Sprengsatz konnte nur auf einem fremden Hof an das Auto gekommen sein.

»Stanislaw hat bei einer Bekannten übernachtet«, sagte der Ermittler nach einem Räuspern mit gesenkter Stimme. Er schien sogar die Hand auf den Hörer gelegt zu haben. »Es ist auf dem Hof ihres Hauses passiert, in Konkowo. Wir müssen uns dringend treffen und miteinander reden. Stanislaw weigert sich, unsere Fragen zu beantworten.«

»Wo ist er?«

»Genau das wollte ich Sie fragen, Genosse General. Er geht nämlich an keines seiner Telefone, er ist nicht zu Hause und nicht am Arbeitsplatz.«

Während Gerassimows Telefonat saß der Vorstand schweigend da. Zwölf Augenpaare waren gierig auf das blasse, schweißglänzende Gesicht des Vorsitzenden gerichtet. Alle begriffen: Bei dem eisernen Wladimir war etwas Ernstes geschehen, und jeder wollte wissen, was. Schließlich legte er auf und sagte dumpf, ohne jemanden anzusehen: »Ich bitte um Entschuldigung. Ich muss sofort nach Hause.«

»Was ist passiert, Wladimir?« Nadeshda saß ihm am nächsten; sie streckte den Arm aus und berührte die feuchte Hand des Generals. »Können wir helfen?«

»Danke. Sie können alle gehen.« Er zog die Hand zurück wie vor einem Stromschlag. »Die Sitzung ist auf morgen vertagt. Ich erwarte Sie alle hier um neun.«

Als Julia Tichorezkaja endlich nach Hause aufbrechen wollte, bemerkte sie im Sessel vor ihrem Sprechzimmer eine einsame Gestalt. Im Flur herrschte Halbdunkel, darum erkannte sie die Sängerin mit dem entstellten Gesicht nicht gleich. Angela döste vor sich hin, den in ein schwarzes Tuch gehüllten Kopf auf der hohen Armlehne.

»Warum fährst du nicht nach Hause?«, fragte Julia.

Das Mädchen zuckte heftig zusammen und setzte mit einer hastigen, bereits geübten Bewegung die riesige dunkle Brille auf.

»Mein Produzent Gena sollte mich abholen, aber er ist verschwunden. Sein Handy ist ausgeschaltet, und ich hab kein Geld für ein Taxi, nicht mal für die Metro.«

»Na komm, ich fahr dich nach Hause.«

»Danke.« Angela stand auf und trottete hinter Julia die Treppe hinunter.

Im hell erleuchteten Foyer riskierte Julia einen Blick auf das karikaturenhafte tragische Profil im riesigen Spiegel. Tuch und Brille verbargen vieles, aber die Entstellungen waren dennoch augenfällig, und Julia warf sich gereizt vor, voreilig gewesen zu sein. Es würde kaum gelingen, Angela ihr früheres Aussehen zurückzugeben. Die Sängerin schien ihre Gedanken zu lesen.

»Werde ich nie wieder normal aussehen?«, fragte sie mit monotoner, heiserer Stimme.

»Du wirst sehr schön sein.«

»Von wegen!« Sie schüttelte den Kopf und riss sich das Tuch vom Kopf, als enge es sie zu sehr ein. »Das glaube ich nicht.«

»Doch, das glaubst du«, sagte Julia hart. »Warum bist du sonst hergekommen?«

»Wann wollen Sie mich operieren?«

»Ich denke, wir fangen morgen mit den Vorbereitungen an.«

Als sie das Kliniktor passierten, war es neun. Es fiel ein eisiger Nieselregen. Julia schaltete die Heizung ein und Musik.

»Wer hat dir das angetan?«

»Die wird man nie finden«, krächzte Angela, »drei Bastarde haben mich mitten in der Nacht auf dem Hof überfallen, als ich mit dem Hund draußen war. Den Hund haben sie getötet. Und mich im Grunde auch, denn mit so einem Gesicht kann man nicht leben.«

»Was war das für ein Hund?«

»Ein Pekinese. Kleiner als eine Katze. Ach was, genug davon.«

»Aber es läuft eine Ermittlung?«

»Ich weiß nicht. Ich will das vergessen, verstehen Sie?«

Julia nickte. »Das verstehe ich. Aber es ist wichtig, dass sie gefunden werden, nicht nur, damit sie bestraft werden. Wenn man sie findet, wird das Gericht sie verpflichten, deine Behandlung zu bezahlen.«

»Meine Behandlung bezahlen? Ha-ha! Die finden sie nie im Leben! Und was das Geld angeht – das ist jetzt kein Problem mehr.«

Eine ganze Weile fuhren sie schweigend weiter. Julia hatte einfach keine Kraft mehr zum Reden. Angela sang hin und wieder leise bei Elvis Presley mit. Ihre Stimme klang recht angenehm.

»Also, wann soll ich morgen da sein?«, fragte Angela, als sie auf den Wernadski-Prospekt einbogen.

»Um zwölf.«

»Gut. Da drüben wohne ich.« Sie wies mit einem Kopfnicken auf einen der gelben Zwölfgeschosser auf der anderen Straßenseite. »Hinter dem nächsten Häuserblock kann man wenden.«

Der Wagen stand an einer Ampelkreuzung. In Angelas Tasche klingelte das Telefon.

»Oh, das ist bestimmt Gena!«, freute sie sich und holte das winzige Handy hervor. »Hallo. Weiß ich schon. Dreißigtausend. Nee, natürlich keine Rubel. Was interessiert dich das? Ich komm raus, wenns so weit ist. Sag bloß, du bist schon wieder eifersüchtig? Wer will mich denn noch mit so einer Fresse? Ach ja, klar ...«

Es wurde Grün, Julia fuhr weiter und wendete, und Angela hielt noch immer das Telefon in der Hand und hörte angespannt zu. Schließlich explodierte sie schreiend: »Ich hasse dich, kapiert? Ich kann dich nicht mehr sehen! Was sagst du? Das darf ich nicht? Aber mit Fäusten und Schuhen in die Schnauze, das darf man, ja?«

Plötzlich besann sie sich, verstummte, klappte das Handy zu und flüsterte hastig: »Gena, mein Produzent, der Idiot hat sich betrunken und vergessen, dass er mich aus dem Krankenhaus abholen sollte. Jetzt entschuldigt er sich.«

Aha, dein Produzent hat dich also brutal zusammengeschlagen, und nun will er die plastischen Operationen bezahlen, dachte Julia zweifelnd, schwieg aber.

»Ich bin einfach mit den Nerven runter«, sagte Angela, als sie im Hof ihres Hauses hielten.

Julia sah der mageren, linkischen Gestalt nach, wendete und verließ den Hof. Den kleinen schwarzen Toyota mit abgedunkelten Scheiben, der nach ihr vom Parkplatz fuhr, bemerkte sie nicht. Der wendige, unauffällige Wagen folgte ihr und blieb noch ziemlich lange vor ihrer Tür stehen, nachdem sie im Haus verschwunden war.

Sergej war von der Intensivstation in einen Isolierraum verlegt worden. Dieselben kahlen gefliesten Wände, aber immerhin gab es dicht unter der Decke ein kleines Fenster, vor dem sich junge Kiefern wiegten; dahinter schimmerte die weiße Wand des Nachbargebäudes durch. Wenn er sich auf die rechte Seite drehte und ein wenig den Kopf hob, konnte er hinausschauen, allerdings nicht lange. Jede Bewegung bereitete ihm so heftige Schmerzen, dass er Sterne sah. Die Schmerzmittel halfen nur, wenn er still auf dem Rücken liegen blieb.

Sergej hatte das Zeitgefühl verloren. Katja vermied es, mit ihm zu reden, wahrscheinlich hatte man es ihr verboten. Awanessow kam immer seltener vorbei und gab nur ausweichende Antworten. Beim letzten Mal hatte er über Halsschmerzen geklagt und erklärt, das Sprechen falle ihm furchtbar schwer.

Major Loginow stellte fest, dass in der monotonen, zähfließenden Zeit die lichtesten Momente die waren, in denen Katja auftauchte und ihm eine Spritze gab. Er wollte nur noch eines: in das gewohnte Vergessen sinken. Das tröstete und betäubte.

Noch ein wenig, und er würde sich in eine gefügige, stumpfsinnige Kreatur verwandeln. Dieser Gedanke erreichte ihn an der fließenden Grenze zwischen Traum und Wachen, wenn sich gewohnte simple Dinge bis zur Unkenntlichkeit verzerren und man nichts mehr mitkriegt, weder von sich selbst noch von seiner Umgebung.

Als er im Morgengrauen nach einer weiteren Portion unerquicklichen narkotischen Vergessens zu sich kam, sah er Katja neben seinem Bett sitzen. Sie hielt eine Spritze in der Hand.

»Was willst du mir da spritzen?«

»Ein Schmerzmittel, wie immer.«

»Nicht nötig.«

»Spinnst du?«

»Ich will nicht an der Nadel hängen.« Er versuchte zu lächeln. »Ich kann das aushalten.«

»Das kann man nicht aushalten!«, widersprach Doktor Awanessow, der nach einer Viertelstunde erschien, energisch. »Du wirst schreien und keinen schlafen lassen. Du musst keine Angst vor einer Gewöhnung haben. Morphium bekommst du seit drei Tagen nicht mehr. Wir wechseln die Präparate, jetzt kriegst du Promedol und Analgin.«

»Nicht nötig. Ich werde es aushalten.«

»Na schön«, seufzte Awanessow. »Heute Abend wirst du selber um ein Schmerzmittel bitten.«

Sergej bat nicht darum, weder an diesem Abend noch am nächsten. Er gewöhnte sich an den Schmerz, freundete sich sogar mit ihm an. Der Schmerz war ehrlicher und sicherer als der süße künstliche Schlaf.

## Viertes Kapitel

»Verzeih mir, Ruben«, flüsterte Galina Katscherjan, während sie den ohnehin schneeweißen Herd scheuerte, »du weißt doch, wie sehr ich dich liebe, ich brauche niemanden außer dir. Du warst nicht da, ich war allein und krank. Stas wollte bloß kurz vorbeikommen, er hat mir Medikamente gebracht, dann hat er was getrunken und konnte nicht mehr Auto fahren, da hab ich ihm in Andrjuschas Zimmer das Bett gemacht. Es war nichts, wirklich, absolut nichts, er ist für mich wie ein Bruder, wir sind doch zusammen aufgewachsen.«

Sie verbrachte den Tag in Tränen und unstetem Umherhasten in der Wohnung, fing verschiedene Hausarbeiten an, doch ihr fiel alles aus der Hand. Am Abend rief ihr Mann aus Petersburg an und teilte mit, er müsse noch ein paar Tage länger bleiben.

In der Nacht hatte sie Alpträume. Ruben im roten Hemd mit aufgekrempelten Ärmeln hielt den blutüberströmten Kopf von Stas an den Haaren und bleckte die weißen Zähne. Am Morgen rief Galina ihre Freundin Marina an. Sie ertrug ihre Ängste nicht länger allein.

»Interessant … Hör mal, sie könnten zuallererst deinen Ruben verdächtigen. Angenommen, er wußte von eurem Verhältnis und hat jemanden beauftragt, Stas umzubringen.«

»Nicht doch! Ruben kann davon nichts gewusst haben.«

»Ach nein? Du schläfst mit Stas, schon seit zehn Jahren!«

»Fünfzehn«, korrigierte Galina mechanisch. »Aber wir treffen uns nicht regelmäßig.«

»Das spielt keine Rolle. Ihr trefft euch, und dein Mann, der gute Engel, soll davon keine Ahnung haben … Nein, Galja, entweder dein Ruben ist ein Idiot, oder du bist eine Idiotin.«

Galina war zu nervös, um beleidigt zu sein, und überhörte die »Iditotin«. Aber die Vermutung, ihr Mann könne verdächtigt werden, gab ihr den Rest. Sie weinte bitterlich in den Hörer.

»Schon gut, beruhige dich. Ich komme gleich zu dir, wir besprechen alles und lassen uns was einfallen.«

Marina wohnte im Nachbarhaus und klingelte schon nach zwanzig Minuten an der Wohnungstür. Groß und kräftig, mit einem mächtigen Leib und dicken Gliedmaßen, mit einer Mähne roter Locken, starr wie Kupferdraht, füllte sie den gesamten Flur aus. Sie streifte die abgetragenen Turnschuhe ab, stampfte in Socken in die Küche, schaltete im Vorbeigehen den Wasserkocher ein und setzte sich mit untergeschlagenen Beinen auf die Bank.

»Krieg ich was zu futtern? Ich hab noch nicht gefrühstückt.« Sie griff nach einer dünnen bunten Zeitschrift auf dem Fensterbrett, blätterte darin, ohne genau hinzusehen, warf sie wieder weg, zog einen Zahnstocher aus einer Keramikdose, zerbröselte ihn und nahm sich sofort den nächsten. Ihre Hände waren ständig in Bewegung, unaufhörlich waren sie am Nesteln, Knüllen, Zupfen und Rupfen. Ihre runden hellbraunen Augen aber konnten sehr lange, ohne zu blinzeln, einen Punkt fixieren, wobei nur das rechte Lid kaum spürbar zuckte.

Den nervösen Tick hatte sie seit drei Jahren, seit man eines Abends ihren Mann im Hausflur erschossen hatte. Er hatte sich als Geschäftsmann versucht und in einer zweifelhaften Bank einen hohen Kredit aufgenommen; als klar war, dass er die Schulden nicht würde zurückzahlen können, wurde er getötet, als Lehre für andere.

Kinder hatte Marina nicht, sie lebte allein in einer kleinen Zweizimmerwohnung und schlug sich mehr schlecht als recht durch – mit privaten Näharbeiten, Putzen, dem Verteilen von Werbezetteln in der Metro.

Galina schwatzte ununterbrochen, kochte Kaffee und holte phantastische Delikatessen aus dem Kühlschrank – ein Glas roten Kaviar, Plastikpackungen mit Lachs- und Störscheiben, französische Leberpastete und spanische Räucherwurst.

»Das hat Stas mitgebracht. Er frühstückt gern gut, aber heute ist daraus nichts geworden, wie du siehst.«

Marina strich sich Butter und Kaviar auf eine Brötchenhälfte, biss ab und kaute langsam, mit geschlossenen Augen.

»Der Untersuchungsführer hat behauptet, man würde wieder versuchen, ihn umzubringen, irgendwer hat seine Ermordung in Auftrag gegeben.« Galina schenkte Kaffee ein und setzte sich an den Tisch. »So was kann man doch einem Menschen nicht sagen. Warum ihn erschrecken?

Vielleicht war das Ganze überhaupt ein Irrtum, vielleicht haben die Banditen ihn mit jemandem verwechselt.«

»Was denkt er selber denn?«, fragte Marina und nahm einen Schluck Kaffee.

»Er hat einen Schock. Stell dir doch bloß mal vor: Du siehst mit eigenen Augen, wie jemand an deinem Auto einen Sprengsatz anbringt!« Galina trennte sich mit der Gabel ein winziges Stückchen Lachs ab und schob es zerstreut in den Mund. »Ich meine, das Ganze ist überhaupt sehr seltsam. Als dein Kolja umgebracht wurde, da gab es doch vorher Drohungen, Anrufe, man hat verlangt, ihr sollt eure Wohnung verkaufen, und erst als er sich weigerte, wurde er umgebracht. Und hier – nichts dergleichen, keine Drohungen, keine Warnungen. Stas ist ein Goldstück, er kann einfach keine Feinde haben.«

»Na ja, also Feinde hat jeder«, widersprach Marina. »Besonders, wenn er jeden Tag so frühstückt.«

»Was hat denn das damit zu tun?« Galina hob erstaunt die dünnen hellen Brauen.

»Ach, nur so.« Marina machte sich rasch ein zweites Kaviarbrötchen. »Gut, weiter. Wonach hat der Untersuchungsführer gefragt?«

»Ach, ich weiß nicht. Es ist alles wie im Nebel. Ich glaube, er hat gefragt, wer wusste, dass Stas bei mir übernachten wird.«

»Und – wer hat es gewusst?«

»Keiner.« Galina schüttelte energisch den Kopf. »Keine Menschenseele. Er hat um zehn aus dem Auto angerufen. Er hat zu niemandem ein Wort davon gesagt, und ich auch nicht. Ach, rat mir lieber, was ich mit Ruben machen soll!«

»Tja, Galja, ich weiß auch nicht.« Marina seufzte bekümmert und leckte Kaviarreste vom Messer. »Diesmal wirst du dich wohl kaum rausreden können. Du wirst die Wahrheit sagen müssen. He, gib mir mal 'ne Zigarette.«

»Aber wie denn ... Das verzeiht mir Ruben nie. Das bedeutet Scheidung. Und Andrjuscha? Er liebt seinen Vater abgöttisch. Und die Wohnung?« Sie winkte resigniert ab. »Nein, Scheidung kommt nicht in Frage. Aber er wird danach nicht mehr mit mir leben wollen. Ein anderer würde das verzeihen, aber mein Ruben – niemals!«

Sie stand auf und lief in der kleinen Küche hin und her. »Nein, Marina, gestehen geht nicht, ich hab in einer Zeitschrift einen Artikel über Ehebruch von einem Psychologen gelesen. Man darf das auf keinen Fall eingestehen, man muss es kategorisch leugnen.«

»Na, wenn du selber so gut durchsiehst, warum fragst du mich dann? He, krieg ich nun endlich eine Zigarette?«

»Da!« Galina zündete sich eine Zigarette an und warf Schachtel und Feuerzeug auf den Tisch. »Nein, mal ehrlich, hättest du es deinem Kolja gesagt?«

»Ich hab meinen Kolja nicht betrogen«, sagte Marina knapp und zog gierig an ihrer Zigarette, »ich wollte niemanden außer Kolja. Ich habe ihn geliebt. Und wenn dein Goldstück Stas ihn nicht vor vier Jahren in diese abenteuerliche Geschichte reingezogen hätte, dann würde er noch leben.«

»Na pri-ma!« Galina blieb mitten in der Küche stehen und hob empört die Arme. »Was hat denn Stas damit zu tun? Er hat deinem Kolja nur angeboten, sich an einem aussichtsreichen Unternehmen zu beteiligen, er wollte ihm eine Chance geben, ich meine, ich verstehe natürlich nichts von Business, aber ich kenne Stas seit unserer Kindheit.« Ihre Wangen färbten sich dunkelrot, ihre Augen funkelten zornig. »Wieso fängst du jetzt davon an?«

»Entschuldige. Reg dich nicht auf. Du bist schließlich krank, du kriegst gleich wieder Fieber. Und überhaupt – reiß dich zusammen. Bei dir ist alles in Butter – du hast einen Mann, einen Sohn und noch dazu einen reichen Liebhaber. Kuck mich an, was nach Koljas Tod aus mir geworden ist.«

Tatsächlich – vor drei Jahren war Marina schlank, gepflegt und lebenslustig gewesen; sie hatte viel gelacht, dabei den Kopf zurückgeworfen und großzügig die prachtvollen weißen Zähne entblößt. Kolja und sie hatten sich abgöttisch geliebt, sich sogar in der Öffentlichkeit dauernd geküsst. Nach fünf Jahren Ehe hatten sie noch immer gewirkt wie frisch verheiratet.

»Hör mal, wen von den beiden liebst du eigentlich mehr?«

»Wenn ich das wüsste.« Galina lächelte schuldbewusst und schloss die Augen. »Weißt du, Stas war mein erster Mann, meine erste Liebe. Das zwischen uns ist Leidenschaft, es zieht uns einfach mit Macht zueinander, wir können nichts dagegen tun, weder ich noch er. Und Ruben – er ist mein Mann, der Vater meines Kindes. Mit ihm ist alles ganz anders.«

»Wenn es Leidenschaft ist, warum hat dein Stas dich dann nicht geheiratet?«

»Herrgott, versteh doch – wie kann der Sohn eines Generals die Tochter einer Dienstbotin heiraten?«

»Aber mit ihr schlafen kann er, ja?« Marina lachte heiser. »Das heißt, er benutzt dich seit deinem fünfzehnten Lebensjahr, wann immer er Lust hat, und du setzt seinetwegen deine Ehe aufs Spiel. Er ist ein Schwein, dein Stas. Na schön, ich muss los. Lass den Kopf nicht hängen, Galja, vielleicht löst sich das Problem ja von ganz allein?«

Anstatt die Fragen des Untersuchungsführers zu beantworten und mit den Eltern zu erörtern, wer ihn möglicherweise töten wollte und warum, fuhr Stas in ein privates Fitnesscenter und verbrachte dort den ganzen Tag. Er trat in die Pedale, drückte Gewichte, schwitzte in der Sauna, schwamm im eiskalten Becken, stöhnte vor Wonne unter den kräftigen Händen des Masseurs, nahm im Café einen Imbiss und schlief ein paar Stunden im Ruheraum. Sein Mobiltelefon hatte er abgeschaltet.

Über sämtlichen angenehmen und nützlichen Prozeduren, die ihm das Fitnesscenter bieten konnte, war der Tag rasch verflogen. Aber wohin jetzt? Er entschied, er dürfe jetzt vor allem nicht allein bleiben. Er verließ die Bar, ging in den Umkleideraum, schloss seinen Schrank auf, holte sein Telefon heraus, schaltete es ein und wählte eine Nummer, unter der sich sofort eine tiefe, angenehme Frauenstimme meldete.

»Hallo, mein Sonnenschein«, sagte er, »was hast du heute Abend vor?«

»Und du?«, fragte sie zurück.

»Zu Abend essen und ab ins Bett«, antwortete er, während er seine Hose vom Bügel nahm. »Ich erwarte dich um acht im ›Anker‹ in der Twerskaja.«

»Und danach?«

»Das hab ich doch gesagt – ab ins Bett.«

»Das habe ich gehört. Bei dir oder bei mir?«

»Was spielt das für eine Rolle?«

»Eigentlich keine« – sie lachte spöttisch –, »aber ich würde lieber zu mir gehen. In deinem Bad findet man ständig fremde Schamhaare.«

»He, was willst du damit andeuten?« Stas war aufrichtig empört.

»Nur, dass deine Putzfrau schludert.« Die Frau lachte weich, ein Feuerzeug klickte. »Du solltest dir endlich eine Frau anschaffen, Stas, damit sie deine Putzfrau kontrolliert.«

»Na schön, mein Sonnenschein«, sagte er so zärtlich er konnte, »darüber reden wir beim Essen. Küsschen, bis gleich.«

Anschließend schaltete er das Telefon sofort wieder aus, zog sich ohne Hast an, kämmte sich vorm Spiegel die kurzen hellblonden Haare und sprühte sich mit Parfüm ein.

Ich werde nicht daran denken. Es war nichts. Schwachköpfe, Rowdys, Rotzlöffel. Mein Wagen fiel auf diesem Hof einfach zu sehr auf unter all den Shigulis und Moskwitschs, das war nur Gehässigkeit. Einfach so. Langweile und Neid.

So tröstete er sich auf dem Weg zur Tiefgarage, zu dem schwarzen Firmenmercedes, den er schon am Morgen angefordert hatte, samt dem Chauffeur Georgi. Georgi fuhr ihn gegen ein zusätzliches Entgelt oft privat; und er besaß eine Waffe – mit ihm fühlte sich Stas sicher.

Der Chauffeur stieg aus und öffnete ihm die hintere Tür. »Man hat nach Ihnen gesucht. Wladimir hat mich persönlich angerufen und gefragt, wo Sie sind.«

»Und was hast du gesagt?«

»Wie abgesprochen. Dass Sie sich bei ihm melden würden.«

»Und er?«

»Wartet auf Ihren Anruf. Rita hat auch angerufen, sie sagt, ein Major Tschishow sucht Sie, anscheinend vom FSB.«

Rita war seine Sekretärin. In der Firma wussten also alle Bescheid. Auch Georgi wusste Bescheid. Nun durfte der FSB mit vollem Recht in allen Papieren herumwühlen, die Nase in alle seine Geschäfte stecken.

Vielleicht haben sie das Ganze ja selber organisiert, extra dafür, dachte Stas abwesend, ließ sich in den weichen Sitz fallen und sagte: »Weißt du was, Georgi, die können mich alle mal! Schalt das Telefon aus. Wir fahren zum ›Palace-Hotel‹.«

»Vielleicht rufen Sie wenigstens Ihre Eltern an?«, fragte Georgi. »Sie machen sich schließlich Sorgen. Ich würde meine anrufen.«

»Aber du hast Ihnen doch gesagt, dass ich okay bin?«

»Hab ich.«

»Na also. Fahr los.«

Es war bereits dunkel. Wieder fiel eiskalter Nieselregen. Stas schob die Hand in die Jackentasche und holte zusammen mit der Zigarettenschachtel versehentlich ein kleines viereckiges Stück Papier heraus, das er schon unbesehen zusammenknüllen und wegwerfen wollte, aber dann interessierte ihn doch, was das war und wie es in seine Tasche gelangt war.

Es war ein Foto, schwarzweiß, ein Passfoto. Eine hübsche dunkelhaarige Sechzehnjährige sah Stas an. Das Foto konnte die Durchsichtigkeit ihrer Haut und das tiefe, dunkle Blau ihrer Augen nicht wiedergeben. Das Mädchen war nicht einfach nur hübsch. Es war von umwerfendem, archaischem Reiz. Sie konnte schauen, wie Eva vermutlich Adam angeschaut hatte, als sie ihm den Apfel vom Baum der Erkenntnis hinhielt. Sie hatte eine sanfte, tiefe Stimme und die Geschmeidigkeit einer Perserkatze. Das matte, zwanzig Jahre alte Foto war vom Zauber des Originals durchdrungen wie von radioaktiver Strahlung. Einige Sekunden lang starrte Stas es reglos an.

»Zieht es? Soll ich das Fenster schließen?«, fragte Georgi, sich umdrehend.

Der Scheinwerfer an der Tiefgaragenausfahrt durchflutete das Wageninnere mit grellem Licht.

»Nein«, blaffte Stas und schlug mit der flachen Hand auf das Foto.

»Wie Sie meinen«, brummte Georgi friedfertig, »aber Sie kommen schließlich aus der Sauna, nicht, dass Sie sich erkälten.«

Der Wagen fuhr auf die Chaussee. Nun war es darin wieder dunkel. Mit zitternden Händen zerriss Stas das Foto in winzige Schnipsel, klaubte sie zusammen und warf sie zum offenen Fenster hinaus. Der Chauffeur vernahm ein seltsames unterdrücktes Stöhnen, sah, wie der nasse Wind etwas Kleines, Weißes davontrug, und fragte, ob alles in Ordnung sei.

»Lass dich nicht ablenken«, erwiderte Stas mit heiserer, fremder Stimme, »die Straße ist nass.«

Wladimir rief den Chauffeur Georgi an. Georgi war sein Mann, er war mit siebenundzwanzig Jahren im Rang eines Hauptmanns bei den Sicherheitsorganen ausgeschieden und diente nun bereits seit zwei Jahren dem Sohn des Generals. Der pensionierte General hatte absolutes Vertrauen zu ihm, dennoch lieferte Georgi ihm keine umfassenden Informationen über Stas, denn dieser fuhr leidenschaftlich gern selbst, besaß drei Autos und nutzte nur selten die Dienste seines Chauffeurs. Der General hoffte, nach dem durchgemachten Stress würde sein Sohn es nicht riskieren, sich selbst ans Steuer zu setzen, und seinen Chauffeur anrufen. Und hatte recht damit.

Georgi versicherte ihm, mit Stas sei alles in Ordnung, und meldete, Seine Durchlaucht geruhe sich im Fitnesscenter »Apollo« aufzuhalten.

»Aber ich habe Ihnen nichts gesagt, Genosse General. Stas hat mir verboten, irgendjemandem zu verraten, wo er ist.«

»Sogar mir?«, fragte Gerassimow spöttisch.

»Sogar Ihnen.«

»So ein Mistkerl! Seine Mutter dreht hier durch, er hätte sie wenigstens mal anrufen können. Hat er dir erzählt, was los ist?«

»Nein. Er hat gegen zwei angerufen. Ich sollte um halb sieben am Fitnesscenter sein und auf dem Parkplatz auf ihn warten.«

»Weißt du schon, was heute Nacht passiert ist?«

»Ja.«

»Und was denkst du?«

»Ich denke, jemand wollte ihn ermorden lassen, Genosse General.«

»Trottel«, rief Gerassimow gereizt, »das weiß ich selber. Wer? Warum? Das ist die Frage. Wer und warum? Na schön, Georgi, sag ihm, seine Mutter und ich machen uns Sorgen, er soll sofort anrufen.«

Zu Hause wurde Gerassimow von Untersuchungsführer Tschishow erwartet, einem rundgesichtigen fröhlichen Burschen. Er lachte die ganze Zeit leise und rieb sich die großen, trockenen Hände. Den General ärgerte diese unangebrachte Munterkeit, er wünschte sich für die Untersuchung des Attentats auf seinen Sohn ernsthaftere Männer. Gott sei Dank hatte er noch gute Beziehungen zu seiner alten Dienststelle. Er hielt es nicht für nötig, Tschishow mitzuteilen, dass Stas im Fitnesscenter war.

Während ihres Gesprächs erlitt Gerassimows Frau einen heftigen Asthmaanfall.

Gerassimow musste den Notarzt rufen. Natalja weigerte sich, ins Krankenhaus zu fahren. Der Arzt stoppte den Anfall und verordnete ihr Ruhe und die Vermeidung jeglicher Aufregung.

»Stas, mein Kind, mein Junge, was ist bloß los?«, flüsterte Natalja, die am Tropf hing, immer wieder. Über ihre runden Wangen rollten Tränen.

»Hör auf!«, rief Wladimir unbeherrscht. »Dein Kind ist sechsunddreißig! Du bist selber an allem schuld! Hast dein Söhnchen verwöhnt bis zum Gehtnichtmehr!«

Natalja weinte noch bitterlicher und schnappte keuchend nach Luft. Tschishow besaß die Unverschämtheit, hereinzuschauen und mit seinem widerwärtigen Lächeln zu sagen: »Ich bitte um Entschuldigung, Genosse General, aber das sollten Sie nicht tun, es geht ihr schlecht, sie ist immerhin die Mutter.«

»Ich halte Sie nicht auf!«, schnauzte Gerassimow, knallte ihm die Tür vor der Nase zu, setzte sich zu seiner Frau aufs Bett und zwang sich, ihr übers Haar zu streicheln.

Ihr Haar war längst grau, doch sie färbte es trotzig mit einer Mischung aus rotem und schwarzem Henna. Das ergab ein hässliches, unechtes Kastanienbraun. Durch die dünnen, eingedrehten Strähnen schimmerte die Kopfhaut. Früher war ihm das nicht aufgefallen.

»Geh, Wladimir, geh. Bring den Mann zur Tür«, murmelte sie mit geschlossenen Augen und gequältem Lächeln.

Mein Gott, warum sehe ich das alles auf einmal – die kurzen, schütteren Augenbrauen, die tiefen Falten, die braunen Altersflecke und die vor diesem traurigen Hintergrund unnatürlich leuchtenden künstlichen Zähne? Warum gerade jetzt? Warum so klar, so schonungslos, dachte der General, erhob sich schwerfällig und ging in den Flur, Tschishow verabschieden.

Der fröhliche Untersuchungsführer stellte die Latschen ordentlich ins Schuhregal, hockte sich hin und schnürte seine Schuhe zu. Gerassimow lehnte am Türrahmen und beobachtete ihn schweigend.

»Sie wissen also nicht, wo sich Stanislaw aufhalten könnte?« Tschishow sah mit blanken braunen Augen zum General hoch. Der schüttelte den Kopf. »Das ist schlecht«, seufzte Tschishow und richtete sich auf. »Sehr schlecht, Genosse General. Die Zeit läuft, und wir haben noch keinerlei Informationen.« Er zog seine billige, abgeschabte Lederjacke an und streckte dem General die Hand hin. »Hat mich gefreut, Sie kennenzulernen. Die Umstände sind natürlich nicht gerade angenehm, aber trotzdem. Wir werden tun, was wir können.«

Der General erwiderte den Händedruck schlaff und registrierte gereizt und neidisch, wie trocken und warm die Hand dieses fröhlichen Burschen war, der vor Gesundheit strotzte, rotwangig und lebenslustig aussah. Zu lebenslustig für einen Untersuchungsführer des FSB.

Die Tür klappte zu. Gerassimow schaute ins Schlafzimmer. Natalja schlief, mit offenem Mund und schnarchend wie ein alter Mann. Er verkroch sich in sein Arbeitszimmer, blätterte nachdenklich in seinem Adressbuch und überlegte, welchen seiner alten Bekannten er um Hilfe bitten sollte. Es waren etliche Generale darunter, in seinem Alter oder zehn Jahre jünger. Aber er wusste, dass sie die Sache lediglich an ihre Untergebenen weiterleiten würden, und dann müsste er ständig anrufen, dranbleiben, die Untersuchung kontrollieren. Von den Obersten arbeitete der eine in der Auslandsabeilung, der zweite befasste sich mit Drogen, der dritte kontrollierte den Zoll, an den vierten mochte er sich nicht wenden, weil der ein hinterhältiger Karrierist war, der fünfte …

Vor seinen Augen flammte ein flackernder greller Schleier auf. Wieder fiel er für einige Minuten aus der Realität und weilte im Ungewissen. Diese urplötzlichen Zeitreisen erschreckten ihn immer mehr.

»Wladimir!« Die Stimme seiner Frau klang schwach, weit weg, wie von einem anderen Stern. Er ging ins Schlafzimmer. Natalja starrte mit weit offenen, entzündeten Augen an die Decke. »Sag mir, warum hat er in Konkowo übernachtet?«

»Dort wohnt Galina.« Der General zuckte die Achseln. »Erinnerst du dich an sie? Die Enkelin der seligen Maria Petrowna.«

»Ich weiß, wer Galina ist. Aber warum hat er bei ihr übernachtet? Sie ist doch verheiratet, mit einem Armenier, ihr Kind geht schon zur Schule.«

Der General bemerkte, dass er sein silbernes Zippo-Feuerzeug in der Hand hin und her drehte. Das silberne Gehäuse war matt und schwarz geworden. Er nahm das

Feuerzeug selten in die Hand, aber das Silber war trotzdem oxidiert.

»Wladimir, hörst du mir zu?«, fragte seine Frau mit schwacher Stimme. »Warum antwortest du nicht?«

»Entschuldige. Ich überlege, an wen von unseren Leuten ich mich wenden sollte.«

»Ja, dieser Tschishow hat mir auch nicht gefallen. Hast du Michail angerufen?«

»Welchen Michail?«

»Michail Raiski. Er ist inzwischen schon Oberst, nicht wahr?«

Natürlich, dachte Gerassimow erstaunt, warum ist mir das nicht gleich eingefallen? Oberst Raiski. Er befasst sich mit Terrorismus. Raiski ist ein harter, gerissener Mann, aber er ist mir einiges schuldig. Er hat sieben Jahre unter meiner Leitung gearbeitet.

## Fünftes Kapitel

Schura Tichorezkaja saß am Schminktisch, presste mit den Händen die Wangen zusammen und drückte mit den Fingerspitzen die Augenwinkel an die Schläfen. Sie bewegte lautlos die Lippen. Sie sang den neuesten Schlager eines populären Popstars. Auf dem Tisch lag das Telefon, und Schura sah es unentwegt an, als könnte sie es mit ihrem Willen zum Klingeln bringen.

Von dem Anruf hing ihr Leben ab. Schura hörte auf zu singen und nahm vorsichtig das Telefon auf, um zu überprüfen, ob es funktionierte. Es funktionierte. Aber es schwieg. Schura betonte mit grauem Eyeliner ihre Wimpern, erst oben, dann unten. Das sah vulgär aus, aber toll. Sie warf den Stift beiseite, griff nach dem Lippenstift, malte sich die Lippen umwerfend sexy an, öffnete den Mund leicht, senkte die Lider, schaute von unten herauf mit einem langen Kuhblick in den Spiegel und sagte dabei mit verfremdeter Stimme: »Ach, du bists? Hallo.« Dabei fuhr sie sich mit der Zunge über die Lippen. Der Lippenstift war widerlich süß und fettig. Schura verzog das Gesicht. Die Fratze im Spiegel belustigte sie dermaßen, dass sie lachte, erst einfach so, dann mit zurückgeworfenem Kopf und gebleckten Zähnen, wie in einer Zahnpastareklame.

Schließlich hatte sie genug davon. Sie sah auf die Uhr, dann auf das stumme Telefon und begann bitterlich zu schluchzen. Weinend schaute sie weiter in den Spiegel, und vor Selbstmitleid bekam sie einen regelrechten hysterischen Anfall. In diesem Augenblick war sie ernsthaft des Lebens überdrüssig, in ihrer Seele tobte eine dumme kleine Apokalypse, tosten Ozeane, hundert Meter hohe Tsunamis verschlangen ganze Städte, Vulkane spuckten feurige Lava, ganze Länder verschwanden vom Antlitz der Erde; über den rauchenden Trümmern stand eine feuerrote runde Wolke, und darin eingeschlossen, wie eine Fliege in Bernstein, ruhte das Telefon.

Als Schura sich ausgeheult hatte, ging sie ins Bad, wusch und kämmte sich, schnitt vorm Spiegel ein paar Grimassen, sah auf die Uhr und stöhnte. Es war neun Uhr abends. Am nächsten Tag stand die Quartalskontrollarbeit in Physik bevor, und sie hatte noch nicht einmal angefangen mit dem Lernen. Sie rannte zurück ins Zimmer, schnappte sich den Rucksack, wühlte in ihren Heften und konnte das Wichtigste nicht finden – die Liste der Themen und Fragen für die Physikarbeit. Ihr blieb nichts anderes übrig, als jemanden aus ihrer Klasse anzurufen und sich die Liste diktieren zu lassen. Ohne nachzudenken, wählte sie die erste Nummer, die sie auswendig kannte, und vernahm eine brüchige Jungenstimme.

»Hallo, Andrjuscha, hör mal, kannst du mir die Fragen für die Physikarbeit diktieren?«

Nachdem sie ein paar Seiten vollgeschrieben und den Hörer aufgelegt hatte, fing sie an zu lachen. Sie lachte so lange, bis ihr die Tränen kamen und sie sich verschluckte. Es war nämlich so: Auf den Anruf eben dieses Jungen, ihres Klassenkameraden Andrjuscha Litwinow, hatte sie gewartet. Sie war beinahe durchgedreht und hatte nicht mehr leben wollen, denn wenn er nicht anrief, hieß das, er liebte sie nicht mehr und ihr Leben war zu Ende. In diesem Sturm der Emotionen war ihr ganz entfallen, dass heute Dienstag war, und dienstags und freitags war Andrjuscha bis halb neun beim Schwimmtraining und kam erst um neun nach Hause.

Nicht, dass Schura ernsthaft in Andrjuscha verliebt war. Es schmeichelte ihr einfach, dass sie ihm gefiel. Wenn er bei ihr war, sie nach Hause brachte, sie zwanzigmal am Abend anrief, ihr vielsagende Zettel schrieb und in ihren Rucksack steckte, dann fauchte sie verächtlich und tat, als ödeten seine Nachstellungen sie an. Aber sobald er in seinem Eifer nachließ, litt sie heftig, und wenn sie ehrlich war, wusste sie selbst nicht genau, was ihr angenehmer war – Andrjuschas Verehrung hochmütig zu dulden oder zu leiden.

Bevor Schura sich ihr Physikbuch vornahm, aß sie eine kalte Bulette aus der Pfanne und schaute dabei nachdenklich aus dem dunklen Fenster. Dann entdeckte sie auf dem Regal eine offene Zigarettenschachtel ihrer Mutter und zündete sich eine Zigarette an. Sie rauchte äußerst selten und nicht auf Lunge, aber jetzt war ihr danach. Und natürlich klingelte es genau in diesem Augenblick unten an der Tür. Schura konnte gerade noch die Zigarette ausdrücken, das Fenster aufreißen und sich am Wasserhahn in der Küche den Mund ausspülen, als die Tür aufging.

Julia sank erschöpft auf den Hocker und blieb mit geschlossenen Augen eine Weile sitzen, bevor sie sich auszog. Schura hockte sich vor sie und legte ihr Gesicht auf Julias

Knie, vor allem, damit die Mutter den Zigarettenrauch aus ihrem Mund nicht roch. Julia streichelte ihrer Tochter den Kopf und fragte leise: »Sag mal, kennst du die Sängerin Angela?«

»Ja, wieso?« Schura hob den Kopf und sah ihre Mutter erstaunt an.

»Erzähl mir von ihr.«

»Sie ist vor vier Jahren aus Swerdlowsk gekommen und hat fünf Clips aufgenommen. Sie ist nicht schlecht, ziemlich abgefahren, aber für meinen Geschmack übertreibt sies ein bisschen. Sie gibt freche Interviews, erzählt ständig, wie begabt sie ist und wie sehr sie alle beneiden. Früher hat sie sich jeden Monat die Haare gefärbt, in allen Regenbogenfarben, und vor kurzem hat sie sich kahl geschoren. Wieso, war sie bei dir in der Klinik? Will sie sich die Brust vergrößern lassen?«

»Sie wurde in unsere Sprechstunde gebracht. Ihr Gesicht ist zertrümmert und ihre Nase gebrochen.«

»Ach, hatte sie einen Unfall?«

»Nein. Sie wurde zusammengeschlagen. Als hätte sie jemand absichtlich entstellen wollen.«

»Furchtbar.« Schura schüttelte den Kopf. »Aber du bist ja eine geniale Chirurgin, Mama, du kriegst ihr Gesicht schon wieder hin. Übrigens ist sie selber schuld. Ihr Exliebhaber war Tschetschene, das ist bestimmt sein Werk.« Schura seufzte schwer und zog ihrer Mutter die Stiefel aus.

»Moment mal, Schura, woher weißt du das mit dem tschetschenischen Liebhaber?«

»Woher schon? Aus der Presse natürlich«, sagte Schura spöttisch. »Das heißt, ich dachte eigentlich, sie hätte dieses Gerücht absichtlich in die Welt gesetzt, als Provokation. In allen Interviews wird sie danach gefragt, und sie streitet es immer ab. Aber dann stimmt es wohl …«

»Sie sagt, es waren unbekannte Rowdys. Hör mal, Schura,

wieso meinst du, ein Tschetschene müsse unbedingt brutal und ein Bandit sein?«

»Nicht doch, Mama!« Schura riss die klaren braunen Augen auf. »Das meine ich überhaupt nicht.«

»Schon gut. Hast du gegessen?« Julia schlüpfte in ihre Hausschuhe und ging in die Küche.

»Ja. Ich hab eine Bulette gegessen.«

»Kalt. Aus der Pfanne. Und dann hast du geraucht.«

Schura bestritt das nicht, sie schloss rasch das Fenster, erklärte hastig, sie schreibe morgen eine Physikarbeit und müsse heute bis ein Uhr nachts lernen, und verschwand schnell in ihrem Zimmer.

»Du jämmerliches, kleinmütiges Geschöpf!«, rief Julia ihr nach. »Ich werde dir keine Vorträge halten, ich geb dir einfach kein Geld für die albernen Turnschuhe, um die du so bettelst!«

Schura kam wie der Blitz zurück in die Küche.

»Das kannst du nicht machen, Mama! Ich tus nie wieder! Alle in unserer Klasse haben Skechers, wer keine hat, ist unten durch! Sie sind unheimlich praktisch, im Winter und im Sommer, bitte, Mama, du hast es doch versprochen!«

»Vierzehn ist zu jung zum Rauchen«, sagte Julia kalt. »Schluss jetzt, geh für deine Physikarbeit lernen.«

»Och, Mama!«

»Schluss, hab ich gesagt!«

Schura trottete in ihr Zimmer, wobei sie absichtlich mit den Latschen schlurfte. Allein in der Küche, schaltete Julia den Recorder mit der eingelegten Louis-Armstrong-Kassette ein, drehte den Ton leiser, kochte sich einen starken Kaffee, aß, genau wie Schura, eine kalte Bulette aus der Pfanne, rauchte eine Zigarette, ging in ihr Zimmer und schaltete den Computer ein.

Ehe sie es sich versah, waren drei Stunden vergangen. Endlich hatte sie es geschafft, ein Gesicht zu modellieren, das dem früheren Gesicht von Angela einigermaßen nahekam. Sie schaltete den Drucker ein, doch plötzlich reagierte der Computer nicht mehr. Julia wollte nicht in Panik fallen und ging in die Küche, eine rauchen und sich noch einen Kaffee kochen. Als sie zurückkam, war alles unverändert: Das schicke Toshiba-Notebook, vor einem Monat für viertausend Dollar gekauft, war ins Koma gefallen.

Es war kurz nach drei Uhr nachts. Sie musste sich damit abfinden und ins Bett gehen.

Julia beschimpfte den Computer, schaltete ihn aus und ging unter die Dusche. Durch das Wasserrauschen hörte sie das Telefon klingeln. Sie wurde manchmal nachts aus der Klinik angerufen, wenn bei einem ihrer Patienten Komplikationen auftraten und der diensthabende Arzt nicht ohne sie klarkam. Aber das geschah äußerst selten. Sie hüllte sich in ihren Bademantel und lief barfuß in die Küche.

»Ja, bitte.«

»Julia, entschuldigen Sie den späten Anruf. Werden Sie Angela operieren?«

»Wer sind Sie?«

»Ich bin ihr Produzent. Ich heiße Gennadi.«

»Woher haben Sie meine Privatnummer?«

»Ich bitte nochmals um Entschuldigung« – die Stimme klang weich und höflich –, »was meinen Sie, können Sie Angela ihr Gesicht wiedergeben?«

»Hören Sie, Gennadi, warum rufen Sie mich zu Hause an und um diese Zeit?«

Im Hörer ertönte ein unangenehmes spöttisches Lachen, dann sagte die Stimme höflich und ganz langsam, beinahe Silbe für Silbe: »Seien Sie nicht so nervös, Julia. Arbeiten Sie in Ruhe.«

»Ich bitte Sie, mich nicht mehr zu belästigen«, antwortete Julia im selben Ton und setzte hinzu: »Zumindest nicht zu Hause und nicht zu so unüblicher Zeit.«

»Ich werde mich bemühen«, versprach der Anrufer friedfertig, »aber das wird ganz von Ihnen abhängen. Vor allem bitte ich Sie, jeden Kontakt mit Journalisten zu vermeiden. Überhaupt sollten Sie mit niemandem über irgendwas reden. Ihr Schweigen wird zusätzlich honoriert, unabhängig vom Ergebnis der Operation. Ich hoffe, Sie haben mich verstanden. Alles Gute.« Es tutete im Hörer.

Ich werde die Sängerin nicht operieren, sagte sich Julia. Gleich morgen lehne ich ab. Wozu habe ich das alles nötig?

Der feierliche Augenblick war gekommen, da Doktor Awanessow und Schwester Katja Major Loginow aus dem Bett halfen und ihn an Krücken aufrichteten. Mit eiskaltem Schweiß überströmt, lief er drei Schritte durchs Zimmer. Seitdem schaffte er jeden Tag ein, zwei Schritte mehr.

Eines Abends besuchte ihn ein hochgewachsener, militärisch straffer Mann mit sympathischem Gesicht und kalten Augen hinter Brillengläsern in teurem Rahmen. Er stellte sich als Psychologe vor und erklärte, er werde mit ihm eine individuelle Psychotherapie zur Rehabilitation durchführen. Er hieß Michail Jewgenjewitsch. Er befragte Loginow lange und ausführlich, erkundigte sich nach seinem Befinden, seinem Schlaf, danach, ob ihn Alpträume quälten oder er Anzeichen von Depression zeige.

»Erinnern Sie sich, wie Sie hierhergekommen sind?«

»Dunkel.«

»Können Sie wenigstens irgendetwas darüber erzählen?«

»Lampen. Lange Lampen an der Decke. Ich wurde auf einer Trage aus dem OP gefahren, und ich dachte, das sei der Tunnel, den Menschen beschreiben, die den klinischen Tod erlebt haben.«

»Und davor?«

»Davor wurde ich operiert. Der geniale Doktor Awanessow hat meine Beine gerettet. Eine intrakortikale Transplantation.«

»Wunderbar.« Der Psychologe nickte. »Ich sehe, mit Ihrem Gedächtnis ist alles in Ordnung. Versuchen wir nun mal, die Ereignisse zu rekonstruieren, von Anfang an. Ihr Name, Vorname, Geburtsort und -jahr, Dienstgrad?«

»Loginow Sergej Alexandrowitsch, geboren in Moskau, am fünften Januar 1964. Major der Russischen Armee.«

»Etwas konkreter bitte.«

»Aufklärung«, knurrte Sergej leise.

»Gut. Wo haben Sie gekämpft?«

»Afghanistan, Tadshikistan, Tschetschenien.«

Im Zimmer trat Stille ein. Man hörte draußen die nassen Kiefernzweige rauschen und den eiskalten Regen aufs Dach prasseln – den ersten Regen nach dem Winter.

»Daran erinnern Sie sich also«, sagte der Besucher schließlich nach einem Räuspern. »In dem Fall müssen Sie sich auch an alles andere erinnern. Sagen Sie, unter welchen Umständen gerieten Sie in tschetschenische Gefangenschaft?«

»Ich war in tschetschenischer Gefangenschaft?«

»Nein. Sie waren auf den Kanaren in einem Fünfsternehotel.«

Wieder folgte eine Pause.

Sergej registrierte, dass sein Gegenüber offenbar ein Freund langer Pausen war. Eine Unterhaltung mit solchen Leuten war unangenehm, man hatte die ganze Zeit das Gefühl, dass sie einen der Lüge verdächtigten oder etwas von einem wollten, das man ihnen nicht geben kann und will.

»Ihre Abteilung wurde in die Gegend um das Dorf Assalach geschickt. Sie sollten den Rebellenkommandeur Ismailow gefangennehmen, gerieten aber in eine Falle. Erzählen Sie mir genau, wie das geschah.«

»Hören Sie, Sie haben doch gesagt, Sie seien Psychologe,

Sie wollten mich psychologisch therapieren, nicht verhören«, erwiderte Sergej. »Die Operation war geheim, wir beide unterstehen verschiedenen Dienststellen. Was wollen Sie als Psychologe mit fremden Geheimnissen?«

»Na schön, ich sehe, Sie sind erschöpft und gereizt. Wir werden auf unser Gespräch zurückkommen, wenn es Ihnen besser geht.« Michail Jewgenjewitsch erhob sich und schaute auf Loginow herab. Seine Augen drückten noch immer nichts als argwöhnische Aufmerksamkeit aus. Einen Augenblick lang schien es Loginow, als wären es keine lebendigen menschlichen Augen, sondern raffinierte Geräte, in die Augenhöhlen montiert und hinter Brillengläsern versteckt. »Ruhen Sie sich aus, Major, freuen Sie sich, dass Sie noch leben und kein hilfloser Krüppel sind. Sie haben großes Glück gehabt. Sie müssen jetzt erst mal wieder zu Kräften kommen. Sie haben viel vor sich. Alles Gute. Gute Besserung.«

Punkt zwölf klopfte Angela an die Tür von Doktor Tichorezkajas Sprechzimmer.

Sie trug wieder das schwarze Tuch und die Brille. Julia begrüßte sie kühl. Angela setzte sich nicht, nahm die Brille ab und ging zu dem großen Spiegel.

»Ich bin doch eine Idiotin«, sagte sie, während sie sich betrachtete, »zu Hause habe ich alle Spiegel abgenommen. Aber jedes Mal, wenn ich einen Spiegel sehe, denke ich – vielleicht ist da drin mein richtiges, mein früheres Gesicht? Vielleicht habe ich das ganze Grauen nur geträumt?« Sie zog sich das Tuch vom Kopf, trat vom Spiegel zurück und ließ sich auf einen Stuhl fallen.

»Angela, dein Produzent hat mich angerufen«, sagte Julia leise.

»Ja? Und?« Angela wickelte sich zerstreut eine Ecke des Tuchs um den Finger.

»Er hat mich zu Hause angerufen, um halb vier in der Nacht«, sagte Julia.

»Wer – Gena?« Die Sängerin sprang auf, Tuch und Brille fielen zu Boden. »Und was hat er zu Ihnen gesagt?«

»Er hat verlangt, dass ich nicht mit Journalisten rede und mit niemandem über unsere Probleme spreche. Hören Sie, Angela, ich fürchte, Sie müssen sich an einen anderen Arzt wenden.«

Das Mädchen sah Julia einige Sekunden lang schweigend an. Schließlich sagte sie mit veränderter, heiserer Stimme: »Entschuldigen Sie. Ich bin gleich wieder da. Nur einen Augenblick.« Sie rannte aus dem Raum, das schwarze Tuch und die Brille blieben auf dem Fußboden liegen.

Julia erhob sich, nahm die Sachen vom Boden, legte sie auf den Stuhl, ging in das kleine Nebenzimmer, öffnete das Fenster und zündete sich eine Zigarette an. Schwester Vika setzte sich neben sie aufs Fensterbrett.

»Wollen Sie die Operation wirklich ablehnen, Julia?«

»Ja. Ich hatte lediglich eingewilligt, ihr zu helfen, und nun werde ich bedroht. Wozu habe ich das nötig?«

»Woher hat dieser Produzent eigentlich Ihre Privatnummer? Haben Sie sie vielleicht Angela gegeben?«

»Natürlich nicht.«

»Mamonow vielleicht?«

»Auf keinen Fall, du weißt doch, das ist einer der eisernen Grundsätze unserer Klinik: Nur der Arzt selbst kann einem Patienten seine Privatnummer geben, wenn er das möchte. Sonst niemand.«

»Furchtbar!« Vika schüttelte den Kopf und stieß einige perfekte Rauchkringel aus. »Haben Sie es Mamonow gesagt?«

»Noch nicht. Aber ich denke, er wird mich verstehen.«

»Sie ist sehr begabt«, bemerkte Vika vorsichtig, »und in ihrem Umfeld gibt es etliche Irre. Vielleicht hat sie überhaupt nichts damit zu tun?«

»Vielleicht. Ich weiß es nicht.«

Es klopfte an der Tür. Julia drückte die Zigarette aus und ging ins Sprechzimmer zurück. Angela war hereingekommen, zusammen mit einem rundlichen, vollkommen kahlköpfigen kleinen Mann.

»Hier, ich hab ihn mitgebracht! Das ist Gena, mein Produzent. Er hat Sie nicht angerufen.«

»Das ist die reine Wahrheit!« Der Dicke nickte energisch. »Um vier Uhr früh hab ich geschlafen wie ein Toter. Und vor allem – wie soll ich zu Ihrer Nummer gekommen sein, wenn ich bis eben keine Ahnung hatte, wie Sie heißen?«

Gena hatte eine unglaublich hohe Falsettstimme und sprach hastig, beinahe keuchend. Er konnte wohl kaum einen samtigen Natschalnikbass imitieren. Julia war sich sicher, dass sie in der Nacht mit jemand anderem gesprochen hatte.

»Aber wer hat mich dann angerufen?«, fragte sie und sah von dem Produzenten zu Angela.

»Das finden wir heraus«, erklärte die Sängerin entschieden, »ich schwöre, das wird nicht wieder vorkommen. Aber lehnen Sie die Operation nicht ab, bitte!«

In diesem Augenblick ging die Tür auf, und Mamonow kam auf Hausherrenmanier herein. Er hatte den letzten Satz noch gehört und fragte mit salbungsvoller Stimme: »Was denn, Julia Nikolajewna, haben wir wieder ein Problem?«

»Guten Tag, Pjotr.« Julia lächelte breit. »Ja, wir haben ein Problem.« Sie erzählte von dem nächtlichen Anruf.

Mamonow hörte sie stirnrunzelnd an, nickte besorgt, räusperte sich und sagte: »Ja, das ist unangenehm. Aber keineswegs ein Grund, jemandem die Behandlung zu verweigern.«

»So etwas wird nicht wieder vorkommen«, sagte Angela düster. »Niemand wird Sie mehr belästigen. Wenn Sie mich jetzt wegschicken, werde ich nicht mehr weiterleben ...«

In den zehn Jahren ihrer Arbeit als kosmetische Chirurgin hatte Julia gelernt, zu unterscheiden, wann eine Selbstmorddrohung wegen äußerer Makel nur eine Drohung war und wann es jemand wirklich ernst meinte. Bei Angela handelte es sich um eine wirklich gravierende Entstellung, mit der man sich mit zweiundzwanzig tatsächlich kaum abfinden konnte.

Alle sahen auf Doktor Tichorezkaja. Sie schwieg. Natürlich hätte sie den hässlichen nächtlichen Anruf einfach vergessen und das Mädchen auf die Operation vorbereiten können, und eigentlich war sie bereits so weit, »ja« zu sagen. Aber irgendetwas hinderte sie daran.

»Ich bin nicht die einzige kosmetische Chirurgin«, sagte sie, wobei sie selbst spürte, dass sie nur Zeit gewinnen wollte und nicht recht wusste, warum. »Nicht die einzige und bei Weitem nicht die beste.«

Mamonow verzog das Gesicht. »Lassen Sie das Kokettieren. Entscheiden Sie sich – ja oder nein.«

»Ja«, knurrte Julia wütend.

## Sechstes Kapitel

Der FSB-Oberst Michail Raiski erschien bei den Gerassimows genau eine Stunde nach dem Anruf des Generals. Gerassimow hatte am Telefon nichts weiter erklärt, sondern nur gesagt: »Michail, ich habe ein Problem, ich brauche deine Hilfe.«

Sie hatten sich anderthalb Jahre nicht gesehen, und der Oberst registrierte, wie sehr sich sein ehemaliger Chef verändert hatte. Noch vor kurzem war er ein kräftiger, sportlicher Alter gewesen, hatte Tennis gespielt, war jeden Morgen gejoggt und gern in die Sauna gegangen. Nun wirkte er aufgedunsen und schlaff, seine Haut hatte einen unguten

Erdton angenommen, seine Tränensäcke waren geschwollen, und die Augen blickten derart wehmütig, dass man am liebsten weggesehen hätte.

»Guten Tag, Michail.« Der General umarmte ihn schwach und führte ihn ins Wohnzimmer, wo die schüchterne junge Haushälterin Oxana den Kaffeetisch deckte.

»Wo ist denn Natalja?«, fragte Raiski, während er sich in einen tiefen Sessel setzte und die langen, dürren Beine zu einem Kringel verschlang.

»Im Schlafzimmer. Sie ist krank«, antwortete der General kurz angebunden.

»Wieder ihr Asthma?«

»Ja, sie hatte einen schlimmen Anfall. Aber jetzt schläft sie zum Glück.«

»Und wie geht es Ihnen selbst?«

»Ach, Michail, frag lieber nicht«, seufzte der General. »Wie soll es mir schon gehen, wenn man meinem kleinen Scheißer eine Sprengladung ans Auto heftet?«

Oxana schenkte dem Oberst starken Kaffee ein, dem General dünnen Pfefferminztee und entfernte sich lautlos. Eine Weile schwiegen die beiden Männer. Raiski nippte vorsichtig am Kaffee und schob sich ein Stück Schokoladenkonfekt in den Mund. Er hatte bereits begriffen, dass der kleine Scheißer, Stas Gerassimow, der einzige Sohn des Generals, am Leben geblieben war.

»Waren unsere Leute am Ort der Explosion oder die Miliz?«, fragte Raiski.

»Es gab keine Explosion. Stas hat vom Balkon aus gesehen, wie sich zwei Männer mit Stoffmützen an seinem Auto zu schaffen machten, und die Miliz gerufen. Dafür hat sein Verstand immerhin gereicht. Die Miliz war da und unsere Leute auch. Untersuchungsführer Tschishow aus der Kreisverwaltung. Kennst du den?« Der General verzog angeekelt das Gesicht.

»Nein. Er hat Ihnen und Natalja Markowna kein Vertrauen eingeflößt?«, mutmaßte Raiski.

»Vertrauen? Ein lächerlicher Narr. Kichert die ganze Zeit, als ob ihn jemand kitzelt. Ich habe ihm nichts erzählt. Wozu?«

»Richtig so.« Raiski nickte. »Die Ermittlung sollte auf jeden Fall auf höchstem Niveau geführt werden.«

»Michail, ich möchte gern, dass du dich darum kümmerst«, sagte der General leise und trommelte mit seinen kurzen Fingern auf die Tischplatte.

Dann erzählte er Raiski präzise und ausführlich alles von Anfang bis Ende.

»Tja, da hat er wirklich Glück gehabt.« Der Oberst schüttelte den Kopf. »Wo ist er denn jetzt?«

»Sich entspannen.« Der General lachte unfroh. »Er hat den Tag im Fitnesscenter verbracht, danach ist er mit einer Frau ins Restaurant gegangen und wird wohl auch bei ihr übernachten.«

»Hat er viele Frauen?«

»Na ja, auf jeden Fall drei. Zwei ständige und dazu immer eine zeitweilige.«

»Kennen Sie und Natalja wenigstens die beiden ständigen?«

»Eine davon. Die, bei der er übernachtet hat, als es geschah«, murmelte der General düster. »Sie ist verheiratet, heißt Galina Katscherjan. Die Enkelin von Stas' Kinderfrau. Sie war fünfzehn, als mein kleiner Scheißer das erste Mal mit ihr geschlafen hat. Jetzt ist sie dreißig. Ihr Mann ist Armenier, Grafiker, arbeitet in der Firma von Stas. Sie haben ein Kind, einen Jungen.«

»Wo waren denn Mann und Kind, als Stas dort übernachtete?«, fragte Raiski rasch.

»Das Kind bei der Großmutter, der Mann auf Dienstreise.«

»Warten Sie, vielleicht ist die Sache ganz einfach? Die Armenier sind ein heißblütiges Volk und sehr eifersüchtig«, sagte Raiski vorsichtig.

»Vielleicht.« Der General nickte. »Daran habe ich auch gedacht. Aber erstens liegt Katscherjan viel an seinem Job, und zweitens ist die Dienstreise höchst zweifelhaft. Er ist in Petersburg. Dort hat er eine zweite, inoffizielle Familie.«

Der Oberst stieß einen leisen Pfiff aus und löschte seine Zigarette.

»Oho! Woher wissen Sie so genau Bescheid?«

»Von Katscherjans zweiter Familie weiß jeder in der Firma. Bloß seine Frau hat keine Ahnung. Da ist es logisch, anzunehmen, dass er umgekehrt keine Ahnung hat von ihrem Intimleben«, sagte der General scharf und angewidert.

»Armenische Eifersucht fällt also flach?«, fragte Raiski fröhlich.

»Ja, leider. Noch einen Kaffee?«

»Da sage ich nicht nein.«

»Dann geh in die Küche, bitte Oxana, sie soll noch einen kochen. Ich will sie nicht rufen, sonst wacht Natalja auf.«

»Ich bin schon wach. Guten Tag, Michail, schön, dich zu sehen.« Natalja kam ins Wohnzimmer geschlurft.

Der General bemerkte dankbar, dass sie sich gekämmt und das Gesicht gewaschen hatte. Raiski stand auf, küsste ihr die Hand und erkundigte sich nach ihrem Befinden.

»Ich werde noch eine Weile leben«, sagte sie lächelnd. »Entschuldige meinen häuslichen Aufzug. Wegen des Kaffees habe ich Oxana schon Bescheid gesagt, sie kocht noch welchen. Wladimir, hast du ihm alles erzählt?«

Der General nickte. »Fast alles.«

»Und was denkst du, Michail?« Sie ließ sich in einen Sessel fallen, strich ihren Morgenrock glatt und heftete die entzündeten roten Augen auf Raiski.

»Ich weiß noch zu wenig, um Schlüsse zu ziehen. Kann es vielleicht mit der Firma zu tun haben, was meinen Sie?«

»Ausgeschlossen«, erwiderte der General kopfschüttelnd. »Dort habe ich alles unter Kontrolle.«

»Wissen Sie, mir geht diese Popsängerin nicht aus dem Sinn«, murmelte Natalja.

»Welche Sängerin?« Der General runzelte die Stirn und hob die Stimme. »Davon hast du mir nichts erzählt.«

»Verzeih. Ich war sicher, das ist es nicht wert. Überhaupt ist das bestimmt nichts als Klatsch und Tratsch. Nein, lassen wir das. Das ist Unfug.« Sie errötete verlegen.

»Wir dürfen jetzt nichts als Unfug abtun! Alles ist wichtig, absolut alles! Hast du mich verstanden, Natalja?«, schrie der General und erhob sich aus dem Sessel.

»Aber Wladimir, du kannst es doch nicht ausstehen, wenn ich dich mit Weibergewäsch belästige«, stöhnte Natalja klagend. »Ich hab nur in der Küche mit Oxana darüber gesprochen. Sie hat mir eine alberne Zeitschrift gezeigt, voller Klatsch und Tratsch.« Die Haushälterin erschien mit dem Tablett, und Natalja fragte: »Oxana, mein Kind, hast du die Zeitschrift noch, wo das Foto von Stas neben der Sängerin drin ist?«

»Ich weiß nicht«, stammelte das Mädchen erschrocken und stellte rasch das Tablett auf den Tisch.

Der General berührte ihre Hand und bat: »Bitte, versuch dich zu erinnern. Du weißt doch, was für ein Unglück geschehen ist, du musst verstehen, dass jetzt alles wichtig ist. Absolut alles. Was ist das für eine Sängerin? In welcher Zeitschrift war das Foto?«

»Na schön, ich wills versuchen.« Oxana schaute zur Decke, schwieg eine Weile und platzte dann heraus: »Die Zeitschrift heißt ›Näher dran‹ Da war eine Fotoreportage über eine Clubparty drin. Auf einem Foto waren die Sängerin Angela und Stanislaw, in einer ziemlich anstößigen

Pose, und darunter stand noch was Entsprechendes – schrecklich. Das ist mir richtig peinlich.«

»Mach schon, genier dich nicht!«, ermunterte sie der General düster.

»Na ja, wissen Sie, sie hatte die Hand zwischen Stanislaws Beinen, auf dem Hosenschlitz, und darunter stand etwa: Es war voll und beengt, und die Sängerin Angela beschützte das beste Stück ihrer neuen Liebe, des Unternehmers Stas Gerassimow.« Bei diesen Worten errötete das arme Mädchen so, dass ihr die Tränen kamen, und wich den Blicken der anderen aus.

»Ja, ja« – Natalja nickte traurig –, »genau so stand es da.«

»Hast du die Zeitschrift noch?«, fragte Gerassimow.

»Nein. Sie war von Februar. Ich hab sie weggeworfen.«

Oxana lief aus dem Zimmer, doch der General rief sie zurück: »Warte, setz dich her und erzähl uns von dieser Sängerin.«

Das Mädchen kam zurückgetrottet und setzte sich linkisch auf eine Stuhlkante.

»Na ja, ich weiß nicht, ich interessiere mich nicht besonders für Popmusik. Eine Sängerin eben. Davon gibts doch heutzutage viele ... Diese Angela ist wohl noch sehr jung, um die zwanzig. Es heißt, ein Tschetschene soll sie gefördert haben, aber so was in der Art erzählt man über alle Stars ...«

»Ein Tschetschene?«, flüsterte Natalja. »Mein Gott, jetzt ist alles klar!«

»Was ist klar?«, brüllte der General. »Hier sitzen zwei Profis, und du meinst, es ist ›alles klar‹!«

»Warum schreist du mich so an, Wladimir?«, fragte Natalja leise. »Nimm ein bisschen Baldrian. Michail, nehmen Sie es ihm nicht übel, er ist erschöpft und nicht gesund«, wandte sie sich an Raiski. Der nickte zerstreut.

Die letzten Minuten schwieg er. Das Licht der Lampe

spiegelte sich in seinen Brillengläsern, und niemand sah, wie seine hellen Augen erstarrten und seine Pupillen sich verengten.

Der General machte den Mund auf, um noch etwas zu sagen, doch da ertönte ein schweres Poltern. Ein Windstoß hatte die Balkontür zugeworfen, und der große Spiegel war von seinem Holzpodest gefallen. Die Splitter fielen krachend auf eine antike Kommode und rissen Schatullen, Schälchen und Statuetten mit.

Der Oberst kam als Erster zu sich. Er stand auf, betrachtete die glatte polierte Holzfläche und schüttelte den Kopf.

»Erstaunlich, dass das nicht schon früher passiert ist. Das Glas war nur mit ein paar Tropfen Klebstoff befestigt und nicht einmal gerahmt. Schlamperei!«

Der General und seine Frau saßen still und wie betäubt da. Oxana rannte in die Küche, einen Besen holen.

»Natalja! Untersteh dich!«, brüllte der General plötzlich so laut, dass der Kristalllüster klirrte. »Hör sofort auf! Ich verbiete es dir!«

»Was, Wladimir, was verbietest du mir?«, wisperte Natalja erschrocken.

»Ich verbiete dir, daran zu denken!« Die Wangen des Generals bebten, und ein grauer Haarbüschel auf seiner Glatze stand zu Berge. »Glaub nicht daran! Das ist Unfug! Vorurteile! Weibischer Aberglaube! Verstanden? Wiederhole!«

»Ja doch, Wladimir, ja. Ich werde es nicht tun«, schluchzte sie leise. »Das ist Unfug, weibischer Aberglaube.«

Der Tag war gekommen, da die Krücken durch einen Stock ersetzt wurden und Sergej Turnschuhe und einen Trainingsanzug erhielt. Er ging zum ersten Mal an die frische Luft und lief, auf den Stock gestützt, rund hundert Meter den schmalen Asphaltweg an der Betonmauer entlang. Die Mauer war hoch und mit drei Reihen Stacheldraht gekrönt.

Hinter den Bäumen entdeckte Sergej drei ziemlich neue Finnhütten. Das Hospital selbst war ein zweistöckiger Backsteinklotz. Daneben stand ein ebensolcher Klotz, allerdings gespickt mit Antennen und Satellitenschüsseln.

Rundum war Wald, der allmählich zum Leben erwachte, sich mit zaghafter, trügerischer Wärme und blassen Vorfrühlingsfarben füllte. Die Tage waren noch winterlich kalt und dunkel, morgens und gegen Abend aber klarte es auf, die Sonne kam hervor, und Sergej reckte ihr sein Gesicht entgegen, schloss die Augen und fing gierig die ersten warmen Strahlen ein.

Ganz in der Nähe hörte er das gleichmäßige Lärmen von Vorortzügen, und er mutmaßte, dass das geheime Objekt hinter der Betonmauer keineswegs an der äußersten Gebietsgrenze lag, sondern viel näher an Moskau. Aber er wusste schon, dass er niemanden fragen durfte.

Es ging ihm von Tag zu Tag besser. Wenn er zu seinem Morgenspaziergang aufbrach, vergaß er häufig den Stock. Seine Genesung schritt rasant voran. Bald ersetzte er die Spaziergänge durch Jogging. Er wurde aus dem Krankenzimmer in eine Finnhütte verlegt, in der außer ihm noch fünf weitere Männer lebten, jeder in einem Einzelzimmer. Bei der Vorstellung nannten sie jeweils ihren Vornamen, aber weder Familiennamen noch Dienstgrad. Sergej wusste, dass sie alle Offiziere des FSB waren und sich hier von Verwundungen erholten.

Genau wie die anderen nutzte Sergej die Krafttrainingsgeräte, machte Schießübungen, lief, sprang und ging in die Sauna. Er forderte sich bis zur körperlichen Erschöpfung und bemühte sich, weder an die Vergangenheit noch an die Zukunft zu denken. Aber eines Nachts erwachte er, in kalten Schweiß gebadet, von seinem eigenen Schrei und entdeckte, dass er mitten im Zimmer stand und die Hand wie zum tödlichen Schlag erhoben hatte.

Er hatte geträumt, dass Oberleutnant Kolja Kurotschkin vor seinen Augen gefoltert wurde. Bis zum Morgen tat er kein Auge mehr zu. Beim Frühstück schielte er zu seinen Nachbarn und erwartete, dass jemand fragen würde, warum er im Schlaf geschrien habe. Aber niemand fragte.

Eines Tages hörte Sergej, während er schweißüberströmt an den Trainingsgeräten hing, plötzlich die Stimme von Hauptmann Gromow. Hauptmann Gromow war schon lange tot, aber seine Stimme lebte. Sergej hörte sie deutlicher als die Stimmen der Offiziere im Trainingssaal. Er trainierte weiter und zwang sich, sich nicht die Ohren zuzuhalten, nicht die Augen zu schließen und nicht zu brüllen wie ein tödlich verwundetes Tier. Schweigend und konzentriert machte er seine Übungen.

Das Schlimmste war nicht das Blut gewesen, das als pulsierender Strahl aus den durchtrennten Arterien schoss, und auch nicht das knirschende, ächzende Geräusch, mit dem das Beil auf den nackten Hals traf. Ja, das Blut stand ihm noch lange als dunkelroter Schleier vor Augen, und auch das Geräusch hatte er noch wochenlang in den Ohren, aber das Schlimmste war etwas anderes. Das Gesicht des Mannes, der erst Oberleutnant Kurotschkin, dann Hauptmann Gromow hinrichtete, war streng und konzentriert, als hacke er Holz und befürchte, seine eigenen Finger zu treffen. Er bemühte sich, die Hinrichtung ordentlich auszuführen, ja schön. Er prahlte mit seinem Können, mit der Sicherheit und Präzision seiner Bewegungen. Er hatte viele Zuschauer. Die ganze Truppe hatte sich zum Zuschauen versammelt. Mit einer Videokamera wurde alles aufgenommen.

Sie filmten überhaupt gern. Nicht nur Folter und Hinrichtungen, sondern auch sich selbst – beim Essen, beim Training, wenn sie ihre Feste feierten, wenn sie Schaschlik aus einem jungen Hammel brieten, beim Gebet vor dem Gefecht.

Sergej zog sich langsam und mühselig am Reck hoch und ließ sich noch langsamer wieder herab, zehn-, fünfzehn-, zwanzigmal. Seine Augen schwammen in Schweiß, und in dem regenbogenfarbigen salzigen Schleier tauchte das Gesicht des Mannes auf, der den Oberleutnant und den Hauptmann hingerichtet hatte. So deutlich, dass Sergej die Falten zwischen den dichten, beweglichen Brauen sah, die großen Poren auf der groben, braunen Haut, die rostbraunen Augen und das blutrote geplatzte Äderchen im äußersten Augenwinkel. Major Loginow sah das alles so deutlich, als befinde er sich nicht im Trainingssaal, sondern säße unter blassem Novemberhimmel an einen Baum gelehnt auf der Erde, in der Nähe des Bergdorfes Assalach.

Die Mündung einer Maschinenpistole bohrte sich in seinen Hinterkopf. Der Geruch von gebratenem Hammelfleisch stieg ihm in die Nase. Nach der Hinrichtung sollte das übliche Gelage folgen, und auf dem Grill im Hof des Nachbarhauses wurde Schaschlik gebraten. Seine Hände waren gefesselt und das lange Ende des Stricks um den Baum gewickelt. Doch das schien ihnen nicht zu genügen, denn sie hatten überdies einen etwa sechzehnjährigen Jungen mit einer Maschinenpistole hinter ihn gestellt. Der Junge schnalzte laut mit der Zunge, spuckte hinter seinem Rücken aus und sang eine eintönige orientalische Melodie vor sich hin. Er hatte eine hohe, näselnde Stimme, er stand da und sang und sang …

Als Sergej sich wieder am Reck hochzog, spürte er plötzlich seine Hände nicht mehr, als seien sie wirklich taub von den Fesseln, und er fiel auf die harte Matte. Das war mehr als eine Erinnerung. Jede Zelle seines Körpers durchlebte das alles, von Anfang bis Ende.

Er blieb einige Minuten liegen, die Augen an die Decke gerichtet und sich die Handgelenke reibend. Allmählich zirkulierte das Blut wieder. Seine Finger waren rot und geschwollen. An seinen Handgelenken traten tiefe dunkelrote Narben hervor – Spuren von den Fesseln.

Stanislaws Begleiterin Evelina war eine rassige, zwei Meter große Brünette, schlank und zerbrechlich. Im Halbdunkel des Restaurants wirkten ihre Augen wie Pforten zu einer öden, stummen Leere. Bei der kleinsten Bewegung knackten ihre Gelenke, dass man Angst bekam, es könnte jeden Augenblick etwas brechen.

Sie aß für zwei, leerte Glas um Glas Wein, rasch und gierig, wurde aber nicht betrunken. Mit ihren sensiblen langen Fingern riss sie den Panzer von einer Riesengarnele und erzählte, dass die Nachbarn über ihr gerade renovierten. Nicht genug, dass von morgens bis abends Krach herrsche, obendrein sei die ganze Treppe voller weißer Wandfarbe. Und eine gewitzte Freundin habe in Deutschland ein Auto gekauft und schreckliche Probleme mit dem Zoll gehabt. Eine andere Freundin habe einen Geschäftsmann kennengelernt und schon Heiratspläne geschmiedet, aber er habe sich als banaler Betrüger herausgestellt.

»Übrigens – was macht eigentlich deine stürmische Affäre mit der kleinen kahlen Sängerin?« Evelina rümpfte die Nase und schnippte nervös mit den Fingern. »Wie hieß sie gleich? Shanna? Josefina?«

»Angela«, zischte Stas. »Wir haben keine Affäre.«

»Ach, tu nicht so bescheiden, wir beide sind doch erwachsen. Ich wollte dich bloß schon lange warnen. Bei solchen Mädchen sollte man aufpassen.«

»Wie meinst du das?«

»Na ja, wer weiß – Drogen, Banditen, AIDS, Syphilis.«

»Ich habe keine Affäre mit Angela, und Punkt!«, unterbrach Stas schroff.

»Aber ihr hattet doch eine?« Evelina kniff die Augen zusammen. »Ich hab gelesen, dass die Ärmste brutal zusammengeschlagen wurde, ihr Gesicht ist total entstellt. Sie wird wohl nicht so bald wieder auf der Bühne stehen. Schade natürlich, aber selber schuld. Bei einem solchen Lebenswandel muss man auf alles gefasst sein. Was siehst du mich so an? Du hättest wohl gern, dass ich eifersüchtig wäre. O nein, mein Lieber, darauf kannst du lange warten, dazu kennen wir beide uns zu gut und zu lange.«

Stas schwieg. Er ertrug dieses Geschwätz nur, weil er heute bei Evelina übernachten musste, und dachte mit leisem Bedauern daran zurück, wie sie vor fünf Jahren gewesen war, als sie noch bei einer renommierten Agentur angestellt war, für Nacktaufnahmen Modell gestanden hatte und ihm irgendwie wesentlich klüger erschienen war. Aber mit bald vierzig kann man nicht mehr als Fotomodell arbeiten. Nach einem Jahr ohne Arbeit hatte sie angefangen, Liebesromane zu verfassen.

Der Kellner brachte die Rechnung. Stas legte, ohne hinzusehen, seine Kreditkarte in die Ledermappe. Er fühlte sich nun richtig gut, vor allem war die widerliche, zitternde Angst verschwunden. Stas griff nach Evelinas kaltem, langem Handrücken und streichelte sanft ihre Finger.

»Du bist wundervoll, ich fühle mich sehr wohl mit dir.«

»Danke, mein Sonnenschein«, antwortete sie lachend.

Der Kellner kam heran. Stas fiel ein, dass er kein Trinkgeld auf die Kreditkarte gelegt hatte, und er öffnete seine Brieftasche, doch darin lagen nur ein paar sehr kleine Scheine.

»Hast du mal fünfhundert Rubel?«, fragte er Evelina lässig.

»Ja, natürlich.« Sie öffnete ihre Handtasche.

Der Kellner beugte sich zu Stas herunter und sagte schuldbewusst: »Entschuldigen Sie bitte, aber Ihre Kreditkarte ist gesperrt.«

»Was?« Stas verstand nicht.

Der Kellner zeigte ihm einen Computerausdruck, Stas hielt ihn sich vor die Augen, konnte den kleingedruckten englischen Text lange nicht lesen, begriff schließlich und zog eine andere Kreditkarte aus der Brieftasche. Der Kellner entfernte sich damit.

»Blödsinn!« Stas zuckte die Achseln. »Da ist ein Haufen Geld drauf.«

»Mach dich nicht verrückt.« Evelina lächelte. »Du rufst morgen die Bank an und klärst die Sache.«

Der Kellner kam zurück und reichte Stas schweigend die Kreditkarte und einen weiteren Computerausdruck. Mit demselben Text.

»Vielleicht zahlen Sie lieber bar?«, schlug er kühl vor.

»Aber nein, das ist doch Blödsinn!« Stas lachte nervös. »Ihr Apparat muss kaputt sein.«

»Hier, versuchen Sie es mal mit meiner Karte.« Evelina warf eine blaue Visacard auf den Tisch.

»Soll ich es nur versuchen oder die Rechnung darüber abbuchen lassen?«, fragte der Kellner.

»Oh, mein Gott«, krächzte Evelina verächtlich. »Natürlich, buchen Sie es ab. Wir wollen schließlich nicht bis morgen früh hier sitzen.«

Mit ihrer Kreditkarte war alles in Ordnung. Stas verspürte ein unangenehmes Kribbeln im Bauch. In dem riesigen Garderobenspiegel sah er sein grünbleiches Gesicht. Die Angst war wieder da.

»Mach dir keinen Kopf.« Evelina strich ihm zärtlich über die Wange. »So was kommt vor. Ein Computerfehler …«

»Das sind Kreditkarten von verschiedenen Banken. Ausgeschlossen, dass bei beiden der Computer spinnt.«

»Dann hast du eben dein Monatslimit überzogen.«

»Ich habe kein Limit!«, blaffte Stas, als sei Evelina an allem schuld.

Sie gingen hinaus in den Nieselregen. Stas hakte Evelina unter und führte sie zu dem schwarzen Mercedes. Der Hotelparkplatz war voll, und Georgi hatte ein Stück entfernt parken müssen, einen Häuserblock weiter. Evelina ging auf ihren dünnen Absätzen ungelenk um die Pfützen herum, stolperte über die Borsteinkante und wäre beinahe hingefallen.

»Verdammt, ich glaube, ich bin ein bisschen betrunken«, verkündete sie fröhlich.

Georgi schlief auf dem Fahrersitz, den Kopf gegen die Nackenstütze gelehnt. Die Scheibe war ein Stück heruntergekurbelt, und Stas pochte mit dem Finger leicht dagegen.

Georgi rührte sich nicht. Die Scheinwerfer vorbeifahrender Autos beleuchteten sein Profil. Stas bemerkte, dass Georgis Mund offen stand. Als die Ampel auf Rot schaltete, die Autos hielten und es still wurde, hörte Stas es im Wagen leise und nervtötend piepsen.

»Sein Handy klingelt«, flüsterte er Evelina zu. »Hat der einen festen Schlaf!« Er zog am Türgriff, doch der war verriegelt. »Georgi, wach endlich auf!«, rief er und schaute ins offene Wagenfenster.

Evelina schob ihn beiseite, langte in den Wagen und ließ ihr Feuerzeug vor dem Gesicht des Fahrers aufflammen. Im flackernden Licht sahen sie trübe halboffene Augen und ein rundes schwarzes Loch mitten in der Stirn. Evelina riss die Hand aus dem Wagen und schrie laut und heiser. Stas fühlte sich wie gelähmt. Er wollte etwas sagen oder schreien, doch statt seiner Stimme hörte er nur Stille.

## Siebtes Kapitel

Mamonow saß nicht wie üblich am Tisch, sondern in einem breiten Ledersessel, lässig hingefläzt, und, was das Erstaunlichste war, er rauchte eine Zigarre. Julia erstarrte auf der Schwelle.

»Ja, ich rauche.« Er stieß eine Rauchwolke aus. »Sie brauchen mich gar nicht so anzusehen. Ich bin nämlich heute sehr nervös. Ihretwegen.« Er machte eine vielsagende lange Pause. Julia schwieg ebenfalls, und deshalb fuhr er fort: »Nein, ich verstehe schon, der Mann mit den Antennenhaaren, der ist natürlich verrückt.«

»Ein bisschen.« Julia lächelte.

»Sie haben sich absolut richtig verhalten. Aber bei der Protopopowa, da hätten Sie ruhig was machen können, ein kleines Lifting zum Beispiel.«

»Ach, Pjotr« – Julia schüttelte den Kopf –, »Sie wissen genau, dass das nicht geht.«

»Drei Patienten an einem Tag zu verlieren, das geht nicht!« Mamonow hob unangenehm die Stimme. »Erklären Sie mir, warum haben sie die Wassilkows weggeschickt?«

»Was denn, haben sie sich doch beschwert?«

»Das ist gar kein Ausdruck! Die Mutter hat mir gestern in meinem Büro eine gewaltige Szene gemacht, sie hat geschrien, wenn sich ihr Kind etwas antut, dann ist das Ihre Schuld, Doktor Tichorezkaja! Sie haben dem Mädchen die letzte Hoffnung genommen, Sie sind eine grausame, herzlose Person und dürften überhaupt keine Ärztin sein.«

Julia schnippte mit dem Feuerzeug, zündete sich eine Zigarette an und sagte langsam: »Weil das Mädchen ein ideales Gesicht hat. Es gibt Gesichter, die darf man einfach nicht anrühren.«

»Nein, Julia, solche Gesichter gibt es nicht! Man kann immer etwas verbessern. Haben Sie in der Facharztausbildung nicht gelernt, dass ideale Proportionen ein Gesicht banal und langweilig machen und keineswegs schön sind? Eine Frau braucht eine kleine Unregelmäßigkeit, etwas Pikantes, sonst sieht sie aus wie eine Puppe.«

»Entschuldigen Sie, Pjotr«, empörte sich Julia, »aber das ist Demagogie. Swetlana Wassilkowa ist ein sehr schönes Mädchen und braucht nichts Pikantes. Ihre Mutter will bloß ihre eigenen Probleme auf jemand anderen abwälzen. Sie sucht Schuldige, und ich versichere Ihnen, wenn ich eingewilligt hätte, dann wäre nach der Operation auch ich an allem schuld gewesen.«

»Warum?«

»Weil kein Chirurg das Gesicht von Sweta Wassilkowa schöner machen kann, als der liebe Gott es gemacht hat. Wenn wir jedes Dummchen operieren, dem Frauenzeitschriften und neidische Freundinnen etwas einreden, dann sind wir Betrüger, dann ist unser Ruf keinen Pfifferling mehr wert.«

Mamonow holte ein Papiertaschentuch hervor, wischte sich die feuchte Glatze ab und brüllte dröhnend: »Marina! Ich habe Sie vor zwei Stunden gebeten, Kaffee zu kochen! Was ist los, sind Sie eingeschlafen?«

Augenblicklich erschien ein erschrockenes Gesicht im Türrahmen. Schwester Marina, mit ihrer weißen Pantolette wippend, zwitscherte: »Davon haben Sie nichts gesagt, Sie trinken überhaupt keinen Kaffee, aber wenn Sie es wünschen – sofort!«

»Sofort! Augenblicklich! Für mich Tee, für Doktor Tichorezkaja Kaffee!« Mamonow erhob sich aus seinem Sessel, ging zum Fenster und starrte auf eine dicke schwarze Krähe, die auf dem Ast einer Pappel saß und ein Stück Alufolie im Schnabel hielt.

»Was ist los mit Ihnen, Pjotr?«, fragte Julia leise.

»Verzeihen Sie mir, mein Kind«, sagte er kaum hörbar,

»ich war unbeherrscht und habe dummes Zeug geredet. Sie haben vollkommen richtig gehandelt. Es geht um etwas ganz anderes. Ich hatte heute Besuch von einem Oberst des FSB.«

»Wegen Angela?«

»Nein ... wohl kaum. Nach den Tätern, die sie zusammengeschlagen haben, fahndet die Miliz, nicht das FSB. Jedenfalls hat der Oberst nicht nach ihr gefragt.« Mamonow setzte sich wieder in den Sessel und sah Julia einige Sekunden so mitfühlend an, dass ihr ganz mulmig wurde. »Der Oberst hat sich nach Ihnen erkundigt, mein Kind. Und das gefällt mir überhaupt nicht.«

»Ach was, Pjotr!« Julia lächelte munter. »Kein Problem! Ich habe absolut nichts zu befürchten. Ich bin weder Spionin noch Terroristin.«

»Ach, Julia, wenn die sich nur für Spione und Terroristen interessieren würden ... Ich bin ein alter Mann, aber wissen Sie, in mir sitzt noch immer die irrationale, kindliche Angst vor dieser Organisation.«

»Ich verstehe.« Julia nickte. »Aber nun kommen Sie doch bitte zur Sache.«

»Ja, ja, das macht der Generationsunterschied. Wie alt sind Sie? Sechsunddreißig? Ich bin zwanzig Jahre älter. Sie haben keine Angst. Mir dagegen zittern die Knie. Im Grunde war dieser Oberst nicht sehr konkret. Er hat mir nur ein paar Fragen über Sie gestellt.«

»Zum Beispiel?«

»Nun, was für ein Mensch Sie sind.«

»Und was bin ich für ein Mensch?«, fragte Julia lächelnd.

»Ich habe nur das Beste gesagt«, erwiderte Mamonow herausfordernd, »ich habe ihm erklärt, dass ich Sie seit ihrer Studienzeit kenne und mich für Sie verbürgen kann. Sie sind die beste Chirurgin nicht nur unserer Klinik, sondern eine der besten Fachkräfte in ganz Moskau.«

Julia errötete vor Freude ein wenig. So etwas sagte Mamonow in den achtzehn Jahren ihrer Bekanntschaft zum ersten Mal.

»Aber wissen Sie«, fuhr er mit gesenkter Stimme fort, »darauf reagierte dieser Oberst sehr merkwürdig. Er hat gelacht. Er sagte, ich müsse mich nicht für Sie verbürgen. Ich weiß nicht, was er damit meinte. Aber es hat mich argwöhnisch gemacht. Überhaupt hat mir dieser Besuch sehr missfallen. Keinerlei Erklärungen, nur Fragen seinerseits und Antworten meinerseits.«

Julia zuckte die Achseln. »Sie hätten Erklärungen verlangen sollen. Wie kommen Sie dazu, blindlings zu antworten?«

»Ach, mein Kind, ich möchte Sie sehen, wie Sie von so einem Mann irgendwas verlangen. Wissen Sie, was für furchteinflößende Augen der hat? Aber ich will Ihnen nicht vor der Zeit Angst machen. Vielleicht ist es ja wirklich nichts Schlimmes. Er hat eine Visitenkarte für Sie hinterlassen; Sie möchten ihn bitte anrufen.« Mamonow griff in seine Kitteltasche, förderte einen Haufen Papier zutage, legte ihn auf den kleinen Tisch, wühlte darin herum und reichte Julia ein Hochglanzkärtchen.

Julia las: »Michail Jewgenjewitsch Raiski«, darunter eine Telefonnummer. Nichts weiter.

Oberst Raiski tauchte manchmal im Sportsaal oder am Schießstand auf, unterhielt sich aber mit niemandem, sondern stand nur da und beobachtete. Er war der Psychologe, der Sergej vor einem Monat im Krankenzimmer besucht hatte. Später hatte Sergej erfahren, dass Raiski hier eine große Nummer war. Und natürlich keineswegs Psychologe.

Sergej hatte geahnt, dass der Oberst ihn eines Tages erneut ansprechen würde, und dann würde sich vielleicht einiges klären. Er spürte, dass von diesem hageren, hochmütigen Mann einiges abhängen würde für sein weiteres Leben. Aber er wollte keine Fragen stellen – bis Raiski ihn eines Morgens zu sich bat.

In dem geräumigen, behaglichen Büro roch es nach Kaffee. Der Oberst saß in einem Sessel an einem kleinen Tisch, die langen, dürren Beine zu einem Kringel verschlungen. Durch das Fenster in seinem Rücken schien die Sonne herein, und im ersten Moment sah Sergej nur eine schwarze Silhouette. Raiski trank Kaffee aus einer dünnen, zierlichen Porzellantasse, las in einem politischen Magazin und schien Sergej gar nicht zu beachten.

Das ist Absicht, entschied Sergej, er gibt mir zu verstehen, dass ich hier ein Niemand bin.

»Guten Tag, Genosse Oberst. Major Loginow auf Ihren Befehl …«

»Setzen Sie sich.« Raiski wies mit einem Kopfnicken auf einen Sessel. »Möchten Sie Kaffee?«

»Danke, gern.«

Der Oberst legte das Magazin beiseite, stand auf, sah zur Tür hinaus und sagte mit halblauter, ein wenig schläfriger Stimme: »Fedja, mach bitte noch Kaffee.«

In der nächsten Minute erschien der Adjutant mit einer dampfenden Kaffeetasse auf einem Tablett.

»Nun, Major, wie geht es Ihnen?« Der Oberst sah Sergej zum ersten Mal in die Augen, durchaus freundlich, ja, mit Wärme.

»Danke, Genosse Oberst. Gut.«

»Die Narben jucken abends bestimmt.«

»Ein bisschen«, gestand Sergej und nahm einen Schluck von dem starken, süßen Kaffee.

»Das geht vorbei«, versprach Raiski, »Hauptsache, das Jucken stört Ihren Schlaf nicht. Schlafen Sie gut?«

»Ausgezeichnet.«

»Keine Alpträume?«

»Nein.«

Aha, die Nachbarn hatten ihm also von seinen nächtlichen Schreien berichtet.

»Ich beneide Sie, Major.« Raiski lächelte. »Sie haben erstaunlich starke Nerven. Wenn man vor meinen Augen zwei Kameraden den Kopf abgehackt hätte, könnte ich bestimmt nicht ruhig schlafen. Mit Oberleutnant Kurotschkin hatten Sie nur ein Jahr zusammen gedient, aber Hauptmann Gromow kannten Sie schon seit Afghanistan. Er war Ihr enger Freund.«

Sergej trank in einem Zug den restlichen Kaffee aus und stellte die federleichte Porzellantasse ab.

»Ich verstehe, wie ungern Sie zurückdenken an Ihre Erlebnisse in der Gefangenschaft, aber es muss sein.«

Ohne aufzustehen, wandte sich der Oberst um, streckte die Hand aus und ließ die Jalousien herunter. Im Büro herrschte nun Halbdunkel, und kurz darauf flammte ein Fernsehbildschirm auf.

Das Erste, was Sergej erblickte, war sein eigenes Gesicht in Großaufnahme. Ihm war, als sehe er sich selbst aus einer anderen Dimension. Das Leben hatte sich hinter den Bildschirm zurückgezogen und ging dort weiter, hier jedoch, in diesem gemütlichen Büro, waren nur Schatten ... Langsam kroch der Geruch nach leicht angebranntem Hammelfleisch durch den Raum, Übelkeit stieg in Sergej auf. Er hörte ein bekanntes kollerndes Lachen. Das war Schamil Ismailow, der Anführer der Bande.

»Na also, Major Loginow, jetzt bist du mein Bruder«, ertönte Ismailows tiefe Stimme, »nun gehörst du zu uns – Glückwunsch! Warum nicht gleich so. Du warst ein Hund, und nun bist du ein echter Dshigit. Allah ist gnädig, er gibt jedem eine Chance, auch den Ungläubigen ...«

In dieser Szene waren sie nur zu zweit. Ismailow umarmte Sergej und klopfte ihm auf die Schulter. Das Gesicht des Majors war vollkommen ausdruckslos. Er schwieg und blickte ins Objektiv.

»Sie sehen nicht schlecht aus«, kommentierte Raiski, »gesunder Teint, solide, saubere Kleidung.«

Die Szene wechselte. Auf dem Bildschirm sah man ein Morgengebet. Die Banditen beteten, zum eintönigen Gesang des Mullahs glitt die Kamera über kniende Männer. Zwanzig Kämpfer, auf allen vieren gekrümmt, die Rücken zum Katzenbuckel gebogen, wühlten mit der Nase im Staub. Dann richteten sie sich auf, noch immer auf Knien, und betasteten wie Blinde ihr Gesicht, von den Schläfen bis zur Bartspitze. Die Kamera schwenkte auf den Major. Er kniete zwischen den Betenden.

Dann folgte ein Gelage. Monotone orientalische Musik. Lautes Gelächter, hastige, heisere Reden, tschetschenische Worte vermischt mit russischen Flüchen, kauende, fettglänzende Gesichter. Sergej saß zwischen den Banditen, einen halbleeren Schaschlikspieß in der einen, ein Stück Fladenbrot in der anderen Hand.

»Schmeckt das Schaschlik?«, fragte Raiski leise.

Sergej antwortete nicht.

Die Handlung ging weiter. Vor einer weißen Wand stand ein Mann. Er war furchtbar abgemagert. Die zerrissene Wattejacke auf dem nackten Körper hing an ihm wie an einem Kleiderständer. Sergej hatte den Mann im Lager nie gesehen. Das Gesicht kam langsam näher und füllte schließlich den ganzen Bildschirm.

»Man wird mich gleich töten«, sagte der Mann in hastigem, pfeifendem Flüsterton, »aber sie haben noch drei von uns. Es ist sehr schlimm hier. Bitte zahlt das Lösegeld. Mich werden sie töten, aber die anderen können noch gerettet werden, Slawik, Vitja und Sanja … Bitte, zahlt das Lösegeld, ich bitte euch sehr, das ist mein letzter Wunsch …« Er fing an zu weinen und fiel schwerfällig auf die Knie. Er schaute in die Kamera, und es schien, als würden seine riesigen, schwarzgeränderten Augen gleich den Bildschirm versengen. Über die eingefallenen, mit grauen Bartstoppeln bedeckten Wangen rannen Tränen. Die Schultern unter der Wattejacke bebten. Die Kamera entfernte sich. Ein weiterer Mann kam ins Bild, ein Bursche um die zwanzig im Tarnanzug. Die Kamera fuhr ganz dicht heran, zur Großaufnahme, die Bildqualität war ausgezeichnet, die Szene gut ausgeleuchtet. Ein rundes Gesicht, eine breite Stupsnase, graue Augen, helle, lange Wimpern wie bei einem Kalb, auf Stirn und Wangen Aknenarben. Ein einfacher, gutmütiger Bursche aus der stillen russischen Provinz. Sein Bart wuchs in farblosen Büscheln und stand ihm überhaupt nicht. Über sein Gesicht irrte ein Lächeln. Er hielt eine Maschinenpistole umklammert.

»Ja, also«, sagte er in die Kamera und spuckte aus, »ich werd ihn jetzt umlegen. Im Namen Allahs, also.« Er spuckte noch einmal aus. »Was ist, Brüder, kann ich?«

»Warte, mein Lieber, du hast noch nicht gesagt, wer du bist und wie du heißt.« Sergej erkannte die Stimme aus dem Off sofort. Es war Ismailow. Im nächsten Augenblick kam er ins Bild, umarmte den Jungen und klopfte ihm auf die Schulter. »Na los, Dshigit, sag allen, wer du bist.«

»Ja, also, äh … Ich bin Feldwebel Andrej Trazuk, Jahrgang 1987, Russe …« Der Bursche spuckte erneut aus, seine Augen huschten hin und her. »Ich bin vor einer Woche Moslem geworden und in die Reihen der Befreiungsarmee Itschkeriens eingetreten und heiße jetzt Hassan.«

»Prima!«, ließ Ismailow sich vernehmen. »Du bist jetzt mein Bruder. Und ich liebe alle meine Brüder. Du wirst viel Geld haben und vier schöne Frauen.«

Die Kamera schwenkte wieder auf den Mann an der Wand. Der kniete noch immer. Er hatte das Gesicht zum Himmel gewandt und murmelte lautlos vor sich hin, hob unsicher die zitternde Hand und bekreuzigte sich. Aus dem Off ertönte Gelächter. Es kam von mehreren Männern, die Kamera schwenkte ruckartig herum in die Totale. Der ehemalige Andrej Trazuk feuerte eine kurze MPi-Salve ab. Der Mann an der Wand stürzte in den Staub.

»Vielleicht machen Sie doch mal die Augen auf?«, hörte Sergej Oberst Raiski sagen.

»Ich sehe alles«, antwortete er, ohne den Kopf zu drehen. »Ich sehe alles sehr gut.«

»Ja? Ich dachte, Sie wären eingeschlafen. Sagen Sie, haben Sie diese beiden Männer im Lager getroffen? Den Erschossenen und den frischgebackenen Hassan?«

»Dem Erschossenen bin ich nicht begegnet. Aber Hassan habe ich gekannt. Solche Hassans gab es dort fünf.«

»Tatsächlich? Fünf, sagen Sie? Na schön, lassen wir uns nicht ablenken.«

Sergej sah eine weitere Geisel an der Wand, weniger abgemagert als die erste. Der Mann blickte in die Kamera und wiederholte die Bitte um Lösegeldzahlung mit ruhiger, unaufgeregter Stimme. Das Bild stoppte – Oberst Raiski hatte die Pausentaste gedrückt.

»Kennen Sie das Gesicht dieses Mannes?«

»Nein.«

»Schauen Sie genauer hin. Vielleicht haben Sie es vergessen.«

»Nein. Ich habe ein gutes Gedächtnis für Gesichter.«

»Ja? Na schön.«

Raiski ließ das Band weiterlaufen, und Sergej erblickte sich selbst mit einer MPi in der Hand.

Als die Kamera näher herangefahren war, drückte der Oberst erneut die Pausentaste.

»Bleiben Sie dabei, dass Sie diesen Mann noch nie gesehen haben? Ich weiß, das Gedächtnis erlaubt sich manchmal seltsame Tricks. Besonders qualvolle, die Psyche gefährdende Momente vergisst man, ohne es bewusst zu wollen. Dafür sorgt der Selbsterhaltungstrieb. Das kommt vor, unbestritten. Sie wurden schließlich gezwungen, das zu tun. Wir wissen ja, wie man dort Leute zu etwas zwingt.«

»Ich erinnere mich sehr gut, wie man mir eine MPi in die Hand drückte und mich filmte«, sagte Sergej langsam, »seien Sie so gut und lassen Sie das Band weiterlaufen.«

»Hören Sie, Sie haben unglaubliche Nerven«, bemerkte Raiski. »Großartig, Ehrenwort, großartig.«

Erneut kam der Gefangene ins Bild. Die Kamera fuhr näher heran, um ein letztes Mal das Gesicht des Mannes zu zeigen. »Zahlt das Lösegeld, zahlt das Lösegeld …«

Aus dem Off ertönte eine MPi-Salve. Der Gefangene stürzte. Dann sah man wieder Sergej mit der MPi. Neben ihm stand Ismailow, klopfte ihm auf die Schulter und beglückwünschte ihn. Sergej schwieg, den Kopf tief gesenkt.

»Na siehst du, ist doch ganz einfach, mein Lieber, oder? Es ist ganz einfach, im Namen des großen Allah einen Hund zu erschießen. Du bist schließlich ein Dshigit, mein Bruder. Wir werden dich verheiraten«, versprach Ismailow. »Na los, Major, genier dich nicht, sag allen, wer du bist, wer du warst und wer du geworden bist.« Darauf folgte ein heftiges Schulterklopfen. Sergej schwankte und wäre beinahe gestürzt. Die Kamera schwenkte zu dem Leichnam, der von der Wand zu einer flachen Grube am Rand eines Nusshains geschleppt wurde.

»Wo waren wir stehengeblieben?«, meldete sich Raiski. »Sie sagten, Sie erinnern sich gut, wie man Ihnen eine MPi in die Hände gedrückt hat. Hat der Film Ihrem Gedächtnis nicht auf die Sprünge geholfen und hervorgeholt, was danach geschah?« Im Halbdunkel flammte ein Feuerzeug auf, der Oberst zündete sich eine Zigarette an und reichte Sergej die Schachtel.

»Danke.« Sergej nickte und sagte nach dem ersten Zug

leise: »Michail Jewgenjewitsch, spulen Sie bitte noch einmal zurück zur ersten Erschießung.«

»Das dachte ich mir, dass Sie da ansetzen würden.« Raiski schaltete Videorecorder und Fernseher aus, rollte mit seinem Sessel zum kleinen Tisch und trank mit einem Schluck seinen inzwischen kalten Kaffee aus. »Wenn Sie auf die Geisel geschossen hätten, wäre das auf jeden Fall gefilmt worden. Die MPi, die man Ihnen in die Hand gedrückt hat, war nicht geladen. Sie waren bereits so geschwächt, dass Sie sich kaum auf den Beinen halten konnten. Genau deshalb, für Ihre Weigerung zu schießen, hat man Ihnen die Beine gebrochen. Erst wollte man Sie einfach aufhängen, aber Ismailow war nach Grosny gefahren, und sie warteten seine Rückkehr ab.«

»Woher wissen Sie das?«, erkundigte sich Sergej düster.

»Warten Sie« – Raiski lächelte –, »Ihre Fragen beantworte ich nachher. Nicht alle, aber einige. Also, Sie haben die Geisel nicht gesehen, weil Sie sich auf der anderen Seite des Hauses befanden. Das haben unsere Experten bestätigt, die dieses Video sehr gründlich studiert haben. Mehr noch – sie haben festgestellt, dass Ihr Gesicht geschminkt ist.«

»Das kann man feststellen?«, fragte Sergej zweifelnd.

»Es ist ein hochwertiges Videoband, und die Beleuchtung ist ausgezeichnet. In einer Großaufnahme ist zu erkennen, dass man Ihnen blaue Flecke im Gesicht weggeschminkt hat. Ich hatte erwartet, dass Sie die Schminke erwähnen. Aber das haben Sie nicht getan – meinen Glückwunsch. Ich habe kein Vertrauen zu Leuten, die allzu rasch Rechtfertigungen parat haben. Na schön. So weit der Film. Nun können wir reden.«

»Das ist garantiert nicht der ganze Film«, sagte Sergej langsam und verspürte ein Stechen in den Handgelenken.

Raiski nickte. »Stimmt. Danach kommen derartig alptraumhafte Szenen, dagegen ist Stephen King ein Waisenknabe. Ich persönlich möchte das nicht noch einmal sehen. Ich bin kein Freund von Horrorszenen, schon gar nicht, wenn sie nicht der Phantasie eines Filmemachers entspringen, sondern echt sind. Sie kommen darin übrigens nicht vor. Nur in ein paar flüchtigen Großaufnahmen. Da schauen Sie zu, wie Ihre Kameraden hingerichtet werden, und sehen aus wie eine Leiche. Allerdings muss man eine gewisse Scharfsichtigkeit besitzen, um zu erkennen, was unseren Experten aufgefallen ist. Wissen Sie, wie ein Fernsehzuschauer hinsieht und was er sieht? Das Video lief nämlich im Fernsehen, auf drei Sendern. Die Namen der Verräter wurden nicht genannt. Auf spezielle Anweisung des Generalstabs. Nur die Gesichter wurden gezeigt, kommentiert mit zornigen Worte über Söldner, über gewissenloses Gesindel, das zu den Banditen überläuft. Wissen Sie, Sie haben ein sehr prägnantes Gesicht.« Raiski lächelte sanft. »Sie stehen auf der Fahndungsliste, Major.«

»Was ist mit meiner Mutter?«, fragte Sergej heiser.

Raiski maß ihn mit einem langen, prüfenden Blick, räusperte sich und sagte langsam: »Wir wollten Sie nicht belasten. Vera Sergejewna hatte einen Herzinfarkt. Noch bevor das Video in den Nachrichten lief. Sie kam ins Krankenhaus, als sie erfahren hatte, dass Sie vermisst werden. Sie wurde operiert, aber es gab Komplikationen ...« Er stand auf, ging gemächlich zum Schreibtisch, zog eine Schublade auf und nahm einen festen Umschlag heraus. »Hier, sehen Sie.«

Die Fotos zeigten eine magere alte Frau im Sarg.

»Mein herzliches Beileid«, sagte Raiski knapp.

»Entschuldigen Sie, ich muss jetzt allein sein.«

# Achtes Kapitel

Stas Gerassimow erwachte mit schwerem Kopf und begriff nicht gleich, wo er sich befand. In der Wohnung war es still und schwül, und es roch nach Evelinas Parfüm. Über ihm knurrte etwas penetrant. Stas glaubte, Evelina habe sich auf ihre alten Tage einen großen, fetten Kater angeschafft, und stöhnte mit geschlossenen Augen: »Lina, nimm das Tier weg!«

Keine Reaktion – das nervtötende Knurren hielt an. Stas öffnete die Augen. Evelina war nicht da, aber auf dem Nachttisch blinkte das rote Licht des Telefons.

»Lina!«, rief er noch einmal. »Nimm ab!«

Er lauschte und stellte fest, dass er allein war. Die Wanduhr zeigte halb eins. Das Telefon knurrte noch immer, und Stas hob den Hörer ab. Er blieb stumm. Stas fluchte, warf das Telefon aufs Bett und zwang sich aufzustehen.

Im Bad stand mit Lippenstift am Spiegel: »Bin um drei wieder da. Warte auf mich.« Daneben prangte ein fetter Lippenabdruck.

Unter der heißen Dusche wurde ihm wesentlich besser. Der Kopf wurde klar. Als Erstes erinnerte er sich, dass Evelina ihm in der Nacht drei starke Schlaftabletten gegeben hatte. Dann kamen auch die anderen Einzelheiten zurück.

Nach dem Essen im Restaurant hatten er und Evelina im Auto die Leiche seines Chauffeurs Georgi entdeckt. Nach dem ersten Schock hatte Evelina mit zitternden Händen ihr Handy aus der Tasche geholt und geflüstert: »Wie ist die Nummer? 02, oder?«

Stas hatte ihr schweigend das Telefon aus der Hand genommen und es, statt die Miliz anzurufen, ausgeschaltet und zugeklappt, Evelinas Hand gepackt und sie von dem verfluchten Mercedes weg in Richtung Twerskaja gezogen.

»Was soll das, spinnst du? Das geht doch nicht!«, rief sie

erschrocken, stöckelte aber auf ihren dünnen, hohen Absätzen brav hinter ihm her. Sie stiegen in den ersten Wagen, der anhielt. Geistesgegenwärtig nannte Evelina dem Fahrer ihre Adresse und streichelte die ganze Fahrt über schweigend Stanislaws Hand.

In der Wohnung hatte Stas die Tür fest verriegelt und war ins Schlafzimmer gegangen, wobei er sich auszog und seine Kleider einfach auf den Boden warf. Er zitterte, seine Zähne klapperten. Evelina tröstete und küsste ihn, und es war wunderschön, zärtlich und leidenschaftlich, wie früher, ganz am Anfang ihrer Affäre.

Um Mitternacht hatte ihm Evelina wie einem Kleinkind löffelweise Milch mit Honig eingeflößt. Er hatte ihr nicht die Wahrheit erzählt, sondern ihr eine halbwegs glaubwürdige Geschichte aufgetischt: Der Chauffeur Georgi habe Probleme gehabt, die mit seinem früheren Dienst zusammenhingen.

»Ich glaube, er war mal Aufseher im Lager – vielleicht haben sich ehemalige Häftlinge an ihm gerächt.«

»Und warum sind wir dann weggelaufen?«, fragte sie durchaus logisch.

»Weil ich Depressionen habe und keine Kraft, mit den Bullen zu reden, eine Aussage zu machen …«

»Aber da kommst du doch sowieso nicht drum rum. Er war dein Chauffeur, der Wagen gehört deiner Firma, und dass wir weggelaufen sind, wird nur noch mehr Fragen aufwerfen.«

»Wir sind nicht weggelaufen«, murmelte Stas nachdenklich, »wir haben gar nichts gesehen. Wir haben im Restaurant eine Menge getrunken, du hast ein Taxi gerufen, und ich habe einfach vergessen, dass Georgi auf mich wartete.«

»Und wenn uns jemand gesehen hat?«, fragte sie nach einem tiefen Zug an ihrer Zigarette.

»Wie meinst du das?«

»Na ja, wir waren ziemlich lange am Auto.«

»Ach, hör auf!« Stas verzog das Gesicht. »Wer soll uns schon bemerkt haben bei der Dunkelheit und uns auch noch wiedererkennen? Das erstens. Und zweitens: Du warst den ganzen Abend mit mir zusammen. Du hast gesehen, wie ich aus dem Auto gestiegen bin, in dem Georgi saß, gesund und munter. Du erinnerst dich genau, dass ich während des Essens nicht aufgestanden und weggegangen bin.«

Sie schwieg und schloss die Augen. Er streichelte ihr Knie. Sie rückte ab und seufzte schwer. Ihm fiel ein, dass Evelina nicht gesehen haben konnte, wie er aus dem Auto ausstieg, denn sie war erst zehn Minuten nach ihm gekommen. Und beim Essen war er einmal hinausgegangen und eine ganze Weile weggeblieben. Er war auf der Toilette gewesen. Er hatte manchmal Magenprobleme.

»Wenn ich deine Komplizin spielen soll, dann muss ich die ganze Wahrheit wissen«, sagte Evelina kaum hörbar.

»Welche Wahrheit? Wovon redest du?«

»Wovon ich rede?« Evelina ließ sich neben ihm aufs Bett fallen, schaute an die Decke und sagte langsam, Silbe für Silbe: »Deine beiden Kreditkarten sind gesperrt. Dein Chauffeur Georgi sitzt mit einer Kugel im Kopf im Auto. Anstatt die Miliz zu rufen, läufst du weg und versteckst dich bei mir. Was ist los, Stas?«

»Verstecke ich mich denn?«

»Dein Handy hat die ganze Zeit nicht einmal geklingelt. Kein einiges Mal. Normalerweise lässt du es Tag und Nacht eingeschaltet. Du kannst ohne Handy nicht leben, nicht einmal in Augenblicken der Leidenschaft. Und jetzt hast du es ausgeschaltet.«

»Ich hatte einfach große Sehnsucht nach dir, Lina, und ich will nicht, dass uns jemand stört.«

»Ich bin gerührt. Ich fange gleich an zu heulen. Du hast

die ganze Zeit niemanden angerufen. Nicht einmal Mama und Papa.«

»Sie sind alte Leutchen. Sie schlafen nachts.«

»Ich schätze, die Ermordung deines Chauffeurs wäre ein ausreichender Grund gewesen, sie zu wecken.«

»Komm, hör auf, mir gehts mies genug.«

»Ich vermute, es geht um was ganz anderes. Deine Firma wird von der Steuerbehörde attackiert oder von Kriminellen, von Konkurrenten oder von allen gleichzeitig. Vergiss nicht, morgen früh die Banken anzurufen wegen der Kreditkarten.« Sie gähnte und drehte ihm den Rücken zu.

Stas konnte nicht einschlafen. Er wurde von einem nervösen Zittern geschüttelt, er wälzte sich hin und her und ließ Evelina nicht schlafen – nach einer Stunde zwang sie ihn, drei Schlaftabletten zu nehmen. Er schlief wie ein Toter bis halb eins und hörte nicht, wie Evelina ging. Erst das Telefonklingeln hatte ihn geweckt.

Nach dem Duschen schlurfte er in die Küche und kochte sich einen starken Kaffee. Erneut schnarrte das Telefon. Stas zuckte zusammen und zerschlug die Zuckerdose. Er hob ab – Schweigen. Er wollte sofort wieder auflegen, vernahm aber deutlich Musik. Er erkannte die Beatles – den Kultsong »Yesterday«.

Eiskalter Schweiß rann ihm übers Gesicht und hinter den Kragen von Evelinas weichem Frotteebademantel. Durch das Dröhnen in seinen Ohren hindurch hörte er es an der Haustür klingeln. Auf watteweichen Beinen schlich er in den Flur und verharrte an der Tür. Erst jetzt spürte er einen heftigen Schmerz im Fuß und sah die Blutspuren auf dem Boden. Ein Porzellansplitter war durch die dünne Pantoffelsohle gedrungen und hatte sich tief in sein Fleisch gebohrt.

Julia kam erst kurz nach zehn zu Hause an, müde, aber zufrieden.

Sie hatte heute Angela operiert, und es schien alles gut verlaufen zu sein.

Sie parkte ein, doch bevor sie aussteigen konnte, klingelte in ihrer Tasche das Handy.

»Guten Abend, Julia«, sagte eine tiefe Männerstimme, »entschuldigen Sie die Störung …«

»Ich habe Sie doch gebeten, mich nicht mehr anzurufen«, unterbrach ihn Julia.

»Verzeihung, aber Sie haben mich nicht gebeten, Sie nicht mehr anzurufen, denn das habe ich noch nie getan«, war die höfliche Antwort, »wir beide kennen uns bisher nicht, und ich …«

»Gott sei Dank, dass wir uns nicht kennen!«, knurrte Julia, schaltete das Telefon ab, steckte es in die Tasche und ging rasch zur Haustür. Sie hörte nicht, wie die Tür eines hinten auf dem Hof parkenden unauffälligen schwarzen Toyota zugeschlagen wurde, sah nicht, wie eine schlanke, lange Gestalt ihr folgte, und erschrak darum furchtbar, als eine tiefe Stimme hinter ihr sagte: »Sie haben vergessen, die Diebstahlsicherung einzuschalten, Julia.«

Der Hof war leer. Im hellen Lampenlicht erblickte sie eine offene graue Wildlederjacke, darunter einen tadellosen schwarzen Anzug, ein schneeweißes Hemd, eine strenge grauschwarze Krawatte, einen riesigen Adamsapfel und ein kantiges, glattrasiertes Kinn.

Anstelle der Augen sah sie nur eine Brille mit schmalem Rahmen blinken. Der Mann war sehr groß und krankhaft mager.

»Warum sind Sie denn so nervös?«, fragte er herablassend. »Mein Name ist Raiski. Doktor Mamonow hat Ihnen meine Visitenkarte gegeben.«

»Sie sind Oberst des FSB?«, vergewisserte sich Julia mit einer gewissen Erleichterung.

»Ganz recht. Ich muss mit Ihnen sprechen, Julia.«

»Was denn, hier und jetzt?«

»Ja, jetzt. Aber nicht unbedingt hier. Wenn Sie mich nicht zu sich nach Hause bitten wollen, können wir uns in ein Café setzen.«

»Hören Sie, warum diese Eile? Sie hätten morgen früh zu mir in die Klinik kommen können.«

Er lächelte und schüttelte den Kopf.

»In der Klinik sind Sie zu beschäftigt. Da kann man nicht gut reden. Verlieren wir keine Zeit, Julia, Sie sind müde, Sie hatten heute eine schwierige Operation.«

Julia holte ihr Handy hervor, schaltete es ein und wählte die Nummer ihrer Wohnung, um Schura vorzuwarnen. Ihre Tochter konnte um diese Zeit durchaus im Pyjama herumlaufen, das Gesicht mit weißem Schlamm oder sonstwas eingerieben.

»Schura, ich bin in fünf Minuten da. Nicht allein«, sprach sie rasch ins Telefon.

»Mit wem denn?«

»Mit einem fremden Mann.«

»Spinnst du jetzt total? Wieso bringst du einen Fremden mit nach Hause, noch dazu um diese Zeit?«

»Das erkläre ich dir später.«

Julia steckte das Telefon wieder weg und nickte Raiski zu.

»Kommen Sie. Ich habe vierzig Minuten für Sie, nicht mehr.«

»Vielen Dank.« Er lächelte breit, und Julia registrierte tolle, blendend weiße Zähne. »Vierzig Minuten reichen vollkommen. Aber Ihrer Tochter sollten Sie nicht erzählen, wer ich bin und woher ich komme. Vorerst jedenfalls.«

Sie stiegen die Stufen zur Haustür hoch, Julia gab den Türcode ein und fragte, ohne sich umzudrehen: »Wie soll ich Sie denn vorstellen?«

»Sagen Sie, ich sei ein Kollege.«

»Sie sehen nicht aus wie ein Kollege von mir.«

»Wieso?«

»Weil Sie aussehen wie ein Oberst des FSB. Vielleicht erklären Sie mir doch einmal, was Sie von mir wollen?«

Sie standen im engen Lift, und der Geruch seines teuren Eau de Cologne war ihr unangenehm.

»Hilfe«, sagte er leise und vielsagend, »wir brauchen Ihre Hilfe, Julia.«

Julia holte die Schlüssel aus der Tasche und traf das Schlüsselloch nicht gleich. Ihre Hände zitterten leicht.

»Mama!«, rief Schura aus der Tiefe der Wohnung. »Sag ihm, er soll die Schuhe ausziehen! Ich hab heute gewischt!«

»Ihr Tochter ist aber häuslich.« Raiski lächelte. »Ich habe zwei Jungen, und die rühren im Haushalt keinen Finger. Ein Mädchen ist eben was anderes.«

Julia stellte ihm wortlos Pantoffeln hin, zog die Stiefel aus und ging auf Strümpfen in Schuras Zimmer. Schura saß in einem verwaschenen alten T-Shirt am Schreibtisch. Ihr Gesicht war mit einer dicken Schicht grünlicher Salbe bedeckt.

»Hast du gegessen?«, fragte Julia und küsste die Tochter auf den Kopf.

»Ist ja nichts da.« Schura zuckte die Achseln. »Der Kühlschrank ist leer. Aber mach dir keine Sorgen, Mama, ich war nach der Schule bei McDonald's. Sag mal, wer ist denn dieser lange Kerl?«

»Woher weißt du, dass er lang ist?«, fragte Julia flüsternd.

»Ich hab aus dem Fenster gesehen. Ich bin schließlich neugierig. Vielleicht hast du ja einen Verehrer?«

»Machst du dich lustig?« Julia lachte unfroh. »Na schön, geh jetzt ins Bett. Sonst läufst du morgen wieder rum wie eine Schlafwandlerin.«

Oberst Raiski war nicht mehr im Flur. Er saß in der Küche und hielt eine nicht angezündete Zigarette in der Hand.

»Sie wollen mit mir bestimmt über Angela sprechen, ja?« Julia lehnte sich in den Stuhl zurück und schloss erschöpft die Augen.

»Wie kommen Sie darauf?«

»Weil sie brutal zusammengeschlagen und entstellt wurde und die Täter noch immer nicht gefasst sind. In der Presse geistern Gerüchte herum, dass die Sängerin mit einem bekannten tschetschenischen Terroristen liiert ist. Gut möglich, dass er sie zusammengeschlagen hat. Da ich lange und intensiv mit Angela zu tun haben werde, möchten Sie, dass ich Ihnen alles mitteile, was ich von Angela oder über sie erfahre.«

Julia hatte hastig gesprochen, in einem Atemzug, aber so leise, dass der Oberst sich über den Tisch beugen musste.

»Clever.« Er nickte. »Prima, Doktor Tichorezkaja. Ich denke, ich habe mich in Ihnen nicht getäuscht.«

Sein herablassender Ton ärgerte Julia. Sie stand auf, schaltete den Wasserkocher ein und holte die Zuckerdose und eine Büchse mit gemahlenem Kaffee aus dem Schrank.

»Und, sind Sie bereit, das zu tun? Ja oder nein?«

»Natürlich nein.«

Julia stellte einen türkischen Kaffeekocher auf den Herd und rührte den Kaffee mit einem langen Löffel um.

»Warum?«

»Weil Sie bei mir an der falschen Adresse sind. Ich bin kein Priester, meine Patienten legen bei mir keine Beichten ab. Und wenn das doch mal vorkommt, dann wahre ich das Beichtgeheimnis.«

»War es Ihnen denn nicht unangenehm, als Sie um halb vier in der Nacht angerufen wurden?«, fragte Raiski einschmeichelnd.

»Doch, natürlich. Aber noch unangenehmer ist es mir, dass meine Kollegen Ihnen davon erzählt haben.«

Julia riss den Kaffeekocher vom Feuer und verschüttete dabei ein wenig Kaffee auf dem Herd.

Sie goss den Kaffee in Tassen und legte ein paar Kekse und Waffeln in eine Schale.

»Sie stellen mich vor die Wahl.« Raiski nahm vorsichtig einen Schluck Kaffee. »Ich kann Sie belügen oder Ihnen die Wahrheit sagen. Was soll ich tun?«

»Was Sie wollen.«

»Na schön«, seufzte der Oberst. »Ihr Telefon wird abgehört.«

»Schon?« Julia stieß einen leisen Pfiff aus. »Seit wann denn das?«

»Ach, eine schlechte Tat ist schnell getan. Das Gespräch mit dem Mann, der sich als Angelas Produzent ausgab, wurde mitgeschnitten. Herzlichen Glückwunsch, Julia – der Anrufer war der tschetschenische Terrorist Schamil Ismailow.«

»Ein Tschetschene?«, fragte sie gelassen. »Aber er hatte nicht den geringsten Akzent. Außerdem war er für einen Terroristen zu höflich.«

»Ismailow hat in Moskau studiert, und zwar an der Hochschule des KGB.«

»Ein Kollege von Ihnen also?«, spottete Julia.

»In gewissem Sinne schon. Sein Vater war ein hoher Parteiboss in der Tschetschenischen Republik. Ismailow ist sozusagen ein Prinz von Geblüt. Ausgezeichnete Manieren, keinerlei Akzent. Seine Mutter ist Russin. Aber wenn er will, spricht er mit starkem Akzent, ist grob und flucht.«

»Sie wissen so viel über ihn« – Julia schüttelte den Kopf – »und können ihn trotzdem nicht fassen?«

»Im Prinzip könnten wir das. Natürlich nur, wenn Sie, Julia, bereit sind, uns zu helfen.«

»Das ist nicht witzig, Michail Jewgenjewitsch.«

»Das war auch kein Witz. Es ist so, Sie …« Er verstummte. Nackte Füße tappten durch den Flur, dann erschien Schura in der Tür. Immerhin hatte sie sich das Gesicht gewaschen und eine alte Jeans angezogen.

»Mama, ich hab Hunger«, verkündete sie, wobei sie Raiski unverhohlen musterte. »Tach! Ich heiße Schura.«

»Sehr angenehm.« Der Oberst stand auf, streckte die Hand aus und stellte sich vor: »Michail Jewgenjewitsch.«

Mit einem spöttischen »Hm« erwiderte sie den Händedruck, öffnete den Kühlschrank, hockte sich davor und erstarrte in tiefem Nachdenken.

»Nimm dir eine Banane oder mach dir ein Käsebrot.«

»Die Bananen hab ich heute alle aufgegessen. Und der Käse ist ganz trocken.«

»Dann geh schlafen.«

Julia stand auf, hob Schura an den Schultern hoch und brachte sie in ihr Zimmer.

»Mama, geht er bald?«, murrte Schura ziemlich laut.

»Gute Nacht.«

Julia küsste ihre Tochter, ging in die Küche zurück, zündete sich eine Zigarette an und sagte fest: »Wissen Sie, Michail, jeder sollte seins machen. Lassen Sie mich operieren, und Sie fangen Terroristen.«

Raiski nahm die Brille ab und rieb sich die Nasenwurzel. Wie bei vielen Brillenträgern wirkte sein Blick nun weich und hilflos.

»Julia, wir vergeuden nur sinnlos Zeit, dreschen leeres Stroh. Sie geben mir schon einen Korb, obwohl Sie noch gar nicht wissen, worin meine Bitte besteht.«

»Na schön, Michail. Entschuldigen Sie. Ich bin ganz Ohr.«

»Ich bin vollkommen Ihrer Ansicht: Jeder sollte bei seinem Leisten bleiben. Ich fange Terroristen, und Sie operieren. Ich möchte Sie bitten, sich einen Patienten anzusehen. Können Sie das tun?«

»Selbstverständlich.« Julia lachte nervös. »Bringen Sie ihn in meine Sprechstunde, von mir aus gleich morgen Vormittag.«

»Das ist unmöglich.« Er schüttelte den Kopf. »Wir müssen Sie zu ihm bringen. Es ist ziemlich weit, am Rand des Moskauer Gebiets. Und wir müssen gleich morgen früh fahren. Um acht werden Sie mit dem Wagen abgeholt.«

»Was?« Julia hob die Stimme und stand wieder auf. »Ich habe morgen Sprechstunde.«

»Machen Sie sich keine Sorgen. Ich habe alles mit Ihrem Chef abgesprochen. Sie sind für eine Weile beurlaubt.«

»Was heißt für eine Weile? Und mein Kind, haben Sie mit dem auch alles abgesprochen?«

»Nein.« Raiski lächelte ungerührt. »Um Ihre Tochter kann sich eine unserer Mitarbeiterinnen kümmern, eine absolut zuverlässige Person. Dafür verbürge ich mich mit meinem Kopf. Das Kind wird rechtzeitig mit dem Auto zur Schule gefahren und wieder abgeholt, anständig versorgt und ins Bett gebracht.«

»Sie sind verrückt, oder?«, fragte Julia und musterte Raiski forschend.

»Da Ihre Mutter zur Zeit in den USA ist, zu Besuch bei Ihrer älteren Schwester, und Ihr Verhältnis zu Ihrem geschiedenen Mann, gelinde gesagt, kompliziert ist, haben Sie praktisch niemanden, der sich um Schura kümmern kann«, argumentierte er leise. »Sie erklären ihr, Sie müssten überraschend auf eine Dienstreise, und eine Freundin von Ihnen würde so lange hier wohnen. Sie heißt …«

»Sparen Sie sich die Mühe!«, unterbrach ihn Julia. »Sie brauchen mir Ihre Mitarbeiterin nicht vorzustellen, Sie brauchen mir überhaupt nichts mehr zu erklären. Ich werde morgen nirgendwohin fahren. Haben Sie denn in Ihrer Behörde keine eigenen Spezialisten?«

»Nein, stellen Sie sich vor.« Raiski breitete bedauernd die Arme aus. »Warum gerade Sie? Erstens: Sie sind eine hervorragende Chirurgin. Und zweitens: Sie sind zur richtigen Zeit am richtigen Ort. Das ist Schicksal, Julia. Begreifen Sie endlich: Wir brauchen Sie, aber Sie brauchen uns ebenso.«

»Warum?«

»Weil Sie bereits einmal bedroht wurden, und das war erst der Anfang.«

## Neuntes Kapitel

»Aber nein, ich kann mich nicht geirrt haben.« Das Mädchen zwinkerte erschrocken und vermied es, Stas anzusehen. »Sie haben gesagt, man hätte Ihnen die Brieftasche gestohlen. Sie haben mich gebeten, die Kreditkarte zu sperren, sofort.«

»Hören Sie – wie heißen Sie?« Stas runzelte angestrengt die Stirn und versuchte, den Namen auf dem Schild am Revers ihres roten Jacketts zu lesen.

»Natalja«, sagte sie hastig und strich sich das Haar glatt.

»Hören Sie, Natalja, zum dritten Mal: Ich habe nicht in der Bank angerufen. Und meine Brieftasche wurde nicht gestohlen.«

»Aber Sie haben Ihre Kontonummer genannt und Ihre Adresse, alles, was zur Identifizierung eines Kunden erforderlich ist.«

»Und das Passwort?«, brüllte er so laut, dass alle in der Schalterhalle sich nach ihm umdrehten. »Habe ich das Passwort genannt?«

»Nein.« Das Mädchen zwinkerte nervös. »Aber kaum einer unserer Kunden erinnert sich an sein Passwort. Ich habe Sie natürlich darum gebeten, das ist ja Vorschrift …«

»Und?«

»Sie haben sich entschuldigt und gesagt, Sie hätten es vergessen.«

»Ich habe es nicht vergessen. Ich erinnere mich sehr gut an mein Passwort, das ist nämlich einfach mein Vorname. Kapieren Sie das?«

Auf das Gebrüll hin erschien der Manager, und Stas musste alles noch einmal von vorn erklären.

Der Manager brachte ihn respektvoll ins Büro des Sicherheitschefs, wo ihn eine in dieser Situation eher unangenehme Überraschung erwartete. Im Büro stand, den Kopf zum Fenster gewandt, sein Vater.

»Tag, Papa«, sagte Stas mit einem dümmlichen Lächeln.

Der General antwortete nicht, drehte sich nicht einmal um. Der Sicherheitschef, ein ehemaliger KGB-Mann, bemühte sich, die Peinlichkeit zu überspielen, trat zu Stas, drückte ihm fest die Hand und erklärte mit aufrichtigem Lächeln, er sei sehr erfreut, ihn bei guter Gesundheit zu sehen.

»Setzen Sie sich bitte, Stanislaw. Wladimir und ich haben gerade davon gesprochen, dass es keine ausweglosen Situationen gibt. Wir werden bei einer Tasse Kaffee gleich alles in Ruhe bereden.«

»Ja, natürlich.« Stas nickte und warf einen Blick zu seinem Vater. Der stand noch immer da, wie in Stein gehauen, und starrte aus dem Fenster, obwohl es draußen außer der Wand des Nachbarhauses nichts zu sehen gab.

»Stanislaw, schildern Sie uns erst einmal ausführlich und ganz in Ruhe die letzten Ereignisse, danach denken wir gemeinsam nach.«

Der Sicherheitschef hieß Jegor Pleschakow. Er war üppig behaart und trug einen sauber gestutzten Schnurrbart, der Stas an einen dicken Blutegel erinnerte.

»Ich weiß nicht, wo ich anfangen soll«, sagte Stas nach

einem heiseren Räuspern. »Papa, setz dich bitte. Ich kann nicht mit deinem Rücken reden.«

Der General drehte sich abrupt um und starrte Stas mit irren Augen an. »Mutter hat einen Asthmaanfall, ich hab es mit dem Herzen und ein Magengeschwür, und du geruhst nicht einmal anzurufen! Weißt du, dass Georgi getötet wurde?«

»Papa, setz dich und beruhige dich«, flüsterte Stas, der spürte, dass er anfing zu zittern. »Ich verstehe überhaupt nichts, wenn du so schreist.«

»Georgi wurde getötet, dein Chauffeur, in deinem Wagen. Ein frontaler Kopfschuss, mitten in die Stirn, während er vor dem Restaurant auf dich Mistkerl wartete.«

Wladimir sank keuchend in einen Sessel und fragte dann etwas ruhiger: »Wo hast du die Nacht verbracht?«

»Bei einer Freundin.« Stas schluckte krampfhaft. »Ich habe bei einer alten Freundin übernachtet. Du kennst sie nicht. Wir sind gestern vom Restaurant aus mit dem Taxi zu ihr gefahren.«

»Einen Augenblick, Stanislaw.« Pleschakow hob die Hand – an seinem kleinen Finger blitzte ein Brillantring. »Wussten Sie bereits, dass Ihr Chauffeur ermordet wurde? Oder haben Sie das eben erst erfahren?«

»Ich … Nein … Moment, ich verstehe nicht – was ist mit Georgi?«

»Ihr Chauffeur wurde heute morgen tot im Wagen gefunden, an der Ecke der Wassiljew-Straße«, sagte Pleschakow langsam und deutlich, wobei er Stas bohrend anschaute, »nach vorläufigem Urteil des Sachverständigen wurde er gegen acht Uhr abends getötet. Offensichtlich haben Sie im Restaurant ›Anker‹ gegessen, und der Chauffeur hat auf Sie gewartet. Warum sind Sie mit dem Taxi gefahren?«

»Georgi hat auf mich gewartet?« Stas zwinkerte heftig.

»Ich hatte ihn doch weggeschickt. Oder nicht? Verdammt, ich kann mich nicht erinnern. Ehrlich gesagt, habe ich gestern ziemlich viel getrunken, es ist alles weg. Ich dachte, ich hätte ihn weggeschickt. Wir sind auf die Twerskaja gegangen und haben ein Auto angehalten.«

»Entschuldigen Sie, Stanislaw, aber soviel ich weiß, trinken Sie kaum, und die Ermittler werden feststellen können, was und wie viel Sie gestern beim Essen getrunken haben und in welche Richtung Sie gegangen sind, als Sie das Restaurant verließen.« Pleschakow lächelte listig.

»Unerhört! Sie wollen sagen, ich hätte Georgi getötet?«

Stas lachte nervös, das Lachen ging in Hicksen über, aus seinen Augen rannen Tränen.

Pleschakow öffnete ohne Hast eine kleine Bar, nahm eine Flasche Mineralwasser heraus, goss ein Glas voll und brachte es Stas. Der trank gierig, aber das Hicksen hörte nicht auf. Er hickste, lachte und weinte. Es sah ganz nach Hysterie aus. Der General ging zu ihm und schlug ihm kräftig auf den Rücken. Stas nickte dankbar und beruhigte sich.

»Nehmen Sie es mir nicht übel, Stanislaw, aber alle diese Fragen wird Ihnen der Ermittlungsführer stellen«, sagte Pleschakow sanft. »Sie sollten also darauf vorbereitet sein.«

»Warst du bei der anderen Bank?«, fragte der General leise, ohne seinen Sohn anzusehen.

»Ja, natürlich. Dort war ich zuerst. Es war genau das Gleiche. Irgendwer hatte angerufen, sich für mich ausgegeben, den Diebstahl der Brieftasche gemeldet und um Sperrung der Kreditkarte gebeten.«

»Das ist alles sehr merkwürdig«, murmelte Pleschakow nachdenklich, »wirklich sehr merkwürdig. Woher kann ein Unbekannter Ihre Kontonummern erfahren haben? Das ist nämlich schwieriger, als jemanden umzubringen. Wesentlich schwieriger. Also, was haben wir? Erst versucht jemand, Ihr Auto in die Luft zu jagen, dann werden Ihre Kreditkarten gesperrt und Ihr Chauffeur getötet. Warum? Oder hat der Mord an Georgi nichts damit zu tun?«

»Georgi Sawjalow hat ein reiches Vorleben, er kann eine Menge eigene Probleme gehabt haben«, bemerkte der General. »Ich habe ihn vor fünf Jahren aus dem Innenministerium zu mir geholt. Dort hatte er keinerlei Aussichten mehr. Er war als junger Bursche, geborener Moskauer, ins Gebiet Archangelsk geschickt worden, als Wachoffizier in einem strengen Arbeitslager. Und was hat man da für Perspektiven? Entweder man wird selbst zur Bestie, oder man wird von anderen Bestien gefressen.« Plötzlich trübte ein wehmütiger Schleier die Augen des Generals; er ging zur Bar, griff nach einer Flasche »Napoleon« und stellte sie auf den Tisch. »Trinken wir einen Schluck, zum Gedenken an Georgi.«

Pleschakow nickte und schenkte den Kognak ein. Er und der General leerten ihr Glas, Stas nippte nur daran.

»Möge die Erde ihm leicht sein«, sagte Pleschakow, hustete in seine Faust und sagte in anderem Ton: »Sie schließen also nicht aus, dass es bloßer Zufall war?«

»Vielleicht hat eine Bestie ihn hier aufgespürt. Er hat sie nämlich leidenschaftlich gehasst, er wurde sogar mehrfach bestraft wegen Überschreitung seiner dienstlichen Kompetenzen.«

»Wer? Georgi?«, rief Stas ungläubig.

»Ja.« Pleschakow nickte. »Hier in Moskau war er nett und gutmütig, aber dort gingen ihm oft die Nerven durch. Ihr Vater hat ihn aus einer gewaltigen Scheiße rausgeholt.«

»Richtig.« Der General nickte. »Wenn du es genau wissen willst: Ich hab ihn zu dir geschickt, weil er jedem an die Gurgel geht, der einen Kameraden angreift. Solchen Männern vertraue ich. Und so ist es ja auch gekommen – er hat dich geschützt. Er wurde getötet, und du lebst.«

Stas senkte den Kopf und presste die Hände an die Schläfen. Der General sah seinen Sohn traurig und mitleidig an. Die Sekretärin kam mit einem Tablett herein, aber niemand trank Kaffee. Stas klagte über Kopfschmerzen und bat darum, nach Hause gefahren zu werden. Der General blieb in der Bank.

»Vielleicht fährst du lieber zu uns?«, fragte er seinen Sohn. »Du solltest endlich deine Mutter besuchen, und überhaupt wärst du bei uns sicherer aufgehoben.«

»Ich muss auf jeden Fall erst zu mir.« Stas verzog gequält das Gesicht, als könne er vor Kopfschmerzen kaum sprechen. »Ich war ewig nicht zu Hause, ich muss mich umziehen und überhaupt. Ich komme heute Abend zu euch.« Er küsste seinen Vater auf die schlaffe, stachlige Wange.

Im gepanzerten Audi des Sicherheitsdienstes der Bank lehnte er sich in den weichen Sitz und schloss die Augen.

Sergej ballerte schon über eine Stunde auf die Zielscheibe. Er war früh um sechs aufgewacht und an den Schießstand gegangen, um bis zum Frühstück ganz allein zu üben. Wegen der Ohrenschützer hörte er nicht, dass jemand zu ihm trat. Aber er spürte plötzlich, dass er nicht mehr allein war, drehte sich um und nahm die Ohrenschützer ab.

Hinter ihm stand Dokotor Awanessow und lächelte.

»Guten Tag, mein Lieber. Du schießt hervorragend. Na, erzähl mal, wie gehts?«

»Danke, alles in Ordnung«, erwiderte Sergej lächelnd.

»Ja, ich sehe, du machst dich sehr gut. Ich weiß, dass du schon joggst und einen guten Appetit hast. Apropos – hast du schon gefrühstückt?«

»Wollte ich gerade. Leisten Sie mir Gesellschaft?«

»Unbedingt, mein Lieber.« Der Doktor nickte energisch. »Beim Frühstück und beim Abendbrot. Aber nicht jetzt. Später.«

»Ist etwas passiert?«, fragte Sergej beiläufig und versuchte, dem Doktor in die schwarzen Kirschenaugen zu sehen.

»Aber nein! Wieso denn? Wir beide gehen jetzt zur Untersuchung, wir müssen eine Röntgenaufnahme machen und noch ein paar andere Sachen, nicht sehr angenehme, aber es muss sein.«

Der Doktor wandte den Blick ab, tätschelte Sergej die Schulter und schob ihn sanft zum Ausgang.

Sie gingen hinauf in den ersten Stock, in ein geräumiges Untersuchungszimmer. In der Mitte stand ein hohes, raffiniert konstruiertes Bett. An den Wänden Bücherregale, Geräte mit Monitoren, weiter hinten, am Fenster, ein Schreibtisch. Darauf saß Schwester Katja und baumelte mit den Beinen.

»Oh, hallo, lange nicht gesehen!«, sagte sie und sprang herunter. »Du siehst prima aus.«

Sergej nickte. »Danke, du auch.«

»Setz dich, mein Lieber, ruh dich aus«, sagte Awanessow, »ich bin gleich zurück.«

Sergej setzte sich auf einen Wachstuchhocker. Katja zog eine Tüte mit bunten Bonbons aus ihrer Kitteltasche, nahm ein Bonbon heraus, wickelte es aus und warf es sich in den Mund.

»Dir biete ich keins an, du darfst nicht«, erklärte sie und zog eine komisch-ernste Grimasse.

»Wieso, wird die Untersuchung unter Narkose durchgeführt?«, erkundigte sich Sergej mit dümmlichem Lächeln.

»M-m« – Katja schüttelte den Kopf und schloss die Augen –, »ich weiß nicht genau, aber ich glaube, deine Stifte sollen entfernt werden.«

Sergej verzog das Gesicht. »Schon wieder rumschnippeln?«

»Keine Sorge, die OP ist ein Klacks, ein kleines Loch unter der Kniescheibe, und der Stift wird rausgezogen. Das tut überhaupt nicht weh. In ein paar Tagen kannst du wieder joggen.«

Draußen ertönten Stimmen, dann kam Doktor Awanessow herein. Er trug Kittel, Mütze und Mundschutz. Ihn begleitete eine hochgewachsene schlanke Frau, ebenfalls in voller Medizinermontur; obendrein trug sie auf der Stirn einen runden Spiegel mit einem Loch in der Mitte, wie ihn HNO-Ärzte benutzen.

»Machen Sie sich bekannt, Sergej, das ist Julia Nikolajewna, eine sehr erfahrene Ärztin, sie ist aus Moskau gekommen, um Sie zu untersuchen«, stellte Awanessow vor.

Sergej sah nur braune Augen – groß, klar und ruhig.

»Guten Tag.« Sie lächelte unter dem Mundschutz, trat zu Sergej und fasste sanft nach seinem Kinn. »Drehen Sie sich bitte um.«

Ein blendender Lichtstrahl traf sein Gesicht, und er kniff die Augen zusammen.

»Sie können die Augen ruhig schließen«, erlaubte Julia, »und entspannen Sie sich bitte.«

Sie hatte eine ziemlich tiefe, volle Stimme und roch nach einem teuren leichten Parfüm. Ihre kalten schlanken Finger glitten über Sergejs Gesicht.

»Sind Sie HNO-Ärztin?«, fragte er.

»Ja, ja, sie ist HNO-Ärztin, promoviert«, antwortete Awanessow rasch an ihrer Stelle. »Weißt du, während du hier bei uns lagst, haben wir dich rundum durchgecheckt und unter anderem auch eine Aufnahme von deinem Schädel gemacht. Für alle Fälle. Also, mein Lieber, deine Stirnhöhle wird unzureichend entwässert, wegen einer Wucherung in der linken Nasenhöhle und einer Krümmung der Nasenscheidewand. Und das, mein Lieber, könnte dazu führen, dass die akute Frontitis chronisch wird.« Der Doktor hüstelte künstlich, dann trat Stille ein.

Sergej sah die wunderschön geformten großen braunen Augen vor sich. Die äußeren Augenwinkel waren leicht nach unten abgeschrägt und von langen Wimpern umrahmt.

»Doktor Awanessow, kann ich Sie einen Moment sprechen?« Die Stimme der Frau klang ganz ruhig, aber ein wenig dumpf.

»Selbstverständlich, Julia Nikolajewna, natürlich, meine Liebe.«

Awanessow nahm galant ihren Arm.

Die Tür schloss sich hinter ihnen, doch Sergej hörte noch die lauten, empörten Worte der Frau: »Was soll der Zirkus? Sie sind doch Arzt!«

»Leise, leise, meine Liebe«, schnurrte Awanessow.

»Katja, was geht hier vor?«, fragte Sergej.

»Lass mich bitte in Ruhe«, flüsterte sie und wandte sich ab. Er bemerkte, dass ihr Gesicht glühte.

Awanessow kam allein zurück, sehr schnell. Seine künstliche Munterkeit war wie weggeblasen. Er zog die Maske aufs Kinn herunter – er war mürrisch und rot wie eine gekochte Rübe.

»Zieh dich aus!«, schnauzte er Sergej an.

»Können Sie mir endlich mal erklären, was los ist?«

»Nein, das kann ich nicht!«, brüllte Awanessow. »Ich darf nicht! Ich bin Soldat, zum Teufel mit euch allen! Ich bin Arzt, aber Soldat, verstehst du? Ich habe einen Befehl! Und du auch!«

»So, was habe ich denn für einen Befehl? Und von wem?« Sergej kniff die Augen zusammen.

»Keine Fragen zu stellen! Das ist dein Befehl! Der kommt vom Leben selbst, klar! Vom Tschetschenienkrieg! Schluss jetzt, zieh die Hose aus, ich will mir deine Beine ansehen!«

»Und die Frau mit dem Spiegel, ist die auch Militärärztin?«, fragte Sergej.

»Julia? Nein. Sie nicht.«

»Aber sie ist auch keine HNO-Ärztin?«

Awanessow erstarrte und sagte leise, kaum hörbar: »Quäl mich nicht, Sergej, ich schwöre, man will dir hier nichts Böses antun. Glaubst du mir das?«

»Glauben Sie sich denn selbst?«

»Untersteh dich, so mit mir zu reden! Du grüner Junge! Hab ich deine Beine wieder hingekriegt? Na los, sag schon!«

»Das haben Sie.« Sergej nickte. »Vielen Dank dafür.«

Weiter sagte Sergej kein Wort. Er entkleidete sich bis auf den Slip und legte sich aufs Bett.

Awanessow, noch immer empört schnaufend, untersuchte seine Beine, tastete sie ab, drückte darauf herum, bat Sergej, sie zu beugen und zu strecken und die Zehen zu bewegen. Sergej beobachtete sein Gesicht.

Nach und nach verschwand die Wut, und unter dem üppigen graumelierten Schnauzbart zitterte ein zufriedenes Lächeln. Doktor Awanessow freute sich über das glänzende Ergebnis seiner Arbeit.

»Alles bestens. Katja, komm her.«

Katja trat mit erhobener Spritze in der Hand ans Bett und ließ einen dünnen Strahl herausschießen, um die Luftblasen zu beseitigen.

»Was ist das?«, fragte Sergej, ohne auf eine Antwort zu hoffen, erfuhr jedoch: »Triombrast. Ein spezielles Kontrastmittel für Röntgenaufnahmen.«

Ein kühler, alkoholgetränkter Wattebausch berührte seine Armbeuge, dann drang die Nadel rasch und schmerzlos in die Vene. Katja war eine Meisterin im Spritzen.

»Na, dann wolln wir mal«, hörte Sergej Awanessows weiche Stimme aus der Ferne.

## Zehntes Kapitel

Zu Hause angelangt, zog Stas Gerassimow sich gleich im Flur nackt aus, tappte barfuß ins Bad, stellte sich unter die Dusche und bürstete sich ausgiebig mit einer harten, mit einem duftenden Duschgel getränkten Bürste. Dann rasierte er sich und sang dabei: »Good bye, America!«

Das Telefon klingelte, aber er nahm nicht ab, sondern sang weiter und rieb die frischrasierten Wangen sorgfältig mit Rasierwasser ein. Dabei zitterten ihm ein wenig die Hände. In seinem Kopf hallten noch immer die Worte des Sicherheitschefs der Bank seines Vaters: »Erst versucht jemand, Ihr Auto in die Luft zu jagen, dann werden Ihre Kreditkarten gesperrt und Ihr Chauffeur getötet. Warum?«

»Darum, weil er es sich anders überlegt hat und mich nicht mehr umbringen will«, flüsterte Stas laut und lächelte sein Spiegelbild an.

Stas mochte sein Gesicht. In jeder Stimmung, in jeder Lage schaute er gern in den Spiegel. Männliche, regelmäßige Züge, nicht sehr originell, aber das war ja nicht schlecht. Eine hohe Stirn, gerade, buschige Augenbrauen, die ziemlich tief lagen, wodurch sein Blick immer ein wenig wie von unten herauf wirkte.

Er ging aus dem Bad ins Schlafzimmer, öffnete den riesigen Kleiderschrank und sah nachdenklich die teuren Hemden, Jacketts und Hosen durch. Er entschied sich für seinen Lieblingsanzug, blaugrau wie der Himmel kurz vor einem Gewitter, dazu passend ein blassblaues Hemd und eine dunkelblaue Krawatte mit strengem Muster. Stas zog sich rasch an, schloss den Schrank, schaute in den großen Spiegel, fuhr sich mit der Hand durch das mit einem leichten Gel eingeriebene Haar und schrie plötzlich heiser auf.

Im Spiegel sah er sein Bett. Es war ordentlich gemacht, mit einem schneeweißen Überwurf bedeckt. In der Mitte steckte eine Art Stock, darauf war ein rechteckiges Stück festes Papier gespießt. Einige Sekunden lang stand Stas wie angewurzelt da und konnte sich nicht umdrehen. Unterdessen klingelte das Telefon immer weiter.

Schließlich ging er ganz langsam seitlich zum Bett. Der Stock war ein rostiges Moniereisen. Es war in die Matratze gerammt, darauf war ein Foto von Stas gespießt. Er zwang sich, noch näher heranzugehen. Es war sein Lieblingsfoto, aus seiner Studentenzeit. Es hatte unter Glas auf seinem Schreibtisch gelegen.

Stas rannte in sein Arbeitszimmer und überzeugte sich, dass die übrigen Fotos noch an Ort und Stelle waren. Anschließend überprüfte er die Schubladen. Darin lag Geld, fünftausend Dollar in Hunderterscheinen in einer flachen Zigarrenkiste. Ohne nachzuzählen, sah er, dass das Geld nicht angetastet worden war.

Mit einem großen Müllsack kehrte Stas zurück ins Schlafzimmer, nahm das Foto ab, bestrebt, es nicht anzusehen, riss es rasch in kleine Schnipsel und warf diese in den Sack. Dann mühte er sich damit ab, das Moniereisen aus der Matratze zu ziehen. Es war tief hineingestoßen worden und hatte sich durch das Bett hindurch in eine Parkettritze gebohrt.

Endlich vernahm Stas ein dumpfes Reißen, und er hielt ein etwa einen Meter langes Stück Eisen in der Hand, so krumm und rostig, dass seine Hände sich rot färbten. Er riss Überwurf, Bettdecke und Laken herunter und stopfte alles zusammen mit dem Eisen in den Müllsack. Ein paar Sekunden lang starrte er auf das Loch in der Matratze, dann ließ er sich mit einem heiseren, animalischen Stöhnen neben dem Müllsack auf den Boden fallen.

Er wäre wohl noch lange dort sitzen geblieben – doch das Telefon klingelte erneut. Stas sprang auf und lief, sich die Hände waschen. Die Seife brannte auf den Handflächen;

sie waren bis aufs Blut zerschrammt. Er fand im Badschrank ein Fläschchen Peroxid und goss es sich auf die Hände, ohne das Brennen zu spüren. Dann ging er ins Arbeitszimmer. Der untere, geschlossene Teil des Bücherschranks enthielt unter anderem eine große Holzschatulle. Rasch fand er darin, was er suchte: eines seiner alten Telefonbücher. Mit zitternden Händen blätterte er darin und verharrte auf der gesuchten Seite.

Er wählte eine Nummer, die er seit über fünfzehn Jahren nicht mehr angerufen hatte.

Er rechnete nicht damit, dass jemand rangehen würde, vernahm jedoch beinahe sofort die zitternde Stimme einer alten Frau.

»Guten Tag«, sagte Stas nach einem heiseren Räuspern, »ist das die Wohnung der Familie Michejew?«

»Die sind umgezogen«, antwortete die Alte.

»Wissen Sie vielleicht, wohin?«

»Nein.«

»Haben sie vielleicht ihre Telefonnummer hinterlassen?«

»Ich glaube schon, aber ich sehe schlecht, einen Moment, ich muss erst meine Brille suchen. Die Nummer steht hier auf dem Kalender.«

Stas hörte, wie sie den Hörer neben dem Telefon ablegte und dann in Pantoffeln davonschlurfte. Er wartete, bemüht, sein Herzklopfen zu bändigen. Endlich kam die Alte zurück und fragte keuchend: »Also, hast du was zum Schreiben?«

»Ja, ja, ich höre.«

Er merkte sich die Nummer, dankte der Alten und rief sofort an. Nach den ersten Ruftönen ertönte das Knacken der Rufnummernidentifizierung. Gleich darauf meldete sich eine angenehme Frauenstimme.

»Guten Tag«, sagte er in sprödem Falsett, »kann ich bitte Juri sprechen?«

»Wer sind Sie denn?«

»Ich heiße Pjotr Maso, ich habe mit Juri zusammen am Institut für Auslandsbeziehungen studiert. Wir wollen ein Jahrgangstreffen organisieren, und dazu wollte ich Juri einladen.«

Es folgte eine für Stas unerträgliche Pause, und er füllte sie mit einer äußerst dummen Frage: »Entschuldigen Sie, aber in welchem Verhältnis stehen Sie zu Juri?«

»Ich bin seine Schwester.«

Stas fiel ein, dass er tatsächlich eine Schwester hatte. Sie war damals etwa zwölf gewesen. Also war sie jetzt siebenundzwanzig, aber ihren Namen wusste er beim besten Willen nicht mehr.

»Pjotr Maso ... Ja, ich erinnere mich. Wie geht es Ihnen? Was machen Sie?«, fragte sie.

»Ach, mir gehts ganz gut, ich lebe, arbeite ...«, brummte er unbestimmt, »und wie gehts Juri?«

»Schlecht gehts ihm«, seufzte die Frau, »er ist vor fünf Jahren zurückgekommen, vollkommen krank. Er wurde sogar vorzeitig entlassen, ein Jahr früher, wegen seiner Tuberkulose. Er hat ein Jahr im Gebiet Archangelsk gelebt, dann kam er zurück nach Moskau. Er war lange in Behandlung, ist Invalidenrentner. Keine Arbeit, keine Familie, und die Gesundheit ruiniert. Die erste Zeit hat er sich noch ganz gut gehalten, dann fing er an zu trinken, er ist total abgesackt. Ich weiß nicht, ob Sie ihn bei Ihrem Absolvententreffen wirklich sehen wollen. Der Umgang mit ihm ist ziemlich schwierig.«

Er ist also tatsächlich zurück aus dem Lager, dachte Stas. Warum haben sie ihn entlassen? Warum ist er nicht dort krepiert?

Als Stas die Nummer wählte, hatte er gehofft, zu erfahren, sein ehemaliger Kommilitone Juri Michejew sei im Lagerkrankenhaus gestorben oder säße noch immer.

»Schön, dass Juri vorzeitig entlassen wurde«, sagte er, das Falsett mit warmen, mitfühlenden Tönen anreichernd, »das freut mich sehr für ihn.«

»Sie haben ihn bloß zum Sterben entlassen. Wegen der Statistik, damit es nicht so viele Todesfälle im Lager gibt«, erwiderte die Frau mit einem traurigen Seufzen.

»Lebt er bei Ihnen?«

»Mit ihm kann man nicht zusammenleben. Ich habe kleine Kinder. Mein Mann und ich haben ihm eine Einzimmerwohnung in Wychino gemietet. Telefon hat er dort nicht, aber ich kann Ihnen die Adresse geben.«

»Ich schreib sie mir auf«, sagte Stas rasch. Die Frau am anderen Ende der Leitung diktierte ihm die Adresse, dann fragte sie: »Wollen Sie meinen Bruder etwa besuchen, Pjotr?«

»Warum nicht?«

»Wunderbar!«, rief sie erfreut. »Wissen Sie, Juri hat zu niemandem mehr Kontakt, alle haben ihn vergessen, darum hat er auch angefangen zu trinken. Erinnern Sie sich noch, wie er früher war? Er hat alle Prüfungen mit ›sehr gut‹ gemacht, hat Gitarre gespielt. Und wie gut er Witze erzählen konnte, erinnern Sie sich? Zum Totlachen.« Sie schluchzte auf und schneuzte sich geräuschvoll. »Entschuldigen Sie, Pjotr, ich freue mich so über Ihren Anruf und darüber, dass Sie an Juri gedacht haben. Ich danke Ihnen. Wann wollen Sie denn zu ihm fahren?«

»Na ja, vielleicht gleich heute«, sagte Stas unentschlossen, »ja, wahrscheinlich heute. Ich habe heute Nachmittag gerade nichts vor.«

»Pjotr, ich weiß nicht, wie ich es sagen soll, es ist mir sehr peinlich, ehrlich. Also, ich sollte ihn heute eigentlich besuchen, aber ich schaffe es absolut nicht. Fahren Sie mit dem Auto hin oder mit der Metro?«

»Mit dem Auto.«

»Würde es Ihnen etwas ausmachen, wenn ich Sie bitte, ein paar Sachen und etwas zu essen mitzunehmen?«

Stas krampfte sich der Magen zusammen. Ablehnen war unmöglich. Er versuchte, sich zu beruhigen, indem er sich sagte, dass sie sich bestimmt nicht erinnerte, wie Pjotr Maso aussah.

»Entschuldigen Sie, Pjotr, mute ich Ihnen damit zu viel zu?«

»Nein, nein. Alles in Ordnung. Mach ich gern«, sagte Stas knapp.

»Vielen herzlichen Dank, Sie helfen mir damit sehr, Sie können sich nicht vorstellen, wie schwierig die Besuche bei ihm für mich sind. Ich habe zwei kleine Kinder, mein Mann ist den ganzen Tag arbeiten, meine Mutter ist krank, und auch moralisch ist das Ganze sehr belastend. Nach jedem Besuch habe ich einen Monat lang Depressionen.«

»Steht es denn wirklich so schlimm?«, fragte Stas.

»Das ist gar kein Ausdruck, Sie werden ja sehen.«

Sie fragte, wann und wo sie sich treffen wollten.

»Sagen wir um sechs, am alten Zirkus«, entschied Stas rasch und wollte schon auflegen, besann sich jedoch und rief: »Nein! Warten Sie! Erinnern Sie sich, wie ich aussehe?«

»Ach ja, richtig – nein, kein bisschen!«, sagte sie verwirrt. »Das ist so lange her, ich hab Sie ja nur ein-, zweimal gesehen. Ich glaube, Sie waren so ein Dicker mit langen Haaren und Brille.«

»Ich habe fünfzehn Kilo abgenommen, trage das Haar jetzt kurz und anstelle der Brille Kontaklinsen. Und Sie sind klein und dünn, haben zwei Zöpfe und große blaue Augen.«

»Stimmt alles, aber meine Augen sind dunkelbraun, fast schwarz. Juris Augen sind blau.«

»Ach ja, natürlich. Entschuldigen Sie, das hatte ich vergessen. Ehrlich gesagt, habe ich sogar Ihren Namen vergessen.«

»Irina.«

»Sehr angenehm. Also, Irina: Ich fahre einen kakaobraunen Toyota. Die Nummer lautet …«

Als Stas aufgelegt hatte, hustete er eine ganze Weile. Von der verstellten Stimme hatte er ein Kratzen im Hals.

»Irrsinn«, sagte er und trank einen Schluck Mineralwasser aus der Flasche, »ich hab von Anfang gewusst, dass das Irrsinn ist.«

Indessen rief die Frau, die tatsächlich Irina hieß, jemanden an und gab ihr Gespräch mit Stas fast wortwörtlich wieder.

»Gut gemacht«, lobte ein verrauchter Bass. »Wenn ihr euch trefft, halt ihn eine halbe Stunde auf. Wie ist dein Eindruck – war er sehr nervös?«

»Ich sag doch, er hat seine Stimme verstellt, er hat sich für jemand anderen ausgegeben, und zwar ziemlich ungeschickt.«

»Aber war er nervös?«

»Weiß der Geier!«, rief Irina ärgerlich. »Bin ich etwa Psychologe oder was?«

Sergej Loginow versuchte die Augen zu öffnen, schaffte es aber nicht. Diffuses Licht drang durch seine Wimpern. Seine Gesichtshaut spannte, juckte und war ganz hart, wie mit Klebstoff getränkt. Er berührte seine Wange und fühlte etwas Rauhes, Weiches.

Binden, dachte er, mein Gesicht ist verbunden!

Er richtete sich vorsichtig im Bett auf. Die Beine taten nicht weh. Die Knie waren nicht mit Verbänden umwickelt. Also waren die Stifte nicht entfernt worden. Man hatte ihn wieder einmal angeschwindelt. Schließlich gelang es ihm doch, die Lider ein wenig zu öffnen, und das Erste, was er durch die schmalen Spalte sah, war ein hohes Fenster, vor dem sich Kiefernäste wiegten.

Die Tür ging auf, und eine vertraute Gestalt im weißen Kittel kam herein – Schwester Katja.

»Guten Morgen«, sagte sie. »Versuch nicht zu sprechen. Das darfst du erst mal nicht. Und versuch nicht, die Augen zu öffnen. Leg dich lieber hin und lieg still.«

»Was ist mit meinem Gesicht?«, wollte er schreien, bekam aber nur ein klägliches Stöhnen heraus. Die Zunge ließ sich nicht bewegen, die Lippen waren völlig leblos.

»Ist dir schwindlig? Übel?« Katja lächelte mitfühlend. »Halb so schlimm, das geht bald vorbei. Das sind die Nachwirkungen der Narkose. Ich geb dir jetzt eine Spritze, dann schläfst du drei Stunden, und wenn du aufwachst, bist du ein neuer Mensch. Dann darfst du auch was essen.«

Durch einen fleckigen Schleier hindurch sah er, wie sie die Ampulle aufbrach, und packte sie am Handgelenk. Sie schrie auf und ließ die Ampulle fallen.

»Spinnst du jetzt total? Lass los, das tut weh!«

Er grunzte nur leise und schüttelte den verbundenen Kopf.

»Na schön«, seufzte sie, »ich erzähle dir, was passiert ist. Aber erst lässt du mich los, ja?«

Er ließ los. Sie setzte sich neben ihm aufs Bett und sprach leise und hastig auf ihn ein.

»Doktor Awanessow wollte gestern die fällige Routineuntersuchung machen. Ich hab dir Triombast gespritzt, ein spezielles Kontrastmittel für Röntgenaufnahmen. Aber du bist dagegen allergisch. Du hast getobt wie ein Irrer, du hattest eine waschechte Intoxikationspsychose, so was hab ich noch nie erlebt. Du hast gebrüllt, bist aufgesprungen und den Flur langgerannt. Wahrscheinlich hast du halluziniert, jedenfalls bist du mit voller Wucht frontal gegen die Stahltür geknallt. Wir konnten dich nicht halten. Dabei hast du dir die Nase und den Unterkiefer gebrochen.«

Katja verstummte; die eingetretene Stille war unangenehm, rauh und trocken wie Sandpapier. Sergej schloss die Augen.

Die Geschichte mit der Allergie und der Psychose war komplett geschwindelt. Er erinnerte sich genau, wie Awanessow seine Beine untersucht und wie Katja ihm etwas gespritzt hatte – ein Kontrastmittel, wie sie sagte. Aber als er dann ins Vergessen sank, hatte er doch noch mitbekommen, dass es in Wirklichkeit ein starkes Schlafmittel gewesen war. Und zuvor hatte eine große schlanke Frau mit braunen Augen sein Gesicht untersucht.

Doch dann fiel ihm ein, wie er nachts schweißgebadet aufgewacht, brüllend und mit den Armen fuchtelnd durchs Zimmer gerannt und erst von seinen eigenen Schreien aufgewacht war und vom Schmerz, als seine Faust auf etwas Hartes prallte, in dem er einen lebendigen, erbarmungslosen Feind vermutete hatte. Das war schließlich passiert, oder? Also konnte auch das passiert sein, was Katja eben so anschaulich geschildert hatte? Oder nicht?

Er fuhr sich mit der Hand übers Gesicht und hörte sofort: »Nicht anfassen! Da sind nur Binden, Nähte, nicht weiter interessant. Aber wenn wir das alles abnehmen, dann wird es spannend. Du wirst toll aussehen, du hast keine Ahnung …« Sie verstummte erschrocken, presste die Hand auf den Mund, sprang auf und lief zur Tür. Er stöhnte verzweifelt auf, und sie blieb stehen. »Was denn noch?«

Er hob die Hand, legte die Finger zusammen und machte in der Luft eine Schreibbewegung.

»Toll. Gute Idee.« Katja lachte nervös. »Du willst mir einen Brief schreiben?«

Er nickte energisch, und von der heftigen Bewegung tat ihm das Gesicht weh. Katja blieb unentschlossen in der Tür stehen, zog dann einen abgeknabberten Bleistift und ein winziges Notizbuch mit Micky-Maus-Cover aus der Kitteltasche und kam zurück.

»Wurde mein Äußeres verändert?«, schrieb er krakelig. Sie nickte wortlos, nahm ihm das Blatt aus der Hand, zerriss es in winzige Schnipsel und verließ rasch das Zimmer.

## Elftes Kapitel

Natalja Gerassimowa rief ihren Sohn mehrfach zu Hause und unter seiner Handynummer an, aber stets vergeblich. Das Handy war abgeschaltet, zu Hause ging niemand ran. Plötzlich fiel ihr ein, dass sie die Stimme ihres Sohnes schon fast eine Woche lang nicht mehr gehört hatte. So viel Schreckliches war geschehen – die Sprengladung, der Mord an Georgi, diese seltsame Geschichte mit den Kreditkarten, und mit ihr, seiner Mutter, redete Stas überhaupt nicht. Er wusste, wie schlecht es ihr ging, dass sie sogar den Notarzt rufen mussten. Aber er hatte nicht ein einziges Mal angerufen. Nicht ein einziges Mal.

Sie versuchte mit aller Kraft, die aufsteigende Panik zu unterdrücken, aber es gelang ihr nicht. Sie verstand nur eines: Irgendwer wollte ihren Jungen töten, und in ihrem Kopf hämmerte unaufhörlich die Frage: Warum?

Hilflos rekapitulierte Natalja vage Geschichten. Bevor der Vater extra für ihn bei seiner Bank eine Firma aufmachte, hatte Stas sich als selbständiger Geschäftsmann versucht und in eine seiner gewagten Manipulationen einen jungen Mann mit hineingezogen, der später in seinem Hausflur getötet wurde. Er hinterließ eine junge Frau, eine Nachbarin oder Freundin von Galina, der Enkelin von Maria. Und diese Witwe gab angeblich Stas die Schuld an ihrem Kummer. Die Menschen suchen immer einen Schuldigen – als würde ihnen davon leichter.

Um sich ein wenig zu beruhigen, holte Natalja die Fotoalben aus der Kommode, öffnete das älteste aufs Geratewohl und erblickte schwarzweiße Hochzeitsfotos. Ein Mädchen in einem kurzen, ärmellosen weißen Kleid. Dünne Ärmchen, hochtoupiertes helles Haar unter einem durchsichtigen Nylonschleier, weiße Stöckelschuhe. Daneben ein hochaufgeschossener dünner Mann in Militäruniform. Zum ersten Mal fiel ihr auf, dass Wladimir älter aussah als dreiundzwanzig. Sie dagegen wirkte wesentlich jünger als neunzehn. Die erwachsene Hochzeitskleidung von 1963 sah an ihr ein wenig lächerlich aus. Sie wirkte wie eine verkleidete Halbwüchsige.

1963 hatten sie geheiratet. Und 1964 wurde Oberleutnant Wladimir Gerassimow nach dem Studium an der KGB-Hochschule an die mongolische Grenze versetzt.

Natalja hatte, ohne zu überlegen, das langweilige Studium am pädagogischen Institut hingeworfen und war ihrem Mann an die mongolische Grenze gefolgt.

Sie sah aus wie eine Oberschülerin, trug zwei Zöpfe und einen Pony und amüsierte sich sehr, als zwei Frauen aus einem Ministerium im Zug von Moskau nach Abakan schweigend ihren schwangeren Bauch musterten, bis sie es schließlich nicht mehr aushielten und ihr einen Vortrag hielten über das moralische Antlitz einer sowjetischen Schülerin und Komsomolzin.

Ein weiterer Reisegefährte, ein stiller, kranker alter Mann in einem Unterhemd mit gestopften Ellbogen, schwieg die ganze Zeit, ging immer wieder hinaus in den Gang, setzte sich auf den Klappsitz, rauchte und hustete dumpf. Natalja fiel auf, wie seltsam er die Papirossa hielt – zwischen Daumen und Zeigefinger, darüber die schützende Hand.

Der Zug fuhr die Transsibirische Strecke entlang. Natalja hatte die Taiga noch nie gesehen und nicht geahnt, dass ein Wald so riesig und geheimnisvoll sein konnte. Die Bäume verschmolzen zu einem einzigen, undurchdringlichen Dunkel, das am hellichten Tag die Sonnenstrahlen schluckte und nachts den Himmel verdeckte. Der Zug erschien ihr wie ein einsames Raumschiff, das sich durch schaurige, stumme Unendlichkeit bewegte.

Auf den seltenen Bahnstationen verkauften Omas mit Kopftüchern gekochte heiße Kartoffeln mit Dill und Salzgurken. Natalja aß sie gleich aus der Zeitung, mit den Händen, tunkte die Kartoffeln in ein Häufchen feuchtes Salz und trank anschließend süßen Eisenbahntee, dazu gab es dicke Kringel. Die beiden Ministeriumsfrauen hatten einen unerschöpflichen Vorrat an gebratenen Hühnchen, selbstgebackenen Piroggen und hartgekochten Eiern dabei. Sie aßen oft und ausgiebig. Einmal boten sie Natalja nach flüsternder Beratung eine Pirogge mit Kohl an. Sie lehnte ab.

Der Alte ernährte sich von Schwarzbrot und Speck. Er kaute hastig, gierig, den Kopf tief gesenkt. Sein ganzes faltiges Gesicht war dabei in komischer Bewegung, die buschigen grauen Brauen bewegten sich auf und ab, die Augen huschten hin und her, als fürchte er, jemand könnte ihm das Essen wegnehmen. Einmal hörte Natalja, wie die beiden Frauen ihn einen Kriminellen nannten. Sie war neugierig, ob das stimmte. Sie hatte noch nie einen echten, leibhaftigen Kriminellen aus der Nähe gesehen. Sie ging hinaus in den Gang und setzte sich auf den Klappsitz neben dem Alten.

Die kleine blasse Sonne folgte dem Zug und berührte die schwarzen Kiefernwipfel. Der Alte hustete schwer, seine Papirossa brannte nicht, und er zog eine Schachtel Streichhölzer aus der Tasche. Seine Hände zitterten, das Streichholz zerbrach, die Schachtel fiel zu Boden.

Natalja hob sie auf und zündete ein Streichholz an. Als er die Papirossa anrauchte, bemerkte sie, dass ihm Tränen über die faltigen erdgrauen Wangen rannen.

»Geht es Ihnen nicht gut?«

»Im Gegenteil, mir geht es sehr gut.« Er lächelte. Sämtliche Zähne waren aus Metall.

»Und warum weinen Sie?«, fragte Natalja erstaunt.

»Ich habe hier gesessen«, antwortete er, noch immer lächelnd.

»Wofür?«

»Die Begegnung an der Elbe, sagt dir das was?«

»Natürlich. Da sind 1945 die Unseren mit den Alliierten zusammengetroffen, mit den Amerikanern und Engländern.«

»Und dafür hab ich gesessen. Ich hab vor dem Krieg an der Leningrader Universität Englisch unterrichtet. In den vier Jahren im Schützengraben hab ich die Sprache so sehr vermisst, dass ich mich nicht beherrschen konnte und mit den Alliierten geplaudert hab. Dafür bekam ich fünfundzwanzig Jahre Lager – wegen Spionage.«

»Haben die Sie angeworben?«, flüsterte Natalja nach einer qualvollen langen Pause.

Der Alte lachte. Natalja fühlte sich unbehaglich und wollte ins Abteil zurückkehren. Plötzlich entdeckte sie am Waldrand, am Bahndamm, etwas Riesiges, Braunes. Mit fröhlichem Erschrecken erkannte sie, dass es ein Bär war.

»Sieh mal, ein Streuner«, sagte der Alte heiser und zeigte aus dem Fenster.

»Fressen die Menschen?«

»Nicht unbedingt. Aber wenn so ein Tier einmal Menschenfleisch gekostet hat, dann bleibt es für immer ein Menschenfresser. Er reißt Menschen, vergäbt sie, wartet, bis das Fleisch verfault ist, dann buddelt er es aus und frisst es.«

»Schrecklich ...«

»Das ist nicht schrecklich, Mädchen. Das ist die Natur. Aber wenn ein Mensch einen Menschen frisst, ja, das ist wirklich schrecklich.«

»Menschenfresser gibts nur in Afrika«, sagte Natalja unsicher.

»Hier auch.« Der Alte wies mit einem Kopfnicken aus dem Fenster. »Wenn die Kriminellen fliehen, nehmen sie meist einen arglosen Gefangenen mit. In der Taiga hält man ohne Fleisch nicht lange durch.« Er lachte schief und unfroh. »Meist suchen sie sich Politische aus. Mir haben sies auch angeboten. Ich wäre beinahe mitgegangen. Es war schon alles vorbereitet.«

»Und dann?«

»Gott hat mich beschützt. Fliehen kann man nicht vor Mai, wenn der Schnee getaut ist. Im Februar fingen wir an mit den Vorbereitungen, und im März starb Stalin. Weißt du, ich hab nicht sofort daran geglaubt, dass sie unsereins freilassen. Es wurde Verschiedenes geredet. Berija verkündete eine Amnestie für Kriminelle. Die Politischen fielen anfangs nicht darunter. Aber dann hatte ich einen Traum: Ich träumte, ich sitze im Zug und fahre an diesen Orten vorbei, und zwar nicht im Viehwaggon, sondern in einem richtigen Abteil. Ich sitze auf einem Klappsitz, rauche eine gute Papirossa und plaudere mit einem Mädchen im grünen Kleid.«

In der Nacht stieg er an einer kleinen Bahnstation aus, und die Ministeriumsfrauen prüften lange, ob er auch nichts gestohlen hatte. Nachdem sie sich überzeugt hatten, dass noch alles an Ort und Stelle war, schienen sie ein wenig enttäuscht.

An einem nebligen frühen Abend erreichten sie Abakan. Weiter führte die Eisenbahnstrecke nicht. Nach Kysyl verkehrten ein Bus und ein Hubschrauber. Natalja wurde auf dem Bahnsteig von einem Militärjeep abgeholt.

»Es ist kein Flugwetter«, verkündete ein älterer Unterfeldwebel mit rotem Schnauzbart und griff nach ihrem Koffer. »Sie müssen im Hotel übernachten.«

»Und über die Landstraße, mit dem Jeep, das geht nicht?«

»Doch« – der Feldwebel lächelte –, »aber es ist eine Bergstraße, das ist gefährlich, Sie sehen ja, was wir für einen Nebel haben. Außerdem würden Sie furchtbar durchgerüttelt werden, und das ist in Ihrem Zustand nicht gut.«

»Wir fahren!«, erklärte Natalja entschieden.

Sie hatte solche Sehnsucht nach ihrem Mann, dass sie sich keine weitere Nacht ohne ihn vorstellen konnte, noch dazu in einem blöden Hotel.

Die Stadt Abakan flog an den Fenstern des Jeeps vorbei und kam Natalja öde vor.

Dafür war sie von den wilden Bergen hinter den Nebelfetzen tief beeindruckt.

Als es dunkel wurde, zog Natalja auf den Rücksitz um, fand dort eine kratzige, nach Benzin und Tabak riechende Decke, rollte sich zusammen und schlief ein.

Doktor Awanessow kam eine halbe Stunde nach Katja ins Zimmer, ein Schreibbrett und einen Bleistift in der Hand.

»Na, guten Tag, mein Lieber!« Der Doktor schenkte ihm ein Lächeln. »Wie fühlen wir uns?«

Sergej langte nach Schreibbrett und Bleistift und schrieb: »Was ist mit meinem Gesicht?«

»Das hat Katja dir doch schon erzählt. Es ist natürlich unsere Schuld, dass wir vorher keinen Test gemacht haben. Aber wer konnte das ahnen? Die Wahrscheinlichkeit einer allergischen Reaktion ist eins zu tausend. Und eigentlich ist es nicht einmal eine richtige Allergie. Vollkommen unerklärlich. Eine Intoxikationspsychose mit Halluzinationen. Du warst richtig tobsüchtig, mein Lieber. Bist gegen die Eisentür gerannt und hast dir das Gesicht kaputt geschlagen. Das mussten wir reparieren.« Das alles sagte der Doktor rasch und fröhlich, in einem Atemzug, mit stetem

Lächeln, nur der starke armenische Akzent verriet seine Erregung. Sergej hatte schon vor einiger Zeit bemerkt, dass der Doktor nur dann mit Akzent sprach, wenn er nervös war.

»Das ist nicht wahr!«, schrieb Sergej mit großen schiefen Buchstaben und fügte noch ein einziges Wort hinzu: »Warum?«

Das Lächeln war wie weggeblasen.

»Ich lüge also, ja?«, brüllte Awanessow und schleuderte das Schreibbrett von sich. »Was bist du nur für ein Mensch, also wirklich, keine Scham und kein Gewissen! Da holt man die beste Spezialistin aus einer Klinik für plastische Chirurgie, kümmert sich um sein Gesicht, als wäre er kein Soldat, sondern ein Filmstar!«

Sergej musste plötzlich lachen. Doch er konnte nicht lachen, verschluckte sich und hickste. Aus seinen Augen rannen Tränen. Sie haben eine Spezialistin aus einer Klinik für plastische Chirurgie geholt! Vorher! Falls der verrückte Major Loginow von dem Kontrastmittel so durchdreht, dass er sich die Gesichtsknochen bricht? Welch rührende Fürsorge! Was für eine geniale Intuition! Übrigens sind plastische Operationen sehr teuer. Was hatte der schlaue Raiski vor? Wozu der ganze Aufwand?

Der Doktor sah ihn besorgt und mitleidig an, berührte seine Hand und sagte leise und heiser: »Nicht, Sergej. Du bist doch ein Mann. Du hast so viel überstanden, du wirst auch das überstehen.«

Stas Gerassimow wusste, wie ein ungebetener Gast in sein von einem bewaffneten Sicherheitsdienst bewachtes Haus eindringen konnte. Keinesfalls durch den Hauseingang, es sei denn, derjenige hätte ihn gestürmt.

Die Wachleute kannten jeden Bewohner von Angesicht, Fremde mussten ihren Namen nennen, dann wurde der

Inhaber der jeweiligen Wohnung angerufen und gefragt, ob er diesen Gast erwarte. Aber jedes noch so ausgeklügelte Sicherheitssystem hat eine Lücke, und sei es im Zaun auf dem Hinterhof. Im Haus von Stas war die Tiefgarage eine solche Lücke. Dort bewachten die Sicherheitsleute ausschließlich die Wagen, Menschen beachteten sie nicht weiter.

Tagsüber stand das Tor manchmal offen, und man konnte unbemerkt in die Tiefgarage eindringen und von dort mit dem Lift oder über die Hintertreppe ins Haus gelangen, in jede beliebige Etage. Der Rest war eine Sache der Technik – ein guter Dietrich oder ein Nachschlüssel.

Stas ging mit dem großen Müllsack hinunter in die Tiefgarage. Er hatte sich umgezogen. Statt seines Lieblingsanzugs trug er nun schwarze Jeans, alte Turnschuhe, einen grauen Sportpullover, eine abgeschabte Lederjacke und eine schwarze Wildledermütze. Er packte den Müllsack in den Kofferraum seines kakaobraunen Toyota und verließ die Tiefgarage.

Bis zu dem vereinbarten Treffen hatte er noch genug Zeit, in Ruhe etwas zu essen. Er parkte den Wagen vor einer bescheidenen Grillbar in der Nähe des alten Zirkus.

Die Bar war leer. Eine dicke gefärbte Blondine legte ihm wortlos die Speisekarte hin. Stas bestellte einen großen Salat und Lammkotelett. Er musste endlich seine Mutter anrufen. Er wollte heute bei den Eltern übernachten, und um sich einen ruhigen Abend ohne Tränen und Vorwürfe zu sichern, schaltete er sein Handy ein und wählte.

Eine ganze Weile nahm niemand ab. Endlich fragte eine verschlafene Stimme: »Stas, bist du zu Hause? Warum gehst du nicht ans Telefon? Warum hast du dein Handy ausgeschaltet?«

»Nein, Mama. Ich bin nicht zu Hause. Und das Handy ist an. Ich rufe dich ja gerade damit an.«

»Wo bist du?«

»In einem Café. Was essen.«

»Du hättest lieber herkommen sollen. Bei uns gibt es Borschtsch und Putenschnitzel, die magst du doch so gern.«

»Wie geht es dir?«

»Jetzt schon besser. Hauptsache, du hast angerufen, mehr brauche ich gar nicht. Papa hat gesagt, du kommst heute zum Übernachten zu uns. Ist das wahr?«

»Ja, natürlich. Ich komme. Aber spät, gegen elf.«

»Gut, mein Sohn, wir werden auf dich warten. Sag mal, hast du dich schon mit dem Untersuchungsführer getroffen?«

»Mit welchem Untersuchungsführer, Mama?« Stas verzog das Gesicht und klopfte eine Zigarette aus der Schachtel.

»Na mit dem, der den Mord an deinem Chauffeur bearbeitet. Er hat mehrmals bei Papa angerufen und war zweimal hier. Du bist nicht zu erreichen, und in deiner Firma sagt keiner, wo du bist. Ich verstehe ja, wie schwer und unangenehm das für dich ist, aber du musst dich mit ihm treffen. Hörst du?«

»Ja, Mama. Wenn ich komme, reden wir über alles. Ich muss Schluss machen, mein Akku ist gleich leer. Küsschen. Bis heute Abend.«

Der Salat und ein schönes, großes Lammkotelett wurden gebracht. Aber Stas war der Appetit vergangen. Er zwang sich, etwas Salat zu essen, kaute beinahe widerwillig auf dem saftigen Fleisch herum und zündete sich erneut eine Zigarette an.

Als der Kaffee kam, fand er es plötzlich unsinnig, sich mit Irina zu treffen und irgendwohin zu fahren. Es war ohnehin alles klar. Ein Trinker war nur für sich selbst und seine nächsten Angehörigen eine Gefahr.

»Nein. Ich muss mich überzeugen«, murmelte Stas und merkte nicht, dass er laut sprach. »Wer sonst, wenn nicht er? Es kommt niemand anderer in Frage …«

»Entschuldigung – was?« Die Kellnerin, die den Aschenbecher auswechseln wollte, starrte ihn an.

»Nichts!«, blaffte er, und das Mädchen wich zurück.

Er erreichte den Treffpunkt genau um sechs, fand einen günstigen Parkplatz, stellte den Motor ab, lehnte sich in den weichen Sitz zurück und schloss die Augen.

Ein Trinker, der kein Telefon hat und vom Geld seiner Schwester lebt, ist zu nichts mehr fähig, dachte Stas. Zehn Jahre Lager können jeden in ein Stück Dreck verwandeln. Oder war das Gegenteil möglich? Man kann im Lager auch stark werden, sogar sehr stark. Könnte das mit Juri Michejew geschehen sein? Aber wenn er stark geworden wäre, würde er heute irgendwie anders leben.

Er dachte an den dünnen kleinen Burschen von damals. Mit zwanzig hatte Michejew ausgesehen wie ein Halbwüchsiger, hatte große, runde blaue Augen gehabt und sanft gerötete Wangen. Wenn er etwas erzählte, zog er immer lustige Grimassen und gestikulierte wild.

»Blödsinn!«, rief Stas leise. »Michejew ist ein Nichts, ein Schwächling, ein Jammerlappen. Ein Moskauer Junge aus einer Intelligenzlerfamilie, verwöhnt und verzärtelt.«

Jemand klopfte an die Scheibe. Stas zuckte zusammen und drehte sich so abrupt um, dass er sich eine Sehne im Hals zerrte, verzog vor Schmerz das Gesicht, dachte, dass ihm nun noch lange bei jeder Bewegung der Hals wehtun würde, und nahm das Mädchen, das an die Scheibe geklopft hatte, nicht gleich wahr. Er sah nur einen Mantel aus dünnem cremefarbenem Leder, einen sandfarbenen Seidenschal und üppiges, offenes helles Haar.

»Sind Sie Pjotr?«, fragte sie, als er die Scheibe herunterkurbelte.

»Und Sie sind Irina?« Er zwang sich zu lächeln und öffnete die Tür. »Steigen Sie ein. Es regnet.«

Sie hantierte lange mit ihrem Schirm herum, bevor sie sich endlich auf den Beifahrersitz fallen ließ. Sie sah ausgesprochen gut aus, wie einem Modemagazin entsprungen. Groß, sehr schlank, silbrig-aschblondes Haar, das ihr schwer und atlasglänzend über den halben Rücken fiel. Zarte weiße Haut, längliche Katzenaugen, aber nicht grün, sondern tiefschwarz mit perlmuttglänzenden Augäpfeln. Hohe Wangenknochen, eine schmale, gerade Nase, ein großer, sinnlicher Mund. Sie hatte keinerlei Ähnlichkeit mit ihrem unauffälligen, eher kleinen Bruder. Sofort roch es im Auto nach einem schwindelerregenden Parfüm. Stas registrierte die großen echten Brillanten in ihren Ohren und an den Fingern und die Tasche und die Stiefel aus hellem Straußenleder. Die Stiefel waren vollkommen sauber. Wäre sie auch nur ein paar Hundert Meter zu Fuß gegangen, müssten sie dreckbespritzt sein.

»Guten Tag, Pjotr.« Sie lächelte. »Sie sehen umwerfend aus. Ich hätte sie niemals erkannt.«

»Na ja, ist ja auch schon siebzehn Jahre her.« Stas erwiderte das Lächeln. »Wir haben uns nur zweimal gesehen, vor sehr langer Zeit. Wie sollten Sie sich an mich erinnern?«

»Da irren Sie aber.« Sie warf das lange Haar zurück und schaute ihn unverwandt an. »Gerade an Sie, Pjotr, erinnere ich mich besser als an andere. Sie waren so ein liebes Dickerchen voller Komplexe und mit einem albernen Pferdeschwanz, und ich war ein junges Mädchen und ebenfalls voller Komplexe, darum sind Sie mir sofort aufgefallen. Als verwandte Seele. Sie haben mein Tonbandgerät repariert. Die anderen haben im Nebenzimmer bei gedämpftem Licht getanzt, und Sie pusselten an meinem Kassettengerät herum. Erinnern Sie sich?«

»Kein bisschen.« Stas zuckte die Achseln.

»Es hat noch lange funktioniert, das Gerät«, sagte sie mit honigsüßer Stimme, den Blick weiter auf ihn gerichtet. »Tja, Pjotr, Sie waren ein gemütliches liebes Dickerchen, aber nun sind Sie ein richtig attraktiver Mann, man könnte glatt den Kopf verlieren. Sind Sie verheiratet? Haben Sie Kinder?«

»Nein. Weder Frau noch Kinder.«

»Na so was.« Sie schüttelte ihr Haar. »Und ich hielt Sie für einen Familienmenschen, ich dachte, Sie würden bestimmt früh heiraten und einen Haufen Kinder haben. Sagen Sie, wieso organisieren Sie plötzlich ein Absolvententreffen?«

»Wir wollen uns einfach mal treffen, einander anschauen.« Stas zuckte die Schultern.

»Und von wem stammt die Idee?«

»Das weiß ich nicht genau. Spielt das eine Rolle?« Er holte Zigaretten hervor.

»Darf ich auch?« Sie langte nach der Schachtel. Er musste ihr Feuer geben und die Scheibe ein Stück herunterlassen. Kleine Regentropfen kamen hereingeflogen.

»Sie wollten mir etwas für Juri mitgeben.«

»Ich hab hier eine kleine Tüte. Lebensmittel, Socken, ein T-Shirt. Ach ja, eh ichs vergesse: Kaufen Sie ihm auf keinen Fall Alkohol und geben Sie ihm kein Geld ... Sagen Sie, darf ich mitkommen zu dem Absolvententreffen?«

Stas wurde der Mund trocken. Er drückte die eben erst angerauchte Zigarette im Aschenbecher aus und drehte sich abrupt zu Irina, woraufhin ein heftiger Schmerz seinen Hals durchfuhr.

»Ja, natürlich. Entschuldigen Sie, ich muss los. Meine Mutter ist krank geworden. Ich fahre von Juri gleich zu meinen Eltern. Hat mich sehr gefreut, Irina. Alles Gute.«

»Sagen Sie mir wenigstens, wann und wo das Treffen stattfindet. Es wäre wirklich besser, wenn ich dabei wäre und auf Juri aufpasste!«

»Na schön.« Stas verzog gereizt das Gesicht. »Wenn Sie unbedingt wollen … In zwei Wochen. Den Ort haben wir noch nicht festgelegt. Wahrscheinlich mieten wir einen Saal in einem Restaurant. Ich rufe Sie an.«

»Danke, Pjotr. Ach ja, noch eins: Wenn Sie bei Juri sind, seien Sie bitte so gut und schreiben Sie den Stromzählerstand auf und rufen mich an, ja? Ich bitte Sie sehr.« Unverhofft küsste sie ihn auf die Wange und glitt im selben Moment mit einem melodischen weichen Lachen aus dem Auto.

Das Lachen hallte noch lange in Stas nach und kam ihm immer bekannter vor.

Major Loginow konnte nur mit Mühe die Augen öffnen und sprechen. Schwester Katja flößte ihm mit einem Löffel Hühnerbouillon, flüssigen Haferbrei und Joghurt ein. Unter den wenigen Menschen, die zu Sergej ins Zimmer kamen, war auch die große schlanke Frau, die sein Gesicht untersucht und von der Awanessow gesagt hatte, sie sei HNO-Ärztin. Als sie das erste Mal kam, wollte er sie, obwohl er kaum die Lippen auseinanderbrachte, fragen, wer sie sei und was sie hier mache, aber die Frau sagte unter ihrem Mundschutz mit ruhiger, tiefer Stimme: »Bitte nicht sprechen. Ich heiße Julia. Ich bin Ärztin. Ich werde Sie untersuchen, und dann werden Sie schlafen.«

Sie stellte das Kopfteil des Bettes so, dass der Patient saß, und nahm ihm behutsam die Binden vom Gesicht. Er spürte fast nichts, nur die leichten, sanften Berührungen ihrer kühlen Finger, aber in ihm krampfte sich alles zusammen, und er sah ihr trotzig und böse in die Augen. Er hasste sie.

Als sie erneut erschien, konnte er sie besser betrachten. Sie war schön, kalt, klug und herzlos.

Ein Mensch, der keine Zweifel kannte. Er konnte noch

nicht sprechen und langte nach dem Nachtschränkchen neben seinem Bett. Sie reichte ihm Schreibbrett und Stift.

»Warum haben Sie das mit mir gemacht?«, schrieb er.

»Verzeihen Sie. Ich kann Ihnen diese Frage nicht beantworten. Bitte nicht sprechen. Ich muss Ihre Nähte versorgen, den Verband wechseln«, sagte sie.

»Das soll Katja machen.«

»Das kann nur der Arzt, Sie müssen meine Anwesenheit also noch eine Weile ertragen.« Ihre Stimme klang leicht gekränkt, was Sergej mit einem schadenfrohen inneren Lachen registrierte. Er wollte sie verletzen – das war sein erstes normales, lebendiges Gefühl seit geraumer Zeit.

Julia nahm den Verband von seinem Gesicht. Sergej schielte zu seinem Nachtschränkchen und entdeckte darauf einen offenen kleinen Koffer mit einem unbekannten Gerät.

»Das ist ein Laser«, erklärte sie ruhig. »Ich werde Ihre Nähte mit Laserstrahlen bearbeiten. So heilen sie wesentlich schneller. Schließen Sie bitte die Augen und entspannen Sie sich.«

Er gehorchte und spürte tatsächlich fast nichts, bis auf seinen eigenen raschen Herzschlag. Julias Hände waren so leicht, dass er den seltsamen Wunsch verspürte, sie zu berühren. Er wollte nicht, dass sie ging, und das machte ihn noch wütender.

Mir haben einfach die Farben und Gerüche des normalen Lebens gefehlt. Im Krieg ist alles scheußlich khakifarben. Nicht einmal das Blut ist rot; es vermischt sich sofort mit Dreck und wird braun. Im Krieg stinkt es nach Karbol, schmutzigen Körpern, Urin und Kot. Ich selbst habe im Krieg auch gestunken und noch schlimmer in der Gefangenschaft, dachte er, während er gierig den leichten französischen Duft der bösen Chirurgin einsog. Ein winziger Flakon von diesem Parfüm kostet mindestens hundert

Dollar. Klar, sie kriegt ihre hinterhältige Arbeit gut bezahlt. Aber warum bin ich eigentlich so wütend auf sie? Sie ist die Einzige hier, die mich nicht anlügt.

»So, das war alles. Jetzt verbinde ich Sie wieder, und dann können Sie sich ausruhen«, vernahm er ihre tiefe, volle Stimme.

Sergej grunzte wütend und legte die Finger zusammen, zum Zeichen, dass er einen Stift wolle. Sie nickte, zog einen Kugelschreiber aus ihrer Kitteltasche und reichte ihm das Schreibbrett.

»Ich habe Sie nicht gebeten, mein Äußeres zu verändern.«

»Ich weiß, dass Sie nicht darum gebeten haben. Verzeihen Sie mir.«

Er war sicher, dass sie im Gegensatz zu Schwester Katja nicht zu Awanessow laufen und sich beschweren und ihn im Gegensatz zu diesem nicht anschreien würde. Er wusste, dass er sich dumm benahm, denn sie hatte die plastische Operation natürlich nicht aus eigenem bösem Willen vorgenommen. Aber sie hätte sich weigern können. Man hatte immer die Wahl. Nein, das stimmte nicht. Er zum Beispiel, Major Loginow, hatte im Moment keine Wahl. Er nicht. Aber sie hatte die Wahl gehabt.

Wie jeder Mensch in einer unerträglichen Situation suchte Sergej dringend nach einem Schuldigen, und er hatte ihn gefunden. Ihre kultivierte Ruhe, ihre besonnenen Bewegungen, ihre klugen klaren Augen machten ihn rasend. Er selbst machte sich rasend, weil er sich nichts so sehr wünschte, als dass sie noch eine Weile bei ihm sitzen blieb, einfach so.

Er wollte wissen, wie sie ohne Maske und Mütze aussah, wie ihre Haare beschaffen waren und ihre Lippen, ob sie einen Mann und Kinder hatte. Er hasste sie, weil sie ihn so sehr anzog, und das war nicht normal.

In großen Druckbuchstaben schrieb er: »Nein, Doktor, ich verzeihe Ihnen nicht!«

# Zwölftes Kapitel

1964 trugen alle kurze Röcke. Selbst Gewerkschaftsangestellte und leitende Mitarbeiterinnen in Parteikreisleitungen. Selbst Hochschwangere. Natalja Gerassimowa zupfte dauernd am Saum ihres kurzen weiten Kleides, das sie sich in Moskau eigens für die letzten Monate auf einer alten Singer-Nähmaschine genäht hatte. Sie genierte sich für ihren riesigen Bauch, die dünnen Knie und den schaukelnden Weibergang. Doch im Grunde gab es keinen Ort, wo sie hätte hingehen können, und niemanden, vor dem sie sich genieren musste.

Die kleine Garnisonsstadt erinnerte an ein Wohnheim oder eine Gemeinschaftswohnung unter freiem Himmel. Auf den staubigen Straßen liefen die Offiziersfrauen in Kittelschürze und mit Lockenwicklern herum, Töpfe und Pfannen in den Händen.

Die nächste größere Stadt war das trostlose, hungrige Kysyl, die Hauptstadt von Tuwa, und eine Einkaufsfahrt dorthin war die einzige Abwechslung. Zu kaufen gab es nichts, aber die Offiziersfrauen erhielten zu Feiertagen Bezugsscheine für einen Sonderladen. Jedes neue Paar Schuhe, jedes Kleidungsstück wurde lange erörtert, anprobiert und befühlt, um schließlich in einer Kommode oder einem riesigen Sperrholzkoffer zu landen – für bessere Zeiten.

Wladimir und Natalja bekamen ein Zimmer im Offizierswohnheim. Es wirkte geräumig, weil kaum Möbel darin standen. Eine wacklige anderthalbschläfrige Liege mit einem groben, khakifarbenen Überwurf, eine Vorkriegskommode, ein Regal, ein Tisch und zwei Stühle. Alles Staatseigentum, mit Messingschildchen dran.

Natalja kaufte bei ihrem ersten Ausflug nach Kysyl Satin und Batist, lieh sich von ihrer Nachbarin, einer Feldscherin, eine Nähmaschine, und nach ein paar Wochen war das

Wohnheimzimmer nicht wiederzuerkennen. Am Fenster hingen fröhliche weißblaue Vorhänge, auf der Liege lag eine Steppdecke, auf dem Tisch ein Tischtuch.

Manchmal erstarrte sie bei der Arbeit einen Augenblick und horchte in ihren großen Bauch hinein. Von Mal zu Mal spürte sie die Bewegungen darin deutlicher.

Der Geburtstermin war Mitte August. Wladimir und sie hatten entschieden, dass er sie rechtzeitig ins Militärhospital Abakan bringen würde, das gute Ärzte und eine hervorragende Ausstattung besaß.

Der Juni ging zu Ende. In der untersten Kommodenschublade lagen ordentlich gestapelt Windeln und Hemdchen. Hin und wieder kam die Feldscherin Kira vorbei, eine große, fette Matrone um die sechzig. Sie untersuchte Nataljas Bauch, presste ein Hebammenstethoskop darauf, das aussah wie eine Spielzeugtröte, schüttelte ihre üppige orangerote Mähne, kniff die dünnen Lippen zusammen und verkündete wichtigtuerisch: »Ja, alles richtig, das Kind kommt im August, um den Fünfzehnten herum. Der Herzschlag ist so weit normal, ich verstehe bloß nicht, wie er liegt, wo der Po ist und wo der Kopf.«

»Er?«, fragte Natalja.

»Ach, wer weiß das schon?«, seufzte Kira. »Ich denke, bei dir wird es eher ein Mädchen. Der Embryo ist ziemlich lebhaft, er hüpft ja richtig.«

Es gab in der Garnison einen Arzt, einen mürrischen jungen Moskauer namens Usmanow, aber mit dem hatte Wladimir vor Nataljas Ankunft einen schweren Konflikt gehabt. Wladimir hatte einen nierenkranken Soldaten wegen eines geringfügigen Vergehens in den Arrest geschickt. Der Doktor hatte die Freilassung des Jungen verlangt, Wladimir hatte ihm vorgehalten, einen Simulanten zu decken, und nach drei Tagen musste der Soldat mit einem Hubschrauber nach Abakan gebracht und operiert werden. Der Doktor schrieb eine Beschwerde über Oberleutnant Gerassimow, aber die Vorgesetzten kehrten die Sache unter den Teppich. Seitdem grüßten die beiden einander nicht mehr.

Im Juli war es unerträglich heiß. Das Städtchen sank in staubgrauen Nebel. Natalja hatte geschwollene Beine und litt unter Schwindel, aber sie zwang sich zu Spaziergängen auf den dunstigen Straßen.

Eines Tages traf sie auf Doktor Usmanow. Es kam gerade ein Staubsturm auf, der Himmel war in gelblichen Nebel gehüllt, jegliche Luft schien verschwunden.

»Natalja, möchten Sie nicht einmal bei mir vorbeischauen?«, rief Usmanow ihr zu.

Vor Überraschung zuckte sie zusammen und wäre beinahe gestürzt. Der Doktor nahm ihren Arm und brachte sie in das kleine Krankenhaus. Über dem Waschbecken hing ein Spiegel. Darin erblickte Natalja ein furchtbares Gesicht: schwarzgrau mit kranken geröteten Augen. Der Schweiß hatte sich mit Staub vermischt, die Augen tränten.

»Sie möchten sich bestimmt waschen«, sagte Usmanow.

Natalja nickte gehorsam. Das Wasser war warm. Im Zimmer surrte ein Ventilator und verbreitete Wellen trügerischer Kühle. Der Doktor reichte Natalja ein Handtuch und fragte, wie es ihr gehe.

»Ganz gut.« Natalja sank schwerfällig auf die Liege.

»Kommen Sie, ich untersuche Sie«, schlug er vor.

»Danke, ich werde von Kira Pantelejewna betreut.« Natalja lächelte schwach.

»Und was sagt sie, wann ist es so weit?«

»Mitte August.«

»Ich denke, früher. Legen Sie sich bitte hin.«

Natalja warf die Schuhe ab und streckte sich auf der Liege aus. Usmanow horchte den Bauch lange ab, tastete darauf herum und sagte schließlich mürrisch: »Sie müssen sofort nach Abakan, es müssen Tests gemacht werden, qualifizierte Untersuchungen, vielleicht sogar eine Röntgenaufnahme.«

»Stimmt etwas nicht?«, fragte Natalja erschrocken.

»Ich glaube, Sie bekommen Zwillinge. Nein, nein, das ist nicht weiter schlimm, aber die Geburt könnte möglicherweise vorzeitig eintreten. Sie sollten lieber nichts riskieren.«

Der Sturm war noch nicht in vollem Gange, aber Usmanow begleitet Natalja dennoch nach Hause und redete auf sie ein, unverzüglich nach Abakan ins Hospital zu fahren.

Als Natalja in ihr Zimmer hinaufging, war der Himmel vollkommen schwarz geworden, der Wind heulte und wirbelte Säulen von Staub und Müll auf.

Am Abend erzählte Natalja ihrem Mann von der Begegnung mit dem Arzt. Wladimir wurde wütend. »Keiner hat ihn gebeten, dich zu untersuchen.«

»Aber wenn er nun recht hat? Vielleicht sind es wirklich Zwillinge?«

»Unsinn!« Der Oberleutnant schlug mit der flachen Hand auf den Tisch. »Die Pantelejewna untersucht dich jede Woche, und sie hat nichts von Zwillingen gesagt.«

»Wladimir, sie ist eine ungebildete Frau, außerdem trinkt sie wie ein Schuster!« erwiderte Natalja empört. »Dass du Usmanow nicht magst, heißt noch nicht, dass er als Arzt nichts taugt.«

»Ach, du magst ihn also?«, knurrte Wladimir mit zusammengebissenen Zähnen. »Du magst ihn, ja?«

Diese Reaktion verblüffte Natalja. Sie wusste, dass ihr Mann hart war und von einem krankhaften Ehrgefühl besessen, aber hier ging es doch um das wichtigste Ereignis in ihrem Leben, da könnte er eigentlich auf seinen albernen Konflikt mit dem Doktor pfeifen. Doch in seiner Wut ignorierte er sogar die unglaubliche Nachricht, dass sie womöglich Zwillinge bekamen!

»Spinnst du?«, fragte sie stirnrunzelnd.

»Er hat mich denunziert, und du läufst Arm in Arm mit ihm rum, in aller Öffentlichkeit!«, brüllte Wladimir. »Das weiß in der Garnison inzwischen alle Welt!«

»Er ist Arzt, und ich bin schwanger, da ist nichts …« Sie konnte den Satz nicht mehr beenden, denn Wladimir stand auf, ging hinaus und knallte die Tür so heftig zu, dass das ganze Zimmer bebte und ein Glas mit Vergissmeinnicht umkippte.

An ihren Tränen schluckend, sammelte Natalja die nassen Blumen auf und wischte das Wasser weg.

Doktor Tichorezkaja fuhr die leere nächtliche Chaussee entlang und merkte, dass sie am Steuer einschlief. Sie bedauerte fast, dass sie Raiskis Vorschlag, auf dieser verfluchten Militärbasis zu übernachten und sich am Morgen nach Moskau fahren zu lassen, abgelehnt hatte.

Sie hatte schon mehrmals dort übernachten müssen. Man hatte ihr in einer Finnhütte ein kleines, steriles Zimmer mit Bad überlassen, und sie hatte geschlafen wie eine Tote. Das erste Mal nach der Operation, die fünfeinhalb Stunden gedauert hatte.

Mamonow hatte sie von den Sprechstunden freigestellt. Sie behandelte nur noch zwei Patienten – Angela und diesen Mann, über den sie alles und nichts wusste. Sie kannte sein Alter, sein Gewicht, seinen Blutdruck, seine Blutgruppe. Sie hätte mit geschlossenen Augen den Bau seiner Gesichtsknochen und Muskeln rekapitulieren können, aber wer er war, woher er kam, was mit ihm passiert war und warum er dringend ein neues Gesicht brauchte, davon hatte sie keine Ahnung.

Sie mutmaßte, dass er Offizier war. An seiner Sprache erkannte sie den Moskauer. Sie vermutete, dass seine Beine, die Doktor Awanessow gerettet hatte, nicht bei einem Sport- oder Autounfall verletzt worden waren.

Einmal hatte Awanessow ihn in ihrer Gegenwart mit Sergej angesprochen und dabei vielleicht zum ersten Mal nicht gelogen. Sie hatte noch nie erlebt, dass ein Arzt, ein begabter Chirurg und ein eigentlich guter Mensch so viel und so dreist log.

Aber bist du denn besser? Man hat dich ein bisschen eingeschüchtert und dann überredet, eine Schweigeverpflichtung zu unterschreiben, und du hast dich bereit erklärt, bei einem höchst merkwürdigen Experiment an einem lebendigen, starken, aber vollkommen hilflosen Menschen mitzuwirken. Awanessow ist Oberst des medizinischen Dienstes, er musste gehorchen. Aber du hättest dich problemlos weigern können, ohne dass dir etwas passiert wäre.

Bei ihrem ersten Besuch auf der Basis hatte ihr Raiski Fotos von zwei Männern hingelegt. Der eine entsprach dem gängigen Schönheitsideal. Schwere Augenbrauen, große, gerade Nase, schmale Lippen, kantiges Kinn. Raiski nannte ihn ironisch lächelnd »Objekt A«. Julia bekam zwanzig Fotos von ihm, aus verschiedenen Blickwinkeln, Nahaufnahmen und Totalen: Lächelnd, nachdenklich, redend, erstaunt, stirnrunzelnd, gähnend. Julia entnahm daraus nur, dass er gutsituiert war, in Maßen eitel und ansonsten nichtssagend.

»Objekt B« war nicht sonderlich attraktiv, wirkte aber weit sympathischer als Objekt A, trotz der weichen Stupsnase und der abstehenden großen Ohren. Er hatte lebhafte kluge Augen und eine vollkommen natürliche Mimik.

»Was meinen Sie, sind sich die beiden Männer ähnlich?«, fragte Raiski, während sie die Fotos betrachtete.

»Ganz und gar nicht. Wieso?«

»Sie sind im selben Alter, gleich groß, ungefähr gleich gebaut, haben dieselbe Schuh- und Konfektionsgröße, haben beide graue Augen und dunkelblondes Haar. Beide sind gebürtige Moskauer und haben Hochschulbildung. Beide waren nie verheiratet und haben keine Kinder. Sie haben sogar dieselbe Blutgruppe, die ziemlich seltene Gruppe Null, Rhesusfaktor positiv.«

»Sind sie miteinander verwandt?«

»Nein. Sie sind nicht verwandt. Aber sie haben vieles gemeinsam. Finden Sie nicht?«

»Michail, was wollen Sie von mir hören?«

»Ich möchte, dass Sie mir sagen, ob sich diese beiden Menschen ähneln, von Ihrem professionellen Standpunkt aus gesehen.«

»Mit anderen Worten, ob man sie mittels plastischer Operation einander ähnlich machen kann?«

»Genau.« Raiski nickte.

»Ja, wahrscheinlich«, antwortete Julia nach einer langen Pause.

»Wer von den beiden ließe sich leichter verändern, um eine Kopie des anderen zu werden?«

»Das ist für die Technologie der Operation ohne Belang. Aber ich glaube nicht, dass Objekt A gern Segelohren und eine Stupsnase hätte. Obwohl mir Objekt B sympathischer erscheint. Aber da spielen andere Dinge hinein, die nichts mit meinem Beruf zu tun haben.«

»Sehr interessant.« Raiski lächelte. »Warum gefällt B Ihnen besser? A ist doch ein Bild von einem Mann.«

»Verwöhnt, launisch, infantil«, murmelte Julia rasch, »Selbstüberschätzung und ein krankhaftes Bedürfnis nach Bestätigung, das er befriedigt, indem er ständig die Frauen wechselt. Betätigt sich als Geschäftsmann, nicht sehr erfolgreich, aber zum Leben reicht es. Nicht klug, aber schlau. Feige. Gerät in Extremsituationen in Panik. Lügt gern und gut. Ansonsten ein durchaus netter junger Mann.«

»Kennen Sie ihn etwa?« Raiski funkelte sie nervös an.

Julia bemerkte die Sorge in seiner Stimme und fragte unschuldig lächelnd: »Warum erschreckt Sie das so? Ändert es denn etwas, wenn ich Objekt A kenne?«

»Ja!«, brüllte er – er verlor fast die Beherrschung. »Allerdings! Also, kennen Sie ihn oder nicht?«

»Beruhigen Sie sich. Ich sehe ihn auf diesen Fotos zum ersten Mal. Ich hatte genau wie Sie beim Studium Psychologie und habe schon mal was von der uralten rätselhaften Wissenschaft der Physiognomik gehört. Das alles steht ihm auf der Stirn geschrieben, man muss es nur lesen können.«

»Das können Sie allerdings, Julia«, zischte Raiski nach einer langen Pause. »Und was steht Objekt B auf der Stirn geschrieben?«

»Klug, stark, zuverlässig. Eine gewisse Härte, aber die hat vermutlich mit seiner Lebensweise zu tun. Er muss oft Entscheidungen treffen, nicht nur für sich, sondern auch für andere. Tja, was noch? Er ist belastbar, anspruchslos, verschlossen. Ja, sehr verschlossen und vermutlich einsam. Er ist ein Schweiger, aber nicht auf so vielsagende Weise wie Sie, Michail. Er schweigt eben lieber, als er redet, das entspricht mehr seiner Natur. Sie dagegen machen Pausen, um Ihr Gegenüber zu verunsichern, es zu verwirren und seine Widerstandskraft zu brechen.«

»Bravo!« Raiski lachte künstlich und legte ein paarmal die Hände zusammen, als wolle er Beifall klatschen. »Ich würde Sie als Psychologin einstellen.«

»Ich würde ablehnen.« Julia lächelte.

»Warum?«

»Erstens mag ich keine vielsagenden Pausen, zweitens habe ich einen anderen Beruf. Kommen wir zum Schluss, Michail Jewgenjewitsch. Wenn ich Sie richtig verstanden habe, soll ich aus Objekt B einen Doppelgänger von Objekt A machen, ja?«

»Ganz recht.«

Damals war es ihr nicht in den Sinn gekommen, zu fragen, ob Objekt B wisse, was man mit ihm vorhatte. Sie war überzeugt, dass er es wusste. Sie wunderte sich nur, dass man ihr zwar sämtliche medizinischen Daten über den Patienten gab, sie jedoch nie zu einer Voruntersuchung zu ihm ließ. Doch als Raiski ihr mitteilte, dass Objekt B nicht wissen dürfe, wer sie sei und zu welchem Zweck sie ihn untersuchte, war das für sie ein Schock.

Das Gespräch fand in Raiskis gemütlichem halbdunklem Büro statt, unmittelbar vor der Operation. Da hatte sie die Schweigeverpflichtung schon unterschrieben.

Der Oberst drohte ihr nicht mehr mit Angelas Liebhaber, dem geheimnisvollen tschetschenischen Terroristen. Inzwischen war sie fast sicher, dass es diesen Tschetschenen überhaupt nicht gab und der nächtliche Anruf so etwas wie eine Einstimmung zur Mitarbeit gewesen war. Das hatte bestimmt Raiski selbst inszeniert. Erst hatte er sie eingeschüchtert und dann ein anderes, ziemlich gewichtiges Argument ins Feld geführt, das sie nicht demütigte.

»Julia Nikolajewna, Sie haben sich im Studium auf Extremchirurgie spezialisiert. Sie wollten Chirurgin werden, um Menschen das Leben zu retten, nicht wahr?«

Sie nickte. »Schon möglich.«

»Nicht möglich, sondern ganz sicher.« Er lächelte charmant.

Das musste man ihm lassen – lächeln konnte er. Dieses strahlende Zähneblecken hatte er bestimmt stundenlang vorm Spiegel probiert. Es brachte sein Gegenüber automatisch dazu, das Lächeln erwidern.

»Wissen Sie, Julia, ein plastischer Chirurg tut ein gutes Werk, er hilft den Menschen, schön zu werden, sich zu lieben, Komplexe loszuwerden. Aber er rettet niemals Leben. Eine solche Chance haben Sie jetzt. Sie verändern nicht nur das Aussehen eines Menschen. Sie retten ihm das Leben.«

»Das müssen Sie mir erklären.«

»Mit diesem Gesicht kann er diese Militärbasis nicht verlassen. Nur mit einem veränderten Aussehen hat er eine Chance, am Leben zu bleiben.«

»Und deshalb soll er ein Doppelgänger von Objekt A werden?«

»Ganz recht.«

»Warum?«

»Mehr kann ich Ihnen leider nicht sagen. Sie müssen mir einfach glauben.«

»Das würde ich gern, aber es ist unmöglich. Sagen Sie, ist Objekt B ein Selbstmörder?«

»Wie kommen Sie darauf?«

»Sie sagen, er darf von der bevorstehenden Operation nichts wissen. Daraus schließe ich, dass er vielleicht gar keine Operation wünscht und ernsthaft gegen die Veränderung seines Gesichts protestieren würde, das heißt also, er ist entweder lebensmüde, oder er sieht für sich andere Überlebensmöglichkeiten.«

»Er hat keine anderen Möglichkeiten.« Raiskis Stimme klang leise und unheimlich. »Und wir beide auch nicht, Julia.«

»Hat Objekt A auch keine andere Möglichkeit?«, fragte Julia und zog eine Zigarette aus der Schachtel. »Weiß er, dass Sie ihm hier einen Doppelgänger basteln? Oder wollen Sie ihn damit überraschen?«

Raiski erhob sich gemächlich aus seinem Sessel, trat dicht zu ihr, schnippte mit dem Feuerzeug und sagte kaum hörbar: »Die Existenz des Obekts A sollten Sie lieber vergessen, Julia.«

»Drohen Sie mir schon wieder?« Sie wandte sich ab, um ihm nicht den Rauch ins Gesicht zu blasen, und als sie wieder hinschaute, blickte sie in sein charmantes Lächeln.

»Ich hatte nicht erwartet, dass es so schwierig sein würde, sich mit Ihnen zu einigen; Sie werden schließlich von uns bezahlt, und nicht zu knapp«, sagte er und küsste ihr die Hand.

Das kam so überraschend, dass Julia die Hand wegriss.

»Das Geld ist natürlich wunderbar.« Julia nickte. »Aber Sie müssen zugeben, Sie schenken oder leihen es mir nicht. Sie bezahlen lediglich meine Arbeit, und die ist nun mal teuer. Und dass Sie es schwer haben, Michail, liegt nicht an mir. Lügen ist einfach immer schwer und unangenehm, selbst wenn man es gut beherrscht und viel Erfahrung damit hat.«

Genau in diesem Augenblick klingelte das Telefon.

»Ja«, sagte Raiski, hörte dem Anrufer zu, legte auf und erhob sich.

»Es ist so weit, Julia.«

Zwanzig Minuten später sah sie den Mann, den sie operieren sollte, zum ersten Mal. Und eine Stunde später lag Major Loginow in tiefem Narkoseschlaf.

## Dreizehntes Kapitel

Stas hasste Neubauviertel. Schlechtgekleidete Menschen mit grauen Gesichtern, einförmige graue Häuserblocks – all diese Hässlichkeit ärgerte ihn, besonders bei schlechtem Wetter. So erklärte er sich jedenfalls die Trockenheit in seinem Mund und die ziehenden Magenschmerzen, als er endlich in die Sormowskaja-Straße einbog.

Das gesuchte Haus war ein schmutziger fünfgeschossiger Plattenbau. Eine Klingelanlage gab es nicht. Es stank nach Müll. Die Wände waren vollgekritzelt wie in der New Yorker Subway. Stas hielt sich die Nase zu und stieg die unglaublich schmutzige Treppe hinauf in die vierte Etage, blieb vor einer schäbigen Tür stehen und drückte auf den Klingelknopf. Es blieb still. Die Klingel war kaputt, er musste klopfen. Lange reagierte niemand. Schließlich hörte Stas Geräusche hinter der Tür, und ein heiserer, knarrender Bass fragte: »Bist dus, Irka? Komm rein, es ist offen!«

Langsam drehte Stas am Türknauf. Zuerst sah er eine männliche Silhouette im dunklen kleinen Flur. Dort stand ein Mann, der nicht im Entferntesten aussah wie ein heruntergekommener Trinker. Stas wich zurück, und auch der Unbekannte trat einen Schritt zurück. Stas wollte die Tür zuschlagen und weglaufen, doch da vernahm er einen schweren, blubbernden Husten, und im Türrahmen erschien ein Kopf.

»Was willst du?«, fragte der Kopf in heiserem Bass.

Stas bemerkte eine Schramme auf seiner Wange und einen blauen Fleck unterm Auge. Im Flur ging plötzlich das Licht an.

Am Flurende entdeckte Stas einen großen Spiegel, direkt gegenüber der Tür.

Die bedrohliche Silhouette war lediglich sein eigenes Spiegelbild gewesen. Vor ihm stand ein magerer kleiner Mann in zerknittertem kariertem Hemd und grässlichen Trikothosen. Von dem rotwangigen Juri Michejew war nur noch die Stimme geblieben.

»Na, komm rein, wenn du schon mal da bist. Es zieht.«

»Hallo, Juri. Erkennst du mich?«, fragte Stas nach einem heiseren Räuspern und trat in den Flur.

»Gerassimow, du?« Entzündete Augen glitten über sein Gesicht. Juri äußerte weder Erstaunen noch Freude, als hätten sie sich nicht vor sechzehn Jahren zum letzten Mal gesehen, sondern vorgestern. Ein Windstoß schlug die Tür hinter Stas zu und schnitt ihm so den Rückzug ab.

»Hier, das soll ich dir von deiner Schwester geben.« Er reichte Juri die Plastiktüte.

»Aha.« Juri nickte und nahm ihm die Tüte ab. »Hör mal, hast du was zu trinken mitgebracht?«

»Trinken ist schädlich«, verkündete Stas mit dümmlichem Lächeln.

Juri antwortete nicht, ging mit der Tüte in die Küche und

fluchte dort träge auf Irina, die ihm lauter Blödsinn schickte statt einer simplen Flasche Wodka.

Was will ich hier, dachte Stas wehmütig. Warum bin ich hergekommen?

Er zog seine Jacke aus, hängte sie neben die Wattejacke des Hausherrn und ging entschlossen in die Küche. Michejew saß rauchend an einem nackten Plastiktisch auf einem Hocker und starrte aus dem dunklen Fenster ohne Vorhänge. Stas beachtete er gar nicht, er schnippte nur die Asche in eine leere Sprottendose.

»Wie geht es dir, Michejew?«, fragte Stas und sah Juris undeutliches Spiegelbild im Fenster an.

Keine Antwort.

»Juri, hörst du mich?« Stas setzte sich vorsichtig auf einen Hocker. Er hätte gern geraucht, aber die Zigaretten steckten in seiner Jacke. Aufzustehen und sie zu holen war ihm irgendwie peinlich.

Auf dem Tisch lag eine offene Schachtel »Parlament«. Stas langte danach, doch plötzlich schlug Juri mit der Hand darauf und riss sie an sich. Stas beugte sich reflexhaft vor, ein Knacken, ein Poltern, und im nächsten Augenblick saß er auf dem Boden, daneben lag der Hocker, bei dem gleich zwei Beine durchgebrochen waren.

«He, Gerassimow, wieso zertrümmerst du die Möbel?« Die magere Gestalt stand über ihm und wirkte riesig, weil er sie von unten sah. »Ich wohne hier nur zur Untermiete, die Möbel gehören mir nicht.«

Stas blieb nichts anderes übrig, als die ausgestreckte Hand zu ergreifen. Seine schlaffe, feuchte Hand wurde von einem eisernen Griff umklammert. Juris Finger waren schlank und biegsam wie die einer Frau, aber unglaublich stark. Zu stark für einen hinfälligen Trinker.

Einige Sekunden lang standen sie sehr dicht voreinander. Die blauen Augen waren ausgeblichen, die Wangenröte längst verglüht. Tiefe, grobe Falten. Anstelle der üppigen hellen Locken ein vollkommen grauer Igel, so schütter, dass die Kopfhaut durchschimmerte. Unter einem Auge ein blauer Fleck, auf der Wange eine Schramme. Geschwollene rote Lider.

»Na schön, Gerassimow, gehen wir ins Zimmer rüber. Du hast also nichts zu trinken mitgebracht?«

»Nein. Deine Schwester hat gesagt, du darfst nicht. Und ich fahre.«

»Scheiße, wieso hörst du auf sie? Ohne Wodka bin ich kein Mensch.«

»Hast du nie versucht aufzuhören?«

»Wozu? Mein Leben ist sowieso im Arsch.«

Bevor sie ins Zimmer gingen, holte Stas Zigaretten und Feuerzeug aus seiner Jacke.

Das einzige Zimmer der Wohnung war ziemlich geräumig und fast leer: an der Wand eine schäbige Liege, am nackten Fenster ein Büroschreibtisch und zwei Stühle. An der Decke baumelte statt einer Lampe eine grelle nackte Glühlampe an einem krummen Kabel. An der Wand hing ein gerahmtes kleines Foto.

Juri wies mit einem Kopfnicken darauf. »Erkennst du sie?«

»Na klar!« Stas schluckte krampfhaft, wandte sich von dem Foto ab und zündete sich eine Zigarette an.

Seine Hände zitterten merklich.

»Erinnerst du dich gut an sie?«, fragte Juri leise, beinahe flüsternd.

Stas tat, als hätte er die Frage nicht gehört, ließ seinen Blick durchs Zimmer schweifen und fragte: »Hast du einen Aschenbecher?«

Juri stand auf, ging in die Küche, kehrte mit der Sprottendose zurück, stellte sie auf den Tisch und zündete sich ebenfalls eine Zigarette an. Im Zimmer herrschte düsteres, lastendes Schweigen. Juri sah Stas unverwandt an und stieß den Rauch durch die Nase aus. Stas starrte vor seine Füße und betrachtete konzentriert das Muster des Linoleums. Die kleinen gelben Quadrate verursachten ein Flimmern vor seinen Augen. Juris durchdringender Blick brannte, als presse jemand Trockeneis auf seine Haut. Er spürte – wenn das Schweigen noch ein paar Sekunden anhielt, könnte er sich nicht mehr beherrschen, er würde sich auf den jämmerlichen Trinker stürzen und ihn furchtbar verprügeln, womöglich sogar totschlagen.

»Erzähl mir von dir, Juri. Wie geht es dir? Was machst du so?«, fragte er mit ruhiger, gleichmäßiger Stimme, ohne den Kopf zu heben.

»Wie soll es mir gehen?«, erwiderte Juri leise und klagend. »Ich trinke. Bin krank. Ich hatte im Lager Tuberkulose. Offene. Sie haben mich mehr schlecht als recht behandelt, aber gesund bin ich deswegen nicht. Arbeit finde ich keine – wer nimmt schon einen aus dem Lager? Also faule ich so vor mich hin, falle meiner Schwester zur Last. Aber wieso tauchst du plötzlich hier auf?«

»Ach, weißt du, ich hab in meinem alten Telefonbuch geblättert und deine Nummer gefunden, da dachte ich, ich ruf mal an.«

»Wozu?«

»Keine Ahnung. Es überkam mich plötzlich, ich hab mich ans Institut erinnert, an dich, daran, wie toll du Gitarre gespielt und gesungen hast.«

»Jetzt singe ich nicht mehr. Die Lunge macht nicht mehr mit. Und der Spaß ist auch futsch. Das Lager hat mir alles kaputtgemacht – die Nieren, die Lunge, die Stimmung. Ich bin ein toter Mann. Sie haben mich ein Jahr früher rausgelassen, wegen meines Gesundheitszustands. Zum Krepieren, verstehst du?«

»Na, na, Alter, hör auf, begrab dich mal nicht vor der

Zeit! Sechsunddreißig, das ist doch kein Alter für einen Mann. Deine Schwester ist übrigens toll, sie liebt dich sehr. Was macht sie eigentlich? Sie sieht umwerfend aus und trägt teure Klamotten.«

»Irina hat reich geheiratet. Einen Geschäftsmann.« Juri lachte schief.

»Was macht er denn für Geschäfte?«, fragte Stas gleichgültig, ein künstliches Gähnen unterdrückend.

»Ich glaub, er hat eine eigene Firma. Sicherheitsdienst, Leibwächter, Privatdetektive.«

»Privatdetektive?«, fragte Stas gedehnt. »Kann man sich an die wenden, wenn man Probleme hat?«

»Wer hat Probleme? Du?« Juri lachte erneut spöttisch.

»Gott behüte, Juri!« Stas lachte fröhlich. »Bei mir ist alles okay. Aber ein Freund von mir ist in eine komische Scheiße geraten.«

»Seit wann ist Scheiße komisch?«, fragte Juri leise und lachte zum ersten Mal. Sein Lachen klang fröhlich und ansteckend. Stas registrierte seine makellosen, kräftigen weißen Zähne.

Wer weiß, vielleicht hat der Mann seiner Schwester ihm einen guten Zahnarzt bezahlt, dachte er und sagte: »Da gibts gar nichts zu lachen, Michejew. Man wollte den Mann umlegen, und du lachst.«

»Wen hat er denn so schlimm gekränkt, dein Freund?« Juri kniff die Augen zusammen.

»Das ist es ja – niemanden«, seufzte Stas und zwang sich, Michejew in die Augen zu sehen, was ihm ungeheuer schwerfiel.

»Was denn, überhaupt niemanden, niemals? Tja, dann ist er wohl ein Heiliger.«

Juri lachte erneut, stand langsam auf, trat zu Stas und legte ihm die Hand auf die Schulter. »Vielleicht hat dein Freund es nur vergessen? Du weißt ja, wie das so ist, nicht?

Besonders, wenn man glaubt, es gebe keine Zeugen, keine Spuren, und das Ganze ist viele Jahre her, nicht wahr, Gerassimow?« Er zwinkerte ihm zu und ließ sich neben ihm auf der Liege nieder. »Es gibt Dinge, die kann man nicht vergessen. Auch wenn man es noch so gern möchte.«

Stas zuckte mit der Schulter, um die Hand abzuschütteln, aber die schlanken, eisernen Finger krallten sich nur stärker fest.

»Hör mal, Juri, lass uns jetzt nicht darüber reden«, zischte er, mit Mühe die Beherrschung wahrend. »Ich weiß sowieso nichts.«

»Du weißt nichts? Und wieso hast du dann davon angefangen.«

»Du hast von Privatdetektiven gesprochen, da fiel mir ein, dass ein Freund mich gefragt hat, ob ich welche kenne.«

»Wieso ist er denn nicht zu den Bullen gegangen mit seiner komischen Scheiße, dein Freund?«

»Klar, die Bullen, natürlich, aber auf die kann man kaum hoffen«, murmelte Stas und verspürte plötzlich eine entsetzliche Schwäche im ganzen Körper. »Damit die sich ernsthaft darum kümmern, muss er erst umgebracht werden. Sie wollen eine Leiche, ohne Leiche ist das für die kein Thema. Das heißt, sein Chauffeur wurde umgebracht, aber der kann auch eigene Probleme gehabt haben.«

»Schon möglich«, stimmte Juri ihm gewichtig zu, »er war bestimmt nicht nur Chauffeur, sondern außerdem Wachmann. Aufpasser. Eine üble Sorte.«

»Wieso Aufpasser?« Stas zwinkerte verwirrt. »Er war Leibwächter. Hör mal, Juri, du hast doch gesessen, nicht? Gabs bei euch im Lager Aufseher, an denen sich hinterher, nach der Entlassung, jemand gerächt hat?«

»Was?« Juri verzog verächtlich das Gesicht. »Hat dein Leibwächter etwa im Lager gedient?«

»Wieso meiner? Ich hab damit überhaupt nichts zu tun,

ich frage nur, ob so was sein kann, dass ein Aufseher jemanden so getriezt hat, dass der ihn später, nach vielen Jahren, dafür umbringt?«

»Aha, ich verstehe« – Michejew nickte bedeutungsvoll –, »du fragst einfach so, aus allgemeinem Interesse. Du willst die Meinung eines Fachmanns? Ja? Durchaus möglich. Kommt alles vor. Aber dein Freund, der sich an nichts erinnert, der sollte lieber nicht darauf bauen, dass das alles Zufall war. Ich glaub eher, sein Gorilla wurde nicht umgebracht, weil er mal Aufseher war, sondern um deinem Gedächtnislosen zu zeigen, wie einfach und schnell so was geht.«

»Hör mal, Juri, lass uns ernsthaft reden, du denkst bestimmt noch immer, ich hätte was mit ihr gehabt, und …« Er hob den Kopf und traf auf einen so eisigen, so spöttischen Blick, dass er verstummte.

Auch Michejew schwieg, die Pause wurde immer länger und verdichtete sich in der Luft wie Kohlenmonoxid.

Schließlich ertönte Juris ruhiger Bass: »Als ich im Knast gelandet bin, wollte ich am liebsten sterben. Ich hätte mich bestimmt umgebracht, aber das war ein unerschwinglicher Luxus, wie eine Auslandsreise zur Stalinzeit oder Sex mit einem Hollywoodstar. Weißt du, Gerassimow, wenn man keine Sekunde allein ist, kann man sich nicht umbringen. Manche habens versucht, aber wenn es mal einer schaffte, sich aufzuhängen oder sich die Pulsader aufzuschlitzen, wurde er meist gerettet. Und hat dann bitter, bitter bereut. Dort versteht man sich darauf, einen zur Reue zu zwingen, glaub mir. Und der Tod bleibt ein süßer, sehnsüchtiger Traum. Hast du einen Traum, Stas?« Juri umfasste seine Schulter und rückte ganz nah an ihn heran. »Was wünschst du dir im Moment am meisten auf der Welt?«

Dass es dich nicht mehr gibt und nie gegeben hat, dachte Stas abwesend und fühlte Juris ruhigen, warmen Atem an der Wange. Er roch weder nach Schnaps noch nach Krankheit oder Schmutz. Er roch überhaupt nicht, als wäre er ein Geist. Stas wurde schwindlig und übel.

»Du schwitzt stark, Gerassimow«, sagte Juri und wischte sich angeekelt die Hand an seiner Hose ab. »Weißt du, ich glaube, deinem Freund wird der Tod bald als unerschwinglicher Luxus erscheinen. Er wird danach verlangen wie nach der schönsten Frau der Welt, er wird nur noch daran denken. Steh mal auf.«

Stas erhob sich gehorsam. Juri warf seine Pantoffeln ab, legte sich hin und rollte sich zusammen.

»Hör mal, Stas, im Flur hängt meine Wattejacke, deck mich damit zu, mir ist irgendwie kalt.«

Stas schlurfte auf bleiernen Beinen in den Flur, nahm die Wattejacke von der Garderobe und deckte Juri zu. Als er sich über ihn beugte, hörte er ihn verschlafen murmeln: »Geh nach Hause, Gerassimow. Du hast mich ermüdet. Du siehst ja, wie krank ich bin. Und für deinen Freund gibts einen Ausweg aus seiner komischen Scheiße. Einen wunderbaren, sicheren Ausweg: einen schönen, stabilen Strick.«

## Vierzehntes Kapitel

»Mama, wach auf, Mama!« Julia öffnete die Augen und sah Schuras Gesicht vor sich.

»Wie spät ist es?«, fragte sie und streckte sich.

»Halb elf.«

»Warum bist du nicht in der Schule?«

»Aber Mama! Heute ist Sonnabend! Los, steh auf, lass uns wenigstens einmal im Leben zusammen frühstücken. Wann bist du denn gestern nach Hause gekommen?«

»Ich glaube, um fünf.« Julia setzte sich auf und strich ihrer Tochter übers Haar. »Meine Kleine, mein Sonnenschein, du hast mir so gefehlt.«

»Du mir auch, Mama«, sagte Schura mürrisch. »Los, ab in die Dusche.«

»Jawohl. Wo ist denn Vika?«

»In der Klinik. Sie erwartet dich«, sagte Schura und ging hinaus.

Natürlich hatte Julia keine Kollegin von Raiski ins Haus gelassen. Sie hatte Schwester Vika gebeten, sich um Schura zu kümmern. Die beiden kamen prima miteinander aus, Vika war nur zehn Jahre älter als Schura. Die fröhliche, energische Vika hatte einen guten Einfluss auf die düstere, komplizierte Schura. Mit Vika zusammen joggte Schura jeden Morgen, aß Müsli mit Obst und Nüssen zum Frühstück, trank frischgepressten Orangensaft und Biokefir und räumte ohne Murren nicht nur ihren Schreibtisch auf, sondern die ganze Wohnung.

Als Julia aus der Dusche kam, hörte sie die Saftpresse heulen und entdeckte auf dem Küchentisch zwei Schälchen mit Müsli.

»Mama, wann ist das endlich vorbei?«, fragte Schura, während sie Saft eingoss.

»Bald, mein Sonnenschein. Sehr bald.«

»Vater hat angerufen. Ich hab gesagt, du bist auf Dienstreise. Er wollte mich besuchen, aber ich hab ihn abgewimmelt.«

»Warum?«

»Dumme Frage!« Schura wölbte die Unterlippe vor und pustete, so dass ihr langer Pony aufflog wie ein Vogelflügel. »Das hatten wir doch schon. Erst sitzt er schüchtern auf der Stuhlkante und sieht mich bittend an, dann erzählt er mir, wie gut er ist und wie schlecht du bist.«

»Sag mal, tut er dir gar nicht leid?«

»Mein Papa?« Schura legte klingend den Löffel beiseite und lachte. »Ach, Mama, ich lach mich tot! Haben wir beide sonst nichts weiter zu besprechen, wie?«

»Antworte mir nur – tut er dir gar nicht leid?«

»Nein, Mama. Er tut mir nicht die Bohne leid. Wenn er ein bisschen durchgedreht ist, dann ausschließlich auf eigene Initiative. Er konnte es einfach nicht ertragen, dass du begabter bist als er, dass du mehr verdienst, dass du stark, schön und selbständig bist.«

»Hör auf. Er ist keineswegs unbegabt und hässlich.« Julia verzog das Gesicht. »Er wurde bloß so erzogen, ihm wurde von Kindheit an eingeredet, dass eine richtige Frau zu Hause zu sitzen und vollkommen vom Mann abhängig zu sein hat.«

»Ach ja, er ist also unschuldig! Er hatte eine schwere Kindheit!« Schura schrie fast, ihre Wangen färbten sich hitzig rot. »Weißt du, wie man so was nennt, Mama? Neid! Er hat es nicht geschafft, ein erstklassiger Chirurg zu werden, im Gegensatz zu dir, und hat hier rumgebrüllt, du würdest mit Mamonow schlafen, nur darum hättest du den Job in der Klinik und ein so hohes Gehalt.«

»Das reicht jetzt, Schura. Schluss. Lass uns das Thema wechseln«, sagte Julia leise, »erzähl mal, wie es in der Schule aussieht.«

»Gut!«, motzte Schura und griff wieder nach ihrem Löffel. »In der Schule ist alles super. In der Physikarbeit hab ich eine Zwei. Allerdings hab ich mir eine Vier in Literatur eingefangen, aber was kann ich dafür, wenn diese Idiotin uns zwingt, so einen blöden Traum von Tschernyschewskis Vera Pawlowna aus ›Was tun?‹ auswendig zu lernen? Ich hab ehrlich gesagt, dass ich das nicht kann.«

»Aha, so viel zur Literatur. Sonst noch Zensuren?«, fragte Julia, in der Hoffnung, das Gespräch über ihren Exmann sei damit beendet. Aber sie irrte.

»Einsen in Englisch und in Informatik. Übrigens, Papa hat mich am Telefon total genervt mit seiner Fragerei nach meinen Zensuren. Ich hab gesagt, ich hab lauter Vieren, rauche Marihuana und bin in der Minderjährigenkartei der Miliz erfasst. Ich hab ihn gefragt, ob er mir nicht ein paar Dutzend Rezepte für anständige Pillen ausstellen kann und mir eine Abtreibung besorgen, so dass du nichts davon erfährst, denn meine zehnte Abtreibung würdest du einfach nicht überleben, und ich wollte keine Waise werden.«

»Spinnst du? Wieso machst du dich so über ihn lustig?«

»Weißt du, er hat gar nicht gemerkt, dass ich ihn verlade. Er hat mir geglaubt. Stell dir vor, so gut und edel ist er! Er hat mir geglaubt!« Schura lachte erneut und blies gegen ihren Pony, wurde dann aber sofort wieder ernst. »Mir wird echt übel von ihm. Er hat mir geglaubt, weil er es gern so hätte. Das ist Balsam für seine Wunden.«

»Mein Gott, Schura, was redest du da!«

»Ich sage nur die Wahrheit, Mama. Und du belügst dich und mich auch. Er hat kein Mitleid verdient. Erinnere dich, was für Szenen er dir gemacht hat, wie er dir nachspioniert und dich erpresst hat, wie er sich bei der Scheidung vor Gericht aufgeführt hat!«

»Er hat mich einfach geliebt, Schura. Und dich auch. Sehr sogar. Aber eben auf seine Weise. Und überhaupt – du warst damals noch klein und hast nichts verstanden.«

»Mit acht ist man nicht mehr so klein. Ich hab alles sehr gut verstanden.«

Schura aß ihr Müsli auf, leerte mit einem Zug ihr Saftglas, lehnte sich zurück und redete nun ganz ruhig weiter: »Wenn er dich geliebt hätte, dann hätte er sich über deine Erfolge gefreut und vor Gericht nicht gesagt, du seist keine vollwertige Frau, weil du ihm nur ein einziges Kind geboren hast, das du außerdem nicht richtig erziehen könntest, weil du dich nur um deine Karriere kümmerst.«

»Das hat er in der Hitze des Gefechts gesagt, ohne nachzudenken. Das hat ihm hinterher sehr leid getan«, erwiderte Julia leise, »was sagt man nicht alles, wenn man sehr verletzt ist? Man darf niemanden für seine Worte verurteilen.«

»Ach, lass gut sein, Mama.« Schura verzog das Gesicht und winkte ab. »Schluss jetzt, mir reichts. Zum Teufel mit ihm! Hör mal, ist dir gar nichts aufgefallen?« Ihre Augen funkelten und verengten sich zu Schlitzen.

»Nein.« Julia sah sich verwirrt um. »Doch, natürlich, mir ist aufgefallen, wie sauber es bei uns ist. Und Vika und du habt den Halter für die Küchenrollen angebracht.«

»Und was noch?«

»Der Duschvorhang ist neu?«

»Mama! Dieser Vorhang mit den Fischen hängt seit zehn Jahren im Bad. Vika hat ihn bloß mal gewaschen. Du bist absolut unmöglich. Ich hab dir heute zum ersten Mal Frühstück gemacht und Kaffee gekocht.« Schura setzte ein komisch-feierliches Gesicht auf. »Isst du nun oder nicht? Du musst nämlich bald los. Übrigens, als du unter der Dusche warst, hat Vika angerufen und gesagt, Angela wartet sehnsüchtig auf dich, sie geht schon allen auf die Nerven.«

Obwohl Julia Müsli nicht ausstehen konnte, musste sie sich ein paar Löffel hineinzwingen, um das Kind nicht zu kränken. Schuras Kaffee war dünn und widerlich süß, doch Julia leerte tapfer die ganze Tasse, ohne das Gesicht zu verziehen.

Auf der Fahrt in die Klinik bemühte sich Julia, nicht an ihren Exmann zu denken, aber das Gespräch mit Schura hatte die unangenehmsten Erinnerungen wieder aufgewühlt.

Sie hatte mit zwanzig geheiratet, im dritten Studienjahr. Der zehn Jahre ältere Oleg Romanow war Chirurg im Botkin-Krankenhaus, Julia machte bei ihm ihr Praktikum. Alles begann wie üblich. Rasche, vorsichtige Blicke, eine Geburtstagsfeier im Behandlungsraum, zufälliges Nebeneinandersitzen auf der schmalen Liege, dicht aneinandergedrängt, unsinnige Gespräche voller geheimer Hintergedanken und schließlich, explosionsartig, eine leidenschaftliche Affäre. Nächtliche Spaziergänge über den Boulevardring, Küsse im Hausflur, endlose Telefonate. Ein romantischer Ausflug ins Waldaigebiet mit Zelt, Lagerfeuer, Mücken, gerösteten Kartoffeln und Nacktbaden im Morgengrauen.

Nirgends wirkte Oleg so anziehend wie in der Natur. Er konnte in fünf Minuten ein Zelt aufbauen, mit einem einzigen Streichholz ein Feuer anzünden und auf diesem Feuer unglaublich gutes Schaschlik grillen. In Gummistiefeln und Windjacke, unrasiert und nach Rauch riechend, war er weit attraktiver als im strengen Anzug oder im weißen Arztkittel. Er hätte Förster oder Geologe werden sollen. Als Chirurg war er schlecht. Aber ein anderer Beruf als Arzt war nicht in Frage gekommen, denn alle in seiner Familie waren Mediziner. Sein Vater war Professor für Urologie, seine Mutter Augenärztin, auch Großvater und Großmutter waren Ärzte.

Als Allgemeinmediziner oder Internist hätte er womöglich durchaus erfolgreich sein können. Aber er redete sich selbst und anderen mit düsterer Hartnäckigkeit ein, er sei der geborene Chirurg, und niemand außer Julia ahnte, dass er panische Angst vor Blut hatte. Dieser Verdacht war Julia bereits bei jenem Zelturlaub gekommen, als sie sich an einem Glassplitter den Fuß verletzt hatte. Aber damals hatte sie Olegs tödliche Blässe und seine zitternden Hände darauf geschoben, dass es ihr Blut war – bei einem Fremden hätte er bestimmt keinen Schluck Wodka aus der Flasche gebraucht, um die Wunde zu versorgen.

Später stellte sich heraus, dass er vor jeder Operation trank, um seine Phobie zu betäuben, seine Angst vor Blut, eine recht häufige und eigentlich harmlose psychische Störung, allerdings unvereinbar mit dem Beruf des Chirurgen.

Dass Oleg vor jeder Operation trank, erfuhr niemand außer Julia. Aber eines Tages verloren die Kollegen das Vertrauen in ihn, dann auch die Patienten. Sofort griff er zum klassischen und ziemlich dummen Selbstschutz – der Verschwörungstheorie. Er meinte, die Kollegen würden ihn beneiden und die Patienten gegen ihn aufhetzen.

1986, als Schura geboren wurde, legte man ihm nahe, auf eigenen Wunsch zu kündigen. Oleg ging in eine Kreispoliklinik und versank in den dumpfen Intrigen eines prinzipiell beleidigten Frauenkollektivs.

Auch hier brauchte es natürlich einen Schutzmechanismus – die Suche nach einem Schuldigen. Er suchte nicht lange nach einer geeigneten Besetzung für diese Rolle, er entschied sich für Julia.

Sie war schuld daran, dass er sich als Chirurg nicht hatte verwirklichen können, denn sie hatte ihm nicht die nötigen häuslichen Bedingungen und damit ein verlässliches Hinterland geschaffen. Statt um ihren Mann kümmerte sie sich ausschließlich um ihre Karriere und verbrachte den ganzen Tag im Institut.

Wahrscheinlich hätte sie sich schon damals von ihm trennen sollen, aber Julia war von ihren Eltern dazu erzogen worden, Worte nicht allzu ernst zu nehmen, zumal, wenn sie im Eifer des Gefechts geäußert wurden. Er ist schließlich kein Idiot, dachte sie, es geht ihm bloß gerade sehr schlecht. Das gibt sich wieder.

Es gab sich tatsächlich. Julia blieb ein Jahr lang mit Schura zu Hause, kümmerte sich um das Kind und den Haushalt, kochte Borschtsch für ihren Mann und las nur spätabends in medizinischer Fachliteratur, um einigermaßen auf dem Laufenden zu bleiben. Mitunter konnte sie bis zum Morgen lesen, denn Oleg kam nun häufig erst im Morgengrauen aus der Poliklinik nach Hause, rosig, erhitzt wie nach der Sauna und nach fremdem Parfüm riechend.

Er lächelte siegesbewusst, tätschelte ihr herablassend die Wange und aß mit großem Appetit einen Teller Borschtsch. Anschließend weichte sie in der Waschschüssel sein Hemd ein und streute Waschpulver auf die beigerosa Flecke fremden Make-ups. Und es lief wunderbar zwischen ihnen.

Aber das Jahr verging, Julia bezahlte mit Unterstützung ihrer Eltern ein Kindermädchen für Schura und kehrte zurück in die Facharztausbildung. Anfangs hatte Oleg nichts dagegen und schien sich sogar für sie zu freuen, doch er kam nun immer früher nach Hause und wurde von Tag zu Tag düsterer.

Julia hatte entschieden, sich auf plastische Chirurgie zu spezialisieren – zu Recht: Ihre Augen und ihre Hände waren wie geschaffen dafür.

Als Mamonow sie mitnahm in eine der ersten Privatkliniken für plastische Chirurgie, war ihr Gehalt rund zehnmal so hoch wie Olegs Monatseinkommen. Ihr Mann machte ihr eine Szene und erklärte, sie schlafe um der Karriere willen mit dem dicken alten Professor. Er ließ keinerlei andere Erklärung für ihren Erfolg gelten. Er sei schließlich kein Idiot, er kenne doch das Leben: Nichts ist umsonst, für alles muss man zahlen, meine Liebe. Am schlimmsten war, dass sich diese Szene beinahe täglich wiederholte, in unterschiedlichen Varianten, in verschiedenem Ton, und fast immer vor der kleinen Schura.

Eines Tages fragte ihn Julia: »Sag mal, warum hast du mich, als ich zu Hause saß und vollkommen von dir abhängig war, so munter betrogen, und jetzt, da ich arbeite und bei mir alles in Ordnung ist, sitzt du stur jeden Abend zu Hause, anstatt dir eine neue Freundin und Trösterin anzuschaffen?«

Das war eine wahrhaft philosophische Frage. Statt einer Antwort verhängte Oleg einen Boykott über sie, redete eine Woche nicht mit ihr, ließ sich extra krankschreiben, lag tagelang auf dem Sofa, starrte in den Fernseher und ignorierte es, wenn Julia ihn zum Essen rief. Das Kindermädchen Marina, die stumme Zeugin, erzählte Julia im Vertrauen, sie müsse sich keine Sorgen machen, Oleg werde schon nicht verhungern, denn tagsüber, wenn Julia arbeiten sei und sie mit Schura spazieren gehe, esse er mehr als genug.

Als der Boykott als erzieherische Maßnahme sich erschöpft hatte, fuhr Oleg schwere Artillerie auf. Nach einer zärtlichen, rührenden Versöhnung erklärte er, ihm sei nun klar, was ihr Hauptproblem sei. Sie müssten sich sofort ein zweites Kind anschaffen.

»Und wovon sollen wir leben, wenn ich aufhöre zu arbeiten?«, fragte Julia.

»Willst du damit sagen, dass wir von deinem Geld leben?«, fragte er zurück.

Das hatte sie keineswegs sagen wollen, sie hatte nicht die Absicht, sein männliches Selbstwertgefühl zu verletzen und auszusprechen, was die reine Wahrheit war: Sein Poliklinikgehalt reichte gerade für seine Zigaretten.

»Wenn ich die Klinik für anderthalb Jahre verlasse, kann ich vielleicht nicht wieder zurück«, bemerkte sie vorsichtig.

»Du gehst auch nicht zurück«, tröstete er sie und strich ihr zärtlich über den Kopf. »Du wirst endlich eine normale Ehefrau und Mutter, bleibst zu Hause, und alles wird gut.«

»Oleg, ich kann ohne meine Arbeit nicht leben, wenn ich nur zu Hause sitze und Windeln wasche, werde ich verrückt.«

»Wieso Windeln waschen?«, entgegnete er lachend. »Es gibt doch Pampers.«

Pampers? Wenn ich nicht mehr arbeite, reicht das Geld kaum fürs einfachste Essen und für die Miete, dachte Julia, sagte das aber nicht laut.

»Du willst also kein zweites Kind?«, resümierte er in tragischem Ton. »Du hast also die Absicht, weiterhin nur an dich zu denken?«

Wieder schwieg sie und ging zu Schura schlafen. Sie lebten noch drei Jahre zusammen, in deren Verlauf Julia Oleg immer wieder aufforderte, sich eine andere zu suchen, eine Frau, wie er sie verdiente. Hin und wieder versöhnten sie sich, und er klagte, was für eine Hexe die Chefärztin seiner Poliklinik sei, was für ein Aas in der Anmeldung sitze, wie sehr ihn die blöden Weiber mit ihrem ewigen Hexenschuss nervten, in was für einer schrecklichen Zeit sie lebten, wie unverschämt die Preise stiegen, dass das Land von Banditen und korrupten Beamten regiert werde und dass ihre Tochter Schura ganz verkehrt aufwachse und ein schlimmes Ende nehmen werde, denn sie habe schon jetzt keinerlei Respekt vor ihrem Vater.

Schließlich stand nur noch das Wohnungsproblem einer Scheidung im Wege. Das Zusammenleben war unerträglich geworden, aber um sich zu trennen, mussten sie die Zweizimmerwohnung tauschen. Oleg wollte sich darum nicht kümmern. Julia hätte es getan, aber nicht heute, nicht jetzt, und auch nicht morgen, denn heute hatte sie gleich zwei Operationen, morgen den ganzen Tag Sprechstunde, am Donnerstag Praktikanten und wieder eine Operation, am Freitag hielt sie Vorlesungen bei einem Weiterbildungslehrgang, und so weiter. Aber vor allem machte sich Julia im Grunde vor, Oleg werde sich noch besinnen, er sei doch eigentlich ein guter Mensch, er liebe sie und Schura, er habe einfach nur den falschen Beruf gewählt, darum laufe sein Leben so schief.

Ein weiteres Jahr verging. Julias ältere Schwester Alexandra, tatkräftig und energisch, fand einen tüchtigen Wohnungsmakler, lieh Julia Geld, und bald darauf wurde Oleg Besitzer einer akzeptablen Einzimmerwohnung, und Julia und Schura blieben in der vertrauten Zweizimmerwohnung.

»Das ist natürlich kompletter Schwachsinn«, sagte Alexandra, »deinem Mann eine Wohnung zu kaufen, um ihn loszuwerden. Aber Ruhe ist mehr wert als Geld.«

Julia gab ihr völlig recht.

Nun musste sie nur noch offiziell die Scheidung einreichen und die Verhandlung überstehen. Vor Gericht rastete Oleg derartig aus, dass Julia allein von der Erinnerung daran schlecht wurde. Doch für alles muss man zahlen, meine Liebe, auch für die Freiheit, und nicht nur mit Geld.

Nach der Scheidung schien alles ausgestanden. Aber das war ein Irrtum. Oleg entflammte urplötzlich in großer Vaterliebe. Er ging mehrfach zur Direktorin von Schuras Schule und verlangte, seine Tochter zu sehen.

Als Julia auf dem Klinikparkplatz ankam, war sie endgültig gereizt und schon am Morgen erschöpft – nur von den Erinnerungen. Dabei hatte sie noch den ganzen Tag vor sich.

## Fünfzehntes Kapitel

Ich werde von einem Verrückten verfolgt, sagte sich Stas im Stillen, während er das scheußliche graue Stadtviertel verließ, natürlich, ganz einfach. Juri Michejew hat wegen Mordes gesessen, logisch, dass er nun nicht mehr richtig tickt. Dazu der Alkohol. Säuferwahn.

Stas erblickte im Spiegel seine irren, geröteten Augen und wusste auf einmal, dass das Unsinn war. Sein Vater und Oberst Raiski brauchten ihm nur ein paar konkrete Fragen zu stellen, und schon würde seine Hypothese von Juri, dem Psychopathen, zusammenbrechen.

Natalja warf sich ihrem Sohn an den Hals und ließ ihn lange nicht los, streichelte seinen Kopf und flüsterte mit weinerlicher, schwacher Stimme: »Mein Junge, mein Sohn ...«

Der Vater kam aus dem Wohnzimmer und lehnte sich schweigend gegen den Türrahmen.

»Hallo, Papa«, sagte Stas und schob die Mutter behutsam von sich.

»Evelina hat angerufen«, teilte ihm der Vater gleichgültig mit, »du möchtest dich bitte gleich bei ihr melden.«

»Das kann warten!«, knurrte Stas, warf seine Jacke ab und hängte sie auf einen Bügel. »Mama, du hast gesagt, es gibt Borschtsch.«

»Nein, das kann nicht warten.« Wladimir trat zu seinem Sohn und packte ihn am Oberarm, wie früher, wenn er ihn bestrafen wollte. »Evelina ist die Frau, bei der du übernachtet hast und mit der du im Restaurant warst an dem Abend, an dem Georgi getötet wurde. Streng dein Spatzenhirn gefälligst an und begreif endlich, was hier los ist.«

»Woher weißt du, wer Evelina ist?«, flüsterte Stas heiser und sah seinen Vater hasserfüllt an.

»Ich weiß es eben. Du rufst sie jetzt sofort an, und dann fahren wir beide zu ihr.«

»Wo wollt ihr denn so spät noch hin, Wladimir? Es ist doch schon nach elf«, jammerte Natalja, doch der General ignorierte sie.

»Hier – ruf an.« Er zog das Telefon aus der Tasche seiner Flanelljacke und hielt es Stas hin.

»Papa, spiel nicht verrückt. Evelina ist dumm und hysterisch, sie bildet sich irgendwelchen Blödsinn ein …«

Aber der Vater drückte bereits die Tasten.

»Evelina? Noch einmal Guten Abend. Hier ist Gerassimow. Ja, er ist hier, aber er kann jetzt nicht reden. Er bittet Sie, mir alles zu sagen. Nein, natürlich nicht am Telefon. Wir kommen zu Ihnen. Danke. Bis gleich.« Wladimir legte das Telefon hin und ging ins Schalfzimmer, ohne Stas auch nur anzusehen. Stas rannte ihm nach.

»Was ist los, Papa?«

»Hast du das nicht kapiert?« Der General zog seine Hausjacke aus, nahm einen Pullover aus dem Schrank und streifte ihn über sein altes kariertes Hemd. »Ich fahre zu deiner Evelina. Du mach, was du willst. Von mir aus bleib hier und friss Borschtsch.«

»Zieh wenigstens eine andere Hose an, Wladimir«, sagte Natalja.

Der General zog die Trainingshose aus, verhedderte sich darin und wäre beinahe gestürzt. Er lief dunkelrot an, atmete laut und schwer und krümmte sich plötzlich krampfhaft.

»Wladimir, was hast du?« Natalja griff nach seinem Arm und führte ihren Mann zum Bett. Er saß zusammengesunken da, stöhnte verhalten und hielt sich den Bauch. Er wirkte hilflos und furchtbar alt.

»Natalja, irgendwas für den Magen … Ich hab schreckliche Magenschmerzen«, krächzte er kläglich.

Natalja rannte in die Küche.

»Sollen wir vielleicht einen Arzt rufen, Papa?«, fragte Stas, den Blick auf die nasse Glatze des Vaters gerichtet.

»Nein … Es geht gleich vorbei, dann fahren wir.«

»Du fährst nirgendwohin, Wladimir. Nimm die Medizin und leg dich hin.« Natalja flößte ihm einen Esslöffel voll dicker, weißer Flüssigkeit ein. »Und du«, wandte sie sich an ihren Sohn, »du fährst zu deiner Evelina und kommst sofort wieder zurück, verstanden?«

»Mama, wir müssen sofort einen Arzt rufen, so wird das nichts, sieh doch, wie schlecht es ihm geht. Ich fahre nirgendwohin, ich kann Vater in diesem Zustand nicht alleinlassen«, murmelte Stas nervös.

»Du fährst, mein Sohn.« Natalja legte den General behutsam ins Bett und deckte ihn zu. »Du fährst hin, kommst zurück und erzählst uns, was los ist.«

»Er verschwindet bloß wieder«, murmelte der General. »Ich bleib ein bisschen liegen, und dann fahre ich mit ihm.«

»Er wird nicht verschwinden, Wladimir.« Sie trat zu Stas und sah ihm in die Augen, nun nicht mehr gerührt, sondern hart und kalt. »Hast du verstanden, mein Sohn? Du fährst hin, klärst, was los ist, kommst zurück und erzählst es uns. Und damit du nicht in Versuchung kommst, wieder zu verschwinden, wird Nikolai dich hinfahren.«

Sie nahm das Telefon, wählte und sagte in vollkommen anderem, sanftem Ton: »Nikolai, kommen Sie bitte hoch.«

Nikolai war einer der Chauffeure und Leibwächter des Generals. Er erschien nach wenigen Minuten – ein düsterer, dumpfer Gorilla mit kantigem, kurzgeschorenem Kopf und bleiernem Blick. Natalja drückte ihm einen Zettel mit der Adresse in die Hand und flüsterte ihm etwas ins Ohr.

Auf dem Rücksitz des väterlichen Mercedes zündete sich Stas eine Zigarette an und wandte sich lässig an den Stiernacken: »Na, Nikolai, sollst du mich beschützen oder bewachen?«

»Je nachdem«, antwortete ein ausdrucksloser Bass.

Nach zwanzig Minuten erreichten sie Evelinas Haus. Nikolai stieg aus, öffnete den hinteren Wagenschlag, zog den Zündschlüssel aus der Tasche und aktivierte Türverriegelung und Diebstahlsicherung.

»He, hallo, was soll das?«, rief Stas. »Ich finde die Wohnung allein.«

Nikolai antwortete nicht und nahm sanft seinen Arm. Zu protestieren und sich diesem Gorilla zu widersetzen schien Stas aussichtslos. Mit lässigem Spott fragte er: »Ich hoffe, du hast nicht den Befehl, auch noch mit reinzukommen?«

»Je nachdem.«

Evelina machte lange nicht auf. Stas war erleichtert. Natürlich, sie war gar nicht da, und ihr Anruf war kompletter Blödsinn. Doch schließlich ertönten Schritte hinter der Tür, dann wurde es wieder still. Vermutlich schaute sie durch den Spion. Endlich wurde die Tür geöffnet.

Vor ihnen stand Evelina, groß, aufrecht, in Jeans und einem engen schwarzen Pulli.

»Hallo.« Stas reckte sich vor, um sie auf die Wange zu küssen, doch sie wich abrupt zurück und fragte mit einem Blick auf den hinter ihm stehenden Nikolai: »Wer ist das?«

»Ein Leibwächter.«

»Wo ist dein Vater?«

»Ihm ging es plötzlich schlecht. Sag mal, Lina, was ist eigentlich los? Wieso zum Teufel hast du bei meinen Eltern angerufen?«

»Wie heißen Sie?«, wandte sie sich an den Chauffeur und ignorierte Stas vollkommen.

»Nikolai«, stellte sich der kaltblütige Gorilla vor.

»Arbeiten Sie für ihn oder für seinen Vater?«

»Ich beschütze den General.«

»Ausgezeichnet. Kommen Sie bitte herein und schließen Sie die Tür.«

»Was soll das Theater, Lina? Kannst du mir mal vernünftig erklären, was los ist?«

Im Wohnzimmer ließ sich Stas sofort in einen Sessel fallen und griff nach seinen Zigaretten, mit seiner ganzen Haltung demonstrierend, dass er überhaupt nicht aufgeregt sei und sich hier wie zu Hause fühlte. Nikolai stand breitbeinig mitten im Zimmer und sah sich aufmerksam um. Evelina ging zum Bücherregal und hockte sich davor.

»Sag mal, sind deine Auflagen etwa gefallen?«, wandte sich Stas an ihren schmalen Rücken. »Oder ist dir dein Verlag wieder unverschämt gekommen?«

Sie tastete schweigend auf dem unteren Regalbrett hinter den Büchern herum und reagierte nicht. Stas verschluckte sich.

Lina schnellte hoch wie eine Sprungfeder und drehte sich um. In der Hand hielt sie eine Plastiktüte.

»Das hier hab ich heute beim Staubsaugen hinter den Büchern gefunden.«

In der Tüte lag eine Pistole.

Mamonow erzählte Julia, auf Bitte von Oberst Raiski sei in der Klinik eine provisorische Filiale der Lubjanka eingerichtet worden. Eine äußerst liebenswürdige Frau, Hauptmann des FSB, als diensthabende Ärztin getarnt, habe Angela besucht. Außerdem sei deren Zimmer voller Wanzen.

»Woher wissen Sie das?«, flüsterte Julia in Mamonows behaartes Ohr.

»Ich weiß es eben – zum Glück. Wir sind immerhin eine Privatklinik mit einem zuverlässigen Sicherheitsdienst, da kommt kein Unbefugter einfach auf eine Station. Also musste der Oberst mich informieren. Er hat mir einen Beschluss des Staatsanwalts vorgelegt. Sie suchen einen gemeingefährlichen Verbrecher, einen Terroristen, der irgendwie mit der armen Angela in Verbindung steht. Und ich alter Idiot hab sie selber in unsere Klinik gebracht und Sie gebeten, das Mädchen zu operieren, und nun stellt sich raus, dass sie mit Banditen befreundet ist.«

Der Tschetschene existiert also doch, dachte Julia, umso besser – eine Lüge weniger. Angenehm.

Doktor Tichorezkaja kannte alle Sicherheitsleute von Angesicht und mit Namen, und alle kannten sie. Sie ging ins Erdgeschoss hinunter und trat an den Tresen, hinter dem ein kräftiger junger Mann im Tarnanzug saß. Rechts von ihm flimmerte ein großer Monitor, entsprechend der Anzahl der Flure in sechs Sektoren unterteilt. Auf den ersten drei Etagen befand sich die Ambulanz, auf den übrigen lagen die Stationen.

Den Sicherheitsmann kannte Julia nicht. Er hatte das

Gesicht vom Monitor abgewandt und schaute nach unten. Wohin genau, konnte Julia wegen des Tresens nicht ausmachen.

»Guten Tag. Sind Sie neu bei uns?«

»Tag«, sagte er düster und nickte.

»Ich bin Doktor Tichorezkaja. Für mich muss hier ein Umschlag abgegeben worden sein.«

»Heute hat hier niemand was abgegeben.«

»Sehen Sie bitte einmal nach. Er kann auch schon gestern abgegeben worden sein, vorgestern oder vor drei Tagen. Ich war auf Dienstreise.«

»Gut, ich schau mal nach.«

Während er auf dem Tisch herumkramte, schaute Julia auf den Monitor. Auf allen sechs Fluren herrschte der normale Samstagsbetrieb. Am Wochenende waren keine Sprechstunden, aber Patienten kamen zur Behandlung, fast alle Sprechzimmer waren besetzt. Im dritten Flur erkannte sie die Tür ihres Sprechzimmers. Vika kam gerade heraus und ging mit tänzelnden Schritten zum Ende des Flurs, ins Dienstzimmer. Im zweiten Flur, vor Mamonows Zimmer, saßen drei Männer, die nicht wie Ärzte oder Patienten aussahen. Über den Flur der vierten Etage wurde ein Patient aus dem OP gerollt.

»Es ist nichts da für Sie«, verkündete der Sicherheitsmann mürrisch.

»Das kann nicht sein. Sie haben nicht richtig nachgesehen. Lassen Sie mich mal selbst.« Julia trat energisch hinter den Tresen.

»He, Sie dürfen hier nicht rein.« Der Mann sprang auf und stellte sich ihr in den Weg.

»Keine Angst, junger Mann, nur einen Augenblick, es muss etwas da sein, die Röntgenaufnahme einer Patientin aus dem Institut für Zahnmedizin, es ist wirklich dringend.« Julia lächelte ihn an und schielte vorsichtig auf den Tisch. Dort stand ein kleiner Fernseher mit Antenne. Sie konnte den Bildschirm nicht sehen, doch auf die polierte Tischfläche fiel ein deutlicher blauer Schein. Der Ton war abgestellt. Wenn der Wachmann fernsehen würde, wäre der Ton bestimmt an.

»Gehen Sie bitte hinaus.« Der Mann beugte sich vor, um sie wegzudrängen.

»Aber ich sage doch, es dauert nur eine Sekunde.« Sie schlüpfte hinter den Tresen und kramte in den Papieren auf dem Tisch.

Der Bildschirm des Fernsehers zeigte Angelas Zimmer. Julia sah das Mädchen auf dem Bett sitzen, die Beine angezogen und sich leicht vor- und zurückwiegend. Sie hatte Kopfhörer auf. Der gesamte Raum war ziemlich gut einzusehen. Fußboden, Nachtschränkchen und Bett waren mit Fotos, CDs und Zeitschriften übersät.

Die Kamera musste in der Ecke überm Fenster installiert sein.

»Ich bitte Sie, gehen Sie wieder vor den Tresen«, wiederholte der Sicherheitsmann mit klirrender Stimme. Er war offenkundig verwirrt. Sein Gesicht war rot angelaufen, auf seiner Stirn glänzten Schweißperlen. Er war blutjung, wahrscheinlich Leutnant, und wusste nicht, wie er mit der aufdringlichen Ärztin umgehen sollte. Wahrscheinlich hatte man ihn angewiesen, Personal und Besucher freundlich zu behandeln, doch den kleinen Fernseher auf seinem Tisch durfte um keinen Preis jemand sehen.

»Regen Sie sich nicht auf, ich verschwinde schon, entschuldigen Sie die Störung«, gurrte Julia.

Mit klopfendem Herzen schlenderte sie zum Lift, fuhr hinauf in die zweite Etage und ging in ihr Zimmer.

Vika war schon zurück aus dem Dienstzimmer.

»Sag mal, wer hat gestern unten an der Wache gesessen?«, fragte Julia, nahm eine Flasche Wasser aus dem Kühlschrank und trank gierig.

»Meine Güte, Julia, Sie sind ja ganz blass! Ist etwas passiert?« Vika reichte ihr einen Plastikbecher.

»Nein, es ist nichts weiter, ich bin nur nicht ausgeschlafen. Du weißt ja, wann ich nach Hause gekommen bin. Ich schaue jetzt kurz auf der Station vorbei, höchstens vierzig Minuten. Wenn ich zurück bin, gehen wir beide was essen.«

»Gut. Waren Sie bei Angela?«

»Da will ich gerade hin.«

»Wo haben Sie so lange gesteckt?«, fragte Angela dumpf, raffte rasch alles zusammen, was auf dem Bett lag, und legte es auf den Nachtschrank. »Man hat mir gesagt, Sie seien auf einer Dienstreise. So eine dumme Ziege war hier und hat mir lauter blöde Fragen gestellt.«

»Hallo«, sagte Julia und setzte sich zu Angela aufs Bett. Dabei glitten ihre Augen übers Fenster und fanden das Gesuchte in der Ecke hinterm Vorhang. Die Kamera war sehr professionell installiert. Wenn man es nicht wusste, würde man sie nicht bemerken.

»Waren Sie wirklich auf einer Dienstreise?«

»Ja, wirklich. Wie geht es dir?«

»Mittelprächtig. Es juckt, als würden überall Ameisen rumkrabbeln. Ich kann überhaupt nicht schlafen. Am liebsten würd ich alles aufkratzen.«

»Jucken ist ein Zeichen von Heilung.« Julia setzte sich auf den Bettrand. »Lass mal schauen, wie es aussieht.«

Sie nahm vorsichtig den Verband ab. Der Heilprozess verlief wirklich gut.

»In einer Woche gehst du nach Hause, ruhst dich zehn Tage aus, und dann bereiten wir uns auf die nächste Operation vor.«

»Kann ich heute mal nach Hause fahren?«

»Ich hab doch gesagt, in einer Woche gehst du nach Hause.«

»Aber ich muss heute. Morgen bin ich wieder hier.«

»Das ist noch zu früh.« Julia schüttelte den Kopf. »Du kannst dich noch nicht selbst versorgen. Du darfst keine heftigen Bewegungen machen und dich nicht bücken. Es muss ständig jemand bei dir sein. Soweit ich weiß, lebst du allein.«

»Das ist kein Problem. Ich hab eine Freundin, Mila, meine Haushälterin. Ich ruf sie an, dass sie kommen soll.«

Julia ertappte sich dabei, dass sie die ganze Zeit unwillkürlich nach der Videokamera schielte. »Alles in Ordnung bei dir.« Sie lächelte angestrengt. »Versuch, möglichst viel zu schlafen. Im Schlaf heilt alles besser.«

»Okay. Gehen Sie schon?«

»Ja. Ich muss.«

»Warten Sie, Julia«, murmelte Angela, »zeigen Sie mir bitte, wie das Fenster aufgeht. Es ist so stickig.«

Julia ging zum Fenster und wäre dabei beinahe auf die am Boden liegenden Fotos getreten. Sie bückte sich, hob ein paar davon auf und wollte sie aufs Fensterbrett legen, stutzte aber plötzlich. Von einem Foto blickten sie die gleichmütigen grauen Augen von Objekt A an.

Hoppla! Jetzt ist es so weit! Jetzt sehe ich diesen Kerl schon in jedem männlichen Gesicht, dachte sie beinahe belustigt. Ich muss dringend mal ausschlafen.

Um die Halluzination zu vertreiben, sah sie genauer hin und begriff, dass mit ihren Augen alles in Ordnung war. Er war es wirklich – Objekt A. Er stand neben Angela. Beide schauten ins Objektiv. Sie lächelte, großzügig alle zweiunddreißig Zähne zeigend. Er wirkte düster. Beide hielten ein Glas in der Hand. Im Hintergrund erkannte man einen Restauranttisch, die undeutlichen Silhouetten der daran Sitzenden und eine leere Bühne mit bunten Lichtern.

»Gena hat einen Haufen Fotos angeschleppt«, sagte Angela nach einem kurzen Husten. »Das sind Aufnahmen von diversen Partys.«

»Ach ja.« Julia nickte. »Hier, siehst du, hier ist ein Hebel, daran musst du ziehen.«

Noch immer die Fotos in der Hand, hob sie den Kopf und schaute in das winzige, interessierte Auge der Videokamera. Ihr Herz machte einen unangenehmen Satz. Sie ging rasch zum Bett, legte die Fotos scheinbar zerstreut neben Angela und trat erst dann wieder ans Fenster. Der Hebel gab nicht nach.

»Ich rufe einen Schlosser.«

»Okay.« Angela nickte.

»War das alles? Weiter keine Fragen und Bitten?«, erkundigte sich Julia, angestrengt lächelnd.

»Nein, danke«, antwortete Angela ruhig, griff nach dem obersten Foto und riss es mit einem leisen Ratsch entzwei, legte die Hälfte, die sie selbst zeigte, beiseite, und schickte sich an, die andere Hälfte, die mit Objekt A, in winzige Schnipsel zu reißen.

»He, was machst du da?«

»Er ist ein Mistkerl. Ein Schwein. Ich hasse ihn«, krächzte Angela.

Nikolai nahm vorsichtig die Plastiktüte mit der Pistole, überprüfte durch die Folie hindurch, ob sie gesichert war, sah sich die Waffe genau an, streifte die Tüte herunter und roch ausgiebig an der Pistole.

»Eine gute Knarre«, murmelte er, »eine nagelneue PSM mit acht Schuss, Kaliber 5,45. Vor kurzem erst benutzt.«

»Wie kommst du zu diesem Spielzeug, Lina?«, fragte Stas, dessen Stimme nach einem ausgiebigen Husten ganz belegt war.

Die Frage blieb unbeantwortet. Evelina und der Gorilla schienen ihn komplett vergessen zu haben.

»Was ist eine PSM?«, fragte Evelina.

»Eine Stetschkin-Pistole, modernisiert. Ein ausgezeichnetes Modell, meine Liebe«, antwortete der Leibwächter nachdenklich. »Wird von Kriminellen selten benutzt, weil sie auf dem Schwarzmarkt kaum angeboten wird. Sie ist klein und leicht, sehr gut versteckt zu tragen. Eine Waffe für Geheimdienstler. Wann haben Sie sie entdeckt?«

»Heute Nachmittag, beim Saubermachen.«

»War sie in der Tüte?«

»Ja. Genau so und genau dort hab ich sie gefunden, hinter den Büchern.«

»Haben Sie sie aus der Tüte genommen? Sie angefasst?«

»Nein, natürlich nicht.«

»Sehr gut, das war richtig.«

»Erst wollte ich gleich die Miliz anrufen, aber dann fiel mir ein, dass in der ganzen Zeit nur eine Person in meiner Wohnung war. Stas Gerassimow. Er war hier oft ziemlich lange allein. Nach der Ermordung seines Chauffeurs …«

»Was redest du da, Lina?«, schrie Stas. »Überleg dir doch, was du sagst!«

Nikolai wandte sich zu ihm um. »Unterbrechen Sie uns bitte nicht, Stanislaw.«

»Was denn, darf ich gar nichts mehr sagen? Diese Idiotin meint, ich hätte die Pistole bei ihr versteckt. Bevor wir weiterreden, sollten wir erst mal eines klarstellen: Die Pistole gehört mir nicht. Ich hatte noch nie im Leben eine Waffe in der Hand. Die Pistole wurde untergeschoben.«

»Hör zu, Gerassimow« – Evelina wandte sich energisch mit dem ganzen Körper zu ihm um –, »findest du nicht, du solltest dich bei dieser Idiotin, also bei mir, vor allem bedanken, dass sie, also ich, nicht die Miliz angerufen hat, sondern deinen Vater? Wäre dein blödes Handy nicht abgeschaltet gewesen, hätte ich dich angerufen.«

»So, jetzt beruhigen wir uns mal«, mischte sich Nikolai ein. »Stanislaw, wenn ich das richtig sehe, haben Sie heute hier übernachtet?«

»Ja«, knurrte Stas.

»Wann sind Sie gegangen?«

»Gegen drei. Sag mal, was geht dich das eigentlich an, Nikolai? Wieso verhörst du mich hier? Mit welchem Recht?«

»Ich bin Mitarbeiter des Sicherheitsdienstes der Bank«, erklärte Nikolai geduldig und wandte sich an Evelina: »Und wann sind Sie nach Hause gekommen?«

»Um vier.«

»Dazwischen lag also rund eine Stunde. In dieser Stunde war niemand in der Wohnung. Als Sie nach Hause kamen, haben Sie gleich mit dem Saubermachen angefangen?«

»Ganz recht.« Evelina nickte.

»Und dann haben Sie das Haus nicht mehr verlassen?«

»Doch. Ich hab den Müll rausgebracht.«

»Sie hatten hundert Gelegenheiten, die Pistole unterzuschieben«, sagte Stas, nun etwas ruhiger. »Und dass ich hier übernachtet habe, wussten sie ganz genau. Sie haben mich hier angerufen.«

»Moment mal, wer – sie?«, fragte Nikolai.

»Die Leute, die hinter mir her sind. Genauer gesagt, ein Mann. Ein Psychopath. Er hat wegen Mordes gesessen.«

»Augenblick, der Reihe nach bitte. Wer hat hier angerufen?«

»Der Mörder.«

»Ach, so hat er sich gemeldet?«, fragte Evelina mit sanftem Lächeln.

»Nein. Er hat geschwiegen.«

»Und woher wussten Sie, wer es ist?«, erkundigte sich Nikolai.

Stas sah sich mit abwesendem Blick um. Sein Gesicht war von bläulicher Leichenblässe, seine Augen waren eingefallen.

»Was wollt ihr bloß alle von mir?« Er senkte den Kopf

und schlug die Hände vors Gesicht. »Ich bin müde. Ich kann nicht mehr.«

Angela klaubte die Papierschnipsel zusammen, stopfte sie unters Kissen und wiederholte: »Schwein, Mistkerl!«

Julia sah ihr schweigend zu. In diesem Augenblick ging die Tür auf, und Vika kam hereingestürmt.

»Julia, ein gewisser Michail hat angerufen, Sie möchten dringend zurückrufen.«

»Komisch, er hat doch meine Handynummer.«

»Er hat gesagt, Ihr Handy sei abgeschaltet.«

Julia zog ihr Handy aus der Kitteltasche. Es war eingeschaltet.

»Das ist ja ein schöner Saustall hier bei dir.« Vika ließ ihren Blick durchs Zimmer schweifen und schüttelte den Kopf. »Kannst du denn nicht alles ordentlich an einen Platz legen?«

»Ja, mach ich«, versprach Angela.

Vika griff nach einem großen Werbefoto der Sängerin, das auf dem Nachtschrank herumlag, lehnte es an die Wand, trat einen Schritt zurück und sagte nachdenklich: »Donnerwetter, ein tolles Bild. Ein richtiges Kunstwerk.«

Das Foto war wirklich großartig. Der Fotograf verstand sein Handwerk. Er hatte Angela so in Szene gesetzt, dass die fehlenden Haare sie nicht hässlich machten, sondern ihr im Gegenteil etwas Geheimnisvolles, Außerirdisches verliehen. Riesige leuchtendgrüne Augen, ein großer Mund mit vollen roten, wie entzündet wirkenden Lippen, ein langer, schlanker Hals, magere, eckige Schultern.

»Wirklich toll. Bis auf die grünen Glasperlen, die verderben alles, die passen da nicht rein. Alles ist so fein, so elegant, da ist dieser billige Modeschmuck fehl am Platz.«

»Das sind Smaragde«, erklärte Angela trocken.

»Wow!«, stöhnte Vika. »Echt? Und wie viel Karat?«

»Zwei Karat in jedem Ohrring. Die Fassung ist Platin, mit Brillanten besetzt. Die sind auch echt. Ich hab noch so einen Ring. Das ist ein Set.«

»Von der Oma geerbt?«

»Nein. Das Geschenk eines lieben Jungen. Julia Nikolajewna, könnten Sie mich nicht heute nach Hause fahren?«

Eine überraschende, seltsame Bitte. Julia wollte schon ablehnen, da bemerkte sie einige Schnipsel des zerrissenen Fotos auf der Bettdecke und nickte schweigend.

Sie verließ das Zimmer, hob den Kopf und entdeckte in der Ecke ein kleines dickes Rohr mit dem Sucher einer Videokamera. Kameras waren in allen Fluren installiert, sie hatte sich daran gewöhnt und ignorierte sie normalerweise, genau wie alle anderen Kollegen es taten, aber nun wurde ihr mulmig.

»Das Geschenk eines lieben Jungen«, knurrte Vika. »Warum treffe ich nie solche lieben Jungs? Vielleicht sollte ich mir den Kopf kahlscheren, was meinen Sie, Julia?«

»Entschuldige, Vika, was sagst du?«

»Stellen Sie sich vor, ich schere mich kahl, und sofort verliebt sich ein Junge in mich und schenkt mir Smaragde. Oder lieber Saphire. Ich mag Saphire schrecklich gern, besonders helle.«

»Klar« – Julia nickte –, »und dann prügelt er dich halbtot und zertrümmert dir das Gesicht.«

Vika blieb stehen und starrte Julia mit ihren großen blauen Kulleraugen an.

»Sie meinen, das war derselbe?«

Julia zuckte die Achseln »Ich meine gar nichts.«

»Übrigens – ich hab in einer Zeitschrift gelesen, ihr Liebhaber ist Tschetschene, ein Terrorist.«

»Ach, in solchen Zeitschriften steht alles Mögliche, besonders über Popstars.«

»Erinnern Sie sich, wie Sie nachts angerufen und bedroht

wurden? Und die Operation ablehnen wollten? Vielleicht war der Anrufer ja der Tschetschene?«

»Erinnere mich bloß nicht daran.« Julia verzog das Gesicht. »Seitdem hat mich keiner mehr belästigt.«

»Wissen Sie, ich denke, Sie hätten doch ablehnen sollen«, sagte Vika leise und blickte dabei zur Seite, »nicht wegen des Anrufs, aber ich kann nun mal Leute nicht leiden, die ständig anderen zur Last fallen. Warum müssen Sie sie nach Hause bringen? Kann sie denn nicht ihren Produzenten anrufen oder ein Taxi nehmen?«

»Wahrscheinlich hast du recht. Das nächste Mal lehne ich ab. Aber jetzt habe ich es versprochen.«

»Das hätten Sie nicht tun sollen. Gehen wir beide nun heute zusammen essen oder nicht? Ich sterbe vor Hunger.«

»Natürlich, Vika. Ich muss nur noch jemanden anrufen, dann gehen wir.«

Noch ein paar Fahrten zur Militärbasis, dann ist es vorbei. In einer Woche ziehe ich bei Objekt B die Nähte und lebe wieder mein normales Leben. Und bald habe ich die ganze Geschichte vergessen, dachte Julia, während sie ihr Notizbuch aus der Tasche kramte und Raiskis Nummer heraussuchte.

»Michail, ist etwas passiert?«

»Nein, nichts, überhaupt nichts. Ich habe mir nur Sorgen gemacht, ob Sie in der Nacht gut nach Hause gekommen sind, und heute Morgen habe ich Sie nicht erreicht, da war besetzt.«

»Danke, es ist alles in Ordnung.«

»Und sonst? Wie geht es Ihnen?«

»Ganz gut.«

»Soll ich Ihnen vielleicht Montag früh einen Wagen schicken?«

»Ja, tun Sie das bitte, Michail Jewgenjewitsch. Danke für die Fürsorge. Bis dann.«

Sie hatte kaum aufgelegt, als in ihrer Tasche das Handy klingelte. Es war Schura – sie wollte wissen, ob sie bald nach Hause komme.

## Sechzehntes Kapitel

Das ballistische Gutachten bestätigte, dass der tödliche Schuss auf den Chauffeur Georgi aus der PSM-Pistole abgegeben worden war, die in Evelinas Wohnung gefunden wurde. Auf der Pistole waren keinerlei Fingerabdrücke.

In der Wohnung in der vierten Etage in der Sormowskaja-Straße in Wychino wohnte niemand. Der Plattenbau war baufällig, die Mieter zogen nach und nach aus – die von Stas angegebene Wohnung stand seit drei Monaten leer. Die Mitarbeiter von Oberst Raiski fanden dort nur ein paar alte Zeitungen, Fetzen abgerissener Tapete, eine schmutzige Sprottendose und eine staubige schwarze Wattejacke.

Weder die verbliebenen Mieter noch die Mitarbeiter der Wohnungsverwaltung hatten je von einem Juri Michejew gehört oder je einen Mann mit den beschriebenen Kennzeichen gesehen. Unter der Telefonnummer, die Stas angerufen hatte, meldete sich die Firma »Lichte Trauer« (sämtliche Bestattungsdienstleistungen zu moderaten Preisen). Eine Irina, siebenundzwanzig, groß und aschblond, war dort unbekannt.

Die Frage eines Ermittlers, ob diese Frau eventuell als Kundin zufällig einen Anruf entgegengenommen haben könnte, verneinten die Bestatter einhellig und erklärten, der Apparat mit dieser Nummer stehe im Büro des Direktors, und dazu hätten die Kunden keinen Zutritt.

Die Akte Michejew wurde aus dem Archiv geholt. Michejew war 1985 nach Paragraph 105-1, vorsätzlicher Mord, zu zehn Jahren Haft in einem Straflager verurteilt worden.

Im Frühjahr 1985 hatte Michejew, Student im vierten

Studienjahr am Institut für Auslandsbeziehungen, in leicht alkoholisiertem Zustand die Bürgerin Demidowa, eine Kommilitonin, mit einem spitzen Gegenstand tödlich verletzt. Der Tathergang war offensichtlich, Michejews Schuld restlos erwiesen. Bei der Verhaftung leistete Michejew hartnäckigen Widerstand, vor Gericht verhielt er sich aufsässig. Er zeigte nicht die geringste Reue ob seiner Tat und weigerte sich trotz der unwiderlegbaren Beweise stur, seine Schuld zu bekennen.

In der vom Chef des Straflagers unterzeichneten Beurteilung hieß es, der Häftling Michejew habe ständig gegen die Disziplin verstoßen, Konflikte mit der Lagerleitung provoziert, seine unverdiente Autorität bei den Mithäftlingen ausgenutzt und Massenunruhen angezettelt, sei häufig mit Karzer bestraft worden, in Hungerstreiks getreten und habe sich überhaupt von der schlechtesten Seite gezeigt und nicht den Weg der Besserung eingeschlagen.

Nach fünf Jahren wurde er in ein anderes Lager verlegt, mit strengen Haftbedingungen, und dessen Leiter beurteilte ihn vollkommen anders: Der Häftling Michejew habe sich als verantwortungsbewusst und diszipliniert erwiesen, verdiente Autorität genossen und befinde sich unbeirrbar auf dem Weg der Besserung.

Er wurde vorzeitig entlassen – wegen akuter Verschlechterung seines Gesundheitszustandes. Das beiliegende medizinische Gutachten lieferte die Diagnose: offene Tuberkulose. Dieselbe Mappe enthielt auch eine Kopie der Sterbeurkunde. Michejew war drei Monate nach seiner Entlassung in der Infektionsabteilung des städtischen Krankenhauses Archangelsk gestorben.

Was Michejews Eltern und seine jüngere Schwester Irina anging – sie alle waren vor vier Jahren in die USA übergesiedelt.

Angela wartete im Flur, vollständig angezogen, einen kleinen Rucksack zu ihren Füßen und eine Tasche mit ihrem Notebook auf dem Schoß.

»Bitte halten Sie mich nicht für unverschämt, das ist mir wirklich alles furchtbar peinlich. Aber ich habe keine Wahl: Gena hat Angina und hohes Fieber, und er hat mir wieder keine Kopeke dagelassen. Sie werden bestimmt zu Hause erwartet, es ist schließlich Wochenende. Sind Sie eigentlich verheiratet? Und haben Sie Kinder?«

»Eine Tochter. Sie ist vierzehn.«

»Oh, das Durchschnittsalter meiner Fans.«

Julia fühlte sich miserabel. Warum tue ich das, fragte sie sich immer wieder, während sie mit Angela über den leeren, weiträumigen Flur ging. Ich möchte gern wissen, wer Ojekt A ist, in welcher Beziehung er zu Angela steht und warum sie voller Hass sein Foto zerrissen hat. Angela hat ihre Gefühle sehr wenig im Griff. Sie handelt in jedem Augenblick genau so, wie sie gerade empfindet, und macht sich überhaupt keine Gedanken über die Reaktionen ihrer Umwelt. Das ist nun mal ihr Temperament. Und der Oberst hat uns also die ganze Zeit beobachtet und belauscht. Wieso hat er sonst im Sprechzimmer angerufen? Mein Handy war an, und es gab nichts Dringendes. Er wollte nur nicht zulassen, dass Angela mir den Namen von Objekt A verrät. Aber was interessiert mich sein Name?

Der Sicherheitsmann sah auf und schaute ihnen aufmerksam nach.

Julia nickte ihm zu. »Schönen Tag noch.« Er nickte höflich zurück. Julia gelobte sich innerlich, Angela nicht nach dem zerrissenen Foto zu fragen.

Im Auto schaltete sie Musik an. Im Recorder lag eine Wertinski-Kassette.

»Ihr violetter Abt hat viel Freude gehabt und lässt die Sünden ab mit Rabatt«, sang der wundervolle weiche Tenor.

»Ach, aus dem Song wollten wir einen Videoclip machen«, erklärte Angela, »aber dazu sind wir nicht mehr gekommen. Alles wegen dieses Schweins. Wissen Sie, es gibt solche Mistkerle, die hängen an dir wie die Kletten, und wenn du sie zum Teufel jagst, dann verkünden sie überall, du hättest sie genervt, du wärst ihnen dauernd nachgerannt.«

»Ich weiß.« Julia lächelte gezwungen und fuhr rasch und ein wenig gekünstelt fort: »Wie in dem Witz über Wassja und Brigitte Bardot.«

»Wie geht der?«

»Brigitte Bardot kommt nach Moskau. Die Bodyguards können die Fans kaum bändigen. Empfänge, Kreml, Bolschoi-Theater, das ganze Programm. In der letzten Nacht vor ihrer Abreise kommt ein kleiner Mann in ihr Zimmer gerannt, völlig aufgelöst. Sie will die Sicherheitsleute rufen, aber der Mann fällt vor ihr auf die Knie und sagt: ›Ich flehe Sie an, beruhigen Sie sich, ich bin vollkommen harmlos. Ich verehre Sie, ich habe alle Ihre Filme zwanzigmal gesehen. Ich habe eine große Bitte an Sie. Wenn Sie morgen die Gangway hochgehen, drehen Sie sich zur Menge um und rufen Sie: Wassja! Und winken Sie. Mehr will ich gar nicht.‹ Am nächsten Tag fliegt sie. Auf dem Flughafen zahllose Fans. In der Menge steht Wassja. Sie steigt die Gangway hoch und tut, worum er sie gebeten hat. Und er brüllt laut, über die ganze Menge hinweg: ›Lass mich in Ruhe, dumme Kuh! Ich hab dich satt!‹«

»Solche wie diesen Wassja würde ich am liebsten mit eigenen Händen erwürgen«, murmelte Angela.

»Wieso, nerven die Fans Sie so?« Julia lächelte mitfühlend.

»Wer redet von Fans? Nein, so ein Idiot hat mir das Leben schwer gemacht. Bloß dass er nicht Wassja heißt, sondern Stanislaw Gerassimow. Haben Sie gesehen, wie ich das Foto zerrissen habe?«

»Hab ich.« Julia nickte und dachte: Ob uns der Herr Oberst jetzt auch zuhört, und wenn ja, was mag er dazu sagen?

»Das ist er. Stas Gerassimow«, knurrte Angela hasserfüllt. »Ich hasse ihn. Wie er sich an mich gehängt hat, das hätten Sie sehen sollen! Äußerlich wirkte er ganz normal. Aber dann hab ich begriffen: Ein Spinner. Ein absoluter Scheißkerl. Also hab ich ihn zum Teufel gejagt. Und er? Nicht nur, dass er überall rumerzählte, ich hätte mich an ihn gehängt wie eine Klette, nein, er hat außerdem das Gerücht verbreitet, ich würde Pillen nehmen und hätte ihn auch dazu bringen wollen, bloß um ihn, den Sexgiganten, ins Bett zu kriegen.«

»Hattest du wegen seiner Schwindeleien Unannehmlichkeiten?«

»Unannehmlichkeiten? Na ja, man hat mir ein bisschen das Gesicht verhunzt. Sonst nichts.«

»Entschuldige, das verstehe ich nicht.«

»Das war alles seinetwegen, begreifen Sie? Das alles hier« – sie tippte mit dem Finger gegen ihren Verband – »habe ich Stas Gerassimow zu verdanken!«

Julia bremste abrupt. Sie fuhren durch eine dunkle enge Gasse, und ein Hund überquerte gemächlich die Fahrbahn.

Angela schrie auf, öffnete unwillkürlich den Mund und stöhnte sofort: »Au, tut das weh!«

»Mein Gott, was ist los?« Julia lenkte langsam zur Bordsteinkante. »Wo tut es weh?«

Hinter ihnen quietschten Bremsen und flammten Scheinwerfer auf. Julia begriff plötzlich, dass der bescheidene dunkelblaue ausländische Wagen mit der Antenne auf dem Dach und der einprägsamen Nummer 123 ihnen die ganze Zeit gefolgt war.

Na ja, kein Wunder – der Junge an der Wache hat gemeldet, dass wir die Klinik gemeinsam verlassen haben, und da haben sie sich an meinen Wagen gehängt, wie in einem Agentenfilm.

»Können Sie bitte mal nachsehen, was da ist? Es tut furchtbar weh.«

»Dazu müsste ich den Verband abnehmen.«

»Na, dann nehmen Sie ihn schon ab!«

»Das kann ich hier nicht. Erstens sind meine Hände schmutzig, zweitens ist das Licht zu schlecht, ich würde nichts sehen. Wir müssen zurück in die Klinik.«

»Vielleicht fahren wir einfach zu mir nach Hause, und Sie kommen mit hoch und sehen es sich an?«, brummte Angela dumpf.

»Nein. Wir müssen zurück ins Krankenhaus.«

Der dunkelblaue Wagen stand mit abgeblendeten Scheinwerfern abwartend hinter ihnen.

»Ja? Meinen Sie?« Sie klang merkwürdig erleichtert. »Ist wahrscheinlich wirklich besser. Ich muss nur schnell jemanden anrufen.« Sie kramte in ihrem Rucksack, holte ihr winziges Handy heraus und wählte. Sie war so nervös, dass sie sich mehrmals verwählte.

Julia fuhr an. Die Gasse war eine Einbahnstraße, sie mussten also einen kleinen Umweg machen. Der Wagen mit der Nummer 123 folgte ihnen fast unverhohlen, und Julia ertappte sich dabei, dass sie froh war über diese Gesellschaft.

»Ja, ich bins. Das Ganze fällt aus. Ich fahre zurück ins Krankenhaus. Ja, es muss sein. Was, bist du jetzt total verrückt? Ich weiß nicht. Ich darf nicht lange sprechen, das schadet mir. Jedenfalls – ich wollte dir nur Bescheid sagen.«

Auf der restlichen Fahrt schwiegen sie. Angela lehnte sich gegen die Kopfstütze und schien einzuschlafen. Julia rekapitulierte im Stillen, ohne es zu wollen: Also, schuld an allem ist ein Mann namens Stas Gerassimow. Er wollte was von dir, du hast ihn abgewiesen, und aus verletztem Stolz verbreitete er das Gerücht, das Ganze sei umgekehrt gewesen. Du hast einen geheimnisvollen Freund, der dir riesige Smaragde geschenkt hat. Er ist reich und großzügig, aber außerdem ein tschetschenischer Terrorist. Und er hat noch einen kleinen Fehler: Er ist wahnsinnig eifersüchtig. Als die verleumderischen Gerüchte ihn erreichten, geriet er in Wut und verprügelte dich brutal, und deinen kleinen Hund, der dabei unerträglich winselte, erschlug er einfach. Später tat ihm das Ganze leid, und nun bezahlt er deine Behandlung. Ihr habt euch wieder versöhnt. Du willst ihn nicht der Miliz ausliefern und hast dir deshalb die Geschichte mit dem nächtlichen Überfall ausgedacht. Eben hast du ihn angerufen. Ihr wolltet euch bei dir zu Hause treffen, und das sollte niemand wissen. Als ich dich das erste Mal nach Hause gefahren habe, hast du auch mit ihm gesprochen und nicht mit Gena. Und der nächtliche Anrufer bei mir war er, er hat die dumme Angewohnheit, jeden Bereich zu kontrollieren, in den er Geld investiert. Mit anderen Worten: Ich werde von einem tschetschenischen Terroristen überwacht?

Ganz in Gedanken, hätte Julia an der Kreuzung beinahe einen Laternenpfahl gerammt.

Der dunkelblaue Wagen hupte vorwurfsvoll. Angela schlief seelenruhig und schniefte leise.

Und weiter?, fragte sich Julia, als sie auf den Klinikparkplatz fuhr. Der Terrorist hat die Wahrheit erfahren und macht nun Jagd auf den bösen Verleumder? Und der, nicht dumm, wendet sich an den FSB und bekommt aus gerade greifbarem Material einen Doppelgänger gebastelt? Wer ist dieser Stas Gerassimow? Womit hat er diese rührende Fürsorge von Oberst Raiski verdient? Oder geht es um Geld? Zahlt er so großzügig für seine Sicherheit? Aber wie reich und wichtig er auch sein mag, er ist nicht der liebe Gott. Raiski will den Tschetschenen, das ist es. Und Gerassimow ist offensichtlich schwach, unzuverlässig und unberechenbar und darum als Köder ungeeignet. Also hat Raiski beschlossen, Sergej zu benutzen. Der ist Soldat. Hat womöglich in Tschetschenien gekämpft, kennt den Terroristen und hat vielleicht eine eigene Rechnung mit ihm offen. Aber warum dann die Geheimniskrämerei? Warum konnte man Sergej nicht reinen Wein einschenken? Und warum ist der Tschetschene so schwer zu fassen, wenn Angela seelenruhig seine Nummer wählt, mit ihm telefoniert und sich in ihrer Wohnung mit ihm treffen wollte?

Wie Julia vermutet hatte, war bei Angela alles in Ordnung. Während sie den Verband abnahm und die Nähte untersuchte, schwiegen sie beide. Als Julia zur Tür ging und Angela eine gute Nacht wünschte, stöhnte diese klagend.

»Kommen Sie bitte her.«

Julia ging zum Bett zurück, beugte sich über Angela, die flüsterte: »Was ich im Auto geschrien hab, das ist alles Quatsch. Vergessen Sies.«

»Du hast nicht geschrien. Du warst bloß erschrocken, weil ich beinahe einen Hund überfahren hätte. Das ist schließlich ganz normal.«

»Michail, nun tu doch irgendwas!«, wiederholte General Gerassimow leise. Er war in Paradeuniform in seinem ehemaligen Büro im berühmten Haus am Lubjanka-Platz erschienen.

Jetzt residierte hier Oberst Raiski. Anstelle des Dzierżyński-Porträts hing an der Wand eine Kopie von Rembrandts »Nachtwache«, ein Geschenk holländischer Kollegen. Auf dem mächtigen alten Tresor hatte jahrzehntelang eine Leninbüste gestanden. Raiski hatte sie durch ein Aquarium mit Goldfischen ersetzt.

Raiski registrierte, dass sein einstiger Chef in den letzten Tagen noch mehr abgebaut hatte. Er war blass, zusammengesunken und wirkte kleiner.

»Wie geht es Ihnen, Wladimir?«, fragte der Oberst freundlich.

»Hör auf!«, blaffte der General. »Du weißt, dass ich diese Frage hasse! Mir geht es überhaupt nicht. Ich bin krankhaft gesund! Sag mir, kapierst du irgendetwas? Hast du wenigstens irgendeine Vermutung?«

»Tja, was für eine Vermutung?« Raiski drehte einen großen silbernen Kugelschreiber aus einem Geschenkset in der Hand und ließ seine Brillengläser aufblitzen. »Also, bis jetzt sieht die Sache so aus: Ein Auftragsanschlag. Dann ein Auftragsmord, aber nicht an Stas, sondern an seinem Chauffeur. Gleichzeitig die Geschichte mit den gesperrten Kreditkarten. Weiter – die Mordwaffe wird in der Wohnung von Stanislaws Freundin gefunden – offensichtlich untergeschoben. Das heißt, erst versucht man ihn umzubringen, dann will man ihn einschüchtern und belasten, und dabei haben wir es nicht mit einem Einzelnen zu tun, sondern mit einer organisierten Gruppe. Richtig?«

»Ja, richtig«, brummte der General und nickte zustimmend, besann sich dann, trat energisch an den Schreibtisch, beugte sich über Raiski und schrie mit heiserer, brüchiger Stimme: »Aber du vergisst das Wichtigste! Die getroffenen Maßnahmen! Für die Sicherheit meines Sohnes! Meinst du, das dürfte ich nicht wissen? Oder tust du überhaupt nichts?«

»Sie übersehen da was Wichtiges, General. Wenn ich nicht die Kontrolle über die Situation übernommen hätte, wäre Ihr Sohn nicht als Zeuge befragt worden, sondern als Verdächtiger. Oder sind Sie anderer Meinung?«

»Ja!«, knurrte Gerassimow. »Ich bin anderer Meinung! Das begreift doch ein kleines Kind, dass mein Stas den Chauffeur nicht getötet hat!«

»Ein kleines Kind vielleicht« – Raiski lächelte –, »aber für die Ermittler sind viele Fragen offen. Der Kellner im Restaurant erinnert sich gut an Stas und behauptet, Stas habe kaum etwas getrunken. Die Dame habe viel getrunken, er nicht. Stas dagegen bleibt bei seiner Aussage, er sei total betrunken gewesen und hätte vergessen, dass sein Chauffeur auf ihn wartete. Dann schwört Stas, er könne nicht schießen, habe noch nie eine Waffe in der Hand gehabt, aber wir beide wissen, dass er zwei Jahre lang Sportschütze war. Zwar kein sehr erfolgreicher, aber er kann mit einer Waffe umgehen. Und um jemanden aus nächster Nähe zu erschießen, braucht man kein besonderes Training.«

»Das Motiv«, sagte der General ruhig, »wo ist das Motiv, Michail? Warum sollte Stas seinen Chauffeur umbringen?«

»Sie haben den Chauffeur Georgi beauftragt, Ihren Sohn zu überwachen und Ihnen darüber zu berichten, richtig?«

»Augenblick, Michail, soll das deine Hypothese sein?« Die Stimme des Generals verriet nichts als Müdigkeit.

»Ich habe eine ganz andere Hypothese, und die kennen Sie sehr gut.«

»Ismailow?«

»Wer sonst? Sie haben zu Recht immer befürchtet, dass Stas sich mit seinen Partys und seiner Leidenschaft für blutjunge Mädchen eines Tages reinreiten würde.«

»Das verstehe ich nicht« – der General schüttelte den Kopf –, »bloß weil mein Sohn sich mit dieser kleinen Sängerin eingelassen hat, geht der Tschetschene ein solches Risiko ein? Er geht doch ein Risiko ein, oder?«

»Stimmt. Aber nicht, weil Ihr Sohn sich mit der Sängerin eingelassen hat. Im Herbst 1985 wurde der Sekretär der Gebietsleitung der Tschetscheno-Inguschischen Autonomen Sowjetrepublik Hassan Ismailow verhaftet. Sie haben die Ermittlungen geleitet, Sie …«

»Hör auf«, unterbrach ihn der General gereizt, »das ist fünfzehn Jahre her. Die Operation war streng geheim. Ismailow senior ist tot. Wenn Ismailow junior erfahren hätte, wer seinen Vater ins Gefängnis gebracht hat, hätte er längst etwas unternommen und versucht, mich zu töten, nicht Stas.«

»Solche Dinge verjähren nicht. Das zum einen, und zweitens werden wir beide nie erfahren, ob er es weiß oder nicht.«

»Wenn es Blutrache wäre, würde er mich töten«, wiederholte der General mürrisch, »mich, nicht Stas. Was hat Stas damit zu tun?«

»Der Tod des einzigen Sohnes wäre ein ziemlich empfindlicher Schlag«, murmelte Raiski kaum hörbar. »Aber Blutrache spielt hier wahrscheinlich tatsächlich keine Rolle. Es geht um die Sängerin. Ismailow hat einen Fehler begangen. Er hat Angela brutal bestraft, sie schwer verletzt, und dann hat er erfahren, dass er im Unrecht war.«

»Was heißt im Unrecht? Das verstehe ich nicht.« Der General runzelte die Stirn und schüttelte den Kopf. »Warum redest du um den heißen Brei herum, Michail?«

»Sie hatten keine Affäre.« Raiski lächelte traurig. »Stas war beleidigt und hat deshalb überall rumerzählt, Angela sei ihm nachgelaufen, und sie sei drogenabhängig. Die Gerüchte kamen Ismailow zu Ohren, er rastete aus, zertrümmerte seiner Geliebten das Gesicht und erfuhr dann, dass das alles gelogen war.«

»Idiot!«, stöhnte der General klagend. »Mein Gott, warum ist er nur so ein Idiot?«

»Wer?«

»Mein einziger Sohn, wer sonst! Na schön, mit Stas rede ich noch einmal allein. Nehmen wir an, du hast recht. Aber warum gab es dann keinen weiteren Anschlag? Was hat Ismailow von dem Theater mit den Kreditkarten, dem Mord an dem Chauffeur, der Pistole?«

»Darüber zerbreche ich mir, ehrlich gesagt, selber den Kopf«, seufzte Raiski. »Ich habe keine rechte Antwort. Nur ein paar Vermutungen.«

»Dann raus damit!«, herrschte Gerassimow ihn an.

»Ismailow neigt dazu, in jedem Ereignis einen geheimen Sinn zu sehen, den Willen Allahs. Allah hat seinen Beleidiger am Leben bleiben lassen, also muss er eine andere Strafe wählen. Ihn zum Beispiel in den Wahnsinn treiben, ins Gefängnis bringen ... Der Tschetschene wird ihn jagen, aber nicht töten. Das ist das Entscheidende.«

»Aber du bist seit Jahren vergebens hinter dem Tschetschenen her.« Der General lachte bitter. »Der ist eine zu harte Nuss für dich, Michail. Meine Mannschaft hatte vor fünfzehn Jahren mehr Erfolg.«

»Das waren andere Zeiten.« Raiski lächelte. »Die Aufgaben waren andere und auch die Mittel. Ihre Leute hatten an der tadshikischen Grenze einen Drogenkurier festgenommen, ihn gehörig unter Druck gesetzt, und er hat seinen Chef verraten. Und von dem Chef aus wurde das Ganze aufgerollt. Am Ende haben Sie den Sekretär der KPdSU-Gebietsleitung der Tschetscheno-Inguschischen ASSR Hassan Ismailow verhaftet. Merken Sie, wie nostalgisch die Geschichte klingt und wie irreal sie heute wäre?«

»Lass mal, Michail« – der General runzelte die Stirn –, »das war damals auch kein Zuckerschlecken. Ich stand dauernd auf der Matte, musste mir in verschiedenen Instanzen anhören, ich solle den Fall still und heimlich begraben, bekam sogar versteckte Drohungen. Ismailow war Träger des Leninordens und des Ordens der Völkerfreundschaft, seine Büsten standen nicht nur in seinem Heimatdorf, sondern in ganz Tschetschenien, ganz oben sah man in ihm den künftigen Führungskader der Republik. Und sein ältester Sohn Schamil hatte gerade die KGB-Hochschule abgeschlossen. Wenn Allah oder diese Sängerin ihn heute davon abhalten, Stas zu töten – wer garantiert uns, dass die drei es sich nicht morgen anders überlegen?«

»Keiner.« Raiski nickte. »Aber das ist unwichtig.«

»Was heißt unwichtig?« Der General sprang auf und rannte zum Schreibtisch. »Überlegst du dir, was du sagst? Verrate mir endlich: Was wirst du unternehmen?«

»Ich werde es Ihnen verraten und sogar zeigen. Aber nicht heute.« Raiski lächelte geheimnisvoll. »Ein wenig Geduld noch, Genosse General. Habe ich Sie jemals enttäuscht? Ich garantiere Ihrem Sohn vollkommene Sicherheit, und ich bürge für meine Worte.«

Raiski entschloss sich endlich, sich eine Zigarette anzuzünden. Er stand auf, öffnete das Fenster einen Spalt, setzte sich aufs Fensterbrett und tat mit Behagen den ersten Zug.

»General, bedauern Sie es nicht, dass Ihre herrliche Villa auf Korfu leersteht? Stas könnte ein bisschen Urlaub und einen Tapetenwechsel gut gebrauchen. Auch für Sie und Natalja wäre das nicht schlecht.«

»Dann würde man denken, Stas sei geflohen. Es gibt jede Menge Indizien gegen ihn, und der Verdacht ist da, das ist nicht zu ändern.«

»Das lassen Sie meine Sorge sein. Aber was seine psychische Gesundheit angeht, verzeihen Sie, da bin ich machtlos.«

»Was meinst du damit?«, keuchte der General empört und starrte Raiski an. Der Blick seiner geschwollenen roten Augen war unangenehm.

»Als ich mit Stas sprach und er mir von seinem Besuch bei dem verstorbenen Michejew in einer nicht existierenden Wohnung erzählte, habe ich gespürt, dass er log. Und er hat absolut keinen Grund, so zu lügen. Warum also? Eine reaktive Psychose? Halluzinationen?«

Der General atmete schwer. Große Schweißperlen traten ihm auf die Stirn.

»Ich weiß es nicht, Michail«, flüsterte er, »ich weiß es nicht.«

Julia kam herein, und Sergej merkte erstaunt, dass er sich freute. Sie war zwei Tage nicht erschienen. Inzwischen hatte er wieder sprechen gelernt, zumindest konnte er ein wenig die Lippen bewegen.

»Guten Morgen«, sagte er und richtete sich im Bett auf. »Wo haben Sie so lange gesteckt?«

»Guten Tag. Ich durfte für ein paar Tage nach Hause. Na, wie stehts?«

Er sah ihre lächelnden Augen über der Maske, und ihm fiel ein, dass er sie eigentlich hassen wollte und sogar geglaubt hatte, davon würde ihm leichter.

»Könnten Sie nicht die Binde abnehmen?«, bat er plötzlich.

»Genau das habe ich vor.« Sie setzte sich neben ihn und streckte die Hände aus, wobei ihn ihr vertrauter Duft streifte.

»Nein, nicht meine. Ihre. Ich möchte gern Ihr Gesicht sehen.«

Ihre Hände verkrampften sich leicht.

»Verstehe« – er schloss die Augen –, »ich darf Ihr Gesicht nicht sehen. Damit ich, wenn alles vorbei ist und ich wieder frei bin, nicht auf die Idee kommen, Sie zu suchen, nicht?«

»Würden Sie wirklich auf eine so dumme Idee kommen?«, flüsterte sie ihm ins Ohr, und er spürte durch die Maske hindurch die Wärme ihres Atems.

»Natürlich nicht«, brummte er so laut es ging, »wenn ich hier raus bin, werde ich Sie so schnell wie möglich vergessen.«

»Vernünftig.« Sie nickte und öffnete das Köfferchen mit dem Lasergerät. »In einem Monat müssen wir uns allerdings noch einmal wiedersehen. Da muss ich die Narben entfernen, die nach dem vollständigen Verheilen noch geblieben sind. So, Schluss jetzt. Schließen Sie die Augen und entspannen Sie sich.«

Etwas Merkwürdiges ging mit ihm vor, während er mit geschlossenen Augen vor ihr saß. Er atmete ein wenig schneller, und er hätte Julia schrecklich gern berührt. Einfach so. Oder nicht einfach so. Wahrscheinlich genas er allmählich. Ihm fiel ein, dass er sich seit über zwei Jahren keiner Frau genähert hatte. Natürlich hatte es flüchtige Bettgenossinnen gegeben. Sie hatten geflucht wie Männer, waren jederzeit bereit, wen auch immer zu lieben, egal wo. Sie rochen nach Schweiß und Schnaps. Ihnen fehlten Zähne. Bei ihnen bedurfte es keiner besonderen Zeremonien, man musste sich nur vor eventueller Ansteckung schützen. Diese Frauen vergaß man nicht erst am nächsten Tag, sondern bereits nach einer halben Stunde. Sie wurden genauso getötet wie die männlichen Soldaten.

Nein, es liegt nicht an der Ärztin. Sie ist schön, aber trotzdem. Ich habe einfach vergessen, dass es Frauen wie sie gibt. Eine andere Sorte Mensch, nein, eine andere Galaxis.

Julia war mit der Laserbehandlung fertig und legte ihm einen neuen Verband an.

»Gut so? Drückt es auch nicht?«

»In Ordnung«, brummte er mürrisch.

Ich bin für sie ein Versuchskaninchen. Bald ist das Ganze vorbei, und sie kehrt zu ihrem normalen Leben zurück. Wie sieht ihr Leben aus? Eine große, gemütliche Wohnung. Ein Mann ... Ja, hat sie eigentlich einen Mann?

»Haben Sie einen Mann?«, quetschte er möglichst undeutlich hervor, in der feigen Hoffnung, sie würde die Frage nicht verstehen. Aber sie hatte verstanden und antwortete rasch: »Nicht mehr. Wir sind geschieden. Ich habe eine Tochter, Schura, sie ist vierzehn.«

»Ein schwieriges Alter. Pubertät. Ist Ihr Exmann auch Arzt?«

»Ja. Hören Sie, Sie sollten noch nicht so viel sprechen.«

Na bitte. Sie hat mich schon über. Klar – wer unterhält sich schon gern mit einem Versuchskaninchen?

»Eine letzte Frage«, sagte er leise und düster, »haben Sie mich nach einer bestimmten Vorlage gemacht oder war das improvisiert?«

Sie schüttelte schweigend kaum merklich den Kopf und sah ihn so vielsagend an, dass er sich an etwas erinnerte, woran er stets denken sollte: Das Zimmer war nicht nur mit Abhöreinrichtungen ausgestattet, sondern auch mit einer Videokamera. Das glänzende schwarze Auge ragte unverblümt aus der Wand, genau gegenüber vom Bett.

»Gratuliere, Sie werden keine Kelloiden bekommen«, sagte sie laut und freudig.

»Was für Kelloiden?«

»Gewölbte Narben. Ein Hauptübel bei plastischen Operationen. Dagegen ist der Arzt machtlos. Das hängt nur vom jeweiligen Körper ab.«

Sie setzte zu einer medizinisch-wissenschaftlichen Erklärung an. Er hörte nicht zu. Ihre Nähe verursachte ihm ein Kribbeln in der Brust. Das Herz schwoll an und pochte rasch und schwer.

»Sie sollten langsam hinausgehen an die Luft«, vernahm er ihre tiefe, ruhige Stimme. »Es ist schon warm draußen. Frühling. Ich rede mit dem Oberst.«

»Der Oberst, der Oberst«, murmelte Sergej gedehnt, »wissen Sie, wie sehr ich den satt habe? Wahrscheinlich mehr als alles andere.«

»Ich, ehrlich gesagt, auch.« Julia zog sich plötzlich die Maske herunter und lächelte breit und fröhlich direkt ins Auge der Videokamera.

Sie war noch schöner, als er sich vorgestellt hatte. Ein schmales, ebenmäßiges Gesicht, wie auf einem antiken Porträt.

Aber vielleicht ist das nur das Werk ihrer Kollegen, dachte

Sergej giftig. Ach was, ich bin ein Idiot. Sie gefällt mir einfach unheimlich, und das macht mir Angst.

Inzwischen hatte Julia ein kleines Handy aus ihrer Kitteltasche genommen und wählte.

»Michail? Guten Tag. Danke, alles in Ordnung. Seien Sie so gut und ordnen Sie an, dass mein Patient zum Spazierengehen an die Luft kommt. Ja, eben, solange er noch einen Verband trägt. Danach wird er die Sonne eine Weile meiden müssen. Danke. Ihnen auch.« Sie steckte das Telefon wieder weg und sagte zu Sergej: »Alles geregelt. Wenn Sie möchten, können Sie jetzt gleich spazieren gehen.«

»Leisten Sie mir Gesellschaft?«, platzte er heraus.

»Gern.«

Draußen wurde ihm schwindlig. Julia, als spüre sie das, nahm seinen Arm. Sie war ohne Haube und ohne Kittel, sie trug einen leichten hellen Mantel. Ihr kurzes kastanienbraunes Haar glänzte und wurde vom Wind gezaust.

Es war ein warmer, trüber Tag. Es roch nach feuchter Erde. Sie liefen langsam an nackten Fliederbüschen entlang. Unter ihren Füßen knirschte nasser Kies.

»Haben Sie Familie?«, fragte sie plötzlich nach langem, angespanntem Schweigen.

»Nein. Ich hatte eine Mutter. Jetzt habe ich niemanden mehr.«

»Wie kommt das? Sie sind sechsunddreißig.«

»Ich hab Segelohren.«

»Das ist Vergangenheit.« Sie blieb stehen und zog eine Schachtel Zigaretten aus der Manteltasche. Der Wind blies die Flamme immer wieder aus. Er nahm ihr das Feuerzeug ab, legte die Hände schützend zusammen und gab ihr Feuer.

»Ach ja, natürlich. Das ist Vergangenheit. Jetzt sehe ich ja richtig gut aus, ich sollte zum Film gehen!«

»Sie haben mir noch immer nicht verziehen, oder?«

»Was kümmert es Sie, ob ich Ihnen verzeihe oder nicht?

Was spielt das für eine Rolle? Ich bin ein Niemand. Man hat mich eingeschläfert wie eine Laborratte, ohne mir etwas zu erklären, und als ich mit verbundenem Gesicht aufwachte, hat man mir sonst was erzählt. Man hat sich nicht mal die Mühe gemacht, sich eine mehr oder weniger glaubwürdige Lüge auszudenken.«

»Hat Oberst Raiski Ihnen etwa noch immer nichts erklärt?«, fragte Julia leise.

»Ich habe ihn nach der Operation noch kein einziges Mal gesehen. Er will mich mürbe machen. Ich weiß Bescheid. Eine alte, erprobte Methode.«

»Ja, wahrscheinlich.« Sie nickte. »Nichts ist so quälend wie die Ungewissheit. Man will Ihnen einreden, dass Sie nicht sich selbst gehören. Aber Sie sind Soldat und gewöhnt, sich Befehlen unterzuordnen. Ehrlich gesagt, verstehe ich nicht, warum er das mit Ihnen macht. Ich habe mich noch nie so mies gefühlt.«

»Und was hat Sie gehindert, sich zu weigern, Doktor? Sie sind doch eine Zivilperson. Oder irre ich mich?«

»Sie irren sich nicht, Sergej.« Sie strich mit der Hand über die nassen Sträucher, dann über ihr Gesicht und sah ihn von unten herauf an.

»Sie müssen auf meine Frage nicht antworten. Man hat Sie bezahlt. Sie ziehen Ihr Kind allein groß, Sie brauchen das Geld.«

»Danke für die guten Worte«, sagte sie spöttisch, »ich kann Ihnen versichern, man hat mir genauso viel gezahlt, wie ich für eine solche Operation in meiner Klinik bekommen hätte. Ich verdiene genug, um mich und mein Kind zu ernähren.«

»Schon gut. Wie gesagt, Sie müssen mir meine Frage nicht beantworten. Entschuldigen Sie.«

Plötzlich knirschte der Kies hinter ihnen laut. Sie drehten sich um. Schwester Katja kam auf sie zu, beinahe rennend.

»Julia! Der Oberst ist da, Sie möchten zu ihm kommen, hat er gesagt, sofort. Gehen Sie nur, ich begleite den Patienten.«

## Siebzehntes Kapitel

In der Nacht klarte der Himmel über den Sajan-Bergen auf. Im Garnisonsstädtchen war der Strom abgeschaltet.

Der rosarote Vollmond schien zum Fenster herein und gab nicht das geringste Licht. Im stockfinsteren Zimmer klaubte Natalja die nassen Vergissmeinnicht vom Boden auf. Es tat ihr leid, sie wegzuwerfen, und sie hätte schrecklich gern geweint.

Sie tastete nach dem Petroleumkocher und versuchte lange, ihn anzuzünden; der Docht rußte und stank, und die Flamme wollte nicht brennen. Natalja schleuderte die Streichholzschachtel beiseite, legte sich hin, drehte sich zur Wand, fing an zu weinen und schlief unversehens ein. Sie hörte nicht, wie Wladimir zurückkehrte und den Kocher anzündete, sie erwachte erst, als er sich zu ihr auf die Liege setzte, ihr über den Kopf strich und sie auf den Hals küsste.

»Hör mal, vielleicht sollten wir dich doch schon früher nach Abakan bringen?«, fragte er in anheimelndem Flüsterton. »Wer weiß, vielleicht sind es ja wirklich Zwillinge.«

Natalja setzte sich auf und barg ihr Gesicht an seiner Schulter.

»Ja, Wladimir, wir wollen doch nichts riskieren, lass uns früher hinfahren.«

»Was haben wir heute? Donnerstag? Ich glaube, am Sonntag hätte ich eine Transportmöglichkeit.«

»Einen Hubschrauber?«, fragte Natalja erfreut.

»Für Ende der Woche ist schlechtes Wetter vorausgesagt. Starker Wind, Sturm. Außerdem würde ich sowieso keinen Hubschrauber kriegen. Wenn ich Major wäre, dann schon, aber so krieg ich nur einen Jeep. Doch damit kommen wir prima nach Abakan. Ich fahre selbst. Wollen wir für alle Fälle die Pantelejewna mitnehmen?«

»Wozu?«

»Wer weiß? Wir sind immerhin zwölf Stunden unterwegs, wenn es dir nun unterwegs plötzlich schlecht geht?«

Am nächsten Morgen schaute Natalja bei der Pantelejewna vorbei, und nach kurzem Überreden willigte die Feldscherin ein.

Sie beschlossen, im Morgengrauen aufzubrechen, um die gefährlichsten Abschnitte der Bergstraße noch im Hellen zu passieren. Wladimir überprüfte das Auto noch einmal und tankte es voll. Auf die Rückbank legten sie zwei Decken und zwei Kissen, zum Schlafen unterwegs. Der Morgen war still und sonnig. Natalja setzte sich nach vorn, neben Wladimir. Die Pantelejewna richtete sich hinten ein, und bald drang von dort dröhnendes Schnarchen.

Die alte Chaussee war fast leer, doch Wladimir fuhr trotzdem langsam und vorsichtig. Natalja spürte, dass er aufgeregt war, und das freute sie. Draußen dampften die verschleierten Sajan-Berge, am Straßenrand, am Fuß der Berge, wuchsen leuchtende Vergissmeinnicht, noch feucht nach der nebligen Nacht. Natalja fielen die Augen zu, und sie schlief ein.

Sie erwachte von einem lauten Poltern und davon, dass der Wagen stand. Wladimir war weg. Auf das Planendach des Jeeps prasselten große Regentropfen. Es war düster und kalt.

»Was ist passiert?«, fragte sie die Pantelejewna. «Wo ist Wladimir?«

»Ach, so ein Pech«, murmelte die Alte undeutlich, »eine Panne. Wladimir wechselt den Reifen.«

Natalja öffnete die Tür, lehnte sich hinaus und bekam sofort einen kalten Guss ab. Durch den Regenschleier sah sie Wladimir vorm rechten Hinterrad hocken.

»Bleib im Auto, du erkältest dich!«, rief er. »Wir fahren bald weiter, halb so schlimm.«

Natalja kroch folgsam zurück und schloss die Tür. Von ihren Haaren troff Wasser, ihr war kalt in dem Sommerkleid und der dünnen Strickjacke, und vom unbequemen Schlafen im Sitzen tat ihr das Kreuz weh. Sie bat die Pantelejewna um eine Decke. Die Alte kramte lange herum und reichte ihr schließlich ein kleines Plaid aus dickem Flanell. Natalja wickelte sich darin ein, zitterte aber trotzdem – vor Kälte oder vor Aufregung. Die Kreuzschmerzen ließen nicht nach. Sie kamen in Wellen, so stark, dass sie am liebsten gestöhnt hätte.

Wladimir stieg ins Auto. Er war patschnass.

»Ich will nur ein bisschen verschnaufen und mich aufwärmen, dann mach ich weiter«, sagte er übertrieben munter. »Wie fühlst du dich? Gehts?«

»Alles in Ordnung«, antwortete sie ebenso munter. »Pass auf, dass du dich nicht erkältest. Du müsstest dich eigentlich umziehen. Ach, wie dumm von mir, ich habe für dich überhaupt nichts zum Wechseln mitgenommen.«

»Na ja, wer konnte so was ahnen?« Wladimir lächelte. »Komm, lass uns was essen, solange wir stehen. Pantelejewna, möchten Sie etwas essen?«

»Und ob!«, erwiderte die Feldscherin erfreut und kramte sofort raschelnd herum. Die Tasche mit dem Proviant stand neben ihr.

»Wer möchte was? Wir haben Eier, Brote mit Wurst und mit Käse.« Sie reichte die Thermosflasche mit heißem Tee nach vorn und eine Papiertüte mit Broten und begann ihrerseits geräuschvoll zu kauen.

Natalja umklammerte den heißen Blechbecher mit beiden Händen, führte ihn an die Lippen und hätte den Tee beinahe verschüttet. Eine neue Schmerzwelle erfasste sie, sie krümmte sich und biss die Zähne zusammen.

»Was hast du?«, fragte Wladimir leise.

»Nichts. Mir tut irgendwie der Rücken weh.«

Wladimir wusste, dass sie noch lange hier stehen würden. Er konnte das Rad nicht wechseln – er hatte keinen Wagenheber dabei. Sie mussten warten, bis ein Auto vorbeikam. Doch damit war erst zu rechnen, wenn der Regen aufgehört hatte und die Chaussee wieder trocken war. Kein vernünftiger Chauffeur fuhr ohne Not über die nassen Serpentinen.

»Die Wurst ist gut«, zwitscherte die Pantelejewna hinten, »ach, und hier sind ja noch Jägerwürstchen, eine ganze Packung. Die stammen wohl aus der Offiziersverpflegung? Bei uns im Laden hats so was schon ewig nicht mehr gegeben.«

»Wladimir!«, rief Natalja verzweifelt. »Es tut so weh, ich halte es nicht mehr aus! Lass uns schnell fahren!«

»Was denn, Natalja, wo tuts weh?« Wladimir drehte sich abrupt um und ließ ein Stück Zeitungspapier mit Eierschalen auf den Boden fallen.

»Überall ... Als ob man mich mittendurch schneidet«, stöhnte Natalja.

»He, was soll das, Mädchen, warte, das geht doch nicht!«, jammerte die Pantelejewna erschrocken.

Statt einer Antwort schrie Natalja laut auf, dann atmete sie heftig und rasch, schließlich sagte sie mit fremder Stimme gepresst: »Unter mir ist alles nass. Das Wasser ist abgegangen.«

»Was für Wasser, Natalja?«, fragte Wladimir flüsternd. Plötzlich bemerkte er, dass ihr Gesicht ganz eingefallen war und spitz aussah, und ihm schien, sie redete im Fieber.

»Was schon«, meldete sich die Feldscherin, »das Fruchtwasser natürlich. Los, fahr schon, vielleicht schaffen wirs ja noch. Ist immerhin ihre erste Geburt, fünf Stunden dauert das bestimmt.«

»Ich kann nicht fahren!«, brüllte Wladimir. »Ich hab keinen Wagenheber, kapiert?!«

»Ach du Scheiße! Und was jetzt?«

Der Regen prasselte noch immer aufs Planendach, es hing schon durch. Der einsame Militärjeep unterm schwarzen Himmel, inmitten der wilden, vom Regen aufgeweichten Sajan-Berge wirkte winzig und leicht wie ein Spielzeug. Windböen schüttelten ihn durch und bliesen die nasse Plane auf. Auf der einen Seite ein Abgrund, auf der anderen die Berge, und kilometerweit keine Menschenseele. Die Pantelejewna kroch fluchend aus dem Auto. Wladimir trug Natalja auf den Rücksitz, bettete sie mit Hilfe der Alten notdürftig und roch dabei den intensiven Schnapsdunst aus dem Mund der Feldscherin.

»Sag schon, was jetzt?«, rief er ihr ins Ohr.

»Brüll nicht so!«, erwiderte die Alte grob. »Hast du Sprit oder Wodka? Zum Desinfizieren!«

»Ich hatte Wodka, aber den hast du ja ausgesüffelt, du alte Schnapsdrossel!«, knirschte Wladimir böse.

»Bloß einen kleinen Schluck, damit ich mich nicht erkälte, waren doch nur ein paar Schluck drin in der Flasche.«

»Unten in meiner Tasche ist Eau de Cologne«, konnte Natalja noch sagen, bevor sie erneut in klagendes, animalisches Stöhnen ausbrach.

Acht Monate Schwangerschaft, dieses geheimnisvolle, anheimelnde Stück Leben, da der Schlaf besonders fest und süß ist, das Essen und die Luft ganz anders schmecken, alle Gerüche intensiver und die Farben heller sind, diese acht Monate glücklicher Erwartung konnten doch nicht mit einem solch ungeheuren Schmerz enden!

»Was jetzt?«, hörte sie Wladimir erschrocken fragen, als die Wehe abebbte.

»Nichts. Jetzt können wir nur warten«, antwortete die Pantelejewna. »Natalja! Schrei nicht so, du nimmst dem

Kind die Luft weg. Du musst hecheln wie ein Hund, wenns heiß ist, flach und schnell. Ruh dich aus, wenn die Wehe vorbei ist. Entspann dich.«

Sie wusste nicht, wie viel Zeit vergangen war. Der Regen hatte aufgehört, die Sonne schien. Kein einziges Auto war vorbeigekommen. Mal hörte Natalja die Feldscherin und Wladimir, dann wieder nicht, betäubt von der nächsten Schmerzwelle. Als sie sicher war, dass sie jetzt sterben würde, drangen ihr die nächsten Befehle der Feldscherin direkt ins Gehirn: Erst nicht pressen, dann doch – so stark sie konnte.

Der Schmerz war verebbt. Sie vernahm ein schwaches, klägliches Fiepen.

»Ein Junge!«, rief die Pantelejewna über ihr. »Höchstens zweieinhalb Kilo. Aber das macht nichts, er wird schnell zunehmen.«

Es war ein winziges, tintenblaues Geschöpf, mit weißer Schmiere bedeckt, hilflos, rührend und das Schönste auf der Welt. Augenblicklich vergaß Natalja ihren Schmerz, hörte dem schwachen Fiepen zu, als wäre es bezaubernde Musik, und konnte den Blick nicht von dem faltigen Gesichtchen wenden.

Die Pantelejewna nahm ihr das Kind ab, gab es Wladimir und kümmerte sich um Natalja. Die Sonne schien weich, bestimmt war schon Abend. Die Vögel sangen wie verrückt. Natalja fühlte nichts als eine selige, glückliche Schwäche.

»Ach du meine Güte!«, heulte die Pantelejewna. Natalja begriff nicht gleich, was los war. Ihr Körper wurde erneut von entsetzlichem Schmerz erfasst, und wieder musste sie pressen.

»Mama!«, schrie Natalja mit letzter Kraft.

Der Schmerz war ebenso plötzlich vorbei, wie er gekommen war. Doch anstelle eines lebendigen Fiepens herrschte

Stille. Selbst die Vögel schienen verstummt zu sein. Nur die Pantelejewna bemühte sich zornig fluchend, den zweiten Jungen zu retten.

## Achtzehntes Kapitel

Angela begann zu denken. Zum ersten Mal seit anderthalb Monaten. Bisher hatten ausschließlich Gefühle sie beherrscht. Und zwar nur drei: Verzweiflung, Angst und Wehmut. Sonst nichts. Nun war das Schlimmste überstanden. Sie wusste, sie würde diese Klinik mit einem Gesicht verlassen, mit dem sie weiterleben konnte. Sie verspürte nicht mehr den Wunsch nach einer tödlichen Dosis Morphium. Sie wollte weiterleben, ja, sogar auf der Bühne stehen und singen.

Sie lag mit geschlossenen Augen im Zimmer, blickte durch die Sehschlitze des Verbands an die Decke und dachte darüber nach, dass ihr ganzes Leben ein einziges langes Interview gewesen war. Mit dummen und klugen Fragen, boshaften und begeisterten, dreisten und schüchternen. Und immer war es darauf angekommen, die richtige Antwort zu finden.

Ihr Onkel besaß ein Haus in der Taiga, bei Swerdlowsk. Dorthin war sie in den Ferien immer geschickt worden. Sie liebte den einsamen Onkel, einen schweigsamen Trinker, mehr als alles auf der Welt, mehr als Mama und Papa. Er war der einzige Mensch, der ihr keine Fragen stellte. Als sie sieben war, brachte er ihr das Akkordeonspielen bei. Bei ihm konnte sie ihre Liedchen trällern, so laut sie wollte, konnte sich stundenlang vor dem trüben Spiegel hin und her drehen, sich in alle möglichen Gewänder aus Omas Truhe hüllen und von künftigem Ruhm träumen.

Die erste entscheidende Frage, die das Leben an sie

stellte, war die Bewerbung an der Schule für Zirkus- und Unterhaltungskünstler. Die Aufnahme erfolgte nach der achten Klasse, die Konkurrenz war groß. Zirkusberufe wurden meist vererbt; Artistenkinder, die in der Arena aufgewachsen waren, liefen außer Konkurrenz. Angela war schlau. Die meisten Mädchen wollten Akrobatin, Jongleurin, Äquilibristin oder Sängerin werden. Es waren schrecklich viele. Angela Boldjanko bewarb sich für das Fach Clownerie. Dafür bewarben sich selten Mädchen. Sie wurde auf Anhieb genommen.

Angela wurde kein Clown. Vier Absolventinnen der Schule gründeten das Mädchenquartett »Miau!«. Die Mädchen sangen mit dünnen, klagenden Stimmen. Sie trugen rosa Kleidchen, enganliegende Leggins, Ballettschuhchen und Seidenschleifen im Haar und waren puppenhaft geschminkt. Sie miauten wie Märzkatzen, drehten nach jedem Song dem Publikum den Hintern zu und hoben kreischend die Spitzenröckchen.

Die Gruppe konnte ein paar Videoclips im Regionalfernsehen unterbringen und errang auf einem regionalen Wettbewerb junger Interpreten den Zuschauerpreis. Dann stand die erste Tournee bevor – nach Sibirien. Dazu musste das Repertoire ein wenig aufgemotzt werden.

Gena Sitnikow, Komponist, Texter und zugleich Produzent der Gruppe, schrieb über Nacht einen Superhit. Ein lyrisches Lied, das nach solistischer Interpretation verlangte. Eines der Mädchen sollte das Solo singen, die anderen drei den Background übernehmen. Der arme Produzent ahnte nicht, was er anrichtete, indem er es den Mädchen überließ, die Solistin zu bestimmen.

Zu diesem Zeitpunkt hatten sich in dem einst einträchtigen Quartett so viele gegenseitige Vorwürfe angesammelt, dass der Konflikt um die Solistin über einen einfachen Streit hinausging. Die Mädchen prügelten sich wie Kriminelle im

Straflager. Zwei der vier kamen ins Krankenhaus. Die dritte war zwar glimpflich davongekommen, stand aber derartig unter Schock, dass sie sich mit einer kräftigen Dosis Heroin kurieren wollte und ebenfalls im Krankenhaus landete. Die Tournee stand auf der Kippe. Der Produzent Gena betrank sich vor Kummer. Irgendwer musste ihn trösten, und das übernahm Angela, die heil aus der Prügelei hervorgegangen war. Im Gegensatz zu den drei anderen hatte sie keinen Anspruch auf die Rolle der Solistin erhoben.

Gena Sitnikow weinte sich an Angelas Schulter aus. Sie schlug ihm schüchtern einen Ausweg vor: Sie sei bereit, die Tournee allein anzutreten und alle Songs allein zu singen. Der Produzent lebte auf, wurde wieder nüchtern, telefonierte, lief herum, traf Absprachen und ließ neue Plakate drucken: ANGELA, die Solistin der beliebten Gruppe »Miau!« werde in Sibirien auftreten.

Die Tournee war ein Erfolg. Nach und nach verschwanden die blassen Schatten der Vergangenheit von den Plakaten. Der Gruppenname »Miau!« wurde nicht mehr erwähnt. Es blieb nur ANGELA.

Das war die zweite entscheidende Frage gewesen, die das Leben ihr gestellt und die sie glänzend beantwortet hatte.

Die dritte war eine Reise nach Moskau. Angela hatte inzwischen zwei eigene Videoclips im Swerdlowsker Fernsehen aufzuweisen, eine CD und einen dünnen Stapel Zeitungsausschnitte, in denen ihr Name erwähnt wurde. Die Einladung nach Moskau kam vom Besitzer einer Kette von Businessklubs.

Gena war entschieden dagegen. Er meinte, es sei für sie zu früh, nach Moskau zu fahren, erst müsse sie hier in Swerdlowsk ein gewisses Niveau erreichen, bevor sie in Moskau auftrete, und dann nicht in irgendwelchen dubiosen Klubs, sondern an seriösen Orten. Angela hörte nicht auf ihn, sie stritten sich.

Gena hatte recht – die Klubs waren zwei Keller, das Publikum ziemlich unpassend: Kleine Kriminelle, unbedeutende Geschäftsleute, Kioskinhaber und Huren vom selben Kaliber. An den Tischen wurde gemampft und getrunken, niemand hörte Angela zu.

Der Klubinhaber brachte sie in einem Hotel am Stadtrand unter, in dem es kein heißes Wasser gab und die Bettwäsche nicht gewechselt wurde. An den ersten zwei Tagen wurde sie zu den Auftritten mit einem Wagen abgeholt, einem schäbigen Shiguli, dann musste sie die öffentlichen Verkehrsmittel benutzen. Am Ende des Monats bekam sie nur ein Drittel der versprochenen Gage. Sie musste zurück nach Swerdlowsk.

Am Tag vor ihrer Abreise streifte sie wütend und gekränkt im Zentrum von Moskau herum. Nasser Schnee fiel. Frierend und erschöpft ging sie auf dem Arbat in einen Friseursalon, einfach so, aus Überdruss, ließ sich ihr blondes Haar lila färben und zu achtzig dünnen Zöpfen mit bunten Plastikperlen darin flechten, konnte sich jedoch nicht daran freuen und verließ den Salon fast weinend. Sie lief weiter und geriet in ein schmutziges Kellergelass mit Pornobildern an der Wand, wo ein langhaariges Geschöpf unbestimmbaren Geschlechts ihr für hundert Rubel eine farbige Rose auf die Schuler tätowierte.

»Was machst du denn so?«, fragte das Geschöpf.

»Ich singe«, antwortete Angela traurig.

»Na los, sing mal was.«

Freudlos sang sie ein paar Strophen.

»Hör mal, das ist toll!«, sagte der Tattoo-Künstler. »Bist du heute Abend frei?«

»Ja. Wie der Wind«, seufzte Angela.

»Gleich nebenan ist ein Klub. Da könntest du heute Abend singen. Unentgeltlich. Aber dafür sind da immer berühmte Leute. Du wirst auffallen, garantiert. Du singst toll.«

Sie ging hin und sang, begleitet von einem echten Klavier, an dem ein mürrischer zottelhaariger Kerl von Mitte vierzig saß. Ihm fiel sie auf, und nach einer stürmischen Nacht in seiner Wohnung nahm er sie mit an einen seriöseren Ort – in ein Jazzcafé.

Nach zwei erfolgreichen Auftritten rief sie Gena in Swerdlowsk an und bat ihn zu kommen – es gebe einige Aussichten.

Der Produzent kam, sah sich um, entfaltete rege Tätigkeit, klapperte seine Moskauer Beziehungen ab, und ein halbes Jahr später hatte Angela eine weitere CD aufgenommen, in Moskau, und eine gewisse Berühmtheit erlangt. Sie sang in teuren Restaurants und angesagten Klubs. Sie hatte sich das Haar kurzgeschnitten und schwarz gefärbt, acht Kilo abgenommen, benutzte nun ein sehr helles Make-up, dunklen Lippenstift und dunkle Lidschatten und trug enge, ausgeschnittene Kleider à la Dekadenz. Sie sang Romanzen, bisweilen Jazz und Swing. Zum Glück hatte sie eine wirklich gute, volle und kräftige Stimme. Ihre freien Abende verbrachte sie auf diversen Partys, ließ sich ständig fotografieren, lernte eine Menge Leute kennen und war bald fast zu Hause in der Welt des Showbusiness.

Doch trotz aller Anstrengungen wurde sie kein echter Star.

Sie schaute sich diejenigen an, die es geschafft hatten. Kein einziger der Stars stammte aus Moskau. Angela versuchte, hinter ihr wichtigstes Geheimnis zu kommen: Wo und wie hatten sie das Geld aufgetrieben, um richtig groß rauszukommen? An das Märchen vom lieben, netten Produzenten, der aus der ehrgeizigen Masse den künftigen Star herauspickte und selbstlos in ihn investierte, glaubte Angela nicht. Das Ganze funktionierte irgendwie anders. Aber wie, kapierte sie nicht.

Und das war die vierte Frage, die das Leben ihr stellte. Simpel gesprochen: Sie brauchte Geld. Viel Geld.

Eines Tages wurde sie in einem teuren Restaurant in ein Separee gebeten. Dort saßen vier Männer kaukasischer Herkunft an einem Tisch. Sie wollten sie kennenlernen. So etwas war schon häufiger geschehen, aber ihr Produzent hatte jedesmal erschrocken den Kopf geschüttelt und geschrien: Mach das nicht! Du gerätst bloß in kriminelle Geschichten!

Sie setzte sich neben den jüngsten der vier Männer. Er hieß Schamil. Er wirkte nicht wie ein Kaukasier: Helle Locken, blaue Augen und ansonsten nichts Besonderes. Doch sein Gesicht, seine Figur, sein Mund und der Schnitt seiner Augen bargen für Angela etwas Schicksalhaftes. Sie begriff wirklich nicht, warum sie, sonst so abgebrüht und zynisch, unter seinen Blicken und Berührungen plötzlich zitterte und dahinschmolz wie Kirschgelee im warmen Zimmer.

Sie verließen das Restaurant gemeinsam, stiegen in seinen weißen sechshunderter Mercedes, fuhren aber nicht zu ihm. Er brachte sie nur nach Hause und küsste ihr zum Abschied die Hand. Am nächsten Morgen wurde sie von einem Klingeln an der Tür geweckt. Davor stand ein Bote mit einem Korb japanischer Lilien.

Dann folgte eine stürmische Affäre – eine romantische Spanienreise, Fünfsternehotels, gemeinsame Besuche in Boutiquen in Madrid und Barcelona. Angela brauchte ein Schmuck- oder Kleidungsstück nur etwas länger anzusehen, schon hob Schamil seine dichte Braue und fragte, wobei sein sauber gestutzter Schnurrbart zuckte: »Willst dus? Nimms!«

Angela machte ihn mit ihrem Produzenten bekannt. Als der über die zynischen Gesetze des Showbusiness klagte, wurde er kurz und großzügig gefragt: »Wie viel brauchst du?«, und er nannte bescheiden eine sechsstellige Summe. Der Prinz griff nach seinem Handy, sagte etwas in seiner kehligen Sprache, und eine halbe Stunde später erschien ein kleiner Mann mit Schirmmütze und langer Nase, legte respektvoll fünf dicke, gummiverschnürte Papierbündel vor Schamil hin. Dann folgten die Zauberworte: »Willst dus? Nimms!«

Alles lief wie geschmiert. Es wurden CDs und Fernsehclips produziert, die Titel liefen im Radio, in der Presse erschienen Fotos, es gab seriöse Konzerte, Massen von Fans, Talkshows.

Wer ihr Märchenprinz war, erfuhr sie zufällig aus den Fernsehnachrichten und war erschüttert, aber nicht, weil sich herausstellte, dass er ein tschetschenischer Terrorist war. Etwas Derartiges hatte sie geahnt. Etwas anderes verblüffte sie. Schamil Ismailow stand auf der Fahndungsliste, trotzdem fuhr er seelenruhig in seinem weißen Mercedes durch Moskau, besuchte teure Restaurants und lebte in schicken Moskauer Vorstadtvillen, die er allerdings ständig wechselte. Manchmal verschwand er für eine Weile, tauchte dann wieder auf und benahm sich in Moskau, als wäre er hier der Herr und nicht ein von den Geheimdiensten gesuchter Bandit.

Gleich zu Beginn ihrer Affäre hatte er gesagt: Wenn dich jemand nach mir fragt, sag – den kenne ich nicht. Redlich wehrte sie alle provokatorischen Fragen von Journalisten ab, besonders die, ob es stimme, dass das Geld für ihre Karriere von dem bekannten tschetschenischen Terroristen Ismailow stamme, nach dem landesweit gefahndet werde.

»Ich verstehe«, antwortete sie dann nach einer langen Pause friedfertig, »dass mein rascher Erfolg Fragen aufwirft. Wie konnte sie innerhalb von drei Jahren zum Superstar werden? Und viele denken: Warum sie und nicht ich? Also sucht man nach einem hässlichen, schmutzigen Grund. Aber kann mir mal einer sagen, wieso ein tschetschenischer Terrorist in mich investieren sollte? Was hätte er davon? Und warum ausgerechnet in mich?« An dieser Stelle hob sie meist ziemlich scharf die Stimme und beugte sich leicht vor. Das wirkte wie ein echter Gefühlsausbruch, in Wirklichkeit aber waren jede Nuance ihrer Stimme, jede Geste gründlich überlegt und mit Rekorder und Spiegel geprobt. Sie musste stets wissen, wie sie aussah und klang.

Die Journalisten waren in der Regel verwirrt und fanden nicht gleich eine Antwort. Doch sobald einer darauf reagieren wollte, sprach sie selbst weiter, schon ruhiger und sanfter: »Kinder, das wird vielleicht manch einen enttäuschen, aber ich bin ein Star geworden, weil ich Talent habe.«

Einmal verschwand Schamil für ein halbes Jahr. Als er wieder auftauchte, legte er ihr ein paar dicke Plastiktüten mit einem weißen Pulver hin und sagte: »Du fährst doch morgen nach Krasnojarsk. Du musst das hier in deinem Gepäck verstecken. Dort wird dich ein Mann aufsuchen, dem gibst du das. Sieh dir das Foto genau an und präg dir sein Gesicht ein. Du musst ihn erkennen.«

»Spinnst du?«, flüsterte Angela. »Ich will nicht, das kann ich nicht, ich hab Angst.«

»Du musst es tun. Für mich.«

Sie wurde hysterisch, und er beruhigte sie, nahm sie auf die Arme und schloss ihr mit seinen harten heißen Lippen den Mund. Da wurde ihr klar, wie sehr sie ihn in diesem halben Jahr vermisst hatte.

Sie legte die Päckchen mit dem Heroin in ihren Koffer, zwischen ihre Kleider, und gab ihn auf. Natürlich zitterte sie, ihr Mund war furchtbar trocken, doch es ging alles glatt. Das Mädchen an der Gepäckaufgabe bat sie schüchtern um ein Autogramm. In Krasnojarsk klopfte der Mann, den sie vom Foto kannte, am frühen Morgen an ihrer Zimmertür im Hotel. Er grüßte höflich und verstaute die Päckchen in einer Sporttasche.

Fortan musste sie bei fast jeder Tournee irgendetwas mitnehmen oder übergeben. Nicht unbedingt Drogen. Manchmal große Geldsummen, manchmal Disketten, Videokassetten oder Mappen mit Dokumenten. Sie gewöhnte sich fast daran. Hin und wieder gab sie außerplanmäßige Konzerte in hippen Klubs, damit ihr lieber Schamil eine Partie synthetischer Drogen an die Mädchen und Jungen verkaufen konnte, die ihre Musik mochten.

Die Mädchen und Jungen taten ihr nicht leid. Jeder kann sich entscheiden. Es gibt genug Informationen über Drogen, wenn du Verstand im Kopf hast, weißt du, worauf du dich einlässt und wie das ausgeht.

Sie zum Beispiel, Angela Boldjanko, hatte genug Willenskraft, nicht an die Nadel zu geraten, obwohl es ihr mit ihrem irren Lebensrhythmus und ihrem enormen Stress unglaublich schwerfiel, clean zu bleiben.

»Ich hab nur mich«, erklärte Angela, wenn bissige Journalisten sie nach Drogen fragten, »ich hab mich nicht in der Gosse gefunden und will auch nicht dort landen.«

Einmal sollte sie fünfhunderttausend Dollar übergeben. Sie verstaute sie wieder im Koffer, und erst im Bus zum Flughafen entdeckte sie, dass ihr Schlagzeuger Igor den gleichen Koffer hatte. Sie wurde nervös, fand aber rasch einen Ausweg. Sie befestigte ihren Schlüsselbundanhänger mit dem winzigen Plüschteddy an ihrem Koffer.

Doch auf dem Flughafen wollte Igor noch etwas aus seinem Koffer nehmen, bevor er ihn aufgab, und griff natürlich nach dem falschen. Sie sah es erst, als der offene Koffer ganz in der Nähe der Zollbeamten auf dem Boden lag und Igor davor hockte und dicke Dollarbündel in der Hand hielt.

Angela wurde schwindlig, sie wäre beinahe gestürzt. Auf Wattebeinen trat sie zu Igor und lachte laut.

»Na, was glotzt du so? Freu dich nicht zu früh, die sind falsch!«

Sie spürte regelrecht, wie sich eine schreckliche, eisige

Stille ausbreitete. Alle – Zollbeamte, Passagiere und die Jungs aus ihrer Band sahen sie schweigend an.

»Mein Gott, habt ihr meinen besten Clip vergessen, den mit dem Dollarregen?«, rief sie fröhlich. »Daher stammen die Scheine, ich will den Clip beim Konzert live wiederholen!«

Alles ging noch mal gut. Zwei junge Zollbeamte baten sie um ein Autogramm. Anschließend war sie den Jungs aus der Band eine Erklärung schuldig. Der Clip mit dem Dollarregen existierte wirklich, aber bisher war nie die Rede davon gewesen, daraus eine Konzertnummer zu machen. Im Übrigen fanden sie die Idee gar nicht schlecht, und kurz darauf musste Angela sich eine neue Geschichte ausdenken: Dass man ihr den Koffer mit dem Falschgeld aus dem Hotelzimmer gestohlen habe.

Schamil erzählte sie das Ganze auf Zypern, wohin sie nach der Tournee flog. Zum Geburtstag schenkte er ihr ein Schmuckset mit Smaragden, dessen Preis nur wenig unter der Summe lag, die sie in ihrem Koffer transportiert hatte. In einer unauffälligen kleinen Bank eröffnete er ein Konto auf ihren Namen, schärfte ihr jedoch ein, das sei sein Geld. Geld, das nirgends auftauchen dürfe. Nach Moskau fuhr sie allein, er blieb noch, und wo er die folgenden drei Monate war, wusste sie nicht.

Als er wieder auftauchte, bemerkte sie unangenehme Veränderungen an ihm. Er war plötzlich grob, nervös. Eines Tages bestellte er sie in sein Haus außerhalb der Stadt. Sie fuhr mit ihrem eigenen Auto hin, mitsamt ihrem Hund, dem Pekinesen Cloony, von dem sie sich fast nie trennte.

Schamil schloss die Tür ab, zerrte sie ins Wohnzimmer, hielt ihr ein Foto in einer Zeitschrift unter die Nase, auf dem sie sich mit Stas Gerassimow unterhielt, und fragte leise: »Was hast du mit ihm gehabt?«

Sie hatte nichts mit ihm gehabt, die Frage war absurd. Genau das sagte sie Schamil, lachte sogar.

»Weißt du, wer das ist?«, fragte Schamil noch leiser.

»Ein Spinner. Ein klebriger, schmalziger Typ. Sag mal, wieso regst du dich so auf? Ist doch egal, was für Typen mir nachrennen.«

»Ist dir bekannt, wer sein Vater ist?« Die Frage klang ruhig, sogar sanft. Über Schamils Gesicht huschte ein Schatten, und Angela entspannte sich.

»O Gott, mein Sonnenschein, woher soll ich wissen, wer sein Vater ist? Ich erinnere mich nicht mal an seinen Namen.«

»Du lügst.« Schamil schüttelte den Kopf und bleckte die Zähne. »Sein Vater war beim KGB und hat meinen Vater ins Gefängnis gebracht.«

Angela begriff, dass sie die Sache zu leicht genommen hatte. Woher sollte sie wissen, wer Gerassimows Vater war? Stas Gerassimow hatte sie mit seinen Nachstellungen ernsthaft genervt, und sie hatte ihn grob und beleidigend abgewiesen. Später kam ihr zu Ohren, dass er überall rumerzählte, sie hätte ihn genervt. Als Beweis ihrer angeblichen Intimität hatte der Mistkerl außerdem verbreitet, sie schlucke Pillen. Dieses Gerücht hatte Schamil natürlich rasend gemacht. Angela wusste: Der Gedanke, dass sie Drogen nehmen könnte, machte ihn verrückt. Aber dass Gerassimows Vater beim KGB gewesen war und mit der Verhaftung von Schamils Vater zu tun hatte, war wirklich schlimm. Wenn es um seine Angehörigen ging, seinen Vater, seine Mutter, seine Brüder oder Schwestern, sprang Ismailow jedem an die Gurgel, ohne genauer zu ergründen, wer Schuld und wer recht hatte.

Angela war so erschrocken, dass sie sich in ihren Erklärungen verhedderte. Ismailow wurde wild und hörte nicht mehr zu, antwortete auf ihre Einwände mit einem Schlag ins Gesicht, geriet noch mehr in Rage und schlug sie brutal und systematisch zusammen. Er trat mit den Füßen nach ihrem Gesicht. Cloony kläffte wie wild und verbiss sich in sein Hosenbein. Ismailow schleuderte ihn so heftig beiseite, dass sich der Hund an einer Marmorecke des Teetischs den Schädel zertrümmerte.

Schreien und um Hilfe rufen war zwecklos. Angela wusste: Weit und breit war keine Menschenseele. Ihr Gesicht war nur noch eine blutige Masse. Cloony war in der Ecke verstummt. Angela verlor das Bewusstsein.

Auf dem Rücksitz ihres Wagens kam sie zu sich. Am Steuer saß ein Kaukasier, den sie nicht kannte. Der tote Hund lag auf dem Boden. Angela konnte nicht sprechen, sie stöhnte nur leise, und der Mann am Steuer sagte, ohne sich umzudrehen: »Ich lass dich auf deinem Hof liegen. Dann kommt ein Krankenwagen. Du sagst, das waren drei Kerle, die du nicht kennst. Wenn du was anderes sagst, bist du tot. Aber wenn du vernünftig bist, hilft dir Schamil und bezahlt deine Behandlung. Hast du alles verstanden?«

Angela hatte verstanden. Und tat, wie ihr geheißen. Eine Kleinigkeit allerdings erlaubte sie sich. Als sie einigermaßen zu sich gekommen war, schickte sie ein Fax an die Bank auf Zypern: Sie habe ihre Kreditkarte verloren und bitte um Änderung des Pincodes.

Schamil hatte ihr nämlich nach Eröffnung des Kontos die Karte abgenommen. Sie konnte von ihrem Konto keine Kopeke abheben.

Zehn Tage später lag im Briefkasten ein dicker Umschlag mit einer goldenen Visacard, und eine Woche darauf kam ein Brief mit dem neuen Pincode. Sie prägte sich die vier Ziffern gründlich ein, verbrannte den Brief im Aschenbecher und versteckte die Kreditkarte hinterm Kleiderschrank, im Spalt unter der Fußbodenleiste.

Schamil bezahlte die Behandlung nicht gleich. Zunächst verschwand er für anderthalb Monate. Dann rief er an, bat sie um Verzeihung, und ein kleiner Mann mit Schirmmütze brachte Angelas Produzent das Geld für die Behandlung in der Klinik für plastische Chirurgie. Was Angela mit dem Konto gemacht hatte, wusste Ismailow noch nicht.

Angela sah an die Decke. Sie überlegte, dass sie mit einem neuen Gesicht noch einmal von vorn anfangen würde. Ohne Schamil. Sie war stark genug dafür. Schließlich war das nur eine weitere Frage in dem endlosen Interview, das das Leben mit ihr führte. Alle bisherigen hatte sie glänzend beantwortet. Das würde sie auch diesmal tun.

## Neunzehntes Kapitel

Major Loginow träumte von Julia. Sie liefen zu zweit über nassen Kies. Die blasse Sonne huschte über kahle Bäume. Alles ertrank in Nebel, als wäre Wasser auf ein Blatt Papier geflossen, auf eine flache Aquarelllandschaft. Nur Julia blieb klar, und er wollte sie, diese einzige Realität, gern berühren. Aber er konnte es nicht. Er hatte keine Hände. Er hatte überhaupt nichts. Wie der Unsichtbare bei H. G. Wells bestand er aus Leere, mit Verbänden umwickelt.

Am Morgen kam Schwester Katja mit dem Frühstück. Tee mit Milch, Haferflocken, Joghurt. Sergej begann zu essen, und Katja setzte sich auf den Stuhl gegenüber.

Als er den Tee ausgetrunken hatte, stand sie auf und stellte sich geheimnisvoll lächelnd vor ihn.

»Bist du satt?«, fragte sie und schob das Tischchen beiseite.

»Ja, danke.« Sergej nickte.

Sie nahm eine Nagelschere aus ihrer Kitteltasche, schnitt rasch wie ein Zauberkünstler den Verband hinten auf und nahm ihn ab.

»Aber bitte nicht in Ohnmacht fallen«, sagte sie schnell und reichte ihm einen kleinen runden Spiegel.

Im ersten Moment kam ihm sein Gesicht vor wie eine blaurosa faule Kartoffel. Ein scheußlicher Anblick.

»Na, was sagst du?«, fragte Katja und sah ihn an, als habe sie ihm ein unglaubliches Geschenk gemacht, teuer und vollkommen unverdient.

»Wenn ich eine Frau wäre, würde ich jetzt wahrscheinlich einen Herzschlag kriegen und sterben«, antwortete Sergej und warf den Spiegel aufs Bett.

»Moment, das verstehst du falsch, das verheilt bald, die Schwellungen gehen wieder weg. Aber sieh doch mal, was für eine gerade, männliche Nase du jetzt hast. Und die Ohren? Du hattest schließlich Segelohren.«

»Ach so, ihr betreibt hier also eine geheime Ehevermittlung. Das hättet ihr gleich sagen sollen.« Sergej drehte sich um und starrte aus dem Fenster.

»Red keinen Blödsinn«, erwiderte Katja ärgerlich, »du weißt genau, dass du bald ganz normal aussehen wirst. Die Ärztin, die dich operiert hat, ist eine tolle Spezialistin.«

»Ja.« Er nickte und sah weiter aus dem Fenster. »Freut mich. Geh bitte raus. Ich muss jetzt allein sein.«

Allein im Zimmer, griff er nach dem Spiegel und drehte sich zum Licht. Sein Gesicht war voller Narben und noch immer geschwollen, doch die Gesichtszüge waren schon zu erkennen. Aus dem Spiegel blickte ihn ein fremder Mann an. Selbst die Augen waren fremd. Sergej hasste dieses Gesicht auf Anhieb. Was spielte es für eine Rolle, ob es schön oder hässlich sein würde, wenn die Schwellungen zurückgegangen und die Narben verheilt waren? Das fremde Gesicht verhieß ihm absolute, totale Einsamkeit für den Rest seines Lebens. Julia hatte also nicht viele Umstände gemacht und einfach etwas Regelmäßiges, absolut Proportionales und Gängiges geschaffen, mit kantigem Kinn, gerader Nase, hartem, schmalem Mund und perfekt geformten Ohren.

Der echte Loginow hatte eine breite Stupsnase gehabt und volle Lippen. Seine großen abstehenden Ohren hatten in der Sonne zartrosa geleuchtet. Er begriff auf einmal, wie sehr er sein unschönes Gesicht gemocht hatte. An nichts gewöhnt man sich so sehr wie an sich selbst.

Der echte, unattraktive Loginow betrachtete das vorzügliche, schöne Werk der plastischen Chirurgin voller Abscheu, und kaum hatte er den Spiegel beiseite gelegt, war das neue Gesicht vergessen. Wahrscheinlich war das auch beabsichtigt. Diesem Gesicht konnte man in der Menge hundertmal begegnen, ohne es wiederzuerkennen. Niemand würde ihn mehr erkennen. Niemand.

Und Mama?

Zum ersten Mal gestattete er sich, an den dünnen Stapel Fotos zu denken, die er im Büro von Oberst Raiski gesehen hatte.

Die magere, strenge Alte im Sarg, die ihm ebenso fremd war wie sein neues Gesicht. Im Hospital der geheimen FSB-Basis hatte man einen anderen ins Leben zurückgeholt und wieder zusammengeflickt.

Natalja Gerassimowa betrat die Wohnung ihres Sohnes und hängte ihren Mantel ordentlich auf einen Bügel. Sie wollte ein paar Sachen für ihren Sohn zusammenpacken. In drei Tagen fuhren sie alle zusammen nach Griechenland.

Die Wohnung wirkte unbewohnt. Wahrscheinlich, weil Stas lange nicht hier übernachtet hatte.

Das Telefon klingelte.

Der Hörer blieb stumm. Sie meinte, der Anrufer würde es gleich noch einmal versuchen, und wartete eine Weile, doch das Telefon klingelte kein zweites Mal.

Wahrscheinlich überprüft jemand, ob Stas zu Hause ist. Er muss unbedingt eine Nummernerkennung zuschalten lassen. Wladimir hat immer gesagt …

Ehe sie sich erinnern konnte, was Wladimir zu diesem Thema immer gesagt hatte, erstarrte sie auf der Schwelle des Schlafzimmers und schaute fassungslos auf das Bett.

Eine nackte Matratze. Zwei Kissen, eins auf dem Boden, eins auf einem Stuhl. In der schneeweißen Matratze gähnte ein scheußliches Loch mit schmutzigbraunen Rändern.

Aus Angst vor einem Asthmaanfall schleppte sie sich mühsam in den Flur, nahm mit zitternden Händen ihr Asthmaspray aus der Tasche und sprühte sich etwas in den Mund.

Diebe, schoss es ihr durch den Kopf. Natürlich, das waren bloß Diebe.

Sie überprüfte die Schreibtischfächer und stellte fest, dass das Geld noch vorhanden und überhaupt alles in Ordnung war. Mechanisch griff sie nach einem Besen, begann zu fegen und bemerkte dabei einige feste Papierschnipsel, die von einem Schwarzweißfoto stammten.

Sie rannte zurück zum Schreibtisch. Genau. Unter der Glasplatte fehlte das größte und schönste Foto von Stas. Sie musste rasch die Sachen zusammenpacken und nach Hause zurückkehren. Vielleicht konnte Stas ihr erklären, was in seiner Wohnung passiert war.

Sie öffnete den Schrank und holte Hosen, Hemden, T-Shirts, Jeans, Shorts und leichte Pullis heraus. Sie musste nur mit Stas reden. Der Junge verheimlichte ihnen nun nichts mehr. Er hatte Angst, und er wusste, dass seine Eltern die Menschen waren, die ihm am nächsten standen.

Natalja packte, schloss den Koffer und rief den Chauffeur Nikolai an, damit er hochkam.

Im Auto wurde ihr erneut schlecht. Sie schloss die Augen, versuchte sich zu entspannen und an etwas Angenehmes zu denken. Sie musste ihre Kräfte schonen – für ihren Sohn.

»Mädchen, schone deine Kräfte, für deinen Sohn«, sagte die dicke, ältere Ärztin im Militärhospital in Abakan, »du darfst nicht dauernd weinen. Davon versiegt die Milch. Begreif endlich, dass du unglaubliches Glück gehabt hast. Das Kind ist gesund, und bei dir gab es keinerlei Komplikationen. Na, warum drehst du dich denn weg?«

Natalja sah die Ärztin durch einen Tränenschleier an und sagte kein Wort.

Die Ärztin hieß Elsa Schnittke und war eine verbannte Deutsche.

»In einem Jeep auf einer Bergstraße Zwillinge zur Welt zu bringen, mit einer betrunkenen Feldscherin, und dabei ein Kind am Leben zu erhalten, das ist einfach ein Wunder.« Die Ärztin ließ sich auf einen Stuhl fallen und legte Natalja ihre kalte, weiche Hand auf den Kopf. »Ich geb dir einen guten Rat. Vergiss den zweiten Jungen. Vergiss ihn, und Schluss. Es hat ihn nie gegeben.«

Natalja wehrte mit einem heftigen Kopfschütteln die Hand der Ärztin ab und sagte mit heiserer Stimme böse: »Er ist als Erster geboren. Ich habe ihn Serjosha genannt. Bringen Sie mir bitte meinen Sohn. Er musst gestillt werden.«

»Hör auf, Natalja!«, schrie die Ärztin. »Oder soll ich dir einen Psychiater schicken?«

»Nein. Ich bin nicht verrückt«, knurrte Natalja wütend, »wenn ich wirklich verrückt wäre, dann könnte ich vielleicht glauben, dass ich nur ein Kind geboren habe.«

Elsa runzelte die Stirn und sagte leise und monoton: »Im zweiten Stock liegt eine Frau, die ihren einzigen Sohn verloren hat. Sie kann nie mehr Kinder haben, ihr wurde die Gebärmutter entfernt. Komm, wir gehen zu ihr, dann siehst du, was echter Kummer ist. Dann wirst du dich schämen.«

»Wo ist Serjosha?«

Die Ärztin ging hinaus und kam mit einem Säugling auf dem Arm wieder.

»Hier ist dein Serjosha. Hier ist er. Beruhige dich.«

Natalja nahm den Jungen und betrachtete lange das zerknitterte rosa Gesichtchen. Die Augen waren geschlossen. Er schlief und träumte. Er zog komische Grimassen, lächelte, runzelte die Stirn und öffnete den Mund wie ein hungriges Vogeljunges. Aber er war satt. Natalja hatte ihn vor zehn Minuten gestillt.

»Das ist nicht Serjosha. Das ist das zweite Kind. Er ist satt. Ich muss Serjosha stillen.«

»Wie hast du ihn genannt?«, fragte die Ärztin und nahm ihr den Jungen ab.

»Ich weiß nicht.«

»Aber Natalja, er ist bald eine Woche alt! Du musst ihm einen Namen geben. Sieh nur, was für ein kräftiger, hübscher Junge! Ein wahres Wunder. Stanislaw ist ein schöner Name. Solange er klein ist, kann man ihn Stas nennen oder Slawik. Wenn er ein bisschen größer ist, kriegst du noch drei Kinder oder so viel du willst, du bist jung und gesund. Also, hast du mich verstanden, Natalja?«

»Ja.« Natalja nickte ergeben. »Ich habe verstanden. Stanislaw ist ein schöner Name. Stas. Stassik. Aber kann ich Serjosha wenigstens sehen?«

Die Ärztin verließ wortlos das Zimmer und trug den kleinen Stanislaw hinaus.

Natalja war allein.

Sobald sie die Augen schloss, sah sie immer dasselbe Bild vor sich. Die leere, stille Chaussee. Leuchtende Vergissmeinnicht und Zeitheil auf dem grauen Granitfuß der Berge. Das feuchte Planendach über ihr. Zwei Schritte neben dem Jeep steht Wladimir mit einem bunten Bündel auf dem Arm.

Sie wollte das Kind noch einmal sehen.

Die Pantelejewna hatte ihr den zweiten Jungen gegeben, nachdem sie ihn gewindelt und in Nataljas Kittel eingewickelt hatte. Er schrie laut und fordernd und verzog das rote, feuchte Gesicht. Natalja liebte auch ihn und freute sich über ihn, doch der Erstgeborene bedeutete ihr viel, viel mehr.

»Nein, wie er schreit, der Kleine, sieh doch nur, ist er nicht ein fixes Kerlchen?« Die Feldscherin setzte eine Flasche süßen Rotwein an, die Natalja für sie eingepackt hatte, und nahm ein paar gierige Schlucke. »Auf deine Gesundheit, mein Junge, dass du groß und stark wirst!«

Durch das Vogelgezwitscher drang fernes Motorengeräusch. Wladimir reichte der Pantelejewna das erste Kind und stellte sich mitten auf die Chaussee, um das langersehnte Auto anzuhalten.

»Der hier ist ganz brav und still«, sagte die Feldscherin gerührt, »der reinste Engel. Sieh nur, wie fest er schläft.« Sie legte den Jungen auf den Sitz und griff wieder nach der Flasche.

Natalja gefiel die Stille, die von dem bunten Bündel ausging, überhaupt nicht. Sie erschien ihr irgendwie kalt und geheimnisvoll. Diese Stille ließ sie frösteln. Sie legte den zweiten Jungen vorsichtig hin, langte ungeschickt nach dem ersten und hätte ihn beinahe fallen gelassen, so stark zitterten ihr die Hände.

Er sah wirklich aus wie ein Engel. Sein Gesicht hatte sich geglättet und war nicht mehr grellrot, sondern weiß und durchsichtig.

»Sergej«, flüsterte Natalja, »Sergej Wladimirowitsch Gerassimow. Serjoshenka.«

Ein LKW hielt. Wladimir trug Natalja in die Kabine. Sie hielt noch immer das erste Kind auf dem Arm. Die Pantelejewna kletterte mit dem zweiten auf den Sitz neben Natalja.

Der Fahrer, ein älterer kleiner Tuwine, begann zu singen, sobald er losgefahren war. Der monotone und endlose tuwinische Kehlkopfgesang schläferte Natalja, den kleinen Schreihals und die sturzbetrunkene Feldscherin allmählich ein. Sie erwachten erst in Abakan. Es war tiefe Nacht. Der Posten wollte das Tor lange nicht öffnen. Der LKW war fremd, der Fahrer sprach kaum Russisch. Doch zum Glück hatte der Garnisonsarzt dem Chefarzt Natalja per Funk angekündigt, und sie wurde erwartet.

Die beiden Jungen wurden sofort weggebracht, Natalja untersucht und in ein Einzelzimmer gelegt.

Am Morgen brachte man ihr ein Kind. Nur eins. Sie erkannte sofort den zweiten Jungen, der noch keinen Namen hatte. Sie fragte nach dem anderen, dem ersten. Die Schwester murmelte undeutlich, er sei ein bisschen krank.

Während der zweite Junge trank, dachte Natalja an den ersten, an Serjosha. Um den zweiten machte sie sich keine Sorgen. Er wurde geholt und wiedergebracht. In den Pausen zwischen Stillen und Untersuchungen sank sie in schweren, unruhigen Schlaf. Wenn sie aufwachte, fragte sie immer wieder nach Serjosha und bekam keine klare Antwort.

Am dritten Tag kam Wladimir herein, im weißen Kittel, mit Mütze und Mundschutz. Sie erkannte ihn nicht gleich, doch dann fing sie an zu weinen.

Er wandte die Augen ab, versuchte zu scherzen, redete irgendwelchen Unsinn und fragte schließlich: »Wie wollen wir unseren Sohn nennen?«

»Den älteren Serjosha, wie den jüngeren, weiß ich nicht«, antwortete Natalja.

»Wir beide haben einen Sohn«, sagte er kaum hörbar. »Sergej ist ein schöner Name. Er gefällt mir.«

»Wieso einen? Wir haben zwei Kinder. Zwillinge. Zwei Jungen.«

»Natalja, das zweite Kind ist gestorben«, flüsterte Wladimir ihr ins Ohr und küsste sie durch mehrere Schichten Mull hindurch.

»Moment, erinnerst du dich denn nicht?«, entgegnete Natalja ärgerlich. »Erst kam Sergej. Dann hatte ich wieder Wehen. Die Pantelejewna gab dir Sergej und holte den zweiten. Er hat nicht gleich geschrien, doch die Pantelejewna hat ihm Nase und Mund gesäubert, und er schrie ganz normal. Serjosha hat auf deinem Arm friedlich geschlafen, dann hast du ein Auto kommen gehört und ihn der Pantelejewna gegeben. Er hat geschlafen.«

»Er war tot«, sagte Wladimir sanft, »er hat einfach nicht mehr geatmet. Ich dachte auch, er schläft.«

Natalja stockte der Atem. Wladimir hatte laut ausgesprochen, was sie bereits wusste. Doch sie weigerte sich kategorisch, es zu glauben.

»Ich habe ihn heute hier begraben, auf dem städtischen Friedhof. Ich hab mit dem Wächter gesprochen, er stellt einen Grabstein mit Namen auf, damit wir das Grab wiederfinden. Wenn du willst.«

»Nein!« Natalja schüttelte so heftig den Kopf, dass sich ihr Batisttuch löste und ihr das ungewaschene, offene Haar ins Gesicht fiel. »Ich glaube dir nicht. Du lügst.«

Wladimir versuchte nicht, sie zu überzeugen. Er blieb noch lange bei ihr sitzen, bis die diensthabende Schwester ihn zu gehen bat, aber er schwieg die ganze Zeit, streichelte Nataljas Kopf und hielt ihre Hand. Sie weinte leise und untröstlich.

»Wenn du hysterisch wirst, sag ich das der Ärztin, dann kriegst du Beruhigungsmittel und darfst dein Kind nicht mehr stillen«, warnte die Schwester.

»Gut«, sagte Natalja und wischte sich das Gesicht trocken, »ich werde nicht mehr weinen.«

Jeden Tag bat sie ganz ruhig, ohne Hysterie, man solle ihr Serjosha bringen. Schwestern und Pflegerinnen behandelten sie wie eine Verrückte. Die Ärztin Elsa erklärte ihr sanft und geduldig, dass Serjosha nicht mehr lebte. Natalja wusste das, glaubte es aber nicht. Mochten sie denken und sagen, was sie wollten. Für sie lebte Serjosha.

Sie verbrachten noch vier Jahre in der Garnisonsstadt. Stas war ein gesunder, gescheiter Junge, und da er das einzige kleine Kind in der Stadt war, wurde er von allen geliebt und verwöhnt. Natalja sprach nie mit jemanden über Serjosha, spürte aber ständig seine unsichtbare Anwesenheit.

Die bunte Flickendecke, in die Serjosha eingewickelt gewesen war, hatte man Wladimir im Hospital zurückgegeben, und später fand Natalja sie zusammengeknüllt in dem Sperrholzkoffer unter der Liege. Wenn es ihr schlecht ging – vor Erschöpfung, wegen eines Streits mit ihrem Mann oder wegen Stassiks Launen, holte sie heimlich die Decke hervor, barg ihr Gesicht darin und saß lange so auf dem Fußboden.

In den vier Jahren brachte es Oberleutnant Gerassimow zum Hauptmann. Seine Karriere lief ausgezeichnet, die Familie kehrte nach Moskau zurück. Wegen der Ereignisse in der Tschechoslowakei wurde der Kaderbestand der Sicherheitsorgane verstärkt, und Hauptmann Gerassimow bekam einen guten Posten in einer Abteilung der Hauptverwaltung der Grenztruppen. Und einen eigenen Schreibtisch in einem Büro, das er sich mit weiteren Offizieren teilte, im berühmten Gebäude am Lubjanka-Platz.

Die junge Familie bezog bald eine schöne Zweizimmerwohnung unweit der Metrostation Krasnosselskaja. Natalja setzte als Fernstudentin ihr Studium fort und arbeitete als Grundschullehrerin in einer Schule in der Nähe ihrer Wohnung. Stas ging in einen Betriebskindergarten des KGB. Aber er war launisch, stellte sich krank, bekam auf dem Weg zum Kindergarten Tobsuchtsanfälle und benahm sich im Kindergarten schlecht. Natalja musste sich von den Erzieherinnen immer wieder etwas Neues anhören: Stas hatte ein Mädchen bis aufs Blut gebissen, weil es nicht mit ihm spielen wollte. Stas hatte in der Küche eine Packung Salz in einen Topf mit Griesbrei geschüttet. Er hatte ein Auto entzweigebrochen und zertrampelt, weil ein anderer Junge es ihm nicht geben wollte. Beim geringsten Verbot, Widerspruch oder Tadel bekam er Tobsuchtsanfälle. Sein Gesicht färbte sich dunkelrot, seine Augen wurden weiß. Ihn auszuschimpfen oder zu bestrafen fiel Natalja schwer. Wenn er wieder mal etwas angestellt hatte, war er anschließend ganz rührend und sanft, schwor unter Tränen, er erinnere sich an nichts und verstehe gar nicht, was er getan habe. Dann war er eine Zeitlang still und brav und benahm sich mustergültig – bis er wieder etwas anstellte.

Als er sechs war, erzählte ihm Natalja, dass er einen Zwillingsbruder gehabt habe, Serjosha. Und Serjosha würde niemals ein Mädchen beißen. Und auch kein fremdes Spielzeug kaputtmachen.

Noch immer hatte sie die Gewohnheit, in die Flickendecke zu weinen, als wollte sie sich bei Serjosha über seinen schwierigen Bruder beklagen. Doch eines Tages konnte sie nach einem der üblichen Konflikte ihren Talisman nicht finden. Sie lief wie aufgescheucht in der Wohnung herum und wühlte in allen Schränken danach.

Es war tief in der Nacht. Wladimir war auf einer Dienstreise. Stas schlief seelenruhig. Natalja war vollkommen außer sich. Sie rannte ins Zimmer des Sohnes, schaltete das Licht ein, warf alle Sachen aus dem Schrank auf den Boden und kippte den Spielzeugkorb um. Da entdeckte sie auf dessen Boden einen vertrauten Flicken, blau mit weißen Punkten. Ihr war, als hätte man sie mit eiskaltem Wasser übergossen.

Ein ganzer Haufen bunter Flicken mit Fetzen grauer Watte daran fiel aus der großen Pappschachtel des Metallbaukastens. Der Stoff war zerrissen und zerschnitten. Eine Weile stand sie da und wusste nicht, was sie tun sollte. Sie hatte Angst, schämte sich für ihre Hysterie, und es tat ihr leid um die Decke, das Einzige, was ihr von Serjosha geblieben war. Vor allem aber wusste sie nicht, wie sie mit Stas darüber reden sollte und ob überhaupt.

Sie spürte seinen Blick im Rücken. Er schlief längst nicht mehr, aber sobald sie sich umdrehte, schloss er die Augen.

»Warum hast du das getan, Junge?«, fragte sie zärtlich, setzte sich auf den Bettrand und streichelte seinen Kopf.

Er stellte sich weiter schlafend.

»Ich schimpfe auch nicht mit dir und bestrafe dich nicht, aber sag mir, warum?«

Ohne die Augen zu öffnen, drehte er sich zur Wand und zog sich die Decke über den Kopf.

Am nächsten Morgen nach dem Frühstück wiederholte sie ihre Frage. Der sechsjährige Stas sah sie mit vollkommen erwachsenen glasigen Augen an und zuckte verständnislos die Achseln.

»Was ist denn passiert, Mama? Was für eine Decke? Nein, ich weiß von nichts.«

Auf dem Weg zum Kindergarten machte er in der Straßenbahn ein furchtbares Theater, warf sich im Gang auf den Boden, strampelte mit den Beinen und brüllte. Natalja beschloss, mit ihm zu einem Kinderpsychologen zu gehen. Der empfahl ihr, den Jungen aus dem Kindergarten zu nehmen und, wenn es ihre Mittel erlaubten, eine Kinderfrau einzustellen.

Seitdem waren dreißig Jahre vergangen. Als Natalja die zerfetzte Matratze sah und die Fotoschnipsel, stand ihr die Geschichte mit der Flickendecke wieder deutlich vor Augen. Darum wunderte sie sich kaum, als der sechsunddreißigjährige Stas die Achseln zuckte, sie mit glasigen Augen ansah und sagte: »Was ist denn passiert, Mama? Was für ein Loch? Ich weiß von nichts, lass mich in Ruhe.«

## Zwanzigstes Kapitel

Sergej hörte Schritte im Flur. Er setzte sich rasch auf, stellte die Beine auf den Boden und starrte zur Tür. Er gestand sich ein, dass er auf Julia wartete, als hätten sie beide ein Rendezvous. Doch es war Oberst Raiski, der hereinkam.

Er hatte den weißen Kittel lässig über die Schultern geworfen, seine Brillengläser blitzten, seine Lippen verzogen sich zu einem munteren Begrüßungslächeln.

»Guten Tag. Lassen Sie sich anschauen.« Er trat zu Sergej, beugte sich über ihn und starrte ihm ins Gesicht. Unter seinem durchdringenden eisigen Blick taten Sergej sofort sämtliche Narben weh.

»Nun, sind Sie zufrieden mit dem Ergebnis?«, fragte Sergej, den Blick böse auf den Oberst gerichtet – und sah sein formloses, blaurotes Gesicht in dessen Brillengläsern gleich zweimal.

»Warum so feindselig?« Raiski trat einen Schritt zurück und setzte sich auf einen Stuhl. »Ich finde, ich mute Ihnen meine bescheidene Gegenwart nicht allzu häufig zu, doch Sie verkünden direkt in die Videokamera hinein, Sie hätten mich satt. Das verletzt mich, ehrlich.«

»Ich habe die Ungewissheit satt. Die Lügen, die mir hier auf Ihren Befehl hin aufgetischt werden«, erklärte Sergej, ohne den Kopf zu heben.

Raiski überhörte das und fuhr fort: »In gewissem Sinne freut es mich sogar, dass Sie sich so natürlich benehmen, so kindlich, und besonders froh bin ich, dass Sie sich mit Julia so gut verstehen.«

»Wie kommen Sie darauf?«, knurrte Sergej verlegen.

»Nun tun Sie nicht so.« Raiski lächelte widerwärtig und zwinkerte ihm sogar zu. »Die Gegenwart einer schönen Frau tut immer gut. Dass Sie sich für sie interessieren, bedeutet, dass Sie auf dem Weg der Genesung sind. Ich brauche Sie gesund, Major. Gesund und stark.«

»Wozu?«

»Tja, ich kann mir vorstellen, wie lange Sie mich das schon fragen wollen und noch vieles andere«, sagte Raiski nachdenklich und erkundigte sich nach kurzem Schweigen in ganz anderem Ton, heiser und scharf: »Sind Sie bereit für ein Gespräch, Major?«

Darin lag etwas Theatralisches, Inszeniertes. Der Oberst kokettierte, spreizte sich vor einem Mann, der vollkommen von ihm abhängig war. Doch außer seiner Abhängigkeit wollte er auch noch seine Sympathie.

Sergej wollte nicht mitspielen. Er schwieg, nickte nur kurz.

»Sie interessiert vor allem, warum ich Ihr Äußeres verändern ließ, ohne Sie vorzuwarnen, Sie zu informieren, nicht wahr?«

»Das wüsste ich schon gern.«

»Können Sie sich das nicht selbst denken? Reden Sie ruhig frei heraus, ich bin nicht beleidigt.«

»Sie wollen mich in irgendeinem Spiel benutzen, und dafür brauchen Sie die absolute, totale Macht über mich. Sie wollten mir zeigen, dass ich nicht mehr existiere, dass es nur noch Ihren Willen gibt, dem ich mich blind unterordnen muss.«

»Oje-oje.« Raiski schüttelte tadelnd den Kopf. »Das klingt ja wie ein Zitat aus einem schlechten Agententhriller. Absolute Macht … Wie kommen Sie auf so was, Major? Sie sollten die Dinge einfacher sehen und besser von den Menschen denken.«

»Dann bin ich eben dümmer, als Sie annehmen.« Sergej zuckte die Achseln. »Ich höre mir gern an, was Sie zu sagen haben.«

Raiski holte Zigaretten hervor und bot auch Sergej eine

an. Sie rauchten beide. Der Oberst stand auf und ging in tiefer Nachdenklichkeit durchs Zimmer, bis er endlich anfing zu reden, halblaut und bedächtig, als denke er nur laut.

»Sie haben nur durch Zufall überlebt, Major Loginow. Ich liebe den Zufall. Ich vertraue ihm. Zufall hat etwas Göttliches, wissen Sie. Für Ihre Zukunft gibt es zwei mögliche Varianten. Die erste: Nachdem wir Sie aufgelesen und zusammengeflickt haben, übergeben wir Sie reinen Gewissens Ihren Vorgesetzten. Das Ganze ist schließlich nicht unser Problem, sollen die sich damit befassen, nicht wahr? Doch da erhebt sich die Frage: Werden die irgendwas klären wollen? Das Scheitern einer hochgeheimen Operation einer Elitetruppe ist schließlich eine ungeheure Schande! Erinnern Sie sich an die Umstände, unter denen Sie in Gefangenschaft gerieten. Was meinen Sie, war Ismailow gewarnt worden?«

»Möglich.« Sergej nickte unschlüssig.

»Er war auf die Begegnung bestens vorbereitet«, fuhr Raiski mit traurigem Spott fort. »Der von Ihnen geleitete Angriffstrupp wurde von den anderen abgeschnitten. Die Rebellen waren zwanzigmal zahlreicher, als Sie erwartet hatten. Warum, was meinen Sie? Und wie konnten sie den Hubschrauber mit Ihrem Sicherungstrupp in die Luft jagen? Hat Allah Ismailow eingegeben, sofort vierhundert zusätzliche Männer im Dorf zu stationieren? Das glaube ich nicht. Was meinen Sie, an welchem Punkt kann die Information durchgesickert sein? Über abgehörten Funkverkehr? Ausgeschlossen. Ihr Trupp war mit der neuesten Nachrichtentechnik ausgerüstet, dafür gibt es bislang keine Abhörmöglichkeit. Schön, reden wir nicht länger drum herum: Nur jemand aus Ihrem Stab kann Ismailow gewarnt haben. Was folgt daraus für Sie persönlich, Major? Richtig. Dieser Mann wird alles tun, damit Sie ohne lange Untersuchung vor Gericht gestellt werden. Sie haben die schändlich gescheiterte Operation als Einziger überlebt. Aber Sie sind auf die Seite der Rebellen übergelaufen, das ist dokumentarisch belegt. Und den Aussagen eines Verräters kann man nicht trauen. Vermutlich wird es gar keinen Gerichtsprozess geben. Man wird Sie einfach still und ohne Spuren liquidieren. Ist das nicht ärgerlich? Immerhin haben wir Sie aus dem Jenseits zurückgeholt, Sie wieder auf die Beine gestellt.«

»Vielen Dank.« Sergej drückte seine Zigarette aus, stand auf, ging zu dem hohen Fenster, stellte sich auf Zehenspitzen und öffnete es.

»Gern geschehen!« Raiski lächelte breit. »Tja, so weit die erste Variante. Nun die zweite. Nach der wir jetzt vorgehen. Um Ihre Sicherheit zu gewährleisten, wurde beschlossen, Ihr Aussehen zu verändern, Sie mit neuen Papieren zu versorgen und so weiter. Zum Glück haben Sie keine Familie. Ihre einzige nahe Angehörige, Ihre Mutter, ist gestorben. Sie fangen ein völlig neues Leben an. Eine einmalige Gelegenheit – die Biographie eines Neugeborenen und die Erfahrung eines Kommandeurs der Sondertruppen der Abteilung Aufklärung. Verstehen Sie mich endlich?«

»Fast.«

»Was ist noch unklar?«

»Warum dieses Gespräch erst jetzt, warum nicht schon vor der Operation?«

»Das hat sich so ergeben.« Raiski zuckte die Achseln. »Ohne besondere Absicht. Niemand wollte Sie demütigen oder mürbe machen. Die Idee musste noch reifen, ich war noch nicht so weit, mit Ihnen zu reden, ich wusste nicht recht, wie ich Sie benutzen würde, doch dann kamen extreme Umstände hinzu, und ich musste sehr schnell handeln. Aber das ist vorbei. Möchten Sie wissen, wie Sie aussehen werden, wenn die Narben verheilt sind?« Ohne eine Antwort abzuwarten, zog er mehrere Farbfotos aus der Kitteltasche.

»Sie haben Glück«, bemerkte Raiski, »dieser Mann hätte auch weit weniger attraktiv sein können, und trotzdem hätten Sie sein Doppelgänger werden müssen. Zumindest für eine gewisse Zeit. Also, damit Sie Bescheid wissen: Er heißt Stanislaw Wladimirowitsch Gerassimow und ist genauso alt wie Sie, sechsunddreißig. Überhaupt haben Sie vieles gemeinsam. Ihr Vater war beim Militär, sein Vater ist pensionierter FSB-General. Sie sind beide alteingesessene Moskauer, haben eine ähnliche Stimmlage, die gleiche Größe, die gleiche Blutgruppe, die gleiche Augen- und Haarfarbe, den gleichen Teint. Zwar sind Ihre Haare im Gegensatz zu seinen schon ein wenig grau, aber das ist kein Problem. Sie werden sich die Haare färben und einige seiner kleinen Gewohnheiten übernehmen müssen. Zum Beispiel trägt er ausschließlich Nappalederschuhe, benutzt ein Eau de Cologne von Gucci und trinkt kaum Alkohol. Er fährt gut Auto, ist ordentlich und reinlich. Seine größte Schwäche sind die Frauen. Er trifft sich mit mehreren. Das ist sozusagen der einzige Sport, der ihm Spaß macht. Er war nie verheiratet. Meidet Situationen, die eine Entscheidung verlangen. Hat panische Angst vor jeder Verantwortung, auch vor der für sich selbst. Er ist verzärtelt, infantil. Physisch und psychisch schwach. Aber ich will Sie nicht vor der Zeit mit Informationen vollstopfen. Das ist ein gesondertes Thema. Wie Sie sehen, sind Sie trotz der äußeren Ähnlichkeit vollkommen verschieden. Aber wissen Sie, was Sie beide wirklich gemeinsam haben?« Raiski machte eine vielsagende lange Pause, beugte sich zu Sergej und flüsterte ihm ganz leise ins Ohr: »Sie werden beide von unserem lieben Freund Schamil Ismailow gesucht.«

Bis jetzt hatte Sergej entspannt dagesessen, nach alter Sondertruppengewohnheit die Arme locker herabbaumelnd, die Beine ausgestreckt. Doch nach diesem Satz presste er die Zähne aufeinander, warf den Kopf zurück, und seine entzündeten Augen funkelten lebhaft. Raiski war sichtlich zufrieden mit dieser Reaktion, er lächelte beifällig und fuhr fort: »Sie wissen, wie viel Kraft und Zeit wir schon auf Ismailow verwandt haben. Er entwischt den erfahrensten Agenten und aus den raffiniertesten Fallen. Das hat er an der KGB-Hochschule gelernt. Lustig, nicht? Schade, dass Sie noch nicht lachen dürfen. Schamil Ismailow hat die Fakultät für Sabotage und Subversion absolviert, mit Auszeichnung. Er versteht es, Spuren zu verwischen und unterzutauchen. Ismailow hat ein vollkommen indifferentes Gesicht, keinerlei besondere Kennzeichen. Er sieht nicht aus wie ein Kaukasier. Er braucht nur ein winziges Detail zu verändern, schon ist er nicht wiederzuerkennen. Aber ich denke, Sie, Major, würden ihn mit jeder Tarnung erkennen, selbst im Dunkeln und mit verbundenen Augen. Und auch das macht Sie so einzigartig. Denn bisher ist niemand von unserer Seite, der Ismailow so aus der Nähe gesehen hat, lebend davongekommen. Richtig?«

Sergej nickte schweigend.

»Ich habe alle mir bekannten Versuche, Ismailow zu verhaften und zu liquidieren, analysiert und eine klare Gesetzmäßigkeit herausgefunden«, fuhr Raiski fort. »Egal, wer die Operation plant, die Abteilung Aufklärung, das Innenministerium oder unsere Behörde – jedes Mal verschwindet er mühelos. Man sucht ihn in Tschetschenien, und er fährt seelenruhig in schicken Autos durch Moskau und sitzt in den teuersten Restaurants. Man jagt ihn in Moskau, und er sonnt sich auf Zypern. Dutzende Agenten stellen ihm in Zusammenarbeit mit Interpol und der örtlichen Polizei Fallen im Ausland, auf Flughäfen, und er ist schon wieder in Grosny und unauffindbar. Es heißt von ihm, er habe neun Leben, wie eine Katze. Aber in Wirklichkeit ist die Sache ganz einfach. Ismailow hat seine Leute in den Sicherheitsstrukturen, und zwar ganz oben. Mehr noch, er hat gewichtiges Belastungsmaterial gegen seine geheimen Verbündeten, und die wissen, dass dieses im Falle seines Todes publik werden würde. Ich möchte diese Eiterbeule öffnen. Ich brauche ihn lebend, ich will, dass er aussagt. Seine Jagd auf Stanislaw ist eine Chance.«

»Jagd?«, fragte Sergej leise. »Wieso hat Ismailow ihn bislang nicht töten können? Wird er so gut bewacht?«

»Nein, das nicht. Das hier ist eine ganz besondere Situation. Ismailows einziges und wichtigstes Motiv ist persönliche Rache. Stanislaw wollte etwas von seiner Geliebten, hat aber einen Korb bekommen und daraufhin das Gerücht verbreitet, sie sei hinter ihm her gewesen. Ismailow mit seinem wilden orientalischen Temperament hat das Mädchen brutal verprügelt, ihr das Gesicht zertrümmert und dann erfahren, dass sie ihm treu war, dass Stanislaw sie zu Unrecht verleumdet hat.«

»Ein ziemlich mieser Typ, Ihr Stanislaw Gerassimow«, murmelte Sergej.

»Ja.« Raiski nickte. »Das findet unser Freund Ismailow auch. Es gab einen missglückten Mordanschlag, danach ein paar Dinge ganz anderer Art. Er spielt mit seinem Opfer, reizt es, will es irre machen. Früher oder später wird er sich an den Früchten seiner Bemühungen delektieren wollen und sich Stanislaw mit eigenen Augen ansehen. Doch anstelle des schwachen, hilflosen, gebrochenen Mannes wird er Sie antreffen.«

»Und wenn er das nicht will?«

»Dann werden wir versuchen, diesen Wunsch in ihm zu wecken.« Raiski nahm die Brille ab und zwinkerte Sergej zu. »Er mag theatralische Effekte. Wenn er Stanislaw einfach töten wollte, hätte er es längst getan. Aber er hat offensichtlich etwas anderes vor. Wissen Sie, einer Theorie zufolge spüren Serienmörder, wenn sie ein bestimmtes Programm erfüllt haben, dass sie aufhören müssen. Aber sie schaffen es nicht selbst und trachten deshalb unbewusst danach, in die Falle zu gehen.«

»Ja, das habe ich irgendwo gelesen. Aber ich glaube das nicht. Außerdem ist Ismailow kein Psychopath, sondern ein Terrorist«, entgegnete Sergej.

»Das ist kein großer Unterschied.« Raiski lächelte fein. »Hauptsache, Ismailow gibt Ihnen die Chance, die Operation zu vollenden, die nicht durch Ihre Schuld gescheitert ist. Sie werden ihn lebend fassen. Wir haben noch eine Menge Details zu besprechen, aber dafür ist noch genug Zeit. Ihr Gesicht ist frühestens in ein paar Wochen verheilt. Ich gehe selbstverständlich davon aus, dass dieses Gespräch unter uns bleibt.«

»Selbstverständlich.«

## Einundzwanzigstes Kapitel

Punkt zwölf Uhr mittags zerriss Motorengeknatter die Stille eines kleinen Bergdorfes auf Korfu. Das Motorrad hielt auf dem winzigen Parkplatz unter einem verdorrten alten Olivenbaum. Ein Mann Mitte dreißig, nicht sehr groß, kräftig und bis auf die schmuddeligen weißen Shorts nackt, nahm den Helm ab, ging in das Café, setzte sich an einen Tisch auf der schmalen Terrasse und zündete sich eine Zigarette an.

Der alte Spiros, der Inhaber des Cafés, begrüßte ihn auf Englisch und legte ihm die Speisekarte hin, obwohl er wusste, dass der Gast sie nicht aufschlagen, sondern achtlos mit dem Ellbogen beiseite schieben, dann langsam den Kopf heben, ihn mit seinen trüben hellgrauen Augen ansehen und mit hartem, unangenehmem Akzent sagen würde: »Einen doppelten Metaxa und ein Glas stilles Wasser.«

Spiros nahm die dürftige Bestellung auf, entfernte sich in die Küche, bekreuzigte sich dreimal und schwor vor dem

Angesicht seines Schutzheiligen, des heiligen Spiridon, wenn der nackte Mann mit den toten Augen morgen wieder die Schwelle seines stillen Etablissements betreten sollte, würde er dem Kerl die Tür vor der sich pellenden Nase zuschlagen und das Schild »Geschlossen« aufhängen. Mochte die alte Jephimia knurren, so viel sie wollte. Einen solchen Gast zu verlieren war kein großes Unglück. Er kam schon zum dritten Mal her, bestellte für ein paar Lepto und war unverschämt für zehntausend Drachmen. Er hatte sich wieder nicht die Mühe gemacht, seiner dürftigen Bestellung ein einfaches »Please« hinzuzufügen, und würde bestimmt wieder kein Trinkgeld geben. Es ging nicht um das bisschen Kleingeld, Spiros war auf sein Trinkgeld nicht angewiesen. Es ging um die Umgangsformen, um elementare menschliche Höflichkeit, jawohl.

Doch heute sah der Gast, nachdem er das Bestellte bekommen hatte, Spiros mit seinen unguten Augen durchdringend an und fragte: »Vermietet in Ihrem Dorf jemand ein Zimmer?«

Die Frage klang so seltsam, dass sie Spiros verwirrte. Das Dorf war alles andere als ein Ferienort. Eine Handvoll Steinhäuschen, die wie Schwalbennester sechshundert Meter überm Meeresspiegel an einem steilen Felshang klebten, eine Kirche, ein kleiner Supermarkt, eine Tankstelle, das Café des alten Spiros und sonst nichts. Bis zum nächsten Strand musste man eine schmale Serpentinenstraße hinunterfahren. Touristen kamen hier nur zufällig durch, auf dem Weg zum berühmten Felsenkloster des heiligen Panteleimon oder wenn sie die Insel erkundeten. Hier hatte noch nie jemand Zimmer vermietet. Den letzten Satz sagte Spiros laut, wobei er die englischen Worte langsam und sorgfältig aussprach, wie ein Schüler.

»Warum?«, fragte der Gast. Das kurze »Why« klang wie eine Drohung. Spiros wich unwillkürlich zurück.

»Ein paar hundert Meter weiter unten finden Sie ausgezeichnete Appartements und Villen. Einen Katzensprung vom Strand entfernt und erstklassiger Service, Sir!«

»Aber ich möchte hier wohnen, nur drei Tage.« Seine Stimme klang nun weicher, er forderte nicht mehr, er bat, flehte beinahe. »Ich hab das Meer satt, ich mag die Berge.«

»Nein.« Spiros verzog die schmalen Lippen zu einem liebenswürdigen Lächeln. »Tut mir sehr leid. Verzeihen Sie, aus welchem Land kommen Sie?«

Der Gast antwortete nicht, wandte sich ab und richtete seinen reglosen toten Blick in die Ferne, auf den Horizont. Rechts schnitten die blaugrauen nackten Felsen der albanischen Küste die gerade Linie des Meeres ab.

Nach fünf Minuten hatte der Gast Metaxa und Wasser ausgetrunken, stülpte seinen glänzenden roten Helm auf, warf beim Aufstehen einen Stuhl um und verließ das Café, ohne ihn wieder aufzuheben. Aufheulend startete das Motorrad – es flog fast über die schmale Bergstraße.

»Ich könnte wetten, das gibt früher oder später einen Unfall.«

»Hör auf, Jephimia, mal nicht den Teufel an die Wand«, sagte Spiros stirnrunzelnd. Auf einmal tat ihm der Mann mit der sonnenbrandgeröteten Haut und den toten Augen leid.

Der Motorradfahrer legte sich gewagt in eine gefährliche Kurve. Der Wind kühlte angenehm. Die Straße wurde immer steiler und schmaler. Rechts erhoben sich schroffe Felsen. Die Mittagssonne ließ jedes Detail der Landschaft unglaublich glänzen und verwandelte das matte Straßenpflaster in Perlen. Links gähnte ein tiefer Abgrund. Da unten lag glatt und reglos das Meer, ein riesiger Spiegel, in den der sattblaue wolkenlose Himmel blickte. Der Motorradfahrer bremste ab; ein offener Jeep kam ihm entgegen, in dem an die zehn junge Urlauber saßen, dunkelgebräunt, mit

Sonnenbrillen und bunten Seidentüchern. Hardrock und Motorgeheul übertönte alles andere. Der Motorradfahrer wich nach links aus und stemmte seinen Fuß ein paar Zentimeter vorm Abgrund gegen den Boden. Sein kaputter Turnschuh rutschte über den spitzen Kies, ein paar Steinchen gerieten in das Loch am großen Zeh. Der Jeep glitt vorbei, mit ihm die ohrenbetäubende Musik. Unter den jungen Leuten bemerkte der Motorradfahrer ein blondes Mädchen, höchstens achtzehn, das Haar kurzgeschnitten wie ein Junge. Ihre Haut war wesentlich dunkler als ihr Haar, ihr knappes Oberteil verhüllte die schwere, braungebrannte Brust kaum, um ihren Hals verlief ein schmales grellrotes Tattoo, das aussah wie ein Würgemal. Sie wandte sich um und winkte ihm zu.

Er stellte den Motor ab, schob das Motorrad, auf einem Bein hüpfend, ein Stück weiter, zog den Turnschuh aus und schüttelte die Steine heraus. Kaum hatte er den Schuh wieder angezogen und sich auf das Motorrad gesetzt, als die Straße dröhnte und die riesige Schnauze eines Tankwagens um die Kurve kam.

Das silbrige Ungetüm mit rotblauer Pepsireklame nahm die ganze Breite der Straße ein. Der Fahrer dachte nicht daran, das Tempo zu drosseln, obwohl er den Motorradfahrer sah. Dieser hatte keine Wahl – er musste, ein Bein auf dem Boden, langsam mit dem Motorrad rückwärts rollen, bis die Straße breiter wurde.

Aus der Fahrerkabine lehnte sich der dunkelgesichtige Fahrer. Neben ihm eine undeutliche weibliche Silhouette.

»Idiot, Wichser!«, rief der Motorradfahrer auf Russisch, während er rückwärts rollte, so schnell er konnte. Heißer, beißender Schweiß rann ihm in die Augen, der Rückspiegel war verstellt. Der Tanker hupte höhnisch. Der Motorradfahrer zuckte zusammen, sprang unwillkürlich zurück, zusammen mit dem Motorrad, und spürte hinter sich Leere.

Der Tankwagenfahrer versuchte zu bremsen, doch das behäbige Gefährt rollte träge weiter – das Gefälle war sehr steil.

Das wars. Gleich stürze ich ab, dachte der Motorradfahrer noch.

Sein Bein beschrieb einen hohen Bogen, er sprang zurück, und einen Sekundenbruchteil später rutschte das Motorrad in den Abgrund. Tief unten explodierte platschend die glatte Wasserfläche.

»Das ist heute unsere letzte Behandlung«, sagte Julia. »Bei Ihnen verheilt wirklich alles so schnell wie bei einem Hund.«

Sergej schloss die Augen und hielt sein Gesicht unter den dünnen Laserstrahl.

»Sie kommen also nicht mehr her?«, fragte er.

»Nein. In einem Monat entferne ich die restlichen Narben.«

»Treffen wir uns wieder hier?« Er hüstelte verlegen wegen der dummen Frage.

»Nein, ich komme nicht mehr hierher. Und Sie wahrscheinlich auch nicht. Wir treffen uns in der Klinik.«

»Wo ist denn Ihre Klinik?«

»Im Zentrum von Moskau. Meiden Sie vorerst die direkte Sonne. Seien Sie vorsichtig beim Rasieren. Ich lasse Ihnen ein paar spezielle Gels, Flüssigseife und Creme da. Benutzen Sie nur die.«

»Danke. Ich habe verstanden.«

»Bitte.« Sie lächelte nur mit den Lippen. Ihre Augen blieben ernst.

Während sie das Lasergerät wieder einpackte, schwiegen sie beide angespannt.

»Alles Gute«, verabschiedete sie sich nüchtern, ging zur Tür, räusperte sich und setzte hinzu: »Seien Sie bitte vorsichtig.«

»Warten Sie!«, rief Sergej so laut, dass sie zusammenzuckte. »Warten Sie, ich bringe Sie.«

Er rannte ihr so eilig nach, dass sie in der Tür zusammenstießen.

»Entschuldigung.« Er umfasste automatisch ihre Schultern, als könne sie sonst stürzen. Einige Sekunden standen sie so da, mit angehaltenem Atem und bemüht, sich nicht in die Augen zu sehen.

»Ich bringe Sie zum Auto, wenn Sie erlauben.« Seine Stimme klang hölzern.

»Natürlich.«

Sie ging furchtbar schnell, und er glaubte, sie wolle ihn so rasch wie möglich loswerden. Schweigend liefen sie die Hauptallee hinunter zum Tor. Er überlegte fieberhaft, was er noch sagen könnte, aber in seinem Kopf rumorte ein hoffnungslos idiotischer Monolog, von dem er kein Wort laut sagen konnte.

Ich werde sie nie wiedersehen. In einem Monat wird alles anders sein, wer weiß, ob ich überhaupt zu ihr in die Klinik gehen kann, nichts ist sicher. Ein einsamer Jäger, der hinter Ismailow her ist, sollte sein Testament machen und sich einen Platz auf dem Friedhof suchen. Ich habe nichts zu vererben und auch niemanden, dem ich etwas vererben könnte. Ich bin gar nicht vorhanden, ich bin ein Geist, der namenlose Schatten eines miesen Schwächlings.

»Hat Raiski Ihnen endlich etwas erklärt?«, fragte sie kaum hörbar, als sie bereits vor ihrem dunkelroten Škoda standen.

»Ja, wir hatten ein ausführliches Gespräch.«

»Und wozu das ganze grausame Spektakel, warum durften Sie von der plastischen Operation vorher nichts wissen? Schon gut, Sie müssen mir das nicht erzählen, das ist bestimmt Staatsgeheimnis.«

»Überhaupt nicht. Der Oberst ist nur sehr beschäftigt. Er

hatte keine Zeit, vor der Operation mit mir zu sprechen. Ach, zum Teufel mit dem Oberst. Lassen Sie uns lieber ...«

»Was?« Sie sah ihn mit seltsam blanken Augen an.

Sie sah ihn an und wartete, was er zum Abschied sagen würde, und er hatte keine Ahnung, wie er sie noch wenigstens ein paar Minuten aufhalten konnte.

»Ach, nichts«, murmelte er ärgerlich, »auf Wiedersehen.«

Sie nickte schweigend, trat einen Schritt zurück, öffnete die Wagentür und setzte sich ans Steuer. Er machte kehrt und lief die Allee hinauf, ohne sich noch einmal umzusehen. Der Motor heulte auf, verstummte dann, und ein kurzes Hupen ertönte. Sergej verlangsamte für einen Augenblick seine Schritte und wollte schon zurückrennen, bis er begriff, dass Julias Hupsignal nur der Wache galt, die das Tor öffnen sollte.

## Zweiundzwanzigstes Kapitel

Gerassimows zweistöckige Villa lag auf dem Gipfel eines steilen Felsens; die halbrunde Fassade ging auf das offene Meer hinaus. Das Schlafzimmer lag im zweiten Stock. Vom Fenster aus hatte man einen herrlichen Blick: Meer und Himmel, geteilt durch die Linie des Horizonts. Wenn diese einzige Orientierung in nächtlicher Dunkelheit oder im Nebel verschwamm, konnte man einen Augenblick lang glauben, in der Schwerelosigkeit zu schweben.

Die Tür wurde lautlos geöffnet, und das Dienstmädchen Oxana kam herein – hellblond, klein, mit schlanker Taille und vollen Waden.

Die Gerassimows nahmen sie immer mit hierher.

Ein paar Sekunden lang lauschte Wladimir ihrem leisen, taktvollen Atmen.

»Ich schlafe nicht, mein Kind«, sagte er, »komm ruhig rein, genier dich nicht.«

»Guten Morgen.« Ihre Stimme klang wie fernes, trockenes Rascheln. Er bemerkte, dass sie seinen Blick mied, und fragte rasch und gleichgültig: »Stas ist nicht aufgetaucht?«

Sie seufzte und schüttelte den Kopf.

»Tja, Zeit zum Aufstehen.« Wladimir setzte seine dünnen, unbehaarten Beine auf den Boden. Oxana reichte ihm rasch den Bademantel und wandte sich ab.

Draußen, direkt vorm Fenster, schrie eine Möwe unangenehm laut und durchdringend. Hinter der Wand hörte Wladimir ein leichtes Gummiquietschen. Einen Augenblick lang sah er deutlich vor sich, wie der Bodyguard Nikolai den Sessel näher zum Fernseher rollte und, ohne hinzusehen, auf dem kleinen Tisch nach der Fernbedienung tastete.

»Was mag passiert sein, dass unser Nikolai die Zwölfuhrnachrichten ganze fünf Minuten zu spät einschaltet?«, fragte Wladimir laut und zwinkerte Oxana zu. Sie lächelte mit geschlossenen Lippen und sah nun aus wie ein grellrosa Spielzeugfrosch. »Na klar, er hat gestern Abend zu viel Hummer in sich reingestopft und wahrscheinlich eine schlaflose Nacht verbracht.«

Während des Urlaubs im Ausland war das Verhältnis zwischen den Gerassimows und ihren Angestellten familiärer und unkomplizierter als in Moskau.

Wladimir ging ins Bad und hörte, als er bereits die Tür schloss, das Telefon klingeln. Oxana nahm ab, und ihr ruhiger Ton sagte ihm, dass dies nicht der Anruf war, auf den er schon seit zwei Tagen wartete.

Stas war mit dem Motorrad weggefahren, hatte gesagt, er sei am Abend zurück, und war seitdem verschwunden. Hier auf Korfu sorgte sich Wladimir nicht um das Leben seines Sohnes. Dass Stas mit den Eltern nach Griechenland gefahren war, wusste kein Außenstehender. Doch den General ärgerten die Dreistigkeit und die Gleichgültigkeit seines Sohnes. Nach allem, was passiert war, nach den langen, ernsten Gesprächen, nach all seinen Beteuerungen: »Ich habe verstanden … Das kommt nicht mehr vor!«, hatte Stas erneut sein Telefon abgeschaltet und ließ mit dumpfer Sturheit nichts von sich hören.

Der General warf vor der Spiegelwand den Bademantel ab. Im hellen Licht wirkte seine Haut schrecklich blass, fast grünlich. Die Ärzte hatten ihm das Sonnenbaden verboten, die Sonnenstrahlung war dieses Jahr zu intensiv. Zum ersten Mal war er noch kein einziges Mal an seinem Strand gewesen, noch nicht ins Meer getaucht.

Wladimir stellte sich auf die Waage. Der Zeiger zitterte und verharrte schließlich auf achtzig. In den letzten zwei Wochen hatte er zehn Kilo abgenommen. Kein Wunder. Er hatte enormen Stress gehabt. Doch nun könnte er sich allmählich beruhigen. Vor seiner Abreise hatte er Oberst Raiski fünfzigtausend Dollar in bar übergeben. Jetzt handelte der Oberst nicht mehr als sein Freund und ehemaliger Untergebener, sondern als sein bezahlter Angestellter. Das war immer sicherer. Raiski hatte den General davon informiert, dass ein Doppelgänger für Stas geschaffen worden sei. Ein Militär, ein Major, ein Profi, der den Angriff auf sich lenken sollte. Er würde eine Zeitlang Stanislaws Stelle einnehmen.

Das war mehr, als der General von seinem ehemaligen Untergebenen erwartet hatte. Doch das tat Raiski natürlich nicht nur, um seinen Lohn abzuarbeiten – er verfolgte auch eigene Ziele. Er träumte vom Generalsrang, und der wäre ihm für den lebenden Ismailow sicher.

Um das Leben seines Sohnes sorgte sich Wladimir also nun weit weniger. Doch den Stress hatte eine Depression abgelöst. Der General lag tagelang auf dem Sofa im Wohnzimmer und schaute an die Decke, oder er saß da und starrte nachdenklich aus dem Fenster. Er konnte nicht lesen, nicht fernsehen, nicht an den warmen Abenden die wunderschöne Küste entlangspazieren. Er aß kaum, er hatte keinen Appetit. Er spürte ständig einen seltsamen Geschmack im Mund – nach bitter-salzigem Gummi oder etwas Ähnlichem. Und diesen Geschmack nahm alles an, was er aß, ob Pfirsiche oder gebackene Bananen.

Als er von der Waage stieg, rutschte er aus. Die flauschige Matte glitt unter seinem Fuß weg. Er griff nach dem Wannenrand, machte eine ungeschickte Drehung und hätte beinahe aufgeschrien. Es fühlte sich an, als sei in ihm eine Splittergranate explodiert. Mit kaltem Schweiß überströmt, sank er auf den Boden, krümmte sich, umklammerte die zitternden Knie mit den Armen und wiegte sich hin und her, bis der Schmerz ein wenig nachließ. Dann stand er vorsichtig auf, öffnete den Spiegelschrank und suchte nach einem kleinen Plastikdöschen ohne Etikett. Es enthielt große gelbe Tabletten. Er schob sich gleich zwei Stück in den Mund und zerkaute sie, ohne etwas nachzutrinken und ohne sich an dem bitteren Geschmack zu stören.

An einen stachligen Strauch geklammert, hielt sich Stas mühsam auf dem steilen Abhang. Einige Meter entfernt schlängelte sich ein schmaler, kaum sichtbarer Pfad. Schwer vorzustellen, dass hier jemand langkam. Stas hangelte sich hinauf und erblickte dicht vor sich die Kabine des Tankwagens. Trotz der Sonnenreflexe konnte er das Gesicht des Fahrers und das seiner Begleiterin erkennen. Gut, dass er sich noch an einem dicken Ölbaumast festhalten konnte, sonst wäre er wohl kopfüber in den Abgrund gefallen, denn neben einem bärtigen Griechen saß eine hellblonde, schwarzäugige Frau, schön wie ein Fotomodell, die er sehr gut kannte.

Mit einer für ein solches Ungetüm unglaublichen Wendigkeit passierte der Tankwagen die gefährliche Kurve, hüllte Stas im Vorbeifahren in eine Wolke von heißem Benzindunst und raste weiter.

»Sir, sind Sie okay?«, hörte Stas durch das Motorengeheul und das Dröhnen in seinen Ohren hindurch jemanden fragen. »Brauchen Sie Hilfe?«

Neben ihm stand der Alte aus dem Café, und über die Straße kamen noch andere Griechen.

»Konnten Sie die Nummer erkennen?«, fragte der Alte und sah ihm in die Augen. »Das müssen Sie der Polizei melden.«

Stas wurde untergehakt und zurück ins Café geführt. Die Frau des Inhabers und weitere alte Frauen kümmerten sich um ihn – nahmen ihm den Helm ab und wedelten mit einer Zeitung vor seinem Gesicht herum. Er leerte in einem Zug das Glas Metaxa, das eine runzlige Hand ihm hingestellt hatte, suchte nach seinem Telefon und konnte es eine ganze Weile nicht vom Gürtel lösen.

»Die Polizei haben wir schon gerufen«, sagte eine der alten Frauen in gebrochenem Englisch.

»Wieso die Polizei?«, fragte Stas stumpf, schaltete das Telefon ein, wählte die Nummer der Villa seines Vaters und hörte kurz darauf den verschlafenen Bass des Bodyguards. Mit sich verheddernder Zunge nannte er Nikolai den Namen des Dorfes und bat ihn, so schnell wie möglich zu kommen. Nikolai fragte, was passiert sei, aber darauf antwortete Stas nicht, er konnte gerade noch das Telefon abschalten, aufspringen und zur Toilette rennen. Er erbrach sich, lange und qualvoll. Anschließend fühlte er sich besser. Er wusch sich mit kaltem Wasser, ging hinaus und setzte sich an einen Tisch.

»Das kann nicht sein«, sagte er auf Russisch, den Blick auf die gütigen Augen des alten Griechen gerichtet, der zu ihm getreten war und anteilnehmend den Kopf neigte.

»Was?«, fragte Spiros auf Englisch. »Noch einen Metaxa? Wasser? Kaffee?«

»Ich hab einfach Hallus«, erklärte Stas ganz ruhig, »erstens weiß kein Mensch, dass ich hier bin. Zweitens wollen sie mich doch gar nicht mehr umbringen. Drittens hab ich eine Menge Shit geraucht und gestern noch Ecstasy genommen. Ganz klar, ich hab Hallus.«

»Entschuldigen Sie, Sir, was ist das für eine Sprache?« Der alte Grieche lächelte beunruhigt.

In der Ferne ertönte das dünne Jaulen einer Polizeisirene. Stas schloss die Augen und lehnte sich in den Plastikstuhl zurück. Er wünschte sich nichts so sehr, wie in Ruhe gelassen zu werden.

Alle schienen sich direkt verabredet zu haben, ihn ständig an den Alptraum zu erinnern, den er in Moskau hatte erleben müssen. Er verließ jeden Morgen das Haus, fuhr mit seinem Motorrad auf der Insel herum und kam spätabends nach Hause, in der Hoffnung, dass alle bereits schliefen. Aber sie warteten. Er hielt es nicht aus mit den Eltern in der Villa. Er mochte seinen Vater nicht ansehen, ja, nicht einmal mit ihm zusammensein. Er strömte neuerdings einen merkwürdigen Geruch aus, irgendwie beunruhigend und ungesund, einen Geruch, den selbst der unsensible Stas wahrnahm.

Die Mutter jammerte, belästigte ihn mit Gesprächen, die Angestellten sahen ihn an wie einen Aussätzigen.

In dem winzigen Städtchen in der Nähe der Villa gab es einen Autoverleih. Vor zwei Tagen hatte Stas dort angehalten, um Geld zu wechseln. Hinter dem mit bunten Katalogen mit Autofotos und Preisen übersäten Tisch saß eine vollbusige Frau in einem weißen T-Shirt. In dem Gesicht mit den breiten Wangenknochen leuchteten blaue skandinavische Augen. Das kurze Haar war flachsblond ausgebleicht. Ein großer, beweglicher Mund, volle, weiche Lippen. Sie war nicht schön, breit und derb, aber prall und glänzend dunkelrosa. Unter dem dünnen T-Shirt führte die üppige, feste Brust ein freies Eigenleben ohne BH.

Stas bekam einen trockenen Mund. Seine Augen strahlten schmachtend, seine Stimme wurde voll und samtig.

Zehn Minuten später wusste er, dass sie aus Schweden kam, Matilda hieß, vierundzwanzig war, im Winter an der Stockholmer Uni studierte und schon den dritten Sommer zum Geldverdienen herkam. Sie habe immer davon geträumt, mal einen echten russischen »Mushik« kennenzulernen. Sie schließe ihren Laden um neun, und außer einer Diskothek für Schwule und Lesben im Nachbarstädtchen gebe es hier keinerlei Unterhaltung. Sie liebe Hummer und gegrillte Königsgarnelen, aber das sei für sie zu teuer, und ja, sie würde gern heute Abend mit ihm in einem Fischrestaurant essen.

Punkt neun ließ sich Matildas kräftiger Leib auf seinem Motorradsitz nieder, starke, mit pfirsichfarbenem Flaum bedeckte Hände legten sich um seine Taille, und ihre feste Brust schmiegte sich an seinen Rücken.

Im Restaurant bewältigten sie eilig einen riesigen Hummer. Stas zahlte, umarmte Matilda und flüsterte ihr ins Ohr: »Jetzt fahren wir zu dir.«

»Nein, lieber zu dir«, widersprach Matilda.

»Ich habe Familie«, seufzte er. Und ergänzte sicherheitshalber rasch: Seine Eltern seien sehr »old fashioned«.

Sie wohnte in einem billigen Appartement gleich um die Ecke. In ihrem winzigen Zimmerchen bot sie Stas einen Joint an. Am Morgen, nach kurzem, unruhigem Schlaf, sagte sie, sie müsse jetzt ins Büro, aber er könne ruhig bleiben, ausschlafen und auf sie warten.

Stas blieb lange im Bett, aß dann in einem Café und ging hinunter zum Strand. Am Abend holte er Matilda mit dem Motorrad ab, sie aßen wieder zusammen, rauchten Marihuana, und gegen Morgen bot sie ihm eine Ecstasy-Pille an, zum Regenerieren seiner Kräfte.

Am Morgen weckte sie ihn ziemlich grob und erklärte,

der Inhaber der Autovermietung sei aus der Stadt zurück, ihr fester Freund, und Stas müsse sofort verschwinden. Sie trennten sich äußerst kühl.

Stas fuhr wieder auf der Insel herum. Es widerstrebte ihm sehr, in die Villa seiner Eltern zurückzukehren. Er war lange weg gewesen und hatte nicht angerufen, ihm stand also eine unangenehme Auseinandersetzung bevor. Dazu hatte er keine Kraft, und er beschloss, für ein paar Tage ein Zimmer in einem stillen Bergdorf zu mieten.

Er hatte seine gewohnte Route, und jedesmal trank er im Café »Bei Spiros« Wasser und Metaxa.

Ein Polizeioffizier berührte seine Schulter, und Stas musste die Augen öffnen und Fragen beantworten. Richtig zu sich kam er bei der Frage: »Haben Sie irgendwelche Drogen genommen, Sir?«

»Nein, natürlich nicht«, antwortete Stas ein wenig zu rasch und bemerkte die unangenehme Spannung in den Augen des Offiziers.

»Ich fürchte, Sie werden sich einem Drogentest unterziehen müssen, andernfalls können wir Ihre Anzeige nicht aufnehmen.«

Da traf zum Glück Nikolai mit seinem kleinen weißen Peugeot ein. Er sprach ausgezeichnet Englisch, erfasste rasch die Situation und übernahm das Gespräch mit der Polizei. Nach einer Stunde fuhr der weiße Peugeot wieder ab. Auf dem Rücksitz saß Stas, schlaff und gleichgültig wie eine Stoffpuppe.

Der riesige silbergraue Tankwagen hielt am Ortsrand von Kerkura, an einer Tankstelle in der Nähe eines leeren wilden Strandes.

Aus der Kabine stieg ein kräftiger bärtiger Mann, streckte sich mit knackenden Gelenken, ging um den LKW herum, öffnete die Beifahrertür und reichte einem schlanken Mädchen mit langem, platinblondem Haar die Hand. Sie trug enge ausgewaschene Shorts und ein T-Shirt. Der heftige Wind zerrte sofort an ihrem Haar.

»Ich geh kurz was trinken«, sagte der Bärtige mit Bassstimme auf Russisch, gab dem Mädchen den Autoschlüssel und verschwand in einem kleinen Café.

Das Mädchen lief leichtfüßig hinunter zum Strand. Dort schliefen in der prallen Sonne auf Strohmatten Arm in Arm ein Mann und eine Frau.

»Mikos!«, rief das Mädchen laut. Die beiden sprangen auf und sahen sich beunruhigt um.

Der Mann ging zu dem Mädchen, seine Freundin blieb auf der Strohmatte sitzen.

»Hallo, Mikos. Wie könnt ihr in dieser Sonne schlafen? Habt ihr keine Angst vor Sonnenbrand?«, fragte das Mädchen auf Englisch, als er näher gekommen war.

»Wir sind unter dieser Sonne aufgewachsen«, entgegnete der Mann, »wir bekommen keinen Sonnenbrand. Aber du, Ireen, solltest vorsichtig sein. Mit deiner zarten weißen Haut.« Er sah das Mädchen mit unverhohlener Bewunderung an und bleckte die tadellosen weißen Zähne. »Ich hab euch nicht so früh erwartet. Ich dachte, ihr wollt bis nachts mit meiner Kiste rumfahren.«

»Das nächste Mal, Mikos, da nehmen wir deine Kiste auf jeden Fall für die ganze Nacht«, antwortete das Mädchen lächelnd.

Sie holte mehrere grüne Geldscheine aus ihrer Handtasche und reichte sie dem Griechen.

»Danke, Ireen.« Er nickte. »Wenn du mal wieder Lust hast auf eine Spritztour, und dein Freund hat keine Zeit, dann leiste ich dir gern Gesellschaft.«

»Wirklich? Ich überleg es mir. Hier, eh ichs vergesse – die Autoschlüssel.«

»Danke. Ich hoffe, ihr habt keine Abenteuer erlebt? Keine Begegnung mit der Verkehrspolizei?«

»Du hast doch selber gesagt, dass es die bei euch praktisch nicht gibt.« Das Mädchen warf das Haar zurück. »Auf euren Bergstraßen fährt man zwangsläufig vorsichtig, auch ohne Polizei. Na schön, Mikos, geh wieder zu deiner Frau. So, wie sie uns ansieht, fürchte ich um deinen ehelichen Frieden. Machs gut, mein Lieber. Wir sehen uns noch.«

Leichtfüßig kletterte sie wieder hinauf zur Chaussee.

Mikos sah ihr mit zusammengekniffenen Augen lange nach, dann zählte er das Geld, schob einen Schein in seine Badehose, ging zurück zu seiner Frau, setzte sich neben sie auf die Strohmatte und gab ihr die übrigen drei Scheine.

»Was ist das?«, fragte die füllige Griechin ihren Mann drohend und durchbohrte ihn mit einem brennenden schwarzen Blick.

»Dreihundert Dollar.« Mikos lächelte. »Die hab ich in nur fünf Stunden verdient, ohne etwas zu tun.«

»Dieses Mädchen gefällt mir nicht. Wer ist sie? Wo hast du sie kennengelernt?«

»Sie ist Französin. Eine verrückte reiche Urlauberin. Sie hat mich gestern an der Tankstelle angesprochen und gefragt, ob ich ihr nicht für einen Tag meinen Tankwagen leihen kann.«

»Und du Vollidiot hast sofort zugesagt?«

»Nicht sofort. Erst einmal habe ich einen sehr hohen Preis genannt. Dreihundert Dollar. Ich dachte, das würde sie abschrecken, aber sie hat nicht mal versucht zu handeln.«

»Nein? Dann ist sie keine Französin. Franzosen sind furchtbar geizig.«

»Mein Gott, Elena, was schert es uns, wer sie ist? Überleg lieber, was wir mit dem Geld machen wollen. Zur Bank bringen oder endlich eine neue Waschmaschine kaufen?«

»Ich weiß nicht, Mikos. Das ist kein gutes Geld. Ich an

deiner Stelle würde erst mal nachsehen, ob mit dem Auto alles in Ordnung ist.« Elena stand auf und lief vorsichtig über die Steine zum Meer. Am Wasser drehte sie sich noch einmal um und rief: »Geh und überprüf das Auto und auch gleich die Dollars. Vielleicht sind sie ja falsch?«

»Ich bin kein Idiot«, knurrte Mikos und streckte sich genüsslich auf der Strohmatte aus. »Wenn ich ein Idiot wäre, hätte ich dir nicht dreihundert gegeben, sondern die ganzen fünfhundert, und nicht daran gedacht, mir den Pass der schönen Ireen zeigen zu lassen. Mag sein, dass sie keine Französin ist, aber sie hat einen französischen Pass. Ich hab mir für alle Fälle ihren Namen und die Passnummer gemerkt.«

Das Mädchen mit dem platinblonden Haar ging in das kleine Café neben der Tankstelle und setzte sich an einen Tisch, ihrem bärtigen Begleiter gegenüber.

»Bitte einen frischgepressten Orangensaft und einen Espresso«, sagte sie zum Kellner, holte eine Schachtel Zigaretten hervor und zündete sich eine an.

»Erklär mir doch mal«, sagte der Bärtige, »wenn Palytsch wirklich so einen Rochus auf diesen Typen hat, wieso haben wir ihn dann heute nicht einfach umgenietet? Was ist das für ein komisches Spiel?«

»Eben weil Palytsch einen gewaltigen Rochus auf ihn hat, haben wir ihn nicht umgenietet, sondern nur erschreckt«, sagte Irina langsam und blies drei Rauchkringel aus.

»Kapier ich nicht, echt.« Der Bärtige zuckte die Achseln. »Schuldet er Palytsch einen Haufen Kohle, und wir haben ihn erschreckt, damit ers zurückzahlt?«

Der Kellner stellte ihr ein Glas Saft und eine Tasse Espresso hin. Sie legte die Zigarette weg, trank einen Schluck Saft und sagte nachdenklich: »Nein, Gundos, du wirst nie Boss.«

»Wieso?«, fragte der Bärtige beleidigt.

»Weil du nur Geld im Kopf hast. Der Mann, den wir heute nicht umgebracht haben, schuldet Palytsch natürlich was. Aber kein Geld. Seine Schuld ist wesentlich größer.«

»Ach was, Irina, mach nicht solchen Wind. Mehr als Kohle ist nur sehr viel Kohle.«

»Zehn Jahre Leben«, murmelte Irina, »die besten zehn Jahre. Das schuldet er ihm.«

## Dreiundzwanzigstes Kapitel

Von seinem früheren Leben war Sergej nur der Vorname geblieben. Raiski hatte ihm zwei Ausweise gegeben, beide mit dem Foto von Stanislaw. Einen auf den Namen Stanislaw Gerassimow, Russe, geboren 1964, einen auf den Namen Sergej Naidjonow, ebenfalls Russe, selbes Geburtsjahr. Auf beide Namen erhielt Sergej einen Führerschein. Auf den Namen Gerassimow außerdem drei Fahrzeugpapiere und mehrere Kreditkarten, auf den Namen Naidjonow – den Dienstausweis eines FSB-Majors.

»Sie hatten einen kleinen Autounfall«, erklärte ihm Raiski, »Sie lagen die ganze Zeit in einem Militärhospital bei Moskau und wollten niemanden sehen, auch nicht Ihre beiden ständigen Geliebten.«

Er reichte ihm die Fotos von zwei Frauen. Die erste, eine rundgesichtige Blondine mit naiven blauen Augen, hieß Galina Katscherjan. Bei ihr hatte Stanislaw übernachtet, als der Anschlag auf sein Auto verübt wurde.

»Sie kennen sie seit Ihrer Kindheit. Galinas Großmutter war Ihre Kinderfrau. Sie benutzen sie hin und wieder, wenn gerade nichts Interessanteres zur Hand ist. In nächster Zeit wird sie kaum auftauchen, denn sie trifft sich nur mit Ihnen, wenn ihr Mann auf Dienstreise ist und ihr Kind bei der Oma. Aber womöglich wird sie anrufen.«

Die zweite Dame, eine Brünette mit kurzem Haar, sinnlichem Mund und wachsamen schwarzen Augen, hieß Evelina Derjabina. Sergej erfuhr, dass sie weder Mann noch Kinder hatte, früher als Fotomodell in einer angesehenen Agentur gearbeitet hatte und nun Liebesromane schrieb.

»Keine Angst, die müssen Sie nicht lesen«, beruhigte ihn Raiski, »Sie lesen generell nicht, das weiß sie und ist deshalb nicht beleidigt. Sie haben sich vor fünf Jahren kennengelernt, waren zwei Monate lang in echter Leidenschaft entbrannt und fuhren zusammen nach Spanien. Nein, nein, keine Angst vor sentimentalen Erinnerungen. Wenn Evelina auftaucht, werden Sie über anderes reden. Hier, sehen Sie sich das an und versuchen Sie, es sich einzuprägen.« Raiski legte eine dicke Mappe vor ihn hin. »Wenn etwas unklar ist, genieren Sie sich nicht, fragen Sie.«

Die Mappe enthielt eine Kopie der Akte zum Mord an dem Chauffeur Georgi Sawjalow. Sergej erfuhr von dem Scherz mit den Kreditkarten und von der Pistole in Evelinas Wohnung.

»Das ist irgendwie zu kompliziert für Ismailow«, murmelte er, während er umblätterte, »diese Scherze mit den Kreditkarten – er würde einfach das Geld abheben und sich in die Tasche stecken.«

»Man sieht sofort, dass Sie noch nie mit Kreditkarten zu tun hatten.« Raiski lächelte nachsichtig. »Zum Geldabheben braucht man einen speziellen Pincode.«

»Na schön. Angenommen, Ismailow konnte kein Geld abheben«, räumte Sergej ein, »aber er hätte doch nicht den Chauffeur getötet, sondern Stanislaw.«

»O nein, Major«. Raiski runzelte die Stirn. »Ich hab die Situation hundertmal hin und her gewälzt. Das Ganze ist viel simpler, als es auf den ersten Blick scheint. Das Raubtier spielt mit seinem Opfer. Es will zuerst die Todesangst in den Augen des Opfers sehen, bevor es sich am frischen Fleisch labt.«

»Klingt ziemlich melodramatisch«, spottete Sergej, »Raubtier, Opfer. Na gut, nehmen wir an, das stimmt. Aber schließen Sie andere Möglichkeiten völlig aus?« Sergej sah Raiski an und blickte statt in dessen Augen in die Lichtreflexe der Brillengläser. »Sind Sie sicher, dass Ismailow überhaupt an diesem Stansilaw interessiert ist? Vielleicht treibt da ja ein Dritter seine Scherze mit ihm?«

»Ich schließe gar nichts aus«, sagte Raiski kopfschüttelnd, »unser Held ist eine ziemlich fiese Gestalt und hat vermutlich nicht nur Ismailow beleidigt. Aber der Tschetschene hat die Kränkung garantiert nicht einfach so runtergeschluckt. Deshalb ist es am ehesten Ismailow, der Stanislaw im Moment das Leben schwermacht.«

»Er würde ihn einfach töten oder zum Krüppel schlagen lassen«, wiederholte Sergej düster. »Das ist nicht er. Sie irren sich, Oberst.«

»Selbst wenn ich mich irre, verlieren wir beide nichts.« Raiski zuckte die Achseln. »Sie hätten mit Ihrem alten Gesicht sowieso nicht weiterleben können. Sie mussten ein anderer werden. Warum also nicht Stanislaw? Das gibt uns auf jeden Fall eine reale Chance, Ismailow zu fassen.«

Sergej zuckte schweigend die Achseln und vertiefte sich in das Protokoll der Befragung der Zeugin Evelina Derjabina. Je weiter er las, desto erstaunter war er. Die Frau sprach über den Mann kalt, fremd und angewidert. Sie wusste, was er wert war, und schlief trotzdem mit ihm. Das gab es nicht einmal bei Tieren. Was wollte sie von ihm? Was wollte er von ihr?

»Ich kann das nicht«, sagte er, ohne den Blick zu heben.

»Was?«, fragte Raiski alarmiert.

»Ich kann nicht Stanislaw werden. Ich verstehe nichts an diesem Mann, nichts an seiner Welt.«

»Ach, hören Sie auf!« Raiski runzelte die Stirn. »Machen Sie sich nicht kleiner, als Sie sind. Seine Welt ist nicht das Newtonsche Binom. Sie ist ziemlich simpel und primitiv.«

»Ja, mag sein. Doch Evelina macht nicht den Eindruck einer primitiven Idiotin. Sie wird mich knacken wie eine taube Nuss.«

»Kann sein«, bestätigte Raiski. »Aber nicht sofort. Sie wird natürlich einige Seltsamkeiten und Veränderungen an ihrem Freund bemerken, aber nicht gleich auf die richtige Lösung kommen. Vergessen Sie nicht, Sie sind krank. Sie sind nach dem Unfall noch nicht völlig wiederhergestellt. Sie hatten eine Gehirnerschütterung. Hauptsache, eine andere Frau enttarnt sie nicht. Die Freundin von Ismailow. Aber das wird wohl kaum passieren. Sie kennt Sie nicht so gut.«

»Werde ich mich mit ihr treffen müssen?«

»Aber ja! Sie werden mit einem großen Blumenstrauß zu ihr gehen und sie um Verzeihung bitten. Überhaupt müssen Sie, um eine Weile mit dem Gesicht von Stanislaw Gerassimow zu leben, zunächst einmal ein paar Fehler ihres ungeschickten Doppelgängers ausbügeln. So, Schluss für heute, Major. Lesen Sie die Akte genau, und wenn Sie müde sind, sehen Sie sich die Videos mit Stanislaw an. Sie müssen seine Mimik und seine Gesten genau studieren. Üben Sie vorm Spiegel. Wenn nötig, wird ein professioneller Schauspiellehrer mit Ihnen arbeiten.«

An der Tür blieb Sergej noch einmal stehen.

»Und dann?«

»Was meinen Sie?« Der Oberst hob erstaunt die Brauen.

»Nachdem ich alle seine Fehler ausgebügelt habe. Was werde ich dann tun? Und wo wohnen?«

»Ach, davon reden Sie?« Raiski runzelte leicht die Stirn. »Tja, in Ihre alte Wohnung können Sie natürlich nicht zurück. Da wohnen inzwischen andere, und eine Entschädigung werden Sie auch nicht bekommen – leider. Aber ein Zimmer im Wohnheim der FSB-Akademie kann ich Ihnen garantieren. Und Arbeit auch. Der Rest hängt von Ihnen ab.«

Auf dem Couchtisch am Kopfende des Bettes klingelte melodisch das nagelneue Mobiltelefon.

Dieses winzige silbergraue Spielzeug hatte Angela in Geschenkverpackung und mit goldener Schleife vorgefunden, als sie aus dem Krankenhaus nach Hause kam. Ihre Haushälterin Mila erklärte, das habe ein Kurier vor ein paar Stunden abgeliefert und gesagt, es sei alles bezahlt, sie müsse nur unterschreiben.

Kaum hatte Angela es angeschaltet, klingelte es.

»Gratuliere zur Heimkehr, mein Vögelchen«, gurrte Schamil Ismailow, »wie geht es dir?«

Sie bedankte sich für das Geschenk. Er erklärte, sie müsse es ständig bei sich tragen.

»Schalt es nie aus. Unter dieser Nummer werde nur ich dich anrufen, nur ich. Sonst niemand. Wenn ich anrufe, gehst du mit dem Telefon sofort ins Bad und lässt das Wasser laufen. Hast du verstanden?«

»Kann ich dich auch anrufen?«

»Nein. Vorerst nicht.«

»Warum wolltest du dich mit mir treffen?«

»Ich hatte einfach Sehnsucht.«

»Du lügst. Du wolltest irgendwas von mir.«

»Nicht doch, meine Kleine. Sag bloß, du bist mir immer noch böse?«

»Nicht mehr. Aber ich verstehe trotzdem nicht – warum sollte ich vor einer Woche das Krankenhaus verlassen?«

»Ich musste überprüfen, wie ernsthaft du überwacht wirst.«

»Konntest du dir das nicht auch ohne Überprüfung denken?«

»Doch, schon. Sag mal, deine Ärztin, was ist die eigentlich für ein Mensch?«

Angela krampfte sich unangenehm der Magen zusammen.

»Ich hab dich gebeten, sie in Ruhe zu lassen!«, schimpfte sie so laut, dass Mila anklopfte und besorgt fragte, ob alles in Ordnung sei. Angela antwortete, es sei alles okay, und sprach im Flüsterton weiter. »Kapierst du nicht, dass sie sich deinetwegen beinahe geweigert hätte, mich zu operieren?«

»Reg dich nicht auf, Kleines. Das Geld ist bezahlt, ihr bleibt nichts weiter übrig. Sag mal, hat sie dir irgendwelche Fragen gestellt?«

»Was denn für Fragen? Sie behandelt mich. Was willst du bloß von ihr?«

»Worüber habt ihr im Auto gesprochen?«

»Über die Behandlung. Worüber sonst?«

»Du hast in ihrem Beisein mit mir telefoniert. Hat sie gefragt, mit wem du gesprochen hast?«

»Sie hat überhaupt nichts gefragt. Sie interessiert sich einen Scheiß für dich!« Angela schrie wieder.

»Nicht so laut, Mädchen«, mahnte Schamil sanft.

»Entschuldige«, flüsterte Angela.

»Schon gut, Kleines. Warum war sie bereit, dich nach Hause zu fahren?«, fragte er nachdenklich, als rede er mit sich selbst.

»Einfach so! Ich hab sie darum gebeten, und sie hat ja gesagt. Gena war krank und hatte mir keine Kopeke dagelassen. Hätte ich etwa mit der Metro fahren sollen?«

»Beruhige dich und versuch dich zu erinnern, worüber du mit der Ärztin geredet hast. Ich rufe dich in den nächsten Tagen an.«

Angela verließ das Bad und warf das Telefon von sich, als sei es eine widerliche Kröte.

Was, wenn ich beim nächsten Anruf nicht ins Bad gehe, dachte sie. Meine Wohnung ist voller Wanzen. Werde ich wohl irgendwann wieder normal leben können, wie ein Mensch und nicht wie die Hure eines tschetschenischen Terroristen? Aber was heißt schon normal? Was wäre ich ohne Schamil? Eine kleine Tingeltangelsängerin.

Sie setzte sich in einen Sessel und blätterte in Zeitschriften. Die Hochglanzseiten wimmelten von Bildern ihrer Bekannten. Ein Bursche mit meckerndem Falsett hatte eine sechzigjährige Berühmtheit geheiratet, die zu Sowjetzeiten in tiefem Alt patriotische Lieder gesungen und nun nach einem Dutzend plastischer Operationen beschlossen hatte, auf die Bühne zurückzukehren. Drei Doppelseiten nahmen das Interview mit dem jungen Paar und die Fotoreportage über seine Hochzeit ein. Die Sängerin, bereits deutlich jenseits der Wechseljahre, informierte den Reporter verschämt über ihre Schwangerschaft. Wozu? Wie wollte sie sich hinterher da rauswinden? Sich ein Baby kaufen oder leihen?

Diese Welt des perfekten, falschen Lächelns, der Silikonbrüste, der entblößten Rücken, der endlos neu gefärbten Haare, des alles zerfressenden Zynismus – sie war Angelas Leben und ihre Freiheit nicht wert. Sie war ihren kleinen Finger nicht wert, diese grässliche Welt. Sie hatte Angela so leicht, so gnadenlos vergessen, ausgespuckt wie einen Pflaumenkern. Während sie die Fotos in den Zeitschriften betrachtete, sah sie ihren eigenen schmalen, traurigen Schatten hinter den fröhlichen Bekannten, hasste diese qualvoll und wünschte sich nichts so sehr, wie zu ihnen zurückzukehren, nicht als Schatten, sondern als lebendiger, unversehrter Star.

Es war schon nach Mitternacht. Mila war schlafen gegangen. Angela warf die letzte Zeitschrift beiseite und löschte das Licht. Sie hätte sich gern zusammengerollt, aber sie durfte nur auf dem Rücken schlafen. Die Balkontür stand weit offen.

Ein seltsames Geräusch, monoton und wehmütig, zerriss die Stille auf dem Hof. Erst glaubte Angela, der Wind heule, doch dann unterschied sie einzelne Worte. Eine einsame Frauenstimme verfluchte auf dem leeren Hof die ganze Welt und alle Menschen. Nach einem lauten, durchdringenden Aufschrei mischte sich eine zweite Stimme ein, ruhig, erwachsen und vernünftig.

»Nun hör schon auf, du bist doch ein großes Mädchen, alles wird gut!«

»Nein!«, schluchzte die erste Stimme laut. »Ich hasse alle! Das ist doch kein Leben!«

Angela hielt es nicht mehr aus, stand auf und ging auf den Balkon. Auf dem Hof, im Lichtkegel einer Lampe, stand eine einsame, lächerliche Gestalt. Es war Dunja, die Verrückte des Viertels, eine Frau unbestimmten Alters, voller Rüschen und Schleifchen und mit verschiedenfarbigen Kinderhaarspangen. Angela sah sie oft vorm Bäcker, vor der Apotheke und auf einer Bank im Hof. In ihrem wunderlich entstellten Gesicht saßen ein riesiger, ewig lächelnder zahnloser Mund und eine gespaltene platte Nase. Ein Auge war fast vollständig von dem bläulichen Lid verdeckt, das andere weit geöffnet. Jetzt stand sie allein auf dem leeren Hof und sprach mit verstellten Stimmen, als spiele sie mit sich selbst Mutter und Tochter.

## Vierundzwanzigstes Kapitel

Der silbergraue VW Beetle sah aus wie ein hübsches neues Spielzeug. Sergej glaubte nicht, dass dieser Winzling fahren konnte, bis er den Motor anließ.

Aus der Stereoanlage ertönte Musik, und der Klang war von einer Qualität, als säße er im Großen Saal des Konservatoriums. Sergej drehte eine feierliche Runde auf dem

Gelände der Militärbasis, stellte das Auto bedauernd ab und ging in Raiskis Büro.

»Als ob Sie je im Konservatorium gewesen wären«, spottete Raiski herablassend, als Sergej ihm seine ersten Eindrücke mitteilte.

»War ich. Mit meiner Mutter. Sie war Pianistin.« Er stockte, als sein Blick auf das eisige Blitzen der Brillengläser traf.

»Stanislaw Gerassimow war nie im Konservatorium. Stas kann ernste Musik nicht ausstehen.« Raiski räusperte sich und setzte hinzu: »Wenn Sie auf den Friedhof fahren möchten, sollten Sie das am besten morgen früh tun, bevor Sie sich legalisieren. Dabei können Sie sich gleich an den Wagen gewöhnen. Wie heißt Ihr Vater?«

»Wladimir Gerassimow.«

»Was ist er?«

»FSB-General, seit drei Jahren im Ruhestand. Sie waren ihm unterstellt. Jetzt ist er Vorstandschef der Bank ›Triumph‹.«

»Ihre Mutter?«

»Natalja Gerassimowa. War mal Grundschullehrerin.«

»Wie heißt die Firma, die Sie leiten?«

»Omega.«

»Die Sekretärinnen?«

»Rita Simkina, brünett, Marina Stepanzowa, rothaarig.«

«In welchem Verhältnis stehen Sie zu den beiden?«

»Mit Marina habe ich geschlafen, mit Rita will ich noch. Beide schreie ich hin und wieder an. Pfui Teufel, widerlich ...«

»Tja, gewöhnen Sie sich daran. Im Übrigen müssen Sie vorerst mit niemandem schlafen, Sie brauchen nach dem Unfall noch eine ganze Weile, bis Sie wiederhergestellt sind. Und anschreien müssen Sie auch niemanden. Sie werden kaum in der Firma auftauchen. Wie heißt der Chef des Sicherheitsdienstes der Bank ›Triumph‹?«

»Jegor Pleschakow.«

»Wann haben Sie ihn das letzte Mal gesehen und gesprochen?«

»Ich war am Tag nach der Ermordung des Chauffeurs Georgi Sawjalow in der Bank.«

»Georgi. Sie nannten den Chauffeur immer nur Georgi, an seinen Familiennamen erinnern Sie sich gar nicht. Weiter.«

»Ich war in der Bank, um zu klären, warum meine Kreditkarte gesperrt ist. Ich wurde in Pleschakows Büro geführt. Dort befand sich Wladimir Gerassimow.«

»Ihr Vater.« Raiski grinste schief. »Dort befand sich Ihr Vater. Wussten Sie bereits, dass Ihr Chauffeur ermordet worden war?«

»Nein. Aber das ist nicht die Wahrheit. Ich habe gelogen.«

»Halt, stopp. Was improvisieren Sie da?« Raiski nahm die Brille ab und sah Sergej erstaunt an.

»Ich habe mir die Videoaufzeichnung des Gesprächs im Büro des Sicherheitschefs dreimal angesehen. Mich wundert, dass die anderen nicht merkten, dass Stas lügt. Schön, der General ist sein Vater, er war sehr nervös und ist überhaupt parteiisch. Aber Pleschakow hätte es merken müssen.«

»Ob er es gemerkt hat oder nicht, werden wir beide sowieso nicht erfahren.« Raiski zuckte die Achseln. »Sie haben gelogen, weil Sie kleinmütig abgehauen sind, als Sie die Leiche des Chauffeurs im Auto entdeckten.«

»Bin ich etwa ein Idiot?«

»Nein. Aber Sie sind schrecklich feige und faul. Also, Sie sind zusammen mit Ihrer Freundin Evelina abgehauen, weil Sie ums Verrecken nicht mit der Miliz reden, eine Aussage machen wollten. Darin zeigt sich Ihr ganzes Wesen. Jemanden töten könnten Sie kaum, aber wegrennen, einen Menschen in hilfloser Lage lassen – das allemal.«

Sergej zog eine Schachtel Chesterfield aus der Tasche und wollte sich eine Zigarette anzünden, doch der Oberst nahm sie ihm ab und reichte ihm seine Schachtel.

»Sie rauchen nur ›Parlament light‹. Ach ja – ich habe ein Geschenk für Sie.« Er zog eine Schreibtischschublade auf und nahm eine hübsch verpackte Schachtel heraus. Sie enthielt ein nagelneues Zippo-Feuerzeug mit Nachfüllflasche und Feuersteinen.

»Danke.« Sergej lächelte erstaunt.

»Bitte. Das ist reines Silber. Sie lieben nämlich teure Kleinigkeiten. An Ihrem Handgelenk ist nichts anderes denkbar als eine Rolex. Ihre Brieftasche ist mindestens von Petek, Ihre Schuhe sind von Daniel Hechter, echtes Nappaleder, auf keinen Fall Kunstleder. Sie schreiben natürlich mit einem Parker, und zwar mit Goldfeder. Na, keine Sorge, das alles werden Sie in Ihrer Wohnung vorfinden.«

»In meiner Wohnung? Habe ich denn meine geliebten teuren Dinge nicht mit nach Griechenland genommen?«

»Natürlich haben Sie das.« Raiski lachte. »Aber glauben Sie, Sie besäßen nur eine Uhr, nur eine Brieftasche und ein Paar Schuhe? Welches Rasierwasser benutzen Sie?«

»Äh … Wie hieß das gleich?« Sergej knackte nervös mit den Fingern. »Irgendwas mit ›Tsch‹. Nein, ich habs vergessen.«

»Gucci.« Raiski lächelte. »Solche Dinge sollten Sie sich merken.«

»Sagen Sie, interessiere ich mich denn außer für Petek, Daniel Hechter und Gucci für gar nichts?«

»Wie?«

»Weiß ich, dass Schamil Ismailow hinter mir her ist?«

»Ja und nein. Man hat Sie mit dieser Hypothese konfrontiert, aber Sie nehmen sie nicht an, Sie begreifen wirklich nicht, was Sie sich dem Tschetschenen gegenüber haben zuschulden kommen lassen. Sie erinnern sich nicht, was

Sie wem über die Sängerin erzählt haben, obwohl mindestens fünf Leute mit Vergnügen verbreiten, dass Sie sich über die sexuellen Nachstellungen der Sängerin beklagt hätten und über ihre Versuche, Sie mit Hilfe von Ecstasy-Pillen zu verführen.«

»Mal im Ernst, habe ich irgendwelche eigenen Gedanken, Vermutungen, wer mich umbringen will und warum?«

»Natürlich haben Sie eine eigene Hypothese, Sie haben sogar eine kleine Ermittlung unternommen, was Ihnen niemand zugetraut hätte. Ihnen kam der Verdacht, dass Ihr ehemaliger Kommilitone Juri Michejew Sie verfolgen könnte. Eine gewisse Logik hatte diese Überlegung immerhin. Michejew wurde 1985 nach Paragraph 105-1, vorsätzlicher Mord, zu zehn Jahren Haft verurteilt. Michejew hat ein Mädchen getötet, eine gemeinsame Kommilitonin von Ihnen beiden, Maria Demidowa. Der Tathergang war offensichtlich, Michejews Schuld vollständig erwiesen. Aber viele hielten das Urteil für zu streng. Man hätte ebenso gut Paragraph 109 anwenden können – fahrlässige Tötung. Doch Michejew trat vor Gericht derartig provokant auf, dass er sich selbst reinritt. Zudem war Mascha Demidowa die einzige Tochter eines hohen Beamten im Außenministerium, die Eltern verlangten strengste Bestrafung des Mörders, jedenfalls konnte der Anwalt Michejew nicht helfen. Diese Geschichte hat für ziemliche Aufregung am Institut gesorgt, besonders in Ihrem und Michejews Studienjahr. Einige meinten, Grund für den Mord sei Ihre Affäre mit Mascha gewesen. Michejew war seit dem ersten Studienjahr heftig verliebt in sie, und Sie konnten schon damals an keinem hübschen Gesicht vorbeigehen.«

»Und nun glaube ich, Michejew ist aus der Haft entlassen und will mit mir abrechnen?« murmelte Sergej unsicher.

»Ja, genau. Sie haben Ihren ehemaligen Kommilitonen ausfindig gemacht, sich mit ihm getroffen und sich davon überzeugt, dass Sie recht haben. Michejew ist ein notorischer Trinker und ein Psychopath. Er gibt Ihnen die Schuld an all seinem Unglück. Im Delirium hat er einen Sprengsatz an Ihrem Auto angebracht. Doch dann hat er es sich anders überlegt, er wollte Sie nicht mehr gleich umbringen, sondern vorher noch ein bisschen quälen, deshalb hat er Ihre Kreditkarte gesperrt, Ihren Chauffeur Sawjalow getötet und die Mordwaffe in der Wohnung von Evelina Derjabina versteckt. Na, was sehen Sie mich so an, Major?« Raiski lachte mit gebleckten Zähnen. »Selbstverständlich haben wir das alles gründlich überprüft. In der Wohnung, in der Sie sich mit Michejew getroffen haben, wohnt niemand, das Haus ist baufällig, und die Telefonnummer, unter der Sie seine jüngere Schwester Irina angerufen haben, gehört einem Bestattungsinstitut.«

Sergej räusperte sich verlegen. »Entschuldigen Sie, das verstehe ich nicht.«

»Tja, wir auch nicht.« Raiski wurde ernst. »Wir verstehen Sie absolut nicht, Stanislaw. Juri Michejew ist nämlich vor fünf Jahren in einem Krankenhaus in Archangelsk an offener Tuberkulose gestorben, und seine Schwester Irina, die Sie zu der falschen Adresse geschickt hat, ist zusammen mit ihren Eltern vor vier Jahren in die USA ausgereist.«

»Warum habe ich mir das alles ausgedacht? Ich bin doch nicht verrückt. Ich habe doch irgendwo angerufen, mich mit jemandem getroffen? Oder nicht?«

»Tja, wahrscheinlich haben Sie sich mit einem Geist getroffen, wie Prinz Hamlet. Sie schwindeln überhaupt ganz gern, seit Ihrer Kindheit. Hören Sie, Major, wieso beißen Sie sich so an dieser albernern Geschichte fest? Wir sollten uns lieber über Schamil Ismailow Gedanken machen.«

»Selbstverständlich.«

»Schön, dass wir uns verstehen.« Raiski nickte kühl. »Noch Fragen?«

»Den Geist des toten Königs hat nicht nur der Prinz gesehen. Es gab noch andere Zeugen. Und einen Mord. Der Geist hat nicht gelogen«, murmelte Sergej nachdenklich.

»Entschuldigung – was?« Raiski löste sich von den Papieren, in die er sich vertieft hatte, um Sergej zu bedeuten, dass das Gespräch beendet war.

»Irgendwohin bin ich doch gefahren und habe mich dort mit irgendwem getroffen«, sagte Sergej und stand auf. »Sie haben sich die Akte Michejew aus dem Archiv geholt?«

»Ja, natürlich.«

»Und eine Kopie gemacht?«

Raiski stand auf, trat dicht vor Sergej und sagte, wobei er durchdringend auf seine Nasenwurzel starrte: »Was wollen Sie, Major? Sie haben eine ganz konkrete Aufgabe.«

»Meine Aufgabe ist also nur Ismailow? Die Sicherheit von Stanislaw Gerassimow darf mich nicht kümmern?«, fragte Sergej kaum hörbar.

»Das ist ein und dasselbe«, entgegnete Raiski ebenso leise.

»Und wenn doch nicht?«

Einige Sekunden lang blieb Raiskis Gesicht undurchdringlich. Seine Brillengläser funkelten, seine Lippen waren fest zusammengepresst. Der Oberst schwieg – er schien eine Entscheidung zu treffen. Schließlich ging er zurück an den Schreibtisch, ließ sich entspannt in den Sessel fallen, nahm die Brille ab und verzog die Lippen zu einem gelassenen, freundschaftlichen Lächeln.

»Sie sind ein merkwürdiger Mensch, Major. Solche Dickköpfigkeit hätte ich von Ihnen nicht erwartet. Bitte sehr.« Er öffnete die Schublade, nahm eine dicke Mappe heraus und klatschte sie vor Sergej auf den Tisch. »Aber nicht zum Schaden unserer Hauptaufgabe!«

Mein Gott, was ist bloß mit mir los, dachte Julia Tichorezkaja, während sie sich vorm Spiegel das nasse Haar föhnte.

Was geht mich dieser Mann an? Warum belüge ich mich selbst und denke mir alle möglichen Vorwände aus, um mich noch einmal mit ihm zu treffen?

In ihrem jetzigen Leben war alles genau eingeteilt, jede Minute geplant. Sie hatte weder Zeit noch Gelegenheit, sich zu verlieben. In wen auch? Die Auswahl wurde mit jedem Jahr geringer. Die Männer in ihrem Alter und älter waren verheiratet. Ein heimliches Verhältnis, verstohlen und perspektivlos, wollte sie nicht. Blieben die Junggesellen, doch die hatten meist ihre Macken und ließen sich in drei Kategorien unterteilen: Selbstverliebte Trottel, schüchterne Melancholiker und finstere Sammler sexueller Triumphe mit klagenden Augen und klebrigen Pfoten. Eines so öde wie das andere.

Zuweilen überkamen Julia heftige Anfälle von Einsamkeit, sie merkte plötzlich, wie rasant die Zeit verging, und spürte den kalten Hauch des Alters im Nacken. Dann zwang sie sich, an die Arbeit zu denken, an ihre Patienten, an Schura.

»Mama, was hast du mit dir angestellt?« Schura tauchte im Spiegel hinter Julia auf und starrte sie an, als sähe sie sie zum ersten Mal im Leben.

»Nichts? Wieso?«

»Du bist irgendwie anders. Ganz neu. Zehn Jahre jünger und hübscher.«

»Das scheint dir nur so, wir sehen uns einfach in letzter Zeit selten, darum komme ich dir fremd vor.«

»Nein, nein, Mama, ich kenne dich in- und auswendig, du hast dich wirklich verändert«, beharrte Schura. »Das fällt allen auf. Nicht nur mir.«

»Wem denn noch?«

»Vika. Sie hat gesagt, du flatterst neuerdings wie ein Vögelchen und lächelst die ganze Zeit. Was hat das zu bedeuten, Mama?«

»Ach, hör auf.« Julia verzog das Gesicht. »Ich schlafe höchstens fünf Stunden am Tag, ich bin furchtbar müde und sehe grässlich aus. Schau dir nur meine Augenringe an, und meine Wangen sind ganz eingefallen. Damit ich nicht totenblass rumlaufe, lege ich Rouge auf. Und überhaupt, lass mich in Ruhe. Erzähl mir lieber, was in der Schule los war.«

»In der Schule werd ich total genervt: Warum ich nicht erzählt hätte, dass meine Mutter die berühmte Angela operiert.«

»Entschuldige – was?«

»Ach, bist du endlich wach? Guten Morgen! Zwei Mädchen in meiner Klasse sind Angela-Fans. Die haben mich heute in der großen Pause angebettelt, ob du nicht Angela-Poster mitnehmen und dir ein Autogramm geben lassen kannst. Ich hab die Dinger natürlich nicht genommen, aber versprochen, mit dir zu reden. Ich konnte sie einfach nicht abwimmeln, Mama. Du hast keine Ahnung, was die mich alles gefragt haben!«

»Was denn?«

»Na, zum Beispiel, ob es stimmt, dass Angelas Liebhaber sie aus Eifersucht verprügelt hat, der tschetschenische Terrorist Schamil Ismailow. Ob es stimmt, dass er persönlich ihre Behandlung bezahlt. Sie haben behauptet, du hättest dich mit ihm getroffen und er hätte dir einen Koffer voll Dollars gegeben, damit du Angela operierst. Außerdem soll ich dich fragen, wie Angelas Gesicht nach der Operation aussehen wird, genau wie vorher oder anders. Na ja, blöde Tussis eben.«

»Moment.« Julia kniff die Augen zusammen und schüttelte den Kopf, um ein wenig zu sich zu kommen. »Mal schön der Reihe nach. Woher haben sie den ganzen Quatsch – den tschetschenischen Terroristen, den Koffer mit Bargeld und all das?«

»Also, Mama, bist du von gestern?« Schura hob erstaunt

die Brauen. »Aus der Klatschpresse natürlich. Übrigens hab ich Hunger.«

»Ja, natürlich, ich koche gleich was.«

»Mama, der Kühlschrank ist leer«, stöhnte Schura blasiert, »Vika ist doch wieder ausgezogen. Als sie hier gewohnt hat, gabs immer was zu futtern. Vielleicht gehen wir irgendwo essen? Und feiern gleich deine Rückkehr von der Dienstreise und meine fünf Punkte in der zentralen Englischarbeit. Das bedeutet übrigens mehr als eine gute Zensur. Das sind ein Paar Skechers.«

»Was für Skechers, Schura?«

»Na, die Schuhe, ich hab dir doch davon erzählt.«

»Hast du nicht gesagt, die sind schon wieder aus der Mode?«

»Mama, Grinders sind aus der Mode.« Schura runzelte tadelnd die Stirn. »Skechers sind gerade erst in Mode gekommen. Du hast versprochen, wenn ich fünf Punkte kriege, gehen wir Skechers kaufen. Also komm, wir steigen ins Auto und fahren zum Rumstore. Da können wir auch essen.«

Auf nichts hatte Julia jetzt weniger Lust als auf ein riesiges Einkaufszentrum. Sie konnte Läden nicht ausstehen, vor allem wenn sie so groß und voll waren. Meist bekam sie nach zwanzig Minuten Kopfschmerzen, nach vierzig Minuten taten ihr die Beine weh. Aber Schura war unerbittlich.

Die Pubertät, diese verfluchte Pubertät, sagte sich Julia, während sie sich anzog und hin und wieder zu ihrer Tochter blickte, die wie ein aufgezäumtes Pferd ungeduldig mit den Füßen scharrte und gegen ihren langen, dunkelblonden Pony blies.

»Mama, warum wirst du eigentlich nicht bewacht?«, fragte Schura, als sie vor ihrem Auto standen.

»Wozu?«

»Wenn dem Terroristen nun nicht gefällt, wie du seine berühmte Freundin operiert hast?«

»Hör auf.«

»Ich hör ja schon auf. Aber der schwarze Audi da, der stand früher nicht auf unserem Hof, und nun ist er jeden Tag hier, und zwar nicht leer, sondern mit Leuten drin. Wetten, dass er uns folgen wird?«

»Wetten, dass nicht?«, knurrte Julia gereizt und ließ den Motor an, ohne auch nur in die Richtung zu schauen, in die ihre Tochter zeigte.

»Ich verstehe nicht, warum du so wütend bist.« Schura zuckte mit der Schulter und war beleidigt.

Eine Weile fuhren sie schweigend. Julia schaltete Musik ein. Schura sang mechanisch mit den Barry-Sisters mit und verstummte plötzlich mit offenem Mund, starrte wie hypnotisiert in den Rückspiegel und flüsterte: »Mama, du wirst lachen, aber der Audi folgt uns wirklich.«

»Klar werd ich lachen. Die Turnschuhe reichen dir wohl noch nicht, du musst unbedingt unterwegs noch ein bisschen Krimi spielen, damits spannender ist, ja? Oder hat dich das Gerede der Angela-Fans aus deiner Klasse so beeindruckt, dass du tatsächlich glaubst, deine bescheidene Mama hätte von einem tschetschenischen Terroristen einen Koffer voll Dollars bekommen?«

»Mama, der Mann, der lange, dünne mit der Brille«, sagte Schura nachdenklich, wobei sie weiter in den Spiegel sah, »der neulich Nacht bei uns zu Hause war, ihr habt in der Küche gesessen, und du hast gesagt, das hätte was mit deiner Arbeit zu tun, und danach bist du weggefahren ... War der vom FSB?«

»Wie kommst du darauf?«

»Mama, antworte mir bitte ehrlich, ohne Quatsch – ja oder nein?«

»Nein, Schura. Beruhige dich. Und damit du dir keinen

Blödsinn einbildest, erzähle ich es dir: Dieser Mann ist der Sekretär eines hohen Regierungsbeamten. Der Beamte hat eine Frau, die dringend eine plastische Operation brauchte. In eine Klinik wollte sie nicht, nicht einmal in unsere. Und ins Ausland auch nicht.«

»Warum?«

»Na ja, sie hat mir gestanden, dass sie ihren Mann ungern lange ohne Aufsicht lassen möchte. Also musste ich sie zu Hause operieren. Sie haben ein Haus bei Moskau. Das war meine Dienstreise.«

»Echt krass!« Schura schüttelte den Kopf und schaute endlich nicht mehr in den Spiegel. »Aber für eine Operation braucht man doch eine Menge Ausrüstung.«

»Wurde alles hingebracht« – Julia lachte schief –, »und zwar das allerbeste, so was haben wir nicht mal in unserer Klinik.«

»Wie alt ist denn diese Beamtenfrau?«

»Fünfundfünfzig.«

»Und was hast du bei ihr gemacht?«

»Ein ganz normales Lifting, Augenlidkorrekturen. Nichts Besonderes.«

»Was haben sie für ein Haus? Haben Sie Kinder?«

Auf der restlichen Fahrt erzählte Julia vom Leben des Beamtenehepaares, von Whirlpools mit goldenen Wasserhähnen, von Dienstmädchen in weißen Schürzen, von Tennis und Golf, von Kindern und zwei edlen afghanischen Windhunden. Als sie den riesigen Parkplatz vor dem Einkaufszentrum erreichten, beschrieb Julia gerade das Abschiedsessen am Kamin, mit französischem Weißwein Chateau la Louviere und mit Rebhühnern, die der Hausherr selbst geschossen hatte.

Im Einkaufszentrum zog Schura sie schnurstracks zu einem Laden, in dem es die Turnschuhe gab, probierte bedächtig sämtliche Modelle an, entschied sich schließlich für ein Paar, zog es gleich an und verlangte erregt und überglücklich, nun müssten sie etwas für Julia kaufen, sonst wäre es ungerecht.

»Ach, ich weiß nicht«, stöhnte Julia, »ich finde nie was für mich.«

»Das ist das Unglück deiner Jeansgeneration«, erklärte Schura und führte sie in eine sündhaft teure Boutique, »du bist mit zwölf in Jeans gestiegen und kommst da bis heute nicht raus.«

»Aber ich trage schon lange keine Jeans mehr. Nur zu Hause und im Urlaub«, widersprach Julia schwach und sah zu, wie ihre Tochter ohne Zögern gleich mehrere Hosen und Röcke von einem Kleiderständer nahm.

»So, probier das hier mal an, ich seh mich solange nach einem Oberteil um.«

Julia musste eine Dreiviertelstunde in der Kabine bleiben. Schura brachte immer wieder Neues, musterte ihre Mutter kritisch, ließ sie ein Kleidungsstück nach dem anderen anprobieren. Schließlich fiel die Wahl auf eine milchkaffeebraune leichte weite Wollhose, einen perfekt dazu passenden schokoladenbraunen Pullover mit weiten Maschen und ein Seidentuch, das die Verkäuferin ihnen mit einem großzügigen Rabatt anbot und das beide Farben kombinierte.

»Na also, die Sachen sind doch toll, oder? Allein hättest du diese schicke Hose nie gekauft, du hättest sie nicht mal gefunden«, erklärte Schura, als sie sich in einem kleinen Café in der oberen Etage des Einkaufszentrums an einen Tisch setzten.

»Stimmt, du bist ein Schatz.« Julia nickte und zündete sich eine Zigarette an. Schura ging zum Tresen, etwas zu essen holen. Julia lehnte sich entspannt zurück und dachte, nun sei alles gut. Das Leben kehrte in seine normalen Bahnen zurück, sie musste sich nicht mehr mit Oberst Raiski treffen und ihr Kind belügen. Nun musste sie nur noch Sergej vergessen, ganz und gar vergessen, anstatt von einer Begegnung ohne jeden Anlass zu phantasieren: Sie in der neuen Hose und dem neuen Pullover, und der Mann ohne Vergangenheit und ohne Zukunft würde sie zärtlich ansehen.

»Entschuldigen Sie, ist hier noch frei?« Die Männerstimme ertönte so unverhofft, dass Julia zusammenzuckte. Direkt vor ihr stand ein Bursche um die zwanzig, eine dampfende Kaffeetasse in der Hand.

»Besetzt«, sagte Julia und schaute sich um. Es waren genügend Tische frei.

»Ich bitte nochmals um Entschuldigung, Sie sind doch Julia Tichorezkaja?«

»Ja. Worum geht es?« Julia sah sich den Burschen genauer an. Er sah ganz normal aus. Schwarzes, kurzgeschnittenes Haar, ein kleiner Schnurrbart, Brille in schmalem Rahmen. Ein sympathisches, kluges Gesicht. Sackartige Hose, abgeschabte Lederjacke.

»Darf ich mich setzen?«, fragte er mit einem offenen Lächeln.

»Sagen Sie mir erst, wer Sie sind.« Julia erwiderte sein Lächeln und rückte den Stuhl, auf den der höfliche junge Mann zielte, an den Tisch. Doch er setzte sich unbeirrt auf einen anderen Stuhl, stellte seine Tasse ab und sagte, nach wie vor lächelnd: »Ich bitte noch einmal um Entschuldigung für die Belästigung. Ich bin Reporter einer Musikzeitschrift für junge Leute, hier ist mein Ausweis.« Er zog eine bunte Plastikkarte aus der Jackentasche, aber Julia sah gar nicht hin.

»Setzen Sie sich bitte an einen anderen Tisch«, sagte sie so hart sie konnte.

»Aber warum denn? Erklären Sie mir wenigstens, warum?« Seine Stimme klang plötzlich ein wenig seltsam, irgendwie klagend, bettelnd, und Julia glaubte einen leichten kaukasischen Akzent wahrzunehmen.

»Ich möchte nicht mit Ihnen sprechen. Ich will nicht, und Schluss.« Sie drückte die Zigarette aus, stand auf und sah Schura mit einem beladenen Tablett auf sich zukommen.

»Wo willst du hin, Mama?«

»An einen anderen Tisch.« Julia fing geschickt ein Glas ab, das beinahe vom Tablett gefallen wäre, und drehte sich zu dem jungen Mann um.

»Wenn Sie mich nicht in Ruhe lassen, rufe ich den Sicherheitsdienst.«

»Was habe ich Ihnen denn getan? Ich wollte Ihnen nur ein paar Fragen stellen. Sie haben die Sängerin Angela operiert, und sie ist ein Star, also interessieren sich unsere Leser dafür – warum kann man nicht ganz normal darüber reden?«

Er war aufgestanden und kam direkt auf sie zu.

Schura stellte das Tablett ab, sagte leise: »Ich bin gleich wieder da, Mama!« und verschwand.

»Ich habe gesagt, Sie sollen gehen!«, wiederholte Julia und wich zurück zur Wand. Doch er kam immer näher, nun schweigend. Julia konnte nur hilflos auf einen Stuhl sinken. Sie fühlte sich vollkommen zerschlagen. Sie hatte Angst vor diesem Rotzlöffel und war sich selbst zuwider.

»Da ist er!«, ertönte ganz in der Nähe Schuras laute Stimme. »Alles in Ordnung, Mama?«

Hinter ihr standen zwei Männer in der schwarzen Uniform des Sicherheitsdienstes. Bevor der junge Mann verschwand, flüsterte er Julia laut und deutlich ins Gesicht: »Miststück!«

Die Sicherheitsleute rannten ihm nach, doch er war in der Menge untergetaucht.

»Tja, Mama, das ist die Last des Ruhms«, sagte Schura und nagte an einem Hühnerflügel. »Iss, das wird doch kalt.« Sie schob Julia den Teller hin. »So ein unverschämter Kerl!

Du willst nicht mit ihm reden, und er lässt nicht locker! Ob er dir schon lange gefolgt ist? Oder hat er dich nur zufällig entdeckt und erkannt?«

»Wie soll er mich erkannt haben?« Julia nahm sich eine Zigarette. »Woher kannte er meinen Namen?«

»Na, dein Name wandert durch die Klatschpresse, das ist also kein Wunder. Ob auch Fotos, weiß ich nicht. Kann man im Internet nachsehen. Ehrlich gesagt, nach dem, was die Mädchen aus meiner Klasse erzählt haben, habe ich das erwartet. Angela ist wirklich echt berühmt, und dann passiert ihr so was, und du bist die Ärztin, die ihr die verlorene Schönheit zurückgibt. Alle denken, dir als ihrem Doktor hat sie vielleicht das Geheimnis ihrer Tragödie anvertraut. Wenn wir im Westen lebten, würdest du hinterher ein Buch darüber schreiben und eine Million Dollar dafür kriegen. Du hast die Welt der Stars berührt und bist selber ein Star geworden.«

»Nur mit dem Skalpell«, murmelte Julia ganz leise, »und dem Laserstrahl.«

»Was?« Schura legte den angenagten Flügel beiseite. »Phantasierst du jetzt, Mama? Ist das der Schock nach der Begegnung mit der Regenbogenpresse?«

»Die Welt der Stars habe ich nur mit dem Skalpell und dem Laserstrahl berührt.« Julia nahm einen letzten Zug, drückte die Zigarette aus und begann zu essen.

## Fünfundzwanzigstes Kapitel

Das Grab war so ungepflegt, dass Sergej erst einmal zu den Friedhofswärtern ging, um einen Besen und einen Sack bat und das vermoderte Vorjahreslaub beseitigte. Jedes Frühjahr war er etwa um diese Zeit mit seiner Mutter hergekommen und hatte das Gleiche getan – natürlich nur, wenn er in Moskau war. Dann hatte Mutter Stiefmütterchen gepflanzt, Unkraut gezupft und den kleinen Marmorgrabstein mit dem ovalen Bild des Vaters und der vergoldeten Inschrift »Alexander Loginow, 1936–1979« geputzt.

Nun befand sich neben dem Bild des Vaters das der Mutter, ebenfalls im ovalen Rahmen, und eine frische Inschrift »Vera Loginowa, 1940–1999«. Auf dem Foto war die Mutter ganz jung, jünger als der Vater.

Er war irgendwo in Afrika gefallen, vielleicht in Sambia. Das genaue Datum und den Ort seines Todes hatte die Mutter nie erfahren. Im Juni 1977 war der Major der Abwehr Alexander Loginow zum Oberstleutnant befördert und mit einer Gruppe von Militärberatern in die Hauptstadt von Sambia, Lusaka, geschickt worden. Und im August 1979 kam die offizielle Benachrichtigung: Oberstleutnant Loginow sei in Erfüllung seiner internationalistischen Pflicht den Heldentod gestorben und werde postum mit dem Orden für Kampfesruhm zweiter Klasse geehrt. Drei Monate später übergab man der Witwe den Orden in einer roten Schachtel, eine kleine Urne und Papiere über eine lebenslange großzügige Rente.

Sergej erinnerte sich gut an seinen Vater, allerdings hatte sich die Grenze zwischen eigenen kindlichen Erinnerungen und Mutters Erzählungen längst verwischt. Nicht nur der Dienst des Vaters, sondern auch viele kleine Dinge, die ihn umgaben, waren ein Geheimnis, und dieses Geheimnis war für Sergej als Kind etwas Schönes, Edles gewesen. Doch als der Vater gefallen war und die Mutter schlagartig um zehn Jahre alterte, verblasste der Zauber dieses Geheimnisses erheblich. Mit vierzehn hielt Sergej die wilde männliche Romantik nicht mehr für das wichtigste und einzige Merkmal des Soldatenberufs, und das war gut, denn er wollte Offizier werden.

Grabumfriedung und Bank verlangten nach Reparatur

und frischer Farbe. Er hätte sich gern selbst darum gekümmert, aber er hatte keine Zeit mehr. Er brachte den Besen zurück, beauftragte die Friedhofswärter damit und zahlte im Voraus. Auf dem Rückweg zum Grab betrachtete er die Grabsteine rechts und links. Dabei fiel ihm ein hoher schneeweißer Marmorstein mit erhabenen Bronzeornamenten auf. Ein auffälliger Grabstein, teuer und pompös. In der Mitte hing ein riesiges Farbfoto eines schwarzhaarigen jungen Mädchens: Maria Demidowa, 1965–1985.

Ein hübsches Mädchen, dachte Sergej, als sein Blick unwillkürlich auf ihrem Gesicht verharrte. Erst zwanzig. Was ist dir zugestoßen, Maria? Ein Autounfall? Eine unheilbare schwere Krankheit? Sergej ging weiter, hielt aber plötzlich inne und drehte sich noch einmal nach dem weißen Marmorturm um.

Mein Gott! Mascha Demidowa, einzige Tochter eines hohen Funktionärs des Außenministeriums! Dein Kommilitone Juri Michejew hat dich umgebracht. Er liebte dich seit dem ersten Semester. Eines Tages hat er sich betrunken und dich aus Eifersucht erstochen. Todesursache war ein Stich mit einem spitzen Gegenstand ins Herz. Und aus irgendeinem Grund treibt sich der Geist deines Mörders heute, fünfzehn Jahre später, ganz in meiner Nähe herum.

Oberst Raiski wartete nicht, bis der Mitschnitt der Gespräche in Julia Tichorezkajas Auto ausgedruckt war, sondern verlangte sofort nach den Bändern.

Die Operation, die er geplant hatte, weckte in ihm gemischte Gefühle. Die Idee war spontan entstanden, in dem Moment, als der Spiegel im Wohnzimmer der Gerassimows zerbrochen war. Sie war so hell aufgeblitzt, dass sie ihm genial erschien. Später, wieder ruhiger, wog er alle Für und Wider ab und begriff, dass der Plan nicht ganz so genial war, denn vieles hing vom Zufall ab, er musste faktisch blind spielen, dennoch entschloss er sich, es zu tun.

Die Idee war eigentlich nicht sonderlich originell. Raiski wollte Schamil Ismailow mit einem Lebendköder fangen, dem Beleidiger, an dem sich der berühmte Tschetschene rächen wollte. Im Laufe der jahrelangen erfolglosen Jagd auf den Terroristen hatte der Oberst dessen Schwächen gründlich studiert. Bei all seiner teuflischen Gerissenheit und Vorsicht war Ismailow heißblütig, leidenschaftlich und rachsüchtig. Er verzieh und vergaß nie etwas. Der Umstand, dass sich der direkte Mordanschlag auf Stas Gerassimow nicht wiederholt hatte, bestätigte Raiskis Hypothese nur. Der Tschetschene hatte in Interviews mit westlichen Korrespondenten oft wiederholt, dass das Warten auf den Tod schlimmer sei als der Tod selbst, die Ungewissheit effektiver als Folter.

Doch Raiskis Entscheidung beruhte nicht auf psychologischen Gründen, die Sache war weit simpler.

Jede Geheimdienstoperation auf der Welt kostet Geld. Solange der Geheimdienst vom Staat finanziert wird, arbeitet er auch für den Staat, ist zuverlässig und monolithisch, egal, womit er sich befasst – ob mit der totalen Überwachung normaler Bürger, der Jagd auf Andersdenkende, dem Diebstahl militärischer und technologischer Geheimnisse anderer Staaten oder dem Kampf gegen Kriminalität und Terrorismus.

1991 setzte ein Finanzstrom aus Russland ins Ausland ein. Das entstehende Chaos war schmutzig und nahrhaft wie der Inhalt eines Schweinetrogs. Nur die Dümmsten und Schwächsten standen bei der allgemeinen Geldorgie abseits. Die Geheimdienstler stürzten sich mit Lust auf den Trog.

Nebeneinnahmequellen sind der Tod jedes Geheimdienstes. Er arbeitet zwar noch, aber völlig anders.

Oberst Raiski hatte lange nach einer Antwort auf die Frage gesucht, warum der Terrorist Schamil Ismailow noch immer frei herumlief. Warum wurde er gejagt und gejagt und doch nie gefasst? Die Antwort lautete kurz und bündig: Weil alle korrupt waren und man niemandem trauen konnte.

Es gab einen direkten Zusammenhang zwischen dem Informationsabfluss aus den Geheimdienststrukturen und der Summe an nichtstaatlichen Geldern, die deren Mitarbeiter erhielten. Wo genau die undichten Stellen waren, ließ sich schwer feststellen. Der einzige Ausweg hieß also strikte, hermetische Geheimhaltung, auch gegenüber den eigenen Leuten. Vor allem gegenüber den eigenen Leuten. Doch je teurer eine Operation, desto schwerer ließ sich die Geheimhaltung realisieren. Aber billig war Ismailow nicht zu haben.

Raiskis Vorgesetzter wusste, dass der Oberst den Schutz und die Bewachung des einzigen Sohns von General Gerassimow übernommen hatte. Das war richtig. Man musste seine Leute schützen. Einem verdienten Veteranen zu helfen, der vierzig Jahre bei den Sicherheitsorganen gearbeitet hatte, war Ehrensache, umso mehr, wenn dieser Veteran Vorstandschef einer großen Bank war und aus eigener Tasche zahlte.

Dennoch nagten Zweifel an Raiski. Er besaß keinen direkten Beweis dafür, dass Angela tatsächlich von Ismailow zusammengeschlagen worden war. Und selbst wenn es so war, musste das nicht bedeuten, dass Stas Gerassimow etwas damit zu tun hatte. Angela und Schamil konnten genug eigene Probleme haben. Die Miliz hatte den Fall sofort übernommen und nach den drei Tätern gesucht, die Angela angeblich in der Nacht auf ihrem Hof überfallen hatten. Es gab keinen einzigen Zeugen. Die Sängerin beharrte auf ihrer Version und bestritt ihre Bekanntschaft mit Ismailow kategorisch.

Einen Monat nach dem Überfall lag Angela im Institut für Kiefer- und Gesichtschirurgie. Sie wurde nach dem niedrigsten Tarif behandelt, denn sie hatte kein Geld.

»Ich habe alles ausgegeben, ich besitze keinerlei Ersparnisse«, hatte sie dem Ermittler gestanden. »Mein Lebensstil ist sehr kostspielig.«

Einen Monat darauf hatte sie plötzlich Geld. Ihr Produzent teilte mit, mehrere ausländische Firmen hätten ihr beträchtliche Summen für verkaufte CDs überwiesen. Angela wandte sich an verschiedene plastische Chirurgen, doch die lehnten eine Behandlung ab. Sie war zu berühmt, die Ärzte fürchteten im Falle eines Misserfolgs um ihren Ruf, und die Aussicht auf Erfolg war gering.

Die Sängerin wurde ständig überwacht, und Doktor Tichorezkaja, die schließlich einwilligte, sie zu operieren, geriet automatisch in Raiskis Blickfeld. Umgehend wurde ihr Telefon abgehört. Gleich in der ersten Nacht kam ein interessanter Anruf.

Der Oberst hörte sich die Aufzeichnung an die zehnmal an und traute seinen Ohren nicht. Er gab ein Gutachten in Auftrag – es bestätigte, dass Doktor Tichorezkaja um halb vier morgens von Schamil Ismailow höchstpersönlich angerufen worden war. Woher der Anruf kam, ließ sich nicht feststellen, trotzdem hätte Raiski vor Freude am liebsten jubiliert.

Er holte rasch alle nötigen Informationen über Doktor Tichorezkaja ein und beschloss, sie in sein Spiel einzubeziehen.

Als er Julia gegenüber behauptete, er habe zur Zeit keinen plastischen Chirurgen zur Verfügung, sagte er die Unwahrheit. Natürlich verfügte der Geheimdienst über plastische Chirurgen, und sie waren keineswegs schlecht. Aber Raiski wollte lieber einen Außenstehenden, weil er den eigenen Leuten nicht mehr vertraute.

Julia konnte auf keinen Fall mit Ismailows Leuten in Verbindung stehen. Sie blieb außerhalb des Systems und war nur an ihrer eigenen Sicherheit interessiert.

Von ihr waren also keine unangenehmen Überraschungen zu erwarten. Im Gegenteil. Nach Ismailows nächtlichem Anruf hatte Raiski das Gefühl, dass Doktor Tichorezkaja ihm Glück bringen würde.

Von Julias Auto aus hatte Angela zweimal per Handy mit Ismailow telefoniert. Von dem ersten Anruf hatte der Oberst von der Ärztin selbst erfahren.

»Ich glaube, sie hat mit dem Mann gesprochen, der sie verprügelt hat. Sie sind ziemlich intim miteinander. Sie nannte ihm die genaue Summe für die Behandlung. Sie war sehr erregt, schrie ihn an. Dann besann sie sich, brach das Gespräch ab und behauptete mir gegenüber, sie habe mit ihrem Produzenten gesprochen. Vielleicht hat er sie verprügelt? Aber ich glaube eher, dass Angela mich angelogen hat. Sie hat sich am Telefon nicht mit ihrem Produzenten gestritten, sondern mit jemand anderem.«

»Wie kommen Sie darauf?«, hatte Raiski gefragt und dabei ein Lächeln unterdrückt.

»Das habe ich einfach an ihrer Stimme gemerkt, und außerdem hatte ich sie ja gar nicht gefragt. Ich habe ihr keine einzige Frage gestellt, und trotzdem sah sie sich zu Erklärungen bemüßigt.«

Ihr Škoda war daraufhin sofort mit einer kleinen Wanze versehen worden. Der Mitschnitt der nächsten Gespräche der Ärztin mit der Sängerin, erst im Krankenzimmer, dann im Auto, veranlasste Raiski zu einem freudigen Luftsprung.

Nun wusste er genau, dass Angela von Ismailow zusammengeschlagen worden war, und zwar wegen Stas Gerassimow.

Am selben Tag wurde er darüber informiert, dass in Angelas Krankenzimmer fremde Wanzen entdeckt worden waren. Er freute sich noch mehr und ordnete an, diese nicht anzurühren. Mochte der Tschetschene ruhig zuhören. Und sich Sorgen machen.

Sicherheitshalber wurde auch Julias Auto untersucht, doch darin fand sich nichts Fremdes. Also erhielt Ismailow nicht alle Informationen, sondern nur einen Teil – klein, aber ausreichend, um ihn zu beunruhigen.

Natürlich kam Raiski durchaus auf den Gedanken, dass der Tschetschene sich womöglich ernsthaft für die Ärztin interessieren könnte, der gegenüber seine Freundin sich so offenherzig gab, aber das war für den Oberst nur von Vorteil. Jeder, für den sich Ismailow interessierte, wurde zu einem Glied in der Kette, die schließlich zum glücklichen Finale führen würde.

Die Zusammenarbeit mit Julia war eindeutig ein Glückstreffer. Angela hatte Vertrauen zu ihr. In ihrer Gegenwart entspannte sie sich und war äußerst offen.

Jeder Mitarbeiter, der an Raiskis Operation beteiligt war, verfügte nur über genauso viel Informationen, wie er unbedingt für seine Arbeit brauchte. Doktor Awanessow und Katja zum Beispiel wussten, dass Major Loginow ein neues Gesicht bekam, hatten aber keine Ahnung, um wessen Gesicht es sich handelte und was der Major tun würde, wenn er die Militärbasis verließ.

Der Oberst achtete streng darauf, dass niemand seinen Plan von Anfang bis Ende durchschaute. Doch Julia Tichorezkaja war inzwischen über alle zulässigen Grenzen hinaus informiert. Ohne es zu wollen, wusste sie praktisch alles, sogar den Namen von Objekt A.

Es war richtig gewesen, jemanden von außen einzubeziehen. Doch Raiski hatte seine eigenen Schwächen nicht bedacht. Er war es gewohnt, mit Profis zu arbeiten, konnte aber nicht voraussehen, wie Doktor Tichorezkaja sich verhalten würde und wie gefährlich ihre Informiertheit war.

Ihr Wagen wurde noch immer abgehört, ihr Haus ständig überwacht, und zwar so offen, dass selbst Schura den schwarzen Audi bemerkt hatte.

Durch den Straßenlärm und die Motorengeräusche klangen die Stimmen undeutlich. Doch der Oberst entschlüsselte Gesprochenes durch jede Störung hindurch ebenso, wie ein Graphologe jede Schrift entziffern konnte.

Als er hörte, wie Schura ihre Mutter nach ihm fragte, nach dem langen Dünnen mit der Brille, huschte ein schwaches Lächeln über seine Lippen, dann wurde sein Gesicht ernst. Julias Antwort hörte er sich zweimal an. Anschließend lauschte er amüsiert Julias Bericht über das Beamtenehepaar und die Rebhühner.

## Sechsundzwanzigstes Kapitel

In der letzten Nacht schlief Sergej nicht; er blätterte noch einmal die Kopie der alten Akte durch.

Aus den Zeugenaussagen über Mascha Demidowa entstand das Bild einer echten femme fatale. Als sie in die neunte Klasse ging, wollte sich ein Klassenkamerad ihretwegen das Leben nehmen. Am Institut brodelten um sie herum ständig die Leidenschaften. Es gab eine undurchsichtige Geschichte mit einem jungen Sportlehrer. Eine Freundin der Ermordeten hatte ausgesagt, Mascha habe dem Lehrer derartig den Kopf verdreht, dass der Ärmste seine Frau und sein kleines Kind verließ.

Mascha verstand sich darauf, Männer um den Verstand zu bringen, und dann trat sie still beiseite und sah zu, welche Dummheiten die Verliebten machten.

Dass Michejew vom ersten Semester an in sie verliebt war, wussten alle, und viele hatten gehört, dass die beiden am Tag vor dem Mord eine heftige Auseinandersetzung gehabt hatten, bei der Michejew drohte, die Demidowa umzubringen. Er hatte sie bei den Schultern gepackt, sie geschüttelt und gesagt: »Eines Tages bringe ich dich um, Mascha, Ehrenwort!« Worauf sie erwiderte: »Du bist ein dummer Affe, Michejew. Lass mich los, du tust mir weh!« Er ließ sie los, und sie lachte ihm ins Gesicht.

Dann ging die Tür eines Seminarraums auf, und Gerassimow kam heraus. Mascha fasste ihn unter und sagte: »Komm, wir gehen ins ›Gambrinus‹, ich hab Hunger.«

»Gambrinus« nannten die Studenten ein kleines Kellerlokal in der Nähe des Instituts.

Gerassimow legte ihr den Arm um die Schultern, sie entzog sich, lachte und nannte auch ihn einen dummen Affen. So nannte sie jeden jungen Mann, der sich für sie interessierte. Aber niemand war ihr böse, im Gegenteil, viele mochten gerade das an ihr.

In der Akte tauchte Gerassimows Name mehrfach auf.

Ein Zeuge behauptete, Michejew sei auf Gerassimow eifersüchtig gewesen, andere nannten andere Namen.

Nach den Sommerprüfungen fuhr eine Gruppe von zehn Leuten auf die Datscha der Demidows. Maschas Eltern waren zu der Zeit im Ausland. Michejew und Gerassimow gehörten zu den Eingeladenen, doch Gerassimow fuhr nicht mit. Er war erkältet und lag mit Fieber im Bett.

Am Abend, gegen elf, gingen drei Jungen und drei Mädchen baden, darunter Mascha und Michejew. Der See lag drei Kilometer von der Datscha entfernt, jenseits der Eisenbahnstrecke.

Mascha und Juri überholten die anderen, deshalb hörte niemand, worüber sie unterwegs sprachen. Als alle den See erreicht hatten, verkündete Michejew, er wolle ans andere Ufer schwimmen, zog sich aus und stürzte sich ins Wasser. Der See war ungefähr achthundert Meter breit. Am gegenüberliegenden Ufer wuchs eine ganz besondere Lilienart, und er versprach Mascha, ihr eine Lilie zu bringen. Mit ihm sprangen noch ein Junge und ein Mädchen ins Wasser. Die anderen drei, darunter Mascha, blieben am Ufer sitzen.

Es war eine klare, sehr warme Mondnacht.

Als Michejew bis zur Mitte geschwommen war, erklärte Mascha, sie friere, sei müde und ginge jetzt zurück zur Datscha.

Michejew schwamm ans andere Ufer und kam mit einer riesigen weißen Blume zwischen den Zähnen zurück. Als er erfuhr, dass Mascha gegangen war, warf er die Lilie weg, zog sich an und rannte ihr nach. Er stellte fest, dass sie nicht in der Datscha angekommen war, und ging sie suchen, nachdem er ein Glas Wodka in einem Zug geleert hatte. Die Zeugen erklärten, er sei sehr erregt gewesen und habe mehrfach gesagt: Wenn ich dich finde, bring ich dich um, ich erwürg dich eigenhändig, ich kann nicht mehr!

Gegen ein Uhr nachts kamen die anderen vom See zurück, waren hungrig und beschlossen, nicht auf Mascha und Michejew zu warten – mochten die beiden klären, was sie miteinander zu klären hatten.

Um halb drei kam Michejew mit dem Schrei: »Einen Rettungswagen! Mascha!« ins Haus gerannt. Auf der Datscha gab es ein Telefon. Ohne weitere Erklärungen drehte Michejew lange die Wählscheibe, begriff aber nicht, dass er eine Acht vorwählen musste. Alle Anwesenden sahen, dass seine Hände, sein Gesicht und sein Hemd voller Blut waren. Schließlich wählte jemand die richtige Nummer. Den Hörer hielt noch Michejew in der Hand. Er sagte: »Kommen Sie schnell! Hier stirbt jemand!«, nannte die Adresse der Datscha und seinen Namen. Auf Gegenfragen antwortete er brüllend: »Dazu ist jetzt keine Zeit, verdammt! Sie liegt auf der Baustelle!« Dann warf er den Hörer hin und rannte hinaus.

Einige folgten ihm, andere blieben da, um auf den Rettungswagen zu warten.

Einen Kilometer von der Datscha entfernt, in einem Birkenwäldchen, entstand gerade ein Ferienheim. Durch das Wäldchen führte eine Abkürzung zur Bahnstation, deshalb wurde der Zaun ständig zerstört. Die Baustelle war eine Art Durchgangshof. Über sie führte ein ungefährlicher, von einem Scheinwerfer beleuchteter Trampelpfad, den die Datschniks nahmen, weil sie keinen Umweg laufen wollten.

Im hellen Scheinwerferlicht sahen die Jungen und Mädchen Mascha in der nicht sehr tiefen Baugrube liegen, auf einer schrägen Betonplatte, mit dem Gesicht nach unten. Sie trug Shorts und einen leichten hellen Pulli. Er war ganz dunkel vom Blut. Aus ihrem Rücken ragte etwas – ein Messergriff, wie sie zunächst dachten. Michejew kniete neben ihr und hielt ihren Kopf. Eine Weile wagte niemand sich näher heran. Schließlich kletterte ein Mädchen, deren Mutter Ärztin war, vorsichtig in die Baugrube, hockte sich neben Michejew, griff nach Maschas Handgelenk, um den Puls zu fühlen, schrie aber laut auf und kehrte zurück zu den anderen. Dieses Mädchen erzählte später, Mascha sei auf die Betonplatte aufgespießt gewesen wie ein Schmetterling auf eine Stecknadel. Ein aus dem Beton ragendes Moniereisen hatte sie durchbohrt.

Der Rettungswagen kam erst nach einer Stunde. Der Arzt stellte den Tod fest. Kurz darauf erschien die Miliz. Nach einer kurzen Befragung der Zeugen wurde der Vorfall als Mord eingestuft und Juri Michejew als Verdächtiger festgenommen. Sowohl bei der ersten Vernehmung als auch bei allen späteren verhielt er sich äußerst unklug. Er war grob, und auf die Frage, in welchem Verhältnis er zu der Ermordeten gestanden habe, antwortete er: »Das geht Sie einen Dreck an.«

Vernehmer: Haben Sie der Demidowa gedroht, sie umzubringen?

Michejew: Nein. Nie.

Vernehmer: »Eines Tages bringe ich dich um, Mascha, Ehrenwort! Ich bring dich um, ich erwürg dich eigenhändig!« Sind das Ihre Worte?

Michejew: Ja.

Vernehmer: Na also, und Sie sagen, Sie hätten ihr nicht gedroht.

Michejew: Was soll denn das, wirklich! Ich habe sie geliebt, ich konnte ohne sie nicht leben! Wir wollten heiraten.

Vernehmer: Die Ermordete stand Ihnen also sehr nahe.

Michejew: Scheren Sie sich zum Teufel! Das ist doch alles Schwachsinn!

Es wurde hell. Vom langen Sitzen tat Sergej der Nacken weh, und die Augen fielen ihm zu. Der Aschenbecher war voll mit Kippen der Marke »Parlament light«. In dieser Nacht hatte er sich fast daran gewöhnt. Er sah sich die Fotos in der Akte an. Das Mädchen auf der Betonplatte erinnerte tatsächlich an einen aufgespießten Schmetterling.

Was will ich damit, dachte Sergej, runzelte die Stirn und rieb sich den Nacken. Meine Sache ist Schamil Ismailow.

Der Schmerz war so heftig, dass Wladimir der Atem stockte. Er öffnete die Augen und starrte in die Dunkelheit.

Er erinnerte sich genau, dass er vorm Schlafengehen seine zwei Tabletten genommen hatte. Die Dosis sollte eigentlich bis sechs Uhr früh vorhalten. Doch sein Bauch wurde geradezu zerrissen; der Schmerz war von ganz neuer Intensität. Als er sich nur ein wenig aufrichtete, durchfuhr er ihn erneut so heftig, dass er aufschrie.

»Wenn ich sterben soll, dann bitte schnell, ich halte es

nicht mehr aus«, flüsterte oder dachte der General und vernahm schwerfällige Schritte auf der Treppe.

Natalja und er schliefen schon lange getrennt. Ihr gemeinsames Schlafzimmer lag unten, dort schlief sie, das obere Zimmer mit dem halbrunden Fenster war eigentlich Gästezimmer. Anfangs war der General nur zum Lesen hergekommen, dann ganz hierher umgezogen. Er schloss nachts sogar ab – so fühlte er sich sicherer.

Das leise Klopfen und die Stimme seiner Frau schienen aus weiter Ferne zu ihm zu dringen.

»Wladimir, mach auf!«

Ihm fiel ein, dass die Tür abgeschlossen war. Aufstehen und öffnen konnte er ebenso wenig wie ins Bad gehen und die Tabletten vom Regal holen.

»Wladimir, hörst du mich? Antworte doch, bitte!«

Ihre Stimme zitterte. Sie weinte. Er ertrug ihre Tränen nicht. Deshalb hatte er ihr auch nicht die Wahrheit gesagt. Er wusste, sie würde weinen, leise und bitterlich, und dann, wenn sie sich beruhigt hatte, nur noch darüber reden, daran denken, und sein Leben wäre zu Ende, lange bevor er starb.

Jeder Blick, jeder Seufzer von ihr würde seiner schrecklichen unheilbaren Krankheit gelten. Und dann hätte er nicht mehr die Kraft zu kämpfen. Man darf sich nicht selbst bemitleiden und kein fremdes Mitleid annehmen. Mitleid ist ein fetter Nährboden für die Krankheit, darauf wächst sie ins Unermessliche, wird größer als der Mensch selbst und frisst ihn auf. Das hatte der Kommandeur der Fallschirmtruppe vor über vierzig Jahren gesagt. Damals lernte Offiziersschüler Gerassimow, mit dem Fallschirm abzuspringen, viele Kilometer durch Taiga, Sümpfe und Wüste zu marschieren, Kälte, Hitze, Durst, Hunger, Schlaf, Schmerz und Mitleid zu besiegen.

»Wenn du geschlagen oder gefoltert wirst, wenn du dich nicht wehren kannst, nimm den Schmerz freudig an. Du musst ihn mit Freuden empfangen, du musst dir leidenschaftlich wünschen, dass es noch mehr wehtut, dass der Schmerz noch heftiger brennt; als würdest du frieren, und der Schmerz wäre das Feuer, das dich wärmt. Nur dann wirst du aushalten und nicht gebrochen werden.«

So hatte man es ihnen an der KGB-Hochschule beigebracht. Der Student Gerassimow lernte, Vernehmungen zu führen und Antworten zu verweigern. Er lernte, schmerzhaft, aber ohne Spuren zu schlagen, und zwar so, dass der Vernommene nicht vor Schmerz ohnmächtig wurde, denn das bedeutete Zeitverlust.

Ihr Dozent, ein zweiundfünfzigjähriger Oberst, ein kleiner grauer Mann mit Leninglatze, hatte noch kurz zuvor, unter Berija, als Untersuchungsführer gearbeitet. Ob er je wirklichen Schmerz am eigenen Leib erfahren hatte, wussten die Studenten nicht, doch dass er ein großer Spezialist für menschliches Leiden war, daran zweifelte niemand.

Für seine Studenten blieb das alles zum Glück Theorie.

Natalja weckte Nikolai, und der brach vorsichtig die Tür auf. Der General bat um seine Medizin, nahm gleich vier Kapseln und spülte sie mit Wasser hinunter. Er hatte noch genug Kraft, seine Frau zu überreden, nicht den Notarzt zu rufen, sondern bis zum Morgen zu warten. Nach den Kapseln schluckte er noch zwei starke Schlaftabletten und schlief ein.

Natalja ging hinunter in die Bibliothek, holte ein medizinisches Lexikon aus dem Regal und blätterte mit zitternden Fingern so lange darin, bis sie den lateinischen Namen des Medikaments gefunden hatte, das Wladimir nahm und über das sie nichts wusste. Als sie erfahren hatte, dass es sich um ein starkes Schmerzmittel handelte, das bei Krebserkrankungen verordnet wird, weinte sie nicht. Sie blieb einfach bis zum Morgen im Schaukelstuhl in der Bibliothek sitzen, das schwere Lexikon auf dem Schoß. Ihre

Augen waren trocken und weit geöffnet. Gegen Morgen fiel sie in einen kurzen, ohnmachtähnlichen Schlaf, und als sie erwachte, rief sie einen griechischen Bekannten an, der sehr gut Russisch sprach, und bat ihn, den besten Krebsspezialisten der Insel zu ihnen zu bringen, so schnell wie möglich, egal, was es kostete.

## Siebenundzwanzigstes Kapitel

Das Eisentor schloss sich quietschend. Der Weg führte durch ein Wäldchen. Hinter den Birkenstämmen blinkte die rosa Morgensonne. Sergejs Körper fühlte sich nach der schlaflosen Nacht ein wenig fremd an. Der silbergraue Wagen bog auf die Chaussee nach Moskau ein. Sergej gab Gas. Bevor er sich endgültig in Stas Gerassimow verwandelte, musste er noch ein paar Stunden durch Moskau laufen, ein letztes Mal er selbst sein.

Es kam ihm vor, als hätte er seine Heimatstadt zehn Jahre nicht gesehen. In Wirklichkeit waren es nur sieben Monate. Im November war er nach Grosny geflogen. Von November bis Februar war er davon überzeugt gewesen, dass er nie wieder nach Moskau zurückkehren würde. Jetzt war Anfang Mai. Er war zurückgekehrt. Das heißt – nein, nicht er. Ein anderer. Ein seltsames Wesen mit der Erfahrung eines Kommandeurs der Spezialtruppen der Abwehr und der Biographie eines Neugeborenen. Ein einsamer Mann, dessen Erinnerung so viel Schreckliches enthielt, dass er nichts mehr fürchtete. Auch deshalb, weil er allein war. Sollte er umkommen, würde niemand weinen.

Gegen elf Uhr vormittags überquerte Sergej den Ring, tankte, trank einen dünnen Kaffee und aß ein Käsesandwich. Als er in dem winzigen Café saß, fiel ihm ein, dass er das Handy einschalten sollte. Doch er tat es nicht. Stas

Gerassimow würde mit Anrufen bombardiert werden, und er müsste sofort in seine Rolle einsteigen. Stas hatte Dutzende Bekannte. Sergej hatte außer Oberst Raiski niemanden in dieser Stadt. Julia zählte nicht. Am besten, er vergaß sie. Der warme, pulsierende Klumpen unter seinen Rippen würde sich allmählich auflösen. Wenn er zu ihr ging, um die Narben entfernen zu lassen, wäre das innerliche Beben vorbei. Sie würden sich höflich für immer verabschieden.

Raiski hatte ihm nicht gesagt, wo sich die Klinik für plastische Chirurgie befand, und ihm auch keine Telefonnummer gegeben.

»Wozu? Wenn es so weit ist, teile ich Ihnen mit, wie Sie die Ärztin finden.«

»Und wenn es Komplikationen gibt?«, hatte Sergej gestammelt und sich gefühlt wie ein Volltrottel.

»Dann rufen Sie mich an.«

Sie wussten beide sehr gut, dass es keine Komplikationen geben würde, und sollte Sergej über den Oberst Verbindung zu der Ärztin suchen, dann ausschließlich aus privaten Gründen.

Schluss. Es reicht. Ich habe sie schon vergessen.

Am Platz der drei Bahnhöfe geriet er in einen Stau und spürte einen durchdringenden Blick von der Seite. Neben ihm stand ein schäbiger alter Moskwitsch. Am Steuer saß ein alter Mann mit weißem Flaum auf der Glatze und einer billigen Brille mit gelbem Plastikgestell. Ein Bügel war mit einem schmutzigen Pflaster umwickelt. Der Alte musterte den Angeber in dem silbergrauen Schmuckstück so aufmerksam, dass Sergejs Wangen ganz heiß wurden und seine Narben anfingen zu jucken.

Stimmt etwas nicht? Aber was, fragte Sergej den Alten in Gedanken. Passt meine Mütze vielleicht nicht zur Saison? Wirklich, wieso sitze ich im Mai mit einer Wildledermütze im Auto?

Er nahm die Mütze ab und warf sie auf den Beifahrersitz. Doch der Blick des Alten blieb unverändert.

Was ist denn jetzt noch? Hör mal, Opa, kennen wir uns vielleicht? Nein, ausgeschlossen. Solche Bekannten hat Gerassimow bestimmt nicht.

Sergej nickte dem Alten lächelnd zu. Daraufhin kniff der die Lippen zusammen und hupte so ausdrucksvoll, als wäre sein Moskwitsch lebendig und hätte einen hysterischen Anfall.

Ach, das ist nichts Persönliches, begriff Sergej. Es ist nur, weil ich reich bin, und er ist arm. Er war im Krieg und besitzt in seinem hohen Alter nur seinen klapprigen Moskwitsch. Er weiß, dass mein Schmuckstück an die zweihundert seiner Kriegsveteranenrenten kostet – das ist alles. Nichts Persönliches.

Als der Stau sich aufgelöst hatte, suchte Sergej sich einen bewachten Parkplatz, stellte den Wagen ab und ging zu Fuß. Der Moskauer Maitag stürmte auf ihn ein wie eine gewaltige Ozeanwelle und riss ihn mit sich.

In einem Musikladen vor der Metro lief eine CD. Eine rauhe Stimme brüllte über den ganzen Platz: »Ich hab schon viele umgebracht, so manchen hab ich kaltgemacht, so viele Seelen hingerafft!« Wie auf Kommando sah Sergej im Benzindunst das Gesicht von Hauptmann Gromow vor sich. Wassja war in der Gefangenschaft verrückt geworden, und dieses Lied war eine Art Symbol für seinen Irrsinn. Auch Wassja war in Moskau geboren, und er würde nie mehr zurückkehren. Seine Eltern lebten noch. Er hatte eine Frau, Olga, und zwei Söhne.

Sergej hatte gehofft, in der Stadt, unter normalen Menschen, in den von Kindheit an vertrauten Gassen wieder richtig zu sich zu kommen. Aber das Gegenteil war der Fall. Statt ein wenig zu verschnaufen, lief er immer weiter und fürchtete sich, stehen zu bleiben.

Das normale Stadtleben um ihn herum erschien ihm blasphemisch, wie Gelächter auf einer Beerdigung. Er spürte, dass er nun genauso böse dreinschaute wie der Opa mit den Ordensbändern im Auto. Gut, dass die dunkle Brille seine Augen verbarg.

Die Menschen liefen geschäftig in Läden, saßen in Straßencafés, aßen, tranken, schwatzten, lasen Zeitung oder schlenderten ziellos herum. Er fragte sich: Sollen sie etwa Trauer tragen und von morgens bis abends heulen? Nein, das waren sie niemandem schuldig. Das war es ja gerade: Niemand schuldete irgendwem etwas.

Die Stadt lebte ihr normales Leben, gab sich alle Mühe, eine echte europäische Metropole zu sein. Aber vergebens. Es war schmutzig. Es gab zu wenig Papierkörbe. Ein Papierkorb war ein wunderbarer Platz für eine Sprengladung – Päckchen reinwerfen und fertig. Keiner bemerkte etwas, niemandem fiel etwas auf.

Sergej lief seit über drei Stunden ziellos durch die Stadt, ging immer wieder hinunter in die Metro, fuhr ein paar Stationen, stieg aufs Geratewohl aus, überquerte Plätze, bog in Gassen ein.

Als er wieder einmal aus der Metro auftauchte und sich umsah, erstarrte er. Er stand auf dem Prospekt Mira. Im Viertel seiner Kindheit. Er kaufte sich eine Flasche Wasser und einen Hotdog und setzte sich endlich, in einen Hof in der Trifonow-Straße, gegenüber der Stelle, an der einmal sein Haus gestanden hatte. Nun war hier ein eingezäunter Parkplatz, dahinter erhob sich ein sechzehngeschossiger Wohnturm mit Loggien. Die Vorkriegshäuser, die den Hof umstanden, wirkten schöner als früher, verjüngt durch einen frischen Fassadenanstrich. Die Hauseingänge waren mit Stahltüren und Klingelanlagen versehen. Die Pappeln, die den Hof jeden Sommer in eine dicke Schicht Flaum gehüllt hatten, waren längst gefällt, die Stubben gerodet, der Platz asphaltiert. Es war praktisch nichts mehr da. Sergej versuchte, in Gedanken alles wieder so hinzustellen, wie es vor fünfundzwanzig Jahren ausgesehen hatte.

Ein einstöckiges kleines Holzhaus aus rohen, altersgrauen Balken. Eine Rabatte, mit Ziegelsteinen eingefasst, die der Hausmeister Nikititsch jedes Frühjahr neu schräg einschlug, sodass sich eine gezahnte Einfassung ergab. Dabei trat er immer wieder zurück und kontrollierte, ob es auch ordentlich aussah. Anstelle einer Blume stand in der Mitte der Rabatte ein dünner, kurzbeiniger Lenin mit Goldbronzeanstrich – wie eine Schokoladenfigur in Goldpapier. Dahinter ein Taubenstall, ein halbdurchsichtiger Kubus, weiß von Vogelkot und stets erfüllt von Flügelschlagen und kehligem Gurren.

Die Tauben hielt ein grummeliger dicker Opa mit Namen Wederko. Von März bis Oktober lieferte er sich mit dem Hausmeister wüste Schimpfduelle. Die Tauben kackten auf Lenin, und der Hausmeister drohte, den Stall anzuzünden. Doch als Opa Wederko nach einem Schlaganfall gelähmt war, streute der Hausmeister persönlich den Tauben Körner hin und kratzte den Vogelkot vom Volierengitter.

Der Hof war leer. Von Weitem drang der Lärm des Prospekts herein. Das Bild löste sich auf, und Sergej war allein mit einem fremden Hof, einer fremden Welt. Er rauchte noch eine Zigarette und begriff gereizt, dass er nur die Zeit totschlug.

Man konnte nicht alles verlieren, ohne etwas zu gewinnen. Die Natur duldet keine Leere. Er hatte nun genug herumgesessen, in alberne, unnütze Gefühle versunken. Er musste zurück zum Auto und in die Wohnung von Stas Gerassimow fahren.

Vor der Metro fiel ihm ein Werbeplakat auf. »Klinik für plastische Chirurgie«; ein Pfeil zeigte auf die Adresse. Das war gleich hier um die Ecke, nur ein paar hundert Meter entfernt. In Moskau gab es Dutzende solcher Kliniken. Er begriff nicht gleich, warum er wie angewurzelt dastand und das Plakat anstarrte, anstatt in die Metro abzutauchen.

Heiße Strahlen huschten über sein Gesicht.

»Meiden Sie direkte Sonnenstrahlung … In einem Monat entferne ich die Narben, in meiner Klinik, im Zentrum von Moskau, in der Nähe der Metrostation ›Prospekt Mira‹.«

Das war ihre letzte Begegnung gewesen, ihr letztes Gespräch, und er war schrecklich aufgeregt gewesen, hatte krampfhaft überlegt, wie er sie noch ein paar Minuten aufhalten konnte.

Vor dem Glasgebäude der Klinik befand sich ein Parkplatz. Er suchte nach dem weinroten Škoda, entdeckte ihn nicht und beruhigte sich beinahe. Doch statt umzukehren und zur Metro zu gehen, lief er auf die Marmortreppe zu. Die Glastür schwang vor ihm auf. Er stand in einem geräumigen Foyer. Links und rechts saßen Sicherheitsleute in Tarnanzügen. Sie ließen ihre Blicke flüchtig über sein Gesicht huschen, bemerkten vermutlich die Narben und stellten keine Fragen.

Direkt gegenüber vom Eingang hing eine große Tafel. Dort standen die Namen der Ärzte mit Zimmernummern und Sprechstunden.

»Julia Tichorezkaja, Chirurgin, 32 …« Sie hatte täglich Sprechstunde, außer mittwochs. Und heute war ausgerechnet Mittwoch.

Das mit dem Konto auf Zypern weiß Schamil noch nicht, dachte Angela, die in der kalten, leeren Wanne saß und vor Kälte bibberte, aber das ist nur eine Frage der Zeit. Früher oder später wird er es erfahren. Und dann? Wird er mir wieder das Gesicht zertrümmern, diesmal endgültig? Aber dann liefere ich ihn aus. Ich mache ihn fertig, genau wie er mich. Wenn er mich für immer verstümmelt, will ich sowieso nicht mehr leben. Dann ist mir alles egal!

Die Haushälterin Mila seifte ihr vorsichtig den Rücken mit einem Schwamm ein und spülte ihn mit einem dünnen Duschstrahl ab, bemüht, den Verband nicht nass zu machen.

»Ein bisschen heißer, es ist zu kalt«, meckerte Angela ärgerlich.

»Das geht nicht. Der Wasserdampf …«

»O mein Gott, ich hab das alles so satt! Gib mir das Handtuch.«

Mila wickelte sie sorgsam in ein Frotteetuch.

»Gleich wird dir warm.«

Aber selbst im Bett, unter zwei Decken, wurde Angela nicht warm. Je klarer sie sich an die Einzelheiten ihrer Gespräche mit Doktor Tichorezkaja erinnerte, desto heftiger wurde sie von Schüttelfrost gepackt.

Ich Idiotin! Ich hab ihr praktisch alles erzählt. Wozu? Bei den Bullen hab ich mich so toll gehalten, beim Untersuchungsführer und bei der Alten, die als Ärztin getarnt ins Krankenhaus kam. Und bei ihr hab ich mich gehenlassen wie die letzte Vollidiotin. Was hat mich da bloß geritten? Als ob ich nicht wüsste, was für eine Intuition Schamil hat! Er riecht es auf tausend Kilometer, wenn jemand etwas weiß, dass ihm gefährlich werden kann. Als er ganz zu Anfang früh um halb vier bei Julia anrief, war die Drohung nicht an sie adressiert, sondern an mich. Wegen der Bullen und KGB-Leute hatte er keine Bedenken, aber er hat gewusst, bei der Ärztin, die mir helfen will, würde ich weich werden.

Angela kannte das an sich seit langem: Solange man Druck auf sie ausübte, sie austricksen wollte, hielt sie sich eisern. Aber sobald jemand Mitgefühl mit ihr zeigte, war es aus mit ihrer Wachsamkeit. Und was sie selbst von sich wusste, das wusste selbstredend auch Schamil Ismailow.

Nein, ich habe Julia nichts erzählt, dachte sie, bemüht, sich zu beruhigen, trotzdem hab ich ihr fast alles erzählt. Warum hab ich den Namen Gerassimow erwähnt? Und dann vor ihren Augen sein Foto zerrissen? Schamil kennt mich in- und auswendig und ist beunruhigt wegen der Ärztin. Womöglich arbeitet sie mit denen zusammen. Zumindest weiß sie, mit wem ich befreundet bin. Oder nicht? Na schön, angenommen, aus meinen Gesprächen mit ihr lässt sich schließen, dass ich nicht von unbekannten Rowdys zusammengeschlagen wurde, sondern von meinem Freund Schamil Ismailow. Und weiter?

Das Handy klingelte. Es war zwei Uhr nachts. Das verdammte Spielzeug gab nicht nur ein melodisches Klingeln von sich, es vibrierte auch noch. Es zappelte in der Schlafanzugtasche herum. Angela kroch aus dem Bett und schlurfte brav ins Bad.

»Ist es dir eingefallen?«, fragte Schamil leise und einschmeichelnd.

»Hör mal, wieso nervst du mich, he? Du solltest lieber diesen Idioten Gerassimow nerven!«, herrschte Angela ihn leise an.

Sie hatte nicht überlegt, was sie sagte, sie verteidigte sich einfach, indem sie ihn angriff. Die Antwort war eine lange, ungute Pause. Angela merkte, dass sie etwas Falsches gesagt hatte.

Tatsächlich, warum hat er Gerassimow nicht angerührt, fuhr es ihr durch den Kopf, und um ihre Unruhe zu übertönen, sagte sie so geringschätzig wie möglich: »Bist du ein Mann oder nicht? Dein Mädchen ist furchtbar beleidigt worden. Also, Dshigit, wieso liegt dieses Schwein nicht längst im Grab?«

»Ich hab dich was gefragt: Ist dir wieder eingefallen, worüber du mit der Ärztin gesprochen hast?«, entgegnete Schamil kalt.

»Was soll mir da wieder einfallen! Im Auto lief Musik. Wertinski. Kennst du natürlich nicht. Jedenfalls, ich hab ihr erzählt, dass ich einen Clip aus einem seiner Songs machen wollte. Und nachdem du angerufen hast, hab ich ihr erklärt, das wäre Gena gewesen. Das ist alles. Bist du jetzt zufrieden?«

»Hast du mit ihr über Gerassimow gesprochen?«, fragte Schamil leise.

Angela bekam eine Gänsehaut. Schamil hatte gute Kontakte zu den drei größten kriminellen Banden in Moskau. Er konnte durchaus dafür gesorgt haben, dass alle ihre Gespräche mit der Ärztin abgehört und ihm übermittelt wurden.

»Du bist wirklich eine Nervensäge«, knurrte Angela und gähnte laut in den Hörer. »Ich habe mit der Ärztin über meine Operationen gesprochen und sie gebeten, mir ein Schmerzmittel zu verschreiben, meine Narben jucken, ich kann nicht schlafen. Dann hab ich sie gefragt, wie das Fenster aufgeht. Sie hat es mir gezeigt, mich aber ermahnt, ich müsse Zug meiden, ich dürfe mich auf keinen Fall erkälten, denn beim Niesen könnten die Nähte aufplatzen. Und, interessiert dich das? Soll ich weiterreden?«

»Red weiter!«

»Mein Gott, du bist mehr als bloß eine Nervensäge, du bist der Weltmeister der Nervensägen. Außerdem haben wir noch über Musik gesprochen, über Wertinski. Und ich hab mich über Gena beklagt, weil er mich nicht abgeholt und mir nicht mal Geld für ein Taxi dagelassen hat.«

»Aha. Weiter.«

»Dann hat sie sich die Fotos angesehen, die in meinem Zimmer rumlagen. Kann sein, dass auch eins von Gerassimow dabei war. Aber wir haben nicht speziell über ihn gesprochen. Reicht dir das? Und bitte, ich flehe dich an, erinnere mich nicht mehr an diesen Idioten. Wenn du ihn schon nicht in Stücke reißen kannst, erwähn ihn mir gegenüber wenigstens nicht mehr, ja?«

»Gute Nacht«, antwortete Schamil, und gleich darauf tutete es im Hörer.

## Achtundzwanzigstes Kapitel

»Ohne gründliche Untersuchung kann ich gar nichts sagen«, erklärte der Krebsspezialist, nachdem er Wladimirs Bauch abgetastet, ihm in den Rachen und unter die Augenlider geschaut hatte. »Waren Sie in Russland beim Arzt?«

»Sie haben gesagt, ich hätte Magenkrebs und Metastasen in Leber und Lunge.«

»Vielleicht sollten Sie sich bei uns noch einmal untersuchen lassen?«, fragte der Arzt mit gesenkter Stimme. »In Kerkura gibt es eine ausgezeichnete Klinik.«

»Wozu?«

Der Grieche zog die pechschwarzen Brauen zusammen und öffnete den obersten Knopf seines schneeweißen Hemdes.

»Das ist nicht teurer als in Russland.«

Sie sprachen englisch, leise und schnell. Natalja verstand nichts und blickte angespannt von einem zum anderen. Beim Wort »cancer« zuckte sie zusammen.

»Es geht nicht ums Geld.« Der General lächelte herablassend. »Ich kenne meine Diagnose und möchte keinen einzigen Tag in einer Klinik verbringen.«

»Warum?«

»Weil ich nicht mehr lange zu leben habe.«

»Ohne medizinische Hilfe noch weit weniger.«

»Egal, wie viel mir noch bleibt, ob ein Jahr oder ein halbes, ich will diese Zeit ohne Chemie, Bestrahlungen, Hormone und Schlauch im Bauch verbringen.«

»Ein Monat.« Der Grieche hob den Zeigefinger, an dem ein Ring steckte. »Ein Monat.«

»Ach so?« Der General zuckte mit den buschigen Brauen. »In Russland hat man mir mehr versprochen.«

»Wenn Sie sich behandeln ließen wie jeder normale Mensch in Ihrer Situation, würde ich Ihnen auch mehr versprechen. Aber Sie weigern sich ja. Und ich halte es für meine Pflicht, Ihnen die Wahrheit zu sagen.«

»Danke.« Der General lachte bitter.

»Bitte.« Der Arzt nickte. »Trotzdem rate ich Ihnen, noch einmal gründlich zu überlegen.«

»Ich habe zwei Bitten an Sie. Erzählen Sie meiner Frau nicht, wie schlimm es steht.«

»Sie wird kaum glauben, dass Sie bloß eine Gastritis oder ein Magengeschwür haben. Immerhin hat sie darum gebeten, einen Krebsspezialisten zu holen.«

»Sagen Sie ihr, ohne Untersuchung könnten Sie keine Diagnose stellen, erzählen Sie ihr, was Sie wollen, aber erschrecken Sie sie nicht.«

»Gut. Und die zweite Bitte?«

»Schmerzmittel. Die allerstärksten.«

»Guten Tag, Stanislaw!«, rief der Sicherheitsmann laut.

Sergej beglückwünschte sich im Stillen. Zum ersten Mal hatte ihn jemand mit seinem neuen Namen angesprochen. Der Bursche im Tarnanzug lächelte ihm aus seinem Kabuff zu wie einem alten Bekannten.

»Hallo.« Sergej nickte.

Der Eingangsbereich war mit Marmor ausgelegt und erinnerte an das Foyer eines teuren Hotels. Sergej ging zum Lift und spielte dabei lässig mit dem Schlüsselbund.

Die Haustür klappte.

»Guten Tag, Stanislaw«, sagte eine heisere, hochmütige Frauenstimme hinter ihm.

Sergej drehte sich um und grüßte zurück. Die hochgewachsene Dame um die fünfzig lächelte im Gegensatz zu dem Wachmann nicht, sondern sah an ihm vorbei. Neben ihr stand ein nachdenklicher afghanischer Barsoi.

Der Hund beschnüffelte Sergej, wedelte mit dem Schwanz, reckte ihm die Schnauze entgegen und stupste mit der nassen Nase gegen seine Hand. Er streichelte den Hund mechanisch und tätschelte ihn hinterm Ohr. Zum Dank leckte der Barsoi ihm die Hand.

»Unglaublich!«, rief die Dame erstaunt und lächelte. »Ich traue meinen Augen nicht! Sie hatten doch immer Probleme mit Linda. Was ist los mit Ihnen, Stanislaw? Ich hatte den Eindruck, Sie können Hunde nicht ausstehen!«

Der Lift kam. Im hellen Licht sah Sergej das Gesicht der Dame im Spiegel und erkannte sie – sie war eine renommierte Schauspielerin. Der Barsoi Linda wedelte indessen noch immer mit dem Schwanz und stupste erneut mit der Nase gegen Sergejs Hand.

Die Dame zupfte ihr Haar zurecht, warf im Spiegel einen Blick auf Sergej und entdeckte die Narben.

»Ich habe gehört, Sie hatten einen Unfall?«

Sergej nickte. »Ja.«

»Und warum tragen Sie eine Brille? Haben Sie sich die Augen verletzt?«

»Ein wenig.«

»Na dann – gute Besserung. Alles Gute.« Die Schauspielerin stieg auf ihrer Etage aus, und Sergej atmete erleichtert auf. Bevor er seine Wohnungstür aufschloss, untersuchte er mit Lupe und Taschenlampe gründlich Türgriff und Schlösser und hob vorsichtig die Fußmatte an. Nein – keine Überraschungen. Er wusste, dass gleich nach der Abreise des Hausherrn Einsatzkräfte hier gewesen waren. Der Türgriff war mit einem speziellen Mittel präpariert, das Fingerabdrücke fixierte. Neben dem Schloss war ein unsichtbarer, haardünner Faden befestigt. Der Faden war unversehrt, auf dem glänzenden Türgriff nicht die geringste Spur, nur eine hauchdünne Staubschicht. Es waren also keine ungebetenen Besucher dagewesen.

Als Sergej den Schlüssel umdrehte, hörte er das Telefon klingeln. Der Apparat stand im Flur. Sergej schloss von innen ab, seufzte tief und nahm den Hörer ab.

»Stas?«, fragte eine Frau am anderen Ende vorsichtig.

»Ja. Am Apparat.« Er stand mitten in einem unbekannten Flur und atmete die Luft der fremden Wohnung ein.

Wer ist das? Evelina? Galina? Oder vielleicht eine Dritte, von der Oberst Raiski nichts weiß, überlegte er, während er die cremefarbenen Flurwände betrachtete.

»Was ist mit deiner Stimme?«

»Ich bin ein bisschen erkältet.« Sergej hustete.

»Wo warst du die ganze Zeit?«

Galina muss wissen, dass ich einen Unfall hatte und im Krankenhaus lag. Ihr Mann arbeitet in meiner Firma, und dort wissen alle Bescheid. Also spreche ich mit Evelina? Aber sie kann ebenfalls in der Firma angerufen haben.

»Ich hab Neuigkeiten für dich, wir müssen uns unbedingt treffen. Ich hab jeden Tag bei dir angerufen. Die unverschämten Sekretärinnen in deiner Firma sagen nur, du bist nicht da, und legen wieder auf. Bei deinen Eltern geht keiner ran. Was ist los, Gerassimow?«

»Meine Eltern sind nach Griechenland geflogen«, murmelte Stas.

»Freut mich für sie. Und wo hast du zwei Wochen lang gesteckt?«

»Ich lag im Krankenhaus.«

»Ach, wirklich?« Sie lachte unangenehm. »Und ich dachte, sie hätten dich wegen des Mordes an deinem Chauffeur verhaftet. Wie bist du denn ins Krankenhaus geraten?«

»Ganz einfach. Mit dem Rettungswagen. Irgendein Schwachkopf ist bei mir aufgefahren, ich bin in den Wagen vor mir gekracht und auf der Intensivstation aufgewacht.«

»Mein Gott, Stas, warum hast du denn nicht angerufen? Das ist ja furchtbar! Wie geht es dir jetzt?«

»Jetzt ist fast alles wieder in Ordnung. Ich bin mit einer leichten Gehirnerschütterung davongekommen, na ja, und das Gesicht hab ich mir zerschrammt, die Windschutzscheibe ist zersplittert. Ansonsten nichts weiter Schlimmes. Ich bin gerade erst raus.«

»Ich komme sofort zu dir.«

Noch ehe Sergej widersprechen konnte, hatte sie aufgelegt.

Natalja kam herein, und ein kurzer Blick sagte dem General, dass der Grieche sein erstes Versprechen nicht gehalten hatte.

»Ich habe für morgen zwei Tickets nach Moskau bestellt«, sagte sie und setzte sich zu ihm aufs Bett. »Stas bleibt hier. Nikolai wird ständig bei ihm sein.«

»Ja, Natalja.« Der General nickte gleichgültig.

»Wo hast du dich untersuchen lassen, Wladimir?«

»In einer Privatklinik.«

»Was haben Sie dir vorgeschlagen?«

»Was schon? Das übliche Menü. Operation. Resektion des Magens und eines Teil des Darms. Künstlicher Darmausgang. Danach Chemie, Hormone, Bestrahlung.«

»Sie könnten sich geirrt haben.« Natalja strich ihm behutsam über die Wange. »Warum hast du dich nicht gründlicher untersuchen lassen?«

»Du hast mich nicht verstanden, Natalja.« Der General lächelte, nahm ihre Hand und küsste ihre Handfläche. »Die Diagnose steht fest. Ich bezweifle, dass sie mir helfen können. Sag lieber: Wo ist Stas?«

»Am Strand.«

»Weiß er schon Bescheid?«

»Noch nicht.«

»Sags ihm nicht. Das mache ich selbst. Und überhaupt bitte ich dich, es niemandem zu sagen. Ich weiß, es wird sich nicht verbergen lassen, früher oder später werden es alle erfahren, aber je später, desto besser. Erinnerst du dich, wie du nicht glauben wolltest, dass unser erstes Kind gestorben war?«

Natalja erstarrte. Der General hielt noch immer ihre Hand und spürte, wie ihre Finger kalt wurden.

»Ich dachte, du hättest Serjosha vergessen«, sagte sie.

»Nein, natürlich nicht. Es tat mir einfach zu weh, über ihn zu sprechen. Ich habe mich all die Jahre schuldig gefühlt. Er ist auf meinem Arm gestorben; wenn ich rechtzeitig bemerkt hätte, dass er nicht mehr atmet, wäre er vielleicht zu retten gewesen, durch künstliche Beatmung, durch Herzmassage. Aber ich war zu erschöpft von der Aufregung und zu besorgt um Stas.«

»Hör auf, Wladimir. Du bist nicht schuld daran.« Natalja nahm sein Gesicht in ihre Hände, beugte sich zu ihm hinunter und sah ihm in die Augen. »Du bist nicht schuld.«

»Schon gut, Natalja. Darum geht es gar nicht. Erinnerst du dich, wie lange du nicht glauben wolltest, dass er tot ist? Ich habe dich damals nicht verstanden. Das kam mir irgendwie krankhaft vor. Aber nun zeigt sich, dass du recht hattest mit deiner Hartnäckigkeit. Ich weiß nicht, ob du mich verstehst. Ich habe sechzig Jahre lang in der Überzeugung gelebt, dass es nur eine Wahrheit gibt. Die grobe, konkrete Realität, die man sehen und fühlen kann. An sie habe ich geglaubt, und sie hat mich nie getäuscht. Nun aber hat sie mir ihren schmutzigen, obszönen Hintern zugewandt und den Rock gehoben wie eine Bordellhure. Sie verspottet mich, kreischt, alles sei sinnlos, ich würde bald krepieren, und der klägliche Rest meines Lebens würde aus einem Schlauch für die Exkremente und grässlichen, hoffnungslosen Schmerzen bestehen. Aber heute Nacht habe ich plötzlich begriffen: Diese reale Schlampe mit dem nackten Hintern ist nicht die einzige Wahrheit. Sie ist überhaupt nicht die Wahrheit. Es gibt noch etwas ganz anderes. Ich erinnerte mich, mit welchem Starrsinn du immer wieder gesagt hast, dass unser totes Kind lebt. Dieser Glaube ist das Einzige, dessen wir sicher sein können. Alles andere ist nur Larve. Natalja, ich bitte dich, wenn du die Kraft dazu aufbringst, glaube nicht, dass ich sterbe, dass ich tot sein werde. Wie damals vor sechsunddreißig Jahren bei Serjosha.«

Natalja stand wortlos auf, trat an das halbrunde Fenster, zog die leichten Vorhänge auf und schaute eine Weile auf die schnurgerade Horizontlinie, die Meer und Himmel trennte.

»Darum hättest du mich nicht bitten müssen, Wladimir«, sagte sie, ohne sich umzudrehen.

Wladimir schloss die Augen, drehte sich vorsichtig auf die rechte Seite, hustete dumpf und sagte: »Natalja, ich will ein bisschen schlafen, solange die Tabletten wirken.«

Natalja schloss das Fenster, zog die Vorhänge zu, ging zurück zum Bett, setzte sich auf die Kante, berührte mit den Lippen Wladimirs Schläfe, stand schwerfällig auf und blieb noch eine Weile so stehen. Ihre Augen waren trocken. In der ganzen Zeit hatte sie nicht eine Träne vergossen.

Als sie an der Tür war, rief der General ganz leise: »Natascha …«

»Was ist, Wladimir?«

»Ich liebe dich.«

»Warum hast du mir das früher nie gesagt? Kein einziges Mal in siebenunddreißig Jahren.«

»Weil ich dumm war.«

Julia hörte die Wohnungstür klappen und rief, ohne sich vom Computer abzuwenden: »Zieh dich gleich um, du bist klatschnass! Es gießt in Strömen, und du hast keinen Schirm.«

»Mama, sieh mich doch erst mal an«, antwortete Schura ärgerlich. »Überhaupt, du könntest mich ruhig richtig begrüßen!«

»Schon gut, nicht böse sein.« Julia tastete unterm Tisch nach ihren Pantoffeln und ging in den Flur.

Dort war es dunkel. Sie drückte auf den Schalter, aber das Licht ging nicht an.

»Die Birne ist schon heute früh durchgebrannt«, verkündete Schura mürrisch, »und Ersatzbirnen haben wir natürlich nicht.« Sie setzte sich auf den Hocker und schnürte ihre neuen Skechers auf.

»Du hättest unterwegs eine kaufen können«, bemerkte Julia.

»Womit bist du bloß so beschäftigt, dass du dich nicht vom Computer lösen und mich nicht einmal richtig begrüßen kannst?«

»Entschuldige, ich stecke mitten in der Arbeit. Ich schreibe an einem Artikel.«

»Über Methoden zur nahtlosen Verbindung von Gewebe bei Hauttransplantationen?«

»Nein, den habe ich schon geschrieben.« Julia lachte. »Übrigens, damit du Bescheid weißt, nahtlose Verbindungen gibt es nicht. Aber die Mikrochirurgie arbeitet mit ganz neuen Technologien und Materialien. Doch es freut mich, dass du meine Arbeit so aufmerksam verfolgst. So, und nun zieh dich um, sonst erkältest du dich. Und föhn dir die Haare.«

»Mama, du bist ein durchgeknallter Workaholic!«, rief Schura. »Du gehörst in Behandlung – wenn du arbeitest, nimmst du nichts anderes wahr. Ich bin vollkommen trocken, und du sagst schon zum zweiten Mal, ich soll mich umziehen.«

»Tatsächlich.« Julia strich ihr übers Haar. »Sag bloß, du hast dir einen neuen Schirm gekauft?«

»He, erinnerst du dich an gar nichts mehr? Echt, du gehörst in Behandlung!«

»Woran soll ich mich erinnern?«

»Hast du vergessen, dass du mir einen Wagen in die Schule geschickt hast?«

»Was für einen Wagen?« Julia drehte sich abrupt um und starrte ihre Tochter an. »Ich habe niemanden zu dir geschickt.«

»Bist du absolut sicher?«

»Absolut!« Julia nickte. »Ich mag ja wirklich verrückt sein, aber doch nicht so. Was war das für ein Wagen?«

»Ein dunkelblauer Ford. Der Chauffeur war Kaukasier«, flüsterte Schura erschrocken. »Er hat nach der sechsten Stunde mit einem Schirm direkt am Tor auf mich gewartet. Er hat mich begrüßt, mich mit meinem Namen angesprochen …«

»Und du bist in diesen Ford gestiegen?«

»Wieso denn nicht? Du hast mir auch früher schon manchmal ein Taxi geschickt, weißt du noch, im Januar, als es so kalt war?«

»Komm, wir gehen in die Küche und essen was, und du erzählst mir alles ganz genau und der Reihe nach.« Julia umarmte ihre Tochter und drückte sie fest an sich.

»Mama, kannst du mir die Socken ausziehen?«

»Hast dich wohl beim Sport überanstrengt, und jetzt ist dein Rücken steif?« Julia hockte sich vor sie. »O Gott! Was ist denn mit deinen Füßen los?«

Beide Füße waren voller Blut. Die Socken waren angetrocknet. Julia brachte Wasserstoffperoxid, Streptozid-Pulver und Pflaster und behandelte die Wunden.

»Da hast du dein Glück«, brummelte sie, »das hast du von den Schuhen, auf denen ein Elefant gesessen hat. Da wäre ich an deiner Stelle auch ins Auto gestiegen.«

»Ich zieh die Skechers trotzdem weiter an, die sind nämlich toll. Weißt du, jetzt ist mir alles klar.« Schura schneuzte sich in ein Papiertaschentuch. »Das hat wieder mit Angela zu tun, wie neulich im Rumstore.«

»Schon gut, Schura, lass uns erst was essen, dann reden wir. Was willst du? Kotelett oder Fischstäbchen? Huhn ist auch da, aber das muss ich erst auftauen.«

»Ich esse gar nichts. Hast du vergessen, dass ich abnehmen will? Er hat die ganze Fahrt über Angelas letzte CD gespielt und nur von ihr gesprochen. Und von dir. Ob du ihr bald ein neues Gesicht machst und wie es aussehen wird. Ob du weißt, ob man die Täter gefunden hat, die sie verprügelt haben. Und ob dir die Journalisten sehr zusetzen. Klar, sie ist ein Star, aber doch nicht so bedeutend, dass du als Ärztin auf Schritt und Tritt von Klatschjournalisten verfolgt wirst und ein vierzigjähriger Taxifahrer sich als ihr Fan outet.«

»Moment, nicht so schnell.« Julia öffnete das Fenster, setzte sich aufs Fensterbrett und zündete sich eine Zigarette an. »Jedesmal, wenn ich dir ein Taxi geschickt habe, war das vorher abgesprochen, und ich hab dir Geld mitgegeben. Wie hast du ihn bezahlt? Ein Taxi von deiner Schule bis nach Hause kostet hundertzehn Rubel. So viel hattest du doch nicht dabei, oder?«

»Nein, ich hab ihm auch gesagt, dass ich nur zwanzig Rubel habe. Er hat gesagt, du zahlst später.«

»Wie – später?«

»Er wird mich jetzt immer abholen.« Schura blies gegen ihren Pony und verzog die Lippen zu einem sarkastischen Lächeln. »Und dann rechnest du mit ihm ab. Mama, nun kuck mich nicht so an. Ich weiß, das war total blöd von mir.

Ich hätte nicht in dieses Auto steigen dürfen, vor allem nach der Geschichte im Rumstore. Aber es hat geregnet, und er hat mich mit meinem Namen angesprochen. Und noch eins, das Wichtigste: Ich soll dir ausrichten, du sollst vorsichtig sein.«

»Das hat er gesagt?«

»Ja, genau das. ›Richte deiner Mama aus, sie soll vorsichtig sein.‹«

Julia sprang vom Fensterbrett, setzte sich neben Schura auf die Bank, legte ihr den Arm um die Schultern, küsste sie und fragte leise: »Hast du dir die Autonummer gemerkt?«

»Die musste ich mir nicht groß merken. Drei Sechsen. Aber die war bestimmt falsch. Ach Mama, warum hast du dich darauf eingelassen, sie zu operieren? Soll ich jetzt nicht mehr in die Schule gehen? Ehrlich, ich versteh das nicht. Wenn ihr Liebhaber ein tschetschenischer Terrorist ist, warum kriegen sie den nicht? Warum kann er tun, was er will? Man könnte ihn doch zur Fahndung ausschreiben, sein Foto in allen Nachrichtensendungen im Fernsehen zeigen, jeden, der so ähnlich aussieht, kontrollieren, ihn irgendwie in die Enge treiben.«

Julia griff nach dem Telefon, um sofort Raiski anzurufen.

»Willst du Angela anrufen?«, fragte Schura und sah sie mit tränennassen Augen an.

»Ja ... Nein ... Ich kann sie nicht anrufen.« Julia warf den Hörer wieder hin. »Ich hab nicht daran gedacht, mir ihre Nummer aufzuschreiben.«

»Wen willst du dann anrufen?«

»Die Miliz. Aber das hat wahrscheinlich keinen Sinn.«

»Das hab ich mir auch überlegt.« Schura nickte energisch. »Die würden dir kaum zuhören. Was ist denn schon passiert? Im Rumstore hat dich ein Reporter belästigt. Das ist nicht kriminell. Ein Kaukasier hat mich mit einem Ford aus der Schule abgeholt. Na schön, er hat mich angelogen, hat gesagt, du hättest das Auto bestellt. Aber er hat mich schließlich nicht angerührt. Red lieber mit Angela. Das ist schließlich alles ihretwegen. Soll sie das mit ihren kriminellen Bekannten klären.«

»Natürlich. Am Freitag kommt sie in die Sprechstunde, da werde ich ernsthaft mit ihr reden.«

»Aber du wirst sie nicht wegschicken?«

»Ich weiß es nicht. Noch so eine Geschichte, und ich tus vielleicht.«

»Nein, nicht, Mama.«

»Warum?«

»Erstens tut sie mir trotz allem leid. Und zweitens sagt mir mein Gefühl, dass es dann noch schlimmer wird. Wenn du sie wegschickst, werden sie uns erst recht auf die Pelle rücken.«

»Hör auf, Schura. Mach keine Panik. Niemand wird uns auf die Pelle rücken«, sagte Julia fest, stand auf und schaltete den Wasserkocher ein. »Sobald ich mit Angelas neuem Gesicht fertig bin, ist alles vorbei.«

»Und wann bist du damit fertig?«, fragte Schura schniefend.

»Bald, Schura. Schluss jetzt, geh und mach Hausaufgaben.«

In Wirklichkeit würde sie sich frühestens in einem halben Jahr endgültig von Angela verabschieden können. Aber das musste das Kind nicht unbedingt wissen.

»Ich gehe also morgen wieder in die Schule?«

»Selbstverständlich. Früh bringe ich dich hin, wie immer, und am Nachmittag holt dich ein Taxi ab. Ich rufe heute Abend die Taxifirma an und bitte sie, dir einen Fahrer zu schicken, den du kennst. Erinnerst du dich an den, der dich im Januar gefahren hat?«

»Ja.«

»Gut. Und wenn du diesen dunkelblauen Ford in der Nähe siehst, dann wendest du dich an den Wachmann eurer Schule und sagst, er soll die Miliz anrufen. Na, bist du nun beruhigt?«

»Ich glaube schon«, seufzte Schura. »Und du?«

»Ich glaube schon«, erwiderte Julia lächelnd.

Schura humpelte in ihr Zimmer. Als Julia allein war, schloss sie die Tür und wählte die Nummer von Oberst Raiski, die sie inzwischen auswendig wusste.

## Neunundzwanzigstes Kapitel

Die drei Zimmer waren teuer und geschmackvoll eingerichtet, wirkten aber trotzdem irgendwie unbewohnt, unpersönlich. Gerassimows Wohnung erinnerte an eine Luxussuite in einem schicken Hotel. Allerdings war Sergej noch nie in einem solchen Hotel gewesen, so etwas kannte er nur aus Filmen.

Möbel, Vorhänge, Geschirr – alles sah aus wie in einem Katalog. Ein riesiger Heimkino-Bildschirm. Küche mit Bartresen zum Wohnzimmer. Eigentlich keine richtige Küche, nur eine Ecke mit Kühlschrank, Elektroherd und Hängeschränken für Geschirr.

Im Arbeitszimmer zwei Computer, in der Ecke ein stationärer auf einem Computertisch und ein kleines flaches Notebook im Regal neben dem großen Schreibtisch. Auf der Tischplatte lagen Familienfotos unter Glas.

Ein dünner junger Leutnant der Grenztruppen, neben ihm, den Kopf auf seiner Schulter, ein Mädchen mit zwei Zöpfen und Pony. Ein sehr hübsches Mädchen, das fröhlich lächelt. Der Offizier wirkt streng und angespannt. Darunter steht in Schönschrift: »Moskau, 1963. Wir sind noch nicht verheiratet.« Daneben ein Hochzeitsfoto. Das Mädchen trägt auf dem hochtoupierten Haar einen Nylonschleier. Der Leutnant ist in Paradeuniform. »Moskau 1963. Gleich heiraten wir!«

Dann ein ganz vergilbtes altes Foto des Paars. Das Mädchen hat einen gewaltigen Bauch. Ihr Gesicht ist ernst, die runden Augen blicken erschrocken in die Kamera. Darunter die kurze Unterschrift: »Tuwa 1964.« Und das Foto eines molligen glatzköpfigen Babys im Strampler. »Tuwa 1964, du mit drei Monaten.«

Sergej begriff sofort, dass Stanislaws Mutter diese kleine Fotogalerie zusammengestellt hatte. Er selbst war zu so etwas kaum fähig.

Im Schlafzimmer fiel Sergej etwas sehr Seltsames auf. Über das riesige, luxuriöse Bett war ein Wollplaid gebreitet – ein krasser Stilbruch. Sergej hob die Decke an – darunter lag die nackte Matratze. In der Mitte gähnte ein Loch, darum herum war der weiße Matratzenbezug bräunlich verfärbt. Sergej rannte in den Flur, um die Lupe aus der Jackentasche zu holen, doch in diesem Moment klingelte es an der Sprechanlage.

»Stanislaw, Besuch für Sie – Evelina Derjabina«, sagte der höfliche Bariton des Wachmanns.

»Ja, danke.« Sergej legte den Hörer auf, kehrte rasch zurück ins Schlafzimmer, deckte das Plaid über die Matratze, ging hinaus und schloss fest die Tür. Während er im Flur auf das Klingeln an der Tür wartete, betrachtete er sich im Spiegel, griff nach der dunklen Brille, setzte sie auf, wieder ab und wieder auf. Die Klingel trällerte wie eine Nachtigall. Draußen stand eine sehr große schlanke Frau im weißen Hosenanzug.

»Hallo, Gerassimow. Darf ich reinkommen?«

»Klar, Lina. Hallo.«

»Warte, mach die Tür nicht zu, meine Tasche ist noch draußen. Nun steh nicht da wie angewurzelt! Ich hab dir

Ärmstem was zu essen mitgebracht. Dein Kühlschrank ist doch bestimmt leer. Na, hallo, mein Häschen.« Sie küsste ihn sanft auf die Wange und wischte sofort die Lippenstiftspur ab.

»Vorsicht, meine Narben«, sagte er heiser.

»Du Ärmster. Komm, lass dich anschauen.« Sie schaltete die helle Lampe überm Spiegel ein, fasste ihn bei den Schultern, drehte ihn zum Licht und nahm ihm die Brille ab. »Wirklich stark. Ich traue meinen Augen nicht. Gerassimow, du bist dir überhaupt nicht mehr ähnlich. Haben sie dich vielleicht vertauscht?« Sie lachte rauh.

»Genau, sie haben mich im Krankenhaus vertauscht«, gurrte Sergej und glitt aus ihrer festen Umarmung. »Kein Wunder, dass ich mir nicht mehr ähnlich sehe, mein ganzes Gesicht war von Splittern zerschnitten. Dazu die Gehirnerschütterung. Mir brummt jetzt noch der Schädel.«

»Nein, im Ernst, Gerassimow, du hast dich unglaublich verändert. Du hast einen ganz anderen Blick, hast abgenommen« – sie griff nach seiner Hand –, »du hattest nie so schlanke Finger. Oh, wo ist denn dein Ring? Du hast doch versprochen, ihn nie abzusetzen.«

»Geklaut«, seufzte Sergej. »Ich war doch bewusstlos.«

»Das waren die Ärzte im Rettungswagen!«, erklärte Evelina energisch. »Todsicher. Na schön, komm, koch mir einen Kaffee, dann reden wir.«

Sie holte ihre Mitbringsel aus der Tüte. Sergej sah sie verwirrt an – das waren Lebensmittel für mindestens anderthalbtausend Rubel.

»Pass auf, dass du mich nicht verwöhnst, Lina«, murmelte er und griff nach einem weißen Wurstring, »sonst gewöhn ich mich noch an deine Fürsorge.«

»Gerassimow!« Sie drehte sich abrupt um und warf dabei eine Büchse roten Kaviar herunter. »Dich haben sie wirklich vertauscht, ehrlich!«

Sie ging zu der Nussbaumanbauwand und hockte sich davor.

Ein leises Knacken, und eine zarte Melodie erfüllte das Zimmer. Evelina prüfte den Inhalt der Spiegelbar und entschied sich für eine Flasche französischen Cognac.

»Ich darf nicht«, sagte Sergej, als sie zwei Gläser auf den Tisch stellte.

»Aber ich.« Evelina lächelte breit, öffnete geschickt die Flasche, goss sich ein Glas voll und leerte es in einem Zug, als sei Wodka darin. »Auf dein Wohl, mein Sonnenschein!«

»Bist du denn nicht mit dem Auto?«

»Natürlich bin ich mit dem Auto. Na und? Hör mal, Stas, es wäre gar nicht schlecht, wenn du dich an meine zärtliche Fürsorge gewöhnen würdest. Du bist zwar ein Schwein, ein Weiberheld, ein Feigling und ein Verräter, aber ich bin ja auch nicht gerade ein Geschenk des Himmels. Findest du nicht, dass wir ausgezeichnet zusammenpassen?« Sie holte ein Messer und schnitt die Wurst auf. »Schon gut, keine Angst, das war nur ein Scherz. Sag mal, erinnerst du dich an einen Mann namens Pjotr Maso?«

»Pjotr Maso?«, wiederholte Sergej langsam. »Kommt mir irgendwie bekannt vor.«

Der seltene Name Maso kam ihm wirklich bekannt vor, aber ihm fiel nicht ein, wo und wann er ihm schon einmal begegnet war.

Evelina arrangierte die Wurstscheiben auf einem Teller und warf ihm einen Büchsenöffner zu.

»Mach mal den Kaviar auf. Pjotr Maso ist Cheflektor des Verlags, in dem meine letzten beiden Bücher erschienen sind.«

»Ach ja, jetzt fällt es mir wieder ein«, murmelte Sergej.

»Was fällt dir wieder ein? Was?« Sie ging zum Tisch, goss sich erneut Cognac ein und trank ihn wieder mit einem Zug aus. »Nein, Gerassimow, du bist eindeutig noch nicht auskuriert. Mit deinem Kopf stimmt was nicht. Den Namen des Chefredakteurs kannst du nicht kennen, du weißt nicht einmal, wie mein Verlag heißt. Dafür hast du dich nie interessiert. Was ich dir erzähle, geht bei dir zum einen Ohr rein und zum anderen wieder raus. Aber diesmal rate ich dir, gut zuzuhören. Pjotr Maso war ein Kommilitone von dir.«

Genau! Der Mord an Mascha Demidowa. Pjotr Maso war Zeuge, erinnerte sich Sergej. Er war in jener Nacht auf der Datscha, die Akte enthält Vernehmungsprotokolle.

»Ach ja, natürlich. Pjotr Maso. Er ist jetzt also Cheflektor in einem Verlag? Und auch noch in dem, in dem deine Bücher erscheinen? Tja, die Welt ist klein.«

»Sehr klein.« Evelina nickte, stellte einen Teller auf den Tisch, setzte sich, trank noch ein Glas Cognac, löffelte Kaviar und zündete sich eine Zigarette an. »Wir sind bei einer Buchpräsentation ins Gespräch gekommen. Er war ziemlich betrunken und hat mir eine unglaubliche Geschichte aus eurer Studentenzeit erzählt. Deinetwegen wurde ein Mädchen namens Mascha ermordet. Das schönste Mädchen in eurem Studienjahr.«

»Wieso meinetwegen?«

»Weil der Mörder eifersüchtig auf dich war. Hör mal, Gerassimow, das hättest du mir längst erzählen sollen. Das hätte ich in einem Roman verwenden können.«

»Moment – Pjotr Maso hat also gesagt, Mascha wäre meinetwegen ermordet worden?«

»Nein, nicht doch.« Evelina lachte. »So hat er das natürlich nicht gesagt. Aber die Geschichte klang wirklich unglaublich, und Pjotr war zu betrunken, um sie richtig zu erzählen. Erzähl du sie mir, bitte! Du erinnerst dich bestimmt daran.«

»Selbstverständlich erinnere ich mich daran.« Sergej nickte. »Aber ich bin nicht der beste Zeuge. Ich war in jener Nacht nicht dabei.«

»Natürlich, im entscheidenden Moment warst du krank. Wie immer. Du hast eifrig mit dieser Mascha geflirtet, den armen verliebten Jungen zur Weißglut gebracht, und dann bist du krank geworden.«

»Ja, ich war krank, ich lag die ganze Nacht mit hohem Fieber im Bett, ich kann dir nichts erzählen, ich wurde während der Ermittlungen nicht einmal vernommen.«

»Der Täter hieß Juri Michejew?«

»Ja.«

»Und er hat zehn Jahre bekommen?« Sie schenkte sich erneut Cognac ein.

»Ich glaube ja.« Sergej nickte und rückte die Flasche vorsichtig von ihr weg.

»Das Ganze ist 1985 passiert. Dann muss er also vor fünf Jahren rausgekommen sein. Weißt du irgendwas von ihm?«

»Ich hab mich, ehrlich gesagt, nicht dafür interessiert.«

»Tut er dir leid?«

»Ja, wahrscheinlich.« Sergej nickte. »Aber er ist nun mal ein Mörder.«

»Er ist dir also im Grunde egal?«, hakte Evelina nach.

»Herrgott, Lina, worauf willst du hinaus? Was kümmerts dich, ob er mir egal ist oder nicht?«

»Gut« – Evelina runzelte die Stirn –, »hör zu. Maso hat behauptet, er hätte Michejew vor anderthalb Jahren auf dem Flugplatz Scheremetjewo getroffen. Pjotr wollte nach Frankfurt zur Buchmesse. Er ging in die Bar. Am Nebentisch saßen vier Personen. Zwei junge Gorillas, vermutlich Bodyguards, ein umwerfend schönes Mädchen und ein älterer Mann, der aussah wie ein Geschäftsmann oder ein Gangsterboss. Sein Gesicht kam Pjotr bekannt vor. An der Stimme erkannte er ihn und stürzte auf ihn zu. ›Juri! Du?‹ Doch die beiden Gorillas ließen ihn nicht näher ran, und Michejew mimte höfliches Erstaunen: ›Entschuldigung, ich kenne Sie nicht.‹«

»Vielleicht hat dein Maso sich ja wirklich getäuscht.«

»Er schwört, dass nicht. Mit ihm zusammen flogen noch mehrere Leute aus dem Verlag auf die Messe, darunter der Geschäftsführer, der alle und jeden kennt. Pjotr sah den bewussten Mann später im Duty free noch einmal, zeigte ihn dem Geschäftsführer, und der sagte: ›Was, den kennst du nicht? Das ist Palytsch, ein berühmter Kriminellenboss!‹ So ist das, Stas. Maso hat ein phänomenales Personengedächtnis. Er hat sich nicht getäuscht.«

»Tja, dann wollte Michejew nach dem Knast einfach nichts mit jemandem aus seinem früheren Leben zu tun haben.« Sergej zuckte die Achseln. »Durchaus verständlich.«

»Was findest du verständlich?«, schrie Evelina heiser. »Michejew ist 1995 an Tuberkulose gestorben! Pjotr hat extra Erkundigungen eingeholt, er hat Bekannte im Innenministerium.«

»Betrinkt sich dein Cheflektor häufig so?«

»Pjotr trinkt gern einen, dann verheddert sich seine Zunge, aber sein Kopf ist klar, glaub mir. Sag mal, dein Unfall, kann das womöglich eine Fortsetzung gewesen sein?«

»Eine Fortsetzung wovon?«

Evelina schüttete eine weitere Portion Cognac hinunter, setzte sich vom Sessel zu Sergej aufs Sofa und nahm ihm die Brille ab. Er gab sich alle Mühe, ihrem Blick standzuhalten. Er wusste nicht, dass Stas in einer solchen Situation die Augen abgewandt hätte.

»Ich verstehe das nicht«, flüsterte sie kaum hörbar, »eine Gehirnerschütterung kann dich doch nicht so verändert haben. Irgendwas stimmt mit dir nicht, oder ich spinne.« Ihre langen Finger mit den spitzen Nägeln glitten über seinen Hinterkopf. »Dein Haar ist gefärbt. Was ist los, Stas?«

»Lina«, flüsterte er und schluckte krampfhaft, »du weißt doch, man hat mehrmals versucht, mich umzubringen, hat eine Pistole in deine Wohnung geschmuggelt. Und dann dieser schreckliche Unfall. Ich lag fast im Koma. Als ich wieder zu mir kam, sah ich im Spiegel, dass ich vollkommen ergraut war. Diesen Anblick konnte ich nicht ertragen. Ich war auf dem Heimweg beim Friseur und hab mir die Haare färben lassen. Es fällt sehr auf, ja?«

»Nein.« Sie schüttelte den Kopf und stupste plötzlich die Stirn gegen seine Schulter. »Nein, Gerassimow. Nicht sehr. Aber tu das bitte nicht wieder. Ich hasse Männer mit gefärbten Haaren. Du weißt ja, ich hasse dich überhaupt. Du hast mein ganzes Leben zerstört. Meine letzten Jahre, die kostbaren fünf Jahre, die ich noch eine Frau bin, habe ich an dich verschwendet. Und warum, kannst du mir das sagen? Nun sitz doch nicht da wie ein Ölgötze! Nimm mich in den Arm.«

Er umfasste vorsichtig ihre schmalen, spitzen Schultern. Sie roch nach Alkohol und süßem, schwerem Parfüm.

»Ich wurde mehrmals verhört«, summte sie an seiner Schulter, »ich habe nicht gesagt, dass wir bei dem Auto waren und deinen toten Chauffeur gesehen haben. Ich habe nicht gesagt, dass ich erst zehn Minuten nach dir gekommen bin. Ich habe erklärt, du wärst vor meinen Augen aus dem Auto gestiegen, und da hätte dein Georgi noch gelebt. Dann seien wir zusammen ins Restaurant gegangen, und er sei weggefahren. Warum hast du mich aus dem Krankenhaus nicht angerufen? Ich hab mir schreckliche Sorgen gemacht. Wir haben doch gar nicht richtig abgesprochen, was wir dem Ermittler erzählen wollen. Und bei der Geschichte mit der Pistole hast du dich unmöglich benommen …«

Das Telefon klingelte, und sie zuckten beide zusammen. In der Wohnung gab es gleich drei Apparate, einer davon stand auf dem kleinen Couchtisch. Sergej schob Evelina behutsam von sich und griff nach dem Hörer.

»Stanislaw?«, fragte eine tiefe Männerstimme.

»Ja, bitte.«

»Wie geht es Ihnen?«

»Danke. Noch nicht besonders ... Entschuldigung, mit wem spreche ich?«

Es entstand eine Pause, und Sergej begriff, dass er den Mann an der Stimme hätte erkennen müssen.

»Hier ist Pleschakow«, sagte die Stimme am anderen Ende nach einem Räuspern.

»Guten Tag, Jegor. Ich habe Sie nicht erkannt. Meine Ohren sind noch immer ein bisschen verstopft.«

»Aber sprechen können Sie?«

»Ja, sprechen kann ich. Bloß mit dem Denken haperts noch.«

»Entschuldigen Sie die Störung, aber es ist dringend. Wir müssen uns treffen. Ich komme heute zu Ihnen, gegen acht, wenn Sie nichts dagegen haben.«

»Gegen acht? Ja, natürlich«, antwortete Sergej mechanisch.

Evelina hatte inzwischen noch mehr getrunken, sich aufs Sofa gelegt und ihren Kopf auf Sergejs Knie gebettet.

»Gegen acht – das ist in vierzig Minuten«, sagte sie. »Da haben wir noch jede Menge Zeit, Gerassimow.« Sie hob die Hand und fuhr ihm mit dem Finger über die Lippen.

»Lina, ich komme gerade aus dem Krankenhaus, mir ist schwindlig, und ich brauche eine Dusche«, sagte er und küsste ihr die Hand.

»Ach ja?« Sie setzte sich abrupt auf und starrte ihn mit vollkommen nüchternen, kalten Augen an. »Jegor ist wohl eine Frau? Eine hübsche Schwester aus dem Krankenhaus?«

»Hör auf«, knurrte Sergej leise. »Jegor Pleschakow ist der Sicherheitschef der Bank. Begreif doch endlich, ich lag zwei Wochen mit einer Gehirnerschütterung flach, ich kann im Moment nicht.«

Das war nicht gelogen. Die betrunkene Evelina mit all ihren heißen, aufrichtigen Gefühlen erregte in ihm nichts als Mitgefühl.

»Na schön, ich bleib eine Weile hier liegen, ich hoffe, du hast nichts dagegen? Mein Gott, bin ich betrunken«, murmelte sie und rollte sich auf dem Sofa zusammen.

## Dreißigstes Kapitel

Vor dem Flughafengebäude von Kerkura hielt ein weißer Renault, aus dem der Bodyguard Nikolai und Stas Gerassimow stiegen. Nikolai öffnete den hinteren Wagenschlag, reichte Natalja die Hand und half dann dem General beim Aussteigen. Stas fasste seinen Vater unter und führte ihn behutsam zum Eingang. Nikolai folgte ihnen mit einem kleinen Rollenkoffer.

Wladimir wirkte so elend, dass mehrere Leute in der Menge ihn unwillkürlich ansahen. Natalja spürte die Blicke, und jeder versetzte ihr einen Stich ins Herz.

Stas war düster und lauschte dem hastigen, leisen Monolog seines Vaters mit gesenktem Kopf.

»Du wirst hier ganz stillsitzen und dich nicht rumtreiben, bis alles vorbei ist. Keine Bars, keine Restaurants, keine Frauen. Baden und dich sonnen kannst du an unserem Strand. Und du weichst Nikolai keinen Schritt von der Seite. Hast du mich verstanden?«

»Ja, Papa. Ich habe verstanden. Und wenn es dir plötzlich ganz schlecht geht? Wie kann ich hierbleiben, wenn du …«

»Wenn ich sterbe, wird man es dir mitteilen«, blaffte der General, »trotzdem bleibst du hier, bis dir keine Gefahr mehr droht. Du kommst erst zurück, wenn Raiski sich bei dir meldet und dir die Rückkehr erlaubt.«

»Darf ich wenigstens erfahren, warum ich plötzlich eine andere Handynummer habe?«

»Weil das nötig ist. Und wehe, du rufst irgendwen an. Mama wird sich jeden Tag bei dir melden.«

»Papa, findest du dieses ganze Theater mit meiner Abreise nicht ein bisschen …« Stas verstummte mit offenem Mund. Der General folgte seinem Blick und konnte nichts Besonderes entdecken, nur eine große, schöne Blondine in einem weißen Leinenkleid. Sie lehnte nachdenklich rauchend an einer Säule und schaute direkt zu ihnen herüber.

»Bist du total bescheuert?« Der General stöhnte und musste sofort husten. Stas hatte seinen Griff gelockert, sein Vater wäre beinahe gestürzt, doch Natalja und Nikolai fingen ihn auf.

»Natalja«, krächzte Wladimir, sich an ihrem Arm festkrallend, »er muss zum Psychiater. Selbst jetzt glotzt er jede schöne Frau an.«

»Das ist nicht einfach eine schöne Frau«, raunte Stas, wobei er kaum die Lippen bewegte, »das ist sie. Sie hat mir die Adresse von Michejew gegeben, und dann hab ich sie in dem Tankwagen sitzen sehen.«

Blitzschnell war er bei dem Mädchen und packte sie am Arm.

»Was willst du von mir?«, brüllte er so laut, dass alle ringsum sich umdrehten.

»Vous êtes dément!«, kreischte das Mädchen erschrocken und empört. »You are mad! Leave me alone! Police!« Sie riss sich los und stieß ihn so heftig zurück, dass er gegen Nikolai prallte.

Natalja sah, wie gleich zwei Polizisten herbeigeeilt kamen, und schrie leise auf.

»Reg dich nicht auf, Natalja, das regeln wir gleich«, krächzte der General.

Nikolai entschuldigte sich inzwischen höflich bei der Blondine und erklärte in seinem ausgezeichneten Englisch, seinem Freund gehe es nicht gut.

»Was ist passiert, Miss?«, fragte der Polizeioffizier.

»Dieser Mann hat mich gepackt, das ist ein Irrer, Sie

müssen ihn verhaften«, sagte das Mädchen ruhig auf Englisch und zeigte dem Polizisten ihren schmalen nackten Arm, auf dem dunkle Abdrücke von Stanislaws Fingern prangten.

»Verhaften Sie lieber sie!«, rief Stas auf Englisch. »Sie hätte mich mit dem Auto beinahe in den Abgrund gedrängt! Dafür gibt es Zeugen und ein Protokoll. Ich habe sie in der Kabine eines LKW gesehen. Schauen Sie in Ihren Computer, der Vorfall ist registriert, es war ein Tankwagen, vor fünf Tagen ... Verdammt, der Wievielte ist heute?« Er brüllte so laut, dass sich eine kleine Menge sammelte.

»Ihre Papiere bitte«, sagte der Polizist, »und Ihre auch, Miss.«

»Entschuldigen Sie, meinem Sohn geht es nicht gut. Es ist sehr heiß«, wandte sich der General an den Polizisten, »und auch Sie, Madam, entschuldigen Sie bitte. Wir verpassen unseren Flug.«

Inzwischen hatte Nikolai ganz ruhig den Pass von Stas aus dessen Brusttasche gezogen und ihn dem Offizier gereicht. Das Mädchen holte ebenfalls ihren Pass hervor, er war blau. Der General rückte zu dem Polizisten und las: Irène Granier, französische Staatsbürgerin.

»Wir können ins Büro gehen«, schlug der zweite Offizier freundlich vor, »wenn diese junge Dame einen Verkehrsunfall verursacht hat, werden wir das klären. Aber wenn Sie sich irren, müssen wir Sie zur Verantwortung ziehen.«

Per Lautsprecher wurde der Flug nach Moskau aufgerufen.

»Idiot!«, flüsterte der General seinem Sohn ins Ohr. »Sag, du hast dich geirrt! Entschuldige dich, sofort!«

»Sehen Sie es ihm nach«, wiederholte Nikolai, »er hatte wirklich einen Unfall, er hat einen starken Schock erlitten und hat noch immer Probleme mit den Nerven. Sie müssen nichts klären, Herr Offizier. Es war ein Irrtum.«

Der Polizist gab die Pässe zurück. Das Mädchen entfernte sich hochmütig.

»Das war sie«, wiederholte Stas leise und hoffnungslos.

»Mein Sohn«, sagte der General sanft, »ich bitte dich, beruhige dich, das ist eine vollkommen Fremde. Sie ist Französin. Vielleicht erinnert sie dich an jemanden, aber so geht das doch nicht!«

»Der Pass ist falsch. Die finden mich überall, das weiß ich.«

»Reiß dich zusammen, Stas«, sagte Natalja hart, »denk endlich mal an deinen Vater. Erinnerst du dich, was du jetzt tun sollst?«

»Keine Sorge. Ich kümmere mich um ihn«, meldete sich Nikolai, »ich habe alles unter Kontrolle.« Er zog Stas zur Schlange am Schalter, und die Eltern ließen sich im Wartesaal schwerfällig in Sesseln nieder.

»Wladimir, bist du sicher, dass Stas sich geirrt hat?«, fragte Natalja leise.

»Ich habe ihren Pass gesehen.«

»Und wenn der wirklich falsch ist?«

»Sie hat einen französischen Akzent. Aber selbst wenn Stas recht hat – soll sie ruhig sehen, dass er nach Moskau fliegt.«

Evelina schlief fest. Sergej fand auf der Liege im Arbeitszimmer eine große Strickdecke und breitete sie über sie aus.

Bis Pleschakow kam, blieb noch eine halbe Stunde. Sergej nahm die Lupe, ging ins Schlafzimmer und untersuchte das Loch in der Matratze.

Der rotbraune Rand erinnerte am ehesten an Rost. Es sah aus, als hätte jemand die Matratze mit einem dicken, rostigen Stab durchbohrt.

Bemüht, keinen Lärm zu machen, damit Evelina nicht aufwachte, schob er das Bett vorsichtig beiseite. Schon bald wurde seine Anstrengung belohnt: Ein abgebrochenes rostiges Moniereisen und drei große Schnipsel eines Schwarzweißfotos lagen darunter.

In der eingetretenen Stille hörte er das heisere Schlagen der Uhr im Arbeitszimmer. Er konnte gerade noch das Bett an seinen Platz zurückschieben und seine Trophäen im Nachtschrank verstecken.

Fünf nach acht ertönte der Summer der Sprechanlage, und die muntere Stimme des Wachmanns verkündete: »Besuch für Sie – Jegor Pleschakow.«

Als er im Flur auf das Türklingeln wartete, erwachte Evelina, kam barfuß heraus und schlang ihm die Arme um den Hals.

»Mein Sonnenschein, wie spät ist es?« Vor einem Kuss rettete Sergej das Klingeln.

Pleschakow kennt sie bestimmt. Es ist gut, dass sie hier ist. Dann hat der Sicherheitschef weniger Grund, Verdacht zu schöpfen. Allerdings habe ich keine Ahnung, ob ich die beiden miteinander bekannt machen muss, überlegte er, während er die Tür öffnete.

»Ich kenne Sie, ich glaube, wir sind uns schon einmal begegnet«, zwitscherte Evelina mit rauher Stimme und reichte Pleschakow die Hand. »Aber ermüden Sie Stas bitte nicht allzu sehr mit geschäftlichen Dingen. Es geht ihm noch ziemlich schlecht.«

Pleschakow nickte ihr lässig zu. »Ich werde mich bemühen. Guten Tag, Stanislaw. Ich entschuldige mich nochmals für die Störung. Wo können wir reden?« Er warf einen Blick auf Evelina, die noch immer an Sergejs Hals hing.

»Schon gut.« Sie löste ihre Umarmung, küsste Sergej auf die Nase und sagte: »Wenn du nichts dagegen hast, nehme ich ein Bad.«

»Ich werde Sie nicht lange aufhalten«, sagte Pleschakow lächelnd und schaute der großen schlanken Gestalt nach.

»Kaffee? Tee?«, fragte Sergej höflich und wies dem Gast den Weg ins Wohnzimmer.

»Nicht nötig, danke. Sie müssen einige Papiere unterschreiben.«

Er setzte sich in einen Sessel und nahm eine dünne Plastikmappe aus seiner Aktentasche.

Sergej hatte Gerassimows Schrift und seine Unterschrift lange genug trainiert, trotzdem zuckte seine Hand kurz, als Pleschakow einen Parker aus der Brusttasche zog und ihm reichte. Sergej nahm ihn entgegen, vertiefte sich in die Papiere und begriff zunächst kein Wort.

»Hier, wie immer alles in zwei Exemplaren. In Russisch und Englisch«, erklärte Pleschakow.

Sergejs Augen huschten fieberhaft über die Zeilen mit den mehrstelligen Zahlen, bis er endlich begriff, dass es sich um eine Zahlungsanweisung handelte. Für eine Partie Computer, geliefert an die Firma »Omega«, die an die Bank »Famagusta« in Nikosia auf Zypern 150 000 US-Dollars überwies. Auf das Privatkonto des Beraters für die Musterlieferung überwies die Firma »Omega« 70 000, an dieselbe Bank.

»Irgendetwas unklar?«, erkundigte sich Pleschakow höflich, und an seiner Intonation erkannte Sergej, dass Gerassimow solche Papiere nie las, sondern sie unbesehen unterschrieb.

»Meine Augen tun weh«, bekannte er seufzend. »Entschuldigen Sie, ich brauche Augentropfen.«

Er legte den Parker beiseite, lief ins Arbeitszimmer, schloss die Tür hinter sich, griff nach einem Bleistift, kritzelte alle Zahlen, an die er sich erinnerte, auf einen Zettel und steckte ihn in die oberste Schublade. Dann ging er gelassen zurück ins Zimmer und setzte Gerassimows Unterschrift unter die Papiere. Dabei ließ er sich Zeit und überprüfte, ob er sich die langen Zahlenreihen, die Kontonummern und den Namen des Beraters richtig eingeprägt hatte.

Schließlich war alles unterschrieben. Pleschakow steckte die Papiere sorgfältig zurück in die Mappe und stand auf.

»Danke, Stanislaw. Ich will Sie nicht länger in Anspruch nehmen. Ruhen Sie sich aus, werden Sie gesund.«

Sergej brachte ihn in den Flur, die Hände gegen die Schläfen gepresst und das Gesicht schmerzhaft verzogen.

»Mir platzt der Kopf«, klagte er, »so eine Gehirnerschütterung ist wirklich scheußlich.«

Pleschakow nickte mitfühlend. »Ja, eine unangenehme Sache. Vielleicht sollten Sie sich in nächster Zeit nicht selbst ans Steuer setzen? Ich schicke Ihnen gern einen Chauffeur.«

»Danke.« Sergej lächelte. »Das schaffe ich schon. Ich möchte mich nicht ganz und gar als Invalide fühlen.«

»Ich verstehe. Sie holen also heute Nacht Ihre Eltern selbst ab?«

Hoppla, dröhnte es in Sergejs Kopf. Mama und Papa kommen heute Nacht. Unmöglich, dass ich das nicht wusste. Wie er mich ansieht, wie er mich ansieht! Hat er gleich etwas gespürt und es sich nur nicht anmerken lassen? Oder nicht? Ich werde zu argwöhnisch. Raiski hat mir hundertmal gesagt, ich dürfe keine Sekunde an mir zweifeln. Könnte Gerassimow die Ankunft seiner Eltern vergessen haben? Aber klar!

»Entschuldigen Sie, dass ich mich in Ihre familiären Angelegenheiten einmische«, fuhr Pleschakow mit gesenkter Stimme fort, »aber Sie sollten sie lieber abholen, in Anbetracht des Zustands Ihres Vaters …«

»Ach …«, sagte Sergej verwirrt, »was ist denn mit ihm?«

Er erschrak – womöglich hatte er etwas Falsches gesagt, aber es war alles richtig. Pleschakow senkte den Kopf und sagte noch leiser: »Ich wollte schon lange mit Ihnen reden, konnte mich aber nicht entschließen. Ich glaube, Ihr Vater ist krank. Schwerkrank. Er will mit niemandem darüber sprechen, Sie kennen ihn ja. Ich fürchte, diese hastige, vorzeitige Rückkehr nach Moskau ist kein gutes Zeichen. Sie sollten mit ihm sprechen, ihn überreden, sich untersuchen zu lassen.«

Sergej nickte. »Ja, ich werde es probieren, und natürlich hole ich sie ab, aber schicken Sie mir doch lieber einen Wagen.«

Als sich die Tür hinter Pleschakow geschlossen hatte, lief Sergej ins Arbeitszimmer und überprüfte die Zahlen, die er notiert hatte. Es schien alles zu stimmen. Eine Weile starrte er dumpf auf den Zettel. Er wusste nicht, wie viel eine Partie Computer kosten konnte, doch die Summe schien ihm übertrieben. Auch das Beraterhonorar war verblüffend großzügig. Das Erstaunlichste aber war der Name des Beraters. Er, nein, sie hieß Angela Boldjanko.

## Einunddreißigstes Kapitel

Die Schlange am Business-Class-Schalter war kurz. Noch ehe Stas zu sich gekommen war, stellte das Mädchen hinterm Tresen ihm bereits Fragen, und er machte nur den Mund auf und zu wie ein Fisch.

»Es sind ältere Herrschaften, das Stehen fällt ihnen schwer, sie kommen gleich«, erklärte Nikolai an seiner Stelle, »einen Augenblick.« Er lächelte das Mädchen strahlend an, stieß Stas den Ellbogen in die Seite und flüsterte ihm wütend ins Ohr: »Nun stehen Sie nicht rum wie ein Ölgötze, gehen Sie, schnell! Nach rechts, zum Klo!«

Stas sah sich verwirrt um und lief abrupt los, prallte dabei gegen eine füllige Dame in der Schlange und rannte, ohne sich zu entschuldigen, in die angegebene Richtung.

»Flegel!«, bemerkte die Dame kaltblütig und richtete ihre Frisur.

Nikolai entschuldigte sich für Stas, lächelte das Mädchen am Schalter noch einmal an und ging die Gerassimows holen.

All diese Manipulationen sollten, so der General, die Verfolger ablenken. In Stanislaws Tasche lagen Shorts, ein dunkles T-Shirt und eine Jeansmütze mit großem Schirm. Er sollte sich in der Toilette einschließen und die helle Hose und das grellbunte Hawaiihemd gegen Shorts und T-Shirt tauschen. Das veränderte sein Erscheinungsbild sehr, und der Mützenschirm verdeckte das halbe Gesicht. Dann sollte er rasch aus der Abflughalle in die Ankunftshalle hinüberlaufen und auf Umwegen auf den riesigen Parkplatz vorm Flughafen. Dort wartete an verabredeter Stelle ein unauffälliger grauer Opel.

Der General war überzeugt: Wenn die mutmaßlichen Verfolger Nikolai allein in seinen Wagen steigen sahen, würden sie glauben, dass Stas mit den Eltern nach Moskau geflogen war.

In der Toilettenkabine brauchte Stas einige Minuten, um zu verschnaufen und zu sich kommen. Das Herz schlug ihm noch immer im Hals. Die Begegnung mit der schwarzäugigen blonden Schönen hatte ihn stärker erschüttert als alles, was zuvor geschehen war. Zum hundertsten Mal ging er im Kopf sein Gespräch mit Michejew durch und erkannte immer deutlicher, was für ein Idiot er gewesen war. Das Ganze war von A bis Z inszeniert gewesen. Auch seinen eigenen Tuberkulosetod im Krankenhaus von Archangelsk hatte Michejew inszeniert: Er hatte den Arzt bestochen und galt nun auf dem Papier als Toter.

Jemand rüttelte heftig an der Tür.

»Besetzt!«, brüllte Stas auf Russisch, besann sich jedoch sofort und sagte etwas ruhiger auf Englisch: »Occupied!«

Er klappte den Toilettendeckel herunter, setzte sich darauf und knöpfte sein Hemd auf. Seine Hände zitterten heftig. Als er sich endlich ausgezogen hatte, warf er die Hose auf den Toilettendeckel, und der Schlüssel für den Opel auf dem Parkplatz fiel heraus. Zusammen mit einem Stück Papier. Er hob es auf, entfaltete es, und ihm wurde schwarz vor Augen.

»Gerassimow, du dummer Affe, du wirst zum Staatsanwalt gehen und ein Geständnis ablegen, schriftlich, wie es sich gehört. Man wird dir glauben, denn es gibt einen Zeugen.«

Ein kariertes Blatt aus einem Notizbuch. Eine große, klare Handschrift. Lila Tinte. Keine Unterschrift.

»Verrückter Bastard!«, stöhnte Stas laut und klagend.

Auf dem Weg zum Parkplatz und anschließend auf der Chaussee schrie er jedes Mal leise auf, wenn er einen blonden Frauenkopf sah. Dreimal wäre er beinahe aufgefahren. Schweißnass, totenbleich und zitternd erreichte er die Villa.

Nikolai erwartete ihn in einem Sessel im Wohnzimmer vorm Fernseher. Stas ging wortlos zur Bar, griff nach einer Flasche Whisky, trank ein paar Schlucke daraus, schaltete den Fernseher ab, stellte sich vor Nikolai und sagte langsam und ruhig: »Du und meine Eltern, ihr haltet mich für verrückt, nicht? Aber ich bin völlig okay, Nikolai. Ich will, dass du das begreifst. Ich bin kein Irrer, obwohl das kein Wunder wäre. Das Mädchen auf dem Flufhafen war keine Französin. Sie hat in dem Tankwagen gesessen. Sie hat sich in Moskau mit mir getroffen und mich zu meinem ehemaligen Kommilitonen Michejew geschickt. Das habe ich nicht geträumt. Er ist nicht tot, Kolja. Er ist raus aus dem Lager und will, dass ich den Mord gestehe, den er vor fünfzehn Jahren begangen hat. Hier, sieh dir das an. Das hat dieses Miststück mir in die Tasche geschoben. Lies, Kolja!«

Nikolai nahm ihm das vierfach zusammengelegte Blatt Papier aus der Hand, entfaltete es und sah Stas mitleidig an.

Das Blatt war leer.

Kaum hatte Sergej den Hörer angehoben, um Raiski anzurufen, als Evelina aus dem Bad kam und sich wieder an seinen Hals hängte.

»Wen rufst du an, mein Sonnenschein?«, fragte sie und presste ihre Lippen auf sein Ohr.

»Ich will dir ein Taxi rufen«, antwortete er und sah sich nach einem Telefonbuch um.

»Du schmeißt mich raus, ja?« Sie nahm ihm den Hörer aus der Hand und legte ihn auf.

»Lina, beruhige dich endlich.« Er verzog das Gesicht. »Meine Eltern kommen heute Nacht zurück. Vater ist krank. Ich muss sie abholen.«

»Schon gut, Gerassimow, keinen Stress. Ich zieh mich gleich an, koche Kaffee, und dann fahre ich.«

Sie ließ sich aufs Sofa fallen und schlug die Beine übereinander. Sie trug den weißen Frotteemantel von Stas und nichts darunter.

»Du kannst dich nicht ans Steuer setzen«, seufzte Sergej und wandte sich von ihrer Nacktheit ab. »Lass mich lieber ein Taxi rufen.«

»Ist doch nicht das erste Mal. Hör mal, Stas, warum reagierst du gar nicht auf meine Neuigkeit? Ich hab rausgefunden, wer da hinter dir her ist, und dir ist das scheißegal?«

Sergej schaltete den Wasserkessel ein und öffnete ein Päckchen gemahlenen Kaffee. »Glaubst du etwa nicht, dass dein Michejew noch lebt?«

»Glaubst du es denn? Du hast doch selbst gesagt, Maso war ziemlich betrunken.«

»Ich finde, du solltest dich mal mit Pjotr treffen. Ich kann mir sehr gut vorstellen, wie du diesem Mädchen nachgerannt bist. Und wenn Michejew sie deinetwegen aus Eifersucht getötet hat, ist durchaus denkbar, dass er sich jetzt rächen will.«

»Das ist kein ausreichender Grund für eine so raffinierte Rache«, widersprach Sergej leise. »Mascha Demidowa war das hübscheste Mädchen am ganzen Institut, nicht nur in unserem Studienjahr. Viele waren in sie verliebt, viele sind ihr nachgelaufen. Sie hat es verstanden, den Männern den Kopf zu verdrehen. Selbst wenn Maso sich nicht geirrt hat – ein Kriminellenboss würde kaum ein solches Risiko eingehen. Erst die Sprengladung, dann der Mord an dem Chauffeur. Nein, Lina, um sich auf so etwas einzulassen, braucht er gewichtigere Gründe.«

»Du vergisst ein kleines Detail«, erwiderte Evelina nachdenklich. »Es stimmt doch, dass dein Georgi Wachmann im Lager war? Na los, denk nach, Gerassimow! Das ist wichtig. Wichtig für dich, verstehst du? Als ich dich in jener Nacht in meiner Wohnung fragte, warum wir nicht die Miliz gerufen haben, hast du gesagt, Georgi könnte durchaus eigene Probleme gehabt haben. Hast du nie daran gedacht zu überprüfen, wo genau er gedient hat? Welche Gefangenen er bewacht hat?«

Der Löffel erstarrte in Sergejs Hand. Der Kaffee schäumte bedrohlich auf, doch im letzten Moment riss er den Kaffeekocher von der Platte, ohne einen einzigen Tropfen zu verschütten.

Er sah sich nach Tassen um, entdeckte keine und fragte Evelina verwirrt: »Lina, weißt du zufällig, wo meine Kaffeetassen stehen?«

Sie schloss den Bademantel und war nun endgültig nüchtern. Wütend mit den Gelenken knackend, stand sie auf, ging in die Küchenecke, stieß Sergej ziemlich grob beiseite, öffnete einen Hängeschrank, stellte klirrend zwei Tassen auf den Tresen und schimpfte leise: »Setz dich hin, du Unglücksrabe! Lauf mir nicht vor den Füßen rum!«

Sergej setzte sich folgsam in einen Sessel am Couchtisch. Sie schenkte den Kaffee ein, ließ sich ihm gegenüber nieder und starrte ihn mit zusammengekniffenen Augen an.

»Also, der Sicherheitschef deiner Bank war heute hier. Bestimmt weiß er über die Vergangenheit seines ehemaligen Untergebenen Bescheid. Bist du nie auf die Idee gekommen, ihn nach Georgi zu fragen? Was denkst du dir eigentlich, Stas? Du bist so sehr daran gewöhnt, dass andere deine Probleme lösen! Mama bringt dir was zu essen, Papa kauft dir ein neues Auto, und die dumme Lina wischt dir den Rotz ab, ja? Herrgott, was machst du so viel Zucker in den Kaffee? Wie oft muss ich dir das noch sagen, ich mag ihn nicht süß!« Sie stand auf, goss den Kaffee in den Ausguss und ging türenknallend ins Bad.

Sergej blieb sitzen. Ihm dröhnte der Kopf. Er versuchte krampfhaft, das Ganze zu ordnen. Das Moniereisen. Mascha Demidowa war in eine Baugrube gestürzt und von einem Moniereisen aufgespießt worden. Es war ein Unfall, doch das Gericht hatte es anders beurteilt. Michejew hatte eine unverhältnismäßig harte Strafe bekommen. Die Firma »Omega« überweist Geld auf das Privatkonto der Sängerin Angela Boldjanko, Stas unterschreibt die entsprechenden Papiere. Angela ist eng befreundet mit Ismailow. General Gerassimow ist schwerkrank, und das beunruhigt den Sicherheitschef, der Stas die Überweisungspapiere zum Unterschreiben bringt. Michejew lebt, er ist eine Kriminellenautorität geworden.

Vom Telefonklingeln schreckte Sergej auf.

»Warum haben Sie das Handy noch immer nicht eingeschaltet?«, fragte Raiskis weiche Stimme. »Warum melden Sie sich nicht? Was ist los bei Ihnen?«

Sergej hörte die Badtür gehen und flüsterte hastig: »Ich kann jetzt nicht reden, Evelina ist hier.«

»Und?«

»Bisher alles in Ordnung.«

»Na dann, herzlichen Glückwunsch zum Debüt.«

Sie kam herein; komplett angezogen, gekämmt und geschminkt, setzte sich auf seine Sessellehne, leerte seelenruhig seine Kaffeetasse, umarmte ihn, ließ ihre Lippen langsam über seinen Hals gleiten und flüsterte: »Genug geschwatzt, bring mich zur Tür.«

»Warum sagen Sie nichts?«, fragte Raiski beunruhigt.

»Ich fahre heute Nacht nach Scheremetjewo, meine Eltern abholen«, antwortete Sergej laut. »Jegor schickt mir einen Wagen.«

»Entschuldigen Sie«, brummte Raiski, »ich hab selber erst vor einer halben Stunde erfahren, dass sie heute kommen. Das war nicht geplant. Deshalb rufe ich Sie an, um Sie zu informieren. Mit Pleschakow haben Sie also auch schon gesprochen?«

»Er war gerade hier, ich hab Zahlungsanweisungen unterschrieben.«

»Was für Zahlungsanweisungen? Wovon reden Sie?«

»Ach, das Übliche, aber Sie wissen doch, das ist nichts fürs Telefon. Was sagen Sie? Ach ja, ich hab ein paar Narben, ziemlich auffällige. Ich fürchte, meine Eltern werden mich gar nicht erkennen.«

»Keine Sorge, ich habe den General informiert.«

»Ich hoffe, er bereitet Mama auch schonend vor.«

»Da machen Sie sich mal keine Hoffnungen.« Raiski lachte. »Wir haben verabredet, dass Ihr Papa Ihrer Mama ohne meine ausdrückliche Anweisung nichts sagt.«

»Na, das wird ja eine Überraschung. Wie? Was? Das weiß ich nicht genau. Pleschakow hat nicht gesagt, ob sie allein kommen oder in Begleitung.«

Evelina rutschte von der Lehne auf seinen Schoß. Er presste ihren Kopf an seine Schulter, damit sie die Stimme im Hörer nicht hörte.

»Beruhigen Sie sich. Sie kommen allein«, sagte Raiski. »Rufen Sie mich an, sobald sie weg ist.«

»Unbedingt.«

»Und kommen Sie nicht auf die Idee, mit ihr ins Bett zu gehen, hören Sie, Major? Sie würden im Handumdrehen auffliegen, und alles wäre zum Teufel.«

»Auf Wiederhören.«

Er legte auf, schob Evelina sanft von sich, verzog das Gesicht und fragte heiser: »Lina, weißt du vielleicht, wo meine Medikamente liegen? Ich brauche dringend was gegen Schmerzen. Mir brummt der Schädel, und mir ist übel.«

»Ja, du bist ganz blass.« Sie nickte und rutschte endlich von seinem Schoß. »Ich hole dir gleich was. Damit du Bescheid weißt, dein Medizinschränkchen ist im Bad. Du solltest noch mal schlafen, bevor du zum Flughafen fährst.«

Sie brachte ihm Analgin, er nahm zwei Tabletten und verabschiedete Lina. Sobald er die Tür hinter ihr geschlossen hatte, eilte er zum Telefon, um Raiski anzurufen, doch es war besetzt. Er entschied, dass eine halbe Stunde nicht von Belang war, ging ins Bad und legte sich zum ersten Mal im Leben in eine runde Whirlwanne.

Über ihm schimmerte bläuliches Licht. Das Wasser brodelte und schäumte sanft, und als er zufällig einen Knopf am Wannenrand drückte, ertönte leise Musik. Ihm fielen die Augen zu. Bald schlief er so fest, dass er das anhaltende Telefonklingeln nicht hörte.

Er träumte wieder von Julia, sie liefen zusammen durch eine fremde Stadt, die Häuser rechts und links waren Pappkulissen, hinter denen schwarze, endlose Leere verborgen war. Doch er selbst war in diesem Traum echt, er hatte sein früheres Gesicht.

Er erwachte erst um halb zwei in der Nacht. Bis zu der Begegnung mit den Eltern von Stas blieben keine zwei Stunden mehr.

»Wir müssen uns sehen«, sagte Raiski knapp, nachdem er sich Julias aufgeregten Bericht angehört hatte. »Können Sie heute Abend aus dem Haus, so gegen neun?«

»Und was erzähle ich Schura?«

»Sagen Sie, man hätte Sie aus der Klinik angerufen und zu einer dringenden Konsultation gebeten. Für den Anruf kann ich sorgen.«

»Ich habe Angst, sie allein zu Hause zu lassen.«

»Nun hören Sie aber auf! Meine Leute bewachen Ihr Haus rund um die Uhr, und Ihre Wohnungstür ist aus Stahl. Überhaupt, Julia, Sie sind selber schuld. Sie hätten Ihrem Kind längst beibringen müssen, dass man nicht zu fremden Männern ins Auto steigt.«

Julia spürte die Gereiztheit in seiner Stimme und mutmaßte, dass er die Kontrolle über die Situation verloren hatte. Darum war er so wütend. Er als FSB-Oberst mit seinem gewaltigen Agentenstab, seinem riesigen Apparat und seinen umfassenden Vollmachten war nun schon so lange hinter diesem Terroristen her und konnte ihn einfach nicht fassen.

Sie trafen sich in einem kleinen Kellerlokal in der Nähe der Klinik. Raiski saß bereits wartend an einem Tisch; seine Brillengläser blitzten im Halbdunkel.

»Erklären Sie mir bitte eins: Warum macht dieser Bandit, was er will, und Sie machen mich und mein Kind für Ihre Versäumnisse verantwortlich?«, fragte sie und setzte sich zu ihm.

»Guten Tag, Julia. Was möchten Sie essen?« Er lächelte, nahm die Brille ab und rieb sich die Nasenwurzel. »Das am Spieß gegrillte Schweinesteak ist hier nicht schlecht, das kann ich sehr empfehlen.«

»Danke. Ich esse so spätabends kein Fleisch«, erwiderte Julia ärgerlich und griff nach ihren Zigaretten. »Und überhaupt bin ich nicht zum Essen hier, sondern um Ihre Erklärungen zu hören.«

»Nun, dann empfehle ich Ihnen das Lachssteak.« Raiski ließ sein Feuerzeug aufschnappen. »Ich bin ehrlich gesagt furchtbar hungrig und werde etwas essen, wenn Sie erlauben.«

Er nickte dem Kellner zu und bestellte für sich Schweinesteak, für Julia Lachs und diverse Vorspeisen.

»Wie geht es meinem Patienten?«, fragte Julia.

»Gut. Was interessiert Sie denn konkret?«

Julia errötete verlegen. Sie hatte überhaupt nicht darüber reden wollen, die Frage nach Sergej war ihr einfach rausgerutscht, und Raiskis Reaktion gefiel ihr gar nicht. Gut, dass im Restaurant Halbdunkel herrschte und er nicht bemerkte, dass ihre Wangen glühten.

Dumme Gans, beschimpfte sie sich im Stillen. Bloß schnell das Thema wechseln. Und fang nie wieder davon an!

»Ich behalte meine Patienten normalerweise ein halbes Jahr lang im Auge, besonders nach einer so großen Operation«, erklärte sie hastig. »Und überhaupt, ich muss sagen, seit ich Sie kenne, Michail, beunruhigt mich alles. Sie manipulieren Menschen mit einer Leichtigkeit, als wären es keine Menschen, sondern irgendwelche Geräte. Aber für Geräte tragen Sie wenigstens die materielle Verantwortung.«

»Nein«, Raiski schüttelte den Kopf und lächelte, »das tue ich nicht. Dafür gibt es die Technik-Abteilung. Aber für die Leute, die mit meiner Arbeit zu tun haben, für die trage ich sehr wohl die Verantwortung. Auch für Sie, Julia, und für Ihr Kind.«

»Oh, das freut mich aber.« Julia drückte ihre Zigarette

aus und griff sofort nach der nächsten. »Besonders freut mich, dass auch mein Kind mit Ihrer Arbeit zu tun hat.«

Der Kellner brachte die Vorspeisen, und während er sie auf den Tisch stellte, schwiegen sie. Raiski setzte seine Brille wieder auf und richtete durch sie hindurch seinen stechenden Blick auf Julia.

»Nehmen Sie sich zusammen, Julia«, sagte er kaum hörbar, als der Kellner gegangen war. »Sie haben nicht den geringsten Grund zur Panik. Ihre Tochter hätte einfach nicht zu einem Fremden ins Auto steigen dürfen. Hier, probieren Sie den Tintenfischsalat. Und beruhigen Sie sich, beruhigen Sie sich endlich. Ich habe alles unter Kontrolle.«

»Wenn Sie alles unter Kontrolle haben, wieso kriegen Sie ihn dann nicht?«

»Stimmt, wir haben Schwierigkeiten, ihn zu kriegen.« Raiski nickte und machte sich über den Salat her. »Unsere Behörde hat sich in den letzten zehn Jahren sehr verändert.«

»Warum versuchen Sie sich dann überhaupt daran?«

»Weil es sonst niemand täte.« Raiski seufzte und tupfte sich mit der Serviette den Mund ab. »Niemand außer uns. Aber genug jetzt. Essen Sie. Und unterlassen Sie Ihre Vorwürfe. Sie sind selbst schuld. Würden Sie mich genauer in Ihre intimen Gespräche mit Angela einweihen, könnte ich Sie wesentlich besser vor Unannehmlichkeiten schützen.«

»Sie hören doch sowieso alles mit«, sagte sie mit rauher Stimme, »wir haben uns nur in ihrem Zimmer und in meinem Auto unterhalten.«

»Warum haben Sie mir nicht gesagt, dass Sie den Namen von Objekt A erfahren haben?«, fragte er so leise, dass sie es nicht hörte, sondern nur von seinen Lippen ablas.

»War denn der Name von Objekt A geheim?« Julia lächelte breit.

»Hören Sie auf.« Er verzog das Gesicht, als hätte er Zahnschmerzen. »Stellen Sie sich nicht dumm, Julia. Entschuldigen Sie meine Schroffheit, aber das hier ist kein Spiel. Sie müssen mir alles mitteilen, absolut alles, was Sie von Angela erfahren. Dann kann ich für Ihre Sicherheit und die Ihres Kindes garantieren. Begreifen Sie endlich, Sie sind im Moment meine einzige Quelle. Nur mit Ihnen spricht Angela offen. Nur mit Ihnen.«

Der Kellner kam mit dem Hauptgang. Raiski machte sich sofort über das Fleisch her, Julia stocherte in ihrem Lachs herum. Es schmeckte sehr gut, aber ihr war der Appetit vergangen.

Raiski kaute eine Weile schweigend. »Wann haben Sie die nächste Untersuchung geplant?«, fragte er schließlich.

»Am Freitag. Um zwölf.«

»Ich hoffe auf einen ausführlichen Bericht von Ihnen. Wir können uns wieder hier treffen, gegen neun.«

Ihre Autos standen nebeneinander. Raiski fuhr eine Weile hinter Julias Škoda her, um zu überprüfen, ob ihr jemand folgte. Sie fuhren zusammen auf den Sadowoje-Ring. Als Raiski sicher war, dass alles in Ordnung war, fuhr er mit Julia gleichauf, winkte ihr zu und bog auf die Sretenka ab.

## Zweiunddreißigstes Kapitel

Stas Gerassimow tobte durchs Haus und zertümmerte alles auf seinem Weg. Er schleuderte Geschirr und Kristall zu Boden, warf Möbel um. Oxana verkroch sich in eine Ecke und weinte leise. Nikolai saß auf dem Wannenrand, ein nasses Handtuch auf seine zerschlagene Wange gepresst, spuckte Blut und betrachtete seinen Zahn, der im Waschbecken lag.

»Zaubertinte!«, knurrte Stas und zermalmte mit dem Absatz die Bruchstücke einer weiteren Schüssel auf dem marmornen Küchenfußboden. »Dieses Miststück hat Zaubertinte benutzt!«

Nikolai legte das Handtuch beiseite, griff zum Telefon und wählte zum wiederholten Mal die Nummer des Griechen Alexandros Iliadi.

»Was auch passiert, du darfst keinen Skandal zulassen«, hatte der General zum Abschied zu ihm gesagt. »Wende dich mit allem an Iliadi, er wird dir helfen. Und keine falsche Sparsamkeit.«

Endlich meldete sich der Grieche.

»Guten Abend, Alexandros, entschuldigen Sie bitte die späte Störung.«

»Ja bitte. Wer ist da?« Die heisere Stimme des Griechen klang unwillig und verschlafen.

»Hier ist Nikolai, wir kennen uns. Ich rufe aus der Villa von General Gerassimow an. Wir haben hier eine Notsituation und brauchen Ihre Hilfe.«

Da seine Hilfe stets großzügig belohnt wurde, war der Grieche sofort hellwach und fragte munter: »Ja, was ist denn passiert?«

Nikolai erklärte, der Sohn des Generals sei außer sich, die Nachricht von der Krankheit seines Vaters und seine eigenen Probleme hätten gravierende Auswirkungen auf seine Psyche.

»Er hat einen Nervenzusammenbruch, wir brauchen dringend die Hilfe eines Psychiaters. Aber natürlich diskret, wie Sie verstehen werden«, ergänzte er. »Und so schnell wie möglich.«

Der Grieche erwiderte, er werde sich bemühen und tun, was in seiner Macht stehe.

Von Hoffnung beflügelt, stürzte sich Nikolai erneut in den Kampf, und bald hatte er Stas überwältigt, ihn auf den Boden geworfen, in eine Gardine gewickelt wie in eine Zwangsjacke und auf das Sofa im Wohnzimmer gelegt.

Der tobsüchtige Patient zappelte und stieß heisere Flüche aus, doch in festes Nylon gewickelt, war er nicht mehr gefährlich, und Oxana wagte sich mit einem Fläschchen Baldrian und einem Esslöffel zu ihm. Andere Beruhigungsmittel waren nicht im Haus.

»Dieses Miststück hat Zaubertinte benutzt«, sagte er zu Oxana, »und ihr Pass ist falsch, sie ist keine Französin.«

»Ja, natürlich, Stanislaw.« Oxana schluchzte, tropfte das Beruhigungsmittel auf den Löffel, kam beim Zählen durcheinander, goss schließlich den ganzen Löffel voll und führte ihn an Stanislaws Lippen.

»Was ist das?«, fragte er argwöhnisch.

»Baldrian«, erklärte Oxana. »Zur Beruhigung.«

Er schniefte, wandte sich ab und fing plötzlich bitterlich an zu weinen, wie ein Kind.

»Warum machen sie das mit mir? Ich bin nicht schuld. Ich bin an nichts schuld.«

»Natürlich nicht, Stanislaw, Sie sind an gar nichts schuld.« Oxana nickte. »Nehmen Sie die Medizin, dann bringe ich Ihnen einen Schluck Wasser.«

Er schüttelte den Kopf. »Erst du.«

Oxana begriff nicht. »Was?«

»Schluck das erst selber«, erwiderte er. »Ich traue keinem mehr.«

Das Mädchen wurde flammendrot und schaute fragend zu Nikolai, der rauchend in einem Sessel saß.

»Widersprich ihm nicht«, riet er leise. »Nimm einen Schluck davon.«

Nachdem Oxana einen Schluck von der dunklen Flüssigkeit genommen hatte, sträubte sich Stas nicht mehr gegen die Medizin. Erstaunlicherweise half sie. Er schluchzte noch ein paarmal bitterlich, schloss die Augen und wurde still. Vielleicht aus purer Erschöpfung nach dem Tobsuchtsanfall.

Oxana machte sich ans Aufräumen, Nikolai half ihr dabei.

»Aber solche Tinte gibt es wirklich«, bemerkte sie vorsichtig, während sie die Splitter auffegte, »die gibts in jedem Spielzeugladen. Der Sohn meiner Freundin, der hat an seinem Geburtstag mal alle Gäste mit einem Füller bespritzt. Das gab schlimme Flecke, aber sie sind bald spurlos vollkommen verschwunden.«

»Stimmt, solchen Mist gibts.« Nikolai verzog das Gesicht und tastete mit der Zunge den spitzen noch verbliebenen Rest seines Vorderzahnes ab. »Aber das heißt anders. Bei Zaubertinte ist es genau umgekehrt, die ist erst unsichtbar und wird nur durch Erwärmung oder chemische Reaktion sichtbar.«

Schweigend räumten sie weiter auf.

Bald hupte draußen ein Auto. Iliadi erschien in Begleitung einer fülligen älteren Frau. Sie sprach Englisch. Die Ärztin hörte sich mit steinernem Gesicht den Bericht an, dann fragte sie: »Trinkt er?«

»Nein. Er trinkt so gut wie nicht.«

»Seltsam. Was Sie da beschreiben, klingt nach Delirium. Ist so etwas früher schon vorgekommen?«

»Ich glaube nicht.« Nikolai zuckte unsicher die Achseln.

»Hat er Ihnen das Gesicht demoliert?«

»Ja.«

»Ich fürchte, er muss ins Krankenhaus. Er ist aggressiv und gefährlich. Erst stürzt er sich auf die Frau auf dem Flughafen, dann auf Sie. Ich werde das der Polizei melden müssen.«

Der Grieche flüsterte ihr etwas ins Ohr. Sie nickte und stand auf.

»Na schön, ich werde ihn erst einmal untersuchen.«

Sie gingen alle zum Sofa, die Ärztin setzte sich zu Stas, berührte sanft seine Schulter und fragte leise und freundlich: »Wie geht es Ihnen?«

Stas zappelte in seiner Gardine herum und versuchte,

sich aufzusetzen, Nikolai half ihm, band ihn jedoch nicht los.

»Was ist passiert?«, fragte er Stas auf Russisch, die trüben Augen auf- und zuklappend. »Warum bin ich gefesselt?«

Nikolai übersetzte halblaut.

»Nicht nötig, das kann ich selbst. Bind mich los«, sagte Stas ruhig und fügte höflich auf Englisch hinzu: »Bitte erklären Sie mir, was hier los ist.«

»Sie haben sich aggressiv verhalten, haben Ihrem Freund ins Gesicht geschlagen«, erklärte die Ärztin sanft.

»Ich? Das kann nicht sein. Ich erinnere mich an nichts.« Seine Augen wurden ganz rund, seine Fassungslosigkeit war echt.

Es trat Stille ein. Alle schauten in das blasse, erstaunte Gesicht des Patienten und fanden darin keinerlei Anzeichen für Irrsinn.

»Gut«, brach die Ärztin schließlich das Schweigen, »erzählen Sie mir, woran Sie sich erinnern. Wie haben Sie den Abend verbracht?«

»Ich habe meine Eltern zum Flughafen begleitet. Mein Vater ist schwerkrank.«

Die Ärztin sah zu Iliadi, der nickte schweigend.

»Fahren Sie bitte fort«, bat die Ärzin.

»Vor ein paar Tagen wäre ich beinahe tödlich verunglückt. Auf einer Bergstraße kam mir ein riesiger Laster entgegen. Mein Motorrad stürzte in den Abgrund, ich konnte im letzten Moment beiseite springen. Mir schien, als hätte in dem Laster neben dem Fahrer eine Frau gesessen, der ich zuvor in Moskau begegnet bin. Heute auf dem Flughafen sah ich eine ähnliche Frau, die Nerven gingen mit mir durch, ich stürzte mich auf sie und wollte klären, wer sie ist. Doch dann begriff ich, dass ich mich geirrt hatte.«

Die Ärztin sah fragend zu Nikolai, und der nickte bestätigend.

»Was geschah dann?«

»Ich fuhr vom Flughafen zurück nach Hause. Ich fühlte mich nicht wohl, erstens wegen meines Vaters und zweitens, weil ich mich noch immer nicht von dem kürzlichen Stress in den Bergen erholt habe. Bitte binden Sie mich los, es ist sehr unbequem, so zu sitzen.«

»Versprechen Sie, sich ruhig zu verhalten?«, fragte die Ärztin.

»Ja, natürlich.«

Sie nickte Nikolai zu, und der löste widerwillig die Fesseln. Wieder frei, bewegte Stas die Schultern und rieb sich die Handgelenke.

»Was taten Sie, als Sie vom Flughafen nach Hause kamen?«

»Ich erinnere mich nicht.« Stas seufzte schwer. »Ehrenwort, da klafft eine Lücke. Wahrscheinlich hab ich mich schlafen gelegt.«

»Ich glaube, Sie sagen nicht die Wahrheit«, bemerkte die Ärztin sanft. »Keine Angst, niemand macht Ihnen Vorwürfe. Wir verstehen, dass es Ihnen peinlich und unangenehm ist, sich an Ihren Zusammenbruch zu erinnern. Ich gebe Ihnen jetzt eine Spritze, und dann beruhigen Sie sich. Gut?«

»Ja, natürlich«, willigte Stas schlaff ein.

Die Ärztin brach eine Ampulle auf, füllte eine Spritze mit der farblosen Flüssigkeit und bat Stas, sich auf die Seite zu drehen. Die Spritze war schmerzhaft, und Stas stöhnte auf.

»So, gleich werden Sie ruhig einschlafen. Hier droht Ihnen nichts. Möchten Sie auf dem Sofa liegen bleiben? Oder wollen Sie lieber ins Schlafzimmer?«

»Ins Schlafzimmer«, bat Stas.

»Ich begleite ihn.« Nikolai fasste ihn unter, brachte ihn ins Schlafzimmer und legte ihn ins Bett.

Als Nikolai ins Wohnzimmer zurückkam, tranken Iliadi

und die Ärztin Kaffee, den Oxana inzwischen gekocht hatte. Aus antiken Silbertassen – anderes Geschirr war nicht mehr da.

»Er hat eine reaktive Psychose«, erklärte die Ärztin. »Die Symptome sind nicht ganz typisch, normalerweise toben Menschen in diesem Zustand nicht so heftig, sondern verkriechen sich eher in sich selbst. Aber das ist verschieden.«

»Ist er nun normal oder verrückt?«, hakte Nikolai nach.

»Wie soll ich das sagen? Es ist ein Grenzzustand. Können Sie intramuskuläre Injektionen geben?«

»Ja.«

»Wunderbar. Ich lasse Ihnen diese Schachtel da, sie enthält vierzehn Ampullen, und eine Packung Wegwerfspritzen. Sie spritzen ihm zwei Ampullen am Tag, morgens und abends, eine Woche lang.«

»Und Sie garantieren dafür, dass sich das nicht wiederholt?«

»Wie kann ich Ihnen irgendetwas garantieren?«, fragte sie pikiert. »Normalerweise werden solche Fälle bei uns ins Krankenhaus eingewiesen, und bei Ihnen bestimmt auch. Aber wir wollen hoffen, dass die Spritzen helfen. Vorerst ist er durchaus zurechnungsfähig.«

»Was heißt vorerst?«

»Eine weitere Stresssituation könnte irreperable Folgen haben.«

Bevor sie sich verabschiedeten, nahm Nikolai Iliadi beiseite und fragte leise: »Wie viel?«

»Na ja, in Anbetracht meiner langen Freundschaft mit dem General reichen Tausend. Obwohl die Sitution natürlich äußerst unangenehm ist.«

Nikolai zog seine Brieftasche hervor, zählte tausend Dollar in Hunderterscheinen ab und reichte sie dem Griechen.

»Danke. Soll ich Ihnen einen guten Zahnarzt empfehlen?«, fragte Iliadi lächelnd.

»Ja, gern.«
»Rufen Sie mich morgen früh an.«

»Alexandros, was sind das für Leute?«, fragte die Ärztin, als sie ins Auto stiegen. »Warum werden in unserem Land Immobilien nur von russischen Kriminellen gekauft?«

»Wie kommst du darauf, dass das Kriminelle sind? Ganz im Gegenteil. Die Villa gehört einem General vom Geheimdienst.«

Bevor er den Motor anließ, reichte er ihr Geld.

»Danke, Katerina.«

»Heilige Gottesmutter, warum so viel?«, fragte sie erschrocken, während sie die Scheine zählte. »Das sind ja dreihundert Dollar!«

»Schweigen hat seinen Preis, Katerina«, sagte Iliadi lächelnd. »Wenn du irgendwem erzählst, wo wir heute Nacht waren und was dort passiert ist, kriegen wir beide handfesten Ärger. Ich hoffe, das ist dir klar.«

Ein hochgewachsenes blondes Mädchen stellte ihren Wagen auf dem Parkplatz eines Fünfsternehotels am Stadtrand von Kerkura ab und ging ins Foyer.

»Guten Abend, Mademoiselle Irène«, begrüßte sie der ältere Portier auf Französisch. »Hier ist Ihr Schlüssel, Mademoiselle.«

Sie warf den Schlüssel in ihre Handtasche und ging zu dem Ausgang, der zum Strand führte.

»Mademoiselle Irène«, rief der Portier ihr nach, »wenn Sie vorm Schlafengehen noch einmal baden wollen, sollten Sie das lieber im Pool tun. Das Meer ist unruhig, und die Rettungsschwimmer haben schon Feierabend.«

»Ich mag die Wellen«, erklärte sie und schüttelte ihr langes, aschblondes Haar.

Am menschenleeren Strand warf sie ihre Sandalen ab,

stellte sie neben eine Liege, stieg barfuß auf die kühlen Steine der langen Mole, lief langsam bis zu deren Ende, setzte sich hin und ließ die Beine baumeln.

Am Horizont hing ein riesiger roter Mond, umgeben von feuerroten Fetzen kleiner, gefiederter Wolken. Über das lila Wasser führte ein blutroter Mondpfad zur Mole.

Das Mädchen nahm ein Mobiltelefon aus der Handtasche, wählte eine ausländische Nummer und trällerte, das Meeresrauschen übertönend, hell ins Telefon: »Hallo, Juri! Ich bins! Ich glaube, er ist hiergeblieben. Lass überprüfen, ob er in Moskau angekommen ist. Ich wette, dass nicht.«

»Erzähl mal, wie ist es gelaufen? Was macht unser Patient?«

»Er hat sich auf dem Flughafen brüllend auf mich gestürzt. Ich habe die Polizei gerufen. Jedenfalls hatten alle ihren Spaß. Aber ich glaube, wir übertreiben ein bisschen. Wenn er verrückt wird, ist sein freimütiges Geständnis nichts mehr wert. Und wenn er sich aufhängt, schon gar nicht.«

»Hast du ihm den Zettel zustecken können?«

»Na klar! Aber er ist nicht abgeflogen, denke ich.«

»Hast du dich erkundigt, ob er eingecheckt hat?«

»Nein. Ich fand, nach unserer stürmischen Auseinandersetzung in Gegenwart zweier Polizeioffiziere sollte ich das lieber lassen.«

»Ja, schon richtig. Bist du am Strand?«

»Ja, wieso?«

»Willst du baden?«

»Natürlich!«

»Lass das sein, Ira. Es ist zu starker Wellengang. Das höre ich.«

»Du kannst mich mal, Juri«, lachte sie und streckte dem feuerroten Mond die Zunge heraus. »Ich schwimme jetzt ein bisschen, dann gehe ich ins Bett. Also, Küsschen, gute Nacht!«

»Ruf mich nachher aus deinem Zimmer noch mal an!«, brummte der Bass. »Ich werd mir Sorgen machen!«

Ohne eine Antwort schaltete sie das Telefon ab und steckte es in die Tasche, stand auf, streifte das weiße Leinenkleid und den Slip ab, steckte sich das seidige lange Haar hoch, sprang nackt in die dichten, glutroten Wellen und schwamm mit ausladenden, eleganten Bewegungen hinaus.

Natalja erwachte, als die Landung angekündigt wurde. Aufmerksam betrachtete sie eine Weile das nun ganz spitze Profil ihres Mannes. Er hatte den Kopf zurückgeworfen, sein Mund stand offen, die bläulichen Lider waren nicht ganz geschlossen – durch die schmalen Spalten schimmerten die Augäpfel. Sie hielt den Atem an. Sie redete sich ein, dass sie ihm nur die Sicherheitsgurte anlegen wollte, beugte sich über ihn, presste das Ohr an seine Brust und atmete erst aus, als sie seinen schweren, unregelmäßigen Herzschlag hörte.

»Wladimir, wach auf, wir landen«, flüsterte sie ihm ins Ohr.

»Ja, ja, ich bin schon wach.« Er öffnete die Augen. »Bitte um ein Glas Wasser.«

»Möchtest du Tablettten nehmen? So schnell?«

»Nein, nein, keine Sorge. Nur etwas trinken.«

Die Stewardess brachte das Wasser, bedachte den General mit einem neugierigen, angespannten Blick und fragte mit professionell teilnahmsvollem Lächeln: »Geht es Ihnen nicht gut?«

»Wie kommen Sie darauf?«, herrschte Natalja sie an. »Mit ihm ist alles in Ordnung!«

»Natalja«, flüsterte der General und streichelte ihre Hand, »ruhig, ganz ruhig.«

Sie wusste, dass sie nicht so auf die besonderen Blicke reagieren durfte, die ihren Mann nun ständig verfolgten.

Aber sie konnte nichts dagegen tun. Sie nahm es den Menschen übel, dass sie Wladimir so ansahen. Sein Gesicht trug immer deutlicher den Stempel der Krankheit, ja, eigentlich den des Todes. Die Menschen spürten das und schauten ihn an, als wollten sie in seinen entzündeten Augen, in den Falten seiner totenblassen Haut ein grausiges, aber brennend interessantes Geheimnis lesen.

Diese Blicke enthielten vieles – Neugier, Unverständnis, Angst, Ekel. Manchmal, sehr selten, auch Mitleid. Im normalen, hektischen Strom des Alltags erinnerte Wladimirs Gesicht sie an etwas, woran sie – zu Recht – nicht denken mochte.

Schaut nicht so, lasst das, rief Natalja im Stillen. Das betrifft euch noch nicht, ihr seid gesund und munter. Freut euch, und Gott mit euch, aber schaut nicht so!

Die Maschine setzte weich zur Landung an. Draußen erschienen bunte Lichter, ein riesiges Lichtermeer. Wegen dieser blinkenden Schönheit kehrte Natalja gern nachts nach Moskau zurück.

»Natalja, ich muss dir etwas sagen«, begann der General, den Kopf zu ihr geneigt.

Sie hörte nur sein heiseres Brummen und verstand kein Wort. Ihre Ohren waren verstopft.

»Was ist, Wladimir?«

»Dort in Moskau … Es ist wichtig, du musst darauf vorbereitet sein … Michail Raiski hat …«

»Ich höre nichts.« Sie verzog das Gesicht und schüttelte den Kopf. »Sprich lauter, ich höre nichts.«

Aber lauter konnte er nicht.

Schließlich landete das Flugzeug.

Es wurde unruhig, eine angenehme Frauenstimme bat die Passagiere eindringlich, bis zum endgültigen Verstummen der Motoren sitzen zu bleiben.

Eine Stewardess kam zu ihnen, beugte sich respektvoll

über den General und sagte halblaut: »Ihr Wagen wartet auf dem Flugfeld. Kommen Sie, ich begleite Sie.«

Sie traten auf die Gangway, und ein heftiger, warmer Wind blies ihnen ins Gesicht. Im hellen Licht der Scheinwerfer erkannte der General sofort den schwarzen Mercedes des Sicherheitsdienstes der Bank. Eine männliche Silhouette löste sich vom Auto und kam auf die Gangway zu. Eine dunkle Brille verdeckte sein halbes Gesicht.

»Wer ist das, Wladimir?«, fragte seine Frau besorgt. »Warum trägt er eine Brille?«

Doch der General hörte sie nicht. Er musterte über ihren Kopf hinweg das verschwommene Gesicht des Unbekannten, um zu sehen, welchen seiner Männer Pleschakow geschickt hatte und warum der Mann eine dunkle Brille trug.

Natalja wandte sich erneut zu ihrem Mann um, verfehlte eine Stufe und wäre beinahe gestürzt. Der Mann mit der Brille fing sie auf; die andere Hand reichte er dem General.

Der Wind heulte, man verstand kein Wort. Die anderen Passagiere kamen nun ebenfalls die Gangway herunter. Der Mann mit der Brille führte die Gerassimows zum Wagen.

Das Gesicht dem General zugewandt, erklärte er diesem leise etwas. Der General nickte. Auf halbem Weg zum Mercedes blieben sie stehen. Der General nahm dem Mann rasch die Brille ab, und beide wandten sich Natalja zu, versuchten ihr etwas zu sagen, doch ihre Ohren waren noch immer verstopft. Sie schüttelte den Kopf, zuckte verwirrt die Achseln, und plötzlich schlug ihr Herz wie wild, ihre Beine wurden watteweich, sie schwankte und schrie, Wind und Motorendröhnen übertönend: »Serjosha!«

# Dreiunddreißigstes Kapitel

Grelles Licht traf Angelas Augen, sie hatte das Gefühl, als sei alles ringsum in Feuer getaucht, als könne sie nichts sehen und nicht atmen.

»He, genug gepennt!«, sagte eine vertraute Stimme über ihr.

Sie wandte sich vom Licht ab und öffnete nun erst die Augen. Über ihr stand Mila, ihre einzige enge Freundin, die bei ihr wohnte und ihr den Haushalt führte.

»Spinnst du? Was ist denn los? Wie spät ist es?«

»Vier Uhr früh. Steh auf, zieh dich an, schnell!«

»Wieso? Ich will schlafen!«, maulte Angela und zog an der Bettdecke, doch Mila hielt sie fest.

»Wir müssen sofort ins Krankenhaus!«

»Ins Krankenhaus? Wieso?«

Angela hatte sich nun an das helle Licht gewöhnt und konnte Mila ansehen. Sie war vollständig angezogen, gekämmt und von bläulicher Blässe. Ihre Augen huschten aufgeregt hin und her.

»Deine Nähte sind aufgeplatzt!«, erklärte Mila, warf die Decke weg, hob Angela aus dem Bett wie ein Kind und stellte sie vor den großen Schminktisch. »Hier, sieh dir das an. Gut, dass ich bei dir reingeschaut und das gesehen habe.«

Angela schrie leise auf. Der Verband war von dunkelroten Flecken durchnässt. Sie griff sich ans Gesicht und stöhnte leise und klagend: »O mein Gott, das ist Blut!«

»Hör auf zu jammern«, kommandierte Mila. »Los, beweg dich, der Wagen wartet schon.«

»Was für ein Wagen?«

»Ich hab ein Taxi gerufen.«

»Moment noch, wir müssen meine Ärztin anrufen. Mein Gott, das ist ja schrecklich, vier Uhr früh! Gib mir das Telefon!«

»Dazu ist jetzt keine Zeit, du kannst vom Auto aus anrufen.« Mila warf ihr Jeans und eine riesige Strickjacke hin. Angela zog sich gehorsam an, wobei sie immer wieder in den Spiegel schaute.

»Komisch, es tut überhaupt nicht weh«, murmelte sie, als sie in den Lift stiegen. »Warte, hast du das Telefon mit?«

»Ja, hab ich, keine Sorge.« Mila klopfte auf ihre geräumige Tasche.

»Es tut überhaupt nicht weh, ich spüre gar nichts«, wiederholte Angela verwirrt.

»Kein Wunder«, bemerkte Mila, »nach zwei Tapesam und zwei Seduxen.«

»Ach ja, natürlich ...«

Angela erinnerte sich genau, wie sie vor ein paar Stunden nicht hatte einschlafen können, weil das Jucken unter dem Verband und schreckliche Gedanken sie peinigten. Sie war in die Küche gegangen. Dort saß Mila und las einen Liebesroman. Angela klagte, sie könne nicht schlafen, und die Freundin gab ihr Tabletten und goss ihr Saft zum Nachtrinken ein.

Direkt vorm Haus stand ein bescheidener hellblauer Shiguli.

»Ihr habt euch ja Zeit gelassen, Mädchen, eine Minute Wartezeit kostet drei Rubel«, sagte der Chauffeur giftig.

»Keine Angst, wir zahlen, was du verlangst!«, beruhigte ihn Mila.

»Gib mir das Telefon, ich will meine Ärztin anrufen«, bat Angela, als der Shiguli anfuhr.

»Sofort.« Mila kramte in ihrer Tasche.

»Mädchen«, wandte sich der Fahrer an Angela, »was ist denn mit Ihrem Gesicht?«

»Nichts!«, schnauzte ihn Angela an und drehte sich zu Mila um. »Was machst du denn da so lange? Gib schon her!«

»Warte, ich muss erst deinen Verband mit Peroxid anfeuchten, damit er nicht antrocknet.«

Die Scheinwerfer eines vorbeifahrenden Autos erleuchteten das Wageninnere, und Angela sah, dass Mila anstelle des Telefons einen weißen Lappen und ein kleines oranges Medizinfläschchen in der Hand hielt. Bevor sie irgendetwas begriff, stieg ihr scharfer Chloroformgeruch in die Nase.

Eine halbe Stunde zuvor hatte ein Anruf in der Wohnung von Angela Boldjanko die beiden Überwacher geweckt, die im Hof in ihrem Auto vor sich hin dämmerten.

»Hallo, ich höre«, antwortete eine hohe Frauenstimme in der Wohnung.

»Mila? Guten Morgen, hier ist die Taxizentrale, der Wagen ist jetzt da! Ein hellblauer Shiguli.«

»Danke, wir kommen sofort.«

»Mila ist ihre Haushälterin«, murmelte der Oberleutnant gähnend. »Wohin wollen sie um diese Zeit mit einem Taxi?«

»Da steht ein Shiguli vorm Eingang«, bemerkte der Unterleutnant.

»Geh mal nachsehen, ich höre derweil, was sie vorhaben.« Der Oberleutnant schloss die Augen und lehnte sich zurück, um noch eine Mütze voll Schlaf zu bekommen.

Der Unterleutnant stieg widerwillig aus.

Sie hätten vor zwei Stunden abgelöst werden sollen, aber die Ablösung war noch immer nicht da. Es war bereits die zweite schlaflose Nacht für die beiden, und da bislang absolut nichts Interessantes passiert war, hatte ihre Wachsamkeit nachgelassen. Sie fragten sich nicht, warum sie den vorhergehenden Anruf, der ja vor mindestens einer halben Stunde erfolgt sein musste, nicht gehört hatten.

Der Unterleutnant überquerte den Hof und schaute in den Shiguli. Auf dem Fahrersitz döste ein semmelblonder, etwa zwanzigjähriger Bursche vor sich hin. Der Unterleutnant klopfte mit den Fingerknöcheln an die Scheibe. Der Bursche klapperte verwirrt mit den hellen Wimpern.

»Unterleutnant Melnikow. Guten Morgen.«

»Wohl eher gute Nacht«, sagte der Fahrer mit säuerlichem Lächeln.

»Verstoßen wir gerade gegen die Straßenverkehrsordnung?«, erkundigte sich der Unterleutnant leutselig.

»Ich glaube nicht.« Der Fahrer sah sich verwirrt um. »Wieso?«

»Ganz einfach. Wir stehen im Parkverbot.«

»Wir warten auf Fahrgäste.« Der Bursche gähnte herzhaft.

»Bist du ein Taxi oder was?«, fragte der Unterleutnant und gähnte ebenfalls.

»Genau, ein Taxi.«

»Welche Firma?«

»Moskauer Kutscher, eine Privatfirma.« Er reichte dem Unterleutnant eine Visitenkarte, dieser las: »Bestellung per Telefon« und steckte sie ein.

»Und wohin wollen deine Fahrgäste um diese Zeit?«

»Ins Krankenhaus, glaub ich«, erwiderte der Fahrer verschlafen.

»Na schön. Zeig mir mal deine Papiere.«

Der Semmelblonde reichte ihm die Papiere. Der Unterleutnant schrieb alles Nötige in sein Notizbuch und bemerkte kopfschüttelnd: »Du hast ja einen interessanten Namen – Djubel. In der Schule wurdest du bestimmt gehänselt, oder?«

»Wieso, ist doch ein ganz normaler Name«, entgegnete der Semmelblonde beleidigt.

»Pass auf, dass du nicht am Steuer einschläfst.« Der Unterleutnant legte die Hand an den Mützenschirm und ging zu seinem Auto zurück.

Der Oberleutnant trank Kaffee aus einer Thermosflasche.

Aus dem Lautsprecher tönten Stimmen: »Los, wach auf, wir müssen sofort ins Krankenhaus.«

»Ins Krankenhaus? Spinnst du?«

»Deine Nähte sind aufgeplatzt!«

Der Oberleutnant trank seinen Kaffee aus, füllte den Becher wieder und reichte ihn dem Unterleutnant.

»Das arme Mädchen, das ist bestimmt großer Mist, wenn die Nähte aufplatzen«, seufzte der Unterleutnant, als Angelas klagendes Gejammer aus dem Lautsprecher drang: »O mein Gott, das ist Blut!«

Im fliederfarbenen Scheinwerferlicht wirkte das Gesicht des Generals ganz durchsichtig. Aber er hielt sich sicher auf den Beinen und versuchte seiner Frau ruhig zu erklären, wer Sergej war.

Der Chauffeur, besorgt, weil die drei mitten auf dem Flugfeld stehen geblieben waren, stieg aus und ging ihnen entgegen.

»Natalja, das ist ein Doppelgänger. Bei ihm wurde eine plastische Operation vorgenommen, er ist Major des FSB und wohnt jetzt in der Wohnung von Stas. Du musst ihn Stas nennen, du musst dich verhalten, als wäre er dein Sohn.«

Aber Natalja schaute die beiden mit feuchten, glücklichen, vollkommen irren Augen an und sagte immer wieder: »Natürlich ist das unser Sohn, Wladimir, unser Serjosha. Ich habe es immer gewusst ...«

Der Chauffeur kam näher. Der General drückte den Kopf seiner Frau gegen seine Schulter und fragte: »Wie heißen Sie, Major?«

»Sergej«, antwortete dieser verwirrt. Der General maß ihn mit einem langen, seltsamen Blick und flüsterte ihm ins Ohr: »Sagen Sie ihr, dass Sie Stanislaw heißen. Ich erkläre Ihnen alles später, Ihnen und ihr, später ... Nennen Sie uns Mama und Papa, genieren Sie sich nicht.«

»Guten Tag.« Der Chauffeur drückte dem General die Hand. »Probleme?«

»Hallo, Kostja.« Der General lächelte. »Die Landung war ein wenig heikel, wir sind erschöpft und überreizt. Dazu die schlaflose Nacht. Alles in Ordnung.«

»Aber was ist denn mit Natalja?«

Sie stand wie angewurzelt da, umklammerte Sergejs Arm und reagierte nicht auf die Begrüßung des Chauffeurs.

»Mama wusste nicht, dass ich einen Unfall hatte«, erklärte Sergej laut, »und nun hat sie meine Narben entdeckt.« Er küsste Natalja auf die Wange. »Komm ins Auto, Mama, sonst holst du dir noch eine Erkältung bei dem Wind.«

»Ja, ja.«

Diese Frau hatte nicht das Geringste gemein mit seiner Mutter. Als er sie so nannte, fühlte er sich einen Moment lang wie ein Verräter. Evelina oder Pleschakow etwas vorzuspielen war wesentlich einfacher gewesen. Die Begegnung mit Gerassimows Eltern fiel ihm überraschend schwer, obwohl der General der erste Mensch in seinem neuen Leben war, vor dem er sich nicht verstellen musste.

Während der ganzen Fahrt flüsterten der General und seine Frau auf dem Rücksitz miteinander. Hin und wieder begegnete Sergej im Rückspiegel mal seinem, mal ihrem Blick und bemerkte, dass Nataljas Augen nun wieder klar und vernünftig wirkten. Sie hatte sich rasch von dem Schock erholt. Sergej konnte verstehen, dass die unerwartete Begegnung mit einem Doppelgänger des eigenen Sohnes einer Mutter einen Schock versetzen konnte. Aber warum sie ihn gleich bei seinem richtigen Namen genannt hatte, war ihm ein Rätsel.

Die Fahrt dauerte nicht lange. Von unterwegs rief Raiski an, und Sergej teilte ihm kurz mit, dass er die Eltern abgeholt habe und alles in Ordnung sei.

Es wurde schon hell. Als sie ausstiegen, ging es dem General sehr schlecht.

»Ich muss meine Medizin nehmen«, krächzte er mit zusammengebissenen Zähnen und hängte sich schwer an Sergejs Arm. »Komm noch mit hoch, wir müssen reden.«

Natalja schwieg und ließ Sergej nicht aus den Augen. Ihr Blick war aufmerksam und angespannt, ja, sogar ein wenig feindselig. Im Lift gab der General die Beherrschung auf, verzog das Gesicht, griff sich an den Bauch und stöhnte leise.

Die Wohnung war noch schicker als die von Stas, wirkte aber durchaus bewohnt. Der General verschwand sofort in seinem Zimmer, Natalja warf Sergej einen schrägen Blick zu.

»Wenn Sie rauchen, können Sie in die Küche gehen«, sagte sie kühl und ging zu ihrem Mann.

Auf der breiten Fensterbank in der Küche lag eine Schachtel »Parlament«. Wieder rief Raiski an. Den Oberst interessierten in erster Linie die Papiere, die Pleschakow von Stas Gerassimow hatte unterschreiben lassen.

»Die Firma Omega überweist 150 000 an die Famagusta-Bank in Nikosia auf Zypern«, erklärte Sergej. »Angeblich für die Lieferung einer Partie Computer an die Firma Omega. Und 70 000 gehen an dieselbe Bank, auf das Privatkonto eines Beraters, für dieselben Computer. Ich habe mir Kontonummern, Bankleitzahl und so weiter notiert. Im Kopf habe ich die natürlich jetzt nicht, ich teile Sie ihnen später mit.«

»Und Sie haben das alles unterschrieben?«, unterbrach ihn Raiski.

»Was blieb mir denn übrig?«

»An den Namen des Beraters erinnern Sie sich auch nicht?«

»Oh, den könnte ich kaum vergessen. Der Berater heißt Angela Boldjanko.«

Es folgte eine lange Pause. Sergej hörte Raiski atmen, und einen Augenblick lang tat ihm der Oberst leid.

»Michail«, sagte er, »unser Schützling hat das Objekt A deshalb nicht angerührt, weil er über ihn Geld transferiert. Stas wird von jemand anderem verfolgt, und ich ahne fast, von wem. Sie haben sich geirrt, Oberst. Mir ist klar, wie ungern Sie das hören. Dafür wissen wir jetzt etwas, das wir womöglich sonst nie erfahren hätten, Ihr Plan funktioniert also trotzdem, wenn auch anders, als Sie dachten.«

»Ich kann auf Ihren Trost verzichten, Major«, knurrte Raiski nach einem Räuspern. »Wann können Sie mir die Bankdaten übermitteln?«

»Sobald ich wieder in der Wohnung von Objekt A bin«, parierte Sergej mit leisem Spott.

»Und wo sind Sie jetzt?«

»Bei Mama und Papa. In der Küche. Übrigens – der General ist ernstlich krank.«

»Was fehlt ihm?«

»Das weiß ich noch nicht. Aber er sieht schlimm aus.«

»Ja, so etwas hatte ich vermutet«, sagte Raiski langsam. »Kommen Sie ja nicht auf die Idee, ihm von den Papieren zu erzählen, die Sie unterschrieben haben.«

»Natürlich nicht, ich verstehe.«

»Einen Dreck verstehen Sie, Major! Egal. Wie lange bleiben Sie noch dort?«

»Das weiß ich nicht. Der General will mit mir reden.«

»Vermeiden Sie nach Möglichkeit konkrete Antworten. Nur Allgemeines. Sagen Sie dem General, er soll mich anrufen, sobald er sich besser fühlt, ich komme dann sofort.«

»Michail, überprüfen Sie bitte, ob es einen Kriminellenboss namens Palytsch gibt.« Sergej verstummte, weil er Schritte hörte.

»Wozu?«

»Das erzähle ich Ihnen später«, flüsterte Sergej, die Hand auf dem Hörer. »Ich rufe Sie an, sobald ich kann.«

Natalja erschien in der Tür. Als sie sah, dass er telefonierte, schaltete sie den Wasserkocher ein, setzte sich ihm gegenüber, griff nach einer Zeitschrift und blätterte darin. Sie wirkte durcheinander.

»Aber nicht vor neun«, befahl Raiski, »ich muss wenigstens ein bisschen schlafen, was ich auch Ihnen wünsche. Um zehn müssen Sie Angela besuchen. Unbedingt mit Blumen. Denken Sie daran, Sie haben nur wenig Zeit, um zwölf muss sie in der Klinik sein.«

»Warum diese Eile? Sollten wir das nicht lieber auf den Abend verschieben?«

»Nein«, entgegnete Raiski kurz angebunden.

Sergej verabschiedete sich, legte das Telefon weg, drückte seine Zigarette aus und fragte leise: »Wie geht es Wladimir?«

»Schlecht«, seufzte sie, »er schläft nicht, er wartet auf Sie, er will mit Ihnen reden. Ich muss mich für die Szene auf dem Flugplatz entschuldigen.«

»Nicht doch, ich verstehe …«

»Ausgezeichnete Arbeit«, murmelte sie und hob zum ersten Mal den Blick. »Ich wüsste gern, wie Sie wirklich aussehen.«

»Tja, jetzt sehe ich so aus.« Sergej lächelte schuldbewusst. »So und nicht anders.«

»Diese Narben – stammen die von der plastischen Operation?«

»Ja.«

»Werden die bleiben?«

»Nein. Sie werden bald entfernt.«

»Werden Sie nun immer mit diesem Gesicht leben?«

»Wahrscheinlich.«

»Und die Haare? Ist das Ihre eigene Farbe?« Sie streckte

die Hand aus und berührte mit den Fingerspitzen seinen Kopf.

»Nein, die sind gefärbt.«

»Und wie sind Ihre Haare in Wirklichkeit?«

»Weiß.«

»Das heißt, Sie sind hellblond?«

»Ich bin grauhaarig.«

»Warum? Sie sind doch noch nicht alt. Wie alt sind Sie übrigens?«

»Sechsunddreißig.«

»Und warum ist Ihr Haar schon grau?«

»Ich weiß nicht. Wahrscheinlich die Gene.«

»Leben Ihre Eltern noch?«

»Nein.«

»Haben Sie eine Frau? Kinder?«

Sergej schüttelte wortlos den Kopf.

»Gehen Sie ein großes Risiko ein?«

»Kommt drauf an.«

»Wie heißen Sie wirklich?«

»Stanislaw.«

»Das ist nicht wahr«, stöhnte sie und verzog das Gesicht wie von einem plötzlichen Schmerz, »ich weiß, dass Sie anders heißen. Sagen Sie mir, wie. Bitte!«

Das Telefon klingelte, sie zuckte zusammen und griff nach dem Hörer.

»Ja, ja, mein Lieber, er kommt gleich.«

Sie legte auf und erklärte: »Sie möchten zu ihm kommen. Er ist im Schlafzimmer, auf dem Flur rechts. Wollen Sie Tee oder Kaffee?«

»Danke. Tee, wenn möglich.«

Sergej ging zum General, Natalja blieb noch lange in der Küche sitzen, ohne sich zu rühren, und wiederholte im Stillen immer wieder: Ein wildfremder Mensch. Ein vollkommen Unbekannter. Serjosha.

# Vierunddreißigstes Kapitel

Nikolai erwachte als Erster, um zehn. Oxana schlief noch fest, und er weckte sie nicht, sondern kroch leise unter der Decke hervor und ging zum Strand. Dort machte er eine halbe Stunde lang Kniebeugen und Liegestütze und schwamm anschließend noch eine halbe Stunde im Meer. Als er zurückkam, stand Oxana in der Küche. Auf dem Herd brutzelte Ei mit Schinken, es roch nach Kaffee und Toast.

»Guten Morgen.« Er küsste sie auf die Wange und setzte sich an den Tisch.

Sie berührte seine zerschlagene Wange.

»Du hättest gleich Eis drauflegen sollen, dann hättest du jetzt keine Beule.«

»Ach, scheiß auf die Beule.« Nikolai verzog das Gesicht. »Aber schade um den Zahn.«

»Du hättest lieber ihm einen Zahn ausschlagen sollen«, knurrte Oxana.

»Ich hätte aus diesem Bastard Hackfleisch gemacht, wenn der General nicht wäre. Ich mag den Alten sehr. Und die Generalin tut mir auch leid. Sie sind so nette Leute, wieso haben sie bloß so einen Sohn? Den sie auch noch abgöttisch lieben.«

»Er ist ihr Sohn«, seufzte Oxana, »da kann man nichts machen. Sie haben ihn bestimmt furchtbar verwöhnt, darum ist er nun so ein Stiesel. Übrigens müssen wir aus der Pfanne essen, das japanische Service hat er bis auf die letzte Schüssel zerschlagen.«

Auf dem Tisch lag die Schachtel mit den Ampullen, daneben der Beipackzettel.

»Willst du ihn spritzen?«, fragte Oxana und nahm die Pfanne vom Herd.

»Mhm«, brummte Nikolai. Seine Augen glitten über den

Beipackzettel. »Dieses Präparat ist übrigens ein ziemlich übles Zeug.«

»Aber was soll man machen, wenn er so tobt?« Oxana zuckte die Achseln. »Iss, es wird kalt.«

Nikolai legte den Zettel beiseite und machte sich über das Ei her. Eine Weile aßen Sie schweigend; die Gabeln schlugen klappernd gegen die Pfanne.

»Rufst du die Eltern an?«, fragte Oxana, während sie Kaffee einschenkte.

»Vorerst nicht. Sie haben schon genug Probleme.« Nikolai trank den Kaffe aus, stand auf und streckte sich. »Ich geh mal nachsehn, was unser Irrer macht.«

Oxana blieb, um abzuwaschen. Kurz darauf kam Nikolai zurück und erklärte, der Irre schlafe.

»Er pennt immer bis mittags um eins.«

»Dann geh ich so lange zum Zahnarzt.«

Der General saß in einem Sessel, mit einem riesigen Plaid zugedeckt. Er sah nun etwas besser aus.

»Wie geht es Ihnen?«, fragte Sergej.

»Stell mir nie mehr diese blöde Frage. Denk dran, ich hab nur noch wenig Kraft, und die will ich nicht für leeres Geschwätz verschwenden. Setz dich. Sag mir, warum hast du dich darauf eingelassen?«

»Ich verstehe nicht ...«

»Das eigene Gesicht für immer zu verlieren. Ist es nur das Geld oder noch etwas anderes?«

»Noch etwas anderes.« Sergej lächelte.

»Na los, erzähle. Es ist mein Recht, das zu wissen.« Der General zwinkerte ihm zu und entblößte eine Reihe makelloser Porzellanzähne. »Michail hat dir bestimmt befohlen, mir altem Mann ein Lügenmärchen aufzutischen, oder?«

»Nicht doch, Genosse General, keine Lügenmärchen«, beruhigte ihn Sergej.

»Antworte auf meine Frage, Major. Warum machst du das alles?«

»Ich hab mit Ismailow meine eigene Rechnung offen«, erklärte Sergej, noch immer lächelnd, »ich will ihn lebend kriegen.«

»Du hast dort gekämpft?« Der General schüttelte leicht den Kopf.

»Auch.«

»Du bist nicht der Einzige. Warum glaubst du, dass du mehr Chancen hast als ein anderer?«

»Weil ich ihn persönlich kenne.«

»Wie hast du denn das geschafft? Warst du bei ihm in Gefangenschaft? Schon gut, darauf musst du nicht antworten. Das tut nichts zur Sache. Hauptsache, du hast Erfahrung und einen Kopf auf den Schultern, und daran habe ich keinen Zweifel. Michail hat ein Gespür für Menschen. Du hast Schamil Ismailow also mit eigenen Augen gesehen. Und er dich natürlich auch? Ach so, dann …« Der General lachte heiser und schwerfällig. In seiner Brust gluckerte es, die blauen Adern auf seiner Stirn schwollen an. Das Lachen ging in Husten über.

»Brauchen Sie Ihre Medizin?«, fragte Sergej besorgt.

Der General schüttelte den Kopf und keuchte: »Wasser.«

Auf dem Nachttisch stand eine Flasche Wasser. Sergej füllte das darüber gestülpte Glas und reichte es dem General. Der trank ein paar Schlucke und lehnte sich im Sessel zurück.

»Krank sein ist Scheiße, Major«, murmelte er mit geschlossenen Augen. »Ich hab nur noch sehr wenig Zeit. Und noch weniger Kraft. Hör gut zu und präg es dir ein. Ich hab Raiski einen Haufen Geld gezahlt. Aber nicht, damit er sich Generalssporen verdient. Sollte er sie kriegen, würde es mich freuen, wenn ich nicht vorher sterbe. Aber ich habe ihn für das Leben meines Sohnes bezahlt. Ich habe nur den einen. Ich weiß, dass er ein Scheißkerl ist. Aber er ist mein Einziger. Verstehst du, was ich meine?«

»Ich glaube, ich ahne es.« Sergej nickte unsicher. »Sie vermuten, dass Ihr Sohn nicht von Ismailow verfolgt wird, sondern von jemand anderem.« Das war eher eine Feststellung als eine Frage.

»Und du?«, erkundigte sich der General und maß ihn mit einem unerträglich brennenden, irgendwie jenseitigen Blick.

»Ich auch«, bekannte Sergej.

»Kann ich dir trauen?«

»Das müssen Sie selbst entscheiden.«

»Wie soll ich entscheiden, wenn ich keine Wahl habe?« Die blauen Lippen verzogen sich zu einem wehmütigen Lächeln. »Keine Wahl und keine Zeit. Ich habe noch einen Monat. Vielleicht auch weniger. Und, was meinst du, wer ist dieser andere, der meinen Sohn jagt wie einen Hasen?«

»Sagt Ihnen der Name Mascha Demidowa etwas?«, fragte Sergej vorsichtig.

»Du weißt schon Bescheid«, sagte der General nachdenklich, »alle Achtung. Und, irgendwelche Überlegungen in diese Richtung?«

»Auf dem Papier ist Juri Michejew vor fünf Jahren gestorben. Erinnern Sie sich an ihn?«

»Ich habe ihn nur vor Gericht gesehen«, erwiderte der General knapp. »Hab versucht, ihm zu helfen. Der Junge hat zu viel bekommen. Das Ganze war eher ein Unfall.«

»Wissen Sie vielleicht, warum?«

»Er hat überflüssiges Zeug geredet. Sich benommen wie ein Idiot. Aber vor allem meinte der Vater des Mädchens, es würde ihnen, also den Eltern, helfen, wenn der Junge verurteilt wird. Aber mein Stas hat mit der Sache nichts zu tun. Wenn Michejew lebend aus dem Lager gekommen ist, müsste er sich vor allem an Demidow rächen. Doch der ist ein Jahr nach dem Tod seiner Tochter an einem Herzinfarkt gestorben.«

»General, wo hat Georgi Sawjalow gedient, bevor er zu Ihnen kam?«

»Wozu willst du das wissen?«

»Ich weiß, dass er eine Zeitlang Wachsoldat im Lager war.«

»Erzieher.«

»Wo genau?«

»Im Gebiet Archangelsk. Ein Arbeitslager mit strengem Regime. Die Nummer weiß ich nicht mehr. Jedenfalls nannte man das Lager ›Narkose‹. Dorthin kamen die schlimmsten Kriminellen und die aufsässigsten Häftlinge aus ganz Russland. Wozu brauchst du das? Du meinst, Georgi wurde nicht zufällig umgebracht? Nicht, um Stas einzuschüchtern und in Verdacht zu bringen?«

»Nur eine Routinefrage.«

»Und als Nächstes fragst du, ob ich weiß, wo Michejew gesessen hat? Ja, die letzten vier Jahre saß er in genau diesem Lager. Und was folgt daraus?« Der General sprach böse und abgehackt; hätte er genügend Kraft gehabt, hätte er gebrüllt, Sergej angebrüllt wie einen dummen Jungen. »Die Pistole, mit der Georgi erschossen wurde, hat jemand in die Wohnung geschmuggelt, in der Stas die fragliche Nacht verbracht hat«, setzte der General ruhiger hinzu. »Der Chauffeur wurde ausschließlich deshalb getötet, um Stas einzuschüchtern und in Verdacht zu bringen. Das Lager und der tote Michejew haben damit nicht das Geringste zu tun.«

»Ich habe mir die Akte angesehen. Einige Zeugen behaupten, Stas sei Mascha nachgelaufen, und Michejew sei auf ihn eifersüchtig gewesen«, bemerkte Sergej sanft.

»Blödsinn!«, schimpfte der General heiser und schlug mit der Faust auf die Sessellehne. »Du weißt selbst, dass das Blödsinn ist. Der Mann, der Stas verfolgt, ist zu stark und zu klug, um wegen einer Lappalie einen solchen Aufwand zu betreiben. Rache aus Eifersucht nach fünfzehn Jahren, dazu ist nur ein Psychopath fähig. Aber ein Psychopath hat nicht diese Möglichkeiten und keine so klugen Komplizen. Genug, ich bin müde.« Er lehnte sich zurück, seine Arme sanken auf die Sessellehnen und hingen leblos herab, seine Augen fielen ein, seine Nase wurde wieder ganz spitz.

»Wladimir«, sprach Sergej ihn an, »ist Ihnen schlecht? Soll ich Ihre Frau rufen?«

»Nein, warte … Ich muss nur ein wenig ausruhen, dann machen wir weiter. Das Wichtigste habe ich dir noch nicht gesagt. Hör mir genau zu und unterbrich mich nicht. Wenn du Glück hast und Ismailow kriegst und überlebst, dann lass meinen kleinen Scheißer nicht allein. Solange er gejagt wird. Finde den, der ihn verfolgt. Wenn ich dann schon tot bin, wird Natalja zahlen, so viel du verlangst. Nimm das als den letzten Willen eines Sterbenden. Egal, welchen Auftrag Raiski dir gibt, wenn alles vorbei ist, tu es, Major. Das heißt, wenn du überlebst.«

»Ich werde mich bemühen.«

»Schluss jetzt, ich kann nicht mehr. Ruf Natalja. Nein, warte – heißt du wirklich Sergej? Ist das dein richtiger Name?«

»Ja.«

»Als ihr in der Küche gesessen habt, hat Natalja dich da gefragt, wie du heißt?«

»Ja. Ziemlich hartnäckig.«

»Und was hast du gesagt?«

»Stanislaw, wie Sie mich gebeten hatten.«

»Und sie?«

»Sie hat es nicht geglaubt.«

Der General ließ den Kopf auf die Brust sinken und schloss die Augen. Sergej glaubte, er sei eingeschlafen oder ohnmächtig geworden. Er stand auf und wollte Natalja rufen, als er ein heiseres, undeutliches Murmeln vernahm und zum General zurückging.

»Sag ihr die Wahrheit, ich denke, sie hat sich inzwischen wieder beruhigt«, stöhnte der General angestrengt. »Verdammt, ich hab nie an so was wie Schicksal geglaubt. Aber was heißt hier Schicksal? Reiner Zufall. Stas hatte einen Bruder, einen Zwillingsbruder, er kam als Erster zur Welt und starb fast sofort. Natalja kann ihn noch immer nicht vergessen, sie liebt ihn bis heute, als wäre er lebendig. Wir haben ihn nur kurz im Arm halten und ihm einen Namen geben können. Und weißt du, wie wir ihn genannt haben?« Mit einer qualvollen Anstrengung hob er den Kopf. »Sergej!«

## Fünfunddreißigstes Kapitel

Nikolai kehrte erst um halb drei in die Villa zurück. Im Haus herrschte Stille. Oxana lag auf dem Balkon im ersten Stock in einem bunten Badeanzug auf einem Liegestuhl in der Sonne und schlief. Neben ihr auf dem Boden lag eine Frauenzeitschrift.

»Aufstehen!« Nikolai legte ihr die Hand auf die sonnengerötete Schulter. »Steh auf, meine Schöne, sonst verbrennst du noch. Na, wie läufts hier? Alles ruhig? Als ich losgefahren war, fiel mir ein, dass ich ihm noch eine Spritze hätte geben sollen, aber ich wollte nicht extra umkehren. Hat er noch mal getobt?«

»Nein.« Oxana schüttelte den Kopf. »Scheint ruhig zu sein.«

»Was heißt scheint? Hast du wenigstens mal nach ihm gesehen?«

»Ja, hab ich, hab ich.« Oxana schlang die Arme um seinen Hals und zog ihn an sich. »Er schläft«, flüsterte sie und kniff die Augen zusammen wie eine Katze.

»Moment mal, er ist überhaupt nicht aufgestanden?« Nikolai sah besorgt auf die Uhr. »Hast du versucht, ihn zu wecken?« Nikolai löste ihre Arme von seinem Hals. »Bist du in der ganzen Zeit wenigstens einmal an sein Bett gegangen?«

»Nun reg dich nicht so auf.« Oxana erhob sich träge und streckte sich. »Ich hab doch gesagt, ich hab in sein Zimmer geschaut. Wieso sollte ich an sein Bett gehen?«

Aber Nikolai hörte nicht mehr zu, er stürmte mit schweren Schritten die Treppe hinunter.

Oxana zog sich einen Bademantel über und trottete hinterher.

Als sie hereinkam, stand Nikolai breitbeinig vor dem aufgewühlten Bett, eine leichte Strickdecke in der Hand. Auf dem Bett lagen lauter Kissen.

»O mein Gott!« Oxana schlug die Hand vor den Mund. »Kolja, Liebster, ich … Verzeih mir, ich hab nichts gehört, ehrlich.« Sie sank auf einen Stuhl und fing an zu weinen.

»Schon gut, hör auf zu heulen«, fuhr Nikolai sie an. »War vielleicht ganz gut, dass du nichts gehört hast, sonst wärs womöglich noch schlimmer geworden.«

»Warum?«

»Weil sie dich dann entweder umgebracht oder mitgenommen hätten.«

Bei diesen Worten fing Oxana an zu zittern und jammerte mit dünner Stimme: »Warum sagst du so was, Kolja? Warum jagst du mir solche Angst ein?«

Aber er schien sie gar nicht zu hören, er untersuchte das Zimmer und murmelte vor sich hin.

»Wie sind sie in die Villa gekommen? Ich hab doch alles abgeschlossen. Das Fenster entfällt, dahinter gehts steil nach unten. Man kann höchstens mit einem Seil … Aber raus mussten sie auf jeden Fall durchs Tor, sie können ihn doch nicht gefesselt mit einem Seil übers offene Meer geschleppt haben? Vielleicht hatten sie ein Boot? Nein, Blödsinn! Das Fenster liegt fünfzig Meter hoch. Und der Felsen ist absolut steil. Da einen kräftigen Mann runterhieven, gefesselt oder bewusstlos – ausgeschlossen. Also doch durchs Haus? Aber das Tor wurde nicht aufgebrochen. Womöglich hatten sie Nachschlüssel? Nun sei doch endlich still!« Er wandte sich abrupt zu Oxana um.

Als sie seinen Gesichtsausdruck sah, verstummte sie sofort.

Eine Weile schwiegen sie beide.

»Kolja, warum siehst du mich so an?«, flüsterte sie kaum hörbar.

»Hast du nicht mal die Schlüssel verloren?«, fragte er mit hölzerner Stimme.

»Nein … Das weiß ich genau, nein.«

»Und am Strand, beim Baden, hast du sie da vielleicht bei deinen Sachen gelassen?«

»Kolja«, schluchzte sie, »ich gehe doch nur an unseren Strand, und da sind keine Fremden. Und die Schlüssel nehme ich nie mit, es ist ja immer jemand zu Hause, da brauche ich sie nicht …«

Er ging zu ihr, hockte sich vor sie, drückte ihr die Hände, sah sie von unten herauf an und sagte leise und zärtlich: »Oxanuschka, Liebes, keiner wird etwas erfahren, sag mir nur: Wer sind sie? Worüber hast du mit ihnen gesprochen?«

»Kolja …«, flüsterte sie und kniff die Augen zu, um seinen ruhigen, furchteinflößenden Blick nicht zu sehen.

»Sie haben dir Angst gemacht, dir gedroht, dich gezwungen, stimmts?« fuhr er fort, zärtlich ihre eiskalten Hände streichelnd. »Aber jetzt bin ich bei dir, jetzt musst du keine Angst mehr haben, erzähl mir nur: Wer sind sie, worüber haben sie mit dir gesprochen und was für ein Auto fahren sie? Du solltest dich mit ihnen in Verbindung setzen und ihnen mitteilen, dass ich weggefahren bin, nicht? Wie? Per Telefon? Gib mir die Nummer!«

Oxana riss die Augen weit auf, schaute ihn einige Sekunden lang an, als sähe sie ihn zum ersten Mal im Leben, sprang plötzlich auf, entzog ihm ihre Hände und sagte mit lauter, rauher Stimme: »Idiot!«

Sie ging zu dem offenen Schrank und hockte sich davor.

»Hier, sein Lieblingshemd fehlt, das blaue Seidenhemd. Ich hab es vorgestern früh gebügelt und hierhergehängt. Die Jeans fehlen, mehrere T-Shirts. Und noch zwei Hemden.« Sie kontrollierte Fächer und Schubladen und murmelte dabei: »Vier Paar schwarze Slips, eine rote Badehose mit Häschen, fünf Paar Socken, leichte Nappalederschuhe, eine große rotbraune Tasche, und hier lag ein dicker Packen Geld. Wie viel, weiß ich nicht, ich hab es nicht gezählt.«

Oxana richtete sich auf und drehte sich um. »Na, was stehst du da wie erstarrt? Riech mal! Es riecht nach Gucci! Was meinst du, wenn jemand entführt wird, kippt er dann eine halbe Flasche Parfüm auf sich? Sein Telefon fehlt auch, samt Ladegerät. Und der Pass bestimmt dito.«

Nikolai fuhr zusammen, als wäre er gerade aufgewacht, ging zu Oxana, umarmte sie, drückte sie an sich und flüsterte: »Verzeih mir, Oxanka, verzeih mir, ich bin ein Idiot!«

Er nahm sein Handy aus der Tasche und wählte eine Nummer. Eine mechanische Stimme erklärte auf Englisch, der Teilnehmer sei im Moment nicht erreichbar.

Der hellblaue Shiguli raste den Wernadski-Prospekt entlang in Richtung Stadtring. Das Halothan, mit dem das Taschentuch getränkt gewesen war, hatte Angela sofort betäubt.

Mila wusste, dass sie höchstens fünf Minuten hatte, dann würde die Freundin aufwachen und schwer zu bändigen sein. Mit zitternden Händen versuchte sie, Angelas

Vene zu treffen, schaffte es jedoch aus Unerfahrenheit nicht.

»He, halt mal kurz an, ja?«, wandte sie sich an den Fahrer.

»Wozu?«

»Ich muss ihr schnell eine Spritze geben.«

»Na und, wer hindert dich daran?«

»Im Fahren pack ich das nicht. Halt an, sie wacht doch gleich auf«, rief Mila leise, denn sie fühlte, dass Angela den Arm bewegte.

Der Shiguli fuhr rechts ran und hielt. Angela stöhnte und öffnete die Augen. Mila hatte ihr mit der Nadel die Armbeuge blutig gekratzt.

»Was soll das? Was machst du da?«, krächzte Angela, riss den Arm weg und rüttelte am Türgriff. Die Tür war natürlich gesichert. Sie versuchte, den Hebel zu lösen, kam aber nicht mehr dazu. Mila ließ die Spritze fallen und umklammerte Angelas Arme.

»Ganz still, nicht zappeln, dann wirds bloß schlimmer«, murmelte sie, drehte ihr die Arme um und tastete unterm Sitz nach der Spritze.

»Schlimmer gehts nicht mehr! Lass mich los, Mila, warum tust du das?«, wiederholte Angela fassungslos und versuchte sich loszureißen.

Mila hielt sie noch immer fest, zitterte jedoch merklich heftiger, und über ihre Wangen rannen Tränen.

»Du bist selber schuld!«, rief sie. »Denkst du, mir hats gefallen, wenn du mich als deine Haushälterin bezeichnet hast? Denkst du, es macht mir Spaß, mich in den Strahlen deines Ruhms zu wärmen? Ich will leben, ich will eine eigene Wohnung, ein Auto, einen Mann. Sie haben gesagt, wenn ich mich weigere, dann mauern sie uns beide in Beton ein, und dazu sind sie imstande, das weißt du selber, du ...«

Inzwischen hatte der Fahrer die Lehne heruntergeklappt und sich umgedreht; sein Arm beschrieb einen kurzen Halbkreis, und er versetzte Angela einen leichten Handkantenschlag gegen den Hals. Sie sackte sofort zusammen und schlug mit der Stirn gegen die Scheibe.

»So, jetzt gib ihr die Spritze, schnell!«, befahl der Fahrer.

»Hör mal, vielleicht muss das ja nicht sein, wie? Sie kann doch sowieso nicht weglaufen«, sagte Mila hastig und aufgeregt. »Pass auf, ich steig aus, und du bringst sie allein hin. Kohle will ich gar keine mehr. Der Vorschuss reicht mir. Ich werde stumm sein wie ein toter Fisch, das schwöre ich bei meiner Mutter. Ich kann das nicht, kapier doch, ich kann nicht! Wer weiß, wie dieses starke Schlafmittel bei ihr wirkt, ihr braucht sie doch lebend, oder?« Mila weinte. »Ich hatte ja keine Ahnung … Den Verband mit roter Farbe beschmieren, sie wecken und anziehen ist das eine, aber das hier …« Sie verstummte, als ein kurzer, kalter Pistolenlauf ihre Stirn berührte.

»Gib ihr die Spritze!«, befahl der Fahrer und entsicherte.

»Ja doch, ja«, flüsterte Mila. In ihrer Tasche lagen noch mehrere Spritzen und eine ganze Schachtel Ampullen. Ihre Hände zitterten nun nicht mehr, sie drückte die Luft aus der Spritze und traf beinahe auf Anhieb die Vene.

Der Aeroflot-Vertreter in Kerkura rief Nikolai nach anderthalb Stunden zurück und teilte ihm mit, Stas Gerassimow habe für keinen Flug nach Moskau ein Ticket gekauft.

»Vielleicht woandershin? Nach Petersburg, nach Nikosia?«, fragte Nikolai.

»Nein. Ich habe alles überprüft«, antwortete der Angestellte. Nikolai bedankte sich und legte auf, griff aber gleich erneut nach dem Hörer.

»Willst du nun doch die Polizei anrufen?«, erkundigte sich Oxana vorsichtig.

»Nein. Den General.« Nikolai wählte die Vorwahl von Russland, doch Oxana entriss ihm das Telefon.

»Warte. Das kannst du immer noch tun. Die Nachricht gibt dem Alten den Rest.«

»Ich muss es ihm mitteilen«, murmelte Nikolai düster.

»Unbedingt jetzt gleich?« Oxana kniff die Augen zusammen. »Und wenn Seine Durchlaucht heute Abend oder morgen früh wieder da ist? Vielleicht ist er nur nach Kerkura abgehauen, ausspannen, mit Weibern rummachen, im Restaurant sitzen. Du kennst ihn doch. Wenn er entführt worden wäre, sähe die Sache anders aus. Dann ja. Aber er ist selber abgehauen. Schick angezogen und üppig parfümiert. Du konntest ihn schließlich nicht fesseln und mit Handschellen an ein Rohr im Bad ketten!«

»Nein, das konnte ich nicht.« Er nahm ihr das Telefon aus der Hand, legte es zurück, umarmte sie und murmelte: »Wahrscheinlich hast du recht. Vielleicht kommt er wirklich wieder, wenn er sich genug amüsiert hat? Warten wir ab bis morgen.«

»Sag mal, kannst du nicht jemand anderen anrufen? Als das Ganze losging, war ein Oberst da«, sagte Oxana langsam, »so ein Langer, Dürrer mit Brille. Ich sollte ihm von den Fotos in der Zeitschrift erzählen, wo Stas mit dieser Sängerin drauf war, dieser Angela, sogar was unter dem Bild stand, wollte er wissen. Der Oberst heißt …«

»Raiski!«, rief Nikolai freudig. »Ja, natürlich!«

Indessen saß Stas Gerassimow im Zugrestaurant des Expresszugs Saloniki – Sofia, aß Großgarnelen und trank dazu einen leichten Weißwein. Sein Appetit und seine Laune waren lange nicht so gut gewesen. Die Bahnlinie führte an der Küste entlang; er schaute aus dem Fenster und dachte an die Ereignisse des heutigen Morgens wie an einen schrecklichen, aber weit zurückliegenden Traum.

Nach der Spritze, die ihm die griechische Ärztin verabreicht hatte, war er in ein schweres, trübes Vergessen gesunken. Er hatte weder Kraft noch Lust zum Denken. Die Tür zum Zimmer stand halb offen, eine Zeitlang hörte er noch leises Klappern und gedämpfte Stimmen. Das Meer, das die ganze Nacht getost hatte, wurde gegen Morgen ruhig. Stas schloss die Augen und versuchte ein wenig zu schlafen – ohne Erfolg.

Inzwischen war es im Haus ganz still. Der erste Gedanke, der sich in seinem Kopf träge regte, war die Frage, ob die beiden zusammen ins Bett gegangen waren oder jeder in seinem Zimmer schlief.

Diesem Gedanken folgte der nächste: Ich liege hier, und die Dienstboten amüsieren sich und fühlen sich als Herren in meinem Haus. Kolja, der Bastard, hat mich gefesselt wie einen Irren. Wie kommt er überhaupt dazu?

Sein Mund war trocken, seine Zunge geschwollen und rauh. Er hatte schrecklichen Durst. Er versuchte aufzustehen, aber sein Körper gehorchte ihm nicht. Arme und Beine waren taub.

Was hat mir diese Ärztin bloß gespritzt? Dieser dritte Gedanke war vollkommen klar und alarmierend. Er ahnte, dass sie Psychiaterin war, sie hatte ihm also ein Psychopharmakum gespritzt. Er erinnerte sich an ein Gesprächsbruchstück, das er aufgeschnappt hatte. Die Ärztin hatte Nikolai gefragt, ob er intramuskuläre Injektionen geben könne, und gesagt, sie lasse ihm vierzehn Ampullen da. Nikolai würde ihm also dieses Mistzeug weiter spritzen.

Wenn ich mich schon nach einer Spritze so beschissen fühle, was ist dann erst nach vierzehn?

Früher hatte er für den Leibwächter seines Vaters gleichgültige Verachtung empfunden, nun aber hasste er ihn. Und Oxana gleich mit. Die beiden, die Haushälterin und der Leibwächter, waren Zeugen seines schrecklichen, beschämenden

Zusammenbruchs gewesen. Sie hatten ihn behandelt wie einen Verrückten. Und sie würden es seinen Eltern erzählen.

Der Hass verlieh ihm Kraft.

Stas rieb sich energisch Arme, Schultern und Nacken. Dünne Nadelstiche durchfuhren seine Muskeln, und seine Arme wurden wieder gelenkiger. Er setzte sich hin und massierte sich die Beine. Schließlich konnte er aus dem Bett aufstehen und ein paar Rumpfbeugen machen. Ihm war schwindlig, die widerwärtige, watteartige Schwäche wollte nicht weichen. Aber er konnte sich bewegen. Auf Zehenspitzen schlich er zur Tür und blickte hinaus. Es war dunkel und still. Er glitt in den Flur und durchquerte das Wohnzimmer, lautlos auf dem dicken Teppich. Von der Küche führte eine Tür in einen Anbau. Dort befanden sich ein weiterer Flur und zwei Schlafzimmer für die Dienstboten, jeweils mit Dusche und Toilette.

In der Küche blieb er lauschend stehen. Er glaubte aus Nikolais Zimmer rhythmisches, charakteristisches Quietschen zu hören. Er tat einen Schritt in den Flur und vernahm deutliches Schniefen und seliges Stöhnen, erst das eines Mannes, dann das einer Frau.

»Schweine«, murmelte Stas, ging zurück in die Küche und schloss die Tür zum Anbau fest.

Auf dem Küchentisch entdeckte er die Schachtel mit den Ampullen und eine Packung Spritzen. Er schaltete das Licht an und nahm den Beipackzettel heraus. Der Name des Medikament sagte ihm nichts, doch er las den englischen Text aufmerksam und begriff, dass er eine ziemlich große Dosis eines starken Neuroleptikums bekommen hatte, das bei Schizophrenie, agitierter Depression, Delirium und anderen psychischen Erkrankungen angewandt wird, wenn der Patient sich aggressiv verhält. Dann folgte eine lange Liste von Risiken und Nebenwirkungen, und Stas fielen fast die Augen aus dem Kopf.

»Diese Schweine«, stöhnte er leise und schaute in den Kühlschrank.

Er erinnerte sich, dass Milch toxische Stoffe aus dem Körper auswäscht. Im Kühlschrank stand eine ungeöffnete Literpackung. Stas suchte nach einem Glas oder einer Tasse, fand aber keine und trank direkt aus der Packung. Die weiße Flüssigkeit lief ihm über das Kinn auf die Brust. Er achtete nicht darauf, er schüttete gierig einen halben Liter in sich hinein und ging in die Dusche.

Er schwankte noch immer ein wenig, und ihm war schwindlig. Kein Wunder – das Neuroleptikum mit dem langen Namen führte zu einer rapiden Senkung des Blutdrucks. Sein Gesicht juckte. Er schaute in den Spiegel – es war rot, aufgedunsen, die Augen waren zu Schlitzen verengt, die Nase war geschwollen. Er rutschte auf dem Fliesenboden aus und wäre beinahe gestürzt, wurde noch wütender und duschte eine halbe Stunde lang – erst kochendheiß, dann eiskalt, dann wieder heiß, dann erneut kalt. Das hatte sein Vater ihm beigebracht, als er noch ein Kind war: Wenn du jeden Tag Wechselduschen nimmst, wirst du sehr alt und nie krank. Aber früher war Stas dazu zu faul und zu träge gewesen.

Die Prozedur half. Er rieb sich mit dem Handtuch ab, bis er krebsrot war, und kehrte als neuer Mensch in sein Zimmer zurück. Es war dreiviertel sechs. Er verspürte nicht das geringste Bedürfnis nach Schlaf. Er zog sich rasch an, holte eine kleine Sporttasche hervor, packte ein paar T-Shirts hinein, sein dunkelblaues Lieblingshemd aus Seide, ein beigefarbenes Leinenhemd, leichte Sommerhosen, Jeans, Unterwäsche und noch ein paar Kleinigkeiten, dann sprühte er sich mit seinem geliebten Gucci-Parfüm ein und warf auch den Flakon die Tasche.

Ganz unten im Wäschefach lag ein kleines Päckchen. Es enthielt fünftausend Dollar. Nach der Geschichte mit den

Bankkarten war er ungern ohne Bargeld. Er verstaute viertausend in einem Geheimfach der Tasche, tausend packte er in die lederne Bauchtasche an seinem Gürtel.

Er warf noch einen Blick auf sein Zimmer, entdeckte das Handy-Ladegerät und nahm es mit. Zum Schluss richtete er in seinem Bett eine Installation aus Kissen und einer Decke her, legte die leichte Strickdecke darüber und begutachtete das Ganze. Nicht schlecht – man konnte durchaus denken, dass er zusammengerollt im Bett lag, die Decke über den Kopf gezogen.

Der erste Bus nach Kerkura fuhr um halb sieben. Von der Villa bis zur Bushaltestelle waren es zehn Minuten Fußweg. Im leeren, kühlen Bus klappte Stas die Lehne des weichen Sessels zurück und döste ein; er schlief ruhig und fest. Nach einer Stunde war er in Kerkura. Die Boote zum Festland gingen alle zwanzig Minuten. Dann fuhr er mit dem Bus bis Saloniki, und um drei Uhr nachmittags, hungrig, aber beruhigt und beinahe glücklich, stieg er in den Zug Saloniki – Sofia.

Noch vor einigen Stunden hatte er keinerlei Perspektiven gehabt außer Hausarrest und regelmäßigen Spritzen, die bald einen sabbernden, impotenten Idioten aus ihm gemacht hätten.

»Nein danke. Es reicht.« Stas lachte leise, den Blick auf die blinkenden Segel einer Jacht am Horizont gerichtet. »Einen Scheiß könnt ihr allesamt! Ich kümmere mich lieber selber um meine Probleme. Ich weiß, was ich tun muss.«

Angela merkte nicht, wie sie aus dem Shiguli gezerrt und auf die Rückbank eines schwarzen Jeeps mit abgedunkelten Scheiben gelegt wurde. Das geschah sehr rasch, in einer Autowerkstatt, nur zehn Kilometer vom Stadtring entfernt. Dort arbeiteten zwei schweigsame Automechaniker in ölverschmierten Kombis.

»Ich geh dann also, ja?«, fragte Mila vorsichtig. »Gebt mir mein Geld, wie abgesprochen.«

Niemand antwortete ihr.

Plötzlich überkam sie eine seltsame, betäubende Schwäche. Ihre Beine wurden weich. Der semmelblonde Fahrer rauchte nachdenklich, sah mit wässrigen hellblauen Augen durch sie hindurch und nickte kurz.

»Also, rechnen wir ab, und ich verschwinde, ja?«, freute sich Mila. Gleich würde sie die versprochene Summe in Empfang nehmen, hinausgehen, ein Auto anhalten, und dann ab nach Scheremetjewo. Es war alles vorbereitet. In ihrer Tasche lagen ihr Pass mit einem Schengen-Visum und ein Ticket nach Neapel. Von Neapel hatte sie schon immer geträumt.

Doch das Kopfnicken galt nicht ihr. Einer der Automechaniker trat lautlos von hinten an sie heran und holte eine Nylonschnur aus der Tasche.

Zum Schreien kam sie nicht mehr, nach kurzem Todeskampf erschlaffte sie. Der Semmelblonde spuckte seine Zigarettenkippe aus, nahm einen Packen Dollarscheine aus der Tasche, klatschte ihn wortlos auf den verdreckten Tisch und sprang in den Jeep. Der zweite Automechaniker öffnete das Tor, und nach ein paar hundert Metern Feldweg fuhr der Jeep auf die Moshaisker Chaussee.

Die Mechaniker schlossen sich in der Werkstatt ein, breiteten eine große Plastikfolie auf dem Boden aus, wickelten Mila darin ein, legten sie in eine Ecke und deckten eine Plane darüber. Dann kümmerten sie sich um den Shiguli. Sie wechselten die Nummer, durchsuchten gründlich das Wageninnere, fanden die Spritze unterm Sitz, warfen sie weg, wischten mit einem mit einer Reinigungsflüssigkeit getränkten Lappen Lenkrad und Türgriffe ab. Den Wagen umzuspritzen war nicht nötig – hellblaue Shigulis gab es in Moskau wie Sand am Meer.

Später, tief in der Nacht, fuhren sie Mila im Kofferraum des Shiguli auf einen nahe gelegenen Friedhof. Mit den Totengräbern war alles abgesprochen.

Sie versenkten das große Paket in einer frischen Grube und schütteten Erde darüber.

Am nächsten Tag fand eine Beerdigung statt. Unter den Klängen einer Blaskapelle und dem Weinen der Angehörigen wurde ein Sarg in das Grab hinabgelassen und begrub Milas Körper für immer unter sich.

## Sechsunddreißigstes Kapitel

Zum Schlafen blieben nur noch knapp drei Stunden, und Sergej nahm freudig Nataljas Vorschlag an, bei ihnen zu übernachten. Sie machte ihm das Bett im ehemaligen Zimmer ihres Sohnes.

Um acht weckte ihn das hartnäckige Sirren seines Handys. Mit geschlossenen Augen griff er nach dem Telefon auf dem Nachtschrank und vernahm Raiskis muntere Stimme.

»Gratuliere, Sie brauchen nicht zu Angela zu fahren.«

»Was ist passiert?«, fragte Sergej verwirrt und zwang sich aufzuwachen.

»Sie wurde entführt.« Der Oberst kicherte nervös. »Direkt vor der Nase meiner Leute. Verdammt, wie soll man mit solchen Idioten arbeiten, Major? Obwohl – die Schweine haben das Ganze wirklich genial arrangiert, das muss ich schon sagen. Kein Fremder hat das Haus betreten. Ihre Haushälterin hat angeblich ein Taxi gerufen, um Angela um vier Uhr früh ins Krankenhaus zu bringen, weil die Nähte der Ärmsten aufgeplatzt waren. Aber in der Klinik ist sie nie angekommen, sie hat ihre Ärztin nicht angerufen, und ihre Nähte können nicht aufgeplatzt sein.«

»Woher wissen Sie das?«, fragte Sergej rasch.

»Was soll diese idiotische Frage?«, blaffte Raiski gereizt. »Ich habe mit der Ärztin gesprochen!«

»Mit Julia?«, fragte Sergej.

»Da halten Sie sich bitte raus«, Raiski wechselte zu einem drohenden Flüsterton, »das geht Sie nichts an, Major.«

Sergej hatte den Oberst noch nie so unbeherrscht erlebt. Er presste den Hörer ans Ohr und zog sich an.

»Michail, meinen Sie nicht, dass die Geheimhaltung auch vernünftige Grenzen haben muss?«, fragte er, während er in seine Hose schlüpfte. »Ich kann nicht normal arbeiten, wenn Sie mich behandeln wie eine hirnlose Marionette. Wo ist Julia jetzt?«,

»Zu Hause«, knurrte Raiski.

»Und Sie muss bald in die Klinik fahren, nicht?«

»Ja. Aber vorher bringt sie noch ihre Tochter in die Schule. Hören Sie, was erlauben Sie sich eigentlich, Major? Ist Ihnen klar, mit wem Sie reden? Meinen Sie, ich würde Julia nicht schützen?«, empörte sich Raiski, allerdings ziemlich schlaff.

»Natürlich schützen Sie sie«, beruhigte ihn Sergej, »aber Angela haben Sie noch sicherer geschützt. Geben Sie mir bitte Julias Telefonnummer, ihre Privatadresse und die Adresse der Schule ihrer Tochter.«

»Was haben Sie vor?«

»Ich möchte überprüfen, ob alles in Ordnung ist.«

»Sparen Sie sich die Mühe. Ich werde ständig auf dem Laufenden gehalten. Wieso überhaupt auf einmal diese Panik? Wie kommen Sie darauf, dass ihr Gefahr droht?«

»Sie haben darauf bestanden, dass ich um zehn zu Angela fahre. Sie sagten, um zwölf hätte sie einen Termin in der Klinik. Sie wollten, dass ich mich vorher mit ihr treffe. Wahrscheinlich haben Sie darauf spekuliert, dass Angela mit ihrer Ärztin über meinen Besuch spricht und etwas sagt, was sie sonst niemandem mitteilt. Richtig?« Inzwischen war Sergej vollständig angezogen. »Meinen Sie nicht, dass man aus Angela sehr bald alles herausholen wird, auch das, worüber sie so offenherzig mit ihrer Ärztin gesprochen hat? Haben Sie vergessen, mit wem wir es zu tun haben?«

»Notieren Sie, Major.« Raiski seufzte müde und diktierte ihm Julias Telefonnummern. »Ich gestehe, ich habe Sie unterschätzt.«

»Freut mich.« Sergej lächelte. Er war bereits im Bad und packte die neue Zahnbürste aus, die Natalja ihm hingelegt hatte. »Ich habe eine große persönliche Bitte an Sie. Lassen Sie überprüfen, ob zusammen mit Michejew im Archangelsker Lager ›Narkose‹ jemand gesessen hat, der in Fedotowka im Gebiet Moskau wohnt. Oder irgendwo in der Nähe.«

»Meinen Sie nicht, Major, dass wir uns darum lieber später kümmern sollten?«, knurrte der Oberst.

»Das eine ist dem anderen nicht im Weg«, entgegnete Sergej.

Er verabschiedete sich von Raiski und versuchte sofort, Julia zu erreichen. Doch unter keiner Nummer ging sie ran.

Es war viertel neun. Julia hatte gerade Schuras Schule erreicht. Wenn sie sich ans Steuer setzte, schaltete sie ihr Handy immer aus.

Angela erwachte in einem halbdunklen Zimmer, erblickte zunächst ein dicht vergittertes Fenster, dann den toten Rachen eines Kamins und schließlich einen riesigen ovalen Spiegel mit breitem Rahmen. Der Spiegel stand auf dem Boden, auf krummen Flügelbeinen, und war so gedreht, dass er das ganze Zimmer zeigte, samt Angela, die unter einem karierten Plaid auf einem schwarzen Ledersofa lag.

Der Verband war schmutzig und klebrig. Ohne noch irgendetwas zu begreifen, stand sie auf, ging zum Spiegel und wickelte den Verband ab. Im Spiegel sah sie ihr Gesicht – voller Narben, aufgedunsen und formlos, aber die Nähte waren unversehrt. Nichts blutete.

»Es ist alles gut«, murmelte sie, »alles nicht so schlimm. Ich gebe Schamil die Karte, verrate ihm den blöden Pincode, und er wird mir verzeihen, wie ich ihm verziehen habe. Wir sind so gut wie quitt.«

Sie schaute sich in die Augen und glaubte selbst nicht an ihre Worte. Das Stehen fiel ihr schwer, ihr knickten die Knie ein, sie ging zum Sofa zurück, legte sich hin und verkroch sich unter der Decke. Sie hatte Schüttelfrost und großen Durst. Im Haus war es still. Durch das vergitterte Fenster drang fröhliches Vogelgezwitscher. Es war natürlich gar kein Gitter, es waren Fensterläden. Angela entschied, noch ein wenig liegen zu bleiben, dann wollte sie zur Tür gehen, klopfen und um etwas zu trinken bitten. Sie wälzte sich herum, um eine bequeme Lage zu finden, und etwas Hartes bohrte sich in ihre Seite. Unter der Strickjacke trug sie eine dicke Schlafanzugjacke mit zwei tiefen Taschen. In einer davon lag noch immer das winzige silberne Motorola-Handy, von dem sie sich auf Schamils Geheiß nie trennte.

Es war neun Uhr morgens, Beginn der Sprechstunde. Es wurde sofort abgenommen.

»Julia, ich bins.«

»Angela? Wo bist du?«

»Ich weiß nicht. Ich glaube, außerhalb der Stadt. In einem Haus.«

»Was ist mit deinem Gesicht?«

»Anscheinend alles in Ordnung. Es brennt ein bisschen, vom Chloroform.«

»Wann bist du zu dir gekommen?«

»Vor zehn Minuten.«

»Sieh dir deine Armbeugen an. Sind da Spuren von Injektionen?«

»Ja.«

»Wie viele?«

»Eine Menge Kratzer, aber nur ein Einstich.«

»Wie fühlst du dich?«

»Ich hab Durst, mein Körper ist wie Watte, und meine Ohren klingen.«

»Das geht bald vorbei. Bleib ganz ruhig liegen. Pass auf dein Gesicht auf. Und versuch vor allem, Zeit zu gewinnen.«

Lautlos wurde die Tür geöffnet. Angela zuckte zusammen und konnte gerade noch das Gespräch abbrechen und das Handy zuklappen. Ein älterer Kaukasier kam ins Zimmer gestürmt und entriss ihr das Telefon.

»Wen hast du angerufen?«, schnauzte er und holte aus, schlug jedoch nicht zu.

»Schamil«, flüsterte Angela und presste sich gegen die Sofalehne. »Bring mir was zu trinken.«

Der Kaukasier klappte das Handy auf und überprüfte die zuletzt gewählte Nummer. Ohne ein Wort zu sagen, rannte er mit dem Telefon in der Hand hinaus. Die Tür schlug zu, und Angela hörte den heiseren Schrei: »Warum habt ihr sie nicht durchsucht, verdammt?«

»Wir sollten sie nicht anrühren, bis Schamil kommt!«, antwortete eine hohe Männerstimme.

Oberst Raiski trank literweise Kaffee und hatte ständig eine Zigarette im Mund. In den letzten vierundzwanzig Stunden war er noch dünner und sein Gesicht ganz grau geworden. Beim Taxiunternehmen »Moskauer Kutscher« kannte man natürlich keinen Mann namens Djubel. Der hellblaue Shiguli mit der bewussten Nummer war seit zwei Jahren als gestohlen gemeldet.

Ein Verkehrsposten an der Nahtstelle zwischen Minsker und Moshaisker Chaussee wollte einen solchen Wagen gesehen haben. Gegen fünf Uhr früh. Außer dem Fahrer hätten hinten zwei weitere Personen gesessen. Die Nummer hatte er sich natürlich nicht gemerkt, da er keinerlei diesbezügliche Anweisungen erhalten hatte.

Angelas Anruf bei Julia machte dem Oberst ein wenig Mut. Anhand der Stärke des Signals ließ sich bestimmen, wo genau im Gebiet Moskau sich der Anrufer befand.

»Sie wurde zuerst mit Chloroform oder Halothan betäubt, für rund fünf Minuten«, erklärte Julia. »Dann bekam sie eine intravenöse Injektion. Als sie aufwachte, hat sie gleich angerufen. Nach ihrer Stimme und ihrer klaren Sprache zu urteilen, ist zu vermuten, dass sie höchstens eine Stunde lang bewusstlos war. Sie können also ungefähr ausrechnen, wie weit man in dieser Zeit kommt. Ach ja, noch eins: Sie hat das Gespräch mitten im Wort abgebrochen, wahrscheinlich kam jemand herein.«

»Das ist klar«, sagte Raiski nachdenklich. »Das habe ich mitbekommen.«

Er ließ Julias Telefon abhören und überwachte zur Sicherheit auch die Wanzen in ihrem Sprechzimmer. Als sie aufgelegt hatte, hörte er die Tür klappen, und eine aufgeregte Frauenstimme sagen: »Doktor, wir waren bei den Fettablagerungen im Hüftbereich stehengeblieben.«

Raiski zuckte zusammen und stellte den Ton leiser.

Außer der Entführung Angelas gab es noch eine weitere Überraschung. Aus Griechenland hatte Nikolai angerufen, Gerassimows Leibwächter, und mitgeteilt, dass Stas gestern früh aus der Villa verschwunden sei, wobei er seinen Pass und sämtliches Bargeld mitgenommen habe. Nikolai erzählte von einem Tobsuchtsanfall, vom nächtlichen Besuch einer griechischen Psychiaterin und versicherte, Stas habe das Land nicht verlassen, jedenfalls nicht mit dem Flugzeug.

»Er kann aufs Festland übergesetzt haben und von dort mit dem Zug gefahren sein«, bemerkte Raiski automatisch.

»Wohin?«, fragte Nikolai wehmütig.

»Woher soll ich das wissen?«, entgegnete der Oberst ebenso wehmütig.

»Können Sie das dem General selbst mitteilen?«

»Nein. Ich habe keine Zeit. Er ist Ihnen entwischt, also teilen Sie es auch dem General mit!«

»Das kann ich ihm nicht am Telefon sagen. Er hat Magenkrebs, inoperabel«, sagte Nikolai leise. »Er hat höchstens noch einen Monat.«

»Krebs?«, fragte der Oberst begriffsstutzig. »Noch einen Monat? Gut, ich fahre zu ihm«, versprach er mit matter Stimme und legte auf.

Er war so besessen von dem Gedanken, Ismailow zu fassen, dass er seine ursprüngliche Aufgabe, den abgöttisch geliebten einzigen Sohn des Generals zu schützen, wofür er fürstlich entlohnt wurde, fast verdrängt hatte. Er hatte sich noch immer nicht die Mühe gemacht, herauszufinden, wer eigentlich mit Stas Gerassimow abrechnen wollte.

Entweder er kriegte Ismailow, oder er rettete Gerassimow. Aber ohne Gerassimow hätte er kein Geld bekommen, um Ismailow zu fangen. Doch ohne Ismailow interessierte ihn Gerassimow nicht. Sergej hatte recht: Sein Plan funktionierte trotzdem, wenn auch anders, als ursprünglich gedacht. Ismailow entglitt ihm nicht, im Gegenteil, er lief ihnen womöglich sogar ins Netz. Wenn jemand von so abstrakten Motiven geleitet wird wie Ehre und Blutrache, dann ist es schwierig und anstrengend, ihn zu fangen. Geht es ihm aber nur um Geld, ist er wesentlich einfacher in eine Falle zu locken.

Ismailow ist es scheißegal, dass Gerassimow senior seinen Vater ins Gefängnis gebracht hat. Er pfeift auch auf die ganze Geschichte mit Angela. Über Stas pumpt er Geld auf sein Privatkonto. Das ist das Entscheidende.

Er musste zum General fahren. Hoffentlich erfuhr der nie, dass über seine Bank Geld auf das Privatkonto eines tschetschenischen Terroristen floss.

## Siebenunddreißigstes Kapitel

»Schön, ich gebe Ihnen einen Termin für die Operation.« Julia seufzte. »Die Schwester schreibt Ihnen die Überweisungen für die nötigen Voruntersuchungen aus. Ich weise Sie darauf hin, dass die Operation unter Vollnarkose durchgeführt wird; Sie müssen vollkommen nüchtern sein. Anschließend sieben Tage stationärer Aufenthalt. Die Nähte werden nach zehn Tagen gezogen. Bis Sie wieder völlig normal leben können, dauert es mindestens einen Monat. Die Vernarbung ist sehr schmerzhaft. Hier, machen Sie sich bitte mit unserer Preisliste vertraut.« Sie reichte einer fülligen, unerträglich parfümierten Dame eine bereitliegende Plastikmappe.

Das Telefon klingelte, Vika nahm ab.

»Nein, für heute nicht mehr. Ich kann Ihnen einen Termin für Dienstag geben. Wäre vierzehn Uhr dreißig Ihnen recht? Nennen Sie an der Pforte Ihren Namen, dann bekommen Sie einen Chip. Aber vergessen Sie Ihren Ausweis nicht.«

Die Dame hatte inzwischen die Preisliste studiert, hob den Kopf und sah Julia mit kleinen, stechenden Augen an.

»Doktor, Sie reden mit mir, als würden Sie mir einen Gefallen tun«, bemerkte die Dame, das wabbelige Kinn hochmütig gereckt, »dabei müssten Sie bei den Preisen jedem Patienten die Füße küssen.«

In Julias Kitteltasche klingelte das Handy. Sie griff danach, in der Hoffnung, es sei Raiski mit Neuigkeiten, hörte aber eine ganz andere Stimme.

»Julia, ich bins.«

Sie erkannte ihn, traute aber ihren Ohren nicht.

»Ja, hallo«, antwortete sie, unsicher, mit welchem Namen sie ihn jetzt ansprechen sollte.

»Hier ist Sergej«, sagte er. »Ist bei Ihnen alles in Ordnung?«

»Ja.«

»Ich komme gleich zu Ihnen in die Klinik. Rufen Sie bei der Wache an und sagen Sie Bescheid, dass Sie den Patienten Naidjonow erwarten.«

Vika hatte die Überweisungen für die füllige Dame ausgestellt und erklärte ihr geduldig, welche Tests wozu nötig waren. Julia rief die Wache an.

»Doktor, Sie sehen mich an, als wäre ich an meinen Fettablagerungen selber schuld«, sagte die Dame plötzlich.

Julia zuckte die Achseln. »Ich sehe Sie ganz normal an.«

»Natürlich. Sie haben eben furchtbar viel zu tun. Sie telefonieren die ganze Zeit.«

»Entschuldigen Sie«, erwiderte Julia mit ausdrucksloser Stimme und verschränkte die eiskalten Finger, bis es weh tat.

Das Schloss knirschte. Eine alte Frau mit schwarzem Kopftuch kam herein und stellte eine Flasche Mineralwasser und ein Glas auf den Couchtisch vor Angela.

»Danke.« Angela öffnete die Flasche und trank gierig daraus, doch als sie sah, dass die Alte schon wieder ging, hielt sie inne und rief ihr nach: »He, eine Zigarette wäre nicht schlecht und was zu essen! Und ich will wissen, wann Schamil kommt!«

Die Alte maß sie mit einem langen, leeren Blick und entfernte sich wortlos. Erneut knirschte das Schloss. Angela sprang vom Sofa, lief barfuß zur Tür, hämmerte mit den Fäusten dagegen und schrie: »Wo habt ihr Mila gelassen? Ich will diesem Miststück in die Augen sehen!«

Die Reaktion darauf war ein undeutliches Geraschel.

»Was ist, ihr Ratten, habt ihr euch verkrochen?« Angela stellte sich mit dem Rücken an die Tür und trat etliche Male mit dem nackten Fuß dagegen. »Habt wohl Schiss gekriegt, ja? Recht so! Das erzähle ich alles Schamil, wie ihr mich hier behandelt!«

Je lauter sie schrie, desto sicherer fühlte sie sich. Sie wusste, dass ohne Schamils Befehl niemand sie anrühren würde. Und er würde keinen derartigen Befehl erteilen – auf ihrem Konto in Zypern lag sein Geld.

Die Tür wäre beinahe gegen Angelas Kopf geprallt. Auf der Schwelle stand wieder die Alte, diesmal mit einem Tablett, darauf ein dampfendes Kaffeekännchen, eine Tasse, ein kleines weißes Fladenbrot, Ziegenkäse und Kräuter.

»Klasse!« Angela klatschte freudig in die Hände. »Danke, Oma. Stells hier auf den Tisch und mach das Fenster auf, sei so gut.« Sie huschte in den Flur hinaus. Sofort vertrat ihr ein riesiger bärtiger Bursche mit einem schwarzen Tuch um den Kopf den Weg. An seiner Hüfte baumelte eine MPi. Er war einer von Ismailows persönlichen Bodyguards.

»Hallo, Achmed!« Angela nickte ihm zu. »Bring mich zur Toilette.«

»Komm.« Er ließ sie vorangehen.

Unterwegs sah Angela sich um. Das Haus kam ihr wesentlich kleiner und bescheidener vor als die Vorortvillen, in denen sie sich früher mit Schamil getroffen hatte. Zwei Etagen, eine Holztreppe, Holzwände, keine persischen Teppiche, sondern synthetischer Fußbodenbelag, ziemlich abgewetzte Möbel. Bei einem kurzen Blick aus einem Fenster mit offenen Läden sah sie nur hohe Fliederbüsche und eine Mauer.

»Weißt du vielleicht, wann Schamil kommt?«, fragte sie Achmed.

»Keine Ahnung«, brummte er mit vollem Bass.

»Und wo ist Mila abgeblieben, meine Haushälterin?«

»Keine Ahnung.«

Sie wusch sich die Hände; der Spiegel überm Waschbecken zeigte ihr verunstaltetes, inzwischen aber schon fast vertrautes Gesicht, dahinter den bärtigen Kopf von Achmed mit dem schwarzen Piratentuch. Als ihre Blicke sich begegneten, traf es Angela wie ein Stromschlag – so leer, so unheimlich waren seine Augen. Sie hatte ihn schon öfter gesehen, aber noch nie hatte sie bemerkt, dass er den Blick eines lebenden Leichnams hatte.

In Sofia verbrachte Stas Gerassimow keine drei Stunden. Er kaufte sich ein Ticket für den nächsten Flug nach Moskau und ruhte sich während des Fluges im leeren Business-Class-Salon ausgezeichnet aus. Um zehn Uhr morgens stieg er in Scheremetjewo in ein Taxi und bat den Fahrer, ihn in ein preiswertes, anständiges Hotel zu bringen, wo niemand nach dem Pass fragte. Er war in so prächtiger Stimmung, dass er dem wortkargen Fahrer eine herzzerreißende Geschichte auftischte: Von seiner rasend eifersüchtigen Frau, die ständig Detektive engagiere, um ihn zu beobachten, und von seiner zärtlichen Geliebten, mit der er sich nur heimlich treffen könne, in Hotelzimmern in fremden Städten.

»Dann lass dich doch scheiden«, riet ihm der Fahrer träge.

»Das hätte ich längst getan, wenn nicht die Kinder wären«, seufzte Stas. »Ich hab drei.«

Während er enthusiastisch seine zärtlichen Vatergefühle für die beiden Söhne und die Tochter schilderte, überquerte das Taxi den Stadtring, fuhr durch mehrere stille Straßen und hielt schließlich vor einem sauberen zweistöckigen Haus. Über der Tür leuchtete ein buntes Schild mit der Aufschrift: Motel Glühwürmchen.

»Hier kostet ein Zimmer zwischen siebzig und hundert

Dollar die Nacht. Von den anständigen ist es das Preiswerteste«, verkündete der Fahrer. »Und? Zufrieden?«

Stas nickte »Vollkommen.«

Tatsächlich fragte niemand nach seinem Ausweis. Das Mädchen am Tresen schob ihm ein Anmeldebuch hin, in das er seinen Namen eintragen sollte und die Stadt, aus der er kam. Ohne lange nachzudenken, schrieb er: Iwan Sidorow, Sankt Petersburg.

Im Zimmer nahm er als Erstes eine Wechseldusche, rasierte sich, hängte seine Sachen ordentlich in den Schrank, dann ging er hinunter ins Café und frühstückte.

Vom Hotel aus ging er zu Fuß bis zur Leningrader Chaussee, dort hielt er ein Taxi an und fuhr ins Zentrum. Am Beginn der Twerskaja, am Belorussischen Bahnhof, stieg er aus, lief durch ein paar kleine Gassen und gelangte schließlich an sein Ziel.

Es war ein recht zweifelhaftes kleines Restaurant mit unsauberen Tischdecken und dem Geruch nach angebrannten Zwiebeln aus der Küche. Es hatte gerade geöffnet, Stas war der erste Gast.

»Frühstück?«, fragte die Kellnerin verschlafen.

Stas winkte sie heran, sie beugte sich zu ihm herunter, und er flüsterte ihr ins Ohr: »Ist Issa Muchamedowitsch da?«

Das Mädchen war sofort hellwach, maß ihn mit einem raschen, aufmerksamen Blick und fragte im Ton einer Chefsekretärin: »Wen darf ich melden?«

»Stanislaw Gerassimow.«

Sie nickte und ging in die Küche. Stas zündete sich eine Zigarette an und wartete. Nach fünf Minuten kam ein dickbäuchiger Mann in einem schmutzigen weißen Kittel aus der Küche.

»Bist du Gerassimow?«, wandte er sich an Stas und musterte ihn von Kopf bis Fuß. »Komm mit.«

Der Dicke führte ihn rasch durch die Küche, dann stiegen sie eine kurze Treppe hinunter und befanden sich in einem kleinen Lagerraum voller Kisten und Säcke. Plötzlich tauchten, wie aus dem Boden gestampft, zwei Gorillas in Tarnanzügen auf und durchsuchten Stas schweigend. Er protestierte nicht und wunderte sich auch nicht über diesen seltsamen Empfang. Er wusste: Das war hier so üblich.

Der Dicke führte ihn weiter, durch ein enges steinernes Labyrinth, das vor einer Stahltür endete. An der Tür hing ein Schloss. Der Dicke klapperte mit einem Schlüsselbund, schloss auf, und sie betraten ein geräumiges Zimmer mit teuren Teppichen an den Wänden.

»Nimm Platz«, befahl der Dicke, auf tiefe Samtsessel deutend, und verschwand hinter einer unauffälligen Tür zwischen den Teppichen.

Nach zehn Minuten kam er zurück und reichte Stas ein Mobiltelefon.

»Sprich!«

»Hallo, mein Lieber«, ertönte eine angenehme tiefe Stimme mit so leichtem kaukasischem Akzent, dass nur ein sehr geübtes Ohr ihn wahrnahm, »wie gehts?«

»Danke. Und dir?«

»Alles in Ordnung. Was hast du für Probleme?«

»Sehr ernste, wir müssen uns treffen.«

»Wie dringend?«

»Je eher, desto besser.«

»Gut. In zwei Stunden muss ich sowieso zu Issa, wenn du Zeit hast, bleib so lange da und warte auf mich.«

Sergej lief ohne Eile über den Flur der dritten Etage, entdeckte die Videokameras und war beruhigt – ein eventueller Mörder würde sie ebenfalls bemerken und sich womöglich besinnen.

Nein, hierher wird er kaum kommen, sagte sich Sergej,

während seine Augen über die Gesichter der vor den Sprechzimmern wartenden Patienten glitten. Hier käme er zwar problemlos rein, aber nicht wieder raus. Das Gebäude ist neu, es gibt keine verborgenen Winkel und Hintertreppen, die Flure sind schnurgerade, auf jeder Etage sitzen Posten. Er wird einfach im Hof ihres Hauses warten oder im Treppenhaus. Oder auf der Straße auf sie schießen, aus einem vorbeifahrenden Auto …

Vor dem Sprechzimmer von Doktor Tichorezkaja saßen fünf Frauen verschiedenen Alters. Sergej setzte sich, griff nach einer Zeitschrift und vertiefte sich darin. Eine füllige, keuchende Dame kam aus dem Sprechzimmer, gefolgt von einem rothaarigen Mädchen im weißen Kittel, das die Wartenden musterte und schließlich neugierig bei Sergej verharrte.

»Sind Sie Naidjonow? Kommen Sie bitte herein. Es dauert nur eine Minute, nur eine Minute«, beruhigte sie die wartenden Damen.

Julia saß am Tisch und schrieb. Sie hob den Blick, und ein paar Sekunden lang sahen sie sich schweigend an.

»Nehmen Sie bitte die Brille ab«, bat sie.

Er tat, wie ihm geheißen, und trat näher. Sie berührte sein Gesicht und drehte es ins Licht.

»Es ist alles in Ordnung. Die Narben können schon in einer Woche entfernt werden.

»Was ist passiert?«, fragte sie stumm, nur mit den Lippen.

»Sie haben mir sehr gefehlt«, antwortete er ebenso und fügte laut hinzu: »Julia, ich warte lieber draußen im Flur und komme herein, wenn ich dran bin. Ich habe es nicht eilig.«

Kaum hatte Sergej draußen Platz genommen, als das Telefon in seiner Tasche klingelte.

»Ich brauche Sie, Major«, sagte Raiski, »wo sind Sie gerade?«

»In der Klinik.«

»Wir haben das Haus. Ein OMON-Team ist schon unterwegs, aber Sie müssen dabeisein, nur Sie kennen sein Gesicht.«

»Michail«, flüsterte Sergej, die Hand überm Hörer, »sind Sie absolut sicher, dass er in dem Haus ist?«

»Nein. Er ist nicht da. Aber er wird kommen.« Raiski sprach hastig und erregt. »Ich habe eben herausgefunden, dass das Mädchen eine neue Bankkarte bestellt und den Pincode geändert hat. Sie hat dafür gesorgt, dass er nicht mehr an sein Geld kommt, verstehen Sie?«

Zwei junge Krankenschwestern spazierten laut kichernd an Sergej vorbei.

»Wie haben Sie ...?«, fragte er, stand auf und ging ein Stück weg, ans leere Ende des Flurs.

»Ganz einfach! Ich habe einen Bekannten bei der Steuerfahndung in Nikosia«, verkündete Raiski stolz.

»Er wird trotzdem nicht kommen«, sagte Sergej, »er wird sie einfach an einen anderen Ort bringen lassen.«

»Warum sind Sie da so sicher?«

»Weil er nicht dümmer ist als wir beide, Oberst. Sagen Sie, brauchen Sie mich, um Angela dort wegzuholen? Oder schafft das Spezialteam das allein?«

»Sie meinen, man sollte sie von dort wegholen? Wäre es nicht klüger, zu warten?«

»Er wird dort nie auftauchen. Das Haus ist entdeckt, damit existiert es für ihn nicht mehr.«

»Und sein Geld?«

»Erstens ist sein Leben ihm immer noch mehr wert, und zweitens wird er alles tun, um an Angela ranzukommen, aber später und irgendwie anders.«

»Dann sollten wir vielleicht abwarten, wohin sie sie bringen, und sie beschatten?«

»Und wenn Sie sie verlieren?«

»Ja, Sie haben recht. Das ist nicht auszuschließen. Na schön, Major, bleiben Sie einstweilen da, wenn Sie das für unbedingt nötig halten. Aber bleiben Sie erreichbar, schalten Sie das Telefon nicht ab.«

Man brachte Stas Kaffee, eine Obstschale und einen Aschenbecher. Die zwei Stunden dehnten sich endlos. Dauernd huschten bewaffnete Männer vorbei, aus dem Nebenzimmer drangen schnelle tschetschenische Laute und das vielstimmige Klingeln mehrerer Telefone. Stas zupfte mechanisch an einer Weinrebe.

Die Hektik nahm zu. Die bewaffneten Gorillas – Stas zählte mindestens fünf – rannten nun hin und her, mit den eisenbeschlagenen Schuhen klappernd. Stas zündete sich noch eine Zigarette an, und plötzlich wurde es still, als habe ein unsichtbarer Regisseur in die Hände geklatscht. Die Bewaffneten erstarrten beiderseits der Stahltür. Die Telefone verstummten. Auf Zehenspitzen kam die Serviererin herbeigeeilt, wechselte den Aschenbecher aus und stellte eine Flasche Mineralwasser und zwei Gläser auf den Tisch.

Kurz darauf erschien ein nicht sehr großer, kräftiger Mann. Er war so alt wie Stas, wirkte aber älter, gesetzter. Helles, gelocktes Haar, ein rundes Bärtchen, etwas dunkler als das Haupthaar, blaue Augen hinter einer eleganten Brille mit Goldrahmen. Er wirkte gepflegt und seriös – ein erfolgreicher Geschäftsmann, ein höherer Staatsbeamter, aber keinesfalls ein tschetschenischer Terrorist, der Feldkommandeur Schamil Ismailow, der Hunderte Menschenleben auf dem Gewissen hatte.

Lautlos über die Teppiche schreitend, kam er näher.

»Hallo, Stas. Schön, dich zu sehen, mein Lieber.« Sie drückten einander die Hand. »Na, dann erzähl mal, was los ist.«

Der dicke Issa, der seinen schmutzigen Kittel und die verwaschenen Jeans gegen einen schwarzen Anzug getauscht hatte, verbeugte sich respektvoll, schenkte ihnen Mineralwasser ein und sagte sehr schnell etwas auf Tschetschenisch.

»Danke, mein Lieber, ich habe verstanden. In fünfzehn Minuten«, antwortete Ismailow auf Russisch und wandte sich freundlich lächelnd wieder Stas zu.

»Ich höre.«

»Jemand ist hinter mir her, ziemlich ernsthaft«, begann Stas halblaut, wobei er es vermied, Ismailow in die ruhigen blauen Augen zu sehen. »Vor einem Monat hat man eine Sprengladung an meinem Auto befestigt, doch ich hatte Glück, ich bin zum Rauchen raus auf den Balkon und habs gesehen. Die Sprengladung wurde entschärft, aber die Täter wurden natürlich nicht gefunden, und bis heute ist unklar, wer das war, das heißt, ich weiß inzwischen, wer ...«

In Ismailows Tasche ertönten die ersten Akkorde von Tschaikowskis »Tanz der kleinen Schwäne«. Er zog das Telefon heraus. Die blauen Augen lösten sich von Stas.

»Entschuldige, mein Lieber.« Er sprach hastig und erregt tschetschenisch und knackte dabei mit den Fingern.

Issa kam herbeigelaufen, erhielt eine kurze, scharfe Anweisung und rannte mit wackelndem Bauch davon. Ismailow telefonierte noch ein paar Minuten, dann legte er das Telefon beiseite und wandte sich wieder Stas zu.

»Red weiter.«

»Kurz darauf wurde mein Chauffeur umgebracht. Ich hab im Restaurant gegessen, und als ich rauskam, fand ich die Leiche im Auto. Die Tatwaffe hat irgendwer anschließend in die Wohnung meiner Freundin geschmuggelt.« Stas hatte nicht erwartet, dass er sich so aufregen würde, aber er spürte, dass er immer heftiger zitterte, seine Stimme wurde ganz rauh, er hustete ständig dumpf. »Dann bin ich nach Griechenland geflogen, und dort hätte mich ein riesiger Laster beinahe in eine Schlucht gedrängt. Und nebenbei noch ein paar Kleinigkeiten. Zum Beispiel waren meine Bankkarten plötzlich gesperrt …«

»Oh!« Ismailow hob den Zeigefinger, seine Augen blitzten auf. »Apropos Bank! Ich muss auch mit dir reden. Aber nicht jetzt, später. Entschuldige, ich hab dich unterbrochen.«

»Ich weiß, wer der Mann ist, der mich verfolgt, wir haben zusammen studiert. Er wurde 1985 eingesperrt, zehn Jahre wegen Mordes. Offiziell ist er an Tuberkulose gestorben. Er hieß Juri Michejew, wie er sich jetzt nennt, weiß ich nicht. Aber er hat eine Schwester, sie ist siebenundzwanzig, eine große Blonde, sehr hübsch. Sie …«

Issa kam hereingestürmt und sagte hastig etwas auf Tschetschenisch, nur ein paar Worte. Ismailow nickte und stand auf.

»Entschuldige, mein Lieber, ich muss. Ich sehe, du hast ernsthafte Probleme, und du kannst auf mich zählen, aber jetzt muss ich weg.« Er drückte Stas die Hand und klopfte ihm auf die Schulter. »Wir sehen uns bald, in den nächsten Tagen. Ich muss auch was mit dir besprechen.«

Stas wollte fragen, wann und wo, aber Ismailow verschwand ebenso rasch, wie er gekommen war. Bereits an der Tür, versprach er noch: »Ich ruf dich an!«

Issa kam zurück und sagte höflich: »Komm, ich bring dich raus.«

Auf watteweichen Beinen passierte Stas das Labyrinth, das Lager, die Treppe, die Küche und trat hinaus auf die Straße.

Plötzlich barst über ihm der Himmel. Als die schweren Tropfen des ersten diesjährigen Maigewitters auf ihn fielen, rannte er zur Twerskaja, ein Taxi anhalten. Im Wagen wurde er schläfrig. Im Hotel angelangt, schleppte er sich mühsam zum Bett, zog sich aus, kroch unter die Decke und schlief ein. Er erwachte mitten in der Nacht von Schüttelfrost.

Auch ohne Thermometer war ihm klar, dass er mindestens neununddreißig Fieber hatte.

Dass sich seine Handynummer geändert hatte und Ismailow ihn nicht erreichen konnte, fiel ihm erst fiel später ein.

Das Haus zu finden, in dem Angela festgehalten wurde, war nicht weiter schwierig. Im fraglichen Umkreis von dreißig Kilometern befanden sich ein Eichenwäldchen, ein kleines Kartoffelfeld, ein Dorf und eine Siedlung mit Sommerhäuschen.

Im Dorf und in der Siedlung kannten die Leute einander, und es fanden sich gesprächige alte Frauen, die ausführlich Auskunft gaben über die Bewohner jedes einzelnen Hauses.

Eines der Sommerhäuser hatten die Besitzer für ein Jahr an eine Flüchtlingsfamilie aus dem Kaukasus vermietet, und die Nachbarinnen erzählten, einander ins Wort fallend, dass diese Flüchtlinge in Jeeps und Mercedes herumfuhren, jeden Tag Gäste empfingen und dauernd riesige Kisten und Kartons verluden.

Die Spezialtruppe umstellte das Haus rasch und lautlos. Hinter einem Fenster im ersten Stock war eine dünne, lange Silhouette zu erkennen, durchs Fernglas erkannten die Männer einen kahlgeschorenen Kopf und ein formloses blaurosa Gesicht voller Narben.

Angela war kaum erstaunt, als ein Mann in Tarnanzug und Maske und mit einer MPi zum Fenster hereinsprang. Im selben Moment stand Achmeds mächtige Gestalt in der Tür. Der Maskierte gab als Erster eine kurze Salve ab.

Die beiden anderen Bewacher draußen waren schon zuvor unschädlich gemacht worden.

Oberst Raiski hatte sie angewiesen, Angela direkt in die Lubjanka zu bringen, und von dort wurde sie unter strengsten Sicherheitsmaßnahmen und verstärkter Bewachung auf eine geheime FSB-Basis am Rand des Moskauer Gebiets geschafft und in einem Hospital einquartiert, im selben Zimmer, in dem noch vor kurzem Sergej gelegen hatte.

## Achtunddreißigstes Kapitel

Die Schlange vor dem Sprechzimmer von Doktor Tichorezkaja bewegte sich nur langsam. Am Nachmittag nahm die Zahl der Patienten ab. Sergej betrachtete durch seine dunkle Brille eingehend alle Gesichter, Frauen wie Männer.

Große Leberflecke. Narben. Verbände über Nase, Kinn oder übers ganze Gesicht. In einem Rollstuhl wurde eine Frau vorbeigefahren – Stirn und Wangen waren mit lila Schorf bedeckt, die Augen mit zwei weißen Ovalen überklebt. Sergej schaute dem kräftigen großen Sanitäter nach, der den Rollstuhl schob.

Ausrasierter Stiernacken, niedrige Stirn, schwere Augenbrauen. Weite Hosen unterm Kittel. In den Taschen konnte er sonstwas verborgen haben. Der Sanitäter schob den Rollstuhl zu einem Sprechzimmer am anderen Ende des Flurs und kam zurück, direkt auf Sergej zu. Leichter, zielstrebiger Gang, jede Bewegung kraftvoll und präzise. Vor der Tür zu Julias Sprechzimmer angelangt, schob der Sanitäter eine Hand in die Hosentasche. Ohne zu überlegen, stürzte Sergej sich auf ihn und packte ihn am mächtigen Handgelenk.

»He, Mann, was soll das?«, fragte der Sanitäter mit gutmütigem Erstaunen.

Er hielt eine Schachtel Zigaretten in der Hand.

»Entschuldige, ein Versehen«, murmelte Sergej und trat einen Schritt zurück.

Der Mann maß ihn mit einem spöttischen Blick und

flüsterte kaum hörbar: »Wenn ich er wäre, wärst du zu nichts mehr gekommen, Major«, und zwinkerte ihm zu.

Sergej wusste, dass Raiski seine Leute in der Klinik hatte, dennoch war diese Begegnung eine angenehme Überraschung. Aber seine eigene Nervosität und Unüberlegtheit gaben ihm ernsthaft zu denken.

Der Mann, auf den er wartete, würde von draußen kommen. Er würde nicht ins Sprechzimmer stürmen, die Pistole zücken und drauflosballern. Er würde still auftauchen, unauffällig, sich wie alle anderen in die Warteschlange setzen und sich in eine Zeitschrift oder ein Buch vertiefen. Womöglich war er bereits da.

Die nächste Patientin kam aus dem Sprechzimmer, gefolgt von der rothaarigen Schwester, die Sergej einen neugierigen Blick zuwarf und sagte: »Ich glaube, Sie sind der Nächste.«

»Ja.« Er nickte, doch bevor er hineinging, schaute er noch einmal in den Flur.

Es hatte sich nichts verändert, doch plötzlich verspürte er ein Hämmern in den Schläfen. Er begriff nicht gleich, warum. In den letzten Minuten war kein neuer Patient dazugekommen. Das Mädchen mit den Verbrennungen, der Glatzkopf um die vierzig mit dem behaarten Muttermal übers halbe Gesicht, die Frau mit der verbundenen Nase und den schwarzen Ringen unter den Augen und ein etwa zwanzigjähriger Bursche mit rosa Aknenarben auf den runden Wangen. Glattes, dünnes semmelblondes Haar. Ein gutmütiges, einfaches Gesicht. Breite Stupsnase, graue Augen, helle, lange Wimpern wie bei einem Kalb.

Sergej war schon mindestens fünfmal an ihm vorbeigegangen. Der Bursche genierte sich offenkundig, hier zu sitzen, er hatte den Kopf tief gesenkt und hielt ein aufgeschlagenes buntes Magazin auf dem Schoß.

»Worauf warten Sie noch, kommen Sie herein«, sagte die Schwester.

»Ja, gleich«, antwortete Sergej, den Blick noch immer auf das runde, aknenarbige Gesicht gerichtet.

»Ja, also, ich werd ihn jetzt umlegen«, hörte Sergej eine hohe, brüchige Stimme sagen. Im Namen Allahs, also … Feldwebel Andrej Trazuk …«

Die Angehörigen der Spezialeinheiten trugen das Haar normalerweise kurzgeschoren. Die langen dünnen Haare hatten den Feldwebel Andrej Trazuk stark verändert. Überhaupt war er kaum wiederzuerkennen. Seine Augen waren ganz weiß und zu Schlitzen verengt. Die Kalbswimpern klapperten nicht ständig auf und zu wie früher. Ohne zu zwinkern, schaute er Sergej in die Augen. Das Magazin lag noch immer auf seinem Schoß, nun jedoch zugeschlagen. Die rechte Hand lag versteckt zwischen den Seiten. Einen Augenblick lang glaubte Sergej, der ehemalige Feldwebel habe auch ihn erkannt, trotz der plastischen Operation.

Vor nur sieben Monaten, im November, hatte Major Loginow den Feldwebel Trazuk in der Nähe des Bergdorfes Assalach auf seinem Rücken aus dem Beschuss geschleppt, keuchend vor Erschöpfung und Gestank. Trazuk war zum ersten Mal im Leben in eine Umzingelung und unter heftigen Beschuss geraten. Er war nicht verwundet, sondern schlicht in Ohnmacht gefallen, und als er auf dem Rücken des Majors zu sich kam, bepinkelte er sich und schiss sich in die Hose.

In Gefangenschaft war er beinahe sofort bereit, zu Ismailow überzulaufen, zum Islam überzutreten und Hassan zu werden.

Der ehemalige Feldwebel Trazuk sah den ehemaligen Major Loginow mit vollkommen leeren, irren Augen an.

Haben sie also doch einen Selbstmordkandidaten gefunden, dachte Sergej ruhig.

»Guten Tag, Michail, wie schön, dass Sie gekommen sind.« Natalja küsste Raiski auf die Wange und bemerkte traurig: »Sie sind unrasiert und haben abgenommen.«

»Wie geht es Wladimir?«, fragte der Oberst, während er die Schuhe auszog.

»Er schläft. Kommen Sie, ich koche Ihnen so lange einen Kaffee.«

»Danke, gern. Aber ich habe nur sehr wenig Zeit.«

Raiski folgte ihr in die Küche, setzte sich und zündete sich sofort eine Zigarette an.

»Ist das wahr?«, fragte er leise.

»Was denn, Michail?«

Sie stand mit dem Rücken zu ihm, löffelte gemahlenen Kaffee in den Kaffekocher und drehte sich nicht um.

»Ist die Diagnose hundertprozentig? Oder …«

»Oder, Michail, oder.« Sie stellte das Kännchen auf den Herd und rührte den Kaffee um.

»Das heißt, er hat sich gar nicht richtig untersuchen lassen?«

»Das wird er auch kaum tun.« Natalja lächelte. »Sehen Sie, Michail, ich habe dort auf Korfu einen Onkologen kommen lassen. Der Grieche hat gesagt, Wladimir habe noch einen Monat. Und diese dreißig Tage will er nicht mit medizinischen Prozeduren verschwenden. Das ist alles. Aber wechseln wir lieber das Thema. Wissen Sie, Ihre Idee mit dem Doppelgänger hätte mich beinahe den Verstand gekostet.«

»Ja, verzeihen Sie, ich hätte Sie vorwarnen sollen«, sagte Raiski verdattert.

Er musste die Nachricht erst verdauen. Der General hatte also nur noch einen Monat zu leben, und es gab keine Hoffnung, nicht die geringste. Sonst würde sein ehemaliger Chef sich behandeln lassen.

»Weiß Stas von dem Doppelgänger?«, fragte er nach einem dumpfen Räuspern.

»Nein.« Natalja drehte sich um – sie lächelte. »Sie sind ein großer Geheimniskrämer, Michail. Wladimir hat immer gesagt, Sie hätten einen Geheimhaltungstick. Aber warum fragen Sie, ob Stas Bescheid weiß? Ist das jetzt von Belang? Er ist doch noch auf Korfu.«

»Er hat die Villa verlassen«, seufzte Raiski, »Nikolai hat mich angerufen. Er traut sich nicht, Ihnen das am Telefon mitzuteilen, und hat mich deshalb gebeten, es Ihnen zu sagen.«

»So etwas habe ich befürchtet«, sagte eine schwache heisere Stimme von der Tür her.

Die beiden zuckten zusammen. Der General stand in der Tür, gegen den Rahmen gelehnt. Der samtene Hausmantel hing an ihm wie an einem Kleiderständer. Raiski erkannte den General gar nicht gleich. Er hätte nie gedacht, dass sich ein Mensch in nur zwei Wochen so stark verändern konnte.

Lautlos kam Wladimir herein. Er trug keine Pantoffeln, nur dicke Wollsocken. Bedächtig und vorsichtig setzte er sich in den Schaukelstuhl am Fenster. Raiski drückte die Zigarette aus.

Der General winkte ab. »Schon gut, du kannst ruhig rauchen, das ist jetzt egal. Gieß mir auch einen Kaffee ein, Natalja. Mein kleiner Scheißer ist also seinem Bewacher entwischt? Und ich hab mich schon gewundert, warum Nikolai und Oxana so rumeiern – er schläft, er ist am Strand, er ist in der Dusche ... Und sein Handy ist auch abgeschaltet. Wie lange ist er schon weg?«

»Seit fast zwei Tagen«, antwortete Raiski düster und wich dem Blick des Generals aus. Die Ereignisse vor der Flucht, den Tobsuchtsanfall und den nächtlichen Besuch der Psychiaterin, ließ er aus.

»Vielleicht ist das die erste männliche Tat in seinem Leben?«, sagte der General nachdenklich und mit sanftem Lächeln. »Michail«, wandte er sich an den Oberst, »hast du immer noch nicht herausgefunden, wer meinen Sohn verfolgt?«

»Ich muss Ihnen etwas gestehen. Ich habe mich geirrt. Es ist nicht Ismailow, sondern jemand anders. Und ich weiß noch immer nicht, wer.«

»Michail, Michail«, seufzte der General. »Du hast dich zu sehr in dein Spiel verbissen.«

»Vorerst weiß ich nur, dass er die Insel und überhaupt Griechenland nicht mit dem Flugzeug verlassen hat. Und keine Kreditkarten benutzt hat.«

»Er hat genügend Bargeld«, entgegnete der General. »Setz dich mit den Grenzern in Scheremetjewo in Verbindung. Aber ich weiß auch so, dass er bereits hier in Moskau ist. Er ist über die Türkei oder Bulgarien gekommen. Er wohnt in einem Hotel irgendwo am Stadtrand und versucht, direkt mit einem unserer kriminellen ›Dächer‹ Verbindung aufzunehmen. Aber du wirst ihn jetzt sowieso nicht finden. Musst du auch nicht. Besser, es weiß vorerst keiner, dass er hier ist.«

»Wladimir, was redest du da?«, mischte sich Natalja ein. »Wir müssen ihn finden, wir können doch nicht einfach nur abwarten.«

»Natalja, wir können jetzt überhaupt nichts mehr.« Der General lächelte schwach. »Ich habe alles getan, was in meiner Macht stand. Er muss die Chance haben, wenigstens einmal im Leben etwas selbst zu tun, ohne meine Hilfe.«

»Aber wir müssen ihn finden und ihn von dem Doppelgänger informieren, sonst ist das ganze Spiel verloren«, sagte Raiski langsam und verwundert.

»Tja, Michail, du hast dich wirklich sehr darin verbissen.« Der General schüttelte den Kopf. »Ich bin sicher, du wirst Ismailow kriegen. Deine Idee war ausgezeichnet. Dieser Major ... Ich will gar nicht wissen, wo du ihn aufgetrieben hast, und es tut mir auch nicht leid um das Geld für die plastische Operation. Er ist ein fähiger Mann, sieh zu, dass du ihn behütest. Opfere ihn nicht für Ismailow, du wirst ihn noch gebrauchen können. Und General wirst du sowieso, wenn nicht jetzt, dann eben später. Aber verstrick dich nicht zu sehr in dein Spiel. Die Zeit vergeht rasend schnell. Es gibt Dinge, die sind wichtiger und stärker als unsere interessante, aber ausgesprochen beschissene Arbeit. Dieser Dreck, der mich von innen auffrisst, der ist stärker und wichtiger als jede Arbeit. Und das Böse, das wir im Namen unserer Arbeit getan haben, ist am Ende auch wichtiger und stärker als sie.«

Sie haben unrecht, General. Sie haben unrecht, weil Sie bald sterben. Aber ich nicht, dachte Raiski, sagte das aber natürlich nicht laut.

Er ist high, er hat vor nichts Angst. Er wird ins Zimmer stürmen und das ganze Magazin leerschießen. Was habe ich für eine Chance? Sie haben alles berechnet, sie haben nur nicht daran gedacht, dass ich hier sein könnte und ihn erkenne, bevor er handelt.

Sergej ging ins Sprechzimmer und warf die Tür ins Schloss.

»Was machen Sie da?«, fragte die Schwester erstaunt. Er antwortete nicht, griff nach seinem Telefon und wählte Raiskis Nummer.

»Michail, er ist hier.«

Der Oberst hatte eben erst das Haus des Generals verlassen, er war mürrisch und gereizt. Er erkannte Sergej nicht gleich, begriff nicht, wovon die Rede war, und fragte, mühsam den Straßenlärm übertönend: »Wer ist da? Was ist los?«

»Setzen Sie sich mit Ihren Leuten in der Klinik in Verbindung. Es ist sehr dringend. Es ist Feldwebel Trazuk. Erinnern Sie sich an das Video – Hassan, der die Geisel erschossen hat. Er sitzt im Flur im zweiten Stock, vor Zimmer einunddreißig. Da sind ein Haufen Leute. Er hat die

Waffe in der rechten Hand, in einer Zeitschrift versteckt. Lange blonde Haare, rundes Gesicht, sieht aus wie höchstens zwanzig, trägt blaue Jeans und schwarze Lederjacke.«

Während Sergej sprach, ließ er die Jalousie herunter. Draußen braute sich ein Gewitter zusammen. Der Himmel war ganz schwarz. Im Sprechzimmer war es nun fast dunkel. Julia und die rothaarige Krankenschwester waren erstarrt und sahen Sergej schweigend an. Ihre Augen leuchteten in der Dunkelheit.

»Warten Sie, Major, wo sind Sie gerade?«

Aber Sergej antwortete nicht. Jemand rüttelte heftig an der Tür. Natürlich konnte Trazuk seinen ehemaligen Komandeur nicht erkannt haben, aber er spürte, dass der Mann, der ins Sprechzimmer gegangen war, ihm im Wege sein könnte, und handelte.

»Der Schlüssel!«, rief die Schwester und presste die Hand auf den Mund.

Als Sergej das erste Mal hereingekommen war, hatte er gesehen, dass es im Zimmer eine weitere Tür gab; sie führte in einen kleinen Raum, in dem nur ein Schrank, zwei Sessel und ein kleiner Tisch standen.

»Den habe ich«, flüsterte Julia, wieder zu sich gekommen, packte Vika am Arm und zerrte sie in den Ruheraum.

Es wurde noch einmal an der Tür gerüttelt, dann klackte das Schloss.

»Kommen Sie ja nicht auf die Idee zu schießen, Major!«, brüllte Raiski in den Hörer. »Dann sind Sie entdeckt, und alles ist zum Teufel! Wir müssen ihn festnehmen und verhören! Ich setze mich sofort mit meinen Männern in Verbindung!«

»Ich werde mich bemühen, aber ich kann nichts versprechen«, murmelte Sergej, knöpfte seine Jacke auf und zog seine nagelneue Makarow-Pistole unter der Achsel hervor.

Er stand hinter der Tür, dicht an der Wand. Die Tür wurde aufgerissen. Ein Blitz zuckte auf, ein paar Sekunden lang erhellten schmale Lichtstreifen das Zimmer. Durch den Türspalt sah er zuerst den Lauf mit dem Schalldämpfer, dann Trazuks stupsnasiges Profil. Es wurde wieder dunkel, Donner krachte, und Sergej schlüpfte lautlos hinter der Tür hervor. Ein Tritt unters Knie ließ Trazuk zu Boden gehen. Ein gleichzeitiger Hieb mit dem Pistolengriff schlug ihm die Waffe aus der Hand. Die Pistole mit dem Schalldämpfer flog in die Ecke. Der nächste Blitz beleuchtete zwei Männer auf dem Fußboden. Sergej hatte Trazuk die Arme auf den Rücken gedreht.

Trazuk zappelte, versuchte den Kopf zu heben. Zwei Sanitäter und ein Wachschutzmann kamen hereingerannt, Licht flammte auf, Handschellen klackten.

Sergej sah den Sanitäter an, mit dem er erst vor zwanzig Minuten vor der Tür zusammengetroffen war, und sagte leise: »Wenn du ich gewesen wärst, hättest du es nicht geschafft.«

Trazuk lief in Handschellen zwischen den beiden Sanitätern den Flur entlang und verfluchte mit durchdringender Fistelstimme die ganze Welt, wobei er russische Flüche mit tschetschenischen Beschimpfungen und Verwünschungen mischte. Patienten, Ärzte und Schwestern, die sich auf dem Flur der dritten Etage befanden, verfolgten die Prozession mit erstaunten Blicken.

»Wissen Sie«, wandte sich eine Dame mit Pelikankropf an ihre Nachbarin, »zu plastischen Chirurgen kommen ziemlich oft Verrückte.«

»Sagen Sie bloß, er hat die Ärztin angefallen?«, lispelte das Mädchen mit der Verbrennung erschrocken. »Schrecklich!«

»Darum wimmelts hier also von Security«, bemerkte der Mann mit dem behaarten Muttermal.

Ein älterer, rotwangiger dicker Mann mit Bärtchen und im weißen Kittel kam keuchend hereingestürmt und stürzte zu Julia.

»Sind Sie in Ordnung, mein Kind? Mein Gott, ich bin fast verrückt geworden. Schauen Sie mir in die Augen! Sie sind ganz blass, ja, richtig blau im Gesicht. Vika, wie geht es dir? Guten Tag.« Er nickte Sergej beiläufig zu.

Julia lächelte schwach. »Alles in Ordnung.«

»Warten Sie, ich muss Vika ein Beruhigungsmittel geben.«

Sie stand vor dem offenen Glasschrank und hielt ein orangefarbenes Medizinfläschchen in der Hand. Die rothaarige Krankenschwester saß auf einem Hocker und zitterte so heftig, dass sie mit den Zähnen klapperte. Draußen goss es in Strömen.

»Der reine Alptraum, wirklich.« Der Dicke sank in einen Sessel. »Was haben Sie denn da, Mädchen? Geben Sie mir auch etwas?«

Vika schluckte die Tropfen und verzog das Gesicht. Julia nahm ihr das Glas ab, füllte es erneut und reichte es Mamonow.

»Igitt, scheußlich.« Er verzog das Gesicht. »Vika, mein Kind, wie geht es Ihnen?«

»Schon besser.« Vika stand auf, öffnete den Kühlschrank, nahm eine Flasche Wasser heraus und fragte: »Noch jemand Mineralwasser?«

Niemand antwortete ihr. Sie drehte sich um und schrie leise auf. Der Chefarzt saß vorgebeugt im Sessel, die Hände in die Armlehnen gekrallt. Seine Brille war auf die Nasenspitze gerutscht, sein Mund stand halb offen. In der Tür erschien die mächtige Gestalt eines Sanitäters. Eine dumpfe, insistierende Stimme, die aus seinem Hals zu kommen schien, rief: »Nummer fünf, hören Sie mich? Antworten Sie!«

Julia Tichorezkaja und der Patient Naidjonow standen am Fenster und küssten sich innig, als wären sie ganz allein.

Stas hatte kein Zeitgefühl mehr, er wusste nicht, ob gerade Morgen oder Abend war. Er sank immer wieder in unruhigen Schlaf und wachte auf, weil er entsetzlich fror. Schüttelfrost und siedende Hitze wechselten einander ab. Er hatte alles Mineralwasser aus der Minibar ausgetrunken. Als er wieder einmal aufwachte, stellte er fest, dass kein Schluck mehr da war.

Die Bettwäsche war feucht. Auf dem Nachttisch stand ein Telefon, darunter lag ein Kärtchen mit der Nummer der Rezeption. Die Ziffern verschwammen vor seinen Augen. Er drehte die Wählscheibe, doch als das Amtszeichen ertönte, begriff er, dass er nicht die Rezeption anrief, sondern Evelina. Sie nahm schrecklich lange nicht ab, schließlich meldete sie sich mit verschlafener, wütender Stimme: »Hallo!«

»Lina, ich bins«, krächzte er kläglich, »kannst du gleich zu mir kommen?«

»Weißt du, wie spät es ist?«, fragte sie empört.

»Nein. Es geht mir sehr schlecht. Ich sehe nichts.«

»Mein Gott, Gerassimow, mit dir ist es echt nie langweilig. Was ist denn jetzt wieder los?«

»Ich bin krank. Ich habe hohes Fieber.«

»Hast du einen Arzt gerufen?«

»Ich kann nicht, ich bin nicht zu Hause. Ich bin im Hotel, unter falschem Namen.«

»Na prima« – sie lachte nervös –, »mal ganz was Neues.«

»Es darf niemand wissen, dass ich in Moskau bin, verstehst du?«

»Noch nicht«, bekannte sie.

»Hör zu, das Sprechen fällt mir schwer. Komm her, dann erklär ich dir alles. Das Motel heißt ›Glühwürmchen‹, es ist in der Nähe vom Flusshafen. Schreib die Adresse nicht auf, präg sie dir ein. Bring mir was gegen Grippe und Erkältung mit, Vitamine, viel Mineralwasser – na, du weißt schon. An der Rezeption sagst du, du willst zu Sidorow in Zimmer sieben.«

»Mein Gott!«, stöhnte Evelina.

Stas legte auf und schlief wieder ein.

Ein hartnäckiges Klopfen an der Tür weckte ihn. Er stand auf, warf sich die Decke um die Schultern und öffnete.

Im Zimmer herrschte Halbdunkel. Evelina legte eine schwere Tüte auf den Nachttisch, küsste Stas auf die Wange und wich so abrupt zurück, dass sie mit dem Hinterkopf gegen die Tür prallte.

»Stas ...« Sie schaltete das Licht an und ließ sich langsam auf den Fußboden sinken. »Klar, ich kann natürlich plötzlich verrückt geworden sein, aber Pleschakow ... Und deine Eltern ... Er ist doch deine Eltern abholen gefahren ... Ach, ich verstehe, das haben sie absichtlich arrangiert, zu deiner Sicherheit ... Ich Idiotin ...« Sie schlug die Hände vors Gesicht und wiegte sich stöhnend eine Weile vor und zurück.

»Hör auf, was haben Pleschakow und meine Eltern damit zu tun? Keiner weiß was. Hast du ein Fieberthermometer mitgebracht?«, murmelte Stas schwach, legte sich hin und kroch unter die Decke. »Deck mich noch mehr zu, mir ist kalt.«

Evelina sprang auf, ging zu Stas und riss ihm die Decke vom Kopf.

»Schluss jetzt! Mir reichts! Hättest du mich nicht wenigstens vorwarnen können? Ich mag es nicht, wenn man mich für dumm verkauft, das erlaube ich niemandem, nicht einmal dir, Gerassimow!« Sie griff nach der Tüte und kippte den Inhalt aufs Bett – Plastikflaschen fielen mit dumpfem Aufprall zu Boden. »Hier – Wasser, Panadol, Aspirin, ein

Thermometer, und nun machs gut, mein Lieber. Gute Besserung!«

»Lina, warte!«, stöhnte Stas, doch sie war schon aus dem Zimmer und knallte die Tür zu.

Er stand auf, schaute in den Flur, wäre vor Schwäche beinahe gestürzt, sah die große, schlanke Gestalt im weißen Kostüm zur Treppe laufen, rief nach ihr, und sie kehrte zurück.

Bei der ersten Vernehmung teilte Trazuk mit, er sei ein Fan der Sängerin Angela und wollte ihre Chirurgin bestrafen, weil er befürchtete, sie wolle das Gesicht des Stars völlig verändern. Die Pistole habe er am Platz der drei Bahnhöfe für zweihundert Dollar gekauft.

Dann begannen bei Trazuk die Entzugserscheinungen, und er verlangte die sofortige Einberufung einer Pressekonferenz.

»Ich will eine offizielle Erklärung abgeben! Ich wurde entführt und heimlich nach Pakistan gebracht. Dort befindet sich eine geheime unterirdische Militärbasis. Ich wurde ans Bett gebunden, mit Drogen vollgepumpt und Stromschlägen ausgesetzt. Dann zwang man mich zum Töten.« Das alles sagte er mit vollkommen mechanischer Stimme; seine Augen hatten einen trockenen Glanz. »In diesem Zustand hätte ich jeden getötet, auch meine eigene Mutter, egal, wen. Gebt mir eine Spritze!«

Je heftiger die Entzugserscheinungen wurden, desto beharrlicher verlangte er nach einer Pressekonferenz und internationaler Aufmerksamkeit. Seine Worte wurden immer undeutlicher, er schaute mit gierigen Augen auf die Metadonspritze und krächzte, sich in Krämpfen windend, er habe den Befehl, Doktor Tichorezkaja zu ermorden, von einem gewissen Issa erhalten, einem Mann um die fünfzig mit dickem Bauch. Fotos, die Waffe und alle nötigen Informationen habe er von Issa bekommen, in einem Auto, eine halbe Stunde vor Betreten der Klinik. Mit diesem Auto habe man ihn hergebracht, und zwar aus einem Haus, irgendwo im Wald.

Wie lange sie gefahren seien und mit was für einem Wagen, wie lange er in diesem Haus gewohnt habe, wie er dorthin gelangt sei und wer sich dort noch aufgehalten habe, wisse er nicht mehr. Eine weitere Vernehmung war sinnlos. Er hatte starke Krämpfe. Nach der ersehnten Spritze verlor er das Bewusstsein. Er wurde in eine Einzelzelle im Sicherheitstrakt des Lubjanka-Gefängnisses gebracht. Bewachung und medizinische Betreuung waren auf höchstem Niveau.

Noch in derselben Nacht starb Andrej Trazuk an akutem Herzversagen.

## Neununddreißigstes Kapitel

Um sieben Uhr früh wurde Sergej von beharrlichem Klingeln geweckt. Er hastete zwischen den Telefonen hin und her – bis er begriff, dass es an der Tür klingelte. Er zog sich einen Bademantel über, ging barfuß in den Flur und schaute durch den Spion. Draußen stand eine seltsame Gestalt: Sackartige Stoffhose mit Biesen an den Seiten, Jeansjacke, große Brille mit breitem schwarzem Rahmen, kurzes dunkles Bärtchen, graue Stoffschirmmütze mit zerknittertem Rand, eine flache Nylontasche über der Schulter.

»He, Stas, was starrst du mich an?«, fragte der Unbekannte spöttisch grinsend und drückte noch einmal auf die Klingel. »Mach schon auf. Ich bins.«

Etwas schrecklich Bekanntes lag in diesem durch den runden Türspion verzerrten Grinsen. Die Tür dämpfte die Stimme, sie war kaum zu hören. Sergej bekam einen trockenen Mund, und sein Herz pochte heftig. Fast ohne den Boden zu berühren, rannte er ins Schlafzimmer, holte die Pistole unterm Kopfkissen hervor, steckte sie in die Tasche des Bademantels, ging in den Flur zurück und schloss auf.

Der Besucher trat ein, nahm die Mütze ab, warf sie auf die Kommode, setzte die Brille mit dem billigen Rahmen ab, drehte sich zum Spiegel und strich sich das helle, lockige Haar glatt.

Sergej bemerkte, dass in der Brille Fensterglas war.

»Entschuldige, dass ich so früh komme. Ich fliege in zwei Stunden.« Der Besucher wandte sich abrupt um. »Was ist mit deinem Gesicht los? Das war doch vor zwei Tagen noch nicht.«

»Ach, das?« Sergej warf einen Blick in den Spiegel und berührte seine Wange. »Das sind Abdrücke vom Kissen.«

»Ja, ich seh schon, du hast fest geschlafen, bist ja noch gar nicht richtig wach.« Der Besucher lachte und klopfte Sergej auf die Schulter. »Los, koch mir einen Kaffee und erzähl mir von deinen Problemen. Oder komme ich vielleicht ungelegen? Bist du nicht allein?« Er schob Sergej beiseite und schaute in die Zimmer.

Sergej steckte die Hände in die Taschen, entsicherte die Pistole und wollte ins Schlafzimmer gehen.

»Wo willst du hin?«, fragte der Besucher, griff in die Taschen seiner Jeansjacke und folgte Sergej.

»Mir was anziehen.«

»Nicht nötig. Wir haben wenig Zeit und viele Probleme. Sag mal, weißt du zufällig, wann zum letzten Mal was auf mein Konto überwiesen wurde?«

»Neulich erst. Vor drei Tagen.«

Sie standen dicht beieinander vor der Schlafzimmertür, im dunklen Flur, und sahen sich an.

»Verdammt … Und wie viel?«, murmelte der Besuchter, ohne den Blick von Sergej zu wenden.

»Siebzig.« Sergej drehte sich um und ging zum Wohnzimmer. Der Besucher folgte ihm wie angeleint.

»Sag mal«, fragte er gedehnt, während er sich aufs Sofa setzte, »kann man die nicht irgendwie zurückholen?«

Sergej schüttete Kaffee in die Kaffeemühle. Während sie dröhnte, schwiegen die beiden Männer. Sergej drehte dem Besucher den Rücken zu. Zwischen ihnen lagen höchstens drei Meter.

»Ist was passiert bei dir?«, fragte er, ohne sich umzuwenden.

»Ja, weißt du, ich hab ein Problem. Aber davon später. Also, kann man die Kohle vom Konto im Prinzip zurückholen, oder geht das gar nicht?«

»Alles?«, fragte Sergej, während er den Kaffee umrührte.

»Ich weiß nicht. Wenigstens einen Teil. Ich kenn mich ja mit euren Banksachen nicht aus« – der Besucher hob die Stimme –, »ich weiß nur, dass ich an dieses Konto nicht mehr rankomme. Aber ich brauche dringend Geld.« Plötzlich glitt er geschmeidig vom Sofa und kam auf Sergej zu, die Hände noch immer in den Taschen der Jeansjacke. »Egal, davon später, ist doch sonst unhöflich. Du bist mit deinen Problemen zu mir gekommen, bei Issa konnten wir nicht in Ruhe reden, und nun quatsche ich dich hier gleich mit meinen Problemen voll. Pass auf, der kocht gleich über!«

Sergej riss den Kaffeekocher vom Herd, der Schaum zischte auf der elektrischen Herdplatte.

»Willst du was essen, Schamil?«, fragte er, noch immer ohne sich umzuwenden, und spürte, wie die Narben in seinem Gesicht juckten und es in seiner Kehle kratzte beim Klang des verhassten Namens.

»He, mit dir stimmt doch was nicht«, sagte der Tschetschene langsam.

Er kam ganz dicht heran; Sergej spürte seinen Atem und

nahm seinen Geruch wahr. Ismailow roch nach gutem Rasierwasser und Pfefferminzkaugummi. Sein Atem war noch immer ruhig, aber seine Stimme klang verändert. Der Akzent war stärker geworden.

»Ich bin total mit den Nerven runter«, sagte Sergej dumpf, während er mit einem Schwamm den Herd abwischte, »jemand ist hinter mir her, Schamil. Ziemlich ernsthaft hinter mir her. Erst die Sprengladung am Auto, dann der Mord an meinem Chauffeur.«

»Und die Pistole in der Wohnung deiner Freundin, ich erinnere mich, du musst dich nicht wiederholen. Red weiter.«

»Tja, was weiter? Irgendwer kommt regelmäßig in meine Wohnung und hinterlässt hässliche Spuren, Lappalien, aber ziemlich unangenehm.« Sergej sprach hastig und sehr leise.

Schließlich musste er dem anderen das Gesicht zuwenden. Der Atem hinter ihm wurde immer rascher und angespannter.

»Gestern zum Beispiel hat mir jemand Glassplitter in die Creme gemischt«, sagte er und lachte verlegen.

»Was?« Ismailow schnaufte.

»Na ja, ich creme mir abends immer das Gesicht ein« – Sergej drehte sich abrupt um und stieß auf den bekannten starren Blick –, »ich hab trockene Haut, weißt du? Und diese Schweine haben mir Glassplitter in die Creme gerührt. Ich hab mir das Gesicht total zerkratzt, siehst du?«

Wieder trat eine Pause ein. Sergej drehte sich ruhig um, holte Kaffeelöffel und fragte noch einmal: »Willst du nun was essen oder nicht?«

»Nein«, knurrte Ismailow, »wer weiß, vielleicht haben sie dir ja auch was ins Essen geschüttet, wie?« Er lachte herzlich und ging zum Sofa zurück.

»Hör mal, Stas«, sagte er, noch immer lachend, »was seid ihr bloß alle für Trottel, he? Das hier ist doch ein Luxushaus, die Jungs unten sind durchtrainiert und bewaffnet und nehmen sich furchtbar wichtig, da traut sich kein Fremder näher ran, sollte man denken. Aber ich bin einfach in die Garage gegangen, hab dem Wachmann fünfzig Rubel in die Hand gedrückt und Reklamezettel hinter ein paar Scheibenwischer geklemmt, solange er hinsah. Und als er sich mal kurz umdrehte, bin ich schnell zur Treppe. Fünf Minuten später stand ich vor deiner Tür. Und keiner hat was mitgekriegt. So kommt man zu Splittern in der Creme und einer Portion Blei in den Schädel. Na schön« – er hatte genug gelacht und starrte Sergej jetzt wieder regungslos an –, »also, wer spielt dir solche bösen Streiche?«

»Möchtest du nun Kaffee, Schamil, oder hast du Angst?«

»Ja, ja, klar. Da ist kein Gift drin. Wenn sie dich umbringen wollten, wärst du schon längst ...«

Als Sergej mit den beiden Kaffeetassen in der Hand das Zimmer durchquerte, ruhte der Blick des Besuchers auf seiner rechten Bademanteltasche.

»Erzähl mir erst mal, was mit deinem Konto los ist«, sagte Sergej und setzte sich dem Besucher gegenüber in einen Sessel.

»Ich brauche Kohle, Stas, sofort.« Er nippte am Kaffee. Die rechte Hand steckte noch immer in der Tasche, er hielt die Tasse in der linken. »Und ich komme nicht an mein Konto ran. Warum, kann ich dir jetzt nicht erklären, das würde zu lange dauern. Früher oder später kläre ich die Sache, aber die Kohle brauche ich heute, verstehst du?«

»Wie viel?«

»Etwa hunderttausend. Genauso viel kostet übrigens die Behebung deines Problems. Damit wären wir dann quitt.«

»So viel habe ich jetzt nicht in bar«, murmelte Sergej nachdenklich, stand auf, ging um den Tisch herum und griff zum Telefonhörer.

»Halt!« Ismailow hob warnend die Linke. »Wen willst du anrufen?«

»Ich will versuchen, dir das Geld zu beschaffen.« Sergej lächelte gutmütig und wählte Raiskis Nummer. »Hallo, Michail, ich bins, Stas«, sagte er, als eine verschlafene, wütende Stimme sich meldete, »hab ich dich geweckt? Entschuldige. Ich brauche dringend 100 000 in bar.«

Raiski schwieg verblüfft und atmete nur laut in den Hörer. Gott sei Dank, denn das Telefontischchen stand neben Ismailow, und der hatte wie aus Versehen die Mithörtaste gedrückt. Das Atmen des Oberst tönte durchs ganze Zimmer.

»Michail, ich bin zu Hause, kannst du mir das Geld so schnell wie möglich vorbeibringen?«

»100 000 Dollar?«, fragte Raiski vorsichtig.

»Was denn sonst – Rubel?« Sergej lachte nervös. »Wach auf, Michail, wach auf. Ich brauch die Kohle ganz dringend.«

»Für wen?«

»Für mich, für mich persönlich! Hör mal, Michail, ich hab jetzt keine Zeit zum Reden. Mach schnell, komm her, ich würd dich nicht damit belasten, wenns nicht so dringend wär. Also dann – ich warte.«

»Ja, ich habe verstanden«, sagte der Oberst mit veränderter Stimme. »Ich fahre gleich los.«

»Sag mal, wer ist dieser Kerl, dass er auf Anhieb so viel Kohle beschaffen kann?«, fragte Ismailow mit schiefem Grinsen.

In diesem Moment ging im Flur leise das Schloss, und gleich darauf kam Stas Gerassimow ins Zimmer.

Zwei Hände mit Pistolen schnellten in derselben Sekunde aus der Tasche. Ismailow und Sergej sahen sich an. Der Tschetschene saß auf dem Sofa, Sergej stand rechts neben ihm.

»Stas«, rief Ismailow leise, »greif dir was Schweres und gib ihm eins über den Schädel.«

Gerassimow rührte sich nicht. Er stand mitten im Zimmer, zum Ölgötzen erstarrt. Sein Gesicht war weiß und schweißnass.

»Stas, du brauchst nur eine Flasche aus der Bar zu nehmen«, sagte der Tschetschene, »dann gehst du rüber zu ihm, holst aus und ziehst sie ihm über. In einer Minute sind meine Leute hier.«

»Und in drei Minuten ist das OMON hier«, sagte Sergej.

»Meine sind schneller«, bemerkte Ismailow, ohne den Blick von Sergej zu wenden.

»Stas, du solltest besser von hier verschwinden. Keine Angst, er wird nicht schießen. Dafür sorge ich. Geh«, sagte Sergej.

Sie sprachen beide sehr leise, und keiner von ihnen schaute zu Stas, denn sie wussten: nur ein Sekundenbruchteil, und der andere würde als Erster schießen.

Vom Flur her kam Wasserrauschen; die Badtür klappte.

»Wer ist da noch?« Ismailows Stimme zitterte leicht. »Stas, wer ist bei dir?«

Gerassimow schwieg noch immer. Evelina kam herein, maß die Anwesenden mit einem raschen, beunruhigten Blick, packte Stas am Arm und zog ihn rückwärts zur Tür.

»Stehenbleiben!«, rief Ismailow.

»Raus mit euch beiden!«, rief Sergej.

In Ismailows Tasche ertönten die ersten Takte vom »Tanz der kleinen Schwäne«. Seine linke Hand zuckte reflexartig.

Evelina und Stas wichen langsam zurück zur Wohnungstür. Als sie sie öffneten, drangen mehrere dumpfe Schüsse aus dem Treppenhaus herauf. Sie kamen von ganz unten. Sergej begriff: Ismailows Leute waren ins Haus gestürmt und hatten die Wachleute niedergeschossen.

»Zurück!«, rief er. »Kommt rein und schließt die Tür ab!«

In Ismailows Tasche ertönte erneut der Schwanentanz. Eine Tür klappte, doch wegen der Telefonmelodie war nicht zu hören, ob das Schloss geklackt hatte oder nicht. Weder

Sergej noch Ismailow konnten sehen, was im Flur passierte. Sergej stand mit dem Rücken zur Tür, Ismailow saß ihm gegenüber. Er musste nur ein Stück zur Seite rücken, um in den Flur blicken zu können. Und er konnte der Versuchung nicht widerstehen. Dieser Bruchteil einer Sekunde genügte Sergej, um ihm mit einem Fußtritt die Pistole aus der Hand zu schlagen

Ismailow zuckte panisch, und Sergej schoss ihm ins Knie.

»Das ist für Hauptmann Gromow«, murmelte er mit zusammengebissenen Zähnen.

Ismailow heulte leise auf und rutschte vom Sofa. Sein Gesicht war ganz weiß geworden, aber seine Augen schielten nach der Pistole auf dem Boden.

»Sitzen bleiben!«, brüllte Sergej, bemüht, die wilde, dumpfe Welle von Hass zu dämpfen, die in ihm aufstieg, ihn berauschte und ihn am Denken hinderte.

Ismailow machte noch eine Bewegung in Richtung Pistole, und Sergej schoss ihm auch ins andere Knie.

»Das ist für Oberleutnant Kurotschkin!«

In Flur und Treppenhaus dröhnte es wie bei einem Erdbeben; die Stahltür bebte. Evelina kam ins Zimmer gerannt und schrie: »Sie schießen auf das Schloss!«

Plötzlich kam Leben in Ismailows schmerzgetrübte Augen, und er starrte Sergej ins Gesicht. Draußen wurden die Schüsse immer heftiger, MPi-Salven ertönten. Stas tauchte hinter Evelina auf.

»Nehmt ihm seine Pistole«, sagte Sergej.

»Ja, Stas, nimm meine Kanone und knall ihn ab. Er ist so oder so ein toter Mann«, krächzte Ismailow, »du bist ein toter Mann, Major Loginow. Du siehst, ich hab dich erkannt. Mach ihn kalt, Stas.«

»Stas, nimm die Pistole!«, wiederholte Sergej.

»Ich kann nicht«, sagte Gerassimow mit schwacher Stimme. »Ich bin krank. Ich habe Fieber.«

Evelina hob die Pistole auf.

»Was jetzt?«, fragte sie.

Aber niemand hörte ihre Frage. Krachend wurde die Tür aufgerissen.

»An die Wand! Alle beide!«, rief Sergej, sprang zurück und presste sich hinter der Tür an die Wand. Stas und Evelina stürzten zu ihm. Im nächsten Moment kam ein bärtiger Gorilla im grauen Anzug und mit einer riesigen Sturmpistole hereingerannt. Ismailow hob die Hand und zeigte auf die Personen an der Wand, doch da fiel der Gorilla schon bäuchlings zu Boden. Sergej hatte ihn in den Kopf getroffen.

Ein weiterer Schuss krachte, auch der zweite Bodyguard kam hereingestürmt, schwankte und sackte zusammen. Hinter ihm standen zwei OMON-Soldaten.

Stas Gerassimow sank langsam an der Wand herunter und setzte sich auf den Fußboden. Evelina blieb stehen, Ismailows Pistole mit beiden Händen umklammernd. Sergej trat zu ihr und sagte leise: »Danke, Lina. Sie haben mir sehr geholfen. Geben Sie mir bitte die Pistole.«

Sie schüttelte den Kopf.

»Sie ist geladen, Lina.«

»Ich kann nicht«, flüsterte sie, mühsam die kalkweißen Lippen bewegend, »ich kann nicht, ich habe einen Krampf in den Fingern.«

Während Sergej vorsichtig ihre eiskalten Finger löste, einen nach dem anderen, kam Oberst Raiski herein und eilte, ohne jemanden anzusehen, schnurstracks zu Ismailow. Der saß noch immer schwankend auf dem Boden. Seine Augen waren geschlossen. Aus seiner Tasche tönte der »Tanz der kleinen Schwäne«. Der Oberst beugte sich hinunter, holte das Telefon aus der Tasche und sagte leise: »Ja bitte.«

## Vierzigstes Kapitel

Die Datscha-Siedlung Fedotowka war fünfunddreißig Kilometer von Moskau entfernt. Dort, wo vor fünfzehn Jahren Mascha Demidowa in einer Baugrube ums Leben gekommen war, stand nun ein schickes Ferienheim. Das Wäldchen war von einer Betonmauer umgeben.

Sergej stellte das Auto in der Nähe der Bahnstation ab und ging zu Fuß zur Siedlung. In der Straße des Kosmonauten Pazajew Nummer siebenundzwanzig wohnte ein gewisser Oleg Leschtschuk, 1928 geboren, Russe, mehrfach vorbestraft wegen verschiedener Vergehen, von Rowdytum bis zu kleinem Diebstahl. Seine letzte Strafe hatte Leschtschuk, Spitzname Fisch, von Januar 1991 bis Oktober 1994 im Archangelsker Lager »Narkose« verbüßt.

Nach der Entlassung hatte er sich wieder an seinem früheren Wohnort gemeldet, in der Siedlung Fedotowka, wo seine Frau Klawdija all die Jahre auf ihn gewartet hatte.

Doch von allen Informationen, die Raiski widerwillig beschafft hatte, war eine besonders vielversprechend: Den kurzen Zeitraum von März 1984 bis Januar 1986 hatte Leschtschuk zu Hause in Fedotowka verbracht.

Es war sieben Uhr morgens. Die Siedlung erwachte gerade. Die Reihe morscher Lattenzäune mit den alten Holzdatschas dahinter wurde hier und da unterbrochen von Beton und Stahl. Hinter diesen undurchdringlichen Mauern und Stahltüren lagen steinerne Villen verborgen. Das Haus Nummer siebenundzwanzig war das letzte in der Pazajew-Straße.

Sergej blieb stehen und stieß einen leisen Pfiff aus. Statt der windschiefen Hütte, mit der er gerechnet hatte, erhob sich vor ihm ein zwei Meter hoher Eisenzaun. Das Tor war fest geschlossen. Dahinter sah er den orangeroten Sattel eines Ziegeldachs schimmern.

Das Auge einer Videokamera war fragend auf Sergej gerichtet. Ohne zu überlegen, drückte er auf den Klingelknopf. Nun öffnete sich die stählerne Pforte, und vor ihm stand ein baumlanger Wachmann in geflecktem Tarnanzug.

»Hallo«, sagte Sergej, »bin ich hier richtig bei Leschtschuk?«

Das Gesicht des Wachmanns spiegelte keinerlei Emotionen, er nickte schweigend, ließ Sergej ein und schloss das Tor wieder.

Mitten auf einem großen, kurzgeschorenen Rasen stand eine zweistöckige weiße Villa. Daneben befand sich ein Tennisplatz, dahinter ein Pool – von dort drangen Platschen und gedämpftes Frauenlachen herüber.

Zwei Männer in Tarnanzügen und mit MPi führten Sergej ins Haus.

In dem halbdunklen großen Raum sah Sergej zunächst überhaupt nichts.

Ein Wachmann durchsuchte ihn rasch, zog die Pistole unter seiner Achsel hervor und ging tiefer in den Raum hinein.

»Na so was«, sagte ein rauher, schwerer Bass von dort, »ist ja richtig wie bei den Großen.«

Inzwischen hatten sich Sergejs Augen an das Halbdunkel gewöhnt. In einem riesigen Sessel am Kamin sah er einen dünnen Mann in gestreiftem Bademantel sitzen. Kaum zu glauben, dass er noch keine vierzig war.

»Hallo, Gerassimow«, sagte der Hausherr, »komm her, setz dich. Ich wollte gerade frühstücken. Leistest du mir Gesellschaft?«

»Hallo, Michejew.« Sergej nickte. »Danke, da sage ich nicht nein.«

»Palytsch«, korrigierte ihn der Hausherr, »so heiße ich jetzt. Hast du also meinen Zeugen gefunden, Gerassimow? Das hätte ich dir gar nicht zugetraut, ehrlich.«

»Was blieb mir denn übrig, Palytsch«, seufzte Sergej.

»Du weißt doch, was du tun sollst. Stand auf dem Zettel. Hast du den verloren?«

Der Koch brachte ein riesiges Tablett, auf dem neben einer silbernen Kaffeekanne und drei massigen Porzellantassen eine Schüssel mit dampfenden Teigtaschen, Kristallschalen mit Honig und Schmand und ein Krug Milch standen.

»He, was stehst du da wie angewurzelt?«, fragte Michejew, spießte mit der Gabel eine Teigtasche auf, tunkte sie in Schmand und schob sie sich in den Mund. »Ist doch interessant – als du mich in Wychino besucht hast, da hast du auf Anhieb und mit Freuden geglaubt, dass ich saufe, verkomme und verrecke. Und nun, wo du die wahre Lage der Dinge siehst, wunderst du dich. Du bist ein komischer Mensch, Stas.« Er goss sich Milch ein und trank einen Schluck. »Also, was ist mit dem Zettel? Der Zettel, Gerassimow, das war eine Art Rezept für dich, gegen alle deine quälenden Leiden und Probleme.«

Sergej bestrich ohne Hast eine Teigtasche mit Schmand, aß sie, trank Milch nach und sagte: »Mhh, mit Sauerkirschen. Schmeckt gut. Weißt du, Palytsch, ich bin inzwischen so erschöpft, dass ich nicht mal mehr lesen kann. Vielleicht erklärst dus mir noch mal?«

Eine Pause trat ein. Sergej spürte, dass jemand hinter ihm stand und ihn ansah.

Er drehte sich um: In der Tür erblickte er eine hochgewachsene Frau im Bademantel, mit nassen langen Haaren.

Er begrüßte sie mechanisch: »Guten Morgen, Irina.«

Sie antwortete nicht. Ihn noch immer anschauend, lief sie barfuß über den Teppich zu ihrem Bruder, setzte sich auf die Armlehne seines Sessels und flüsterte ihm etwas ins Ohr.

Michejew hörte zu, nickte und knackte mit den Fingern.

Ein älteres Dienstmädchen in weißer Schürze kam herein und verrückte eine bizarre abstrakte Skulptur, die sich als Stehlampe entpuppte. Das Licht schien Sergej ins Gesicht.

Irina saß inzwischen in einem Sessel und goss sich Milch ein.

«Ja, du hast recht«, sagte Michejew. »Ich hab mich schon gefragt, was mit ihm nicht stimmt. Aber wirklich gut hingekriegt, da kann man nicht meckern. Da hat Papa keine Kosten gescheut. Dabei sieht man noch die Operationsnarben. Na, dann machen wir uns noch mal bekannt, mein Lieber.«

»Sergej Naidjonow«, stellte sich Sergej vor und goss sich Milch ein, »Major des FSB.«

»Wunderbar!« Michejew lachte. »Und was willst du von mir, Major?«

»Ich bin eigentlich hier, um mit Oleg Leschtschuk zu sprechen. Aber da ich nun gleich so ein Glück habe, rede ich gern auch mit dir, Palytsch, und mit Ihnen, Irina.«

Michejew nickte. »Sprich.«

»Warum machen Sie das alles?«, fragte Sergej. »Ich weiß, du hast Mascha Demidowa nicht getötet, Palytsch. Man hat dich zu Unrecht eingesperrt. Aber auch Gerassimow hat sie nicht getötet. Es war ein Unfall.«

»Ein Unfall, sagst du?« Er knackte erneut mit den Fingern und fragte das Dienstmädchen: »Wie siehts aus, ist Oleg schon wach?«

Sie nickte und entfernte sich. Eine Weile war es still im Zimmer. Schließlich ertönten Schritte, und ein kleiner, gebeugter alter Mann in weißer Hose und hellblauem T-Shirt stand in der Tür. Ein schmaler grauer Flaumkranz umrahmte seine glänzende Glatze. Seine Arme waren voller Tätowierungen. »Guten Morgen, Palytsch«, sagte er, wobei er sich erschrocken umschaute und Sergej nicht zu bemerken schien.

»Hallo, Fisch.« Michejew nickte. »Setz mal deine Brille auf. Und sieh dir unseren Gast an.«

Der Alte holte eine Brille aus der Tasche, setzte sie auf, wandte sich Sergej zu und musterte ihn mit kleinen, kurzsichtigen Augen durchdringend. Wieder wurde es still im Raum. Die Lippen des Alten bewegten sich, er murmelte etwas vor sich hin, erst lautlos, dann immer lauter, als drehe jemand am Lautstärkeregler.

»Dreckskerl! Hack ihm die Nase ab bis zu den Eiern, Palytsch, sonst kann ich mich nicht beherrschen und beiß ihm die Kehle durch, dem elenden Wurm.« Der Alte kam auf Sergej zu.

»Ganz ruhig, Fisch, ganz ruhig«, gebot ihm Michejew Einhalt. »Weißt du, er hat wieder das Gedächtnis verloren. Erzähl ihm erst mal alles, was du mir damals im Lager erzählt hast, als wir beide im Krankenhaus lagen und am Krepieren waren.«

Der Alte, noch immer keuchend und mit den Augen funkelnd, setzte sich auf den Rand eines Sessels Sergej gegenüber.

»Du erinnerst dich also nicht, nein? Na schön, hör zu. In der Nacht damals war ich auf der Baustelle, Kabel klauen. Da seh ich zwei Leute von der Bahnstation kommen. Ich mich zwischen den Platten versteckt, ganz still, hab kaum geatmet. Ich hatte die Baustelle voll im Blick. Der Scheinwerfer brannte ja, da wars taghell. Mascha hab ich gleich erkannt. Sie lief ganz schnell, und du hinterher. Sie sagt zu dir: ›Hau ab, Gerassimow, verschwinde.‹ Du hast gebettelt und gejammert, so und so, ich kann ohne dich nicht leben, ich bin extra hergekommen, obwohl ich krank bin und Fieber hab, lass uns zu mir fahren, es ist niemand zu Hause, nur meine alte Kinderfrau, und die ist stocktaub, pfeif auf die anderen. Darauf sie: ›Kapierst du nicht, Gerassimow? Du gehst mir auf den Geist mit deinem Fieber! Lass mich in

Ruhe, du dummer Affe.‹ Sie war gerade kurz vor der Baugrube, und du hast dich auf sie gestürzt, sie bei den Schultern gepackt, geschüttelt und gebrüllt, das soll sie ja nicht noch mal sagen, von wegen dummer Affe. Da hat sie dir ins Gesicht gelacht und noch dreimal gesagt: ›Gerassimow, du bist ein dummer Affe!‹ Sie wollt sich von dir losreißen, und du hast sie geschubst, ziemlich heftig. Sie ist zur Baugrube geflogen und direkt rein. Ich hab einen dumpfen Aufprall gehört und einen furchtbaren Schrei. Du bist an den Rand der Grube und hast reingesehn. Vielleicht eine Minute lang, dann bist du abgehaun, zur Bahnstation. Ich bin hin, hab gesehn, sie liegt da und zuckt, als ob sie Stromschläge kriegt.« Der Alte kniff die Augen zusammen und schüttelte den Kopf. »Ich hab sie doch von klein auf gekannt, schon, als sie hier im Kinderwagen rumgefahren wurde. Ich bin runter in die Grube, ich wusste nicht, was ich tat. Erst wollt ich das Eisending aus ihr rausziehn, ich hab dran gezerrt und begriffen – nein, das wird nichts. Es war ein Moniereisen, das ragte aus einer Platte. Ich hab versucht, sie runterzuheben, aber das ging auch nicht. Wie lange ich mich mit ihr abgemüht hab, weiß ich nicht. Irgendwann kam ich zur Besinnung; ich war selber voller Blut. Und ihr war sowieso nicht mehr zu helfen. Sie war schon so gut wie tot. Ich sag, verzeih mir, Mascha, ich bin schließlich vorbestraft, die sperren mich sofort ein. Da kommt Palytsch angerannt, das heißt, damals noch Juri Michejew. Ich konnt mich gerade noch verstecken. Weg konnt ich nicht, ich dachte: Vielleicht wird sie ja noch gerettet? Er hat geschrien, ist hin und her gerannt, hat Hilfe geholt, kam zurück mit mehreren Leuten, ist wieder runter zu ihr und hat die ganze Zeit ihren Kopf gehalten, als hätte sie noch irgendwas gefühlt. Na ja, der Rest ist klar – allgemeine Aufregung, Bullen. Ich hab mich natürlich still verdrückt, aber dann hab ich diese Sünde lange mit mir rumgeschleppt. Als ich erfahren hab, wer verurteilt wurde, wollte ich sogar zu den Bullen und erzählen, was ich gesehen hab. Aber was war ich schon für ein Zeuge? Die hätten mir nicht geglaubt, so viel war sicher, und mich obendrein noch eingesperrt. Ich war schließlich zum Klauen in der Grube. Und später traf ich Juri, das heißt Palytsch, im Lagerkrankenhaus, im Bett neben mir.«

Der Alte verstummte. Man hörte nur seinen schweren, heiseren Atem. Er sah Sergej nicht mehr an. Seine Augen huschten unruhig über den Tisch.

»Nein, Fisch.« Michejew schüttelte den Kopf. »Morgens kriegst du noch nichts. Hier, trink Milch und iss was.«

»Aber wieso denn?« Der Alte schluchzte und schniefte. »Einen Schluck auf Mascha, ja? Gieß mir was ein, Palytsch, meine Seele brennt wie Feuer.«

»Schluss, Alter, geh und ruh dich aus.«

Der Wachmann fasste Fisch behutsam unter und führte ihn nach draußen. An der Tür drehte er sich noch einmal um und sah Sergej an.

»Ich hab viel Scheiße gesehn im Leben, aber so einen wie dich kein zweites Mal, das sag ich dir.«

Als er weg war, trat Stille ein. Draußen zwitscherten die Morgenvögel. Lautlos trat der Wachmann zum Hausherrn und reichte ihm etwas, nicht größer als eine Streichholzschachtel. Michejew warf sie Sergej zu. Der konnte das kleine Ding gerade noch auffangen. Es war eine Kassette.

»Das soll Gerassimow sich anhören«, sagte Michejew spöttisch. »Vielleicht hilft das ja seinem Gedächtnis auf die Sprünge. Wenn er in den nächsten zwei Tagen kein freimütiges Geständnis schreibt und zur Staatsanwaltschaft bringt, stirbt er. Wir haben es satt, ihn zu überreden. Auf Irina warten in Frankreich Mann und Kind, und ich hab viel zu tun. Wir haben uns lange genug mit ihm abgegeben.«

»Wozu brauchst du sein Geständnis?«, fragte Sergej leise.

»Die Sache ist verjährt, und außerdem war es sowieso kein Mord, sondern fahrlässige Tötung. Maximal zwei Jahre.«

»Ich will rehabilitiert werden. Die letzten drei Jahre im Lager hab ich jede Nacht von der Begegnung mit ihm geträumt. Ich wollte ihm in die Augen sehen und ihn dann töten. Als ich rauskam, hab ich fünf Jahre lang einfach nur beobachtet, wie er lebt. Ich hätte ihn hundertmal umbringen können, aber die Sache war mir zu wichtig, und ich hab mir Zeit gelassen. Dieses Jahr im März kam Irina mich besuchen und meinte, ich dürfe mich nicht so lange quälen. Entweder, ich handelte gleich, oder ich solle das Ganze vergessen und ihn in Ruhe lassen. Da schickte ich ihm meine Leute mit der Sprengladung. Sie hätten ihn daran gehindert, ins Auto zu steigen, aber es wäre vor seinen Augen in die Luft geflogen. Es lief dann ein bisschen anders, doch das war auch nicht schlecht. Später, als Irina mir erzählte, wie er sich im Fitnessclub verhalten hat, der Klub gehört übrigens mir, also, als sie mir erzählte, wie er sich da geschafft hat und wie seine Augen hin und her gerirrt sind, da hab ich begriffen, was ich von ihm will: Ein Geständnis. Ja, Juri Michejew ist tot. Doch er war kein Mörder. Aber Stas Gerassimow ist ein Mörder. Und das muss bekannt werden, vor allem ihm selbst.«

»Juri Michejew ist natürlich kein Mörder«, sagte Sergej langsam, »aber Palytsch hat den Chauffeur Georgi töten lassen.«

»Um Palytsch gehts jetzt überhaupt nicht.« Michejew schüttelte den Kopf. »Und was Georgi Sawjalow angeht, der hat sich seine Kugel redlich verdient, als er im Lager die Männer mit dem Kopf ins Klobecken tauchte und sie jeden Morgen bei vierzig Grad minus barfuß, nur in Unterhosen, Frühsport machen ließ. Außerdem hat er mich gesehen und hätte mich womöglich identifizieren können.« Michejew goss sich noch einmal Milch ein, leerte das Glas in einem

Zug und wischte sich mit einer Serviette den Mund ab. »Wenn du Stas in den nächsten zwei Tagen nicht dazu bringst, ein freimütiges Geständnis zu schreiben, ist er ein toter Mann. Und keiner, weder sein Generalspapa noch du, Major, und eure ganze ehrenwerte Organisation kann ihn davor schützen. Glaubst du mir das?«

Sergej nickte. »Das glaube ich dir.«

Am Tor gab ihm der schweigsame Riese seine Pistole zurück und schüttete ihm die Patronen auf die Hand.

Heiße, zottige Schatten krochen über die Zimmerdecke, die Augen fühlten sich heiß an, als brenne in jedem eine Kerze. Feuchtes Holz knackte im Ofen, der Qualm blieb in der Kehle stecken und ließ den kleinen Wladimir nicht atmen. Der Lindenblütentee, den die Großmutter ihm zu trinken gab, schmeckte furchtbar bitter. Das Gesicht der Großmutter, die sich zu ihm herabbeugte, erschien ihm wie ein Schatten im Qualm. Wladimir hörte das Wasser aus dem Spender in die Schüssel platschen und sah ein schwammiges weißrosa Ungeheuer mit riesigen Glasaugen direkt auf sich zukommen; es streckte die Hand nach ihm aus, packte ihn mit harten Fingern, wiederholte mehrmals ein schwieriges, zähflüssiges Wort: Pneumonie, und löste sich im Qualm auf.

Nur ein dünner, schwacher Laut drang in das dumpfe, qualmtrübe Nichts, wie ein lebendiger, leuchtender Faden, und Wladimir tastete sich langsam aus der Finsternis heraus.

Später hieß es im Dorf, die siebenjährige Waise Wladimir Gerassimow verdanke seine Rettung vor dem sicheren Tod einer taubstummen Heilerin, der Lebensgefährtin des Friedhofswächters. Wolodja aber wusste genau: Sie hatte damit nichts zu tun. Gerettet hatte ihn der einsame Laut, der nichts weiter gewesen war als das Weinen seiner Großmutter. Ohne das Weinen der Großmutter im Ohr hätte er sich in der Finsternis verirrt und wäre gestorben.

Vollgepumpt mit Schmerzmitteln, kehrte Wladimir nun zurück zu den zottigen Schatten, dem Qualm, dem Knacken der feuchten Holzscheite, als wären die letzten fünfzig Jahre nicht gewesen. Zuweilen drang das leise Weinen seiner Frau zu ihm, doch der alte General konnte sich nicht wie der siebenjährige Knabe an diesem Faden entlang aus der Dunkelheit tasten.

Der General war sicher, dass er in dieser Nacht sterben würde, und hatte seine Frau gebeten, bei ihm zu bleiben. Sie saß im Sessel, die Beine angezogen, döste, weinte ab und zu und überprüfte alle halbe Stunde, ob er noch atmete.

Er starb nicht in dieser Nacht. Gegen Mittag öffnete er die Augen, setzte sich auf, sah den pechschwarzen Himmel, hörte ein langes Donnergrollen, rief nach Natalja und bat sie, das Fenster zu öffnen. Das laute Rauschen des Regens erschütterte ihn. Er stand sogar auf, machte ein paar Schritte, klammerte sich am Fensterbrett fest und spürte, wie Regentropfen sein Gesicht trafen.

In der Wohnung ertönte ein anhaltendes Klingeln. Stimmen drangen zu ihm. Er schleppte sich langsam in den Flur. Dort zog Sergej seine nasse Jacke aus. Natalja nahm Pantoffeln für ihn aus dem Schuhschrank. Stas lehnte am Türrahmen und spielte mit seinem Feuerzeug.

»Papa, was soll das? Leg dich wieder hin!«, sagte er, als er den General erblickte.

»Mir geht es besser«, sagte Wladimir schwach lächelnd. »Guten Tag, Sergej.«

Zu viert gingen sie ins Wohnzimmer. Der General setzte sich in einen Sessel. Natalja deckte ihn mit einem Plaid zu.

»Ich glaube, ich muss mit Stas unter vier Augen reden«, sagte Sergej.

»Ich bin bereit.« Stas stand auf und bleckte nervös die Zähne. »Komm, Bruderherz.«

»Nein.« Der General schüttelte den Kopf. »Ihr bleibt hier.«

In seiner Stimme lag etwas Neues, nein, etwas von früher, etwas Festes, Ruhiges, und Nataljas Augen blitzten kurz glücklich auf.

Sergej legte wortlos ein kleines Diktiergerät auf den Tisch und schaltete es ein.

»Du erinnerst dich also nicht, nein? Na schön, hör zu. In der Nacht damals war ich auf der Baustelle, Kabel klauen … Du bist an den Rand der Grube und hast reingesehn. Vielleicht eine Minute lang, dann bist du abgehaun, zur Bahnstation …«

Als die Aufzeichnung endete, war es eine ganze Weile still.

»Stas, du musst ein Geständnis schreiben und es zur Staatsanwaltschaft bringen. Du hast zwei Tage«, sagte Sergej langsam. »Eine Strafe hast du nicht zu befürchten. Die Sache ist verjährt.«

»Blödsinn!« Stas lachte. »Papa, Mama, begreift ihr das nicht? Das ist eine Provokation! Ihr wisst doch, ich war krank, ich lag mit Fieber im Bett und bin in der Nacht nicht aus dem Haus gegangen! Es gab eine Zeugin, die Kinderfrau. Gar nichts werd ich schreiben!«

»Schrei nicht rum.« Der General runzelte die Stirn und wandte sich an seine Frau. »Natalja, erinnerst du dich, wir beide waren damals für eine Woche ins Ferienheim gefahren, nur Maria war hier. Sie war schon achtzig und nahm abends immer ein starkes Schlafmittel. Wir beide kamen genau an dem Morgen zurück, ziemlich früh, so gegen neun …«

»Ja« – Natalja nickte –, »ja, mein Lieber, ich erinnere mich an diesen Morgen. Stas war ganz blass, richtig krank, und sagte, er habe in der Nacht vierzig Fieber gehabt und das Bett nicht verlassen können. Im Flur standen seine Turnschuhe, schmutzig und durchnässt. Daran klebten Gras und Kalkklumpen.« Natalja erhob sich schwerfällig, ging hinaus und kam gleich darauf wieder zurück.

Sie hielt mehrere Blätter Papier und einen Stift in der Hand.

»Aber ich weiß überhaupt nicht, was ich schreiben soll!«, schrie Stas. »Michejew ist tot, davon hat doch keiner mehr was.«

»Michejew ist tot«, bestätigte Sergej nickend, »aber Palytsch lebt. Schreib, Stas. Keine Angst, du hast nichts zu befürchten.«

Stas griff nach dem Stift und begann zu schreiben, langsam und krakelig wie ein Erstklässler. Das weiße Blatt füllte sich. Natalja sah erst ihren Sohn an, dann schaute sie zu dem fremden Mann, der schweigend im Sessel saß.

Er hatte das Gesicht des erwachsenen Serjosha, und er hieß genauso. Er würde mit diesem Gesicht weiterleben – sein eigenes, fremdes, unbekanntes Leben. Natalja konnte den Blick nicht von ihm wenden.

Der buntschillernde Schatten eines kleinen Engels löste sich leicht und unbemerkt aus ihrer Seele und entschwebte für immer in den reinen Mittagshimmel.

## Die Krimi-Zarin
# POLINA DASCHKOWA

Sie gilt als wichtigste Vertreterin des neuen russischen Spannungsromans. Dabei lagen ihre Anfänge auf ganz anderen Gebieten. Ende der 70er Jahre studierte Polina Daschkowa, geboren 1960 in Moskau, am renommierten Gorki-Literaturinstitut und veröffentlichte Gedichte. Später arbeitete sie für den Rundfunk, leitete die Kulturredaktion einer Wochenzeitung und war Parlamentsberichterstatterin. Daneben übersetzte sie Bücher aus dem Englischen und verfasste gelegentlich Tätergutachten für die Kriminalpolizei.

Geschult an Dostojewski und den englischen Klassikern Agatha Christie und Arthur Conan Doyle versuchte Polina Daschkowa sich Mitte der 90er Jahre an der großen Form des Kriminalromans. Nur widerwillig nahm der Pförtner eines Moskauer Verlags ihr Manuskript entgegen, das aber sofort angenommen und nur wenige Wochen später gedruckt wurde. Mit ihrem Mann, einem Dokumentarfilmer, und ihren zwei Töchtern lebt Polina Daschkowa in Moskau. Ihre ersten Romane entstanden noch am häuslichen Küchentisch. Mittlerweile hat sie ein eigenes Arbeitszimmer. Die zarte, elegante Frau, die an manchen Tagen bis zu zwanzig Seiten schreibt, bezieht ihre Kreativität, wie sie sagt, nicht aus dem Kommerz:
»Um mit Puschkin zu sprechen, ich schreibe für mich und verkaufe um des Geldes willen.«

# Die Fälle der POLINA DASCHKOWA

**Die leichten Schritte des Wahnsinns**
*Kriminalroman*
*Aus dem Russischen*
*von Margret Fieseler*
*454 Seiten*
*isbn 978-3-7466-2372-6*

Als Lena vom Tod des Bruders ihrer Freundin Olga erfährt, gerät ihr Leben aus den Fugen. Sie kann im Gegensatz zur Polizei nicht glauben, dass sich Mitja im Drogenrausch in seiner Wohnung erhängt hat. Mitja stand kurz vor seinem Comeback als Liedermacher und hatte noch nie Drogen konsumiert. Als Lena zu ermitteln beginnt, gerät sie plötzlich selbst ins Fadenkreuz der Gewalt.

»Russlands Star-Autorin Polina Daschkowa brilliert mit diesem Polit-Thriller.« VOGUE

**Die leichten Schritte des Wahnsinns**
*Kriminalhörspiel*
*2 CDs. 99 Min.*
*isbn 978-3-89813-315-9*

Niemand schreibt so fesselnd und so atmosphärisch wie Polina Daschkowa – die unterhaltsamste und authentischste Dokumentarin des »neuen Russlands«. Natalia Wörner und Axel Milberg in einer meisterhaften Inszenierung des Westdeutschen Rundfunks.

»Wie ein guter Wodka.« PENTHOUSE

Club Kalaschnikow
*Kriminalroman*
*Aus dem Russischen*
*von Margret Fieseler*
*445 Seiten*
*isbn 978-3-7466-2379-5*

Die attraktive Primaballerina Katja wird von ihrem Mann Gleb ständig betrogen. Als reicher Casinobesitzer und Sohn eines berühmten Schauspielers hat Gleb Zugang zu den höchsten und zwielichtigsten Kreisen. Als er vor seiner Haustür erschossen wird, verdächtigt die Miliz Olga – Glebs Geliebte. Doch Katja zweifelt an deren Schuld.
Erst recht, als ein zweiter Mord geschieht.

»Daschkowa befindet sich in bester Gesellschaft internationaler Kriminalliteratur.«
MITTELDEUTSCHE ZEITUNG

Club Kalaschnikow
*Kriminalhörspiel*
*2 CDs. 114 Min.*
*isbn 978-3-89813-262-6*

Auch als Kriminalhörspiel bietet »Club Kalaschnikow« einen
glänzenden Krimiplot und zeichnet ein scharfes Bild des Russland von heute. Spannend inszeniert mit Dörte Lyssewski, Anna Thalbach und vielen anderen.

»Krimi-Hörspiel-Entdeckung des Jahres.«
BRIGITTE

**Russische Orchidee**
*Kriminalroman*
*Aus dem Russischen*
*von Margret Fieseler*
*435 Seiten*
*isbn 978-3-7466-2393-1*

War es wirklich der kleine Geschäftsmann Sanja, der den Fernseh-moderator Butejko erschossen hat? Borodin von der Moskauer Miliz ahnt, dass der Fall viel komplizierter ist. Wer erpresst die Nachrichtenmoderatorin Lisa und was hat der sagenhafte Diamant »Pawel« mit dem Mord zu tun? Ein Roman über Intrigen in der Medienwelt, über Korruption, Besessenheit, Liebe und Verrat.

»Ein Blick in die russische Seele.«

FRAU IM SPIEGEL

**Lenas Flucht**
*Kriminalroman*
*Aus dem Russischen*
*von Helmut Ettinger*
*233 Seiten*
*isbn 978-3-7466-2381-8*

Lena hat Angst um ihr ungeborenes Baby. Ärzte reden ihr ein, es sei bereits tot. Instinktiv flieht sie aus der Klinik. Doch die Miliz glaubt ihr nicht. Als in Lenas Wohnung eingebrochen wird und man sie verfolgt, erkennt sie, dass es um viel mehr geht als um eine medizinische Fehldiagnose.

»Polina Daschkowa erzählt filmreif.« F. A. Z.